饥饿游戏前传
鸣鸟与蛇的歌谣

THE
BALLAD
OF
SONGBIRDS
AND
SNAKES

［美］苏珊·柯林斯 —— 著

耿芳 —— 译

作家出版社

CONTENTS
目录

PART
ONE

导师

· CHAPTER 01 ·

绝望名单

科里奥兰纳斯[1] 将一把卷心菜扔进热气腾腾的沸水锅里，发誓总有那么一天，他再也不吃这东西了。可今天不行，他必须要吃下这一大碗没营养的东西，甚至连一口汤都不剩，免得自己在收获节仪式上饿得肚子咕咕叫。虽然科里奥兰纳斯一家住在凯匹特城富人区最奢华的顶层公寓，日子却过得极为清苦，简直跟辖区的流浪汉一样穷。科里奥兰纳斯处处谨言慎行，极力掩饰着家族败落的事实。十八岁成年时，作为斯诺家族这所曾经奢华无比的大房子的继承人，他的生活已经无以为继，只能靠好脑瓜活着了。

倒驴不倒架，科里奥兰纳斯这几天都在为参加收获节仪式没有得体的衬衫而发愁。他有一条黑色西裤，是去年在黑市上买的，勉强还穿得出去，可衬衫就身上穿的这一件。好在凯匹特私立中学提供校服，他平时可以穿校服上学。然而，今天的仪式既庄严又隆重，学校要求学生必须着正装出席。

堂姐泰格莉丝安慰他，让他别着急，说这事就交给她好了。他的确相信她。泰格莉丝做得一手好针线活，总能在关键时候帮到他。尽管如此，他也并不指望能发生什么奇迹。

---

[1] 科里奥兰纳斯（Coriolanus）：威廉·莎士比亚戏剧《科里奥兰纳斯》中有同名人物，是罗马共和国的英雄，因性格多疑，脾气暴躁，得罪了公众而被逐出罗马。

他俩翻箱倒柜从衣柜最底层翻出来一件男士衬衫，那是他父亲在日子风光的时候穿过的，但放了好多年，已经发黄了，一半的扣子也掉了，一侧的袖口还让烟烫了个窟窿。即使在最窘迫的日子里，这衬衫也太旧，卖不出价去。科里奥兰纳斯暗想，难道他就要穿着这件破衣烂衫参加收获节？

今早天刚蒙蒙亮时，他就去过泰格莉丝的卧室，可她和那件衬衫都不见了踪影。这可不是什么好兆头。难道泰格莉丝已经不愿再捣鼓那件旧衬衫？难道她冒险去了黑市，用逼不得已的法子帮他搞到一件合适的衣服？她究竟还有什么值钱的东西拿来交换？只有一件可交换的东西——她自己，或是到目前为止还没倒塌的斯诺家的房子。或许，在他往卷心菜里加盐的这工夫，这房子就会倒塌？

科里奥兰纳斯脑子里浮现出别有用心的人给泰格莉丝出价的情景。她长着长长的头发、尖翘的鼻梁和极苗条的身材，虽算不上特别漂亮，却也甜美可人，她瘦弱娇小的样子，惹人怜爱。只要她愿意，肯定有人争着把她带走。产生这样的念头让科里奥兰纳斯感到既恶心又无助，最后只好深深地厌恶起自己来。

这时，从屋子里传来了凯匹特的赞歌《帕纳姆国的珍宝》。奶奶带颤音的女高音也加入进来，嘹亮高亢的歌声在四壁回荡：

> 帕纳姆的珍宝，
>
> 雄伟瑰丽的城邦，
>
> 跨越时代，历久弥新……

和往常一样，奶奶唱歌严重走调，还跟不上节奏。在内战爆发的第一年，奶奶总是在全国性假日里，把这首歌放给五岁的科里奥兰纳斯和八岁的泰格莉丝听，以培养起他们的爱国情怀。战争结束前的最后两年，各区叛军围困了凯匹特城，切断了供给，在那段不堪回首的黑暗日子里，她每天都唱这首歌。

"记住，孩子们，我们只是被包围了，但我们还没有投降！"她说。

接着，在弹片如雨般落下时，她就会对着顶楼窗户柔声唱着这首城歌，以表达她微弱的反抗：

> 为了你崇高的理想，
>
> 我们匍匐在你的脚下。

唉，她总是找不到调……

> 我们宣誓热爱你！

科里奥兰纳斯微微皱起眉头。已经十年了，反叛已经平息了，可奶奶还没有平静下来。下面还有两段：

> 帕纳姆的珍宝，
>
> 正义之心，
>
> 用智慧给你高贵的额头加冕。

他想，是否再多有点儿家具就能吸收一些她的声音，但这是一个专业的问题。现在他们住的顶楼就是凯匹特城的缩影，在叛军的无情打击下，房子已经千疮百孔，二十英尺高的墙面布满一道道裂痕，模压天花板上的墙皮已经片片剥落，露出一个个黑洞。还有一扇可眺望全城的拱形窗户，上面的玻璃支离破碎，勉强用丑陋的黑胶布粘在一起。

在整个战争期间和战后的十年间，他们不得不卖掉许多东西，或者拿家里的东西去交换，因此有些房间已经完全空了，也不再用了。而其他几个没有搬空的房间里，家具也所剩无几。更糟糕的是，在叛军围困的最后一年的冬天，天寒地冻，为了不让一家人冻死，他们把一些带雕饰的精致典雅的家具和无数的书籍都扔在壁炉里烧火了。看着画报上漂亮的彩页——那是他和妈妈一起翻看过无数次的画报——被烧成灰烬，他却并没有掉泪。难过总比死了要好。

科里奥兰纳斯曾去过朋友的家，看到多数家庭都开始修葺房屋，可斯诺家连做衬衫的几尺亚麻布都买不起。想到这里，他的脑子里便浮现出同学们在家里打开一个个衣橱或穿上一件件新衣服的情景，他真不知道自己什么时候才能穿得体面些。

> 你给我们带来光明，
>
> 你将我们重新凝聚在一起。
>
> 我们对你庄严起誓。

如果泰格莉丝翻新的衬衫不能穿，他该怎么办？假装感冒，打电话请假？没骨气。就穿这身参加仪式？太丢脸了。把自己塞进两年前就已经小得不能穿的、领尖带纽扣的红色衬衫？太穷酸了。有没有能接受的选项？以上选项都不行。

科里奥兰纳斯想，也许这会儿泰格莉丝已经去求她的老板法比西娅帮忙了。尽管这女人跟她的名字一样有点可笑，可她对于变幻的时尚风潮倒是有点心得。不管时下流行的是羽毛、皮革、塑料或者长毛绒，她总有法子跟上潮流。泰格莉丝算不上一个学生，她从凯匹特私立学校毕业后就不再上学了，转而追逐她设计师的梦想。按说她是实习生，是来学习和培训的，可法比西娅却把她当长工使唤。法比西娅让泰格莉丝给她做足部按摩，让她清理塞满洋红色长发的下水管道……可泰格莉丝从不抱怨，老板也从没说过她一个"不"字，她觉得自己能在时尚圈待下去，就已经很开心，很感激了。

> 帕纳姆的珍宝，
>
> 权力的中心，
>
> 和平时期的力量，
>
> 冲突骤起时的盾牌。

　　科里奥兰纳斯打开冰箱，希望能找些什么东西放到卷心菜汤里，好让寡淡无味的汤好喝些。可冰箱里空空的，只有一个金属炖锅。他打开锅盖，映入眼帘的是一堆稠乎乎的、凝固的土豆糊。他奶奶真的实现学做饭的诺言了吗？这东西能吃吗？他把盖子盖上，想想还有没有别的办法。他真想一股脑把这堆东西扔到垃圾桶里，可这想法该有多奢侈，这垃圾该有多奢侈啊！

　　科里奥兰纳斯记得，或依稀有这样的印象，在年纪尚幼时，曾看到阿瓦克斯——那些没有舌头的工人，他们干活最卖力，好像是他奶奶这么说的——开着垃圾车嗡嗡地在马路上穿过，把一大袋一大袋的食物、锅碗瓢盆、旧日用品倒掉的情形。可到了现在，什么都不能扔，每一卡路里都是他们所需的，每一件废旧物品都可以拿去交换，或者烧火取暖，或者堆在墙根，好保住屋子里的那点儿热乎气。每个人都养成了鄙视浪费、勤俭节约的习惯。然而，时尚正在悄悄回归，城里出现了一丝繁荣迹象，就像一件体面的衬衫一样。

> 武装起来，
>
> 保卫我们的家园，

　　衬衫！又是那该死的衬衫！科里奥兰纳斯的思维像是被标枪牢牢钉在木板上，始终无法摆脱"衬衫"的纠缠。不，不止衬衫，实际上任何事情都会让他产生执念，这执念仿佛一根使他免于毁灭的救命稻草，他必须牢牢抓住。这是一个坏习惯，会让他忽略一些对他不利的事情。这种执念就像电路一样嵌进他的大脑，如果他不摆脱这个习惯，很可能一事无成。

他奶奶用尖尖的嗓音唱出了最后的一个强音：

我们的凯匹特，我们的生命！

这可笑又可怜的老妇人还想着战前的时光。科里奥兰纳斯爱她，可她几年前就已经和现实生活脱节了。每次吃饭，她都会喋喋不休地谈论起斯诺家辉煌而传奇的过去，就算他们每次吃的只是稀汤寡水的豆子汤和过期的饼干，亦是如此。光听她说，他的未来也一定是辉煌的。"等科里奥兰纳斯当上了总统……"她常常用这句话作为她的开场白。

奶奶的话题无所不包，从失去往日辉煌的凯匹特空军到价格畸高的猪肉丁，在她的嘴中都焕发出神奇的魔力。谢天谢地，多亏电梯坏了，加上她有关节炎，不能经常出门，那些偶尔到访的客人也是和她一样的"老古董"，否则还真麻烦了。

煮卷心菜的锅开了，厨房充斥着贫穷的味道。科里奥兰纳斯用木勺搅了搅汤，尽管他心急如焚，可还是没有泰格莉丝的消息。再过一会儿，打电话请假就来不及了。到那时，同学们都已经到学校的天堂蜂大厅聚齐了。他的传播学老师塞蒂莉娅·克里克一定会生气，也很失望，因为饥饿游戏导师名额有限，只有二十四个，是她为科里奥兰纳斯力争，他才得到这个众人垂涎三尺的名额。

科里奥兰纳斯是塞蒂莉娅最喜欢的学生，同时还担任她的助教，毫无疑问，今天她需要他到场。塞蒂莉娅喜怒无常，特别是饮酒微醺的时候。今天是收获节，她肯定会喝酒。他最好现在就打电话，好提前让她有个心理准备，科里奥兰纳斯准备谎称自己吃坏了肚子，上吐下泻什么的，只能卧床休养。

打定主意，科里奥兰纳斯拿起电话，准备说自己得了重病。可突然转念一想：如果他不到场，塞蒂莉娅会不会让人把给他导师的名额换掉？果真如此，毕业时他还有机会获得学院奖吗？拿不到这个奖，他就没钱上大学了，这也就意味着没有工作，没有未来，而且不仅是他自己，天知道在他家人身上会发生什么……

他正想着，变形的大门吱的一声打开了，仿佛在发出抱怨。

"考尤！"客厅传来泰格莉丝激动的大喊声，他"啪"地放下了电话。"考尤"是科里奥兰纳斯刚出生时的小名，一直用到现在。他旋风一样跑出厨房，差点把泰格莉丝撞得人仰马翻，她太兴奋了，哪里还顾得上责怪他毛手毛脚的。

"我成功了！我成功了！哈哈，我真的成功了哎。"泰格莉丝举着手里的衣架，上面挂着一个旧衣袋，她边喊边兴奋地跺着脚，"你看，你快看，这是什么！"

科里奥兰纳斯刺啦一声迅速拉开拉链，迫不及待把一件衬衫从衣袋里拽出来。

天哪，太棒了。不，不仅是棒，简直可以说雅致。厚实的亚麻布既非布料原本的白色，也非放置过久而泛起的黄色，而是漂亮的乳白色。袖口和领子都换成了黑丝绒，扣子是乌木镶金色亮片的，每个扣子上都有两个小眼用来穿线。

"你太了不起了，"他热切地说道，"真是我最好的姐姐。"他伸出一只手臂小心地举着衬衣，免得弄皱了，然后用另一手臂拥抱了她。

"斯诺平安着陆！"

"斯诺平安着陆！"泰格莉丝欢快地大声重复道。

这是战争期间他们为保佑平安经常说的一句话。他们一家饱遭战争的折磨，想尽一切办法努力让自己活着，祈祷别死了被埋入地下。

"快跟我说说，你是怎么做到的？"科里奥兰纳斯兴致勃勃地问道。他知道，泰格莉丝肯定很想说，只要一谈起服装，她的话题就没完没了。

泰格莉丝扬起手，咯咯地笑着，"从哪儿说起呢？"

于是，泰格莉丝从漂白布料说起。在帮法比西娅清理卧室时，她发现窗帘颜色不如以前鲜艳，便取下窗帘泡到水里漂白，顺便把那件衬衫也泡了进去。衬衫漂白后效果还不错，但上面的污渍却无法完全消除。于是她想到了从法比西娅邻居的垃圾箱里找到的一些枯萎的万寿菊。她把万寿菊放进沸水里煮，然后把衬衫浸泡染色。哈，歪打正着，染了色的亚麻布不深不浅，正好把污渍盖住。袖口的天鹅绒呢，是用爷爷带抽绳的礼物袋做的。那里面原本放了些毫无意义的、只能引起痛苦回忆的东西；而那些亮片是她从佣人间浴室的橱柜内壁撬下来的，她让大楼的维修工帮她打洞，作为交换，她帮他补工装裤。

"是今天早晨弄的吗？"科里奥兰纳斯问道。

"哦，是昨天，星期天。今天早晨，我准备……你看到我做的土豆了吗？"

科里奥兰纳斯跟着泰格莉丝走进厨房，她打开冰箱，拿出炖锅说："我一晚没睡，先是熬这土豆糊，之后我又跑到杜利特家把衣服熨烫好。我留着这些是做汤用的！"泰格莉丝把那土豆糊倒在滚开的汤里，然后搅拌均匀。

科里奥兰纳斯注意到，她金褐色眼睛的下方出现了深紫色的黑眼圈，不禁感到一阵内疚。

"你上次睡觉是在什么时候？"他问道。

"哦，我没事。我吃了土豆皮。反正人们都说，维生素都在皮里。今天是收获节，所以说，今天算是假日！"泰格莉丝兴高采烈地说道。

"在法比西娅那儿可算不上什么假日。"他说。

实际上，在哪里都不是假日。对于各辖区而言，收获节是个糟糕而屈辱的日子，即便是在都城凯匹特，也没什么值得庆贺的。多数人和他一样不愿意回忆起战争。在法比西娅的店里，泰格莉丝一整天都会忙前忙后伺候她的老板和那帮顾客，那些人只会大谈围城期间物资匮乏的事，然后喝得烂醉。第二天，伺候这些宿醉的客人就更麻烦了。

"别担心了。嘿，你最好快点儿，吃点儿东西！"泰格莉丝用长柄勺往碗里舀了些汤，放到桌子上。

科里奥兰纳斯扫了一眼钟表，也顾不上烫嘴，三口两口把汤吞下去，然后拿起衬衫奔回他的房间。他已经冲过澡、刮好胡子了，这会儿因为开心，容光焕发，脸庞显得光滑洁净。

学校发的内衣和黑袜子也不错。科里奥兰纳斯穿上合身的西裤，把脚塞进一双系带皮靴里。这双靴子太小了，穿着挤脚，可勉强还能忍受。之后他小心翼翼地穿上衬衫，把衬衫的下摆塞进裤腰，转身对着穿衣镜打量自己。唉，他本应长得再高点。和许多同龄人一样，营养匮乏的饮食影响了他的发育，但他长得紧致而结实，体态优美，衬衫也凸显了他挺拔的身材。还记得小时候，奶奶带着他去逛街，他身穿紫色天鹅绒套装，是何等的高贵华丽。

科里奥兰纳斯把额头一缕金色的卷发往后一捋，对着镜子里的自己，自我调侃地低声说道："科里奥兰纳斯·斯诺，帕纳姆国未来的总统，向你致敬。"

为了让泰格莉丝看看效果，科里奥兰纳斯器宇轩昂地走到起居室，他抬起手臂转了一圈。泰格莉丝兴奋地边鼓掌边尖叫起来："你看起来棒极了！好英俊，好时尚！老夫人，快来看呀！"

"老夫人"是泰格莉丝小时候对奶奶的一个昵称，她觉得"奶奶""外婆"这样的词语不足以形容雍容高贵的奶奶。

奶奶出现了，颤巍巍的手里捧着一朵新摘的红玫瑰。奶奶穿着长长的、宽松的黑色上衣，战前这种款式的衣服很常见，可现在却已很落伍、很过时了，甚至显得有点可笑。她脚上穿着一双绣花卷头拖鞋，也是以前的流行款式。一缕缕稀疏的白发从已经掉色的天鹅绒帽檐里垂下来。奶奶曾经高档华贵的衣橱里还珍藏着几件像样的衣服，那是她参加聚会或者偶尔逛街时穿的。

"给，给你，孩子，戴上这个，刚从我楼顶花园摘的。"奶奶命令道。

奶奶颤抖着将那枝玫瑰递给科里奥兰纳斯，他伸手去拿时，不小心被玫瑰上的刺扎了一下。鲜血从掌心流了出来，他赶紧把手挪开，生怕弄脏了衬衫。奶奶一脸的不好意思，像是她犯了错。

"我只想让你看上去更高雅。"她对他说。

"当然了，奶奶，他当然会很高雅。"泰格莉丝说道。

科里奥兰纳斯有点恼火，堂姐拉着他往厨房走时，他一再提醒自己，不要发火，要控制好情绪，这是最基本的修养。唉，奶奶每天都给他提高修养的机会。

"只是扎破了一点，不会一直流血的。"泰格莉丝一边麻利地给他包扎，一边安慰道。她剪掉玫瑰长枝，留下了几片叶子，然后别在他的衬衣上。"确实很高雅。你知道，奶奶的玫瑰对她有多金贵，去谢谢她吧。"

科里奥兰纳斯谢过了奶奶，谢过了她俩，然后冲出门去。他顺着十二层华丽的楼梯飞奔下楼，穿过前厅，来到凯匹特的大街上。

门前是科索大街，这是一条宽阔而气派的大道，以前政府举办盛大的阅兵仪式时，八辆并驾齐驱的马车可以轻松通过。科里奥兰纳斯记得儿时常常透过公寓的窗户向外眺望，来家里参加聚会的客人也夸耀说，他们占据了观看阅兵式的前排座位。后来爆发了战争，轰炸机呼啸而过……

很长一段时间里，这个街区的道路一直不通。现在，街道虽然清理了，可街边仍然堆满了小山似的瓦砾，很多建筑内部还保持着被袭时的样子。战争胜利已经十年了，可科里奥兰纳斯要想前往凯匹特私立中学，还必须穿过一条条满是大理石或花岗岩碎石的街道。他有时会想，留着这些废墟的目的是什么，是提醒人们不要忘记过去悲惨遭遇吗？可人的记忆是短暂的，往往好了伤疤忘了疼。人们每天都穿行在成堆的碎石瓦砾中，拿着少得可怜的供应券备受煎熬，还要观看饥饿游戏，以保持对战争的鲜明记忆。或许当局认为，忘记导致自满，之后一切都会重回原点。

当科里奥兰纳斯气喘吁吁地转向斯科勒大街时，开始调整步伐。他必须准时到达，既要冷静沉着，又要温文尔雅，而不是一副大汗淋漓、气喘如牛的狼狈样子。这天的收获节和往年一样马上就会烈日当头。毕竟，七月四日，还能指望天气会怎样？炎热的天气使贴身的衬衫隐隐发出土豆和枯万寿菊的味道，幸好还有奶奶的这朵玫瑰散发出阵阵芳香。

作为首都最好的中学，凯匹特私立中学的学生均为名门望族、巨商富贾的子女。每班有四百多名学生，鉴于斯诺家族成员历来在此就学，因此泰格莉丝和科里奥兰纳斯很容易为学校所接纳。与大学不同的是，这里不仅免除学杂费，还提供午餐，校服和其他用品也是免费的。在这里读书的每一个富家子弟，都可能是科里奥兰纳斯未来事业发展的人脉。

校门前的阶梯宽敞开阔，足够容下学校所有的人，因此，当参加收获节仪式的官员、教师和学生所组成的人流缓缓走向校内时，阶梯上丝毫不显拥挤。科里奥兰纳斯缓步迈上阶梯，尽量显得轻松而庄重，以免引人注目。人们认识他——或者至少认识他的父母和祖父母，因此人们对斯诺家的人也抱有很高的期望。今年，从今天开始，科里奥兰纳斯很希望能凭一己之力崭露头角。

在饥饿游戏中担任导师，是科里奥兰纳斯夏季高中毕业前要完成的最后一项任务。如果他出类拔萃，表现极为出色，加之学业成绩优异，便可获得一笔足够支付大学费用的奖学金。

今年参加饥饿游戏的共有二十四位选手，美其名曰"贡品"。当局采用抽签的方式，从战败的十二个区中选出少男少女各一名，把他们投入到竞技场中，让他们像野兽一样相互搏杀。

反叛被平息，暗黑时代结束，作为对反叛者的一种严厉惩罚，当局把饥饿游戏规则列入了《叛国条约》中。和往年一样，新的贡品将被驱逐进凯匹特竞技场拼个你死我活。这个竞技场在战前曾作为举办体育赛事或娱乐活动的场所，现已残破不堪。凯匹特当局鼓励市民去观看比赛，但是许多人都不愿观看。如何让比赛吸引更多人的眼球确实很具挑战性。

有鉴于此，大赛主办方首次给贡品安排导师。学校已选拔出二十四名最优秀、最聪明的高中生作为大赛的指定导师，具体的细节正在酝酿之中。有传闻说要为每名贡品安排个人访谈，或许还要对选手进行包装，以取得良好的拍摄效果。各界取得共识，想要饥饿游戏继续玩下去，就应使其更有意义；有人建议让凯匹特的导师和各区的贡品配对，以使比赛更具吸引力。

科里奥兰纳斯从悬挂着黑色条幅的礼堂入口进去，穿过拱形的走廊，走进了宽阔的天堂蜂大厅，人们将聚集在这里收看收获节仪式。无论怎么说他来得都不算晚，可大厅里已是人声鼎沸，一片嘈杂，挤满了教职人员、学生和一些无须在开幕式上露脸的饥饿游戏的官员。

阿瓦克斯端着托盘在人群里穿行，托盘里放着波斯卡鸡尾酒——这是一种用兑水葡萄酒加蜂蜜和香草调制的酒。这种发出酸味的酒精饮品在战时曾帮助凯匹特城渡过难关，据说它还具有治病的功效。科里奥兰纳斯拿起一杯酒，抿了一点含在嘴里，希望它能把嘴里残存的卷心菜的味道抵消掉，但他只允许自己喝一口。这东西比多数人想象得要烈得多。前些年，他曾亲眼目睹那些上层的绅士因为饮酒过多而在大庭广众之下出丑。

在世人眼中，科里奥兰纳斯是富甲一方的有钱人，但实际上，他所有的财富仅剩下一点个人魅力了，在这样的场合，他也不失时机地显现出来。他潇洒地在人群中穿行，满面春风地向同学和老师打着招呼，询问他们家人的情况，时不时地夸赞一番对方。

"你的那篇关于各辖区要报复的演讲让我难以忘怀。"

"喜欢那砰砰的节奏！"

"你妈妈背部的手术怎么样了？嗯，告诉她，她是我心目中的英雄。"

科里奥兰纳斯与熟人寒暄一阵后，穿过几百个为举办仪式而放置的软椅，缓步走上前台。塞蒂莉娅正在那里绘声绘色地起劲给一群教师和大赛官员讲一个引人发笑的故事。他走过来时，只听到了最后一句："……瞧，我说过'你的假发不好看，可你还是执意把自己扮成了一只猴子！'"但出于礼貌，他也附和着大家一起笑了起来。

"噢，科里奥兰纳斯，"塞蒂莉娅一边拉长了声调，一边招手让他过去，"这是我的明星学生。"科里奥兰纳斯礼节性地吻了她的脸颊，扑面而来的酒气告诉他，在他来之前，她已经喝了好几杯波斯卡酒了。说实话，她应该控制自己的饮酒量，他认识的成年人当中有一半都染上了酗酒的恶习，自我陶醉、自我麻痹已成为都城的流行病。值得欣慰的是，塞蒂莉娅幽默风趣，不难打交道，她是为数不多的允许学生直呼其名的老师之一。塞蒂莉娅向后退一步，上下打量着他说："衬衫很漂亮。你从哪弄到的款式这么漂亮的衣服？"

他故作惊讶地看了看身上的衬衫，轻松地耸耸肩，一副衬衫多到随便挑的表情。

"斯诺家的衣橱可是很大哟，我只是想穿得庄重些，希望能配上庆典的隆重气氛。"他很潇洒地说道。

"确实不错。这些亮晶晶的可爱扣子是什么做的？是亮片？"塞蒂莉娅问道，一边用手指摸着他袖口的方形扣子。

"啊，是吗？哈哈，这些扣子总能让人想起女仆的浴室。"科里奥兰纳斯不失幽默地回答，引得塞蒂莉娅的同伴发出一阵咯咯的笑声。在这种公共场合，他故作风雅，极力给人留下深刻印象。刚才那句话的潜台词是，斯诺家是极少数拥有女仆浴室的富人，更别说浴室墙壁上镶嵌的华丽的亮片。他幽默风趣，只不过是拿自己的衬衫开了一个自嘲的玩笑。

科里奥兰纳斯用欣赏的眼光看着塞蒂莉娅的礼服，恭维道："礼服很漂亮，是新的吧？"其实，他一眼就看出来了，每年收获节塞蒂莉娅都穿这件衣服，只是加了黑色的羽毛做装饰。但她刚夸赞了他的衬衫，出于敬意，别人投之以桃，他自然要报之以李。

"是为了今天的节日特意找人定做的。十周年纪念日嘛，还有其他活动也会穿。"塞蒂莉娅兴致勃勃地说。

"很优雅。"他赞叹说。

你来我往，互相吹捧，他们倒是不错的搭档。

当科里奥兰纳斯看到"体坛女神"艾格比娜·茜科老师晃动着自己肌肉发达的肩膀从人群中挤过来时，他脸上的笑容立刻凝固，快乐烟消云散。茜科身边是助手塞亚纳斯[①]·普林斯，他拿着茜科老师每年拍合照时的必备利器——花式盾牌。这个盾牌是凯匹特私立中学在战争结束时颁给茜科的奖品，奖励她在轰炸期间成功地监督学生进行安防训练。

引起科里奥兰纳斯注意的不是塞亚纳斯手里的花式盾牌，而是他的着装打扮。他穿着柔软的炭灰色西服，内穿一件白得炫目的衬衫，领口系着一条涡纹图案的花色领带，使他颀长的身材更显高大挺拔。这套服装崭新、时尚，似乎散发着一股钱的味道。事实上，他家的确发了战争财。

塞亚纳斯的父亲是二区的制造商，和总统过从甚密，靠制造军火发了大财，他依仗雄厚的财力，把家人都弄到凯匹特城来生活。普林斯家族在凯匹特城享有极高的声望，堪比这里最古老、最有权势的几大家族。请别忘记，人家的声望是靠几代人辛苦经营才积累起来的。

作为一个来自地方的男孩，塞亚纳斯能在凯匹特私立中学就读还是前所未有的事。可是话反过来讲，他父亲也对学校做出了慷慨的捐赠，使其在战后能够进行大规模重建。凯匹特居民本以为他父亲会要求以家族名义给其中一座建筑重新命名，而事实上他父亲不过要让孩子在这里

---

① 塞亚纳斯（Sejanus）：又译塞扬努斯，历史上同名人物为提比略统治时期罗马帝国官员，后因被人告发其企图篡权夺位，被提比略处死。

受教育而已。

对科里奥兰纳斯来说，普林斯家族和他们的同类是潜在的威胁，他们威胁到他所珍视的一切。这些凯匹特城的暴发户正在凭借雄厚的财力而削弱旧的秩序。更令人恼火的是，斯诺家族做的也是军火生意——只不过是在十三区。斯诺家族在十三区拥有规模宏大的建筑群、一座座工厂和许多研究设施，可惜都在大轰炸中被夷为平地。

十三区是被核武器摧毁的，至今这个辖区仍有大量核辐射，很不适合人类居住。凯匹特的军事制造中心已经转移到了二区，正好制造权落入普林斯家族的手中。当十三区被消亡的消息传到凯匹特城时，科里奥兰纳斯的奶奶根本不愿接受这一事实，故作坚强地说，幸好他们还有别的资产。其实，斯诺家族已近乎一无所有。

塞亚纳斯是十年前走进这所学校大门的，当时他还是一个很害羞、很敏感的男孩，总用那双很有灵性的棕色眼睛打量着同学们，这双眼睛在他那紧绷着的小脸上显得太大了。当大家得知他是来自辖区的同学时，科里奥兰纳斯的第一反应就是和同学们一起，让这个新来的家伙在学校过得生不如死。但转念一想，还是决定不理他。别的同学认为他是自命清高，不屑于折腾初来乍到的新生；可塞亚纳斯却一厢情愿地理解为，他这么做是因为他高贵体面。两种说法都不太准确，但都使科里奥兰纳斯显得卓尔不群。

艾格比娜·茜科老师人高马大，她四平八稳地走到塞蒂莉娅·克里克的小圈子里，更显出她身材的劣势。

"早上好，克里克老师。"

"噢，艾格比娜，你好啊！你走到哪儿都不会忘记带上这个盾牌。"塞蒂莉娅说道，手被对方紧紧地握住，"我真担心现在的年轻人把这节日真正的意义都忘记了。噢，塞亚纳斯，你好帅气啊。"

塞亚纳斯鞠躬以示谢意，却把一撮任性的头发甩到了眼睛里。笨重的盾牌也抵到了胸口。

"帅过头了。"茜科老师不以为然地说,"我告诉过他,如果我想要一只孔雀,我会给宠物店打电话。他们都应该穿校服嘛!"说完,她转身看着科里奥兰纳斯,"还不错嘛,是你爸爸的旧礼服衬衫吧?"

"是吗?"科里奥兰纳斯装作不太确定的样子。他眼前隐约浮现出父亲身穿漂亮的晚礼服,胸前挂满奖章的样子。他决定索性顺着她的话说下去:"老师,谢谢你注意到这一点。我让人重新改了一下,免得让人觉得我亲眼看过竞赛一样,但我真希望他今能和我在一起。"

"很合身。"茜科老师说道。接下来,她的注意力转移到塞蒂莉娅那里,谈论起关于警卫和士兵调到十二区的最新消息,说那里的矿工没有完成生产指标,还闹出了一点乱子。

老师忙着谈论自己的话题,科里奥兰纳斯便没话找话地跟塞亚纳斯谈起他手里的花式盾牌,"今天早晨又擦了擦?"

塞亚纳斯羞赧地一笑,"能为老师服务永远是我的荣幸。"

"擦得真干净。"科里奥兰纳斯由衷地夸道。

塞亚纳斯突然感觉到他话里有话,怎么,想讽刺他是个马屁精、听差的?科里奥兰纳斯有意停顿了一下,之后才说出下面的话,让对方打消了这个疑虑:"这活儿我也干过,塞蒂莉娅所有的高脚杯都是我刷的。"

塞亚纳斯听他这么说,也放松下来,"真的吗?"

"不,也不完全是,只是她想不起刷而已。"科里奥兰纳斯半当真半开玩笑地说,他的话有意在轻蔑和友好之间游移。

"茜科老师一点都不见外,凡是她能想到的事,使唤起我时毫不犹疑,不管白天还是黑夜。"塞亚纳斯似乎还想说下去,然而只叹了口气,"哦,当然……现在我快毕业了,我家打算搬到学校附近。完美的时间点,跟往常一样。"

科里奥兰纳斯突然警觉起来,"搬到哪里?"

"靠近科索大街的地方,那里好多豪华住宅快要出售了,那些房主或者说有些房主吧,缴不起税金……这是我爸爸说的。"沉甸甸的盾牌已碰触到了地板，塞亚纳斯忙把盾牌举了起来。

"凯匹特的房产是不收税的，只在各辖区收税。"科里奥兰纳斯说。

"这是新法，增加的税收用来重建这座城市。"塞亚纳斯说。

科里奥兰纳斯极力压抑着内心的恐慌。依据"新法"，要对斯诺家的公寓收税。收多少呢？事实上，他们目前靠着微薄的收入勉强度日——泰格莉丝那点可怜的工资；祖父曾在军中服役，奶奶能享受微薄的军属津贴；作为烈士子女，他可以领到一点眷属津贴，这笔津贴在他毕业后就不再发放了。

如果缴不起税金，他们会失去自己的房产吗？那可是他们唯一的财产了。卖了房子也无济于事，他知道奶奶已经用这所房子做抵押借光了每一分钱，即使卖了房子，他们也所剩无几。那样的话，他们就不得不搬到那些寒酸的社区，和那些毫不起眼的小市民——没有地位、没有影响力，也没有尊严的人为邻。这么丢脸的事定会要了奶奶的命，那还不如直接把她从窗户里扔出去得好，起码这样还来得干脆些。

"你还好吧？"塞亚纳斯盯着他，一脸困惑地问道，"你的脸色突然像纸一样煞白。"

科里奥兰纳斯重新冷静下来，说道："肯定是喝了波斯卡的缘故，我有点反胃。"

"没错，战争期间，我老娘总让我喝那玩意儿。"塞亚纳斯表示赞同。

老娘？难道科里奥兰纳斯的房子就要被这些管自己的母亲叫"老娘"的乡巴佬夺去了？科里奥兰纳斯感觉卷心菜和波斯卡酒混合在胃里翻江倒海，他一阵恶心快要吐出来了。他赶紧做了一个深呼吸，强迫这些东西待在自己的胃里。自从这个衣食无忧、口音土里土气的辖区男孩第一次攥着一袋口香糖出现在他面前以来，科里奥兰纳斯对他的厌恶还从没如此强烈过。

这时，科里奥兰纳斯听到了一阵铃声，他看到同学们都聚集到了讲台前。

"我猜，给我们分配贡品的时间到了。"塞亚纳斯闷闷不乐地说。

科里奥兰纳斯跟随着塞亚纳斯走到给导师预留的席位，这里共放置了六排椅子，每排四个座位。他尽力把有关公寓楼危机的事放到一边，集中精力对付眼前的重要任务。他必须要表现出色，比以往更出色，才能分到一个最具竞争力的贡品。

卡斯卡[1]·海波顿学监是公认的饥饿游戏的创建人，他将亲自督办导师选拔事务。当他出现在学生们面前时，仍和往常一样，一副睡眼惺忪、靠吗啡才能打起精神的梦游者的样子，曾经健壮的体格现在也萎靡佝偻，皮肤松垂，刚修剪过的整齐的短发和干净利索的西装也只是让他的形象略有改观。鉴于他拥有饥饿游戏创建人的名望，他仍勉强占有这个位置，但有传闻说，学校董事会对他已经快失去耐心了。

"喔，你们好，"海波顿学监口齿含混，边说边挥动手里的一张皱巴巴的纸，"现在我要宣读名单啦。"

学生们静下来，尽力在嘈杂的大厅听清他的话。"我先念一个名字，然后再说这个选手归谁，好吧？嗯，好的。一区，男孩，归……"海波顿学监使劲眯起眼睛看着那张纸，极力想看清楚，"眼镜……呃，忘了。"他咕哝道。众人都盯着他的眼镜，其实那眼镜早已经架到他的鼻梁上了。大家耐心等待，直到他的手摸到眼镜，"呃，我们继续，利维娅·卡迪尤。"

听到念她的名字，利维娅尖俏的小脸上立刻绽放出满意的笑容，她一边兴奋地在空中挥舞着拳头，一边用尖尖的嗓音喊道："太棒了！"她一向喜欢沾沾自喜，好像这称心如意的分配纯粹源自她的好运，和她掌管凯匹特最大银行的母亲毫无关系似的。

海波顿学监磕磕巴巴地念着名单，给各区的男孩和女孩分配着导师，科里奥兰纳斯却越听越绝望。十年来饥饿游戏已形成了一种固定模

---

[1] 卡斯卡（Casca）：意为树皮。

式。来自食物充足、和凯匹特关系良好的一区和二区的贡品中，获胜者更多；来自渔业、农业比较发达的四区和十一区的贡品也是强有力的竞争者。

科里奥兰纳斯本希望分给他一区或二区的贡品，但两个区的都没他的份儿；当他听到就连塞亚纳斯都分到了一个二区的男孩时，他更觉得受到了侮辱。四区的也念完了，仍没他的名字，而他最后的机会是十一区的一个男孩，却分给了克丽曼莎·德芙克特①——能源部长的女儿。和利维娅不同，克丽曼莎听到好消息时举止得体，她把乌黑的长发抚到肩后，很认真地在活页夹上做好标记。

作为斯诺家族的一员，同时也是本校优秀的学生之一，却这样默默无闻，这是不对头的。科里奥兰纳斯觉得似乎被人忘记了……难道要给他安排一个特殊的职位？

这时，令科里奥兰纳斯震惊绝望的一幕发生了，海波顿学监用含混的声音说道："最后，十二区的女孩……她归科里奥兰纳斯·斯诺指导。"

---

① 德芙克特（Dovecote）：意为鸽舍。

· CHAPTER 02 ·
收获 & 收割

十二区的女孩?

这脸还能打得再重一点吗? 十二区, 那个最小的区, 那些发育不良、关节肿大的孩子总是在开赛后的前五分钟就死掉了, 让他们参赛简直就是个笑话。

不仅如此……还是个女孩? 不是说女孩不能赢得比赛, 只不过在他的印象中, 饥饿游戏是残酷的力量的竞技, 而女孩自然会比男孩弱小, 因此必然处于劣势。

科里奥兰纳斯一直不太招海波顿学监的喜欢, 他在朋友中间总是戏称他为"海波肥臀", 可他无论如何也没想到自己会当众遭受这样的羞辱。难道是这个绰号传到海波顿耳朵里去了? 或者这只是一个新的信号, 那就是斯诺家族已经衰败, 即将沦为寂寂无名之辈了?

科里奥兰纳斯感到血往上涌, 脸颊发烫, 可仍极力保持镇静。大多数同学已经站了起来, 小声议论着什么。他必须加入他们的谈话, 假装这根本不算什么, 可他似乎已经僵住, 动弹不了。他能做的最大幅度的动作就是把头转向右边, 塞亚纳斯仍坐在他旁边。科里奥兰纳斯强打精神正要对他表示祝贺, 却看到他脸上露出掩饰不住的痛苦表情。科里奥兰纳斯还未张口, 就愣在那里。

"怎么了? 你难道不开心吗? 二区的, 还是男孩, 他可是这一窝小崽子里顶好的。"科里奥兰纳斯问。

"你忘了，我也是这窝小崽子里出来的。"塞亚纳斯用沙哑的声音说道。

科里奥兰纳斯陷入沉思。看来，虽然塞亚纳斯在凯匹特城待了十年，可这种优越的生活对他没产生丝毫影响。他依然觉得自己是来自地方的土包子，到现在还净说些感情用事的废话。

接着，塞亚纳斯眉头皱了起来，仿佛恍然大悟似的说道："这种安排肯定是我爸特意要求的，他总想操控我的想法。"

科里奥兰纳斯心想，毫无疑问是他老爹干预的。就算普林斯家族的血统不那么尊贵，可是老斯塔伯·普林斯腰缠万贯，他的影响力自然不可小觑。既然导师资格要根据个人价值而定，肯定有人使出各种手段暗箱操作。

此时，观众已经入座。讲台后面的帷幕拉开，露出了一个落地的大屏幕。从东部海岸跨越到西部海岸，来自各区的收获节实况会在全国范围内进行直播。这意味着十二区会是第一个直播的区。当屏幕上出现帕纳姆国的国徽时，每个人都起立，同时，国歌响起：

> 帕纳姆的珍宝，
>
> 雄伟瑰丽的城邦，
>
> 跨越时代，历久弥新……

一些学生只哼唱着歌曲，忘记了歌词，可多年来科里奥兰纳斯天天听奶奶不厌其烦地唱这歌，耳朵都听出茧子了，因此他用洪亮的声音把三段歌词都唱了出来，并赢得了些许赞扬。他真可怜，此刻他真的需要人们的赞许，哪怕只有那么一点点。

国徽消失了，头发花白、身穿战前军装的莱文斯蒂总统出现在屏幕上。他身上的军装提醒着人们，早在各区反叛的"黑暗时期"到来之前，他就一直掌控着各区的命运。他背诵了《叛国条约》中的一小段，其中规定了饥饿游戏为一种赔偿方式，各区选出的年轻选手象征着凯匹特所失去的年轻的生命，这是反叛者为其叛国行为所应付出的代价。

接着，大赛组织者把镜头切换到十二区法院大楼前灰秃秃的广场上，那里有一个临时搭建的平台，平台四周站满了治安警。利普区长是一个满脸雀斑的矮胖子，身穿一件早已过时的西装，站在两个粗麻布袋子中间。他的手用力伸进左侧的袋子里掏着，终于掏出一张纸，但他几乎没看这张纸就对着麦克风宣布道："十二区的女贡品是露茜·格雷·贝尔德。"

镜头扫过一群神情麻木、面黄肌瘦、衣衫褴褛的人群，在其中搜寻着那个贡品。这时，人群中一阵骚动，镜头立刻拉近，只见广场上的女孩子们都像躲避瘟疫一样远离那个被选中的倒霉蛋。

天堂蜂大厅内的观众看到那个女孩时，也立刻吃惊地低声议论起来。

露茜·格雷·贝尔德站得笔直，身穿一件彩虹般五颜六色的褶边连衣裙，这件衣服也许曾经很艳丽，但现在已经很旧了。她黑色的鬈发扎了起来，发丝中插着一些蔫巴的野花。她这身打扮很吸引人，就像一群飞蛾中出现了一只破翅的蝴蝶。她没有直接走向舞台，而是从站在她右侧的一群女孩中穿过。

一切发生得太快了。她向前走时衣裙沙沙作响，她的手伸向胯边的裙褶，从兜里掏出一个鲜绿色蠕动的东西，然后出其不意地扔到一个正在咧嘴傻笑的、长着红头发的女孩的衣领里……

镜头停留在那个受害者的身上，她脸上的傻笑立刻转为恐惧，她一边尖叫一边发疯似的抓挠着自己衣服，紧接着摔倒在地上。远处则传来了区长惊慌失措的喊叫声，而不远处，"偷袭者"露茜镇定自若地在人群中继续穿行，连头也没回，快速走向舞台。

天堂蜂大厅的气氛顿时活跃起来，人们兴奋地交头接耳，议论纷纷。

"你刚才看到了吗？"

"她往另一个女孩衣领里扔了什么？"

"是一只蜥蜴？"

"我看到的是蛇！"

"她把那女孩弄死了吗？"

科里奥兰纳斯扫了一眼大厅里的人群，似乎看到了一线希望。这个高风险的赌注，这个没人要的弃儿，这个他视之为屈辱的贡品，一个动作就吸引了全凯匹特城的人们的注意。这太棒了，不是吗？在他的帮助下，也许她能继续博人眼球，而他也可以峰回路转，把这件丢脸的事变成引人瞩目的真人秀。不管怎么说，他俩就像一根绳上的蚂蚱，命运已经把他们紧紧地连在一起。

大屏幕上，利普区长飞速走下舞台阶梯，急匆匆地穿过那群女孩，朝着倒在地上的那个女孩奔去，他边跑边喊："梅菲尔，梅菲尔？救救我的女儿！"这时，女孩的周围早已聚起了一群人，有几个人半推半就似乎想去帮忙，但也被她胡乱舞动的手脚搞得不得上前。

当利普区长冲进围观的人群时，一条鲜绿色的小蛇正从梅菲尔的衣褶里爬出来，钻到人群里，吓得众人急忙躲闪，又引起了一阵新的叫喊和混乱。蛇爬走后，梅菲尔平静下来，方才的惊恐被此时的尴尬所代替。她直愣愣地朝摄像头看去，意识到全帕纳姆国的人都在看她。于是赶紧用一只手扶正头上歪歪扭扭的弓箭型发卡，另一手急忙去拽拽衣服。广场上四处覆盖着肮脏的煤灰，粘得她满身都是，她的衣服也抓破了。

当她父亲把她扶起来时，可以明显看到她尿裤子了。利普区长赶紧脱下外衣，披在她身上，把她交给一个治安警，吩咐把她带走。

利普铁青着脸色朝台子走去，目露凶光，恶狠狠地盯着十二区新选出的贡品——露茜·格雷·贝尔德。

科里奥兰纳斯看着舞台上的露茜，突然感到一阵不安。在她身上隐隐有一种让人熟悉又令人不安的劲头，她会不会精神状态不稳定？瞧她身上那条色彩艳丽的裙子：覆盆子粉、宝蓝、水仙黄混杂在一起……

"她像个马戏团的演员。"一个女孩说道。

周围的导师频频点头，纷纷表示赞同。

没错！科里奥兰纳斯也这样认为。他回忆起童年时期的马戏团：玩杂耍的、演杂技的、滑稽的小丑、穿着蓬蓬裙在舞台上旋转的女孩……还有那一圈圈卷起来看得他头晕的棉花糖。他的贡品在一年中最黑暗的仪式上，选择这样的节日服装，恐怕不是失误，而是别有用意，透出了一股子让人难以捉摸的怪异。

十二区的直播时间在一分一秒地过去，可男贡品的名字迟迟没宣布。即便如此，利普区长走上台去，看也不看台子中间装着贡品名单的粗布袋子，径直朝那个贡品女孩走去，扬起手臂恶狠狠地打在她的脸上，一巴掌把她打倒在地。利普刚要伸手打第二下，这时两个治安警上来，抓住他的胳膊，试图让他冷静下来，按照流程履行完职责，可是他还是反抗，于是治安警索性把他拽到司法大楼里去，整个仪式停了下来。

众人的注意力又聚焦到台上那个女孩的身上。镜头慢慢拉近，科里奥兰纳斯对露茜的精神状态颇为担忧。他不知道她从哪儿弄到的那些化妆品，凯匹特也才刚刚开始上架。她画了黑色眼线，涂了蓝色的眼影，两颊打了腮红，嘴唇是那种油亮的红色。这种妆容即使在凯匹特都算是大胆的，在十二区就更显张扬了。

露茜坐在台子上，本能地把裙褶弄整齐了，这才抬起手来摸了摸红肿的脸颊。她的下唇微微颤抖，眼里噙满泪花。

科里奥兰纳斯的目光一直注视着她。"不要哭。"他低声说道，说完又突然觉自己有些失态，便赶紧打住，紧张地望向四周，才发现其他同学都正聚精会神、一脸同情地看着大屏幕，根本没人注意他，这才暗暗松了一口气。

虽然露茜行为怪异，但还是赢得了大家的同情。人们并不知道她是谁，为什么要袭击梅菲尔，但谁看不出来那个傻笑的女孩是个令人作呕的家伙？而她的父亲是一个残暴的人，忍心把一个刚被判"死刑"的女孩打成那样。

"我敢打赌他们作弊了,她的名字根本不在那张纸上。"塞亚纳斯静静地说道。

就在那个女孩快要哭出来时,一件奇怪的事情发生了。从人群中传来了歌声,是一个年轻的声音,一个女孩抑或一个男孩的声音,声音清亮,穿透了寂静的广场:

> 你不能带走我的过去,
> 你不能带走我的历史。

一阵风从舞台上吹过,女孩慢慢地抬起头来。从人群的另一处,传来更为深沉的声音,显然是一个男人的声音:

> 你可以带走我的父亲,
> 但他的名字却是个谜。

露茜的脸上掠过一丝笑意,她猛地站起来,大步走到舞台中央,抓住麦克风,唱了起来:

> 你所能夺走的一切都不值得留存。

露茜一只手拿麦克风,另一只手抓住裙子左右摇摆。一切都明白了——那衣服,那妆容,那发型,不管她是谁,她这样的打扮一直就是为了表演而准备的。她的嗓音很甜美,高音清晰明亮,低音圆润饱满,她的动作也充满自信。

> 你无法夺走我的魅力。

你无法夺走我的幽默。

你无法夺走我的财富，

因为那只是传说。

你所能夺走的一切都不值得留存。

唱歌时，露茜魅力四射，像换了一个人。科里奥兰纳斯不再觉得她让人尴尬，相反，在她身上有一些令人兴奋，甚至吸引人的东西。当露茜走向前台时，镜头给了她一个特写，她向观众俯身，甜美而不失高傲。

你以为自己很好。

以为你可以拿走我的东西。

以为你可以掌控一切，

以为你可以改变我，也许重新安排我的生活，

可你好好想想，这是不是你的目标，

因为……

这时她开始在舞台上走动，甚至从治安警面前走过。一些治安警已经在忍着笑了。他们没有一个人上前阻拦她。

可你无法夺走我的无礼，

你无法夺走我的话语。

你可以亲吻我的屁股，

然后滚开。

你所能夺走的一切都不值得留存。

法院大楼的大门砰的一声打开了，刚才把区长拽走的那几个治安警冲向舞台。女孩面对前方，从画面里可以看得出，她听见了杂沓的脚步

和喊叫声，为了把歌曲唱完，她冲到舞台最远的角落里。

> 不，先生，
> 你夺走的一切一文不值。
> 拿走吧——因为我已把它丢弃。
> 我不会难过，
> 你所能夺走的一切都不值得留存！

在治安警冲了上去抓住她之前，她还给大家来了一个飞吻，然后高声叫喊道："我的朋友管我叫露茜·格雷——希望你们也这么叫我！"

一个治安警把麦克风从她手里夺下来，另一个抱起她拎到舞台中央。她一边挣扎一边不停地朝观众挥手，仿佛台下是一片掌声而非一片死寂。

好一会儿，天堂蜂大厅也是一片寂静。科里奥兰纳斯在想，大家是否和他一样，也希望露茜继续唱下去。短暂的平静过后，大厅里像是煮沸了的锅，众人兴致勃勃地谈论起来，先是谈论这个女孩，接着又说能得到她的人如何好运。其他学生扭过头瞅着科里奥兰纳斯，其中有几个冲他竖起了大拇指，还有一些人对他投来嫉妒的目光。科里奥兰纳斯轻轻摇头，装出一副谦虚无辜的神情，其实他早已心花怒放。

斯诺安全着陆！

治安警护送区长重返舞台，一左一右站在他两边，以防有新的冲突发生。露茜似乎经过刚才的演唱，已经恢复了平静，看都不看利普一眼。

利普区长一脸愠怒地盯着摄像机，不耐烦地把手伸到第二个袋子里，一下子拽出了好几个纸条。其中几个纸条飘落到舞台上，他念出了留在手里的纸条上的名字："十二区的男贡品是杰瑟普·狄格斯。"

广场上的孩子们自动闪开，给杰瑟普让路。这孩子长着鼓鼓的脑门，额头上贴着一绺黑色的刘海。就十二区的贡品而言，他算是很不错的，比一般孩子高，看上去也算结实。从他那脏兮兮的样子，可以看得出他已经开始在矿井干活了。他的脸也没怎么好好洗过，只有中间椭圆的一块算是干净的，其余一圈都是黑的，指甲盖子上是黢黑的煤灰。

杰瑟普笨拙地走上台阶，走到他的位置上。当他快走近区长时，露茜上前一步，向他伸出手。男孩犹豫了一下，伸出手与她握了握。露茜从杰瑟普前面绕过去，把右手换成左手与他的手握在一起。他们就手拉手并排站在舞台上，然后她做了一个深深的屈膝礼，拉得男孩也跟着鞠了一躬。此时，还没等治安警上来维持秩序，十二区的人群报以热烈的掌声和长时间的呼喊……

接下来收获节仪式的直播转入八区。

在八区、六区和十一区宣布贡品名单时，科里奥兰纳斯一直全神贯注，但他的大脑也在不断地回想露茜出现时的情形。她是上天赐予的礼物，这一点他很清楚，他必须好好珍惜她。露茜的开场相当精彩，他怎样才能最好地加以利用？怎样从她的着装、蛇和歌声中汲取成功的因素？

在饥饿游戏开始前，主办方会给贡品一点宝贵的时间，使其在观众面前亮相。科里奥兰纳斯如何在这样的访谈中吸引观众对露茜和他进行投资？他注意观察了其他同学的贡品，多数都是可怜的家伙，但有几个同学的贡品出类拔萃，是强劲的对手。比如塞亚纳斯的贡品来自二区，体形高大健硕；利维娅的贡品来自一区，看上去也是冠军的强有力的竞争者；科里奥兰纳斯得到的女孩看上去还算健康，但她轻盈的身体似乎更适合跳舞而不是徒手格斗。露茜一定跑得足够快，这一点也很重要。

当收获节仪式接近尾声时，从餐厅里飘过来一股食物的香味：新鲜出炉的面包、洋葱、肉。科里奥兰纳斯的肚子不由得咕咕叫起来，他硬着头皮又喝了一两口波斯卡，好抑制强烈的饥饿感。他腹中空空，感到疲乏、头重脚轻。大屏幕关闭了，他必须使劲控制自己，才不至于有失风度地朝餐厅奔去。

与饥饿无穷无尽的缠斗已经变成了他日常生活的一部分。这种日子并非始自战前，而是战后。打那时起，他每日的功课便是与饥饿的斗争、妥协、游戏。怎样才是战胜饥饿的最好的方法？一顿吃光所有的食物，还是分开每次只吃一星半点？囫囵吞下还是就着汤一起细嚼慢咽？这只是一个思维游戏，把他的注意力从食物短缺的事实中分散开来。任何一种方法都不能让他一顿吃个饱。

在战争期间，反叛者占领了产粮区。他们对凯匹特城釜底抽薪，为的是以食物匮乏为武器，逼迫其投降。现在时光轮转，凯匹特控制了食物供给，进而把刀锋对准各区，利用饥饿游戏直指其要害。在残酷的饥饿游戏中，有着每一个帕纳姆国人都曾经历过的无声的痛苦，人们必须拼尽全力找到足够的食物，以撑到第二天太阳升起。

这种对食物的极度渴望让也曾正直的凯匹特人变成了魔鬼，即使倒在大街上饿死的人也成为可怕的食物链的一部分。一个冬日的夜晚，科里奥兰纳斯和泰格莉丝从公寓里溜出来，想把白天在巷子里看到的一些木箱子拿回家。在路上，他们看到了三具尸体，认出来其中一个就是在克雷恩家的下午聚会上端盘子的年轻女仆，她曾是那么的甜美可亲。

那晚大雪纷飞，寒风刺骨，这种天气，他俩以为街上肯定没人了。但在回家的路上，他们瞥见一个把自己裹得严严实实的人影，吓得立刻躲到树篱后面。他们悄悄观察，发现那人就是他们的邻居“铁路大亨”尼禄·普赖斯，正在切割那个年轻女仆的大腿。他用一把可怕的刀前前后后地锉着，直到她的腿与身体分离。他撕下女仆身上的裙子，裹住割下的那条腿，顺着通往他家后门的小巷迅速逃走。

这对姐弟从未对人谈起过这件事，甚至彼此间都不曾提起。可是，这在科里奥兰纳斯记忆的深处留下了深深的烙印：普赖斯那野蛮、扭曲的面容，那仍穿在残肢上的白色短袜和磨损了的黑鞋，以及自己也会被当作食物的恐怖的念头挥之不去。

科里奥兰纳斯之所以能够活下来，成为一个品行端正的人，都归功于老夫人在战争初期的远见卓识。当时，他的父母都已过世，泰格莉丝也成了孤儿，两个孩子都跟着奶奶一起生活。那时叛军已发动进攻，虽则缓慢，但却步步为营，直逼凯匹特城。

当时凯匹特城里的人极为傲慢，很多人拒绝承认残酷的现实。食物短缺，即使最有钱的人都不得不去黑市想办法。也是出于同样的原因，在一个十月的下午，科里奥兰纳斯一手拉着一辆小红车，另一手拉着奶奶戴手套的手，来到了曾很时髦的夜总会后门。

那天出奇的寒冷，天空被阴郁的乌云笼罩着，老天仿佛发出不祥的预兆，预示着一个严酷的冬天即将到来。他们要去找普鲁瑞伯斯·贝尔，他是一个上了年岁的人，戴着柠檬黄色的眼镜和撒了白色香粉垂到腰际的假发。他和他的搭档——一个名叫塞鲁斯的音乐家，共同拥有这家夜总会。尽管夜总会当时对外已经关闭了，但他们通过私人渠道走私货物，仍在维持经营。斯诺家的人到这里是为了搞到罐装牛奶，鲜奶几周前就断货了。可普鲁瑞伯斯说卖完了，新到的货物只有一箱箱利马的干豆子，高高地堆放在他身后带镜子的舞台上。

"这豆子能保存好多年，"普鲁瑞伯斯向老夫人保证，"我准备留出二十来箱自己吃。"

科里奥兰纳斯的奶奶哈哈笑着说道："噢，太可怕啊！"

"您错了，亲爱的，连这些东西都吃不到的时候，那才叫可怕。"

话一点就透，普鲁瑞伯斯没再多说什么，老夫人收敛了笑容，沉思片刻。她看了一眼科里奥兰纳斯，然后握了一下他的手，这似乎是下意识的动作，几乎是抽搐了一下。然后她又扭头看着那些箱子，好像在心里盘算着什么。

"您能卖给我多少箱？"她问俱乐部老板。

那天，科里奥兰纳斯用他的小拉车拉回家一箱，其余的二十九箱等夜深人静的时候才运到家，因为当时囤积粮食是违法的。塞鲁斯和一个朋友帮忙把箱子搬到楼上，把它们堆在装饰豪华的起居室中央，接着在堆起的箱子最上面，放了一罐牛奶，作为普鲁瑞伯斯对客户的答谢，然后就道了一声"晚安"，转身离开了。科里奥兰纳斯和泰格莉丝帮着奶奶把那些豆子藏到壁橱里、华丽的衣柜里，甚至老钟表里。

"谁能吃这么多豆子啊？"科里奥兰纳斯不解地问。

那时候，家里还能吃到培根、鸡肉，偶尔还能吃到烤肉。牛奶时有时无，但奶酪供应充足，某些甜点，就算是不起眼的果酱面包吧，也还总能吃到。

"我们吃一些，也许还能卖掉一些。这是我们的秘密。"奶奶说。

"我不喜欢吃利马豆子。起码，我认为我不喜欢。"科里奥兰纳斯噘着嘴说。

"呃，我们会让厨子找个好的烹饪方法的。"奶奶说道。

遗憾的是，战争期间厨子被征兵入伍，后来得流感死了。结果老夫人连开火都不会，更别提什么烹饪方法了。结果还是八岁的泰格莉丝把豆子煮成糊糊，然后又做成汤，或做成稀汤寡水的肉汤，帮他们度过战争中的艰难岁月。利马豆子、卷心菜、配给的面包，他们就靠这些活着，一天又一天，天天如此，熬过了许多年。毫无疑问，这影响了科里奥兰纳斯的发育。如果他有更多吃的，肯定会长得更高、肩膀更宽。还好他的大脑发育正常，至少，他希望是正常的。豆子、卷心菜、黑面包，科里奥兰纳斯越来越讨厌这些食物，可这些食物让他们活下来，不必遭受耻辱，不必吃大街上的死尸。

此刻，当科里奥兰纳斯手拿镶着金边、印有校徽的盘子去盛食物时，口水都快流出来了，他使劲把口水咽下去。即使在最窘困时期，凯匹特也不缺华丽的餐具。而他也用家里很多精致的盘子，吃掉了很多令人作呕的卷心菜。

科里奥兰纳斯拿了一个亚麻布餐巾、一把叉子、一把刀子。当他打开第一个纯银暖锅的盖子时，里面冒出的蒸气湿润了他的嘴唇：奶油洋葱汤。他适量取了一些，尽量克制不让口水流出来。煮土豆、西葫芦、烤火腿、热面包卷配一小块黄油。他又一想，拿了两小块。满满一盘子，但算不上贪婪，至少对一个十几岁的孩子而言是这样的。

科里奥兰纳斯把盘子放在克丽曼莎旁边的位子上，然后又去一个餐车上拿甜点，这种甜点去年就没有了，他真想念那木薯粉的味道。可当他看到一排排的三角形苹果派时，心跳都加快了。每一个苹果派上面都装饰着一个小纸旗，纸旗上面印着帕纳姆国徽。派！他上次吃派是什么时候？他正要伸手去拿一个中等大小的派，这时有人把放着一大块派的盘子举到了他眼前。

"噢，拿块大的吧。像你这样正长个儿的小伙子，肯定能把它搞定。"

是海波顿学监，他的眼睛红红的，已经没有了早上的那股子精气神，但这双盯着科里奥兰纳斯的眼神里却透出了意想不到的锐利。

科里奥兰纳斯笑着接过盘子，脸上露出他自认为是孩子般善意的笑容，"谢谢您，先生，我肚子里总会给派留出地方的。"

"是啊，快乐从来都不难容纳。这一点没人比我更清楚。"学监说道。

"我想是的，先生。"

这话听上去不太对头。科里奥兰纳斯本想对他说的第一句话表示赞同，但现在听上去却像是在讽刺他。

"你想是的。"海波顿眯起眼睛继续盯着科里奥兰纳斯，"那么，科里奥兰纳斯，饥饿游戏结束之后，你有什么计划？"

"我想继续读大学。"他答道。

多么奇怪的问题。毋庸置疑，从他的学业成绩很明显可以看出这一点。

"是啊，我在奖学金候选人名单中看到了你的名字，可要是你没获得奖学金呢？"海波顿学监说道。

科里奥兰纳斯口吃起来，"那……那样的话……当然，我们就自己交学费。"

"你会吗？"海波顿学监大笑起来，"看看你，穿着改过的衬衫和一双挤脚的鞋，尽量不让自己露怯。斯诺家的人还在凯匹特趾高气扬，可我怀疑他们连个撒尿的罐子都没有。就算你有奖学金，也只能坚持一段时间，可你还没拿到奖学金呢，对吗？我纳闷，到那时候你怎么办，怎么办呢？"

科里奥兰纳斯忍不住扫了一眼周围，看看有谁听到这些可怕的话，但大多数人都正在专注于吃饭聊天。

"别担心，没人知道。确切地说，是几乎没人知道。好好享用你的派，孩子！"海波顿学监说完就走开了，自己一块也没拿。

此时的科里奥兰纳斯恨不得把派扔掉，起身跑出去。然而他没有，他小心翼翼地把那块大大的派放回餐车上。外号，一定是那个外号传到了海波顿学监的耳朵里，科里奥兰纳斯相信这是唯一的可能。

他真是太蠢了。海波顿学监是个很有权势的人，即使现在他的威望大不如前，也不能当众嘲笑。但，这事真的有那么糟吗？每个老师都有外号，至少有一个，有很多更不好听。而且，似乎"海波肥臀"本人从未刻意去隐瞒他嗑药的不良习惯，他似乎很喜欢别人跟他开玩笑。是否还有别的什么原因让他如此讨厌科里奥兰纳斯？

不管怎样，科里奥兰纳斯必须纠正这个错误。他不能为这点小事就去冒失去奖学金的风险。大学毕业以后，他还计划着进入高收入行业。如果不受教育，哪扇大门能为他打开呢？他试着去设想自己将来在一些位置很低的政府部门工作……去那里干什么呢？管理各区的煤炭分配计划？在转基因生物实验室清理转基因怪物留下的笼子？到塞亚纳斯·普林斯位于科索区的宫殿般华丽的家中去收税，而自己却住在五十个街区之外的老鼠洞里生活？这还是幸运的情况！

如果读不了大学，在凯匹特城工作很难找。如果找不到工作，他就是一个身无分文的私立中学毕业生，再也别指望有什么更好的发展前途。他怎样生活？靠借钱过日子？在凯匹特欠债就等于打开了通往治安警的大门，而那就意味着要在不知什么鬼地方做二十年的治安警。有人会把他送到那些可怕的落后的辖区，那里的人比动物也强不到哪儿去。

今天本是充满希望的一天，可此时却像有块大石头重重地压在他的心上。首先，他有可能会失去公寓；其次，他分到最低层次的贡品——这贡品，在他细想之下，简直太疯狂了——而现在，他意外发现海波顿学监竟然那么讨厌他，还很可能让他失去获得奖学金的机会，并且让他后半辈子在地方的辖区生活。

所有的人都知道在辖区生活会发生什么。你会从人们的视线中彻底消失，永远被遗忘。在凯匹特人的眼中，那不啻于死亡。

· CHAPTER 03 ·

以身犯险

科里奥兰纳斯站在空荡荡的火车站台上，一枝长茎的白玫瑰轻轻地捏在他的拇指和食指之间，他在等着他的贡品的到来。

给露茜带个礼物是泰格莉丝的主意。收获节那天，泰格莉丝忙到很晚才回到家里，但他还是等着她回来，他迫切地想听听她的建议，顺便把自己所受的屈辱和恐惧说给她听。

泰格莉丝果然没有让他们之间的谈话陷入绝望之中。她充满信心地鼓励说，他会得到奖学金的，他必须得到！他会开启美好的大学生活的。至于公寓，他们必须找到有关法律的细则。也许房产税不会影响到他们，或者，就算会，也不会很快，或许他们能够千方百计筹措到足够的钱去缴税。但是，泰格莉丝劝他不要去想这一切，只想饥饿游戏的事情，想怎样才能在游戏中获得成功。

泰格莉丝顺便告诉了科里奥兰纳斯一个好消息，在法比西娅的收获节聚会上，她的每个朋友都特别喜欢露茜。她们喝了波斯卡酒后，借着酒劲还直夸他的贡品很有"明星范儿"呢。姐弟俩一致认为他必须给那女孩留下良好的第一印象，这样她才愿意与他合作。他待她应该像待宾客，而不是一个判了刑的犯人。科里奥兰纳斯决定早早来到车站与她会面，以便提前做好准备，同时也可创造机会，赢得她的信任。

"考尤，你想象一下，她该有多么害怕，她一定觉得很孤单。换作是我，任何关心的举动都会让我铭记在心的。不，还要做得更好，就好像她很有价值。那就给她带点儿什么吧，即便是个象征性的礼物，你要让她知道，你很看重她。"泰格莉丝说道。

科里奥兰纳斯想到了奶奶的玫瑰，这些玫瑰在凯匹特仍然无比珍贵。这位老夫人在自己的楼顶花园辛劳地培育着这些花朵，包括室外的和一个小温室里的。她小心呵护着这些玫瑰，仿佛它们是无价的宝石。因此，要得到这美丽的花朵真得费一番口舌。

"我需要和露茜建立起感情联系。就像您常说的那样，您的玫瑰可以打开任何一扇大门。"

奶奶最终把花送给了他，这从侧面说明了她对他们目前的处境得有多担忧。

收获节过去已经两天了。这座城市的天气依然酷热难耐，黎明刚过，车站便感觉又闷又热。科里奥兰纳斯站在空旷无人的站台上，觉得很突兀，可他也不敢冒险走开，以免错过她坐的火车。他唯一的信息是从楼下的邻居瑞莫斯·杜列特那里得到的，他是大赛负责培训的人员，他说，运送贡品的火车应该是周三到。瑞莫斯刚大学毕业，他的家人托遍所有的关系才给他找到了这份工作，薪金刚够生活，也算是为他的未来做了铺垫。

科里奥兰纳斯本可从学校打听到消息的，可他担心有人不愿他去车站接贡品。在这方面倒没有具体规定，但他想，大部分同学会选择在第二天学校组织的见面会上，与他们的贡品见面。

一小时过去了，又过了一个小时，仍然没有看到火车的影子。太阳透过车站的玻璃顶照射下来，汗水顺着他的后背往下淌。而那朵玫瑰早晨还是那么漂亮高贵，现在已经开始打蔫了。他开始怀疑这是不是个好主意，以这种方式来迎接她，能否得到她的感谢。换作另一个一般的的女孩，他这么做会给她留下深刻印象，但露茜不是一般的女孩。事实上，她刚被区长殴打就在台上大胆表演，而此前还往另一个女孩的衣服里扔了毒蛇，这样的女孩还着实有点可怕。当然，他并不清楚那是不是一条毒蛇，但人们自然会这样联想，不是吗？她挺可怕的，真的。现在他穿着校服，像个恋爱中的男孩一样手里紧握着玫瑰，他希望她能⋯⋯怎样？喜欢他？信任他？别刚一见面就杀了他？

科里奥兰纳斯必须争取让露茜与自己合作。

昨天，塞蒂莉娅开了导师会议，详细布置了第一项任务。以往，贡品到达凯匹特的第一天早上就直接进入竞技场，但是这次的时间线延长了，私立中学的学生也参与其中。校方决定每位导师都要采访自己的贡品，他们有五分钟时间在电视直播节目中将自己的选手介绍给全帕纳姆的观众。

如果有人喜欢某个选手，也许就有兴趣观看饥饿游戏比赛。如果一切进展顺利，节目会在黄金时间播出——导师甚至会被邀请在比赛进行过程中对贡品进行评论。科里奥兰纳斯暗下决心，一定要让这五分钟成为当晚的亮点。

又一个小时缓慢地过去了，他正准备放弃，突然听见隧道深处传来火车鸣笛声。在战争初期的几个月里，火车笛声是他爸爸从战场归来的信号。那时他爸爸觉得，作为军火大亨，在军队服役会巩固他在家族企业中的地位。他有着出色的战略头脑、钢铁般的意志以及威风凛凛的外表，他的职位在军队中迅速攀升。

为了在公众面前显示出斯诺家族对凯匹特的奉献精神，每次父亲回来时，斯诺全家都会到火车站去迎接。科里奥兰纳斯总会穿着他的天鹅绒西装，等待这个了不起的人归来。直到有一天，火车带来了噩耗，叛军的一颗子弹打中了他的父亲⋯⋯

凯匹特是一座苦难的城市，似乎每一件事都与可怕的记忆相关联，而父亲的死，是所有可怕的记忆中最令人难以释怀的。科里奥兰纳斯对这个远在他乡、性格严厉的人谈不上有多么爱，但他肯定能感受到父亲所给予的保护。他的死永远与恐惧和脆弱联系在一起，他再也没能摆脱掉。

火车伴着笛声急速进站，然后嗞的一声戛然停止。这是一列很短的火车，只有车头和两节车厢。科里奥兰纳斯想透过车窗寻找着他的贡品，可突然意识到车厢上根本没有车窗。这不是载客的列车，而是拉货的火车。重重的铁链与老式的挂锁相连，以保证货物的安全。

科里奥兰纳斯心想，一定不是这趟车，还是回家吧。这时，一阵清晰的喊叫声从一节车厢里传来，他待在原地没动。

科里奥兰纳斯以为一群治安警会冲上去打开车厢门，可火车在那里停了足有二十分钟也没人理睬，直到后来才有几个人朝火车走去。其中一人和车里的一个机械师说了几句，接着有人从车窗里扔出一串钥匙。那个治安警拿着钥匙，慢条斯理地朝第一节车厢走过去，然后在那串钥匙上摸索了半天才拿出一把钥匙，伸到钥匙孔里扭了一下。铁锁与铁链子分开了，他拉开那扇重重的大门，可车厢好似很空。于是治安警拿出警棍，使劲敲着门框喊："嘿，车上的人，快点儿下来！"

一个深棕色皮肤、高个、穿着粗麻补丁衣服的男孩出现在门口，科里奥兰纳斯认出来这是分配给克丽曼莎的十一区的男孩，他四肢瘦长，但肌肉发达。一个肤色与他近似，但骨瘦如柴、不停干咳的女孩跟在后面。两个人都光着脚，双手被铐在身前。车厢离地面有五英尺高，所以他们先坐在门边，然后笨拙地跳下来。接着是一个穿着破烂衣衫、戴着红围巾、脸色苍白、身材瘦小的姑娘慢吞吞地来到门边，却不知怎么下去。治安警一把将她拉下来，重重地扔到地上，她手被铐着，差点失去平衡。接着，治安警又把手伸进车厢，拉住另一个男孩，把他扔到站台上。这孩子看上去只有十来岁的样子，但应该至少有十二岁。

直到此时，科里奥兰纳斯才闻到车厢里的那股霉味和尿骚味。他们是用运牲口的货车来运这些贡品的，而且是不太干净的车厢。他纳闷是否有人给这些贡品吃的，让他们出来透透气，还是在收获节之后就一直被锁在这里。他已经习惯了在电视屏幕上观看这些贡品，可这样面对面与他们相见还真没有做好心理准备，他觉得他们既可怜又令人厌恶。看来，他们的确来自另一个世界，一个绝望而野蛮的世界。

治安警又走向第二节车厢，打开了铁链。门滑开了，杰瑟普——那个十二区的男孩，正眯缝着眼看着明亮的车站。科里奥兰纳斯精神为之一振，在期待中挺直了身子。露茜肯定和他在一起。杰瑟普身体僵硬地跳向地面，然后转身对着车厢。

露茜走到车厢边明亮的地方，戴手铐的手半遮着眼睛，以适应外面的强光。杰瑟普虽然戴着手铐，但还是尽力张开手臂接着她。她俯身跳下的瞬间，他一下子揽住她的腰，然后把她悠到站台上，动作竟出乎意料的优美流畅。她拍拍男孩的手臂表示感谢，然后仰起头来尽情享受着车站里的阳光，接下来用手去梳理自己的鬓发，打开发结，摘掉一些枯草。

此时，一帮治安警正冲着车厢里大声吆喝，引得科里奥兰纳斯回头去看。当他再次把头扭回来时，发现露茜正盯着他看，他略感诧异，但马上意识到，站台上除了治安警，他是唯一的普通人。治安警一边咒骂着，一边把一个同伴托举到车厢里，去拉拽那些不情愿下车的贡品。

时机到了，现在不抓住，就永远失去了。

科里奥兰纳斯朝露茜走过去，把玫瑰递给她，微微点点头说："欢迎来到凯匹特。"因为好几个小时没说话了，他的声音有些低沉，但这恰好让他显得更成熟了。

女孩上下打量着他，那一刻，他害怕她会径直走开，或者甚至更糟，会嘲笑他一番。但她没有这么做，而是伸出手，从他手里的玫瑰花上摘了一片花瓣。

"我小时候，他们常常用泡着花瓣的牛奶给我沐浴。"尽管她说的话不太可能，可瞧她那说话的样子，就跟真的一样。她用拇指抚摸着光滑、洁白的花瓣，然后把它放到了嘴里，闭上眼，感受着它芳香的味道。"好像就寝时的味道。"

此时，科里奥兰纳斯仔细地观察着她。她和收获节那天不一样了。她的脸铅华尽洗，露出点点雀斑，这样的她显得更稚嫩了。她嘴唇干裂，头发凌乱，彩虹裙也皱巴巴地沾满灰尘，被区长扇过的地方还有一块深紫色的淤青。但她身上还有种说不清楚的东西，让他再次感觉在观看表演，只不过这次是演给一个人的。

当她睁开眼睛时，她的注意力全放到了他身上。

"你好像不应该来这里。"她说道。

"也许吧，可我是你的导师，我想以自己的方式见你，而不是组委会安排的方式。"他说道。

"啊，你是一个反叛者。"她说道。

"反叛者"在凯匹特公民看来可不是什么好词，但在她嘴里却是肯定的意思，是赞扬。或者，她是在讽刺他？他想起了她曾在口袋里揣着蛇，一般规则对她并不适用。

"那么，我的导师除了给我带来玫瑰，还会为我做什么？"她问道。

"我会尽力照顾你。"他说道。

露茜越过科里奥兰纳斯的肩膀向他的身后看去，治安警正把两个饿得半死的孩子往站台上扔。那个女孩扑倒在站台上，把门牙都磕掉了，而那个男孩被抛上站台时，身上狠狠地挨了几脚。

露茜冲科里奥兰纳斯露出开心的笑容，"喔，我真幸运，太棒了。"说完，她朝杰瑟普走过去，把他和他的玫瑰丢在身后。

当治安警终于把车站上的贡品聚集到出站口时，科里奥兰纳斯感觉他的机会就要溜走了。他没能获得她的信任，除了也许让她开心了一下，他什么都没做成。显然，她认为他很没用，也许她是对的，可既然一切都已濒于失败，他还不如最后一搏。他穿过站台，追上那群快走到出站口的贡品。

科里奥兰纳斯对领头的治安警说："请原谅，我是凯匹特私立中学的科里奥兰纳斯·斯诺。"他把头朝露茜一歪，"这是饥饿游戏中分配给我指导的贡品，能不能允许我和她一起到她培训的地方。"

"你在这里晃悠了一上午，就为这个？为看表演搭个便车？"治安警眼眶红红的，嘴里一股酒气，"嗯，当然可以，斯诺先生，一起走吧。"

走出车站大门，科里奥兰纳斯才看到了等待运送贡品的卡车。与其说是卡车，不如说是安在车轮上的笼子。卡车后挂斗的四周用铁栅栏围着，上面有一个铁皮顶棚。他立刻又想起了童年时期见过的马戏团，马戏团里的那些动物——狮子、老虎和狗熊，运送它们时都被关在笼子里。贡品们服从命令，举起手，除去手铐，然后爬进铁笼。

看到这个情景，科里奥兰纳斯有点想打退堂鼓，可一抬头，却发现车上的露茜正在看着他，他知道这是露茜对他作出评判的时刻。如果他退缩，那一切都白做了，前功尽弃，她会认为他是一个懦夫，根本不会与他合作。他一咬牙，索性也爬进了笼子里。

门砰的一声在科里奥兰纳斯身后关上，卡车开始颠簸前行，他脚跟不稳，差点失去平衡，本能地抓住右边的栏杆。这时，两个贡品脚下不稳，朝他倒过来，正好把他的把脑门挤到两根栏杆中间。科里奥兰纳斯使劲向后挺直身子，随即转过身去，面对着其他的贡品。为了能站稳，每个人都抓着至少一根栏杆，那个磕掉牙齿的小姑娘除外，她抓着同区的那个男孩的大腿。当卡车开上大路时，他们才算站稳当了。

科里奥兰纳斯意识到自己犯了一个错误。即使在敞开的车里，那股子臭味也熏得人够呛。这些贡品身上混杂着火车车厢里的臭味和长期不洗澡的那股子气味，让他觉得有点恶心。这么近距离看，他才知道这些人的身上有多脏、眼睛有多红、四肢上有多少淤青。露茜挤到了前面的一个角落，正在用褶皱的裙边轻轻擦拭着脑门上的新擦痕。她似乎对他的存在视而不见，但其他人则死盯着他，就好像一群野兽盯着一只被主人宠坏了的贵宾犬。

我的境遇至少比他们强，科里奥兰纳斯心想，紧握着玫瑰的手也攥起了拳头。假如他们揍我，我还有机会反击。可面对这么多人，他有机会反击吗？

卡车慢下来，给一辆色彩艳丽的、装满乘客的有轨电车让道。尽管科里奥兰纳斯在车后面，可他还是佝偻着身子，免得被看见。

电车开过去了，卡车继续前行，他这才敢挺直身子。贡品中的一些人，因为他刚才的瑟缩胆怯开始耻笑他。

"怎么啦，帅哥？你进错笼子啦？"十一区的男孩说道，根本没笑。

这种赤裸裸的仇恨令科里奥兰纳斯感到紧张，可他还是尽力装作没事的样子说："不，这就是我一直等着坐的笼子。"

说时迟，那时快，男孩抢先动手，用他长长的、满是疤痕的手指掐住了科里奥兰纳斯的喉咙，同时把他猛地向后推，然后用小臂把他牢牢地钉在栏杆上。科里奥兰纳斯一下子没反应过来，但他马上用校园混战中从未失败的一招进行反击，抬起膝盖猛顶对方的裤裆。男孩喘着粗气，弯下身来，同时放开了他。

"他会把你杀死的。他在十一区曾杀死了一个警察，他们到现在都没发现是谁干的。"十一区的女孩边咳边说。

"闭嘴，迪尔。"那男孩吼道。

"现在谁还会在乎？"迪尔说道。

"咱们合起伙来把他杀了，反正他们也不能把咱们怎么样。"那个小个子男孩说道。

其他几个贡品低声附和着，向科里奥兰纳斯逼过来。

科里奥兰纳斯恐惧地绷直了身子。杀死他？他们真的要把他打死，就在凯匹特？在这光天化日之下？突然，他意识到他们会这么做。不管怎么说，他们一无所有，还害怕失去什么呢？

这时，从卡车角落里传来露茜平静的声音，打破了车上的紧张气氛："他们也许不会把我们怎么样。可你们在家乡也有亲人吧？有人会去对付他们的。"

此话一出，那几个贡品一下子泄了气。露茜说完，从人堆里钻过来，站在科里奥兰纳斯和几个贡品之间。

"再说了，他是我的导师，是来帮我的，没准儿我用得着他。"她说道。

"你咋会有个师傅？"迪尔问道。

"是导师，你们每人都有一个。"科里奥兰纳斯解释道，尽量摆出能控制局面的样子。

"那他们在哪儿？他们怎么不来？"迪尔发起挑衅说。

"我猜是还没想到吧。"露茜说完，转过身来，冲科里奥兰纳斯眨了眨眼。

卡车转入一条窄街，尽头似乎是一个死胡同。科里奥兰纳斯摸不清这是哪个方向。他尽力回忆前几年贡品都被关在哪里。难道不是在治安警的马厩里吗？没错，他似乎记得有人提起过。他们一到地方，他就能找治安警解释一下情况，如果再有人想找碴，还能找警察帮忙。露茜都对他眨眼了，这是一个好兆头，或许留下来是值得的。

车缓缓倒进一个昏暗的建筑里，像是个仓库。科里奥兰纳斯闻到一股烂鱼和干稻草的味道。他摸不着头脑，仔细地打量着周围的环境。他眯起眼睛，看到两扇金属门缓缓打开了。接着，治安警打开了卡车的后门，还没等他们爬出来，铁笼子就翻倒了，把他们一股脑倒在冰冷潮湿的混凝土地面上。

不，不是混凝土地面，那更像是个滑道。它的倾斜角度很大，科里奥兰纳斯来不及多想，就和其他人也一起往下滑。他手脚并用，拼命想抓住什么，却什么也没抓住，手里的玫瑰也滑落了。他连滚带爬向下滑了足有二十英尺，才落在一个铺满干草的沙地上。

炙热的阳光照在他们的身上。科里奥兰纳斯赶紧起身，从那堆人里爬出来，踉跄了几步，站直了身子，吓得都僵住了。这不是马厩。尽管他很多年没来过这里，但他仍记得很清楚。大片的沙地，高耸入云的人造假山，为了保护游玩的人，一排排的铁栅栏像藤蔓一样弯曲成一个大弧线。在铁栅栏之间露出一张张凯匹特的孩子的脸，正呆呆地看着他。

他在动物园的猴笼里。

· CHAPTER 04 ·

福兮祸兮

即便赤身裸体站在科索的闹市区，也不会比现在更丢人现眼。至少在那种情况下，他还有逃跑的机会。可现在，他被困在这里进行展览，第一次尝受到动物那种无处藏身的窘境。孩子们开始七嘴八舌地谈论起来，对着他的校服指指戳戳，把大人的注意力也吸引了过来。栅栏的每一个空当都塞满了一张张的面庞，但真正可怕的是安装在游客两侧的摄像头。

他仿佛听到了无处不在的凯匹特新闻那粗俗的广告语：如果你没有看到，那是因为它没有发生。

噢，新闻事件正在发生，就在此时此刻，就发生在他的身上。

科里奥兰纳斯想象自己的脸正出现在覆盖凯匹特全城的直播节目中。幸运的是，由于震惊，他站在原地没动。和一群辖区来的乌合之众出现在动物园已经很尴尬了，如果再像傻瓜一样四处逃窜，那就把斯诺家的脸丢尽了。

从这里逃出去可不容易。这是为野生动物建造的。如果想躲藏起来的话，就更可怜了。设想一下吧，这个画面在凯匹特新闻这档节目里会是多么的鲜活。他们会不断地重放直到观众看到吐，还会往这些画面加上可笑的音乐和标题：斯诺彻底垮台了！或许还会把它当作天气预报的片头：天太热，斯诺[1]要化掉了！只要他还活着，他们就会不停地重放。

---

[1]　斯诺（Snow）：意为雪，此处为双关。

那他就彻底把脸丢尽了。

科里奥兰纳斯还能有什么选择？只能原地站着不动，死盯着摄像头，直到有人来救他。

他挺直身子，微微耸肩，装出厌烦的样子。来动物园游玩的人开始冲他喊起来，先是孩子的尖叫，接着大人也加入进来，问他在干什么，为什么在笼子里，需要帮助吗？居然有人认出了他，于是他的名字像野火一样在人群中散开，而且越烧越旺。

"是斯诺家的孩子！"

"斯诺是谁？"

"你知道的，就是那个屋顶有玫瑰的人家！"

这些工作日在动物园瞎晃悠的究竟是什么人？他们难道没有工作吗？那些孩子难道不应该去上学吗？难怪这国家这么乱。

那些辖区的贡品开始起哄，围住他，挖苦嘲笑他，这些人中有十一区的那对选手，有那个叫嚣要让他死的小个子男孩，还有几个新加入的家伙。他们曾在卡车上对他表现出恶意，如果他们一起来攻击他，又会发生什么？也许笼子外面的观看者只会给他们加油喝彩。

科里奥兰纳斯极力保持镇静，但汗珠子已经顺着他的身体流淌下来。所有人的脸——近在眼前的贡品的脸，栏杆外的人群的脸——开始变得模糊，他们的身影也变得不再清晰，只有黑白交替的人影和一张张粉红色的大嘴在他眼前晃来晃去。他四肢麻木，呼吸困难。他正想冲出人群，朝滑道跑过去，然后爬上去，这时一个声音在他身后轻轻说道："坦然面对。"

不用看，一定是那个女孩，他的女孩。他感到自己并非孤军奋战，内心立刻如释重负。他脑海里立刻浮现出记忆中的画面，露茜被区长打后，是多么机智地调动了观众的情绪，又怎样用美妙的歌声赢得观众的心。她当然是对的。此刻，他必须让一切看上去像是故意的，否则他就完了。

科里奥兰纳斯深吸一口气，转身面对坐在旁边的露茜，漫不经心地把她耳后的白玫瑰理好。露茜似乎一直在努力提升自己的形象：在十二区时整理自己的衣褶，在车站时梳理头发，现在却用玫瑰装扮自己。他向她伸出手，宛若她是凯匹特城最高贵的女人。

露茜莞尔一笑。当她拉住他的手时，他感到一股微弱的电流顺着他的手臂传递过来，把她独有的舞台魅力传递给他。她以夸张、优雅的姿态站起来，而他则微微鞠了一躬。

她在舞台上，你也在舞台上，这就是表演，他心想。

科里奥兰纳斯昂起头，问道："您是否愿意见见我的邻居们？"

"我很乐意，"她说道，仿佛他们正在用下午茶，"我左边更好一点儿。"她说着轻抚了一下脸颊。他一时无法明白露茜的意思，于是引领她来到左边。露茜面对游客，露出了灿烂的微笑，仿佛很高兴来到这里。当科里奥兰纳斯把她带到栏杆旁边时，却感到她紧张的手像虎钳一样死死地抓住他。

在假山石和猴笼铁栏之间原本有一条小河，把动物和游园者隔离开，现在这条小河已经干涸了。科里奥兰纳斯和露茜走下三个台阶，跨过小河走上前去，来到猴园的栏杆前，和游客面对面地站在那里。科里奥兰纳斯特意走到离摄像头几码远的地方，好让它能拍到自己。栏杆间隙大约有四英寸的距离——无法把身子探出去，但把手伸出去却没有问题。一群年龄很小的孩子正站在这里，当他们走近时，孩子们都不敢作声，缩到大人的腿后面去了。

科里奥兰纳斯觉得这"下午茶"的场景设计和所有真实的场景一样，便继续以同样轻松的心态来对待。"你好吗？"他说着，向孩子们弯下身去，"今天我带来了一个朋友，你们想见见她吗？"

孩子们围了过来，有几个还咯咯地笑着。一个小男孩叫起来："是的！"边说边用手拍着栏杆，接着又瑟缩着把手放回口袋里，"我们以前在电视上见过她。"

科里奥兰纳斯引领露茜来到栏杆旁，"我能向您介绍吗？这是露茜·格雷·贝尔德小姐。"

围观者陷入沉默，露茜离孩子这么近，令他们感到紧张，可他们又急于想听到这个陌生的贡品到底要说什么。露茜在距离栏杆一英尺远的地方单膝跪地说："嘿，你好。我是露茜·格雷。你叫什么名字？"

"庞修斯。"男孩说道，同时抬起头来看了他妈妈一眼，似要得到她的首肯。他的妈妈谨慎地看着露茜，而露茜并没有理睬她。

"你好吗，庞修斯？"她说。

像所有受过良好教育的凯匹特孩子一样，他伸出手来要跟她握手，露茜也抬起手来，准备跟他握手。但转而一想，把手伸出栏杆看起来很有威胁性，所以她忍住了。最后还是男孩把手伸进来跟她握了握，她也热情地握着他的小手。

"很高兴认识你。这是你妹妹吗？"露茜看着他旁边的一个小姑娘问道。小姑娘睁着圆圆的大眼睛，正在吃一根手指头。

"这是维纳斯，她只有四岁。"庞修斯说。

"啊，我觉得四岁的孩子已经很聪明喽！很高兴认识你，维纳斯。"露茜说道。

"我喜欢听你唱歌。"维纳斯怯怯地小声说道。

"是吗？太好了。好的，你要继续看哦，宝贝。我会再给你唱歌的，好吗？"露茜说道。

维纳斯点点头，然后害羞地把脸埋到妈妈的衬衫里，引来周围人们的笑声和几声"哦""啊"的感叹。

露茜继续侧身沿着栏杆往前走，边走边跟孩子们打招呼。科里奥兰纳斯跟在她身后不远处，给她让出位置。

"你把你的蛇带来了吗？"一个女孩手里拿着滴答水的冰镇草莓汽水，满怀期待地问道。

"我真希望带着呢。那蛇可是我一个特殊的朋友，你有宠物吗？"

露茜对她说。

"我有一条鱼,"那女孩说着,把身子探进栏杆,"它的名字叫小不点。"

小女孩把汽水换了只手,然后把空出的手朝露茜伸过来,"我能摸摸你的裙子吗?"红色的果汁顺着她的手流到胳膊肘,可露茜只是笑着,把衣服一角递过去。那女孩小心翼翼地抚摸着她裙子的皱褶说:"好漂亮。"

"你的裙子也漂亮。"

那女孩穿的是已经掉色的印花裙子,没有什么值得夸赞的。可露茜还是说:"我顶喜欢波点裙了。"那女孩听了开心地笑起来。

科里奥兰纳斯感觉到围观者对这位贡品的热情高涨起来,不再有意拉开距离。凡事只要与孩子有关,家长的情绪就很容易被调动。家长们看到孩子们高兴,自己也高兴。

出于本能,露茜似乎很清楚这点,她缓缓向前走着,并没有理会大人。当她快要走到拿着摄像机的记者跟前时,一定感觉到有人在拍她。但当她一抬头,发现摄像头正对着自己时,仍微微显出吃惊的样子,接着她大笑起来,"噢,你好。我们要上电视了吗?"

那个凯匹特的记者——一个急于找到报道素材的年轻人,急切地探进身子说:"当然啦。"

"哦,您是?"她问道。

"我是凯匹特新闻的利比达·马尔姆西。呃,露茜,你是来自十二区的贡品喽?"他咧嘴一笑,说道。

"我是露茜·格雷,其实我算不上是十二区的,我们是考维人,我们以音乐为生。有一天我们的族人走岔路了,因此不得不留下来。"

"哦。那……这么说,你是来自哪个区的?"利比达问道。

"算不上哪个区。我们兴之所至,到处游走。"露茜突然停了下来,"嗯,不管怎么说,我们过去是这样的。直到几年前,治安警才把我们集中起来。"

"可是，你现在是十二区的公民啊。"利比达坚持说道。

"如果你非要这样说的话，那就是吧。"露茜的目光又回到人群中，好像她对这样的谈话觉得无聊了。

记者能感觉到她有点心不在焉，"你的裙子在凯匹特可是个大亮点啊！"

"是吗？呃，考维人喜欢鲜艳的色彩，我比多数人更喜欢鲜艳的色彩。这件是我妈妈的，因此对我来讲，它更加特别。"

"她也在十二区吗？"利比达问道。

"她只把骨头留在了那里，亲爱的，像珍珠一样洁白的骨头。"露茜直视着那个记者的眼睛，后者似乎还在思索着下一个问题。她看他半天没想起来，于是她把手指向科里奥兰纳斯说："嗯，你认识我的导师吗？听说他名叫科里奥兰纳斯·斯诺，是一个凯匹特男孩，很明显我占了大便宜，因为其他人的导师还没有一个肯出现在这里欢迎他们的。"

"是啊，他让我们每个人都吃了一惊。是你的老师们让你到这里来的吗，科里奥兰纳斯？"利比达问。

科里奥兰纳斯向前一步，靠近摄像机，为了显得可爱而故意带着一点调皮地说道："他们没说不让我来。"人群里传过来一阵笑声，"但我确实记得他们让我把露茜·格雷介绍给凯匹特人，而我也很认真地对待这项工作。"

"所以，当你冲进贡品待的笼子时，你一秒钟也没多想？"记者追问。

"呃，想了一秒钟，三秒钟，也许很快会想四秒五秒，可如果她能勇敢地站在这里，难道我不能吗？"科里奥兰纳斯承认道。

"哦，准确地说，我当时也没有别的选择。"露茜说道。

"准确地说，我也没有，当我听到你的歌声之后，我就被牢牢吸引了，我承认，我是她的粉丝。"科里奥兰纳斯说道。

这时人群中发出一阵掌声，露茜轻摆裙裾，作为礼貌的回应。

"呃，科里奥兰纳斯，就冲你这份献身精神，希望学校能同意你的做法。我想你马上就会知道的。"利比达说道。

说话时，猴舍尽头带坚固铁窗的金属门突然打开了，科里奥兰纳斯转过身，看到四人组成的治安警小分队直冲他走过来。他立刻转向摄像头，希望能够华丽地退场。

"感谢各位参与，请记住了，这就是露茜·格雷·贝尔德，代表十二区。如果您有时间就请来动物园拜访，向她问声好。我保证您一定不虚此行。"他说道。

露茜优雅地把手伸向科里奥兰纳斯，让他行吻手礼，他满足了她的要求。而当他的嘴唇碰到她的皮肤时，他有种触电般的喜悦感。他再次向人群挥挥手，然后平静地走向治安警。其中一个治安警微微点头，他没再多说什么，在一片充满敬意的掌声中，随治安警走出了猴笼。

当门在身后关上时，他长长地舒了一口气，这时他才意识到刚才是多么的害怕。在重压之下他仍能如此优雅，他不禁在心里默默地祝贺自己。但是从治安警怒视他的表情来看，似乎表明他们并不赞同他的想法。

"你在玩什么花样呢？那里不允许你进去。"一个治安警问道。

"我也这么想，是你们这伙人里有个冒失鬼把我扔进去的。"科里奥兰纳斯回答。

科里奥兰纳斯想，自己用了"这伙人""冒失鬼"已足以显出自己在治安警面前的优越感了。"我原本只想搭个便车来动物园。我可以向你们的领队做出解释，也可以指认干了这事的治安警。可我对你还是要表示感谢。"

"嗨，嗨，我们接到命令，要把你带回学校。"治安警直截了当地说。

"这样更好。"科里奥兰纳斯说道。

听上去科里奥兰纳斯自信满满，然而学校反应这么快，倒令他感到不安。

虽然治安警车座后的电视机已经坏了，但科里奥兰纳斯仍能从车窗外时不时闪过的公共大屏幕上，大致看明白他身陷猴笼的经过。屏幕上先是出现了露茜，然后才是他，他感到整个城市上空有一股紧张兴奋的气氛弥漫开来。他从来没有计划过如此大胆的行为，但既然一切已经发生了，那他就好好享受吧。说真的，他觉得自己表现得不错。头脑冷静，立场鲜明，介绍了女孩，而她表现得也很自然。他既保持了尊严，还颇有幽默感。

等来到学校时，科里奥兰纳斯已经恢复了平静，走上台阶时满怀信心。每个人都在扭头看他，这让他更加笃定。如果没有治安警陪护，他可以肯定同学们立刻会围上来。本以为治安警会把他带到办公室，但他们却偏偏把他丢在高年级生物实验室门口的长凳上。这个实验室只有最有才华的高年级理科生才允许进入。

尽管生物不是他最喜欢的科目——福尔马林的味道让他反胃，而且他讨厌跟别人合作，但因为在基因组合方面成绩突出，他在这个班上也赢得了一席之地。可无论他成绩多好，都没办法跟那个奇才艾欧·佳思珀相比，她仿佛长了一双显微镜似的眼睛。科里奥兰纳斯对艾欧总是十分谦和有礼，结果是，她也很敬佩他。对于一个硬挤进这个班的人来说，这点小小的举动对他却大有帮助。

但话说回来，他算什么，哪里能有优越感呢？在他座位的对面，有一块告示牌，上面有一条通知。内容如下：

第十届饥饿游戏
导师分配名单

一区

男孩　　利维娅·卡迪尤

女孩　　帕尔米拉·蒙蒂

二区

男孩　塞亚纳斯·普林斯

女孩　弗洛鲁斯·弗兰德

三区

男孩　艾欧·佳思珀

女孩　厄本·坎维尔

四区

男孩　珀塞弗涅·普赖斯

女孩　菲斯塔斯·克里德

五区

男孩　丹尼斯·弗凌

女孩　伊菲吉妮娅·莫丝

六区

男孩　波罗·林

女孩　戴安娜·林

七区

男孩　维普萨尼亚·茜科

女孩　普林尼·哈灵顿

八区

男孩　朱诺·菲普斯

女孩　希拉里斯·海文斯比

九区

男孩　盖乌斯·布林

女孩　安卓克利斯·安德森

十区

男孩　多美亚·韦姆斯维克

女孩　阿拉克妮·克林

十一区

男孩　　克丽曼莎·德芙克特

女孩　　费利克斯·莱文斯蒂

十二区

男孩　　利西翠妲·维克斯

女孩　　科里奥兰纳斯·斯诺

　　科里奥兰纳斯的名字缀在最后，像是什么人临时加上去的，还有什么更刺眼的方式来提醒人们，他的位置已如此岌岌可危了吗？

　　科里奥兰纳斯正在纳闷为什么会被带到实验室，几分钟后，一个警卫招呼他进去。他小心翼翼地敲敲门，里面的人让他进去，他听得出这是海波顿学监的声音。他本以为塞蒂莉娅会在这里，却发现是另外一个人——一个矮个、驼背、留着灰色卷发的上了年岁的女人。她正在用一根铁棍拨弄笼子里的一只兔子。她透过网眼去戳那只兔子，只见这只咬合力不亚于比特犬的转基因兔一口咬住她手里的铁棍，咔嚓一下把它咬断了。之后，她尽力直起身子，边转向科里奥兰纳斯，边大声说道："蹦蹦！跳跳！"

　　眼前这人是瓦留尼亚·高尔博士，饥饿游戏组委会的主席，凯匹特实验武器部的幕后掌舵人，一个令科里奥兰纳斯自幼起便闻风丧胆的人。记得在一次学校组织的野外考察中，他和一些九岁的同班同学一起，亲眼目睹高尔博士用类似激光的东西把一块小白鼠肉烧焦了，然后还问他们谁有玩腻了的宠物。科里奥兰纳斯没有宠物——他们怎么可能养得起？但是普鲁瑞伯斯·贝尔有一只名叫博亚·贝尔的毛茸茸的白猫，它总是趴在主人的膝盖上，还总用爪子拍主人撒了香粉的假发。它很喜欢跟科里奥兰纳斯玩，只要拍拍它的脑袋，它就会发出低沉而单一的咕噜声。在他踩着烂泥，用利马豆去换卷心菜的那些凄惨的冬日里，是它憨态可掬的样子温暖着他、抚慰着他。对他来说，让博亚·贝尔死在实验室是特别可怕的想法。

科里奥兰纳斯知道高尔博士在大学里教书，但他很少看到她来私立中学。虽然她贵为大赛组委会的主席，但只要和饥饿游戏相关的事务，都逃不过她的眼睛。她是因为科里奥兰纳斯去动物园的事才专门跑到这里的？难道他就要失去导师资格了吗？

"蹦蹦，跳跳。"高尔博士咧开嘴笑了，"动物园怎么样？"她问完便大笑起来，"这就像那首儿歌里唱的'蹦蹦跳跳'。动物园里怎么样？你掉到一只笼子里，而你的贡品也掉进去了！"

科里奥兰纳斯嘴唇微微上翘，勉强笑了笑，同时偷瞄了一眼海波顿学监，想看他什么反应，好知道该说什么。可海波顿却只瘫坐在一张实验桌旁，使劲地揉着太阳穴，像是头疼得厉害。看样子从他那里得不到任何暗示。

"是的，我掉进……哦，不，是我们……我们都掉进笼子里去了。"科里奥兰纳斯说道。

高尔博士仍注视着他，似乎期待他再说些什么，"然后呢？"

"嗯……我们……正好掉到一个舞台上？"他补充道。

"哈！完全正确！你们正是如此！"高尔博士赞许地看了他一眼，"你对游戏很擅长，也许有一天你会成为一名饥饿游戏组委会成员。"

科里奥兰纳斯从未想过这个问题。他并非不尊重从事这项工作的瑞莫斯，不过这确实算不上什么好工作。把一群孩子和杀人利器投入一个竞技场，让他们决一死战，也不需要什么特殊技能。当然大赛组委会需要举办收获节活动、拍摄比赛过程等，但他希望自己能得到更具挑战性的工作。

"我还有很多东西要学，在这之前，我连想都不敢想。"他谦虚地说道。

"你需要的是直觉，这是最重要的。呃，告诉我，你是怎么进到笼子里的？"高尔博士说道。

这是一个意外。他刚准备这么说，但突然想起露茜在他耳边所说的"坦然面对"。

"嗯……我的贡品，她的胜算不大，她是那种饥饿游戏开始不到五分钟就被淘汰的选手。但她会唱歌，还有别的技巧，所以她身上有种莫名的吸引力。"科里奥兰纳斯停顿了一下，似乎想检验他这样说是否可行，"我认为她没什么机会赢，可重点不在这儿，不是吗？老师告诉我们要设法让观众感兴趣，要吸引大家来观看，这才是我的任务。因此，我问自己，首先我怎么才能接触到观众？答案是，我需要到有摄像头的地方。"

高尔博士点点头："是的，是的。没有观众就没有饥饿游戏。"她转身看着海波顿学监，"你瞧，卡斯卡，这孩子采取了主动。他懂得了让饥饿游戏具备活力的重要性。"

海波顿学监乜斜着眼睛，一脸的怀疑，"是吗？也许他只是为了提高成绩在炫耀吧？科里奥兰纳斯，你认为饥饿游戏的目的是什么？"

"为了惩罚那些叛逆的辖区。"科里奥兰纳斯干脆地回答。

"是的，但是惩罚有一万种方式，为什么要用饥饿游戏的方式？"学监问道。

科里奥兰纳斯刚张口要说，却犹豫了。为什么要采用饥饿游戏的方式？为什么不直接往各辖区扔炸弹，或切断食品供应，或在各区司法大楼门前的台阶上直接处死那些叛逆者呢？

他突然想到露茜单膝跪在栏杆前，向孩子们问好的情形，想到栏杆外的人群放下戒心，变得热情起来的情形。这些事情都是相互关联的，但他不知道怎么表达，"因为……是因为孩子们，他们对大人有影响。"

"怎么影响？"海波顿学监对这个问题紧追不放。

"大人都爱孩子。"科里奥兰纳斯说道。话虽这么说，可他自己却未必深信。在战争期间，他历经了轰炸、饥饿和各种各样的虐待，而且给他施加痛苦的不仅是那些反叛者，还有自己人。有人抢过他的卷心菜，还有一次一个治安警因他不小心过于靠近总统官邸打青了他的下巴。最让科里奥兰纳斯感到寒心的是，他因感染禽流感而倒在街头悲惨挣扎时，没有一个人肯停下来帮助他。他发着高烧，身体冰冷，四肢像针扎般疼痛。幸亏那晚泰格莉丝发现了他，她拖着病躯千方百计把他弄回了家。

想到这些，科里奥兰纳斯犹疑起来。"大人有时候爱孩子。"他补充道，但这话却缺乏说服力。当他细想这个问题时，觉得似乎大人对孩子的爱很不稳定。"我不知道为什么。"他最后不得不承认。

海波顿学监瞟了高尔博士一眼说："看见了吧？这是个失败的实验。"

"没人观看才是失败！"高尔博士反驳道。她微笑着用宽容的目光看着科里奥兰纳斯，"他自己还是一个孩子。给他一点儿时间，我感觉这孩子不错。好了，我要去看我的变种动物了。"她拍拍科里奥兰纳斯的肩膀，拖着脚朝门口走去。"这是高度机密的，在那些爬行动物身上正在发生奇妙的事情。"

科里奥兰纳斯正准备跟出去，这时海波顿学监突然发话，因此他不得不停下了脚步，"这么说你的表演都是计划好的。那就奇怪了，当你在笼子里站起来的时候，我觉得你正想着怎么逃跑呢。"

"那个入口比我想象中的要特别，我花了好一会儿才辨清方向。应该说，我还有很多地方要学习。"科里奥兰纳斯解释说。

"这其中就包括界限感。一个人采取了有伤同学的鲁莽行动是会受到记过处罚的。坦率地说，这人就是你。这条记录会永远跟着你。"海波顿学监冷冷地说道。

记过？到底是什么意思？科里奥兰纳斯必须要重新阅读学生手册，才能找到反驳的理由。但他的思绪被海波顿学监的举动打断了，只见他从兜里掏出一个小瓶，拧开盖子，往自己的舌头上滴了三滴透明液体。

不管那瓶子里装的是什么，但最有可能的是吗啡。吗啡起效很快，只见海波顿学监的整个身体松弛下来，眼睛也迷蒙起来。他皮笑肉不笑地说道："你要是被记过三次的话，就会被开除的。"

· CHAPTER 05 ·

猴笼歌声

科里奥兰纳斯还从未受过校方的惩罚，从未有过污点，因此有点难以接受，他刚想提出反驳意见，"可是……"

"走吧，趁着你还没有因为不服而被第二次记过。"海波顿学监打断道。他的话很强硬，容不得讨价还价。科里奥兰纳斯只好服从。

开除？海波顿学监真的用了这个词？

科里奥兰纳斯怀着忐忑不安的心情离开了学校，然而，很多人对他表示出关心和爱护，再次纾解了他内心的焦虑和烦恼。这些人包括他在走廊遇到的同学——他们对他投来关切的目光；包括泰格莉丝、奶奶——她们因为担心，晚饭只匆匆吃了一点儿煎蛋和白菜汤；包括那些素未谋面的陌生人——当晚他急于参与饥饿游戏，在匆匆返回动物园的路上遇到了他们。

落日柔和的余晖染红了天际，凉爽的晚风吹散了白日的酷热。有关部门已经把闭园时间延长到九点，好让市民观看贡品，但自上次他来这里之后，已经不再有直播了。科里奥兰纳斯决定再去看看露茜，并建议她再唱一首歌。观众会喜欢她唱歌的，也许还能把电视镜头吸引过来。

科里奥兰纳斯走在动物园弯弯曲曲的小径上，不禁怀想起小时候在这里度过的美好时光，可当他看到现在动物园里一个个空荡荡的笼子时，又不禁心怀惆怅。这里曾有很多来自凯匹特基因方舟的奇妙动物。而现在呢，一个笼子里关着一只孤独的乌龟，它正趴在泥潭里呼哧呼哧地喘着粗气。另一处有一只脏兮兮的犀鸟在高高的树枝上发出粗嘎的叫声，从一个笼子的上方，飞到另一个笼子上去。它们是经历了战争而活下来的极少的动物，多数的动物都被饿死或者吃掉了。一对瘦得皮包骨的浣熊，可能是从邻近的城市公园跑过来的，正在一个翻倒的垃圾箱里找吃的。唯一茁壮成长的动物是老鼠，它们正在几英尺外的人造喷泉的边缘追逐嬉戏。

科里奥兰纳斯快走到猴笼的时候，路上的人也多起来，有百十来个人站在围栏四周。还有的人在急匆匆赶来，其中的一个人推搡了一下科里奥兰纳斯的胳膊，他马上认出来这人是利比达，他正和一个摄影师一起，穿过人群往前挤。前面好像发生了什么，人群一阵纷乱，他干脆爬上一块大石头，好看得清楚些。

令科里奥兰纳斯懊恼的是，他看到塞亚纳斯站在笼子边上，身边放着一个大旅行包，他的手伸进围栏，正要把一块像是三明治的东西递给里面的贡品。科里奥兰纳斯听不清他说什么，但他似乎正在劝说迪尔——那个十一区的女孩，接过他手里的东西。塞亚纳斯究竟想干什么？难道是想超过他，把科里奥兰纳斯白天取得的轰动效果夺走？窃取他来动物园的创意，并把自己包装成科里奥兰纳斯拼不起的样子，因为他知道科里奥兰纳斯没钱？那个旅行包里装满了三明治吗？那个叫迪尔的女孩甚至不是他指导的贡品。

塞亚纳斯看到科里奥兰纳斯的时候，显得很高兴，挥手让他过去。科里奥兰纳斯慢悠悠地穿过人群走过去，享受着人们对他的关注。

"有问题吗？"科里奥兰纳斯问，顺便扫了一眼那个大背包，里面不仅装着三明治，还有鲜李子。

"他们没一个人信任我，为什么呀？"塞亚纳斯问道。

一个自命不凡的小姑娘大步走到他们旁边，指着笼边一块木牌说道："上面写着，'请勿投喂动物'。"

"可他们不是动物，他们是孩子，和你我一样。"塞亚纳斯说。

"他们和我不一样！他们是辖区的，所以他们才被装在笼子里！"小姑娘反驳道。

"更正一下，和我一样，"塞亚纳斯面无表情地说道，"科里奥兰纳斯，你能让你的贡品过来吗？如果她过来了，其他人兴许也会过来。他们肯定饿了。"

科里奥兰纳斯大脑迅速转动起来。今天他已经得了一个处分，不想再在海波顿那里冒一次险。话反过来讲，这个处分理由是将同学置于危险之中，而他现在在栏杆的另一侧，很安全。况且，比海波顿更有影响力的高尔博士已经赞扬了他的创意。说实话，他也不想把舞台让给塞亚纳斯。动物园是他的舞台，他和露茜是舞台上的明星。即使现在人声嘈杂，他也能听到利比达和他的摄像师提到自己的名字，感觉到凯匹特的观众正在看着他。

科里奥兰纳斯看到露茜待在笼子的尽头，正就着墙壁里伸出来的及膝高的水龙头洗手。她用裙子擦了擦手，理了理卷发，然后扶正了耳后的玫瑰。

"我不能当她是动物似的喂给她吃的。"科里奥兰纳斯对塞亚纳斯说，"把食物从围栏里给她递进去，这不是对待优雅女士的方式。至少不是我的方式。但我可以给她吃的。"

塞亚纳斯马上点点头，"随便拿，我老妈做了好多，请随便拿。"

科里奥兰纳斯从包里挑了两个三明治、两枚李子，走到猴笼边一块平坦的石头旁边，这里似乎可以当座位。从小到大，即使在最糟糕的岁月里，他在出门时兜里都会带着一块干净的手帕。奶奶坚持认为，适当保持一些礼节和仪式感可使生活免于陷入杂乱无序的状态。家里的手帕有好几抽屉，从普通的蕾丝边手帕，到精致的绣花手帕。他把这块磨旧了的、微微发皱的尼龙手帕铺开，把食物放到上面。他坐下之后，露茜就很自然地走了过来。

"那些三明治是给每个人吃的吗？"她问道。

"只是给你的。"他回答道。

露茜弯下腰拿了一个三明治，看了看三明治里夹的什么，然后从角上咬了一小口问："你不吃吗？"

科里奥兰纳斯不太肯定。到目前为止，他在镜头前的表现还不错，把露茜单独叫过来，在观众面前展示了她的价值。可是跟她一起吃三明治，可能就越界了吧？

"还是你吃吧，好保持体力。"科里奥兰纳斯说。

"怎么？这样我就能在竞技场拧断杰瑟普的脖子？你我都知道那不是我的强项。"露茜揶揄道。

一股三明治的香味飘过来，引得科里奥兰纳斯的肚子咕咕直叫。那雪白的面包里夹着一大块肉饼，让人垂涎欲滴。他错过了中午在学校的午饭，家里的早饭和晚饭也单一乏味，而从露茜的三明治里挤出的一团番茄酱彻底勾起了他的食欲。他拿起另一个三明治，一口咬了下去。顿时一种愉悦感穿过他的身体，他真想大快朵颐，三口两口给它吞下去，却又不得不努力克制冲动。

"现在这样就像是野餐。"露茜扭头看着其他的贡品，他们似乎还在犹豫着。

"你们都该来一个，味道真不错！来吧，杰瑟普！"她大声说道。

露茜身躯庞大的同伴壮起胆子，慢慢靠近塞亚纳斯，从他手里接过三明治。他等塞亚纳斯又给了他一个李子，才一声不响地走开了。这时，其他的贡品突然一拥而上，冲到围栏旁，从栏杆里伸出手去。塞亚纳斯以最快速度把食物分给他们，一瞬间背包几乎空了。贡品们四散到猴笼各处，蜷缩着身子护着自己的食物，狼吞虎咽地吃起来。

唯一没有冲到塞亚纳斯身边的是他要指导的贡品，来自二区的那个男孩。他靠着猴笼，一双粗壮的手臂交抱在胸前，直直地盯着他的导师。

塞亚纳斯从包里拿出最后一个三明治，喊道："这是给你的，马库斯①。拿走吧，求你了。"

但是马库斯仍面无表情，一动不动。

"求你了，马库斯，你肯定饿了。"塞亚纳斯请求道。

马库斯从头到脚冷冷地扫了塞亚纳斯一眼，然后毫不犹豫地转过身去。

露茜饶有兴味地看着两人僵持在那里，问道："这是怎么回事？"

"你什么意思？"科里奥兰纳斯问道。

"我说不清，但我感觉他俩之间好像有点儿私人恩怨。"露茜说。

那个在卡车里想要杀死科里奥兰纳斯的小个子男孩噌地跳起来，把最后一个没人要的三明治抓到手里。塞亚纳斯也没阻止他。记者想聚焦塞亚纳斯，但塞亚纳斯却推开旁边的人，消失在人群里，肩上还挎着空荡荡的背包。记者又拍了一会儿其他贡品，最后走到露茜和科里奥兰纳斯身边。科里奥兰纳斯赶紧坐直了身子，用舌头清理掉牙齿上的肉渣。

"我们现在正在动物园，这是科里奥兰纳斯·斯诺和他指导的贡品露茜·格雷·贝尔德。另一名同学刚刚分发了三明治。他是导师吗？"利比达把麦克风伸到他们俩跟前，等待回答。

科里奥兰纳斯不想与塞亚纳斯共享新闻头条的位置，免得被人抢了他的风头，但塞亚纳斯的出现的确能给他提供保护。难道海波顿学监也会给校园捐建者的儿子一个处分吗？几天前，他还认为斯诺的名字比普林斯这个名字更响亮，可收获节的贡品分配名单证明他的想法是错误的。如果海波顿学监准备对他挑三拣四，那他会把塞亚纳斯也捎上。

"他是我的同学塞亚纳斯·普林斯。"他对利比达说。

"他在干什么？把美味的三明治带给贡品？可凯匹特肯定会给他们吃的。"记者说道。

"哦，到目前为止，我最后一顿饭是在收获节前一天晚上吃的。所

———————————

① 马库斯（Marcus）：意为大铁锤。

以我大概已经有三天没吃东西了。"露茜直言不讳地说道。

"噢，好吧，那就好好享用你的三明治吧！"利比达说。

利比达示意把镜头转向其他贡品。露茜马上站了起来，身体靠住栏杆，她的这一举动立刻把聚焦点拉了回来。

"记者先生，您知道怎么做才好吗？如果大家有多余的食物，请他们把食物带到动物园里来。如果我们虚弱得打不起来，那饥饿游戏就没什么看头了，您说对吗？"

"这话有一定道理。"那位记者说道，语气中仍略带犹疑。

"我呢，喜欢甜食，可我并不挑食。"露茜面带微笑，咬了一口李子。

"好吧，好吧，那么……"利比达支支吾吾应付着，然后走开了。

科里奥兰纳斯看得出，那个记者仍在犹豫，他会帮助露茜向市民索要食物吗？这是不是等于在谴责凯匹特？

当新闻记者去报道其他贡品时，露茜在科里奥兰纳斯对面坐下来问："我这么说过分吗？"

"我觉得不过分。我没想到需要给你带吃的，对不起。"

"嗯，我趁着没人注意的时候，一直在吃这个玫瑰花瓣。"她耸耸肩，"我们没吃的，你原来也不知道呀。"

他们默默地吃完了食物，看着记者去采访其他贡品，但都失败了。太阳已经落山了，一轮明月缓缓升起，把月光洒向大地。动物园很快就要关门了。

"不知道你能不能给大家再唱首歌，这也许是个不错的主意。"科里奥兰纳斯说道。

露茜把最后一口李子吃掉，点点头说："嗯，你说的也许有道理。"她用裙子轻轻地擦擦嘴角，然后理了下裙子，一改平时俏皮的口吻，一脸严肃地问道："呃，作为我的导师，你能有什么好处？你在上学，对吧？那你能得到什么？我表现得越出色，你的成绩就越好？"

"也许吧。"科里奥兰纳斯觉得有些尴尬。

此时，在这个相对私密的角落，他突然第一次意识到她几天后就会死掉。当然了，这一点他早就知道。可他更多地把她当作一个参赛者，是竞赛中的小马，恶斗中的猛犬。他越是特别地对待她，她就越发像一个人。正如塞亚纳斯对那个小女孩说的，即使露茜不是凯匹特人，她也不是一个动物。而他现在在做什么？真像海波顿学监所说的，在作秀吗？

"说实话，我也不清楚能得到什么，饥饿游戏以前是没有导师的。另外，你不用非得这样，我是说，唱歌什么的。"科里奥兰纳斯坦诚地说。

"我知道。"露茜说。

话虽那么说，科里奥兰纳斯还是想让露茜唱歌，"可是，如果大家喜欢你，就会给你带来更多食物。我家也没多少富余的食物了。"

在昏暗中，他的脸刷地红了。他为什么要对露茜自曝家丑？

愚蠢，他对自己说。然而，在与她的目光相遇的瞬间，他第一次意识到她是真的对他感兴趣。

"是吗？我一直以为你们在凯匹特有吃不完的食物。"露茜说。

"哦，不是。在战争期间更没吃的。一次，我只为了不让肚子疼，吃了半罐面糊。"

"是吗？怎么样，好吃吗？"她问道。

一听这话，他被逗乐了，竟连自己都意想不到地哈哈大笑起来，"那面糊真的很黏。"

露茜也笑起来，"我敢说，这听上去比我吃的东西强多了。咱们可别拿这事一比高下。"

"当然不会。"他笑着说，"听我说，对不起，我会给你找些吃的，你不用为吃的非去唱歌不可。"

"哦，这不是第一次我为了晚饭而唱歌，已经很多次了。我真的喜欢唱歌。"她说。

这时扩音器里传来了声音，宣布动物园很快要关门了。

"我该走了。可是，明天我能来见你吗？"他问。

"反正你知道在哪里能找到我。"她说。

科里奥兰纳斯站起身来，掸掸裤子，抖抖手帕，把它叠起来，透过栏杆递给她。"这是干净的。"他向她保证。至少，她可以用来擦脸。

"谢谢，我把我的落在家里了。"她回答道。

露茜说完"家"这个字，两人之间的空气一下子凝固了。一个"家"字，令她想起了那扇永远不会再打开的门，想起那些永远见不到的亲人。而他，也同样无法忍受与家人分离的痛苦。家是他无可争议的归属地，是他安全的港湾，是他与家人的堡垒。此刻他也不知该如何作答，因此仅仅点了点头，算是给她道了晚安。

科里奥兰纳斯走了不到二十步，就听到从她那里传来了歌声，那歌声清新甜美，穿透了夜空，他不由得停下了脚步。

> 在那河谷，深深的河谷，
> 在那夜晚，听到火车隆隆，
> 火车啊，爱人，听到火车隆隆，
> 在那夜晚，听到火车隆隆。

已经陆续离开的观众，听到歌声又转过身去。

> 建一座房屋吧，建得高又高，
> 让我看着我的爱人从此过，
> 看他从此过，爱人，看他从此过。
> 让我看见我的爱人从此过。

每个人都静静地听着——游客和贡品。此时，只能听到露茜的歌声和推向她的摄像机的声音。她仍然头倚栅栏，坐在角落。

给我写信吧，把它寄送，

火漆封缄，寄到凯匹特牢笼，

凯匹特的牢笼啊，爱人，凯匹特的牢笼。

火漆封缄，寄到凯匹特牢笼。

她的声音是如此的忧伤，如此迷茫……

红色的玫瑰，爱人，紫色的紫罗兰，

天堂的鸟儿懂得我的深情。

懂得我的深情，啊，懂得我的深情，

天堂的鸟儿懂得我的深情。

　　科里奥兰纳斯被那歌声深深地迷住了，站在那里一动不动，回忆伴着歌声如潮水般向他涌来。以前，妈妈常常在睡觉前给他唱歌。虽然曲调不一样，但歌词却一样，红色的玫瑰，紫色的紫罗兰。歌里也唱到对他的爱。他想起了床头柜上镶在银色相框里的照片，美丽的妈妈怀里抱着大约两岁时的他，他们正看着彼此，笑得很开心。无论他怎样努力，都记不起那拍照时的瞬间，但是这首歌却触碰到他记忆的深处，把她唤回，令他仿佛感受到她的存在，隐隐闻到她身上玫瑰香粉的迷人芳香，感觉到每晚包裹着的他、带给他安全感的毯子的温暖。

　　时光飞到从前，飞到妈妈去世之前的那段日子。那是战争开始几个月，第一次大规模空袭使这座城市陷于瘫痪，他们的日子过得极为艰难。他记起他的母亲即将分娩，却无法送去医院，她的身体崩溃了，也许是大出血？汩汩流淌的鲜血染红了床单，厨娘和奶奶竭力想止住血，而泰格莉丝则把他从房间里往外拽。不久，妈妈就死了，还有那婴儿——原本可以成为他妹妹的婴儿也死了，紧接着他的爸爸也命丧沙场。妈妈和爸爸相继去世，给科里奥兰纳斯带来的失落和伤痛却截然不同。科里奥兰纳斯的床头柜抽屉里至今仍存放着妈妈的粉盒。在特别难熬的日子里，当他难以入睡时，总会把它打开，闻一闻丝滑的粉饼所散发出的玫瑰的香味。这味道总能给他以安慰，让他回忆起与这香味相伴的母亲的爱意。

炸弹与鲜血，就是这样，那些反叛者杀死了他的母亲。科里奥兰纳斯心想，是不是他们也杀死了露茜的母亲。露茜说过，十二区"只剩下她珍珠般的白骨"。露茜似乎并不喜欢十二区，总是把自己和十二区分开来，声称她是什么来着……考维族？

"谢谢你能来。"塞亚纳斯的声音吓了他一跳。他刚才一直坐在几英尺远的地方，被一块大石头挡住了，正在听歌。

科里奥兰纳斯清清嗓子，"没什么。"

"我怀疑，咱班的同学没人愿意帮忙。"塞亚纳斯加重了语气说。

"其他同学没有一个露过面，他们和我们不是一类人。你是怎么想起来给贡品带食物的？"科里奥兰纳斯问。

塞亚纳斯低头看着脚下的空背包说："自从收获节以来，我就一直想象我是这些贡品中的一员。"

科里奥兰纳斯差点笑出来，但很快意识到塞亚纳斯是认真的，便半开玩笑地说："这真是独特的娱乐方式。"

"我也控制不住自己。"塞亚纳斯的声音非常低沉，像是在呓语，科里奥兰纳斯必须竖起耳朵才能听得到，"……他们念到我的名字，我走上前台，现在他们铐住我的手，他们正在无缘无故地殴打我，现在我上了火车，四周一片黑暗，我饥肠辘辘，特别孤独，周围只有那些我必须杀死的同伴。现在我被拉去在大庭广众之下展览，那些陌生人带着孩子，透过栏杆正盯着我……"

一阵生锈的车轮子发出的吱扭吱扭的声音从猴笼那边传来，吸引了他们的注意力。有十几捆干草从猴笼的滑道滚落下来，堆在猴笼的地上。

"你瞧，那一定是我的床。"塞亚纳斯说道。

"这事是不会发生在你身上的，塞亚纳斯。"科里奥兰纳斯安慰道。

"很有可能。要是我们不太富裕，这也不难想象。假如我还在二区，或许还在上学，或许已经在矿上做工，但肯定会参加收获节。你看到我的贡品了吗？"他说。

"他挺惹眼的，我想他很有可能会胜出。"科里奥兰纳斯承认道。

"你知道吗？在我来这儿之前，还在家乡的时候，他是我同学。他的名字叫马库斯。他算不上是我朋友，但肯定不是敌人。记得有一天我的手指头卡在门缝里了，夹得很疼，是他从窗台上捧了一捧雪来帮我消肿。他甚至没有跟老师说，就直接过来帮我。"塞亚纳斯一股脑把过去的事情都倒了出来。

"你觉得他还记得你吗？你们那时候还小，那之后又发生了很多事情。"科里奥兰纳斯说。

"噢，他记得我。普林斯家族在家乡臭名远扬。臭名远扬，而且遭人唾弃。"塞亚纳斯说话时一脸痛苦。

"可现在你是他的导师啊。"科里奥兰纳斯说。

"可现在我是他的导师……"塞亚纳斯重复着。

猴笼的光线很昏暗。几个贡品在里面来回走动，正用干草给自己铺过夜的草窝。科里奥兰纳斯看到马库斯对着水龙头喝水，又往头上洒水，然后直起身走过去拿干草，当他与其他贡品身影交错时，愈发显得高大魁梧。

塞亚纳斯踢踢脚下的背包说："他不吃我给的三明治，他宁愿饿着参加比赛，也不愿从我手里拿吃的。"

"这不是你的错。"科里奥兰纳斯说道。

"我知道，我知道。我这么做无可指责，我都快要窒息了。"塞亚纳斯说道。

科里奥兰纳斯正要劝塞亚纳斯别再胡思乱想，猴笼子里突然有人打了起来。原来，两个男孩因争抢同一个草垛而发生了争执，结果马库斯走过去，一手抓住一个人的衣领，像扔破娃娃似的猛地把两人扔到一旁，那两人被甩出几码远，跟跟跄跄地跌倒在地，之后便灰溜溜地躲到黑暗的角落去了。马库斯拿了自己的草垛，跟没事人一样。

"就算饿肚子，他还是会赢的。"科里奥兰纳斯说道。如果说他对此曾有过什么疑虑，那么马库斯刚才力量的展示完全可以打消他的疑虑。塞亚纳斯分到了最强有力的选手，这点仍使他感到苦涩。塞亚纳斯对这事却是怨气冲天，不断抱怨他爸爸给他买了最好的选手，科里奥兰纳斯听着很是心烦，说："我们中的任何人得到了马库斯都会感到高兴的。"

塞亚纳斯眼前一亮说："真的？那你拿去吧，他是你的了。"

"你不会是认真的吧。"科里奥兰纳斯说道。

"百分之百是认真的。"塞亚纳斯说着，猛地站了起来，"我想让你认领他，我领走露茜·格雷。虽然这也同样可怕，但我至少不认识她。我知道大家都喜欢她，可在竞技场这对她有什么用？她是不可能打败马库斯的。和我交换贡品吧，赢得比赛，拿走这荣誉，求你了，科里奥兰纳斯，我是永远不会忘记你的大恩大德的。"

有那么一会儿，科里奥兰纳斯仿佛感受到了胜利的喜悦和人群的欢呼。如果他能让露茜成为观众最喜爱的人，不难想象他可以如何为马库斯这样身强力壮的人造势！而且，说实话，露茜能有多少赢的机会？科里奥兰纳斯把目光转向露茜，此时，她正像困兽一般靠着栏杆，在昏暗的光线中，她的光彩、她的特长都黯然失色，她看上去不过是一个灰头土脸、满身伤痕的动物。这比赛不属于这些女孩子，甚至不属于那些男孩子。让她去打败马库斯，这简直太可笑了，这就像一只会唱歌的小鸟和一只大力灰熊的对决。

科里奥兰纳斯心动了，刚要说"好"，却停了下来。

与马库斯合作赢得比赛不足挂齿，它既无需智慧，也无需技巧，甚至无需特别的好运。与露茜合作去争取赢得比赛是风险很大的赌注，可一旦成功，则意义非凡。再说了，赢得比赛是最重要的吗？还是吸引观众是重点？不错，因为他，露茜已成为饥饿游戏中涌现的耀眼的明星，无论谁赢，她都是最难忘的选手。他们俩在动物园双手紧扣在一起，共同面对观众的一幕幕又浮现在他的眼前。他们是一个团队，她信任他，他没法跟她说为了马库斯而抛弃了她，更糟糕的是，或许还要对观众解释。

另外，如何保证马库斯更愿与他而不是与塞亚纳斯合作？他看上去不像是愿意听命于他人的人。结果很可能是，科里奥兰纳斯像个傻瓜一样祈求马库斯听命于他，而露茜却事事围着塞亚纳斯转。

还有另外一层考虑。他现在拥有塞亚纳斯想要的东西，特别想要的东西。塞亚纳斯已经抢夺了他的利益：他的遗产、他的衣服、他的糖果、他的三明治和斯诺所应拥有的特权。而现在，他还要进一步去剥夺他的公寓、他读大学的权利、他的未来……让人扎心的是，塞亚纳斯还对自己的好运抱怨连天，甚至还排斥拒绝，认为这是一个惩罚。如果拥有马库斯让塞亚纳斯不安，那么，很好，让他不安去好了。露茜是属于科里奥兰纳斯的，塞亚纳斯永远、永远都别想得到。

"对不起，我的朋友，我还是想留下她。"科里奥兰纳斯云淡风轻地说。

· CHAPTER 06 ·

血色黄昏

塞亚纳斯一脸失望，科里奥兰纳斯不无得意地看着他，但时间并不长，因为这点小得意根本算不上什么。"你瞧，塞亚纳斯，也许你并不这么认为，可我这是在帮你，你想想，如果你爸爸发现，他费了九牛二虎之力才给你争取的贡品，你却给换掉了，他又会怎么想？"

"我不在乎。"塞亚纳斯说道，但这话听上去没什么底气。

"好吧，就算你不在乎你爸爸怎么想，那学校呢？我怀疑交换贡品是不允许的。因为和露茜提早见面，我已经受到了处分。即使我想换，露茜会同意吗？再说了，那个可怜的小东西已经离不开我了。抛弃她等于扔掉一个小动物。我肯定是不忍心的。"科里奥兰纳斯说。

"我真不该问，我真没想到这事会让你为难。对不起，只不过……只不过整个饥饿游戏的事情让我崩溃！我是说，我们究竟在干什么？把孩子们放到竞技场让他们互相残杀？这么做是大错特错的。动物都会保护他们的幼崽，不是吗？我们人类也一样。我们应尽力保护孩子！这是人类的天性。谁真心想这么干？这是违反自然法则的。"塞亚纳斯说，他的真实想法从话中流露出来。

"这确实不是什么美好的事。"科里奥兰纳斯表示赞同，警惕地扫了一眼四周。

"这是邪恶的，与我的价值观背道而驰。我不能助纣为虐，特别是对马库斯。我必须要想办法脱身。"塞亚纳斯说道，眼里噙着泪水。

塞亚纳斯的痛苦让科里奥兰纳斯感到很不舒服，他可是把这次饥饿游戏看成是咸鱼翻身的重大机会，而塞亚纳斯却弃之如敝屣。

"你可以问问别的导师，我觉得找一个人代替你并不难。"

"不。我才不会把马库斯交给别人。你是我唯一信赖、值得托付的人。"塞亚纳斯转向猴笼，那里的贡品已经准备睡了，"噢，反正这又有什么关系呢？就算不是马库斯，也会是别人。那样的话可能容易些，但也是不对的。"他拿起背包，"我最好还是回家吧，家里能让我快乐些。"

"我觉得你并没有破坏了任何规则。"科里奥兰纳斯说道。

"我已经公然地和辖区的人站在一起，在我父亲的眼里，我破坏了唯一关键的规则。"塞亚纳斯对他苦笑了一下，"虽然如此，还是要谢谢你帮我的忙。"

"谢谢你的三明治，很好吃。"科里奥兰纳斯说。

"我会把这话告诉老妈的，她一定整晚都会很开心。"塞亚纳斯说。

科里奥兰纳斯回到家里，却因为和露茜野餐的事遭到奶奶的责备。

"喂她吃的是一回事，可和她一起吃是另一回事，这表明你认为她和你是平等的，但她不是，辖区的人都有野性。你的父亲就常说，那些人喝水是因为天上没有下血。你忽略了这一点，等于让自己遭受危险，科里奥兰纳斯。"奶奶说。

"她只是一个女孩子，奶奶。"泰格莉丝说。

"她是辖区来的，相信我，那女孩子早已不是一个女孩了。"奶奶回答道。

科里奥兰纳斯想起那些贡品在卡车上争论是否杀死他，至今让他心有余悸。他们确实是嗜血的。关键时刻是露茜出言相救。

"露茜和他们不一样，在卡车上，当其他人想攻击我的时候，她就站在我一边。现在她被关进猴笼里，也该得到我的支持。"科里奥兰纳斯反驳道。

奶奶仍坚持她的观点，"如果你不是她的导师，她还惹这个麻烦吗？

当然不会。她是一个狡猾的小东西，你们一见面，她就开始控制你了。总之，小心点儿吧，我的孩子。我要说的就这些。"

科里奥兰纳斯没有再争下去，因为只要一说到辖区的事，奶奶总往最坏处想。他累坏了，没有洗漱就直接上了床，但内心却不能平静。他从床头柜里拿出妈妈的粉盒，用手指轻轻抚摸着沉甸甸的银盒上刻印的玫瑰图案。

> 红色的玫瑰，紫色的紫罗兰，
>
> 天堂的鸟儿懂得我深情……

科里奥兰纳斯轻轻地按下搭扣，盒盖啪地打开了，花的芳香扑面而来。科索大街的街灯透过玻璃窗投射进来，昏暗的灯光下，他淡蓝色的眼睛在圆圆的、微微变形的镜面中反射过来。"和你父亲的眼睛一模一样。"奶奶常常这么说。他希望自己长着妈妈的眼睛，但他从来没说过。也许最好是随父亲，因为母亲还不够坚强，无法面对这残酷的世界。他想着妈妈，终于慢慢睡着了，但梦中出现的却是露茜，她穿着彩虹裙，唱着歌翩翩起舞。

早晨，科里奥兰纳斯醒来时闻到了一股饭香。他走进厨房，发现泰格莉丝天还没亮就开始烘焙了。

他揽了一下她的肩膀说："泰格莉丝，你得多睡会儿。"

"我一想起动物园的事，就睡不着了，今年来的有些孩子看上去太小了，或许是我正在变老吧。"她说。

"看到他们关到笼子里，真叫人担心。"科里奥兰纳斯说道。

"我看到你在那儿才叫人担心！"她说着，戴上烤箱手套，把一盘面包布丁从烤箱里拿出来，"法比西娅让我把晚会上的吃剩的面包扔了，可我想，干吗要浪费呀？"

面包布丁刚出炉，热乎乎的，上面洒着玉米糖浆，这是他最喜欢吃的美食之一。"看上去真不错。"他对泰格莉丝说。

"还有好多呢，你可以给露茜带一块。她说过喜欢甜食——估计她以后也没多少机会吃到甜食了！"泰格莉丝说完，砰的一声把烤盘放到烤箱上，发出很大声响，"不好意思，我不是故意的，我最近不知怎么回事，总是紧张兮兮的，像根绷紧的发条。"

科里奥兰纳斯轻轻拍拍泰格莉丝的手臂，安慰道："那是因为饥饿游戏，你满脑子都想着我当导师的事，对吗？要想获得奖学金，我就必须赢，为咱们全家人赢。"

"当然了，考尤，当然。我们都为你感到骄傲，你表现得很棒。"她切下一大块面包布丁，放到盘子里，"现在可以吃了，你一定不想迟到的。"

来到学校，科里奥兰纳斯发现人们对他前一天的大胆行为反应积极，因而他的顾虑也烟消云散了。除了利维娅明确表示他的行为是欺骗行为，应该立刻解除导师职务之外，其他的同学都对他表示祝贺。各位老师虽然没有公开表示支持，但有些人对他投来微笑，有些人则微妙地轻轻拍了他的肩膀。

塞蒂莉娅把科里奥兰纳斯单独叫到教师指导室说："干得不错。高尔博士很满意，这也会在各位老师那里得到加分，高尔博士会给莱文斯蒂总统汇报你的优良表现，如果你得到嘉奖，学校也会做出积极反应的。只不过，你还是要小心点儿。目前一切顺利，是你的运气，可如果那些野蛮人在笼子里袭击你怎么办？当然，治安警有责任去救助你，可双方都会受伤。如果不是你搞定了你的彩虹姑娘，结局也会完全不同。"

"我拒绝跟塞亚纳斯换贡品，也是出于这个原因。"他说道。

塞蒂莉娅大吃一惊，嘴巴张得大大的，说："噢，不！设想一下，如果这事公开了，老斯塔伯·普林斯会说什么。"

"设想一下，如果这事没成，他又欠了我多少！"他说。

科里奥兰纳斯心想，要是能敲诈老斯塔伯·普林斯一笔钱，这个想法还真挺有吸引力的。

塞蒂莉娅哈哈大笑起来，"你讲话的方式真像斯诺家的人。好了，去上课吧。如果你想弥补处分造成的损失，以后的记录必须无可挑剔。"

当天上午，二十四位导师参加了由历史学老师克里帕斯·戴米格罗斯主持召开的研讨会，这是一位情绪容易激动的老教师。包括导师在内的全班同学掀起了头脑风暴，讨论如何吸引人们来观看饥饿游戏。

"你们要向我表明，我没在你们身上白白浪费了四年时间。"戴米格罗斯咧嘴一笑，"如果说，学习历史的目的就是要以史为鉴，那么其核心要点就是如何使不愿服从者俯首称臣。"

塞亚纳斯立刻举起手来，戴米格罗斯让他先说。

"在我们讨论如何吸引人们观看节目之前，是否可以先讨论一下，观看这个节目是否正确？"

"请大家不要跑题啊。如何吸引人们来观看饥饿游戏？"戴米格罗斯扫了一眼大家，希望有人提出建设性建议。

菲斯塔斯·克里德举手示意。他比多数同龄人都高大健壮，从小就是科里奥兰纳斯圈子里最近的人。他的家族在凯匹特曾是富甲一方的名门望族，家族主要经营七区的木材厂，木材厂虽在战争中遭到严重破坏，但战后重建时期恢复得不错。他能够成功得到四区的女孩，就非常准确地反映了他们家族的地位：地位很高，但并不属于核心圈。

"给我们点启迪，菲斯塔斯。"戴米格罗斯老师说道。

"很简单，我们直接用惩罚的手段。我们不是建议人们去看，而是制定相关法律强制执行。"菲斯塔斯回答道。

"要是你也不看怎么办？"克丽曼莎问道。她没有举手，连眼皮都没抬，继续低头看笔记。克丽曼莎无论在同学还是老师中间都很受欢迎，她的和善友好常常使她免去了很多麻烦。

"如果是在辖区，不服从者处死；在凯匹特，把不服从者驱逐到辖区，如果第二年还不服从，那就处死。"菲斯塔斯说得很起劲。

全班同学都大笑起来。接下来，大家开始认真思考起这个问题。怎么执行呢？让治安警挨家挨户去查是不可能的。也许应该随机抽取一些家庭来回答问题，以证明他们是否观看了饥饿游戏。而如果没看，怎么处罚才合适呢？不能执行死刑或者驱逐——这种做法太极端了。在凯匹特，可以考虑剥夺这些人享有的某些特权；在辖区，则当众处以鞭刑？这样做就可以惩罚到个人了。

"真正的问题在于，观看饥饿游戏令人作呕，所以人们才不会看。"克丽曼莎说道。

塞亚纳斯赶紧接过话茬："当然是这样！谁愿意看一帮孩子互相残杀？只有邪恶、变态的人才愿意看。人类也许不完美，可也不是变态。"

"你怎么知道？从辖区来的人怎么可能知道我们在凯匹特想看什么？战争期间你根本不在这儿。"利维娅厉声质问。

塞亚纳斯不作声了，他无法否认这一点。

"因为我们多数人都是正直的人，不想看到别人遭受痛苦。"利西翠妲·维克斯说道。

利西翠妲双手规矩地叠放在笔记本上。她是一个特别干净整洁的人，从她细心梳理的辫子，到修剪整齐的指甲，再到那制服上衣洁净的白色袖口所衬托出的光滑的棕色皮肤。

"我们在战争期间目睹了比这还要残酷的场面，战后也是。"科里奥兰纳斯进一步补充道。在辖区叛乱的"黑暗时期"，电视上确实转播了一些血腥场面，在"叛国协议"签署之后，也有很多残酷的死刑执行场面。

"我们在这里有真正的利害关系，考尤！"坐在他右边的阿拉克妮·克林重重地拍了一下他的胳膊说。她说话总这么大声，总是会拍别人。克林家的公寓就在斯诺家对面，有时在安静的夜晚，整条科索大街都能听到她大喊。

"那些死去的人是我们的敌人！这些反叛者人渣，或者随便叫什么吧。不管怎样，谁会在乎这些孩子？"阿拉克妮继续说。

"也许他们的家人在乎。"塞亚纳斯说道。

"你是说那些辖区的小人物吧。那又怎样？我们为什么在乎他们中谁会赢？"阿拉克妮大声反驳。

利维娅把犀利的目光投向塞亚纳斯，"我很清楚我不会。"

"我对斗狗更感兴趣，特别是在我下了赌注的时候。"菲斯塔斯实话实说。

"这么说，如果我们拿贡品的输赢打赌，你就会更感兴趣？这样你就会观看了？"科里奥兰纳斯开玩笑道。

"呃，那样当然会让节目好看些！"菲斯塔斯大声说。

几个人轻声笑起来，但接着班里又静了下来，大家仔细琢磨这个提议。

"这太可怕了。"克丽曼莎边说边若有所思地用手指拧着自己的头发，"你是当真的吗？你认为我们应该为输赢打赌？"

"并不完全是，"科里奥兰纳斯说，然后他抬起头来，"但从另一角度来看，如果真的成功了，这完全可行，克丽米①。我想成为有史以来把赌注带入饥饿游戏的第一人！"

克丽曼莎对这个说法并不认同，但也只能气愤地摇摇头。

科里奥兰纳斯走着去吃饭的时候，他禁不住想，这个主意也有一些好处。

餐厅大厨把收获节餐会上的剩饭剩菜重新加工，而奶油火腿吐司无疑是这次校午餐年中最好的美食。科里奥兰纳斯尽情地享受着，不像在收获节餐会上，被海波顿学监威胁性话语搅得心烦意乱，一样儿菜都没好好品尝。

各位导师接到指令，午饭后将首次正式与他们的贡品见面，在此之

---

① 克丽米是克丽曼莎的昵称。

前，要先到天堂蜂大厅楼座集合。每位导师需要和贡品一起完成一个简单的问卷，这样做一是为了活跃气氛，二是为了保留一个记录。以前的贡品都很少有记录，而此次的做法也是在这方面做些弥补。

同学们在走向天堂蜂大厅的路上故意大声地说笑，那是在掩饰内心的紧张。科里奥兰纳斯气定神闲，他早已捷足先登和露茜见过两次面了。此刻，他内心十分放松，甚至迫不及待地想再次见到她。他要感谢她的歌声，同时把泰格莉丝烤的面包布丁送给她，也为访谈做好策划。

当导师们推开楼座的双开式弹簧门，看到楼下的情景时，谈笑渐渐平息下来。收获节的装饰物全部清理了，整个大厅冷清肃穆，二十四张桌子各配两把折叠椅，一排排整齐摆放。每张桌子上有一个区号，后面写着 B 或 G，号牌旁边放着一个水泥墩子，墩子的顶部有一个金属环。

同学们还没来得及议论这种布置，两个治安警就走了进来，在正门前立正站岗，接着贡品排成一队走了进来，治安警的人数超过贡品，每两个治安警押送一个贡品。可每个贡品的手脚都戴着沉重的镣铐，是不大可能逃跑的。贡品按辖区和性别分别被领入座，然后把链子拴在水泥墩子的铁环上。

一些贡品无比颓丧地坐在椅子上，下巴快垂到了胸口上；那些桀骜不驯的贡品则昂头挺胸，环顾着大厅。这座礼堂是凯匹特最华丽的礼堂之一，礼堂内的大理石柱、弧形窗和拱顶富丽堂皇，有几个贡品看到之后惊得张大了嘴巴。科里奥兰纳斯认为，和辖区许多设计平平、外表丑陋的典型建筑相比，这礼堂在他们的眼中一定是一个奇迹。贡品们的视线环视着大厅，最后终于落在了楼座里的导师身上，两拨人直愣愣地盯着对方，看了很长时间。

当茜科老师在他们身后猛地推门进来时，他们都吓了一跳。"别傻看着你们的贡品了，赶快下去。"她命令道，"你们只有十五分钟，因此要好好利用这次机会，记住，尽你所能完成好我们的记录。"

科里奥兰纳斯走在前面，沿旋转楼梯往下走。当他的目光与露茜的目光相遇时，他发现她一直在寻找他。看到她戴着镣铐，科里奥兰纳斯颇感不安，他打起精神，满怀信心地冲她微笑着，这微笑扫去了她脸上的一些阴霾。

科里奥兰纳斯坐到她对面的椅子上，看着她手上戴着的镣铐，不禁眉峰紧锁。他朝最近的一个治安警做了个手势说："对不起，能把这些拿掉吗？"

那个治安警还算帮忙，跑到门口问他的长官，之后却朝他使劲地摇摇头。

"谢谢，给你添麻烦了。"露茜说道。她已经把头发编成了辫子，看上去很时尚，可脸上却满是忧伤而疲惫，脸颊上的瘀伤还在。因注意到科里奥兰纳斯在看她，于是摸摸自己的脸问："很难看吗？"

"看样子快好了。"他说。

"我们没有镜子，所以我只能凭想象。"她说。

面对科里奥兰纳斯，露茜没有摆出镜头前的姿态，这在某种程度上令他高兴。也许她已逐渐开始信任他了。

"你还好吗？"他问道。

"我很困，很害怕，也很饿，今天早上只有几个人来动物园给我们吃的。我得到了一个苹果，比多数人强，可还是填不饱肚子。"露茜说道。

"啊，这个我能帮上点儿忙。"说着，他从书包里把泰格莉丝做的点心拿了出来。

露茜总算高兴了点儿，小心翼翼地打开油纸，露出里面的一大块面包布丁。突然，她的眼中盈满了泪水。

"噢，不，难道你不喜欢吗？"他发出感叹，"我下次可以给你带点别的。我可以……"

露茜摇摇头，"这是我最爱吃的。"在哽咽中她吞咽着面包布丁，中间顿了顿，然后又把面包布丁塞到嘴里。

"这也是我最爱吃的。我姐姐今天早晨做的，应该是很新鲜的。"他说。

"太好吃了，和我妈妈做的一样。请转告泰格莉丝，我很感谢她。"她又咬了一口，同时还在强忍着泪水。

科里奥兰纳斯心里一阵难过，他好想伸出手去抚摸她的脸，告诉她一切都会好起来的。可是，当然，事情并非如此，对她来说不是。他从后裤兜里掏出一块手帕，递给露茜。

"你昨晚给我的还在呢。"她说着就去掏兜。

"我们家有好几抽屉呢，拿着吧。"他说。

露茜接过手帕，擦擦眼睛，又抹了下鼻子。然后深深地吸了口气，挺直身子问："那么，我们今天有什么计划？"

"我需要填好这份有关你背景的问卷。你介意吗？"科里奥兰纳斯问道。

"噢，不介意，我喜欢聊自己的事。"她说道。

问卷开始都是些基本的问题，姓名、住址、出生日期、发色、肤色、身高、体重、是否残疾。填写家庭情况时露茜很难过，原来她的双亲和两个姐姐都死了。

"你的家人都不在了吗？"科里奥兰纳斯问道。

"我有几个表亲。还有考维族的亲人。"她俯身去仔细看着问卷，"有地方填他们的名字吗？"

没有。但他想，既然战争期间家庭如此破碎，那就应该有。任何关心你的人都应该有地方填写。说实话，问卷就应该这样开始：谁关心你？或者最好写成：你能依靠谁？

"结婚了吗？"他呵呵地起来，本想开个玩笑，却想起了在某些辖区，人们确实结婚很早。他怎么会知道？也许她在十二区有个丈夫。

"怎么？为什么这么问？"露茜一脸认真地问道。

他略感诧异，抬起头说："因为我觉得这是有可能的。"

科里奥兰纳斯觉得自己对她的调侃有些突兀，不由得有点儿脸红，"我敢肯定你会做得更好。"

"还没呢。"她脸上掠过一丝痛苦的表情，却用微笑掩饰了过去，"我敢说，你的心上人都排成队了。"

露茜的调侃让科里奥兰纳斯紧张得一时不知该说什么。他忙转移话题，在问卷上寻找家人栏，"谁把你养大的？我是说，在你失去父母以后。"

"一位老人照顾我们，是收费的——照顾我们六个考维族孩子。他也没怎么养我们，但也不干涉我们的事，不然事情可能会更糟的。说实话，我心里还是挺感激的。要知道，没有人愿意收养。去年闹黑肺病时，老人死了，好在我们有几个已经长大，可以管自己了。"

接着要填的职业。在十六岁的年纪，露茜还不够大，不能到矿上去做工，可她也没有上学。

"我靠给别人表演为生。"

"人们付钱给你……你为他们唱歌、跳舞？我没想到辖区的老百姓还能付得起这钱。"科里奥兰纳斯问。

"多数人付不起，有时候他们存下点儿钱，然后两三对夫妇同一天结婚，那时他们就会请我们去表演。就是我和其他几个幸存下来的考维族人。治安警把我们聚在一起，让我们保留自己的乐器。他们中的一些人是我们最好的顾客。"她说。

科里奥兰纳斯回想起在收获节上，那些严肃的治安警在她唱歌跳舞时确实没有干预。他在职业一栏做好记录，然后填完问卷，但他还是有一肚子的问题，"给我讲讲考维族的事。在战争中，你站在哪一边？"

"哪边都不站。我们的族人不站在任何一边，我们就是我们。"这时，科里奥兰纳斯身后的什么东西吸引了露茜的注意力，"你朋友叫什么来着？就是那个拿来三明治的人？我想他有麻烦了。"

"塞亚纳斯？"他扭过头，越过一排排桌子去看向塞亚纳斯和他对面的马库斯。在他们中间的桌子上堆放着好多烤牛肉三明治和蛋糕，却一动没动。塞亚纳斯似乎在用恳求的语气说着什么，可是马库斯只是紧抱着双臂，目视前方，没有丝毫反应。

大厅里其他贡品所呈现的状态各不相同，有的捂着脸，拒绝交流；有的在哭；还有几个在谨慎地回答着问题，可就算他们愿意回答问题，看上去也是充满敌意的。

"还有五分钟。"茜科老师宣布道。

这倒提醒了科里奥兰纳斯，还要准备五分钟的访谈。他建议说："嗯，在饥饿游戏开始的头天晚上，我们还要做五分钟的电视访谈，我们做什么都可以。我想，你还是唱歌吧。"

露茜想了想说："我说不好这样做是否还有意义，我是说，收获节那天，我唱的歌和你们这里的一切没有丝毫关系，我也没有提前计划，这只是一个漫长、凄惨的故事的一部分。除了我，谁也不会在乎。"

"它扣动了人们的心弦。"科里奥兰纳斯意味深长地说道。

"河谷的那首歌也许像你说的，是得到食物的一种方法。"她说。

"那歌很美，让我想起妈妈在世的时候……我五岁时她就不在了，这歌让我想起她给我唱过的一首歌。"他说。

"你爸爸呢？"她问道。

"也不在了，呃，就在同一年。"科里奥兰纳斯告诉她。

"这么说，你和我一样，也是个孤儿。"她同情地点点头。

科里奥兰纳斯不喜欢别人这样叫他。利维娅曾经在他小时候拿他失去双亲的事开玩笑，让他感觉既孤独又没人要，实际上他两者都不是。尽管有奶奶和堂姐相伴，他仍有多数孩子无法理解的失落感。露茜应该能感觉到，因为她自己也是孤儿。

"幸好我有老夫人陪伴，不然可能会更糟。老夫人就是我奶奶。还有泰格莉丝。"

"你想念你的父母吗？"露茜问道。

"噢，我和我爸爸不是很亲近。妈妈……我当然想她。"谈起妈妈仍觉得很难过，"你呢？"

"特别想，爸妈都想。现在，穿着妈妈的衣服是我精神上唯一的支撑，"她的手抚摸着裙子，"感觉就好像她拥抱着我。"

科里奥兰纳斯想起了妈妈的粉盒，那散发香味的粉末。"我妈妈身上总有一股玫瑰花味。"他说完，又觉得很尴尬。他很少提起妈妈，即使在家也是如此。他们的谈话怎么转到这里了？"总之，我觉得你的歌声打动了很多人。"

"谢谢你能这么说。但这也不是在访谈中唱歌的真正理由，如果访谈安排在比赛前一晚，那我们就把食物的因素排除在外。在这一点上，我没必要再去赢得任何人的支持了。"她说。

科里奥兰纳斯努力想出一个理由，但这次她的歌声只能使他受益，"那就太遗憾了，你的声音那么好听。"

"我可以在台下给你唱几句。"她向他保证。

科里奥兰纳斯本想继续说服露茜，但最终还是放弃了这个想法。他干脆给她几分钟，允许她问一些他家庭的情况以及他们在战争中是怎么活下来的。不知怎的，他发现自己很愿意对她倾诉。难道因为他知道，无论他说什么，几天后这些话就会在竞技场烟消云散了？

露茜似乎兴致很高，她不再哭泣了。当他们分享彼此的故事时，两人逐渐熟络起来。当结束的哨声响起时，露茜把科里奥兰纳斯的手帕整齐地叠起来，放回他的书包里，然后握了下他的手臂以示感谢。

"大家都去高年级生物实验室做情况汇报。"

导师们服从了茜科老师的指令走向大门口。没人向她提出问题，但是在大厅里，大家却大声议论起来。科里奥兰纳斯希望高尔博士会出现在那里，他那工工整整的问卷和同学们的浮皮潦草形成鲜明对比，又到他表现自己的时候了。

"我的贡品不说话，一个字都不说！我记录下来的都是收获节以后的情况。他的姓名叫瑞伯①·阿什。你能想象吗？他们给孩子起的名字是'收获者'，而他最终还在收获节上终结。"克丽曼莎说道。

"他出生的时候还没有收获节呢，这只是一个农耕者的名字罢了。"利西翠姐说道。

"我猜是这样的。"克丽曼莎说道。

"我那个倒是说话了，可我真希望她没说！"阿拉克妮几乎喊了出来。

"怎么啦？她说了什么？"克丽曼莎问道。

"噢，似乎她待在十区的大部分时间里都在阉猪。"阿拉克妮作出一个呕吐的姿态，"哎哟，我该怎么办呢？我希望能做得更好。"突然，她停住了脚步，弄得科里奥兰纳斯和菲斯塔斯不由得撞了上去，"等等！有办法了！"

"小心点儿！"菲斯塔斯边说边推了她一把。

阿拉克妮也没理他，继续滔滔不绝地说下去，引得大家都去听。

"我有了一个绝好的主意！你知道，我以前去过十区，那儿可以说是我的第二故乡！不管怎样，我能替她想出比一直待在屠宰场更丰富的阅历！"

战前，阿拉克妮的家族经营豪华度假旅店，因此阿拉克妮去过帕纳姆国的很多地方。尽管战争开始后，她和其他人一样只待在凯匹特城，但她仍常以此自夸。

"你很幸运，至少她不怕血。"普林尼·哈灵顿说道。

为了把普林尼·哈灵顿和他父亲区分开来，大家都叫他帕博。他爸爸是海军指挥官，在四区的海域驻防。这位海军指挥官曾想把他的儿子塑造成自己的样子，坚持要帕博留平头，皮鞋要擦得锃亮，但他的儿子天生不拘小节。一次他用大拇指甲从牙套里抠出一大块火腿，直接弹到

---

① 瑞伯（Reaper）：意为收割者。

地板上。

"怎么？难道你那位怕血？"阿拉克妮问道。

"不知道，她直接哭了十五分钟。"帕博做了个鬼脸，"我想七区没让她做好准备，连手指头上的倒撕皮都受不了，更别提饥饿游戏了。"

"上课前你最好把夹克扣子系好。"利西翠妲提醒他道。

"噢，好吧，"帕博叹了口气。他去系领扣，但扣子却掉了下来，"这破校服。"

导师们鱼贯而入，走进实验室。当科里奥兰纳斯看到正坐在桌旁收集问卷的海波顿学监时，他见到高尔博士的那股子高兴劲又减了一大半。海波顿并不理睬科里奥兰纳斯，当然，他对其他人也不是特别友好。他把训话的任务交给了游戏总设计师。

高尔博士一直在轻轻地拨弄着那个变种兔子，直到所有人都进到实验室，她才给大家打招呼："蹦蹦跳跳，你过得怎样？他们待你像朋友，还是坐那儿盯你看？"同学们不解地瞄了一眼自己的同伴。

这时她拿过问卷。"向不认识我的同学介绍一下，我是高尔博士，饥饿游戏的首席设计者，我会指导你们的导师工作。让我们看看这些问卷上都写了些什么，好吗？"她快速翻动了问卷，接着皱起了眉头，然后从问卷里拽出一张，在全班同学面前高高举起来，"这是符合要求的问卷。谢谢你，斯诺先生。其他人怎么回事？"

高尔博士的话让科里奥兰纳斯心花怒放，可他却不露声色。此时最好的行动策略就是支持同学们。在一段长时间的沉默之后，科里奥兰纳斯首先发言："我比较幸运，我的贡品特别爱说话，可多数孩子不愿意交流，即使我的贡品也不知道这种访谈的意义在哪儿。"

塞亚纳斯转向科里奥兰纳斯问："贡品为什么要做这次访谈？他们能得到什么？无论他们做什么，都会被投入竞技场，他们唯一能做的，只是自我保护。"

同学们纷纷表示同意。

高尔博士盯着塞亚纳斯问："你就是那个送三明治的男生。你为什么要这么做呢？"

塞亚纳斯被她犀利的目光盯得一时无措，便避开她的眼睛说："他们在忍饥挨饿，我们就要杀死他们了，难道在此之前还要再折磨他们？"

"啊哈，一个同情反叛者的人。"高尔博士说道。

塞亚纳斯眼睛盯着笔记本，继续坚持自己的看法，"很难说他们是反叛者，战争结束时，他们中的一些人才两岁，最大的也就八岁。既然战争已经结束了，那他们就只是帕纳姆国的公民，不是吗？和我们一样的公民？这不就是国歌里所唱到的凯匹特应尽的义务吗？'你给我们带来光明。你把我们联结在一起'？我们的政府应该是大家的政府，对不对？"

"从一般意义上来讲，是这样的。接着说下去。"高尔博士鼓励道。

"那么，政府就应该保护每一个人，这是它的首要任务！我不明白，难道让他们互相搏杀就能体现这一理念？"塞亚纳斯说道。

"很显然，你并不赞同饥饿游戏，这对一个导师而言，确实太难为你了，肯定会干扰你任务的完成。"高尔博士说道。

塞亚纳斯停顿了一下，然后坐直了身子，似乎是让自己坚定起来，然后他直视着她的眼睛说道："或许您应该把我换掉，再找一个更好的人选。"

听到这话，大家都感到很吃惊，教室里一片感叹声。

"这无论如何不行，孩子。"高尔博士轻轻一笑，"恻隐之心是饥饿游戏的根本。情感共鸣，是我们所缺乏的。对吗，卡斯卡？"她瞟了一眼海波顿学监，对方只是在手里转着铅笔，并没有作声。

塞亚纳斯阴沉着脸，没有再争辩。科里奥兰纳斯觉得，他在这场较量中让步，并不意味着他会放弃这场战争。塞亚纳斯·普林斯，这人比表面看上去的要坚强。试想，有谁敢当着高尔博士的面公然放弃导师资格呢？

但这种较量只能使高尔更加活跃，"你们瞧，让观众像这位年轻人一样对贡品充满热情，难道不是一件很美妙的事情吗？这就是我们的目的。"

"不。"海波顿学监说道。

"是的！让他们真正参与进来！"高尔博士继续说道，她拍拍自己的脑门，"你们让我有了一个好主意，一个让个人影响饥饿游戏的结果的好办法。假设我们可以让观众给竞技场的贡品送吃的，这个法子如何？对，给他们送吃的，就像你的朋友在动物园那样。观众会不会更有参与感？"

菲斯塔斯此时活跃起来，"如果我给下注的那人送吃的，我会的！今天早上科里奥兰纳斯还说，我们可以给贡品下注呢。"

高尔博士笑容满面地看着科里奥兰纳斯，"他当然会。那么，好吧，你们再商量商量，看具体怎么办，给我写一个纸质方案，我的团队会对此加以考虑的。"

"考虑？您的意思是您可能会使用我们的方案？"利维娅问道。

"为什么不呢？如果这方案确实可行的话。"高尔博士把那叠问卷扔到桌子上，"年轻人经验不足，但他们有时会用理想去弥补经验的不足。对他们而言，没有什么是不可能的。这位老卡斯卡在大学做我学生的时候想到了饥饿游戏的主意，那时候他也就比你们大几岁。"

所有人的目光都转向了海波顿，他对高尔博士说："那只是理论上的。"

"这个也是，除非能证明它是可行的。我希望明早在我的办公桌上见到实施方案。"高尔博士说道。

科里奥兰纳斯暗自叹息。又是一个小组项目，又要再一次以合作的名义对他自己的想法做出妥协。其结果必然是，要么完全放弃，要么给这想法注水，直至其完全失去效力。同学们建议，投票选出一个三人小组来完成这一计划。毫无疑问，他被选中了，而且几乎是不能拒绝的。

高尔博士要参加一个会议，需要提前离开，因此指示同学们自己讨论方案。这样，被推选出来的克丽曼莎、阿拉克妮和他当晚要开会，但因为三个人都想先去会见自己的贡品，因而商定八点在动物园碰头，之后，一起到图书馆写方案。

午餐很丰盛，因此科里奥兰纳斯不会因昨天进食寡淡的白菜汤和一盘豆子，让自己觉得肚子受了委屈。至少，午餐不是利马豆。泰格莉丝把最后的一碗汤盛到一个精致的瓷碗中，放上一点儿屋顶花园采来的绿色蔬菜，这汤看上去还不太寒酸，可以给露茜带过去。食物的外观对露茜来说很重要。至于豆子嘛，反正她很饿。

当科里奥兰纳斯朝动物园走去时，内心充满乐观情绪。早晨的游客也许并不多，可现在的动物园已经人流涌动，他不确定自己是否能挤到猴笼的前面去。不过他新确立的地位还是提供了些许的便利，当人们认出他的时候，不但自动给他让道，甚至还告诉别人闪路放行。他已经不是普通的公民了——他是导师！

科里奥兰纳斯直接朝熟悉的角落走去，却发现那对孪生姐弟波罗·林和迪迪·林早已占领了他的那块大石头。这对兄妹无处不在显示自己的孪生兄妹身份，穿一样的外衣，梳一样的发髻，具有一样阳光开朗的个性。还没等科里奥兰纳斯开口，他们就赶快把地方让了出来。

"你可以在这儿，考尤。"迪迪说着，把她兄弟拉了起来。

"当然，我们已经喂完我们的贡品了，嗨，不好意思还得让你写方案。"波罗说道。

"是的，我们投票选了帕博，可是没人选我们！"说完，他们就笑着跑到游客堆里去了。

露茜见状立即走了过来。虽然科里奥兰纳斯没和露茜一起吃，她在赞美了那些豆子装饰得有多漂亮之后，就狼吞虎咽地吃了起来。

"其他观众给你吃的了吗？"他问道。

"我从一位夫人那里得到了一块陈干酪皮，还有一个男人扔了些面包进来，其他的孩子都去抢。我能看到很多人拿来食物，但是我想，就算有治安警在这里，他们也不敢靠得太近。"露茜说着，用手指指那靠猴笼后面站着的一队治安警，"现在你来了，也许他们会觉得安全些。"

科里奥兰纳斯注意到有个十来岁的孩子，手里拿着煮熟的土豆，在人群里徘徊。他冲他眨眨眼，挥挥手。那男孩抬头看看爸爸，男人点头同意。于是男孩走到科里奥兰纳斯身后，但仍然保持着一段距离。

"你的土豆是带给露茜的吗？"科里奥兰纳斯问。

"是的，是我吃饭时省下来的，我也想吃，可我更想喂给她吃。"他说。

"那就给她吧。她不会咬人的。注意，要有礼貌哟。"科里奥兰纳斯鼓励道。

男孩害羞地向前迈了一步。

"嘿，你好，你叫什么名字？"露茜问道。

"贺拉斯，我把自己的土豆省下来了。"男孩说道。

"你真好。我应该现在吃，还是省着以后吃？"她问。

"现在吃。"男孩小心翼翼地把土豆递给露茜。

露茜接过土豆，就像手里捧着一颗钻石，"天哪，这简直是我见过的最好的土豆。"男孩很骄傲，脸红红的。"那么，我现在就吃了。"她咬了一口，闭上眼睛，似乎很陶醉的样子，"这味道也是最棒的。谢谢你，贺拉斯。"

露茜又从一个小女孩的手里接过一根蔫巴的胡萝卜，还有小女孩的奶奶给的骨头棒子，这过程中，摄像机给了她们一个特写。有人轻轻拍了拍科里奥兰纳斯的后背，他扭头一看，是普鲁瑞伯斯，手里拿着一小罐牛奶。

"为了过去的时光。"普鲁瑞伯斯说话时面带微笑，他在盖子上捅了几个孔，然后递给露茜，"你在收获节上的表演很棒。那歌是你自己写的吗？"

那些不争不抢的——也许是最饥饿的——贡品也开始站到栏杆旁边。他们坐在地上，伸出双手低头等待着有人施舍。时不时地有人过来，通常是小孩，把一些东西放在他们的手上，然后就跑开了。

为了吃饱肚子，贡品们开始争着吸引人们的关注，引得摄像机把镜头对准了笼子中央。一个身体灵活的来自九区的小姑娘在拿到一个面包卷以后做了一个后空翻的动作；一个七区的男孩用三个核桃玩起了杂耍。观众对于那些表演出彩的给予掌声和更多的食物。露茜和科里奥兰纳斯坐回到自己的野餐桌旁，看着他们的表演。

"我们是一个马戏团，确实是。"她边说边把骨头上的肉撕下来吃。

"他们没有一个能比得上你。"科里奥兰纳斯说道。

以前那些贡品有意避开导师，但现在他们的导师带来了食物，他们也愿意接近自己的导师。塞亚纳斯带来了一袋袋的煮鸡蛋和三明治，贡品们一哄而上抢夺食物，只有马库斯除外，他对塞亚纳斯根本不屑一顾。

科里奥兰纳斯看着他们，说道："你说得没错，塞亚纳斯和马库斯过去在二区时是同学。"

"哦，那可有点复杂了，至少我们之间不存在这样的问题。"她说。

"没错，是挺复杂的。"他本来是开个玩笑，但这玩笑却不怎么可笑。这事过去就很复杂，而现在却更复杂了。

她冲他莞尔一笑，眼神中充满渴望，"我们如果能在不同的场景邂逅，一定很美好。"

"比如说？"这是一个很危险的问话，可他还是忍不住想问。

"噢，比如说，你来看我的演出，听我唱歌。之后你来找我聊天，也许我们可以喝点什么，跳一两支舞。"她说。

这情景他完全可以想象得出。比如，她正在普鲁瑞伯斯的夜总会唱歌，他与她的目光相遇，就像久已相识的老朋友，"而我第二天还会再来的。"

"就好像我们拥有全世界的时间。"她说。

他们的沉思被一阵"哇！"的叫声打断。六区的贡品开始跳滑稽的舞蹈，那对孪生姐弟林带动大家有节奏地鼓掌。此刻，动物园似乎跟过节一般，人群聚拢在一起，有几个观众甚至和关在笼子里的贡品聊起天来。

总的来说，科里奥兰纳斯认为一切进展顺利，不能只靠露茜一人来证明黄金时间段的采访是有价值的，他决定要让其他贡品也有自己的黄金时间，最后结束时让露茜唱歌。与此同时，他在当日的导师讨论稿上，加上了露茜的名字，强调既然人们送礼物，那么露茜的受欢迎程度在竞技场也非常重要。

但是，科里奥兰纳斯私底下又开始为自己的资源担心。他需要更有钱的观众，能够为露茜买东西的人。如果斯诺的贡品在竞技场没有得到任何礼物，这会是很难堪的事情。也许他可以在方案里建议，观众不能把礼物直接送给自己投注的贡品。否则的话，他怎么可能具有竞争力呢？

塞亚纳斯财大气粗自不必说。而且你瞧，在栏杆旁，阿拉克妮已经给她的贡品开起了野餐会。一块新鲜的面包，一大块奶酪，还有，那是葡萄吗？她怎么能买得起这些？也许旅游行业已经逐渐回暖了。

他看到阿拉克妮用一把贝壳柄的水果刀削下一片奶酪。阿拉克妮的贡品——那个来自十区的爱说话的女孩蹲在她面前，无比急切地趴在栏杆上。阿拉克妮做了一个厚厚的三明治，却没有马上递给她，而是絮絮叨叨地教那女孩什么事情，她的"讲义"还挺长的，那女孩早已听得极不耐烦，有几次她把手伸出栏杆去拿三明治，但阿拉克妮却把三明治缩了回去，引得观众一阵哄笑。阿拉克妮转过头，得意地冲大家一笑，对着贡品直摆手，接着又伸出三明治，又缩回来，像耍猴一样，真让观众看得好开心。

"她正在玩火。"露茜说道。

阿拉克妮朝人群挥挥手，自己咬了一口三明治。

科里奥兰纳斯看得出那个贡品的脸色越来越难看，脖子上的肌肉也紧绷起来。他还看到了别的。她的手正在从栏杆上滑下来，接着猛然间伸出栏杆，抓住了水果刀的手柄。他急忙站了起来，正要开口大喊，给阿拉克妮一个警示，但已经太晚了。

那个贡品以迅雷不及掩耳之势抓住阿拉克妮，一下子割破了她的喉咙。

·CHAPTER 07·

黑暗“城堡”

近前的观众发出了一声声惊恐的尖叫。阿拉克妮扔掉三明治，捂着自己的脖子，脸上渐渐没有了血色。当十区的女孩松开手，推开她的时候，血顺着她的手指涌出来。阿拉克妮向后踉跄几步，伸出满是血的手，哀求观众救命。但大家或是太吃惊了，或是吓坏了，没有一个人敢上前救助。当阿拉克妮流血不止瘫倒在地时，人们惊吓得纷纷向后退去。

此时，科里奥兰纳斯的第一反应也和其他人一样，也想往后退，想抓住栏杆稳住自己的身体。但是露茜低声说道：“快去救她！”

科里奥兰纳斯想起了摄像机正对着他们，正在向凯匹特观众直播。他不知该怎么救阿拉克妮，但又不想让观众看到他畏缩不前的样子。他的恐惧必须藏在心里，不能展示在大众面前。

他强迫自己迈开腿，第一个走到阿拉克妮身边。当生命的迹象一点点从阿拉克妮的身上消逝时，她紧紧地抓住他的衬衫。

“医生！”他一边大喊，一边慢慢把她放到地上。

“有医生吗？求求你们，快来救人啊！”

他用手压住阿拉克妮的伤口，想把血堵住，可当她发出窒息的声音时，他又松开了手。“快点！”他冲着人群喊道。两个治安警朝这边挤过来，可是，太慢、太慢了。

科里奥兰纳斯一抬头，正好看到那个十区的女孩捡起三明治，余怒未消地咬了一口，就在此时，一颗子弹穿透她的身体，她猛地栽倒在栏杆上。她的身体慢慢滑向一个草垛，流出的鲜血和阿拉克妮的血混在一起。嚼了一半的三明治从嘴角掉落出来，浮在一汪红色的鲜血上。

慌乱的人群试图逃离现场，人们四散而去。暗淡的黄昏更增添了一丝绝望的气息。科里奥兰纳斯看到一个小男孩跌倒了，有人踩在小男孩的腿上，接着一个女人把他拉了起来。其他人就没这么幸运了……

阿拉克妮张开嘴，想说些什么，但已发不出声音，科里奥兰纳斯弄不清她在说什么。当她的呼吸骤然停止时，他觉得再给她做心肺复苏也没有意义了。即使对着她的嘴吹气，气体不也会从她脖子上的裂口漏出来？菲斯塔斯此时就在他旁边，两个朋友只能无奈地对视着。

科里奥兰纳斯从阿拉克妮的身边站起来，向后退了几步，看到手上闪着亮光的殷红的鲜血时，内心感到十分恐惧。他转过身，发现露茜正缩在笼子的栏杆旁，脸埋在她的褶皱裙子里，身体在不停地颤抖；这时科里奥兰纳斯才意识到自己也颤抖。眼前的一幕幕：汩汩流淌的鲜血、呼啸的子弹、发出尖叫的人群，像惊涛骇浪将他卷入童年最可怕的回忆中。

叛军迈着沉重的步伐在大街走过……

他们被战火困在家中，附近垂死的人痛苦地扭动着身躯……

妈妈躺在满是鲜血的床上……

在闹粮荒时抢粮的人群，一张张血肉模糊的脸和哀痛的人们……

科里奥兰纳斯必须立刻设法来掩盖自己内心的恐惧，他垂在身体两侧的手握紧了拳头，慢慢做深呼吸。露茜已经开始呕吐了，他也转过身，尽量克制自己不要吐出来。

医生们终于来了，把阿拉克妮抬到担架上。其他医生则检查被子弹打伤或被踩踏的人群。一个女人出现在科里奥兰纳斯面前，问他受伤了吗？是他在流血吗？在确认他没有受伤之后，给了他一块毛巾，让他擦拭，之后就继续去救助别人了。

当他擦拭血迹时，无意中看到塞亚纳斯跪在那个死亡的贡品身旁，把手伸进栏杆，似乎正在往她身上淋洒什么白色的东西，嘴中还念念有词。科里奥兰纳斯只是一扫，这时治安警走过来，把塞亚纳斯拉了回去。

大批士兵也赶来了，清理了观众留下的最后残迹，喝令所有贡品靠墙站立，双手高高举过头顶。此时科里奥兰纳斯逐渐镇静下来，他朝露茜望去，她低垂着眼皮，盯着地面。

一个治安警抓住科里奥兰纳斯的肩膀，恭敬然而也很坚决地把他带到出口处。菲斯塔斯走在他前面，两人一起走向主干道，在喷泉处停了下来，清理了身上遗留的血迹。两人相顾无言，因为都不知说什么好。

对阿拉克妮，科里奥兰纳斯一直都谈不上喜欢，但她一直都出现在他的生活里。他们从孩提时起就在一起玩，一起参加生日聚会，一起排队领救济，一起上学。在他妈妈的葬礼上，阿拉克妮从头到脚都是黑色蕾丝边丧服，就在去年，他还热情洋溢地恭祝她哥哥毕业。作为守护凯匹特城的历史悠久的富有家庭的成员，她和他实际上是一家人。你可以不喜欢你的家人，但家庭纽带却是真实存在的。

"我救不了她，我没办法止住她的血。"他说。

"谁也没办法，至少你尽力了，这才是最重要的。"菲斯塔斯安慰道。

克丽曼莎看到了他俩，她全身都在痛苦地颤抖，他们三个一起往外走。

"去我那里待会儿吧。"菲斯塔斯说道，可当他们走到他的公寓的时候，他突然哭了起来。于是，他们看着他走上电梯，跟他道了晚安。

直到科里奥兰纳斯快把克丽曼莎送到家时，才想起来高尔博士给他们留的作业，关于如何给竞技场的贡品送食物，以及如何给他们下注，要提出具体建议。

"她肯定不会到现在还等着我们交作业吧，我今晚做不了了，我连想都不能想。你明白的，阿拉克妮不在了。"克丽曼莎说道。

科里奥兰纳斯同意了，他又何尝不是呢？

在回家的路上，他想起了高尔博士。她一定是那种只要学生错过期限，必定对其严惩不贷的人，才不管你有什么客观理由。为了保险起见，他觉得最好还是写个草案。

当科里奥兰纳斯顺着楼梯爬到十二层时，发现奶奶正情绪激动地责骂辖区的人，她已把准备参加阿拉克妮葬礼的黑色礼服拿出来，那是她最好的一件衣服。她一看见科里奥兰纳斯，便急匆匆地朝他走过来，摸完胸脯摸胳膊，直到确认他没有受伤，这才松了一口气。泰格莉丝一直在哭泣，"我不能相信阿拉克妮死了，今天下午去市场我还见到她在买葡萄。"

科里奥兰纳斯极力安慰她们，向她们保证他很安全，"这样的事不会再发生了。这就是一个突发事件，现在安保一定会加强的。"

等大家都平静下来之后，科里奥兰纳斯回到卧室，脱掉沾满血污的校服，去浴室冲个澡。他用近乎要把他烫伤的热水洗澡，把身上残留的阿拉克妮的血洗掉。有那么一会儿，痛苦的啜泣让他感到胸疼，但很快就过去了。

科里奥兰纳斯不清楚是因她的死而难过，还是因自己的处境而痛苦，或许两者都有吧。他穿上爸爸的旧真丝浴袍，决定试着把方案写一写。他没有睡意，阿拉克妮喉咙里咕噜噜往外冒血的声音犹然在耳，再多的香粉味也无法消解。埋头写作业会有助于他平静下来。他一向喜欢独立完成作业，这样不用和同学们的想法相互调和。在没有任何干扰的情况下，他很快写出了一份简要而实际的方案。

考虑到与高尔博士在班上的讨论，以及游客在动物园给饥饿的贡品喂食时高涨的热情，他决定把方案的焦点放在食物上。首次，赞助者可以购买物品——一块面包，一块奶酪，用无人机送给某个特定的贡品。需设立一个委员会来审查每件物品的性状以及价值。赞助者必须是声誉良好、与游戏无直接关联的凯匹特公民，游戏设计者、导师、负责看管贡品的治安警以及上述人员的家属需排除在外。至于赌注的问题，他建议再设立一个委员会行使相关职责：选定一个场所，让凯匹特公民可以正式对胜者下注；设定赔率，监管赌金归于赢家。两个项目的收益可用于饥饿游戏的支出，这样帕纳姆政府基本无须为饥饿游戏提供资金。

科里奥兰纳斯秉烛达旦，一直工作到周五清晨天色微明。当第一束晨光透过窗户照进室内时，他已经穿好校服，腋下夹着方案，静悄悄地离开了公寓。

高尔博士在科研、军事、学术界身兼数职，因此他不得不大胆地猜一下她的办公桌在哪里。这方案与饥饿游戏相关，因此他就朝一座叫"城堡"的宏伟的建筑走去，这是国防部所在地。值勤的治安警拒绝让他进入此安防重地，但向他保证这几页方案肯定会放到高尔博士的办公桌上。他所能做的也只有这些了。

当他走回科索区时，早间只显示帕纳姆国徽的大屏幕此时也活跃起来，播放着头天晚上的新闻。屏幕上一遍又一遍地播放着那个贡品割破阿拉克妮喉咙、他跑过去救她，以及杀人者被击毙的画面。他有一种很奇怪的身处事外的感觉，似乎他所有强烈的情感都随着淋浴时短暂的宣泄而灰飞烟灭了。因为他对阿拉克妮死亡事件的最初反应有些迟钝，因此，当他看到摄像机只拍摄到他救人的画面，显示出他勇敢、有责任心的瞬间时，他大大松了口气。如果仔细看的话，能看到他在颤抖。

屏幕上，利维娅在听到枪响后朝人群抱头鼠窜的画面也一闪而过，看到这个他特别开心。在一次修辞课上，科里奥兰纳斯因未能很好地解读一首诗的深层含义，被她归结为过于自恋。这下利维娅挨了一记响亮的耳光。事实胜于雄辩。在关键时刻，科里奥兰纳斯去救人，而利维娅却朝最近的出口逃之夭夭。

科里奥兰纳斯回到家时，发现泰格莉丝和奶奶已经从阿拉克妮的死亡的震惊中缓过劲来。她们夸赞他，说他是国家英雄，虽然他只是摆摆手，但内心却暗自高兴。这会儿，他本应感到累了，可内心却有一股紧张的力量在翻腾。他接到通知，学校仍然开课，这让他又劲头十足。在家里当英雄，自豪感是有限的，他需要更多观众为他喝彩。

早餐吃完烤土豆和酪乳，科里奥兰纳斯就去上学了。一路上，他神情肃穆，这是此情此景所必需的，因为大家都知道他是阿拉克妮的朋友，危急时刻出手相救也进一步证明了这一点，他理所当然地成为主哀悼者。

在大厅，吊唁的人来自四面八方，在沉重哀悼阿拉克妮的同时，人们对他也赞誉有加。有人说他像照顾妹妹那样照顾她，尽管他实际上也没那么做，但他也默认了。没必要不尊重逝者。

作为私立学校的学监，海波顿本应代表校方主持追悼会，但他并没有露面。塞蒂莉娅代替他出席了追悼会，她在悼词中对阿拉克妮大加赞美：她大胆、幽默、快人快语。而所有这一切都是科里奥兰纳斯厌恶的，是她性格中最恼人的一面，是最终导致她死亡的原因。茜科老师接着发言，她赞扬了科里奥兰纳斯，也顺便提到了菲斯塔斯，赞扬他们在朋友倒下去时所做出的迅速反应。

学校的心理咨询医生希波克拉塔·兰特表示，欢迎任何有痛苦问题的同学到她的办公室咨询，特别是那些对自己或他人有暴力倾向的学生。塞蒂莉娅再次发言，宣布阿拉克妮的正式葬礼安排在第二天，要求全体同学参加，对她表示悼念。葬礼会在帕纳姆进行全国直播，因此大家无论在行为还是外表上，都要展示出一个首都凯匹特青年所应有的姿态。仪式结束后，老师告知学生们可以自由走动，悼念自己的朋友，为失去这样的朋友而互致慰问。午饭后恢复上课。

吃完了简单的鱼沙拉吐司，虽然大家都没什么心情，但还是按照日程安排一起去见戴米格罗斯老师。见面后，戴米格罗斯做的第一件事就是发给各位导师一个添加了贡品名字的新名单，老师说"这有助于了解饥饿游戏的进程"，大家情绪低落，一点都提不起精神来。

第十届饥饿游戏

导师分配名单

一区

男孩（法赛特）　　利维娅·卡迪尤

女孩（维尔琳）　　帕尔米拉·蒙蒂

二区

男孩（马库斯）　　塞亚纳斯·普林斯

女孩（萨彬）　　弗洛鲁斯·弗兰德

三区

男孩（瑟科）　　艾欧·佳思珀

女孩（苔丝丽）　　厄本·坎维尔

四区

男孩（米曾）　　珀塞弗涅·普赖斯

女孩（科洛尔）　　菲斯塔斯·克里德

五区

男孩（海）　　丹尼斯·弗凌

女孩（索尔）　　伊菲吉妮娅·莫丝

六区

男孩（奥托）　　波罗·林

女孩（吉尼）　　戴安娜·林

七区

男孩（特雷奇）　　维普萨尼亚·茜科

女孩（拉米娜）　　普林尼·哈灵顿

八区

男孩（鲍宾）　　朱诺·菲普斯

| 女孩（沃薇） | 希拉里斯·海文斯比 |

九区

| 男孩（帕洛） | 盖乌斯·布林 |
| 女孩（希芙） | 安卓克利斯·安德森 |

十区

| 男孩（坦纳） | 多美亚·韦姆斯维克 |
| 女孩（布兰迪） | 阿拉克妮·克林 |

十一区

| 男孩（瑞伯） | 克丽曼莎·德芙克特 |
| 女孩（迪尔） | 费利克斯·莱文斯蒂 |

十二区

| 男孩（杰瑟普） | 利西翠妲·维克斯 |
| 女孩（露茜·格雷） | 科里奥兰纳斯·斯诺 |

科里奥兰纳斯，还有旁边的几个人，都自动划掉了十区贡品女孩的名字。可接下来怎样？按理说也应该划掉阿拉克妮的名字，可感觉不一样。他的笔在她的名字上方盘桓，暂且没划掉。就这样把她的名字划掉似乎太冷酷了。

进教室大概十分钟后，学校办公室送来口信，指示他和克丽曼莎离开教室，马上去"城堡"汇报。科里奥兰纳斯感到既兴奋又紧张。高尔博士喜欢他的方案吗？讨厌他的方案吗？这是什么意思？

因为科里奥兰纳斯没有提前告诉克丽曼莎他写方案的事，她知道后十分恼火。"我真不敢相信在阿拉克妮尸骨未寒的时候你竟然有心思写方案！我哭了一晚上。"她浮肿的眼泡说明她没撒谎。

"唉，反正我也睡不着，"科里奥兰纳斯反驳道，"她死的时候是我把她抱在怀里的，心里也不是滋味儿。我干点事情也免得胡思乱想。"

"明白，明白。每个人表达哀痛的方式也不一样。我不是那个意思。"

她叹了口气，"那么，这个理论上咱俩共同撰写的方案里都说了些什么？"

科里奥兰纳斯瞄了她一眼，看到她似乎仍余怒未消。"对不起，我本想告诉你来着，都是一些最基本的内容，有些是小组会上讨论过的。你知道，我这周已经得过一个处分了，我不能再经受打击了。"

"你至少把我的名字放上去了吧？我不想让自己显得太弱了，连本该完成的作业都无法完成。"她说。

"我谁的名字也没写，这更像是一个班级任务。"科里奥兰纳斯恼怒地摊开双手，"说实话，克丽米，我觉得我是在帮你的忙！"

"好吧，好吧。"她说，态度缓和下来，"我想我欠你的，但我希望我至少有机会读一读，如果她刨根问底，你可要帮我掩饰一下。"

"你知道我会的。兴许她根本不喜欢这方案，我的意思是，这方案写得太具体了，而她正在制定一整套完全不同的规则。"科里奥兰纳斯说。

"是啊，"克丽曼莎赞同道，"你觉得现在还有可能举办饥饿游戏吗？"

这个他还真没想过，"我不知道。现在阿拉克妮出事了，接着是葬礼……即使举办，我想也要推迟了。我知道你反正也不喜欢这竞赛。"

"你喜欢吗？说真的，有人喜欢吗？"克丽曼莎问道。

"也许他们会直接把贡品送回家的。"一想到露茜，他觉得这个想法还真不错。他纳闷阿拉克妮之死的余波会对露茜产生怎样的影响。所有的贡品都会受到惩罚吗？他们会允许他去看露茜吗？

"是的，或者把他们都变成阿瓦克斯或别的什么。那样的话挺糟糕的，但总比去竞技场强。我是说，我宁愿没舌头活着，也不愿意死，你说呢？"克丽曼莎说道。

"我同意，可我知道我的贡品怎么想，没了舌头还能唱歌吗？"科里奥兰纳斯说。

"我不知道，嗯，也许能。"

他们说着说着，已经走到了"城堡"大门口。

"我小时候特别害怕这个地方。"克丽曼莎说。

"我现在还害怕呢。"科里奥兰纳斯这么一说，把她给逗笑了。

在治安警检查站，他们需进行视网膜扫描，并与凯匹特个人档案进行比对。他们的书包被留下了，一个警卫带领他们走进一个长长的灰色走廊，之后上了电梯，然后向下运行了至少二十五层。科里奥兰纳斯从来没下到如此深的地下，令他惊异的是，他竟然很喜欢这种感觉。斯诺家的顶层公寓他也喜欢，可在战争期间炸弹呼啸着坠落时，他感觉太易受到攻击了。而在这里，任何武器都奈何不了他。

电梯门打开了，他们进入了一个巨大的开放式实验室。一排排实验桌、许多不熟悉的机器设备和玻璃柜一直延伸到远处。科里奥兰纳斯转身去问警卫，可她已经关上了大门离开了，也没有进一步的指示。

"我们能进吗？"他问克丽曼莎。

他们开始小心翼翼地往实验室里走。"我有种可怕的感觉，好像要打碎什么东西。"她小声说道。

他们沿着有十五英尺高的玻璃箱朝前走。玻璃箱里是一个小动物园，一些是熟悉的动物，有一些则改变了很多，很难叫得上名字。小动物在箱子里溜达着，喘息着，笨拙地移动着，明显很不开心。当他们从旁边经过时，这些动物用特大的牙齿、爪子和脚蹼咬啮、拍打着玻璃。

一个穿着实验服的年轻人拦住他们，把他们带到了爬行动物馆。他们终于见到了高尔博士，她正对着一个装有几百条蛇的巨大的玻璃箱仔细观察。蛇的颜色非常明亮，是一种非自然的颜色，呈现出深浅不一的粉色、黄色和蓝色，隐隐地发出霓虹灯般的荧光。不足一尺比铅笔还细的蛇身交缠在一起，拧成一块迷幻的地毯，覆盖了箱子底部。

"啊，你们来了。给我们新诞生的小宝贝们打个招呼吧。"高尔博士咧开嘴笑着说。

"你好。"科里奥兰纳斯说完，把脸凑近玻璃箱，看着那些绞拧在一起的生物。这让他想起了什么，却又说不出来。

"这颜色有什么特别意义吗？"克丽曼莎问道。

"凡事都有意义，或者毫无意义，取决于你怎么看。说到这里，我想起了你们的方案，这方案我很喜欢。是谁写的？就你们两个吗？还是你们那鲁莽的朋友在被割喉之前也参与了？"高尔博士说。

克丽曼莎很不安，一声不吭，但科里奥兰纳斯看到她脸上的表情很快变得坚定起来。她是不会被吓倒的，"全班同学一起讨论的。"

"阿拉克妮本来昨晚是要帮着一起写的，可是……就像您说的……"科里奥兰纳斯说道。

"是你们两个先酝酿的，对吧？"高尔博士问道。

"是的，我们在图书馆写出来，然后昨晚在我公寓打印出来。之后我交给了科里奥兰纳斯，这样按计划，他今天早晨可以给您送过来。"克丽曼莎说道。

高尔博士看着科里奥兰纳斯问："是这样的吗？"

科里奥兰纳斯一时语塞。"我确实是今天早晨送过来的，没错，嗯，可是我只把它给了值班的治安警，他们不允许我进来。"他说话时躲躲闪闪，高尔博士的问题有点奇怪，"这有问题吗？"

"我只想确定你们两人都参与了。"高尔博士说道。

"我可以把小组讨论以及后来怎么形成方案的手稿拿给您看。"科里奥兰纳斯提出建议。

"好吧，我看看，你把副本带来了吗？"高尔博士问道。

克丽曼莎满怀期待地看着科里奥兰纳斯。"不，我没带。"他说。昨天克丽曼莎情绪不好，方案的事一点忙都没帮上，把这一摊子都撂给他了，对此他并不开心，再说了，她还是他争取奖学金的最强有力的竞争者呢。因此科里奥兰纳斯问克丽曼莎："你带了吗？"

"治安警把我们的书包拿走了。"克丽曼莎转而对高尔博士说，"也许我们可以用交给您的那个？"

"哦，可以。可我的助手在我吃饭的时候把它放在这箱子里了。"高尔博士说完哈哈大笑起来。

科里奥兰纳斯低头看着玻璃箱里正在吐芯子的蠕动的蛇。没错，他可以在绞缠的蛇身缝隙间，窥见他写的方案的只言片语。

"我想，你俩可以把它拿出来？"高尔博士建议道。

感觉这像是一次考验。虽是高尔博士提出的奇怪的考验，但仍然是考验。这应该是提前计划好的，科里奥兰纳斯猜不出结果会怎样。他瞟了一眼克丽曼莎，想回忆起她是否怕蛇。但他连自己是否怕蛇都不知道，他们在学校实验室没见过蛇。

克丽曼莎朝高尔博士硬挤出一个微笑，"当然，是从上面的活板门伸手进去吗？"

高尔博士把整个盖子都打开了，"噢，不，我给你们更大的空间。斯诺先生？你为什么不开始？"

科里奥兰纳斯慢慢伸进去，可以感觉到箱子里温热的空气。

"这就对了。动作要轻，别打扰它们。"高尔博士指导着说。

科里奥兰纳斯的手摸到了一页方案纸的边缘，然后慢慢地从蛇身底下抽出来。蛇掉下去，堆成了一堆，但它们似乎并不介意。

"我觉得它们甚至没察觉到我。"他对克丽曼莎说道，后者的脸吓得都有点发青了。

"好了，轮到我了。"说着，克丽曼莎把手伸进箱子里。

"它们的视力不太好，听力更不好。但它们可以感知你的存在。所有的蛇都可以用舌头感知你的气味，在这方面这些变种蛇更敏感。"高尔博士解释说。

克丽曼莎用指尖捏起一张纸，然后提起来，这时蛇动了起来。

"如果你身上散发出它们熟悉的气味，令它们感觉很愉快——例如一个温暖的箱子的气味，它们就对你不理不睬。一种新气味，不熟悉的气味，那就是一种威胁。你全要靠自己了，小姑娘。"高尔博士说道。

当科里奥兰纳斯正想对目前情况做出判断时，他看到克丽曼莎的脸上露出警觉的表情。当她迅速把手缩回时，六条蛇不约而同地发动了攻击，把牙齿刺进了她的皮肤。

·CHAPTER 08·

狗日粮食

克丽曼莎发出令人毛骨悚然的尖叫，她疯狂地甩手来摆脱蛇的咬啮。蛇牙留下的小孔里冒出了和蛇皮一样的荧光色的液体，鲜艳的粉色、黄色和蓝色的黏液从她的指尖滴落。

屋子里立刻出现了几个穿白大褂的实验助理。两个人把克丽曼莎按倒在地，第三个人用可怕的皮下注射针头给她注射了黑色液体。她的嘴唇先是变成紫色，之后苍白，接着她昏死过去。几个助理将她放到担架上，一阵风似的把她抬走了。

科里奥兰纳斯想跟在他们后面一块出去，但高尔博士制止了他，"你不要去，斯诺先生，你留在这里。"

"可我……她……"他结结巴巴地说道，"她会死吗？"

"大家都会这么猜想。"高尔博士说。这时她又把手伸到箱子里，用她弯曲变形的手指抚摸着她的宠物。"很显然，她的气味并没有出现在那张纸上。这么说，那个方案是你自己写的喽？"

"是的。"此时再撒谎已经没有意义了。撒谎也许已经要了克丽曼莎的命。显然，他正在跟一个疯子打交道，必须格外小心。

"很好。终于知道真相了。我不需要撒谎的人。谎言除了掩饰一些弱点还能是什么？如果再发现你撒谎，我会把你开除的。如果海波顿学监要惩罚你，我也不会阻拦他。明白了吗？"说着，她把一条粉色的蛇像手链一样绕在手腕上，一副很欣赏的样子。

"完全明白。"科里奥兰纳斯说道。

"很不错，你的建议。想得很周密，很容易实施。我准备建议我的团队仔细审阅，并实施第一阶段的方案。"她说。

"好的。"科里奥兰纳斯说。现在，他被听凭她调遣的致命生物包围，很害怕再作出不必要的反应。高尔博士笑起来，"噢，回家吧，或者去看看你的朋友，如果还能看到她的话。现在到了我吃饼干喝牛奶的时间了。"

科里奥兰纳斯急匆匆地往外走，不小心撞到了装蜥蜴的箱子，把里面的居民搅动得一阵慌乱。从实验室出来，他先是拐错了弯，接着又拐错了弯，继而发现自己来到了一个阴森恐怖的实验室，这里的大玻璃箱里关着身体上嫁接了动物器官的人类，有的脖子上有一圈短小的鬃毛，有的在指甲的位置长出了利爪，甚至触角，还有的……也许是鳃？长在胸脯上。科里奥兰纳斯的出现惊到了他们，当其中有几个人张开嘴向他求救时，他才意识到他们是阿瓦克斯。

他们在玻璃箱内回荡，这时他才看到在这些阿瓦克斯头顶上停落着一些黑色的小鸟。"叽喳鸟"这个名字跃入他的脑海。在遗传课中的一个很短的章节中曾提到过，说什么实验失败，这鸟能重复人类的语言，曾被用作侦察工具，直到叛军了解了其能力后，利用其送回假情报。现在，这些无用的生物被用来营造回音室，回音室里回荡着可怜的阿瓦克斯的哀号。

最后，一个穿着实验服、戴着大号粉色双焦眼镜的女人看到了科里奥兰纳斯，责怪他惊动了鸟，并带他走到电梯旁。在他等电梯的时候，摄像头对准了他，他神经质地把手里那张弄皱的方案铺平。上楼后，治安警把他和克丽曼莎的书包还给他，把他带出了"城堡"。

科里奥兰纳斯走在大街上，在转角处，他一不留神跌倒在马路牙子上。阳光刺痛了他的眼睛，他觉得喘不上气来。他头天整晚没睡，因此很疲倦，但肾上腺素却令他兴奋而又紧张。刚才究竟发生了什么？克丽曼莎死了吗？他还没有从阿拉克妮的暴死中恢复过来，现在又发生了这样的事。她们的遭遇就像参加饥饿游戏的孩子一样，只不过她们不是来自辖区的孩子，凯匹特本应该保护她们的。他想起了塞亚纳斯对高尔博士说的话，政府的职责就是保护每一个人，甚至辖区的人，但他还是不知如何把这职责和他们成为敌人的事实统一起来。当然了，斯诺家的孩子是首当其冲的。如果克丽曼莎写了那个方案，死的可能就是他。他双手抱头，感到困惑、气愤，最主要的是害怕。害怕高尔博士，害怕凯匹特，害怕所有的一切。如果本该保护你的人对待你的生命都如此轻率……那么，你又该怎么存活？不能再信任他们，这是肯定的了。可如果你不能信任他们，又该信任谁？所有的一切都不再可靠。

科里奥兰纳斯的脑子里反复出现蛇的毒牙咬入克丽曼莎皮肉的画面。可怜的克丽米，她真的死了吗？就这样噩梦般地死去。如果她死了，这是他的错吗？就因为她撒谎时没有揭发她？这似乎不是什么大错，但高尔博士会因为他为她打掩护而责怪他吗？如果她死了，他会陷入各种各样的麻烦。

科里奥兰纳斯猜想，如果有人突发病症，一定会被送到附近的凯匹特医院急救。因此他开始朝那个方向跑去。当他进入凉爽的医院大厅后，按指示牌找到了急诊室。急诊室的自动门一打开，他就听到了克丽曼莎发出的惨叫，跟刚被蛇咬时一样。谢天谢地，她总算还活着。

科里奥兰纳斯向分诊台的护士打听情况时，口齿含混不清，护士马上意识到他身体出了状况，忙让他坐在椅子上休息。这时，他感到一阵晕眩。他的脸色一定很难看，护士立刻给他拿来了两袋营养饼干和一杯甜甜的冒着气泡的柠檬水。

科里奥兰纳斯本想小口喝下去，结果却大口喝了起来，他需要给自己补充能量。饮料里的糖分让他感觉好了一些，可没有心情和胃口去吃饼干，便把饼干揣在兜里。当值班大夫从病房里面走过来的时候，他感觉基本上好了。大夫安慰他说，以前也曾处理过在实验室出事故的病人，因为及时注射了解毒剂，因此完全有理由相信克丽曼莎可以活下来。当然，可能会有一些神经损伤。她会一直留在医院，直到她病情稳定。如果他几天后再来，也许她的情况便会好转，就能探视了。

科里奥兰纳斯谢过大夫，把克丽曼莎的书包递给他，但大夫说最好还是把书包送到克丽曼莎家里，他也同意了。当他正准备往外走时，看见克丽曼莎的父母急匆匆地朝他这个方向走来，他赶紧躲在门后。他不清楚德芙科特家是怎么得知这一消息的，但他现在不想跟他们讲话，特别在他还没想好怎么说的情况下。

科里奥兰纳斯必须找到一个说得过去的理由，特别是免于被当作同谋的理由，否则他不仅回不了学校，甚至回不了家了。

泰格莉丝最早要到晚饭时才会回家，而奶奶一定会被他失魂落魄的样子吓到。奇怪的是，他发现自己唯一想倾诉的对象是露茜，她不仅聪明，而且不会到处学舌。

科里奥兰纳斯不由自主地走到了动物园，并没有意识到在这里可能遇到麻烦。两个荷枪实弹的治安警守在大门口，还有一些治安警在他们身后忙乱地四处跑动。起先，他们挥手让他走开，根据下达的命令，他们不允许任何来访者进入动物园。但是，科里奥兰纳斯出示了导师卡，这时才有一个人认出来他就是曾对阿拉克妮施救的人。

看来科里奥兰纳斯也算小有名气了，因而治安警不得不打电话询问上级，是否允许他进入。他们直接询问了高尔博士，隔着几码远，科里奥兰纳斯就可以听到她在电话里叽叽呱呱的说话声。最后，他被批准在一名治安警陪同下进入动物园，但只能待一小会儿。

通往猴笼的小径上到处都是逃离的游客所丢下的垃圾，从腐烂的食物到慌乱中掉落的鞋子，不一而足。几十只老鼠在那里窜来窜去，咬啮着那些垃圾。尽管太阳还高高挂在天上，一些浣熊就已经出来四处寻觅食物了，它们用灵活的小爪子捧着美食，正在尽情享用，一只浣熊正在嚼一只死老鼠，并警示其他的浣熊离它远点儿。

"已经不是我记忆中的动物园了，现在这儿只有关在笼子里的孩子，还有四处游荡的害人虫。"治安警感慨道。

一路走过来，科里奥兰纳斯总能看到一些盛着白色粉末的容器塞在大石头下面或堆在墙根。他想起了凯匹特被叛军围困期间，政府所使用的毒药。那时食物匮乏，鼠患横行。人，特别是死人，成了它们的食物。当然，在最困难的时期，也出现了人吃人的境况。因此，人类没必要觉得自己比老鼠强。

"那是鼠药吗？"他问治安警。

"是的，今天试用的新鼠药。可那些老鼠太精了，它们根本不会靠近。"他耸耸肩，"人家让我们放的只有这种药。"

笼子里，那些贡品又被上了枷锁，他们或靠着后墙，或躲在假山石后，似乎尽量让自己看起来不显眼。

"你要与他们保持距离，你带的女孩不大可能威胁到你，可谁知道呢？也许另一个家伙会攻击你。你要待在他们够不着你的地方。"治安警提醒道。

科里奥兰纳斯点点头，然后朝那块熟悉的大石头走过去，但只能站在石头后面。他认为那些贡品并不会给他带来什么威胁，这是最无须担心的问题，他这样做是为了不给海波顿学监留下处罚他的借口。

一开始他没找到露茜，之后他看到了杰瑟普，后者也看到了他。他正靠墙坐着，手里似乎拿着斯诺的手帕捂着脖子。杰瑟普摇了摇身边的人，露茜吃惊地坐直了身子。

一开始露茜有些晕头转向。但当她看到科里奥兰纳斯的时候，一扫眼中的困倦，用手指理了理蓬乱的头发。当她站起的时候，身体摇晃了一下，赶紧抓住杰瑟普的胳膊。她还没完全站稳，就拖着镣铐，穿过笼子，摇摇晃晃地朝科里奥兰纳斯走来。是因为炎热的天气，还是杀人事件给她带来的震撼，还是因为饥饿？由于凯匹特当局是不会给他们吃的的，所以自从阿拉克妮被刺之后，她就没吃东西。加之那些观众送来的宝贵的食物也被她吐了，也许吐掉的还有那天早晨他拿来的面包布丁和苹果。这么说来，已经有五天时间她就靠那块夹肉三明治和一个李子维持生命了。他必须想办法给她弄点儿吃的，即使是卷心菜汤也行。

当她正要穿过干涸的水沟时，他举起手警示她："对不起，我们不能再靠近了。"

于是，露茜就在距栏杆几英尺远的地方停下脚步，"真想不到你还能进来。"她的嗓子、皮肤和头发……一切在下午炎热的阳光下显得那么焦干。她的手臂上有一大块淤青，头天晚上还没有。是谁打了她？是另一个贡品，还是警卫？

"我没想吵醒你。"他说。

她耸耸肩，"没事，杰瑟普和我轮流睡觉。凯匹特的老鼠喜欢咬人。"

"那些老鼠要咬你？"科里奥兰纳斯问道，想到这个他觉得真恶心。

"嗯，我们来这儿的第一晚就有东西咬了杰瑟普的脖子。当时太黑了，也没看清是什么，但他说那东西有毛。昨晚，有东西从我的腿上爬了过去。"她指着栏杆旁盛着白色粉末的盒子说，"那东西一丁点都不管用。"

科里奥兰纳斯的脑子里浮现出她躺在地上死去的可怕画面，身上爬满老鼠。这击溃了他最后的心理防线，绝望吞噬了他。无论对她、对他、对他们两人都是如此，"噢，露茜，对不起，实在对不起。"

"这不是你的错。"她说。

"你一定恨我吧。你应该恨我，我自己也恨自己。"他说。

"我不恨你，饥饿游戏又不是你的主意。"她回答。

"可我参与进来了，我在推进它！"科里奥兰纳斯羞愧地低下了头，"我应该像塞亚纳斯那样，至少应该尝试放弃。"

"不，不要！请不要放弃。别让我一个人独自面对这一切！"她朝他走了一步，却差点儿晕倒。她用手抓住了栏杆，然后慢慢滑向地面。

此时科里奥兰纳斯不顾治安警的警告，冲动地跨过干涸的河沟，蹲在露茜对面。"你还好吗？"她点点头，可她看上去很糟糕。他本想告诉她毒蛇有多么可怕，克丽曼莎怎样与死神擦肩而过，希望能听到她的建议。但这些与她目前的悲惨境遇相比，已经算不了什么了。他突然想起了护士给他的饼干，于是在兜子摸索着弄皱的饼干袋子，"我给你带来了这个，块不大，可是很有营养。"

这话听上去很愚蠢，现在营养价值对她还有什么关系？科里奥兰纳斯意识到自己完全在模仿老师在战争期间说过的那些话，那时去上学的动机之一就是可以领到政府提供的免费零食。那粗糙的、无味的饼干就着水一起咽下，便是很多孩子一天所能吃到的所有的食物。他记起了他们用瘦得跟鸟爪一样的小手把包装撕开，无比饥渴地大嚼饼干的情形。

露茜急迫地撕开了袋子，把一块饼干塞进嘴里，费力地嚼着那干巴巴的食物，又费力地把它咽下去。她用手捂住肚子，叹了口气，吃第二块的时候慢些。吃完饼干她似乎有了点力气，说话的声音听上去平静多了。

"谢谢，现在好多了。"她说。

"把那袋也吃了吧。"他冲第二袋点点头，催促她道。

她摇摇头，"不，我要留给杰瑟普。他现在是我的盟友了。"

"你的盟友？"科里奥兰纳斯很困惑，一个人在饥饿游戏中怎么能有盟友呢？

"嗯，十二区的贡品要相互帮助。他虽不是贡品中最亮的星，但他的身体像牛一样强壮。"露茜说。

相较于杰瑟普所给予的保护，两块饼干显得太微不足道了，"我会尽快弄到更多吃的。现在看来，当局很有可能允许观众往竞技场里送吃的。官方已经正式讨论了。"

"那太好了。多一些吃的更好。"露茜把头靠过来，倚在栏杆上，"那么，就像你说的，唱歌也许有好处，这样大家更愿意帮我。"

"访谈的时候可以唱，你可以唱那首关于河谷的歌。"科里奥兰纳斯提出建议。

"也许吧。"露茜微蹙眉头，陷入沉思，"是在全帕纳姆还是只在凯匹特播出？"

"全帕纳姆吧，我想。可你从辖区什么赞助也得不到。"他回答道。

"我没指望得到。这不是关键点，可不管怎样，我还是会唱的。最好有把吉他什么的。"她说。

"我想办法给你找一把。"

其实斯诺家并没有乐器。在露茜出现之前，除了奶奶每天哼唱的国歌和妈妈很久以前给他唱的摇篮曲，他的生活中几乎没有什么音乐。他也很少听凯匹特的电台广播，因为电台大部分时间播放的都是进行曲和宣传歌曲。这些曲子在他听来都一样。

"嘿！"那个治安警站在小道上冲他招手，"你靠得太近了！另外，时间也到了。"

科里奥兰纳斯站起来，"要是以后还想进来的话，最好遵守他们的规矩，我还是走吧。"

"好的，当然。谢谢你的饼干和所有一切。"露茜说着，抓住栏杆想挣扎着站起来。

他赶紧把手伸进栏杆，扶她站起来，"这没什么。"

"也许对你来说没什么，但这意味着世上有我这样的人出现也很重要。"她说。

"你确实很重要。"他说。

"嗯，也有一些相反的证据。"她抖抖手上的镣铐，用力拉了一下。然后她仿佛突然想起了什么，仰望着天空。

"你对我来说很重要。"他坚持说道。凯匹特也许不看重她，可他看重。他不是刚对她敞开心扉了吗？

"时间到了，斯诺先生！"治安警喊过来。

"你对我来说很重要，露茜。"他重复着刚才的话。听到他的话，露茜扭过头来看着他，可眼神中透出的是一片茫然。

"嘿，孩子，别逼我给上边汇报啊。"那个治安警说。

"我得走了。"科里奥兰纳斯准备离开。

"嘿！"她突然说，声音有些急迫。他转过身。

"嘿，我知道你来这儿不是为了分数或荣誉，你是个特别的人，科里奥兰纳斯。"

"你也是。"他说。

露茜微微点头，表示同意，然后就朝杰瑟普走过去。她的镣铐在混杂着鼠粪和干草的肮脏的地面上留下了一道拖痕。她走到自己同伴身旁后，便躺下去，蜷缩成一团，好像这短暂的见面已让她累坏了。

在走出动物园的路上，科里奥兰纳斯绊倒了两次，他意识到自己太累了，脑子木木的，不可能想出什么好主意了。现在时间也够晚了，这个时间回到家也不会引起怀疑，于是他便朝家的方向走去。

不幸的是，他遇到了自己的同学珀塞弗涅，她是尼禄·普赖斯的女儿，她的父亲因吃过一个女仆的尸体而声名狼藉。因为是邻居，他们回家的方向一致的，因此也不得不一起走。

珀塞弗涅①分配的任务是指导米曾②，一个来自四区十三岁的强壮的男孩。因此，当科里奥兰纳斯和克丽曼莎被从班里叫走时，她也在场。科里奥兰纳斯十分不愿提起饥饿游戏方案的事，可珀塞弗涅仍沉浸在失去阿拉克妮的痛苦中，似乎无意谈论其他内容。通常，科里奥兰纳斯会尽量避免和珀塞弗涅接触，因为他总是忍不住会想，她完全清楚战争期间自己所吃的炖菜里究竟有什么。

有一段时间，他感觉很怕她。即使现在他多次提醒自己她是无辜

---

① 珀塞弗涅（Persephone）：希腊神话中有同名人物，为宙斯之女，被冥王劫持娶作冥后。

② 米曾（Mizzen）：意为后桅。

的，可还是觉得她恶心。她长着一对酒窝和棕绿色的眼睛，比任何同龄人都好看，当然，也许克丽曼莎除外……呃，当然是被蛇咬伤之前的克丽曼莎。可是，亲吻她的念头让他感到恶心，即便此刻她含泪与他拥抱告别的时候，在他脑海里浮现的只是那条锯断的腿。

科里奥兰纳斯拖着疲惫的身子爬上楼梯，想起那饿得瘫软在地上的可怜的女孩，心情就愈发沉重。露茜能坚持多久？她正迅速衰弱下去，精神萎靡、伤痕累累、濒于崩溃。最重要的是，她快要饿死了。到了明天，她也许就站不起来了。如果他无法给她找到吃的，在饥饿游戏开始之前，她就会饿死。

· CHAPTER 09 ·

连环爆炸

回到家里，老夫人看他的脸色不好，就劝他晚饭前先小睡一会儿。他一头倒在床上，内心无比焦虑，感觉睡意全无……实际上他睡得很死。当泰格莉丝轻摇他的肩膀，把他叫醒时，他一眼就看到了床头柜上餐盘，里面的食物散发出令人愉悦的面条汤的香味。有时候，卖肉的会白送给泰格莉丝一些鸡架子，她则用一双妙手把它变成了可口的美味。

"考尤，塞蒂莉娅打了三次电话了，我已经找不到借口了。快点，吃点东西，赶快给她回电话吧。"她说。

"她有没有问起克丽曼莎？有人知道那事吗？"他脱口而出。

"克丽曼莎·德芙克特？没有。她为什么要问？"泰格莉丝问道。

"真是糟透了。"

于是，科里奥兰纳斯把整个事情经过告诉了泰格莉丝，包括那些血腥的场面。他叙述着事情的经过时，她的脸色也变得越来越苍白。

"高尔博士故意让那些蛇去咬她？就为这样一个毫无恶意的谎言？"

"是的，而且她根本不在乎克丽米是死是活，她竟然为了喝下午茶就把我打发走了。"他说。

"这太疯狂了，简直就是神经病，你是不是应该把她的事向上汇报？"泰格莉丝说道。

"跟谁汇报？她是饥饿游戏的总设计师，直接受命于总统，她会说错在我们，是我们撒了谎。"他说。

泰格莉丝仔细想了想，"好吧，别汇报了，也别跟她对峙，尽量敬而远之吧。"

"作为一个导师，这一点很难做到。她总会去学院，去和她的变种小兔子玩耍，会问许多古怪的问题。凭她的一句话，就能把我的奖学金取消了。"他用手搓着脸感叹，"而且阿拉克妮死了，克丽曼莎中毒，而露茜……唉，就更惨了。我怀疑她能否坚持到游戏开始，也许，这样最好。"

泰格莉丝把勺子塞到他手里，"喝汤吧，我们经历过比这更糟的事情。斯诺能平安着陆？"

"斯诺平安着陆。"科里奥兰纳斯嘴上这么说着，心里可一点没底。只能一声苦笑，这样让他觉得自己还正常些。为了让她高兴，他勉强吃了几口，结果发现自己确实饿了，叽里咕噜几口就把饭吃完了。

当塞蒂莉娅再次打来时，科里奥兰纳斯几乎绷不住了，打算立马向她忏悔。没想到的是，她只想让他在第二天上午阿拉克妮的葬礼上唱国歌。

"你在动物园那么勇敢，再加上你是唯一熟悉全部歌词的人，你是全年级的最佳人选。"

"当然，我很荣幸。"他回答道。

"好。"塞蒂莉娅正在喝什么东西，电话里可以听到冰块碰杯子的声音，她继续说，"你的贡品怎么样？"

科里奥兰纳斯犹豫着，不知该怎么说。去抱怨吧，显得很孩子气，好像他自己没办法解决问题似的。他几乎从未请塞蒂莉娅帮过忙，可他又想到被沉重的镣铐铐着的露茜，因此也就不顾一切了。

"不太好。我今天看到了露茜，见面时间很短，她非常虚弱，凯匹特当局根本没给她吃的。"

"自从她离开十二区以后就没吃东西？怎么会这样，那已经有……天哪，已经有四天了！"塞蒂莉娅吃惊地问道。

"五天。我觉得她撑不到饥饿游戏开始。到那时我甚至没人可指导了，很多人都会这样。"他说。

"啊，这不公平。这就好比让你去用坏掉的仪器做实验。现在，饥饿游戏至少要延迟一两天。"塞蒂莉娅停顿了一下，接着说道，"让我看看我能做点儿什么吧。"

挂断电话，科里奥兰纳斯转过身对泰格莉丝说："她想让我在葬礼上唱歌。压根儿没提克丽曼莎，这事肯定还在保密。"

"你也要这么做。也许他们要装作这一切都没发生。"泰格莉丝说。

"也许他们连海波顿学监都不会告诉。"他说完，心里觉得轻松了些。但接着，他又想起另一件事，"泰格莉丝？我差点忘了，我不太会唱歌啊。"不知怎么，他俩都觉得这是最近听到的最可笑的事。

老夫人可不觉得这可笑。第二天一早，天刚蒙蒙亮老夫人就把他叫醒，训练他唱歌。每唱到一句末尾，她就用尺子捅捅他的肋骨条，喊道："呼吸！"直到他再不会有第二个选择。

这天练到第三次的时候，奶奶为了他的未来，牺牲了自己最喜爱的宝贝——一朵淡蓝色含苞待放的玫瑰花，小心翼翼地插在他熨烫好的制服夹克上，说："瞧，和你的眼睛多配。"装扮完毕，他带着一肚子刚吃过的燕麦片和因提醒他要"呼吸"而被奶奶戳得青紫的肋骨条，朝学院出发了。

尽管是星期六，但所有学生都已到教室报到，之后他们再到学校正门前的台阶集合，按班级和字母顺序排列整齐。科里奥兰纳斯因出色表现，被安排在第一排，和教职人员及尊贵的来宾站一排，其中最尊贵的来宾是莱文斯蒂总统。塞蒂莉娅让他迅速熟悉了一下流程，可他只记住了一条：只有他开始唱国歌，仪式才能开始。在公众面前讲演他倒不怕，可他从未在公众场合唱过歌——在帕纳姆这样的场合并不多。这也就是为什么露茜的歌声如此吸引观众的原因。他安慰自己，即使他唱得像狗叫，也没多少人可以拿来做比较。

大街对面，为葬礼仪式临时搭建的看台上已经坐满了许多哀悼者，他们身穿黑色的衣服，这是大家在战争期间悼念自己所爱的人时都会选择的颜色。他在人群中寻找着克林家的人，可是却没有看到。学院和周围的建筑都挂满了葬礼的条幅，每一扇窗户都挂上了帕纳姆国旗。摄像机也准备好记录下这一时刻，许多凯匹特的电视记者也蜂拥而至，对仪式进行直播。科里奥兰纳斯觉得这是对阿拉克妮生平的一次全面的展示，无论与她的生或死都极不相称，如果她不这么爱显摆，她的死本是可以避免的。

许多人在战争中英勇死去，却没有得到多少认可，这令他感到难过。一想到是唱国歌而不是颂扬阿拉克妮的才能时，科里奥兰纳斯才暗暗松了一口气。在他的记忆中，她的才能仅限于高声讲话，无须麦克风就已经喊声震天，全礼堂的人都听得见，再一个就是把勺子顶在鼻子上。海波顿学监还曾责怪他爱炫耀？但是，他仍要提醒自己，阿拉克妮无异于自己的家人。

学院的钟声敲响九下，人群安静了下来。按照提示，科里奥兰纳斯起身，走向讲台。塞蒂莉娅答应会有伴奏，但是寂静持续的时间太长了，在伴奏终于响起，带出十六小节的过门音乐之前，他已经调整气息，准备开始唱国歌了。

> 帕纳姆的珍宝，
>
> 雄伟瑰丽的城邦，
>
> 跨越时代，历久弥新。

科里奥兰纳斯的歌声与其说是一段美妙的旋律，倒不如说是娓娓道来的话语，歌的难度也并不太大。老夫人总是唱走音的那个高音可以选择不唱，多数人唱到这个音的时候，都会低八度。唱歌时，他始终牢记奶奶戳他肋骨条的尺子，流畅地完成了歌唱，没有跑一个音，也没有气息不足。当他唱完回到座位上时，观众报以热烈的掌声，连站在讲台上的总统也朝他点头示意。

"两天前，阿拉克妮·克林失去了年轻而宝贵的生命，因此，我们对围困我们的罪恶叛军的另一个受害者表示沉痛哀悼。"总统拖着长音继续说道，"她死得与战场上的战士一样英勇，在我们称为和平的时期，她英年早逝，令人更感哀痛。只要叛乱的痼疾一日不除，就会不断侵蚀这国家美好和高尚的一切，我们就不可能获得真正的和平。今天，我们对她的牺牲表示哀悼，同时要牢记，只要邪恶存在，我们就绝不能任其猖獗。是伟大的都城凯匹特把正义带给了帕纳姆国，让我们再次做一个见证吧。"

低沉的鼓声悠然响起，当哀悼的队伍从转角走入大街时，所有的人转过身去看。尽管斯科勒大街不如科索大街宽阔，但足以盛得下那些参加悼念活动的治安警，他们肩并肩行进，组成了一个二十英尺宽、四十英尺长的方队，随着鼓乐声，迈着极为整齐的步伐行进。

科里奥兰纳斯曾经很纳闷，凯匹特把一个贡品杀死凯匹特女孩的事告知各辖区的用意何在，现在他终于明白了。在治安警队伍的后面，是一辆装着吊车的平板拖车，在高处，满身弹孔的十区女孩布兰迪被吊在钩子上。在拖车上，载着其余二十三个贡品，他们戴着手铐脚镣，灰头土脸，一副落败之相。镣铐的长度不够，因而他们不是蹲着，就是坐在光光的金属板上。这再次提醒了各辖区的人，他们是低人一等的，如果抵抗，他们必将付出代价。

科里奥兰纳斯看到了露茜，她尽量维护着自己最后的一点尊严，在铁链允许的长度范围内尽量坐直了身子，直视着前方，也不管头顶上轻轻摇晃着的尸体。可这一切都是徒劳的，她肮脏的外表、沉重的镣铐，还有当街示众——这一切都是她无法战胜的。他设想着如果是自己身处这样的境地又该怎样，直到他意识到，塞亚纳斯不就总是设身处地为他们着想吗？他立刻停止了这样的胡思乱想。

走在贡品后面的是另一个治安警方队，他们为一辆四驾马车开道。马身上装饰着花环，拉着一辆华丽的马车，上置纯白色的棺椁，上面铺满鲜花。在棺椁后面，克林家的人坐在一辆敞篷双轮马车上。至少一家人有机会表示自己的哀痛，保存了体面。当队伍行进到主席台前时，停了下来。

高尔博士一直坐在总统身边，此时她走到话筒前。科里奥兰纳斯觉得让她在这样的场合讲话是个错误，不过她一定是把那个疯狂的女人和粉色的蛇形手链留在了家里，因为她讲话时语气坚定、思路清晰。

"阿拉克妮·克林，我们——你帕纳姆的同胞们一起宣誓，你不会白白死去。当我们中间有人遭到袭击时，我们会加倍地还击。饥饿游戏会进行下去，投入的力量比以往任何时候都大，担负起的责任也更大。我们会把你的名字列入长长的无辜者的名单中，他们为维护这片土地的正义而死去。你的朋友、家人和公民同胞们在此向你致敬，并将把第十届饥饿游戏献给你，以作为对你的纪念。"

这么说，那个大嗓门的阿拉克妮成了维护这片土地的正义之士。是的，她因为用一块三明治去逗弄她的贡品而毙命，科里奥兰纳斯暗忖，也许她的墓碑上应该写上"因为廉价的嘲笑而丧命"。

一队身披红色肩带的治安警举起枪，朝天齐放，以示哀悼，子弹划过几个街区，消失在某个角落。

当人群渐渐散去时，人们在科里奥兰纳斯的脸上看到失去阿拉克妮的悲伤，可讽刺的是，他感觉自己再次杀死了她。总体来讲，他感觉自己表现不错，直到他扭过头，看到海波顿学监正低头看着他。

"我对你失去的朋友表示哀悼。"学监说。

"也为您失去的学生难过，今天对我们大家是艰难的一天。葬礼仪式还是很感人的。"科里奥兰纳斯回答。

"你真这样认为？我觉得场面过于庞大，而且也没有品位。"海波顿学监说。

听到这话，科里奥兰纳斯很诧异，他轻笑了一下，但很快收住笑容，极力显出吃惊的样子。接着，学监的视线落到他的蓝色的玫瑰花蕾上。

"太令人惊奇了，这世界变化如此之小。在这一切的杀戮之后，在发出痛苦的誓言要铭记一切代价之后，在所有一切发生之后，我还是分不清花蕾和花朵。"学监用指尖轻轻拍拍他的玫瑰花蕾，调整了一下花的角度，笑着说，"午饭别迟到，我听说有馅饼。"

他们这次碰面唯一的一件好事就是午饭确实有馅饼，这次是桃子馅饼，地点在学校餐厅的一个特色咖啡厅里。与收获节那天不同，这回科里奥兰纳斯装了满满一盘子炸鸡，拿了他能找到的最大的一角馅饼，并在饼干上涂上厚厚的黄油，盛了三回葡萄潘趣酒①，最后一杯盛得太满，都漾出来了，于是他用亚麻餐巾去蘸，把餐巾都弄脏了。

让人们说去吧。今天的主哀悼者需要营养。虽说他大快朵颐，吃得心满意足，但他意识到自己平时一直保持的自控能力在下降。他把这一切都怪到海波顿学监的头上，全怪他不停地骚扰他。他干吗对今天的葬礼说三道四？活了一把子年纪，连花蕾和花朵都分不清，他应该被关起来，或者最好被驱逐到边远的前哨，让体面的凯匹特人平静地生活。只要一想起海波顿的冷嘲热讽，科里奥兰纳斯就忍不住又去多拿了几块馅饼。

再看塞亚纳斯，他用叉子捅捅鸡肉和饼干，一口都没吃。如果说科里奥兰纳斯只是不喜欢那葬礼仪式的话，那塞亚纳斯肯定会觉得更痛苦。

"如果你把食物都浪费了，有人会报告的。"科里奥兰纳斯提醒他。他对这人并没有什么特别的好感，可也不想眼瞅着他受罚。

"是啊。"塞亚纳斯说。可他除了抿了一口潘趣酒，似乎什么都吃不下。

午饭快结束的时候，塞蒂莉娅把二十二名导师召集在一起，通知大家饥饿游戏不仅会照常举办，而且他们也将成为最引人瞩目的人物。为了这一目的，导师们将在当天下午同自己的贡品一起去竞技场观光，并

---

① 潘趣酒：一种果汁鸡尾酒。

在全国进行电视直播，这一活动将贯彻高尔博士在葬礼上所发出的誓言。这位饥饿游戏的主设计师认为，把凯匹特的孩子与辖区的孩子分开是虚弱的表现，好像他们太害怕自己的敌人，连面都不敢露。贡品将会戴着手铐，而不是全套的镣铐。在护卫队中有枪法极好的治安警，每位导师必须与他们的贡品并排出席活动。

科里奥兰纳斯能感觉到有些同学是不情愿的。在阿拉克妮出事后，一些学生家长已经对校方薄弱的安保表示不满，可是却没有人会说出来，所有人都不愿在人前显得懦弱。在他看来，整件事似乎很危险，且安排不当。怎么防止其他贡品对其导师进行袭击？这种忧虑只是想想而已，他是永远不会说出来的。在内心深处，他怀疑高尔博士希望再出现一次暴力事件，这样她就能对着摄像头惩罚另一名贡品，也许这次是一个活的。

高尔博士表现得越冷酷无情，科里奥兰纳斯的抵触情绪也越发强烈。他瞟一眼塞亚纳斯的盘子，问："吃完了？"

"我今天真吃不下去，我也不知道该拿这些怎么办。"塞亚纳斯说。

在餐厅里，他们的这一区域已经没人了。科里奥兰纳斯在桌子下面偷偷把他弄脏的餐巾放在膝盖上，当他看到餐巾上有凯匹特的标识时，更有一种做了错事的感觉。"放这上面。"他打量了一下四周，说道。

塞亚纳斯也朝四周看看，麻利地把鸡肉和饼干堆到餐巾上。科里奥兰纳斯把食物裹起来，然后一股脑塞到他的书包里。学校严令禁止从餐厅往外带食物，更不允许给贡品拿吃的。可在去竞技场观光之前，他上哪里去弄到吃的？露茜虽不能在镜头前吃东西，可她的裙子里有很深的兜子。一想到他拿的食物要分一半给杰瑟普，他就无比愤怒，可也许这笔投入在游戏开始之后会得到回报的。

"谢谢。你这个叛逆者。"塞亚纳斯边说，边端起托盘，把它放到通向厨房的传送带上。

"这是个坏称号，可是……好吧。"科里奥兰纳斯说。

导师们上了学院的厢式货车，朝凯匹特的竞技场出发。竞技场建在河对面，那是防止过多的人拥入市中心。这个巨大的圆形露天剧场在其辉煌时期曾举办过许多激动人心的体育活动、娱乐活动，也有军事训练。战争期间备受关注的对叛军的公开处决也在此进行，因而这座建筑也成为叛军的轰炸目标。虽然原建筑仍然存在，但已经摇摇欲坠、破败不堪，只能当作饥饿游戏的竞技场使用。曾经碧绿、整洁的草坪因无人照料而枯死，开阔的场地布满弹坑，任凭野草四处蔓延，剧场内到处都是爆炸的残留物——大块金属和石头。环绕剧场的十五英尺高的墙壁已经开裂，并留下了许多弹痕。每年，贡品被关在这里，除了刀、剑、狼牙棒等完成血腥的屠杀的武器，其余什么都没有，与此同时，观众在家中观看整个杀戮过程。在饥饿游戏的最后，活下来的人被送回所在辖区，其余贡品的尸体则被运走，武器收集起来，大门紧锁，直到第二年才打开。这里无人维护，无人打扫。血渍全靠刮风下雨来清除，凯匹特当局是不会派人手来清理的。

　　当大家到达竞技场时，茜科老师作为此次短途出行的指导老师，指示导师们把他们的随身物品留在车内。科里奥兰纳斯把包裹在餐巾里的食物塞在裤兜里，用夹克的前襟遮住。他们从空调车里下来，走进烈日炎炎的室外，这时他看到贡品戴着手铐，在众多治安警的看守下站成了一排。导师们按指示站到各自指导的贡品身边，贡品按各区序号排列。因此，科里奥兰纳斯和露茜一起站在接近队尾的位置，他身后只有杰瑟普和他体重还不到一百磅的导师利西翠妲。在他前面，是克丽曼莎的贡品瑞伯——那个企图在卡车里掐死他的人，他一脸怒容地盯着地面。如果是导师—贡品联手一决胜负的话，科里奥兰纳斯并不占优势。

　　虽然利西翠妲外表纤弱，却也颇有几分胆识。她是莱文斯蒂总统私人医生的女儿，很幸运得到了导师的资格，而且很显然，她一直很努力地在与杰瑟普沟通。"我给你带了些药膏，来抹你脖子上的伤口。"科里奥兰纳斯听到她小声说，"可你别让别人看见。"杰瑟普嗯了一声答应着，

"我会找机会放到你的口袋里的。"

治安警把竞技场入口笨重的铁栅栏挪开，沉重的大门吱呀呀地打开了，出现在眼前的是一个巨大的门厅，四周是用木板封起来的隔间和战前留下的脏兮兮的宣传海报。孩子们保持队形，跟在治安警后面，进入到大厅的尽头。一排带有三个弯曲的金属杆的全高度旋转门竖立在那里，上面落满厚厚的灰尘，需要投入凯匹特代币才能通过，就是坐电车时仍在使用的代币。

这入口是给穷人用的，科里奥兰纳斯心中暗想。或者不能说穷人。"平民"这个词跳入他的脑海。他记得小时候，斯诺家的人是从另一个入口进入竞技场的，是由丝绒绳拦开的。当然，他们的包厢是不可能用代币进去的。和竞技场其他区域不同的是，这里有一个天花板、有伸缩式玻璃窗和空调，即使在大热天也很舒适。包间内还有一名阿瓦克斯为他们提供服务，送餐送水，还给他和泰格莉丝带来玩具。如果他厌倦了，还可以在柔软、华丽的座椅上小睡。

治安警分立在两个旋转门旁边，从投币孔投入两枚代币，这样一对贡品和导师可以同时通过。旋转门每转一次，就会传来"请欣赏表演吧"的声音。

"难道不能越过检票口吗？"茜科老师问。

"有钥匙就可以，可没人知道钥匙在哪儿。"一个治安警说。

"请欣赏表演吧！"当科里奥兰纳斯通过时，旋转门传出声音。他有意用腰反向顶了一下横杆，发现出去是不可能的。他抬头去看旋转门的顶端，发现门上方的拱形空间已经被铁栏杆封死了。他猜想那些买了便宜座票的人们另有走出剧场的通道。这种装置也许是为了让观众有序退场，但对于一个参加问题重重的"野外观光巡演"的惴惴不安的导师来说，却并没有起到安慰作用。

在旋转门的另一边，一队治安警仅按地面紧急显示灯的指示，列队进入通道。通道两侧，一些更小的拱门按不同的座位等级标了号。贡品和导师的队伍走下台阶，两侧被治安警围得密不透风。当他们走到暗处时，科里奥兰纳斯从利西翠姐的书上撕下了一页，趁这个机会，把用餐巾包着的食物递到露茜戴手铐的手上，食物一转眼就滑到了她的裙子口袋里。好啦，在他的监护下，她是不会饿死的。露茜拉住他的手，与他的十指交缠紧扣在一起，在黑暗中，他们离得这么近，这小小的亲昵的举动让他有一种触电般的感觉。在通道尽头，快走入阳光下的时候，他又最后紧紧握了握她的手，然后就放开了，因为这种举动在别人看来可能是很奇怪的。

尚在孩提时，科里奥兰纳斯曾来过几次圆形剧场，多是来看马戏表演，有时为爸爸指挥的军事表演喝彩加油。在过去的九年中，他至少也在电视上看过一部分饥饿游戏的转播，但无论如何也没想过，有朝一日他能从巨大的记分牌下的大门走进来，直接进入场地，这真是太刺激了。当一些导师和贡品看到这巨大的场地时，不禁发出惊叹。这里虽然破败，但也难掩其恢宏的气势。科里奥兰纳斯看着那一排排的高高的座位，感觉自己渺小到了极点，就像滔滔江水中的一滴水珠，奔腾而下的雪崩中的一粒石子。

出现在眼前的摄制人员把他拉回到现实中来。科里奥兰纳斯赶紧调整脸色，以显露出这里的一切对斯诺家的人来说没什么了不起的。露茜在除去沉重的镣铐之后，似乎更加机敏和灵活，她向利比达挥挥手，但是，和所有的记者一样，利比达一脸阴沉，毫无反应。他们的指导思想很明确："严肃""报复"是当日新闻报道需把握的尺度。

塞蒂莉娅既然用到了"观光"这个词，那就意味着此行有游览的性质，虽然科里奥兰纳斯并不期待此行有多么快乐，但也绝没预料到这地方让人如此悲伤。当孩子们规矩地跟在领头的小分队后面进入椭圆形剧场中央时，护卫的治安警散开，孩子们列队绕场前行，荡起许多尘土，毫无乐趣可言。科里奥兰纳斯记得马戏团的表演者在剧场也是这样绕着走的，他们或骑着大象或骑着马，身穿缀满亮片的衣服，脸上洋溢着欢快的笑容。除了塞亚纳斯，所有的同学可能都在这里看过表演。可讽刺的是，那时候阿拉克妮或许就在他旁边的包厢里，穿着亮闪闪的衣服，扯着嗓子高声欢呼呢吧。

科里奥兰纳斯环顾剧场，试着寻找一切对露茜有利的条件：围绕竞技场的高墙原本是为了使观众不受外界影响，现在则可以提供一些安全保障；坑坑洼洼的墙面方便攀爬时抓握或落脚，对于一个身手敏捷的人来说，可以爬到观众席的座位上去；高墙上几个大门等距离间隔开，看来也很不利于防御，因为他不能肯定在通道尽头有什么，他认为靠近这些地方时也要加倍小心，这里太容易被困；如果露茜能爬的话，看台无疑是她最好的选择。他把这些都一一记在脑子里。

当他们的队伍渐渐拉开距离的时候，他低声对露茜说："今天早晨看到你那样真糟糕。"

"嗯，至少他们先给了吃的。"她说。

"真的吗？"是他对塞蒂莉娅说的话起作用了？

"昨晚，治安警把我们往一起撵的时候，几个孩子晕倒了。他们肯定觉得，要想剩下几个活的来参加表演，就得给我们弄点儿吃的，也没什么好的，就是面包和奶酪。我们中午有吃的，早晨也有。不过别担心，我肚子里有的是地方，兜里揣多少东西，我的肚子都装得下。"露茜说话又像原来一样逗趣了，"那个唱歌的人是你吗？"

"噢，是的。他们让我去唱歌，因为觉得我和阿拉克妮是好朋友，其实我们不是。让你听我唱歌好尴尬。"他承认道。

"我喜欢你的声音。我爸爸总说这歌很有气势，不过这歌我不太喜欢。"露茜回答。

"谢谢。你能这么说，这对我很有意义。"他说。

露茜用胳膊肘捅捅科里奥兰纳斯，"这话我不会到处播扬的。这里的大部分人觉得我比蚂蚁还低贱。"

科里奥兰纳斯摇摇头，咧开嘴笑了。

"怎么啦?"她说。

"你的表情真滑稽,确切地说,不是滑稽,而是丰富。"他对她说。

"哦,确切地说,我不常说'确切地说'这个词。"她故意调皮地说道。

"不,我喜欢这么说,这让我说起话来很准确。你那天在动物园叫我什么来着?'蛋糕'什么的?"他想起来了,问道。

"噢,你是说'奶油蛋糕'吧?你们不这么说吗?嗯,这是对人的赞美。在我们那里,蛋糕很干,而奶油就像母鸡的牙齿那么罕见。"她说。

科里奥兰纳斯哈哈大笑了起来,那一刻,他忘记了自己在哪里,忘记了四周多么令人压抑。在那一瞬间,他眼中看到的只有她的笑容,她优美而有节奏的声音,以及她话里透出的那份亲昵。

接着,传来了一声爆炸的巨响。

· CHAPTER 10 ·

劫后重逢

科里奥兰纳斯知道炸弹的厉害，那爆炸声令他心惊胆战。此时，爆炸的冲击力将他震飞，抛到竞技场靠近中心的位置，他本能地举起胳膊护住脑袋。一落到地面，他就赶紧肚皮贴地趴下，脸也紧紧贴住满是尘土的地面，举起一只胳膊，遮住暴露在外的眼睛和耳朵。

第一次爆炸似乎来自主入口方向，紧接着引发了竞技场一系列的爆炸。他所能做的也只有死死趴在震动的大地上，极力克制内心的慌乱，希望爆炸快点结束。他已经进入了"爆炸时间"的模式，这是战争期间他和泰格莉丝对叛军狂轰乱炸的戏称。在这超越现实的时段，时间似乎被拉长了，又似乎被缩短了，科学已无法解释。

战争期间，凯匹特当局给每位公民的住宅附近都配置了防空掩体。斯诺家豪华的大厦有一个坚固的地下室，非常宽阔，不仅能容纳大楼里的居民，而且可以容纳半个街区的人。不幸的是，凯匹特的警报系统对电力供应十分依赖。由于五区的干扰，电力供应非常紧张，时断时续，因而当时的警报系统很不可靠，他们经常被搞得猝不及防，来不及撤到地下室去。这个时候，他、泰格莉丝和老夫人（除非她在唱国歌）就会躲在餐桌下面。这是用一整块大理石打磨成的漂亮餐桌，放在靠里一间屋子。即使躲到了这块坚硬的大理石桌子下面，四周也没有窗户，当科里奥兰纳斯听到炸弹的呼啸声，仍会吓得全身肌肉僵硬，轰炸结束后要过好几个小时才能正常走路。大街也不安全，学校也一样，人们在任何地方都可能遭到袭击。但不管怎样，他还算有个比较好的地方可以藏身。现在这里却没有任何遮挡，大家完全暴露在炸弹袭击之下。他只能趴在地上，等着这漫长的"爆炸时间"的结束，不知道内脏会受到多大的损伤。

没有飞艇。他突然意识到这点。没有飞艇，那么，这些爆炸物是提前埋好的？他能闻到焦煳的味道，肯定有人身上着火了。他用总带在身上的手帕捂住口鼻。透过一股子黑烟和尘土交混的浓雾，他看到露茜在十五英尺之外，脑袋贴着地面，手指堵着耳朵，身体缩成一团，她戴着手铐，这是她能作出的最好的姿势了。她正在拼命地咳嗽。

"捂住脸！用餐巾！"他大喊。露茜没有扭头，不过一定是听到了，因为她一轱辘侧过身来，从口袋里拿出餐巾。当她掏出餐巾的时候，鸡肉和饼干掉了一地。他隐隐觉得吸入浓烟对她唱歌肯定没有好处。

爆炸暂时停止了，这让科里奥兰纳斯误以为爆炸已经结束了，正当他刚要抬起头来的时候，最后的一次爆炸声在高处的看台上响起，炸毁了原来的小吃摊——那曾出售粉色的棉花糖和焦糖苹果的摊位，烧焦的碎末飘落到他的身上。这时，什么东西猛击了一下他的头部，同时一根木柱呈斜角重重地砸在他的后背上，把他压在地上动弹不得。

重击下，科里奥兰纳斯几乎失去了知觉。一股难闻的烧焦的味道直冲他的鼻子，他意识到木头是烧着的，于是用尽力气，扭动身体，想把木柱摆脱掉，可是他觉得天旋地转，中午吃的桃子馅饼在他的胃里翻搅着。

"救命啊！"他喊道。周围的人也在痛苦地呼救，可是浓烟滚滚，他也看不到其他受伤的人。"救命啊！"

火烧着了他的头发，他再次憋足一口气，试图挣脱木柱，但却是徒劳。脖子和肩膀开始剧烈灼痛，他感到无比恐惧，担心就这样被烧死了。他一次次大声呼救，但四周只有滚滚浓烟和燃烧的瓦砾，似乎没有人听见。之后，他在烟雾中瞥见一个身影站了起来。是露茜，她在喊他的名字。然而，一瞬间她又被他视线之外的什么东西吸引，突然转过头去，朝远离他的方向走了几步，犹豫片刻又停下脚步。她显然很纠结。

"露茜！"他用嘶哑的声音哀求着，"求你了！"

露茜又朝另一个方向看了最后一眼，然后朝他这边跑来。木柱从他的后背挪开了一点，可是又重重地砸了下来。她再次把木柱抬了起来，这次移出了足够的空间，让他从底下爬了出来。接着，露茜搀扶着他站起来，把他的胳膊搭在自己的肩上，俩人一瘸一拐地朝远离火焰的方向走去，快走到场地中间时，才一屁股瘫坐在地上。

刚逃出来时，科里奥兰纳斯只顾着猛烈地咳嗽，大口喘气。稍微缓过来一点之后，他才渐渐感觉到头、肩、背、脖子都在剧烈疼痛。不知怎的，他的手指仍紧紧抓着露茜烧焦的裙子，仿佛那就是他的生命线。她戴着手铐的手显然也灼伤了，蜷缩在一起。

烟雾慢慢散去，科里奥兰纳斯观察到炸弹是按一定间隔在竞技场埋放的，第一颗炸弹埋在入口处。爆炸对大门造成了极大的破坏，他甚至可以看到墙外的大街，同时也看到两伙人正在趁乱逃离竞技场。这就是露茜在来救他之前犹豫的原因吗？她本来有机会逃跑？其他贡品显然已经抓住了这个机会。是的，此时他听到了警报声和大街上传来的阵阵叫喊。

救护人员穿过散落的碎石和瓦砾，跑向受伤者。"没事了，"他对露茜说，"救援人员来了。"有人扶住他，把他抬到担架上。他松开了她的裙子，以为马上会有人把她抬到另一副担架上。可当他被抬走的时候，却看到一个治安警强迫露茜趴下，用枪管顶住她的脖子，大声咒骂着。

"露茜！"科里奥兰纳斯大喊着，没有任何人注意到他。

科里奥兰纳斯头部遭到的重击使他很难集中精神，但他知道自己是在急救轮床上，轮床穿过一道道门进入到一个区域，一天前他曾在这里喝着柠檬汽水等待探视克丽曼莎，现在他又回来了。恍恍惚惚间，他又被转移到一张手术台上，头上的无影灯照得雪亮，许多大夫围着查看他的伤势。

科里奥兰纳斯感觉很困，但是医生总是把脸凑过来，问他这样那样的问题。他们午饭后嘴里那股难闻的口气让他感到反胃。他被推到一台台机器里，又从一台台机器里出来，针头不停地扎在他身上。最后，他终于无比幸福地慢慢睡去。夜里，时不时有人把他弄醒，拿电筒在他眼里晃，只要他能回答一些基本问题，他们就又让他昏昏睡去。

当科里奥兰纳斯终于醒来，真正地醒来时，已经是星期日了，从窗口射进来的阳光来看，已经是下午了。老夫人和泰格莉丝正趴在床前无比焦虑地注视着他。他感到一阵暖意，放下心来。他心想，我不是孤独一人，我不在竞技场，我是安全的。

"嘿，考尤，是我们。"泰格莉丝说道。

"你们好。你错过了爆炸时间。"他尽力挤出一个微笑。

"早知道要你一个人经受这一切，还不如我也在那里。"泰格莉丝动情地说。

"我不是一个人。"他说。吗啡和脑震荡让他很难清晰地回忆事情的经过，"露茜在那里。我想是她救了我的命。"他说不清楚那种感觉，很甜蜜，又很不安。

泰格莉丝用力握着他的手说："我一点都不意外，一看就知道她是个好人。从一开始她就保护你，不让别的贡品伤害你。"

老夫人不肯轻易相信辖区的人，她需要更有说服力的证据。于是科里奥兰纳斯努力把爆炸发生时的事一一说给她听，老夫人最后得出结论："嗯，看来如果她当时跑了的话，治安警就没机会拿枪对着她了。可是，这说明她有点儿个性，也许，正如她自己说的，她并不真正属于任何辖区。"

对于老夫人来说，这已经是对别人最高度的赞扬了。

当泰格莉丝把细节一一告诉科里奥兰纳斯以后，他肯定这次事件一定令凯匹特当局大为光火。所发生的这一切——至少是凯匹特新闻宣称所发生的一切，无论现在还是将来，都令凯匹特市民感到极为恐惧。凯匹特当局不知道是谁安放了炸弹，是反叛者吗？好吧，可是从哪里来的？他们有可能来自十二个辖区中的任何一个辖区，抑或是来自十三区的乌合之众，甚至有可能是在凯匹特长期潜伏的人，没有任何人有此种成长轨迹，想找到犯罪如同大海捞针。

犯罪的时间线索也令人困惑。由于竞技场在每次饥饿游戏举办之后是空置的，各个出入口大门紧锁，平时无人管理。因此炸弹可能六天前，或者六个月前就已经埋放好了。摄像头监控了椭圆形的入口处，但四周墙壁坍塌，人是可以爬进去的。他们甚至不知道炸弹是远程控制的还是谁误踩上去的，但是这种意外的损失令凯匹特当局大为震惊。

来自六区的两个贡品被弹片击中死亡，这倒没有引起人们太大的注意。但此次爆炸却夺去了阿波罗·林和戴安娜·林这对双胞胎的性命，并使三名导师住院——科里奥兰纳斯，还有负责指导九区两个贡品的安卓克利斯·安德森和盖乌斯·布林。科里奥兰纳斯的两个同学现在情况很不乐观，盖乌斯失去了双腿。几乎所有人都被爆炸波及，不管是导师、贡品，还是治安警，都不同程度地受了伤，需要或长或短的治疗。

科里奥兰纳斯对双胞胎去世的消息感到无比震惊。他真的很喜欢那对双胞胎波罗和迪迪，他们是多么的宠溺彼此，多么阳光快乐；还有，安卓克利斯，他希望像他妈妈那样，成为一名"凯匹特新闻"的记者；还有盖乌斯，一个阳光大男孩，总有讲不完的笑话。他们差一点丢了性命。

"利西翠姐怎么样？她还好吗？"当时她一直走在科里奥兰纳斯后面。

老夫人表情很复杂，"哦，她呀，她还好。她见人就说，在爆炸发生时，是十二区的那个大块头、相貌丑陋的男孩趴到她身上保护了她。

可谁知道呢？维克斯家的人喜欢出风头。"

"是吗？"科里奥兰纳斯不无怀疑地问道。他想不起来维克斯家的人什么时候爱出风头，一次都没有，只记得在一次简短的年度新闻发布会上，他们曾向莱文斯蒂总统提供了一份无疫证明。利西翠姐是一个沉默寡言且办事高效的人，从来不喜欢抛头露面，把她和阿拉克妮这样的人归为一类让他感到不平。

"老夫人，她只在爆炸发生后对记者做了简短的情况介绍，我猜她说的都是实话。也许十二区的人并不像您说的那么坏，杰瑟普和露茜都很勇敢。"泰格莉丝说道。

"你看到露茜了吗？我是说，在电视上，她看上去还好吗？"科里奥兰纳斯问。

"我不知道，考尤。还没有关于动物园的电视报道，但她不在死亡的贡品名单上。"泰格莉丝说。

"还有更多的人死亡吗？除了六区的？"科里奥兰纳斯不想让自己听上去很变态，但他们确实是露茜的竞争对手。

"是的，还有一些在爆炸之后死亡的。"泰格莉丝对他说。

爆炸发生后，一区和二区的两对选手朝入口处被炸开一个大洞跑去。一区的两个孩子被击毙，二区的女孩朝河边跑去，企图跳墙逃跑，但却摔死了，而二区的男孩马库斯失踪了，现在这个疯狂、危险而且孔武有力的男孩正在城市的某个地方逃窜。警察发现探井盖有人打开过，这说明他可能通过地下通道，逃到了凯匹特地下轨道交通和公路交通网的中转站，没人可以确定他的逃跑路线。

"我想，反叛者肯定把竞技场当作一种象征，就像战争期间一样。最糟糕的是，他们用了差不多二十秒钟才切断了向各辖区的转播，所以，毫无疑问，这是一个值得庆贺的理由。他们真是禽兽。"老夫人愤愤地说。

"可是据说辖区几乎没有人看到，老夫人，那里的人不喜欢看饥饿游戏的转播。"泰格莉丝反驳说。

"他们只需要找一伙人，把话传出去就行了，这种事很容易就会传得沸沸扬扬。"老夫人说。

说话间，上次给克丽曼莎治蛇咬伤的大夫走了进来。他自我介绍说是韦恩医生，他让泰格莉丝和老妇人先回家去，然后给科里奥兰纳斯快速做了检查，对他说明了轻微脑震荡和烧伤的情况，并说目前的治疗情况不错，但痊愈还需要一段时间。如果他配合治疗，继续好转的话，几天之后就可以出院了。

"您知道我的贡品的情况吗？她的手烧伤得很厉害。"科里奥兰纳斯问道。每次一想起露茜，他的内心就感到无比内疚，可接下来吗啡的作用就像裹住伤口的棉纱布，让他的心不那么疼了。

"我不知道。不过他们有最好的兽医，我想，到游戏开始的时候，她会好起来的。可是年轻人，这不应该是你关心的事情，你该关心的是如何快点儿好起来，所以，你需要好好睡一觉。"韦恩医生说。

科里奥兰纳斯与医生很配合，他很快又睡了过去。一觉醒来，已是周一早晨了。他仍觉得头疼，身体也不舒服，因此并不急着出院。医院里有空调，凉爽的空气让他灼伤的皮肤不那么疼痛，而且量足、好吃的饭菜也会定时供应。他一边使劲地往肚子里灌着充满气泡的柠檬水，一边盯着病房里的大电视屏幕看新闻。双胞胎林姐弟的葬礼将在第二天举行；马库斯仍在追捕之中；凯匹特和各辖区的安保都得到进一步加强。

三个导师死亡，三个入院——如果把克丽曼莎算在内，实际上是四个。六名贡品死亡，一名逃跑，几名受伤。如果说高尔博士希望饥饿游戏有什么出其不意的效果的话，她做到了。

下午，不少人陆续来看望科里奥兰纳斯。第一个来的是菲斯塔斯，他手臂上挂着吊带，脸上被金属弹片划破缝了几针。他说学校已经停课了，但是要求学生出席第二天上午举行的林家姐弟的葬礼。在提到这对姐弟时，他难过地哽咽了。

科里奥兰纳斯在想，如果不是因为打了吗啡吊针，让疼痛感和喜悦感都减弱了，他是否也会有更强烈的情感反应？接下来，塞蒂莉娅急匆匆地走进病房，给他带来了小点心，向他转达了教职人员的慰问，并且告诉他，虽然这是一次不幸的事件，但也增大了他拿奖学金的几率。

又过了一会儿，塞亚纳斯出现了，他竟然毫发无伤。他带来了科里奥兰纳斯落在车上的书包和他妈妈做的好几个美味的夹肉三明治。对于他逃跑的贡品马库斯，他并未多说什么。最后，泰格莉丝来了，老夫人没来，但是给他带来了一套干净的校服，让他出院时穿。如果有摄像的话，也希望他能保持最好的状态。他们把三明治分着吃了，然后，泰格莉丝轻抚着他疼痛的脑袋，直到他慢慢睡过去，就像他小时候闹头疼时一样。

周二一大早，有人把科里奥兰纳斯叫醒时，他以为是护士来给他做常规检查，结果一睁眼却看到了克丽曼莎那张变形的脸，把他吓了一跳。不知是蛇毒还是解药的作用，她浅棕色的皮肤开始脱皮了，眼白也变成了鸡蛋黄的颜色。更糟糕的是她全身都在抽搐。面部的抽搐使得她像是在做鬼脸，舌头也时不时地从嘴里伸出来，即使伸出双手去握他的手，也会不由自主地歪向一边。

"嘘！"克丽曼莎轻声说道，"我不应该来这儿。别告诉他们我来过。他们是怎么说的？为什么没人来看我？我的父母知道发生什么了吗？他们是不是以为我死了？"

因为刚睡醒，加之药物的作用，科里奥兰纳斯迷迷糊糊地没太听明白她说的话，"你的父母？他们来过了。我看到他们了。"

"不，没人来看过我！我必须得从这儿出去，考尤。我害怕她会杀死我。这里不安全。我们都不安全！"她突然大喊起来。

"什么？谁要杀你？你胡说什么。"他说。

"当然是高尔博士！"她紧紧抓住他的胳膊，弄疼了他的伤口，"你知道的，你当时在现场！"

科里奥兰纳斯使劲挣脱了克丽曼莎的手说："你需要回到你的房间。你病了，克丽米。是蛇毒的缘故，是蛇毒让你胡思乱想的。"

"这也是我胡思乱想的吗？"克丽曼莎扯开病号服，露出从胸口到肩膀的部分。她的皮肤上布满了鲜艳的蓝色、粉色、黄色的鳞片，很像箱子里的爬行动物蛇的鳞片。科里奥兰纳斯大吃一惊，这时她尖叫着："这东西还在扩大！在扩大！"

突然，两个医务人员冲进来抓住她，把她架起来，拖出了病房。那天晚上，科里奥兰纳斯再也没能睡着，脑海里不停地闪现着那些蛇、克丽曼莎的皮肤，还有高尔博士实验室的玻璃箱里那些具有了动物特征的阿瓦克斯。克丽曼莎将会被送到那里吗？如果不的话，为什么她的父母没来看她？为什么除了他之外的任何人似乎都不知道这件事？如果克丽曼莎死了，他作为唯一的证人，会不会也消失？他把这一切都告诉了泰格莉丝，是不是把她也置于危险之中？

此时，这舒适的病房似乎变成了不断收紧的陷阱，要将他窒息。时间在一点点过去，却没人给他检查，这让他愈发焦虑。最后，黎明将至的时候，韦恩医生出现在他的床边，笑容可掬地问："我听说克丽曼莎昨晚来看你了，她吓着你了吗？"

"有一点。"科里奥兰纳斯尽量表现出漠不关心的样子。

"她很快就会好的。蛇毒在逐渐消除的过程中会有一些副作用，这就是为什么我们没让她的父母来看她的原因。他们以为她得了传染性很强的流感。再过一两天她就能见人了，如果你想，就可以去看她，可能会让她心情好一点儿。"医生告诉他。

"好的。"科里奥兰纳斯说，可心里还是有些打鼓。对看到的事情，他不可能装作没看到，无论是在医院还是在实验室。吗啡输液已经结束了，这使得迟钝的各种知觉再次敏感起来，他疑虑重重，原本舒适美好的一切——从有热蛋糕和培根的丰盛的早餐，到学院送来的一篮篮新鲜的水果和甜品，再到林的葬礼上重放他唱的国歌，那既是对他品格的褒扬，也是对他所作出的牺牲的肯定——此时都变了味道。

葬礼前的电视报道从七点开始，到了九点，学生们又站满了学院大门前的台阶。就在一周前，他因为分配到了十二区的女孩而自感卑微；而现在，他却因为自己勇敢的举动在全国人民面前受到嘉奖。他本以为会播放他唱国歌的录像，结果他的全息影像却出现在讲台上。刚一开始，影像有些模糊，但很快就变成了清晰而立体的人像。人们议论纷纷，说他在各方面越来越像他英俊的父亲，而他自己却是第一次看到这一点。不仅眼睛，下颌、头发和骄傲的举止都像。露茜说得没错，他的声音威严气派。一句话，他的表现非常棒。

凯匹特当局此次举办的葬礼比阿拉克妮的葬礼更为隆重，科里奥兰纳斯认为这也是应该的。较之上次的葬礼，更多的人发表了讲话，更多的治安警出来到现场，更多的条幅被悬挂起来。他不介意两姐弟受到了赞扬，甚至是热情洋溢的赞扬，并且他希望他们的在天之灵能够知道，葬礼仪式是从他的全息影像开始的。

死亡的贡品的人数在增加，九区的两个贡品由于受伤而不治身亡。显然，那位兽医已经尽了最大的力量，虽然兽医一再要求让贡品住院抢救，却遭到拒绝。九区贡品们伤痕累累的尸体和六区的贡品的残躯搭载在马背上，沿着斯科勒大街游行。一区的两个贡品、二区的女贡品因试图逃跑的懦弱行为而被拖在他们后面游街示众。接下来是科里奥兰纳斯去动物园时曾坐过的笼式卡车，一辆车里载着男贡品，另一辆车里是女贡品。科里奥兰纳斯睁大眼睛寻找着露茜的踪影，却没有找着，这让他更加焦虑了。露茜是因为受伤和饥饿正躺在车上吗？

当双胞胎的两具银色棺椁跃入他的眼帘时，浮现在他脑海里的只是战争期间他们玩的一种叫作"环环相扣"的顽皮的游戏。其他的孩子都会追逐迪迪和波罗，然后拉起手来，形成一个圆环，把他们围在中间。

游戏的最后一定是包括双胞胎在内的好多孩子一个压一个躺在地上，笑作一团。噢，能回到七岁多好，和朋友一起打闹，而桌子上永远有营养丰富的饼干等着他们。

午饭后，韦恩医生来了，对他说，如果他保证能卧床静养，就可以出院。这样，医院的舒适条件就要结束了，他马上换上了干净的校服。泰格莉丝来接他，陪着他坐电车回家之后，就继续回公司工作了。下午，他和老夫人两人都在家里睡觉，一觉醒来，他第一眼就看到了塞亚纳斯的老妈让人送来的美味的炖菜。

在泰格莉丝的劝说下，太阳还没下山他就上床了，可他却睡不着。一闭眼，他就会看到四处蔓延的火焰，感到大地在颤抖，闻到令人窒息的黑色浓烟。对露茜的担心总隐隐令他感到不安，可现在他满脑子只有她一个人了。她怎么样了？伤痊愈了吗？有人给她吃的吗？抑或，她在那可怕的猴笼子里遭受饥饿和痛苦的煎熬？当他躺在有空调的医院病房，打着吗啡点滴的时候，那位兽医对她的手进行治疗了吗？浓烟损伤了她优美的嗓音吗？为了帮助他，她是不是失去了在竞技场获得赞助的资格？当他想到自己被压在木柱下面的恐惧心理时，他感到一丝尴尬；但是当他想起随后发生的事，就更感丢人。在凯匹特的电视转播中，爆炸的场面在浓烟中显得模糊不清。但是，她救他的画面存在吗？更糟糕的是，他在等待救援时死死抓住她的裙子的情景被拍下来了吗？

他的手在床头柜的抽屉里摸索着，找到了他妈妈的粉盒。当他闻到那香粉玫瑰的香味时，大脑才安静了下来，可内心的不安又令他从床上爬起来。在接下来的几个小时里，他在公寓内踱来踱去，不时望向窗外的夜空、楼下的科索大街、对面邻居的窗口。不知不觉地，他已站到楼顶老夫人养的玫瑰花旁，却不记得自己是如何爬上楼、来到花园的。夜晚的空气很清新，散发着花香，让他感觉好了一些，但倏然而至的一阵冷战又令他周身感到疼痛。

差几个小时快要天亮的时候，泰格莉丝发现科里奥兰纳斯坐在厨房里。于是她泡好茶，和他一起就着平底锅，把昨天剩的炖菜吃完了。炖菜一层层的肉、土豆和奶酪很美味，让他心里好受些，加之泰格莉丝的柔声细语，劝慰他说露茜的现状不是他造成的，他们说到底都还是孩子，他们的命运只能听从当权者的摆布，这让他愧疚的内心稍微平复了些。

等他感到略微好受些，就设法睡了几个小时，直到塞蒂莉娅给他打来电话。她鼓励他当天早晨尽可能去学校。学校计划再次召开导师—贡品见面会，为采访做好准备，但这次见面会是自愿参加的。

当天，他去了学校。当他从天堂蜂的楼座向下望的时候，那一把把空荡荡的椅子令他心里一阵寒战，他知道八名贡品已经死了，一名失踪，现在二十四张小桌子歪歪扭扭地摆放着，令人深感不安，他想象不出这个事件会对二十四张桌椅的排序会有怎样的影响。一区、二区、六区和九区已经没有贡品了，十区只有一个贡品。幸存下来的孩子大部分也都受了伤，看上去无精打采。当导师和他们的贡品坐到一起时，这种缺失更加明显。六名导师死的死，住院的住院，而指导一区和二区贡品的导师根本没有贡品，因此也没必要出席。利维娅就目前的情势积极发言，她主张从各辖区选出新的贡品，或者至少把克丽曼莎的贡品瑞伯分配给她，因为大家都知道克丽曼莎因为流感住院了。利维娅的要求并未获得批准，瑞伯头上仍缠着满是血污的绷带，孤零零地坐在自己的桌旁。

当科里奥兰纳斯坐到露茜对面的椅子上时，她脸上连个微笑都没有。她咳嗽得很厉害，火烧的焦灰仍然附着在她的裙子上。给他们疗伤的兽医医术超出了他的预期，她手上的皮肤正在慢慢痊愈。

"嘿。"他一边打招呼，一边把一个坚果酱沙拉和塞蒂莉娅给他的饼干推到她面前。

"嘿。"她用嘶哑的嗓音说道，声音里没有了暧昧，甚至没有友情。

她拍拍三明治，说"谢谢"，但她似乎太疲惫了，连吃的力气都没有了。

"不，应该是我谢谢你，是你救了我的命。"他用轻松的语气说道，但当他注视露茜的眼睛时，那说话时的轻率神态不得不收敛起来。

"你跟别人也是这么说的？我救了你的命？"露茜问道。

他确实跟泰格莉丝、老夫人说过很多次，在那之后，他也不知该如何处理这个信息，就让它像梦一样从自己的脑中消失了。而现在，当那么多人倒下，有那么多张空椅子，露茜在竞技场救他的记忆不得不再次提起他的注意，他不能忽视这件事的重要性。如果露茜没有帮助他，那他一定在劫难逃。到时就会出现另一具缀满鲜花的闪亮的棺椁，这里也会多一张空椅子。下面的话让他觉得难以启齿，但他还是硬着头皮说了出来："我告诉了我的家人，真的，谢谢你，露茜。"

"嗯，我还有点时间。"她说着，用颤抖的手指摸着饼干上撒糖霜的花朵，"这饼干真漂亮。"

接下来他感到一阵困惑。如果露茜救了他的命，那他就欠了她人情，可是欠什么人情呢？一个三明治和两块饼干吗？他就是用这种方法来报答她的救命之恩？这显然是不够的。事实是，他在所有方面都欠她的。想到这里，他觉得脸一下子红了，"你本来可以跑的。如果你跑了，救我的人还没到，我就被烧死了。"

"跑，哈？那等于找着吃枪子儿呢。"她说道。

科里奥兰纳斯摇摇头，"你可以说笑，可这改变不了你救我的事实。我希望可以用某种方法来报答你。"

"我也这么希望。"她说。

在对话过程中，科里奥兰纳斯感觉他们的位置发生了变化。作为导师，他一直都是慷慨地给予礼物，得到的是感激。而现在情况却颠倒过来，她给了他一份无可比拟的珍贵礼物。从表面上看，一切都没有变化。她还是那个戴着手铐的女孩，他还是送来食物的男孩，治安警仍在看守。但是，在内心深处，两人已完全不是从前的彼此。他永远都欠她的一份人情，她有权利要求他做任何事情。

"可我不知道该怎么报答。"他承认道。

露茜扫了一眼四周，包括那些受伤的对手。然后直视着他的眼睛，说："就从你认定我能赢开始吧。"

PART
TWO

奖学金

· CHAPTER 11 ·

初试啼声

乍一听，露茜的话不切实际，可细想之下也有道理。在内心深处，科里奥兰纳斯认为露茜绝不会成为饥饿游戏的胜利者，也没有规划相应的行动策略。他只希望露茜的魅力和才能可以让他得到好处，让他成功。即便是鼓励她去唱歌，去获得赞助，其实也不过是想利用她的才艺来延长人们对他自己的关注。仅在几分钟前，他很高兴看到她的手痊愈了，之所以高兴是因为她可以用这双手在晚间访谈中弹吉他，而不是因为她在竞技场能够更好地自我防御。他在乎她，可结果呢，正如他在动物园中所说的那样，使事情变得越来越糟。一直以来，他最应该做的，就是竭尽全力去保护她的生命，帮助她取胜，无论胜算有多大。

"我曾经说过你是奶油蛋糕，我是当真的。你是唯一一个愿意来的人，你和你的朋友塞亚纳斯。你们两个的所作所为才像真正的人。目前，你唯一报答我的方法就是帮我赢。"露茜说。

"我同意。"说着，科里奥兰纳斯站了起来，这让他感觉心里好受了一些，"从现在开始，我们一起努力去赢得比赛。"

露茜伸出手说："一言为定？"

科里奥兰纳斯郑重地握握她的手，"一言为定。"这种挑战令他充满动力，"第一步，我要想出一个策略。"

"我们要想出一个策略。"她纠正他说，然后她笑了，并咬了一口三明治。

"我们要想出一个策略。"他又算了一遍人数，"除非找到了马库斯，否则现在只剩下十四个对手了。"

"你要是能设法让我多活几天，也许我就可以不战而胜喽。"她说。

科里奥兰纳斯环视了一下大厅里的露茜的竞争对手，个个拖着沉重的镣铐、垂头丧气、没精打采，这让他一度充满信心，可转而一想，露茜的状况也好不到哪去。不管怎么说，一区、二区的选手出局，露茜有杰瑟普的保护，还有新的赞助项目的支持，她现在获胜的几率远比刚来到凯匹特的时候大。如果他能保证露茜持续的食物供给，她便可以逃跑，藏在竞技场的什么地方，直到其他人互斗而死或者饿死。

"有件事我想问一下，如果迫不得已，你会杀人吗？"科里奥兰纳斯问。

露茜仔细地思考着这个问题，"出于自卫，也许会吧。"

"这是饥饿游戏，任何情况下都是自卫。你最好远离其他贡品，我们尽量从赞助者那里得到食物，等待时机成熟再出击。"他说。

"是啊，这对我来说确实是更好的策略，忍受艰难困苦是我的一个长项。"露茜表示赞同。说着说着，一块面包卡了嗓子，她咳嗽起来。

科里奥兰纳斯赶紧从书包里拿出一瓶水递给她，"他们仍安排了访谈，但却是自愿的。你想去吗？"

"你开玩笑吧，为什么不？我专门有首歌是为这哑嗓子准备的，你找到吉他了吗？"她说。

"没有，不过今天可以找到。一定能借到。如果咱们能找到赞助人，那对你取胜将会有很大帮助。"他向露茜保证。

露茜开始谈论起自己要唱的歌曲，她总算有了点儿活力。他们只有十分钟时间，短暂的会面很快结束了，茜科老师指示导师们回到高年级生物实验室。

治安警安保措施升级，他们亲自护送导师到生物实验室，海波顿学监负责考勤。那些死亡和失踪贡品的四肢健全的导师，包括利维娅和塞亚纳斯，早已坐到实验桌旁，看着高尔博士给笼子里的兔子喂胡萝卜。一看到高尔博士，科里奥兰纳斯的毛孔里就开始往外冒汗，她离得这么近，她是这么疯狂。

"蹦蹦，跳跳，你要萝卜，你要棒？大家都死了，可你还……"高尔博士满怀希望地转向他们，每个人都避开了她的目光，只有塞亚纳斯除外。

"真恶心。"塞亚纳斯肆无忌惮地说。

高尔博士哈哈大笑，"喔，是那个有同情心的孩子。你的贡品呢，孩子？有什么线索吗？"

"凯匹特新闻"一直在报道有关搜捕马库斯的最新消息，但是近期报道比较少了。官方的说法是，马库斯被困在地下交通网的最远端，很快就会被抓住。凯匹特城里的人放松下来，人们的普遍看法是他要么死了，要么随时被抓。不管怎么说，马库斯似乎更专注于逃跑，而不是从地下路网冒出来，杀害无辜的凯匹特平民。

"他可能在通往自由的路上，也可能被抓了或者被拘禁了，可能受伤了，躲了起来，也可能死了。我不知道。您呢？"塞亚纳斯一口气说完。

科里奥兰纳斯不得不钦佩他的勇气。当然，塞亚纳斯不知道高尔博士是多么危险的人。如果他不小心的话，可能会被关进笼子里，变成一个长出长尾鹦鹉翅膀或者大象鼻子的人。

"不，不用回答了。要是他被抓住，戴着镣铐在街上被人拖来拽去，那他不是死了就是快死了。"塞亚纳斯愤愤地说。

"那是我们的权力。"高尔博士反驳道。

"不，那不是！我不在乎您怎么说，可是您没有权力去让人挨饿，没有权力随意地惩罚他们，没有权力夺走他们的生命和自由，这是他们与生俱来的权利，不是为了让您随便夺去的。赢得一场战争并不等于就拥有了这个权力，有更多的武器不等于拥有了这个权力，生在凯匹特也不等于有了这个权力。都不行。噢，我真不知道我今天为什么要来这儿。"说完，塞亚纳斯腾地站起来，向门口奔去。当他转动门把手的时候，却转不动，他摇晃着门把手，然后转身面对着高尔博士，"现在就把我们锁起来了？这里就像我们的小猴笼。"

"还没让你走呢，坐下，孩子。"高尔博士说。

"不。"塞亚纳斯平静地说，可这还是让在场的几个人吓得心惊肉跳。

在短暂的停顿后，海波顿学监插话了："门是从外面锁上的。治安警有命令不能打扰我们，除非接到通知。请坐下吧。"

"要不，我们叫人陪你去别的地方待会儿？"高尔博士建议道，"我想你父亲的办公室就在附近。"尽管高尔博士一直管塞亚纳斯叫"孩子"，但显然对他的情况了如指掌。

塞亚纳斯感到又气又辱，他不愿意，或者说，也不能走动。他就站在那里，死盯着高尔博士，气氛紧张到令人难以忍受的地步。

"我旁边有一个空位。"这话不由自主地从科里奥兰纳斯的嘴里说了出来。

这个提议分散了塞亚纳斯的注意力，他也不再那么气鼓鼓的了。他深吸一口气，从过道走回来，一屁股坐到座位上。一只手仍紧紧地抓着书包带，另一只手紧握着拳头。

科里奥兰纳斯真希望自己刚才没有多嘴，因为他注意到海波顿学监用猜忌怀疑的眼神瞥了他一眼，于是他忙打开笔记本，摘掉笔帽，假装记笔记。

"你们的情绪有些激动，我能理解，能明白。但是你们要学会控制自己的情绪，战争是靠大脑而不是靠激情去打赢的。"高尔博士对大家说。

"我以为战争已经结束了。"利维娅说。

她似乎也很气愤，但和塞亚纳斯气愤的理由不同。科里奥兰纳斯猜测她之所以气恼，是因为失去了高大魁梧的贡品。

"是吗？即使在竞技场爆炸事件发生之后，你也这么认为？"高尔博士问。

"我认为是的，"利西翠妲突然插话，"如果战争结束了，从理论上讲，杀戮也应该结束，不是吗？"

"我现在觉得战争永远都不会结束，辖区的人会永远恨我们，而我们也会永远恨他们。"菲斯塔斯说。

"我想你说到点子上了，让我们暂且认为战争仍在继续，冲突可以逐渐减缓，但却永远不会真的结束。那么，我们的目标是什么呢？"高尔博士说。

"您是说战争不可能胜利？"利西翠妲问。

"我们不妨这样假定。那么你们的应对策略是什么？"高尔博士说。

科里奥兰纳斯紧闭着嘴，免得答案脱口而出。方法显而易见，答案太明显了。但泰格莉丝的话犹然在耳，让他避开高尔博士，不要跟她走得太近，即便是被赏识或得到褒扬。

当所有人仔细思考的时候，高尔博士在座位间的夹道走来走去，最后停在科里奥兰纳斯桌旁，"斯诺先生？对于这场永无休止的战争，你有什么看法？"

科里奥兰纳斯走神了，仍在思考着刚才的问题，反正她老了，人不可能永远活着，以此来安慰自己。

"斯诺先生？"高尔博士继续叫他的名字。他觉得自己就像她用金属棍不断逗弄的兔子，"你愿意大胆设想一下吗？"

"我们可以控制它。"他平静地说，"如果战争不可能结束，那我们就永远控制它，就像我们现在所做的。治安警占领辖区，给辖区设定法律，还要不断提醒他们谁说了算，就像饥饿游戏，任凭风云变幻，我们都要占上风，要做胜利者而不是战败者。"

"以目前的情况看，我们在道德上肯定不占上风。"塞亚纳斯低声抱怨。

"我们自我保护，这并非不道德。胜者为王败者寇，谁想做败者？"利维娅反驳道。

"我对两者都不感兴趣。"利西翠姐说。

"但是，如果你仔细考虑的话，就这个问题而言，我们没有选择。"科里奥兰纳斯提醒她。

"如果你仔细考虑的话，便没有选择，嗯，卡斯卡？"高尔博士扭头往回走，她瞅了一眼海波顿，"一个小小的想法，却可以拯救许多条生命。"

海波顿学监正在纸条上心不在焉地乱写乱画。也许海波顿跟我一样是个任人摆布的兔子，科里奥兰纳斯心想。海波顿还总为科里奥兰纳斯操心，他纳闷这是不是纯粹在浪费时间。

"但是，要振作起来。"高尔博士情绪高昂地继续说道，"正如生命的大部分历程一样，战争也有起伏。你们的下一个任务是写一篇论文，讨论关于战争的魅力和所有战争令你喜欢的地方。"

教室里的许多人都吃惊地抬起头来，但是科里奥兰纳斯却没有。这个女人仅仅为了好玩就能让克丽曼莎被蛇咬。很显然，她喜欢看到痛苦，也许认为所有人都喜欢。

利西翠姐皱皱眉头，"令你喜欢的地方？"

"作业不用多久就能完成。"菲斯塔斯说。

"这是小组任务吗？"利维娅问。

"不，要独立完成。小组任务存在的问题往往是所有的工作都由一个人完成。"高尔博士边说，边朝斯诺挤挤眼，挤出了很多皱纹，"但你们可以让家人帮你想，你们也许会有意外的惊喜。请记住，一定要诚实。请在周日的导师会上把你的论文带来。"说完，她又从兜里拿出胡萝卜，转身去喂她的兔子，似乎忘记了他们的存在。

散会后，塞亚纳斯紧随科里奥兰纳斯身后走在楼道里，"你总为我打圆场，你不能再这么干了。"

科里奥兰纳斯摇摇头，"我好像控制不住自己，就像抽筋一样。"

"如果你不在场，我真不知道该怎么办了。那女人太邪恶了，应该有人去阻止她。"塞亚纳斯声音低沉地说道。

科里奥兰纳斯觉得任何阻止高尔博士疯狂行为的企图都是徒劳的，但他仍用同情的口吻说："你已经尽力了。"

"可我失败了。我真希望我们全家可以回去，回到二区，那才是我们该待的地方，尽管他们并不需要我。做一个凯匹特人简直让我郁闷死了。"塞亚纳斯说。

"现在是艰难时期，塞亚纳斯，又是饥饿游戏，又是爆炸，谁也不好受，别做诸如逃跑这样的傻事了。"科里奥兰纳斯拍拍他的肩膀，心想，也许我需要你的帮助。

"跑到哪儿去？怎么跑？带着什么跑？不过，我还是很感谢你的支持。希望找个机会好好谢谢你。"塞亚纳斯说。

他那里确实有科里奥兰纳斯需要的东西，"你不会碰巧有把吉他可以借给我吧？"

普林斯家还真没有吉他，所以整个星期三的下午，他都忙着四处找吉他，来实现对露茜的承诺。他在学校里问了个遍，得到的唯一线索就是，在动物园玩核桃杂耍的七区男孩特雷奇的导师维普萨尼亚·茜科兴许有把吉他。

"噢，我想战争期间我们还有把吉他，让我找找，然后再给你信儿。我也想听你的女孩唱歌！"茜科告诉科里奥兰纳斯。

科里奥兰纳斯不知是否该相信她，茜科家的人在他的印象中不是特别喜欢音乐。维普萨尼亚·茜科继承了她的姨妈艾格比娜·茜科对竞赛的热爱，而据他所知，维普萨尼亚正在试图破坏露茜的表演。但是，节目允许两个人进行表演，因此科里奥兰纳斯对她客套了一句："救了我的命。"然后就继续去找了。

科里奥兰纳斯在学校找了一圈，却空手而归，这时他想到了普鲁瑞伯斯，他有可能还留着在俱乐部演奏时用过的乐器。

后院的门一打开，博亚·贝尔就跑过来绕着科里奥兰纳斯的腿打转，喉咙里还发出引擎般呼噜呼噜的声音。作为一只十七岁的猫，它已经很老了，但当他抱起它时，还是小心慈爱的。

"啊，它总是很高兴见到老朋友。"普鲁瑞伯斯边说边接着热情地邀请科里奥兰纳斯进屋。

普鲁瑞伯斯一直在做着黑市交易，因此，即使现在货物交易有了更奢华的倾向，但辖区战败对他家的生意影响不大。好酒、化妆品和烟草仍然很难弄到。一区已经开始逐渐向凯匹特供应给人以快乐的商品，但并不是每个人都能买到这些商品，而且这些商品的价格很昂贵。斯诺家的人已经不再是这里的常客，但泰格莉丝偶尔会来这里，把肉和咖啡的食品券卖给他，因为这些食品他们通常也买不起。人们用这些食品券去多买一只羊腿还是很乐意的。

普鲁瑞伯斯一向以谨言慎行著称，因此，在他以及为数不多的几个人面前，科里奥兰纳斯不需要假装富有。他知道斯诺家的状况，可从来不跟别人乱说，或者让他们觉得低人一等。今天，他给科里奥兰纳斯倒了一杯凉茶，拿来了满满一盘蛋糕，然后请他坐下。他们聊起了爆炸的事，以及由此带来的有关战争的可怕回忆，但很快，他们的谈话转向了露茜，普鲁瑞伯斯对她的印象很好。

"如果我手下有几个像她这样的人，我会考虑重新开夜总会的。"普鲁瑞伯斯边沉思，边说，"噢，我还会卖我的那些宝贝，不过我会在周末推出表演。说实话，我们都忙着相互杀戮，连怎样让自己快乐都忘了。可她还记得，你的那个女孩。"

科里奥兰纳斯告诉了他访谈的计划，并问他能否借一把吉他，"我们一定会特别小心的，我保证。除了她用的时候，其他时间我会把吉他放在家里，表演一结束，我马上就还回来。"

普鲁瑞伯斯不需要这番客套，"你知道，塞鲁斯中了炸弹以后，我把所有东西都收起来了。我真傻，真的。好像我可以轻易把生活的乐趣都忘掉似的。"他站起身，挪开一摞盛香水的箱子，里面露出一扇很旧的柜门。打开柜门，架子上整齐地码放着各种乐器。普鲁瑞伯斯拿出一个皮质琴盒，令人惊异的是上面竟然一尘不染。他打开盖子，科里奥兰纳斯随即看到了一把金黄色、油光锃亮、散发出一股幽幽的木头和亮漆芳香的乐器。琴身如女人的胴体般线条流畅，六根琴弦一直延伸到琴头的旋钮。他用手指轻轻弹了一下。尽管调子已经不对了，但音色一听就很美。

科里奥兰纳斯摇摇头，"这把琴太好了，我可不想冒险把它弄坏了。"

"我相信你，也相信你的女孩。我也想听听她是怎么弹的。"普鲁瑞伯斯把乐器拿出来，关上柜门，"你把这个带给她，告诉她我会为她祈求好运的，她在观众里有个朋友也不赖。"

科里奥兰纳斯满怀感激地拿起吉他，"谢谢您，普鲁瑞伯斯。我希望您真的能重开夜总会，我一定会经常光顾的。"

"就像你父亲一样，"普鲁瑞伯斯呵呵一笑，说道，"他像你这么大的时候，每天晚上都会和那个无赖卡斯卡·海波顿一起待到关门才走呢。"

在科里奥兰纳斯听来，这话一点也不合理，在他印象中，父亲一直都是如此古板，如此缺乏幽默感、如此严厉，怎么会是夜总会的常客？而且，他的伙伴不是别人，偏偏是海波顿？的确，他俩年纪相仿，可为何没人向他提及二人的友谊。

"您是开玩笑的，对吗？"

"噢，不，他们可是一对疯狂的家伙。"

普鲁瑞伯斯还没来得及多说，他的话就被一个顾客打断了。

科里奥兰纳斯小心翼翼地把他的"战利品"带回家，无比珍惜地放在他的衣柜上。泰格莉丝和老夫人见到这把绝世好琴，"噢噢啊啊"地感叹了好一阵子。科里奥兰纳斯迫不及待地想看到露茜是什么反应。他敢肯定，无论她在十二区玩过什么样的乐器，都无法跟普鲁瑞伯斯的这件相比。

这会儿他的头疼得厉害，因此太阳刚下山就上床了，但爸爸和"那个无赖卡斯卡·海波顿"之间的关系依然在他的脑子里盘桓，过了好一会儿才睡着。如果真如普鲁瑞伯斯所说，他们是朋友，那现在那份友谊肯定已荡然无存了。他忍不住会想，无论他们在夜总会时关系多近，最后的结局并不好。他要尽快从普鲁瑞伯斯那里了解更多细节。

此后的几天，科里奥兰纳斯一直忙于准备周六晚上举行的露茜的访谈，因此没有得着机会。每对导师和贡品都分配到一间教室，来为访谈做准备，仍有两名治安警负责安保，但露茜的手铐脚镣已经去掉了。泰格莉丝给露茜拿了一件旧裙子，说如果露茜信得过她，就把彩虹裙交给她去洗干净、熨烫好，直播时再穿。露茜开始有些犹豫，但当科里奥兰纳斯把泰格莉丝的另一件礼物——一块散发着薰衣草香味的花形香皂送给她时，她便让他转过身去，把衣服换了。

露茜无比爱惜地拨弄着吉他，仿佛这是一件有感情的物品，这让科里奥兰纳斯仿佛看到了她的过去，一个与自己完全不同、靠想象力无法企及的过去。她耐心地调好琴弦，然后开始弹唱，一曲又一曲，似乎对音乐的渴望与对食物的渴望一样强烈。他敦促她吃下了所有的食物，喝下了好几瓶加了玉米糖浆的茶水，来润泽喉咙。到访谈的重要夜晚来临的时候，她的声带状况好多了。

"饥饿游戏：访谈之夜"在学校礼堂正式开始，现场来了许多观众，节目在帕纳姆全国进行电视直播，主持人是凯匹特电视台滑稽的天气预报员、"幸运星"卢克莱修·弗里克曼。

在导致多人死亡的爆炸事件发生之后，举办这一活动似乎很不合时宜，却出人意料地受欢迎。"幸运星"身穿缀有仿钻的高领蓝色西装，头发上喷洒了发胶和金色亮粉，他的情绪只能用"高昂"来形容。舞台的布景是星星闪烁的夜空，这是战前的旧材料，现在重新加以利用。

热情洋溢的国歌演奏完毕，"幸运星"对在"新的十年"参加"新的饥饿游戏"的观众表示欢迎。在这届饥饿游戏中，每一个凯匹特公民都可以积极参与，赞助自己选中的贡品。在过去几天混乱的状态下，最优秀的高尔博士的团队已整理出六类基本食品清单，供赞助人选择。

"你们一定好奇为你们准备了什么吧？""幸运星"兴致勃勃地说道。接下来，他解释了赌注的规则：这是一个简单的博彩方式，其中包括表演、下注、赢得赌注等环节，与战前大家玩的赌马类似。如果任何人想给贡品出钱买食品或在贡品身上下注，只需到当地邮局办理，那里的工作人员会很乐意帮忙。明天起，从早上八点至晚上八点都开门，这样大家在周一饥饿游戏开始前都有充足的时间下注。

介绍完饥饿游戏的新规则之后，按程序"幸运星"只需按照提示卡照本宣科即可，但为了活跃气氛，他还是表演了几个小魔术，比如从同一个瓶子里倒出不同颜色的葡萄酒，来为凯匹特祝酒，或从他宽大的袖口里放出一只扑棱着翅膀的鸽子。

在参加饥饿游戏的导师—贡品组合中，只有一半的人有才艺表演。科里奥兰纳斯要求最后一个出场，他清楚没人能与露茜匹敌，因此最后一个出场一定会取得最佳效果。其他导师也各显神通，介绍自己的贡品时，加入吸引人眼球的表演和陈述，以获得公众的赞助。

比如，为了展示杰瑟普的力量，利西翠姐坐在椅子上，让杰瑟普轻松地把她和椅子一起举过头顶。艾欧·佳思珀指导的三区男孩瑟科说，他可以用玻璃引火，而艾欧则说，通过自己掌握的科学知识，可以从不同的角度、一天中不同的时间点来引燃火种，协助瑟科完成任务。高傲的朱诺·菲普斯来自创建凯匹特城的古老家族，她承认一开始分配到身材矮小的鲍宾时很失望，作为凯匹特城的元老家族中的一员，难道她不应该得到比八区的更好的贡品吗？但是，当鲍宾告诉她可以通过五种方法用缝衣针杀死人的时候，便赢得了她的支持。菲斯塔斯指导的四区女孩名叫科洛尔①，她展示了使用鱼叉的技能。鱼叉是一种在竞技场里很典型的武器，她用一把旧扫帚进行演示，上下翻飞，使得人们对其技能毫不怀疑。牛奶场的女继承者多美亚·韦姆斯维克对母牛很熟悉，这也是很宝贵的经验。她本身是一个话痨，她和她十区的贡品坦纳②大谈特谈屠宰技艺，以至于"幸运星"看他们扯得太远了，不得不打断他们。多美亚对于这个话题的吸引力有着错误的认识，尽管坦纳到目前为止，得到了当晚最多的掌声。

在准备和露茜一起登台之前，科里奥兰纳斯漫不经心地听着总统的侄孙费利克斯·莱文斯蒂介绍他指导的十一区女孩迪尔③的情况，尽管他们努力想给观众留下深刻印象，但科里奥兰纳斯听不出他讲话的重点在哪里，因为那女孩病恹恹的，连咳嗽声都快听不见了。

泰格莉丝用一双妙手，让露茜的旧裙子焕然一新，裙子上的污渍和焦黑不见了，变成了颜色鲜艳、裙褶平整的彩虹裙子。她还带来了腮红，那是法比西娅几乎快用完不要的。露茜的脸洗得干干净净，涂上腮红，抹上口红，头发像收获节那天一样高高盘在头顶。正如普鲁瑞伯斯所说的，露茜看上去像是一个依然懂得生活乐趣的人。

"我觉得你的胜算每分钟都在变大。"科里奥兰纳斯边说边把一朵桃红色的玫瑰花苞别在她头上。这花和他衣领上别的那朵相匹配，万一有人忘了谁是露茜的导师，这也是一种提醒。

"嘿，你知道人们怎么说吗？不到学舌鸟出来唱歌，表演不算束。"她说。

"学舌鸟？"他大笑起来，"我觉得这一切都是你编出来的。"

"这个不是编的，学舌鸟是一种善意的鸟。"她很肯定地说。

---

① 科洛尔（Coral）：意为珊瑚。
② 坦纳（Tanner）：意为制革工人。
③ 迪尔（Dill）：意为小茴香；莳萝。

"它会在你表演时出来唱歌吗？"他问。

"不是我的表演，亲爱的，是你的表演。不管怎么说，这里是凯匹特，你的家乡。我想我们该上台了。"露茜说。

露茜身着干净的彩虹裙，而科里奥兰纳斯身着熨烫平整的校服。他俩一出场，观众立刻报以热烈的掌声。科里奥兰纳斯没有浪费时间去问露茜一连串无人关心的问题，而是做完自我介绍之后就向后退下，把她一人留在聚光灯下。

"晚上好，我是露茜·格雷·贝尔德，是考维·贝尔德家族的一员。在十二区，当我还不知道故事有怎样的结尾的时候，就开始写这首歌了。这首歌是旧曲调配上我写的新词。在我们家乡，我们管它叫民谣，它讲的是一个故事，我想这也是我自己的故事。《露茜·格雷·贝尔德之歌》，希望大家喜欢。"

过去的几天里，科里奥兰纳斯听她唱过几十首歌，歌词内容涉及面很广，从美丽的春天到失去母亲的哀伤哀痛；有摇篮曲，也有节奏欢快的曲子；有哀伤的歌曲，也有民间小调。她常会征求他的意见，尊重他对每一首歌的意见。他觉得他们应该选一首动人的歌曲来表达坠入爱河的美妙。这首歌只唱了几句，他就知道这是一首她未曾练过的歌。这首歌的曲调悠长，令人难以忘怀，她的嗓音因烟熏和忧伤而变得沙哑，歌词更是凄楚哀怨。

当我还是婴儿的时候，我在哭声中跌倒。
当我长大成为女孩时，我扑进你的怀抱。
我们经历艰难困苦，失去了光明和快乐。
你去找那些丑女人，我靠自己的才艺过活。

我靠跳舞挣来午饭，抛撒飞吻像蜜糖，
你偷盗，你赌博，我说你就去做吧。

我们靠唱歌挣来晚饭，我们喝酒花掉金钱。

有一天你离我而去，说你已经不再喜欢。

那么，好吧，我不好，可是你也不是珍宝。

好吧，我不好，不过，这不是什么新鲜事。

你说你不再爱我，我也不再爱你。

不过让我提醒你我是谁。

我是在你历经险境时看护你的人。

我是那个知道你如何变得勇敢的人。

我是听到你睡梦中呓语的人。

我会把这一切还有更多带入坟墓。

我迟早会被埋入黄土。

你迟早会感到孤独。

明天你会去找谁获得安慰？

因为，当丧钟敲起，我的爱人，你会感到孤独。

你让我看到你哭泣。

我熟知你拼命救赎的灵魂。

我是你在收获节输掉的赌注，太糟了。

现在当我走进坟墓，你又将如何？

　　她的歌唱完了，大厅一片寂静，连掉一根针都能听到。接下来有几声抽噎，几声咳嗽，最后，普鲁瑞伯斯从大厅的后排大喊"太棒了"，这时观众席里才爆发出雷鸣般的掌声。

　　科里奥兰纳斯知道她的歌声直击人心，这首哀婉、感人的歌谣是她个人的自述。他知道礼物会像潮水般涌入竞技场。而她的成功也会反射到他的身上，成为他的成功。"斯诺平安着陆。"

此时，事情出现如此大的转机，科里奥兰纳斯应该高兴得手舞足蹈，但这只能是他内心的活动，在外表上，他还要显得谦虚平静。

但是，他内心真实的感受是嫉妒。

· CHAPTER 12 ·

情为何物

"最后，这个来自十二区的女孩……她属于科里奥兰纳斯·斯诺。"

"如果你没有遇到这个娇小的彩虹女孩，可能一切会大不一样。"

"事实是，我们都忙于相互杀戮，已经不懂得任何去获得快乐。但是你的女孩，她懂得。"

他的女孩……他的。在凯匹特，露茜只属于他，这是毋庸置疑的，好像露茜这个名字在收获节被大声念出以前，她的生命从未存在过。即使那个假装圣洁的塞亚纳斯也认为她是可以用来交换的。如果这不是所有权，那又是什么？然而，露茜用自己的歌声描述了一段与他毫不相关，却与一个她依然称之为"爱人"的人紧密相连的经历，从而推翻了这一切。而他并不能拥有她的心——他几乎不怎么了解这个女孩！但他也不喜欢让别人拥有她。尽管她唱歌非常成功，但他觉得这歌背叛了他，甚至羞辱了他。

露茜站起来向大家鞠躬，然后把手伸向他。他稍微犹豫了一下，随即走向前台，台下也随之掌声雷动。普鲁瑞伯斯带头大喊"再来一个"，但是"幸运星"弗里克曼提醒大家，这对选手的规定时间已经到了，因此他们又鞠了最后一躬，然后手拉手走下舞台。

一走到侧厅，露茜就想松开科里奥兰纳斯的手，但他仍紧抓住她的手不放，"嘿，你的演出成功了。恭喜你。这是新歌吗？"

"这歌我已经写了有一段时间了，但最后一段是几个小时前才写完的，怎么？你不喜欢吗？"她说。

"这太让我吃惊了，你已经会唱那么多歌了。"他说。

"是的。"露茜挣脱开科里奥兰纳斯的手，用指尖划过琴弦，弹奏了最后一段旋律，然后轻轻地把琴放回琴盒里。

"科里奥兰纳斯，事情是这样的，接下来我将会全力以赴去赢得比赛，但我要面对的是瑞伯、坦纳和其他一些人，他们杀人不会手软，一切都无法保证。"

"那首歌是怎么回事？"他追问道。

"那首歌吗？"她重复着，略微停顿了片刻，想着该如何回答他，"我在十二区还有一些未了结的事。我是一个贡品……嗯，我运气不好，事情也很糟心。这糟心的事呢，是因为有人欠了我的。这首歌，算是一种回应吧。多数人不会知道歌里唱的什么，但是考维人能听明白，清楚明了。他们才是我真正在意的人。"

"只要一听就能明白？歌唱得很快呀。"科里奥兰纳斯问。

"我表妹茉黛·爱芙莉只需要听一次就够了。这孩子只要有曲调就能记住一切。哦，好像我又要被围捕了。"露茜说。

这时，两个男治安警出现在她身边，态度却友好和善了很多，其中一个问她是否准备离开了，他们始终面带微笑，就像十二区的治安警一样。科里奥兰纳斯忍不住想看看她的反应，对他们能有多友善。他不满地看了他们一眼，可根本没有任何效果。治安警带她走时，他听到他们在夸赞她的表演。

他不得不暂时把坏心情收起来，接受来自四面八方的祝贺。这倒提醒了他，他才是今晚真正的明星。露茜是属于他的，在这个问题上，即使露茜还很困惑，可在凯匹特人的眼中，这是不言而喻的。毕竟，赞誉一个辖区的贡品有什么意义呢？这种想法一直持续到他遇到普鲁瑞伯斯的时候。他一见面便脱口而出："她简直才华出众，天然成就！如果她能活下来，我一定要让她成为我夜总会的头牌。"

"这恐怕不好办吧，难道他们不会把她送回家吗？"科里奥兰纳斯说。

"我可以找人帮忙，噢，科里奥兰纳斯，难道你不觉得她像个明星吗？真高兴你得到了她，我的孩子。斯诺家的好运来了。"普鲁瑞伯斯说。

这愚蠢的老家伙戴着可笑的撒香粉的头套，怀里抱着他的老猫。他知道什么？科里奥兰纳斯正准备纠正他的说法，这时塞蒂莉娅出现了，附在他耳边低声说："我想那奖学金已是你的囊中之物了。"这么一来，他也就没接着刚才的话茬再说下去。

塞亚纳斯出现了，他挽着一个头发蓬乱、身穿昂贵绣花礼服裙的矮个子女人。没关系。你可以给一根萝卜穿上礼服裙，但萝卜终究还是会被捣成泥的。科里奥兰纳斯一眼就认出来，这就是塞亚纳斯的老妈。

当塞亚纳斯介绍完之后，科里奥兰纳斯伸出手，热情地微笑着："普林斯夫人，很荣幸。请原谅我的疏忽，这些天我一直想给您写封感谢信，但每次坐下来，我的头就因为脑震荡疼得厉害，没法集中精神。谢谢您做的美味炖菜。"

普林斯夫人很开心，皱纹都挤出来了。她不好意思地笑了笑，说："应该是我们谢谢你，科里奥兰纳斯，塞亚纳斯能有你这样的朋友，我们很高兴。如果你有任何需要，我希望你知道，我们是绝对会帮忙的。"

"啊，我也是，夫人，随时为您效劳。"

科里奥兰纳斯恭维得太厉害，她一定会怀疑的吧，可是"老妈"并没有。她的眼里噙着泪花，嗓子里发出微弱的抽噎声，竟然因为他的宽怀大度感动得一时说不出话来。她在自己的手提包里翻找手帕，说心里话，这提包甭提多难看了，足有一个小提箱那么大。普林斯夫人拿出一块带蕾丝边的手帕，开始擤鼻涕。幸好，泰格莉丝——一个内心对人很真诚的人来到后台找他，插入了与普林斯母子的谈话，才缓解了这尴尬的局面。

访谈节目终于落下帷幕，这对堂姐弟一起步行回家，在路上，他们谈论着今晚发生的一切，从露茜淡雅的腮红，到"老妈"不合身的礼服裙。

"考尤，说实话，在我的想象中，一切不可能比现在更好了。"泰格莉丝说道。

"我当然很高兴，我想我们能给露茜拉来一些赞助人。我只希望一些人不会被这首歌吓到。"他说。

"这歌让我很感动。我想多数人都被感动了。你难道不喜欢吗？"她问。

"我当然喜欢，但我比多数人想得更多些，我是说，你觉得她歌里暗示发生了什么？"他说。

"我觉得她似乎有过一段痛苦的经历。她爱的人伤了她的心。"泰格莉丝回答。

"你只说对了一半。"科里奥兰纳斯接着说。不能让人觉得他在为一个辖区的无名之辈吃醋，就连泰格莉丝也不行，"还有，她要靠卖艺维生。"

"哦，那任何事都可能发生。不管怎么说，她是一个艺人。"她说。

科里奥兰纳斯认真地想了想说："应该是吧。"

"你曾说过她失去了父母，也许多年来她只能靠自己打拼。她从战争年代幸存下来，又熬过了战后的艰难岁月，我想任何人都不会为此责怪她的。"泰格莉丝说着，垂下了眼皮，"我们都曾做过自己并不引以为傲的事情。"

"你没有。"他说。

"我没有吗？"泰格莉丝说话时带着不常有的痛苦表情，"我们都做过。也许你那时太小了，并不记得。也许你并不知道那有多糟糕。"

"你怎么能这么说？在我的记忆中就是这样。"他反驳道。

"那就大度点儿吧，考尤，不要瞧不起那些被迫在死亡和不体面的行为之间作出选择的人。"她生气地说道。

泰格莉丝的责备令他感到吃惊，但更让他吃惊的是她暗指的"不体面的行为"。她到底做过什么？即使她做过，那也是为了保护他。他想起了收获节那天早晨，他曾漫不经心地想过泰格莉丝会拿什么去黑市交换，但他从没把这事当真。或者，他没当真吗？他会不会宁愿装作不知道她为他所作出的牺牲？她说的话很含混，而在斯诺家有很多隐藏的秘密。也许，他可以借用她说露茜的话来说起这件事，

　　"哦，那任何事都可能发生。"他想知道细节吗？不，事实是，他不想知道。

　　当科里奥兰纳斯打开公寓楼的玻璃门时，泰格莉丝发出难以置信的喊叫："噢，不，这不可能！电梯能用了！"

　　科里奥兰纳斯也不敢相信自己的眼睛。这东西自战争初期起，就一直停用。可此时，电梯门开着，轿厢的灯光从玻璃墙反射过来。他很高兴电梯转移了不愉快的话题，于是微微鞠躬，邀请她进去，"您先请。"

　　泰格莉丝咯咯地笑着，像一个出身名门的贵夫人那样娉婷优雅地走进电梯，"谢谢您的美意。"

　　科里奥兰纳斯也昂首挺胸走了进去。好一会儿，他俩都盯着电梯的楼层按钮。

　　"在我的记忆中，我们最后一次使用电梯还是参加我爸爸的葬礼的时候。那次我们坐电梯回家，从此之后就一直爬楼梯了。"

　　"老夫人一定会惊喜的，她的膝盖不好，再也爬不了那么高的楼梯了。"泰格莉丝说。

　　"我也很惊喜，也许这样她就可以时不时到公寓外面走走。"科里奥兰纳斯说。

　　泰格莉丝假装生气，在他胳膊上捶了一下，可脸上还挂着笑容。

　　"真的。这样我们就可以在五分钟内拥有自己的空间，也许哪天早晨可以不用听国歌，或者吃午饭时不用打领带。可问题是，她还有和别人谈话的危险，'科里奥兰纳斯当总统的时候，每周二都会下香槟雨！'"

科里奥兰纳斯说。

"也许人们只会觉得这是年龄大了的缘故。"泰格莉丝说。

"希望如此。作为这里的主人，请吧？"他说。

泰格莉丝伸出手，长按顶楼的按钮。稍后，电梯门轻轻关闭，连一点声响都没有，之后，他们开始上升。

"公寓委员会居然决定现在修电梯，真让我吃惊，这肯定很贵。"

科里奥兰纳斯皱皱眉，"他们修理电梯，不会是这楼要出售吧？你知道的，新税法要下来了。"

泰格莉丝刚才的顽皮不见了，"这很有可能。我知道杜利特家正考虑价格合适时出售。他们说这公寓对他们来说太大了，可你知道这不是真正的原因。"

"我们也要这么说吗？说我们祖上留下的房产太大了？"科里奥兰纳斯说着，电梯门打开了，直接到了家门口，"走吧，我还有作业要做呢。"

老夫人一直等着他回来，好把一肚子赞扬的话全倒给科里奥兰纳斯。她说电视上一直在滚动播放访谈节目的精彩片段，"她很忧伤，可怜的小家伙，你的女孩，可她有独特的魅力。也许是她的声音吧，有的人天生就有一副好嗓子。"

如果露茜赢得了老夫人的心，科里奥兰纳斯觉得这个国家的其他人也会喜欢她。如果没人被她谜一样的过去所困扰，那他又何必自寻烦恼？

科里奥兰纳斯沏了一杯脱脂乳，换上他爸爸的真丝睡袍，坐下来开始写作业"关于战争你所喜欢的一切"。他是这样开头的：人们常说，战争是痛苦的，可战争也有其魅力……这似乎是一个很聪明的开头，可他接下来却不知如何下笔。半小时过去了，他仍没有丝毫进展。正如菲斯塔斯所说，这作业的内容注定长不了。但他知道，如果应付差事，是无法令高尔博士满意的，漫不经心写出的作业只能给他带来不必要的麻烦。

当泰格莉丝进来给他道晚安的时候，他把这个题目抛给了她，"你能记起任何我们喜欢战争的地方吗？"

她坐在床头，陷入沉思，"有些制服我喜欢。不是他们现在穿的那种。你还记得那种滚金边的红色短制服上衣吗？"

"是阅兵时穿的那种吗？"他想起了小时候趴在窗边看着楼下的士兵和乐队列队行进的情景，突然感到有点兴奋，"我当时喜欢那些阅兵式吗？"

"你特别喜欢，甭提多兴奋了，我们早上叫你吃饭都叫不过来，那时候，每次举行阅兵式时总会有大型集会。"泰格莉丝说。

"我们总坐在前排。"科里奥兰纳斯在一片纸上匆忙写下制服、阅兵式，接着又加上烟花等关键词，"我猜小时候看到的所有这些场面都会吸引我。"

"你还记得那火鸡吗？"泰格莉丝突然问道。

那是在战争结束前的最后一年，由于叛军的围困，首都凯匹特已经陷入人吃人的绝望境地。即使是难以下咽的利马豆都快要吃完了，他们的餐桌上已经好几个月不见荤腥。为了鼓舞士气，凯匹特当局正式宣布十二月十五日为"国家英雄日"。电视台办了一期特别节目，表彰了十几位为保卫首都凯匹特而牺牲的公民，其中包括科里奥兰纳斯的父亲克拉苏·斯诺将军。电视节目播放时及时通上了电，此前却停了一整天，屋子也像冰窖一样冷。为了保暖，他们就挤在老夫人像小船似的大床上，一起观看电视上的英雄表彰节目。

就算多年前，科里奥兰纳斯对于父亲的记忆已经模糊，只能通过照片来记住他的那张脸。但当他听到父亲低沉的声音和对辖区叛军坚决抵抗的铿锵话语时，他仍感到震惊。国歌演奏完毕，他们听到了敲门声，于是从床上爬下来去开门。大门外站着三个穿制服的年轻士兵，他们送来了一枚纪念章，为表示祝贺还带来了一个篮子，里面装着一只二十磅重的冻火鸡。为了彰显凯匹特曾经的奢华，篮子里还有一罐落满灰尘的薄荷酱、一罐三文鱼罐头、三只有裂纹的菠萝棒棒糖、丝瓜络海绵和一支散发着花香的蜡烛。士兵把篮子放在前厅桌子上，念了一段致谢辞，向他们道过晚安后就走了。泰格莉丝感动得热泪盈眶，老夫人激动得赶快坐下，而科里奥兰纳斯所作的第一件事却是跑到门口，看看门是否已经锁好，以保护好他们新获得的财富。

他们先把三文鱼配吐司吃掉了。之后，大家决定让泰格莉丝第二天向学校请假，待在家里专门研究怎样煮那只"大鸟"。科里奥兰纳斯用刻印着斯诺家标识的信签写了邀请函，向普鲁瑞伯斯发出宴请，而普鲁瑞伯斯则带来了波斯卡酒和一罐已经压出凹痕的杏罐头。泰格莉丝借助一本旧的烹调书籍，发挥出超常水平，她在火鸡肚子里填上了面包和洋白菜，外表涂上油亮的果酱进行烹饪。他们大快朵颐。无论以前还是之后，那都是他们吃过的最美味的食物。

"那仍然是我生命中最好的日子。你真了不起，火鸡做得太棒了。那时候，在我眼里，你已经特别老成持重了，可你也只不过是一个小女孩。"科里奥兰纳斯说。

他不确定该用什么词语去形容这件事，最后他在列出的单子上加上了"缓解食物匮乏"。

泰格莉丝莞尔一笑，"而你呢。建了楼顶的胜利花园。"

"如果您喜欢西芹，我随时为您效劳！"

科里奥兰纳斯哈哈大笑起来，他一直为自己种的西芹骄傲，放在汤里味道鲜美。有时候，他还能用西芹换些别的东西。他在单子又上加上了"应变能力"。

于是，科里奥兰纳斯埋头写起作业，他重述了儿时感到快乐的事情，但最后他却并不满意。他想起过去几周发生的事情：竞技场发生爆炸，失去自己的同学，马库斯逃跑……这一切让他再次体尝到凯匹特被围困时所经历的恐惧。其实最重要的，无论过去还是现在，是人们能够消除恐惧，轻松愉快地生活。所以他又加了一段，强调战争胜利后的喜悦和释然，在看到凯匹特的敌人——那些残暴对待他、让他的家人付出惨痛代价的人，低头下跪时是多么的快意。这些人一瘸一拐，虚弱无力，再也不会伤害他了。他喜欢打败敌人后所带来的久违了的安全感。这种安全感只能随着力量一起到来，一种控制一切的力量。是的，这是他最喜欢的。

第二天上午，留下来的导师们陆陆续续地走进教室，参加周日的早会，看着这些没精打采、作风散漫的同学们，科里奥兰纳斯便在心里设想着，如果战争没有发生，他们会是什么样的人。战争爆发时，他们还是牙牙学语的孩子；战争结束时，他们也不过八岁上下。尽管战时的艰苦环境已经有所好转，但他和同学们的生活与出生时的奢华生活相比，简直是云泥之别，属于他们的世界的重建过程也是缓慢而令人沮丧的。如果他未曾经历食品定量配给，未曾经历爆炸、饥饿和恐惧，相反拥有的是一出生就注定的玫瑰色的人生，他还会承认这些人是他的朋友吗？

科里奥兰纳斯又想到了克丽曼莎，不禁感到一阵愧疚。他还没去看她呢，整天忙忙叨叨，又是康复，又是作业，还要为露茜参加饥饿游戏做准备。实际上，时间也不是问题，他不想回到医院，看到她那近乎绝望的状态。如果大夫撒谎了，鳞片已经扩散到她全身，那该怎么办？如果她完全变成了蛇，又该怎么办？这想法很愚蠢，但是高尔博士的实验室确实很邪恶，因此他才会想得很极端。一种偏执的想法不断咬啮着他。或许高尔博士的手下正在医院守株待兔呢，他一去就会被囚禁起来？这个假设不成立。如果他们想抓住他，那他住院的时候是最佳时机。他最后得出结论，这一切想法太荒唐了，他应该一有机会就去看望克丽曼莎。

看得出，高尔博士是个习惯早起的人，而海波顿学监则不是，他们又看了一遍昨晚的访谈。不管怎样，有几个导师的表现值得肯定，他们至少设法让自己的贡品出现在舞台上；而科里奥兰纳斯和露茜配合默契，受到高度赞扬。凯匹特电视台的"幸运星"弗里克曼带来了最新的现场报道，播报了观众在主要的邮局下赌注的情况，很多人赌坦纳和杰瑟普会赢，与此同时，露茜却收到了比最接近的竞争对手多三倍的礼物。

"看看这些人，给一个伤心透了的丫头片子送面包，即使他们不相信她会赢。这样做意义何在？"高尔博士说。

"在赛狗场，我看到过有的人给几乎站不起来的变种狗下注，人们喜欢风险大的赌注。"菲斯塔斯说。

"好像人们更喜欢优美的爱情歌曲吧。"珀塞弗涅说，露出了她脸上的酒窝。

"这些人都是傻瓜，她一点儿赢的机会都没有。"利维娅不屑一顾地说。

"可是她很浪漫啊。"帕博朝她挤挤眼，发出湿乎乎的亲吻的声音。

"是的，浪漫色彩，理想主义色彩，都是很吸引人的，这似乎也可以成为你们论文中很好的素材。"高尔博士坐到实验室高脚凳上，"让我们来看看你们都写了些什么吧。"

高尔博士并没有收取导师们的论文，而是让大家将论文中的亮点大声朗读出来。同学们想到了很多科里奥兰纳斯不曾想到的地方。有人为士兵的勇气所吸引，渴望某天自己也能成为英雄；有人提到了士兵在战斗中结下的深厚的友情；还有的提到士兵在保卫首都凯匹特的战斗中所表现出的崇高战斗精神。

"这么一说，让我感觉我们都参与到伟大的事业中去了。"多美亚边说，边郑重其事地点头，头顶的马尾辫不停地上下摆动，"这也是重要的事业，我们都作出了牺牲，却是为拯救我们的国家而作出的牺牲。"

科里奥兰纳斯并不赞同他们所说的"浪漫色彩"，他认为战争中并没有什么"浪漫色彩"。战斗中，勇气往往是必要的，因为指挥官可能指挥不力。说到勇气，他不清楚自己是否有勇气为菲斯塔斯挡枪子，也没兴趣知道。至于保卫凯匹特的崇高的战斗精神，他们真的信这一套吗？他所希望的不是所谓的崇高而是掌控一切。这并不是说他没有坚定的信念，他当然有。而是，战争中的一切，从开始宣战到胜利游行，似乎都是在浪费资源。

他一边心不在焉地参与讨论，一边斜眼看着钟表，希望时间快点过去，这样他就不必再念了。有关阅兵式的提法太浅薄了，权力的吸引力倒是够大，但与同学们的各种想法相比显得缺乏感情色彩。至于种植西芹的部分，他恨不得自己根本没写，听上去太幼稚了。

等轮到科里奥兰纳斯的时候，他只好硬着头皮直接读了关于火鸡的故事。多美亚觉得他的故事很感人，利维娅翻了翻眼皮，高尔博士拧起眉头，一副不赞成的样子，继而问他，还有更多可以分享的内容吗？他说没有。

"普林斯先生？"高尔博士说。

塞亚纳斯整堂课都很克制，一直没说话。他挥挥手里的一张纸，念道："'我唯一喜欢战争的一点就是，我仍然和家人生活在一起'，如果你问我除此之外还有什么别的价值，我会说，战争给予人们纠正错误的机会。"

"它做到了吗？"高尔博士问道。

"根本没有，辖区的状况比任何时候都糟。"塞亚纳斯说。

这话招来教室里同学们的一片反对之声。

"喔！"有人起哄。

"他不会这么说吧。"有人不敢置信。

"那就滚回二区吧！有谁会想念你吗？"有人怒斥。

科里奥兰纳斯心想：他这是在挑事啊。可这话连他都觉得刺耳和生气。战争需要双方的参与，再说这场战争是辖区的叛军挑起的，在这场战争中，他成了孤儿。

塞亚纳斯根本不理他的同学叫嚣，直勾勾地盯着这个饥饿游戏的主设计者，"我能问吗，您喜欢战争的什么，高尔博士？"

高尔博士盯着他很长时间，然后面露微笑，说："我喜欢由它来证明我是正确的。"

还没等有人壮起胆子问怎样证明的，海波顿学监突然宣布午饭及休息时间到了，于是大家鱼贯而出，只把作业留了下来。

　　他们只有半个小时的吃饭时间，可科里奥兰纳斯忘了带饭，因为是周末，餐厅也没有开饭。于是他索性躺在门前台阶的阴凉处，休息休息大脑，而一旁的菲斯塔斯和指导八区女孩的希拉里斯·海文斯比则商讨着如何指导女贡品的问题。他隐约记得在火车站时见到过希拉里斯的贡品，她穿着条纹裙子，围着一条红围巾，但他之所以记得她，多半也因为当时她与鲍宾在一起。

　　"女孩的问题就是她们不习惯像男孩子那样打斗。"希拉里斯说。

　　希拉里斯·海文斯比家族像战前的斯诺家族一样，富可敌国。但无论希拉里斯地位多么优越，他似乎总是一副鼓不起劲来的样子。

　　"哦，我说不好，但我想我指导的科洛尔是不会让那些男孩子轻易取胜的。"菲斯塔斯说。

　　"我的那个贡品是个小矮子。"希拉里斯边说边用修剪整齐的指甲瓣着手里的牛排三明治吃，"她管自己叫沃薇。你瞧，我本想训练这个沃薇好好参加访谈节目，可是她一点儿个性也没有，所以也没拉来赞助。就算她有本事躲开要杀她的人，我也没法给弄到她吃的。"

　　"如果她活得够久，她会得到赞助的。"菲斯塔斯说。

　　"你在听我说吗？她不会打斗。而且，我家人不参加赌注，所以我也没什么钱可以操作。"希拉里斯发出哀号，"我只希望她能进入到前十二，这样我才有脸见我的父母。如果海文斯比家的人表现这么差，他们会很没面子的。"

　　吃过午饭，塞蒂莉娅带领导师们来到凯匹特新闻台，让他们先熟悉一下饥饿游戏幕后转播系统。游戏组委会已经在这里找到几间简陋的办公室，所配备的总控设备倒是够用，但对如此大规模的年度盛事来讲，似乎还是有些寒酸。科里奥兰纳斯对整件事情感到失望，原以为一切都会更隆重些，没想到现实打了脸。

不管怎么说，游戏组委会成员对于今年饥饿游戏加入了新元素感到很兴奋，一直在热切地谈论着导师的解说词以及赞助者如何参与等相关事宜。在测试遥控摄像机时——这还是早先在竞技场举办体育赛事时所安装的设备，总控室里一片嗡嗡的谈话声。六名组委会成员忙着检测运送赞助人礼物的玩具无人机。无人机是通过人脸识别来运送礼物的，而且一次只能送一件。

"幸运星"弗里克曼继成功主持访谈节目之后，又在凯匹特新闻台少数记者的支持下，被指定为饥饿游戏的主持人。当科里奥兰纳斯看到自己的播报时段安排在第二天早晨八点十五分时，着实很兴奋。但当"幸运星"说"我们想让你的播出时间早一点，你知道的，要在你的女孩被杀死之前"，他那股子兴奋劲立刻消失了。

弗里克曼的话让科里奥兰纳斯仿佛当胸挨了一拳。利维娅和高尔博士一直肯定地认为，露茜不会赢。但利维娅一向言辞尖刻，高尔博士做事疯狂，他一直没把她们的话当真，可是这个愚蠢的"幸运星"弗里克曼却将事实一语道破。

此时，他正要回公寓，为最后与露茜的会面做准备，他边走边反复琢磨着第二天早上的这个时间她已经死亡的可能性。头天晚上他还为露茜那个失败的男朋友吃醋，为她的星光偶尔盖过自己而难受；可现在，他的这些想法已烟消云散。这个女孩以如此特殊的方式，如此意外地进入到他的生活中。此刻，他感觉自己与她的距离被大大拉近了，不仅因为露茜给他带来了很多的荣誉，更因为他真心喜欢她，超过了大多数他所认识的凯匹特的女孩。如果她能活下来——噢，那当然就太好了！他们怎么可能不维持终身的友谊呢？但是，理想很丰满，现实很骨感，无论他说得多么好，他知道她并不占优势。想到这里，他的心情愈发沉重起来。

回到家里，躺在床上，想到即将与她道别，科里奥兰纳斯倍感痛苦。他希望能给露茜一件绝美的礼物，来感谢她所带给他的一切：一种新的价值感、一个让自己的人生闪耀的机会、一份收入囊中的奖学金。当然，还有他的生命。这件礼物必须是特殊的、珍贵的、属于他自己的，不像那些玫瑰，实际上是老夫人的。当她在竞技场遇到困难的时刻，可以把它握在手上，提醒她，他与她在一起；当她孤独死去时，也可以感到些许安慰。

他有一条染成漂亮的深橘色的丝巾可以让她扎在头上，还有一枚刻有他名字的金色的胸针，那是他因成绩优异而获得的奖品。也许可以用发带扎起一缕他自己的头发，把它当作礼物？除此之外，还有什么是属于他个人的东西呢？

突然，他感到一阵愤怒。如果露茜不能用这些东西来保护自己，那它又有什么用？他这样做就为了让她的遗体漂亮些？要不然，她能用这条丝巾勒死或用胸针扎死什么人？可如果要这么说的话，竞技场里并不缺武器啊。

正当科里奥兰纳斯为礼物的事而苦思冥想的时候，泰格莉丝叫他去吃饭。她买了一磅碎牛肉，做了四个小馅饼。她分给自己的那个特别小。如果不是他知道她在弄肉馅时总是小口吃些生肉，他一定会表示反对的。泰格莉丝太馋肉了，如果不是老夫人禁止，她会把自己那份都生吃了。还有一个馅饼是留给露茜的，上面放着各种配料，嵌在一个大面包里。泰格莉丝还做了炸薯条和奶油卷心菜沙拉，而科里奥兰纳斯则从住院时别人送给他的果篮中挑出最好的和最甜的水果。泰格莉丝把一块绣着一只漂亮的小鸟的亚麻布餐巾垫在一个小纸盒里，把这些好吃的一一摆放整齐，最后在雪白的餐巾上点缀上老夫人的最后一朵玫瑰花蕾。科里奥兰纳斯特意挑选了深红色的桃子，因为考维人喜欢鲜艳的颜色，而露茜尤其如此。

"告诉她，我支持她。"泰格莉丝说。

"告诉她，她就要去赴这生死之约，我们都很难过。"老夫人又加了一句。

从傍晚柔和温暖的空气中走进冰冷的天堂蜂大厅，科里奥兰纳斯突然想到了自己父母安息的斯诺家的陵墓。大厅里没有了学生和他们的喧闹声，一切都显得那么安静，就连脚步声和叹息声都传来很大的回响，给这最后的忧伤的会面带来一种踏进彼岸世界的感觉。这里没有开灯，从窗户洒进来的傍晚昏黄的光线取代了灯光，这与他们之前会面时明亮的氛围形成了鲜明的对比。当仍有参赛资格的导师在楼座聚集，看着楼下他们各自的贡品时，大厅里一片寂静。

"不瞒你说，我对杰瑟普已经有点依恋了。"利西翠姐低声对科里奥兰纳斯说。她把手里烤奶酪面条的包装纸弄平，顿了顿后接着说，"他确实救了我的命。"

在竞技场的爆炸发生时，利西翠姐离科里奥兰纳斯最近，他不清楚她究竟看到了什么。她看到露茜去救他了吗？她是否在暗示这件事？

当导师们走向自己的座位时，科里奥兰纳斯强迫自己想得积极些。把最后这十分钟花在哭鼻子抹眼泪上一点好处都没有，还不如用来想想制胜的策略。还真不错，露茜比上次在大厅见面时情绪好多了。她梳洗得干净整洁，在昏黄的光线下，她的裙子仍然很鲜艳，乍一看还以为她要去参加一次聚会，而不是投入一场血腥的屠杀。当她看到纸盒时，眼睛倏地亮了。

科里奥兰纳斯微微鞠躬，把礼物送给她，"我是带着礼物来的。"

露茜轻轻拈起玫瑰，闻了闻花香，接着摘下一片花瓣，放在舌尖。"这是就寝时的味道。"她微笑的脸上掠过一丝忧伤，"这盒子好漂亮。"

"泰格莉丝一直留着，等有特殊场合的时候才用呢。你饿了吧，快吃吧，还热着呢。"他说。

"我会吃的，像一个文明人一样吃最后一顿饭。"她打开餐巾，欣赏着盒子里的美食，"噢，看上去真不错。"

"有好多呢，你可以和杰瑟普一起吃。不过，利西翠姐也可能给他带了吃的。"科里奥兰纳斯对她说。

"我会的，但他已经不吃东西了。"露茜说完，很担心地朝杰瑟普看了一眼，"也许是精神太紧张了，他的行为都有点滑稽。不过现在我们嘴里都会冒出疯话的。"

"比如说？"科里奥兰纳斯说。

"比如，昨天晚上瑞伯亲自向每个人道歉，因为在竞技场他不得不大开杀戒了。他说如果他赢了会补偿我们，他会找凯匹特复仇的，但是怎么复仇不像怎么杀人说得那么具体、那么清楚。"她解释道。

科里奥兰纳斯扫了瑞伯一眼，他看上去不仅强壮，而且显然很善于动脑筋。

"大家听了他的话有什么反应？"

"多数人只是呆呆地看着他，杰瑟普朝他脸上吐了一口。我告诉他，不到学舌鸟唱歌，一切都不会结束，这话反而把他给说糊涂了。我猜这就是他的理解方式吧。我们都坐立不安，对每一个人来说这都很难……要跟自己的生活永别了。"她的下唇开始颤抖，三明治只吃了一小口，就推到一边了。

科里奥兰纳斯感觉到他们的谈话朝着生与死的方向去了，于是赶紧转移话题，"幸运的是你不用，你有比别人多三倍的礼物。"

露茜扬起眉毛，"三倍？"

"三倍，你一定要赢得这场比赛，露茜。我已经想好了。锣声一响，你就跑，跑得越快越好。你跑到看台上，尽量与别人拉开距离，然后找一个隐秘的藏身之处。我会给你送吃的。拿到吃的，你再换一个地方，关键是你要不停移动，要活着，直到其他人杀死对手或者饿死。你可以做到。"他说。

"我可以吗？先前是我一直逼着你相信我能赢，可我知道自己几斤几两。昨晚我开始认真想进入竞技场的情形，孤立无援，面对各种杀人武器，还有瑞伯的追杀。如果是白天，我觉得还有希望，可天黑以后，我太害怕了，我真不知道……"

突然，露茜哽咽起来，泪水顺着她的脸流了下来。这是她第一次没有忍住泪水。那次区长在台上狠狠打她，科里奥兰纳斯给她面包布丁的时候，她差点哭了，但最终都忍住了。然而这次不同，她的泪水如决堤的洪水般哗哗地流淌下来。

科里奥兰纳斯看到她是那么的伤心无助，自己也感到十分无助，他也快要忍不住了。

"噢，露茜……"

"我不想死。"她的声音很低沉。

科里奥兰纳斯用手帮她擦去泪水，"你当然不想。我不会让你死的。"她仍然呜咽着，"我不会让你死的，露茜！"

"你就让我死吧。我一直就是你的麻烦。给你带来危险，还吃你的食物。而且我看得出你也不喜欢我的民谣，你明天就可以甩掉我了。"她抽泣着说。

"那我明天就会变成行尸走肉！我说过，你对我很重要，我没把你当成贡品，只把你当作你。你，露茜·格雷·贝尔德，一个人，我的朋友，我的……"我的什么？恋人？女朋友？他觉得那只是一时冲动，而且是一厢情愿。可就算承认她已走入他的心田，他又会失去什么呢？

"你唱完民谣以后，我很嫉妒，因为我想让你想着我，而不是过去的什么人。我很蠢，这我知道。可你是我见过的最特别的女孩。真的，你在所有方面都很特别。而且我……"他的眼中充满泪水，可他强忍着没让眼泪流出来。为了他们两人，他要坚强，"而且我不想失去你。我绝不能失去你。请你别哭了。"

"对不起，对不起。我不哭了。我只是……感觉很孤独。"她说。

"你不孤独。"他握住她的手，"你在竞技场也不是独自一人，我们一直在一起。我每时每刻都在，眼睛一刻也不离开你，让我们一起赢得这场竞赛，露茜。我向你保证。"

她依偎着他说："你这么一说，好像还真有可能。"

"不是有可能，而是很有可能，只要你按计划行事，绝对能胜出。"

他坚定地说。

"你真的相信？因为如果你信，你一定考虑很周密才能让我也信。"露茜盯着他的脸问。

此刻，他需要摆出坚定的姿态，幸运的是，他完全可以这样做。他也曾摇摆不定，也曾瞻前顾后，衡量着各种各样的危险，但他绝不能就这样孤零零地丢下她。这是一件关乎荣誉的事。露茜，是他的女孩；她，曾救过他的命，因此他必须为了挽救她的生命而付出一切代价。

"你听着，你在听我说吗？"她依然在哭，但已经变成了断断续续的抽噎。

"妈妈去世时留给我一件东西，这是我最珍贵的东西。你把它带到竞技场以求好运。要记住这是借给你的，我希望你把它带回来。否则，我永远不会和它分开。"说着，科里奥兰纳斯从兜里掏出礼物，张开手。在最后一抹斜阳中，在他的手掌心里，躺着他妈妈闪亮的银粉盒。

露茜看到了粉盒，吃惊地张开了嘴，感动得一时不知该说什么。她伸出手，抚摸着这精美的银器和上面雕刻的精致的玫瑰，然后不无遗憾地把手缩回去。

"噢，科里奥兰纳斯，这我不能要，太精美了。你能把它带来给我，已经足够了。"

"你确定吗？"他问，故意逗她。他很熟练地按开搭扣，把它举起来，让她看到小镜子里的自己。

露茜有点惊异，笑了起来，"哦，你在拿我的弱点逗我。"她说得没错。她总是很在意自己的外表。不是虚荣，真的，只是爱美。她注意到粉盒是空的，其实这里一小时前还放着香粉。

"这里原来放着香粉吗？"

"是的，可是……"科里奥兰纳斯欲言又止，他知道，话一出口便覆水难收。可如果不说，也许会永远失去她。于是他压低了声音，说："我想你也许愿意用你自己的。"

· CHAPTER 13 ·

暗藏玄机

露茜一点就透，马上明白了科里奥兰纳斯的深意，她飞快地看了一眼治安警，还好他们并没有注意。她微微俯身，凑近香粉盒闻了闻，"嗯，还能闻到香味嘞，真好闻。"

"像玫瑰的味道。"他说。

"像你的味道，真的就像你在我身边，不是吗？"她说。

"那就拿着吧，带上它，就像把我带在你身边。"他催促她道。

露茜用手背擦掉眼泪，"好的，就算你借我的。"她拿过粉盒，放到口袋里，轻轻拍了拍，"它能让我的大脑保持清醒。不管怎么说，想要赢还需要好好动一番脑筋呢。假如我说，'我得把这个还给科里奥兰纳斯'，我就能围绕这个问题，好好思考了。"

他们又聊了一会儿，仔细分析了竞技场的布局和最好的藏身地。等茜科老师吹哨的时候，他已经劝她吃掉了一半三明治和所有的桃子。科里奥兰纳斯不确定他们之间产生了怎样的情愫，但两人的情感一定是增强了，彼此也更靠近了。最后，他把她紧紧抱在怀里，而她则紧紧地抓住了他的衣襟。

"在竞技场里我只想着你。"她低声耳语。

"不再想那十二区的小伙子啦？"他只是半开玩笑地说道。

"不想了，他已经毁掉了我对他所有的好感，你是唯一让我感觉甜蜜的男孩儿。"她说。

接下来，她吻了他。不是蜻蜓点水般的，而是在嘴唇上的真正的吻，带着淡淡的桃子和花粉的香气。她的嘴唇软软的、暖暖的，贴在他的嘴唇上，让他瞬间感到一股电流穿过全身。当她的气味和触碰让他的大脑晕眩的时候，他没有躲开，而是把她抱得更紧。看来，这就是人们一直谈论的爱情！让人为之疯狂的爱情！当他们终于分开的时候，两人都深深地吸了一口气，仿佛从深深的水底浮出水面。继而他们不由自主地靠近，想再次亲吻，这时两个治安警拉住露茜，把她带走了。

菲斯塔斯推着他，走出了大厅打趣说："这也是一种道别的方式哟。"

科里奥兰纳斯只是耸耸肩，"我能说什么呢？我的魅力不可阻挡。"

"一准是。我那才叫倒霉，刚才我拍拍科洛尔的肩膀，想鼓励鼓励她，她差点儿把我的手腕弄折了。"菲斯塔斯答道。

那吻令他晕眩，毫无疑问，他已经越界了，但并不后悔……那吻太棒了。他独自走在回家的路上，仍然回味着这喜忧参半的别离，为自己大胆的举动而震惊。

科里奥兰纳斯给露茜粉盒，并暗示用它装鼠药，这也许违反了一两项规则，谁知道呢？但饥饿游戏没有真正的规则。好吧，就算他破坏了规则，这么做也是值得的。当然，他不会告诉任何人，甚至泰格莉丝。

给竞争对手"下毒"也需要智慧和运气，这么做也未必能改变游戏的进程。但露茜很聪明，运气也不比别人更差。要让其对手吃下鼠药，首先就要给她弄到吃的作为诱饵。现在终于能为她做点什么，而不仅仅是束手观望，这让科里奥兰纳斯觉得更主动了。

老夫人入睡以后，科里奥兰纳斯悄悄地对泰格莉丝说："我想她已经爱上我了。"

"她当然会，你对她的感觉如何？"她问道。

"我说不上，我跟她道别时吻了她。"他回答道。

泰格莉丝一副吃惊的样子，"在她的脸上？"

"不，是嘴。"他本想好好解释一下，但最后却只说了句，"她很与众不同。"在很多方面，这一点是无可否认的。说实话，他对于和女孩交往没有太多经验，至于爱就更谈不上了。对他而言，保守斯诺家已经没落的这个秘密始终是最重要的。

这对堂姐弟很少邀请客人到家里来，即使泰格莉丝在高中毕业那年陷入热恋的时候亦是如此。她总是不愿带自己的男友到家里来，对方认为她缺乏诚意，这最终导致他们分手。科里奥兰纳斯把这件事当作警示，自己也不和别人过多交往。喜欢他的同学还是蛮多的，他都找到各种借口，巧妙与她们保持着距离。电梯坏了是他常用的借口，有时候他也把老夫人身体抱恙需要绝对安静当作借口。去年有一次，在火车站后面的巷子里还有一次"恋爱"经历，但那与其说是恋爱，倒不如说是菲斯塔斯的激将法起了作用。当时他喝了波斯卡酒，事情又发生在幽暗的巷子里，这件事留给他的充其量不过一些模糊的记忆。之后回想起来，他发现自己甚至不知道她叫什么，但这事让他背上了"花花公子"的坏名声。

露茜是他指导的贡品，即将进入竞技场。即使情况有所不同，但她仍是一个来自辖区的女孩，或者至少不是凯匹特的女孩，一个二等公民。是人类，却是野蛮的人类；也许聪明，却是未进化的聪明。她是那群徘徊在他的意识边缘的丑陋的、不幸的、野蛮的人群中的一员。当然，如果有什么人打破这一规则，那也只能是露茜·格雷·贝尔德——一个超越常规的人，和他一样，一个特别的人。他干吗非觉得她的吻让他丢人了呢？

科里奥兰纳斯一直在回味着那个吻，渐渐坠入梦乡……

饥饿游戏开始的那天清晨，天气晴朗，阳光明媚。他洗漱完毕，吃了泰格莉丝为她煮的鸡蛋，就迎着大日头，走了很长的路来到凯匹特新闻大厦。上电视要化妆，可科里奥兰纳斯不愿化"幸运星"那种厚厚的底妆，便轻涂了一点粉底，免得在镜头里显得汗津津的。沉稳干练，这是斯诺家的人应呈现的气质。脸上的香粉很香，可是和放在家中装袜子的抽屉里妈妈的香粉相比，却不够淡雅。

"早上好，斯诺先生。"

突然传来的高尔博士的声音吸引了他的注意力。不用说，她自然会出现在电视演播室的。在饥饿游戏开始的当天早晨，她还能出现在哪里呢？

至于海波顿，为什么也觉得自己有必要出现在这里，科里奥兰纳斯就不得而知了。此时，他正用那惺忪睡眼盯着他看。

"我们听说昨晚你和你的贡品分别时，上演了很感人的一幕。"

呸。还能找到比这俩人更不懂得爱的人吗？他们是怎么知道他亲吻的事的？茜科老师不像是爱传闲话的人，那么究竟是谁在到处散播呢？也许那场景多数导师都已经看到了……

管他呢！这两个人是不可能惹怒他的。

"就像高尔博士说的，大家都情绪高涨啊。"科里奥兰纳斯淡淡地说。

"是啊，她很可能撑不过今天，真是太糟糕了。"

科里奥兰纳斯是多么讨厌这两个人啊！总是沾沾自喜，总想引他上钩。而此时，他也只能装出无所谓的样子，似是而非地耸耸肩罢了。

"呃，就像人们所说的那样，不到学舌鸟出来唱歌，游戏是不会结束的。"他说。

看到他们听到这话时一脸困惑，科里奥兰纳斯感到很满意。更令他高兴的是，他们也没有时间来盘问他了，因为杜列特来了，告诉他们五区的贡品因为哮喘什么的复杂原因在昨晚病故了。总而言之，兽医也救不了他了。因此，他们不得不离开，去宣布五区贡品死亡的消息。

无论科里奥兰纳斯怎么想，也记不起这个男孩的名字，甚至不记得哪个同学分配做了他的导师。为进一步做好准备，他必须更新从戴米格罗斯老师那里拿来的导师名单。为了简单起见，他决定把无法参赛的组别直接划掉，无论他们发生了什么。他并非有意变得冷漠无情，而是实在没有其他办法来厘清头绪。他立刻从书包里拿出名单，记下最新死亡的人。

第十届饥饿游戏
导师分配名单

一区

男孩（法赛特）————利维娅·卡迪尤

女孩（维尔琳）————帕尔米拉·蒙蒂

二区

男孩（马库斯）————塞亚纳斯·普林斯

女孩（萨彬）————弗洛鲁斯·弗兰德

三区

男孩（瑟科）　　　艾欧·佳思珀

女孩（苔丝丽）　　　厄本·坎维尔

四区

男孩（米曾）　　　珀塞弗涅·普赖斯

女孩（科洛尔）　　　菲斯塔斯·克里德

五区

男孩（海）————丹尼斯·弗凌

女孩（索尔）　　　伊菲吉妮娅·莫丝

六区

男孩（奥托）————波罗·林

女孩（吉尼）————戴安娜·林

七区

男孩（特雷奇）　　　维普萨尼亚·茜科

女孩（拉米娜）　　　普林尼·哈灵顿

八区

男孩（鲍宾）　　　朱诺·菲普斯

女孩（沃薇）　　　　希拉里斯·海文斯比

九区

男孩（帕洛）　　　　~~盖乌斯·布林~~

女孩（希芙）　　　　~~安卓克利斯·安德森~~

十区

男孩（坦纳）　　　　多美亚·韦姆斯维克

女孩（布兰迪）　　　~~阿拉克妮·克林~~

十一区

男孩（瑞伯）　　　　克丽曼莎·德芙克特

女孩（迪尔）　　　　费利克斯·莱文斯蒂

十二区

男孩（杰瑟普）　　　利西翠妲·维克斯

女孩（露茜·格雷）　科里奥兰纳斯·斯诺

　　露茜的对手已经减少到十三人。又一名贡品亡故，而且也是一个男孩。这对她来说只能是一个好消息。

　　导师名单已经有点皱了，科里奥兰纳斯干脆把名单对折两下，放在书包的外侧兜里方便拿取。当他打开书包外兜时，发现了一块手帕。他一时想不起来何时放在这里了，因为他的手帕总是随身带着的。接着他想起来了，这块手帕是那天他给露茜带去面包布丁，又给她擦眼泪，后来露茜还给他的。睹物思人，有这样一件具有个人色彩的物品让他感觉很好，这就好像一件护身符。他小心翼翼地把名单塞到了手帕旁边。

　　饥饿游戏开始前，只有几名导师受邀在电视上露面，也就是昨晚出席访谈节目的那七名导师。尽管他们的贡品看上去并没有太大的胜算，但在凯匹特他们也算是知名面孔，被默认为是饥饿游戏的代表。

　　演播室一角已经完全布置好了，放上了几把软椅，一张咖啡桌，配上一盏有些弯曲变形的水晶吊灯。多数导师对他们的贡品的个人背景重新进行了包装，尽可能夸大他们的危险性和杀人手段。

科里奥兰纳斯则与众不同，他扬长避短不谈竞技赛，把整个访谈的重点都放在露茜的歌上，因此便成了唯一有新意的受访者。"幸运星"弗里克曼很高兴看到有访谈有新意，便允许科里奥兰纳斯在规定时间内自由发挥。科里奥兰纳斯在补充了一般性的细节之后，大部分时间都用来介绍考维族，强调露茜不是辖区人，或者说，不是真正意义上的辖区人。考维人有着悠久的音乐表演的历史，可以说他们是鲜为人知的艺术家，他们不是辖区居民，就像凯匹特人不属于辖区一样。事实上，细究起来，他们曾是凯匹特人，只因一些不幸的遭遇，或很可能由于一些错误，滞留在了十二区。大家肯定已经看到了露茜的表现，她来到凯匹特之后表现得多么优雅、多么适应。

对此，"幸运星"也不得不表示赞同。他附和着说："是的，这个女孩的确有些与众不同。"

下面轮到利西翠姐接受采访，她生气地瞪了科里奥兰纳斯一眼。他突然意识到，利西翠姐是想在访谈中把杰瑟普和露茜进行捆绑，来赢得人们的同情，他随即理解了她为什么恼火。没错，杰瑟普的确是十二区的煤矿工人，可两人第一次在观众面前鞠躬亮相时，不就很自然地表明是合作伙伴了吗？谁没注意到他们之间非同一般的紧密关系？而同一辖区的贡品之间通常是没有这种关系的。话说回来，利西翠姐是坚信他们会彼此支持的。杰瑟普强健有力，露茜很迷人，利西翠姐相信今年的胜者一定来自十二区。

海波顿学监为什么出现在这里，问题也有了答案，他在利西翠姐之后接受了采访。他滔滔不绝地谈论着导师—贡品合作项目，似乎他自始至终都思路清晰而不是嗑药后神志不清。事实上，他的某些观察相当敏锐，这令科里奥兰纳斯感到了一丝不安。他指出，一开始凯匹特的学生对辖区的青年人是有偏见的，但是在收获节之后的两周内，很多人对他们的态度转变了，有了赞赏和尊敬。

"人们常说，知己知彼，百战不殆，因此，要想增进彼此的了解，还有什么比在饥饿游戏里进行较量更好的方法呢？凯匹特在经历了漫长、艰苦的斗争之后才赢得了战争的胜利。最近，我们的竞技场又遭到爆炸。把战争中的任何一方想象成缺乏智慧、力量和勇气，那都是错误的。"

"您肯定不是在把我们的孩子和辖区的孩子进行对比吧？一看便知我们的孩子是优等的民族。""幸运星"问道。

"一看便知的是，我们的孩子有更多的食物、更好的衣服、更好的牙齿护理。任何优于他人的假设，无论是身体上、心理上，还是道德上的都将是一个错误。这种骄傲自大在战争中差点将我们断送。"海波顿学监说。

"精彩，""幸运星"说道，似乎一时间不知该如何作出更好的回应，"您的观点绝对精彩！"

"谢谢，弗里克曼先生。我很尊重您的看法，胜过其他人。"学监面无表情地说。

科里奥兰纳斯觉得学监的话里暗含着不屑，可"幸运星"的脸还是刷地红了，"您过奖了，海波顿先生。大家都知道，我只不过是个小小的天气预报员罢了。"

"而且还是一个崭露头角的魔术师。"海波顿学监提醒他道。

"噢，也许这点我得招认了！""幸运星"说完哈哈大笑起来，"等等，这是什么？"他把手伸到海波顿学监耳后，拿出一小块带彩色条纹的、扁平的糖块，"我想这是您的吧。"他把糖递给海波顿学监，湿乎乎的手心里有一片模糊的糖色。

海波顿学监并没有接过糖，说道："天呐，这是从哪儿来的，'幸运星'先生？"

"行业秘密，这是行业秘密。""幸运星"咧着大嘴笑着说。

录制完节目，送他们回学校的车已经等在门外，科里奥兰纳斯无意中坐到了费利克斯和海波顿学监旁边。他们两人似乎是认识的，相互起劲地谈论着什么，也没怎么理科里奥兰纳斯，这让他有时间仔细思考海波顿学监所说的关于辖区人的话。海波顿学监认为辖区人和凯匹特人是平等的，只不过前者在物质上更匮乏一些。这话在这种场合从学监的嘴里说出来似乎有些激进了。毋庸置疑，老夫人还有其他很多人都会反对的。科里奥兰纳斯一直试图让露茜以完全不同于辖区人的面貌呈现在观众面前，他的努力也白费了。他不知道海波顿的这番话对他的参赛策略会有多大影响，也不清楚在多大程度上反映了他对露茜感情上的困惑。

直到他们往大厅走，费利克斯的注意力被一群记者分散开的时候，科里奥兰纳斯才察觉到有一只手抓住了他的胳膊。

"你知道你那个二区来的朋友吧？那个多愁善感的家伙？"海波顿学监问他。

"塞亚纳斯·普林斯。"科里奥兰纳斯说。他们谈不上是朋友，不过这跟海波顿学监也没什么关系。

"你也许想给他找个靠近门口的座位。"说完，海波顿学监从兜里拿出药瓶，躲到近处一个柱子后面，往嘴里滴了几滴吗啡。

科里奥兰纳斯还没弄懂这话里的潜台词，就见利西翠姐气哄哄地来到他旁边。"说实话，科里奥兰纳斯，你应该配合着我一点儿！杰瑟普可是一直把露茜叫作他的同盟呢！"

"我不知道你是这样定位的。真的，我并不想妨碍你。假如以后有机会，我会从团队的角度加以考虑的。"科里奥兰纳斯向利西翠姐做出承诺。

"好一个'有机会'。"利西翠姐气鼓鼓地说。

这时塞蒂莉娅从人群中穿过来，大声说道："亲爱的，多么聪明的访谈策略。连我自己都快相信你的女孩是凯匹特出生的了！现在跟我走，还有你，利西翠姐！你们需要把自己的徽章和通信手环领走！"

尽管有人打岔，利西翠姐的气还是没消。

塞蒂莉娅带领他们穿过大厅，和前几年不同的是，这里人声鼎沸，气氛非常活跃。人们大声喊着祝他好运，恭喜他访谈成功。科里奥兰纳斯很享受大家对他的关注，但今年这里的氛围确实有些令人不安。过去，在这样的场合大家都很克制，尽量避免眼神的交流，只在必要时才说话。而现在，一种热切的氛围充斥着大厅，仿佛一项备受欢迎的娱乐活动正等着大家。

游戏组织者坐在一张桌子旁，负责分发配给导师的物品。每位导师配发了一个写有"导师"字样的亮黄色的徽章，别在领口。另外还有一只手环，只发给仍有参赛贡品的导师，这些导师也就成了惹人羡慕的对象。在战争期间以及战后，因制造业的重点转移到更为紧要的生产项目，因此很多个人电子产品的制造技术已经消失了。现如今即使最简单的个人电子产品都很了不得。

手环用卡扣扣在手腕上，上面有一个小屏幕，红字显示着赞助人的礼品清单。导师只需要滚动礼品清单，从菜单中选择一种食物进行双击，游戏组委会就会派无人机运送。一些贡品根本就没有任何礼物，而瑞伯虽未参加访谈节目，但在动物园的时候就拥有了几个赞助人。克丽曼莎没有来，她的手环也静静地躺在桌子上无人认领，引来了利维娅妒忌的目光。

科里奥兰纳斯把利西翠姐拉到一边，把手环给她看，"你看，我有一笔小小的财富可以操作。如果他俩在一起，我就把食物给他们送去。"

"谢谢。我也会送的。刚才我并不想挤对你，这不是你的错，我应该早点儿说的。"她的声音越来越小，"我只是……一想到要眼睁睁地看着他们相互搏杀到最后一刻，我心里就难受，昨晚都没法睡觉。我知道这么做是为了惩罚各辖区，可还没惩罚够吗？我们还要把这战争拖延多久？"

"高尔博士想让它永远持续下去吧，就像她在班里对我们说的那样。"他说。

"不仅仅是她，你看这里的每个人。"她指的是这里像社交聚会的热闹气氛。

科里奥兰纳斯试着去安慰她，"我姐姐说，要记住这一切不是我们造成的，我们那时候还是孩子。"

"可这样说也没用，我们还不是被人利用，尤其是，我们中已经死了三个人了。"利西翠姐忧伤地说。

利用？科里奥兰纳斯从未想过这点，他只觉得做导师是件光荣的事，是为凯匹特服务，也许还可以赢得小小的荣耀，可她的这番话却说到了点子上。如果这不是一项光荣的事业，那么参与其中又有何荣耀可言？他感到困惑，继而感到被操控，接下来则是无助，感觉自己更像一个贡品而不是导师。

"告诉我这一切很快就会结束的。"利西翠姐说。

"这一切很快就会结束的。"科里奥兰纳斯安慰她道，"想一起坐会儿吗？咱们把礼品分配一下。"

"请吧。"她说。

这个时间，全校的学生都已经聚集在这里了。于是导师们来到与收获节前为二十四个导师设定的区域。这次活动要求所有同学必须参加，不管他们是否有可供养的贡品。

"咱们别坐前面，我不想在他被杀死的时候摄像头直对着我的脸。"利西翠姐说。

她说得没错。这时摄像头会拍摄导师，而如果露茜死了，特别是露茜，摄像机肯定会给他一个长长的特写。

科里奥兰纳斯听从了她的意见，来到后排。刚坐定，他的注意力便被大屏幕所吸引。荧屏上"幸运星"弗里克曼正充当导游，向大家介绍各辖区的工业背景，其中还夹杂着天气预报和小魔术。饥饿游戏对"幸运星"来说可是个露脸的大场合，他一边滔滔不绝地讲述五区的能源工业，一边还不忘用个小玩意让自己的头发竖起来。"正在过电！"他兴奋地说。

"真是个蠢货。"利西翠姐低声说道。突然，她的视线被什么东西吸引过去，"嘿，她得的流感一定很严重吧。"

科里奥兰纳斯顺着她的目光看去，只见克丽曼莎正在领取自己的手环，之后她便在大厅四处张望，似乎在找寻着什么……噢，是在找他！他们的目光相遇的瞬间，她就绕道朝后排走过来。

克丽曼莎看上去不怎么高兴，实际上是糟透了。她原本明亮的褐色眼睛变得暗淡无光，一件高领的长袖白衬衫遮住了有鳞片的部位，虽然比原来好多了，但看上去还是病恹恹的。她漫不经心地把脸上一块块干燥的皮肤揪掉，舌头虽然不再从嘴里伸出来，但却好像不停地舔着脸颊内侧似的。她径直走到他前面的座位，站在那里一边打量着他，一边随手把脱落的皮屑扔到空中。

"谢谢你来看我，考尤。"克丽曼莎说。

"应该的，克丽米，那会儿我也糟透了……"他开始解释。

她打断了他，"谢谢你联系了我父母。谢谢你告诉他们我在哪儿。"

利西翠姐一脸困惑，"我们知道你在哪儿，克丽米，医生说不能去看你，因为你的病传染。我有次打电话过去，可他们说你在睡觉。"

科里奥兰纳斯赶紧插话进来："我也打了，克丽米。打了好多次。他们总用各种借口推脱。至于你的父母，医生承诺很快可以让他们去看你。"

他的话没一句是真的，可他又能说什么？显然，蛇毒让她心情烦乱，不然她也不会在这种场合把整个事情都抖搂出来。

"如果我搞错了，对不起。我说过，我一直都在恢复期，脑子也昏昏沉沉的。"科里奥兰纳斯歉意地接着说。

"真的吗？访谈时你们看上去非常棒，你，还有你的贡品。"她问。

"放松点儿，克丽米，你病了又不是他的错。"菲斯塔斯碰巧走过来，听到了他们的谈话。

"噢，闭嘴，菲斯塔斯。你不知道你在说什么！"克丽曼莎脱口而出，说完气冲冲地站起来，坐到靠前的座位上去了。

"她怎么啦？她看上去像在换毛。"菲斯塔斯挨着利西翠妲坐下问。

"哦，谁知道呢，我们都是一团糟。"利西翠妲说。

"可是，这可不像平时的她，我真纳闷……"菲斯塔斯说。

"塞亚纳斯！"科里奥兰纳斯大喊，他庆幸能以这种方式打断他们的谈话，"这边儿！"他旁边还有一个空位，他需要把话题岔开。

"谢谢。"塞亚纳斯说完，走过来，坐在尽头的座位上。他看上去无精打采、疲惫不堪，皮肤像发烧似的红红的。利西翠妲越过科里奥兰纳斯，握住他的一只手，"越早开始，越早结束。"

"直到明年，又要开始新的一轮。"塞亚纳斯提醒道，仍感激地拍拍利西翠妲的手。

没等老师要求所有的同学都坐下，大厅的许多屏幕上便出现了凯匹特市徽，国歌也响起了，每个人都肃然起立。科里奥兰纳斯唱国歌的声音比别人都响亮，其他人只是哼唱。说实话，都到这时候了，难道他们就不能努力些？

"幸运星"弗里克曼又出现在大屏幕上，他伸出手臂，作出欢迎的姿势，科里奥兰纳斯仍能看到他变魔术时手心里留下的那片鲜艳的糖色。

"女士们，先生们，让第十届饥饿游戏开始吧！"

话音刚落，"幸运星"的镜头被竞技场的广角镜头所代替。名单上幸存的十四名贡品围成一个大圈，等待着比赛开始的锣声响起。然而，人们的注意力并不在贡品身上，也不在爆炸后瓦砾遍布的竞技场上，更不在看台上为烘托气氛而悬挂的帕纳姆国旗上。

所有人的目光跟随着镜头移动，最后聚焦在主入口不远处的两根铁柱子上。铁柱二十英尺高，由一根差不多长度的横杆连接在一起。在铁架子的中央吊着马库斯，他的手腕上仍戴着手铐，被打得遍体鳞伤、血肉模糊。乍一看，科里奥兰纳斯还以为那是他的尸体。但接着，马库斯红肿的嘴唇嗫动起来，露出里面被打碎的牙齿。毫无疑问，他还活着。

· CHAPTER 14 ·

杀机四伏

　　科里奥兰纳斯觉得一阵恶心，可他无法把眼睛从那里移开。看到任何生物以这种方式展示都是可怕的——一条狗、一只猴子、一只老鼠，甚至……可出现在眼前的是一个男孩？这个男孩唯一的罪过就是逃命？假如马库斯曾在凯匹特疯狂杀戮，那是另外一回事，可自从他逃跑后并没有这方面的报道。科里奥兰纳斯又想起了葬礼队伍，那个最可怕的展览——布兰迪被吊在一个钩子上，贡品们被拉在后面游街示众，以此来悼念死者。凯匹特当局用饥饿游戏炫耀其变态的惩罚，让辖区的孩子们互相杀戮，自己则作壁上观、置身事外。对马库斯的折磨是史无前例的，在高尔博士的指引下，凯匹特的报复达到了前所未有的惨烈地步。

　　眼前的景象把天堂蜂大厅的热烈气氛一扫而光。除了竞技场椭圆形墙壁上的几个麦克风，整个竞技场内部是没有麦克风的，因此，没有人能听到马库斯想说什么。科里奥兰纳斯迫切希望锣声赶紧响起，让贡品开始行动，来分散人们的注意力，但是游戏开始的锣声却迟迟没有响起。

　　科里奥兰纳斯发现塞亚纳斯正气得发抖，正要伸手去抚慰他的情绪，这时塞亚纳斯却腾地从椅子上跳起来，朝前跑去。导师的前排座位放置了五把空椅，以纪念他们故去的同学。塞亚纳斯抓起靠边的一把椅子，猛地朝屏幕砸过去，砸在屏幕上马库斯那张血肉模糊的脸上。"魔鬼！"他大叫着，"你们都是魔鬼！"他转身冲向过道，冲出了大厅。所有的人都一动不动，没人上前去阻拦他。

这时开赛的锣声响了，贡品们四散开来。大部分的人朝通往竞技场内部通道的一个个入口逃去，其中几个通道被新近的爆炸炸开了口子。科里奥兰纳斯看到露茜穿着色彩鲜艳的裙子朝竞技场最远的一侧跑去，他的手紧张地握着座椅的边缘，他希望她往前跑。快跑，他想，快跑！离开那里！

最强壮的几个人像离弦的箭一般冲向那些武器，坦纳、科洛尔和杰瑟普在抓到手几件武器之后，就四散跑开了。似乎只有瑞伯在拿到干草叉和一把长刀之后准备迎战。他虽然摆开了开战的架势，却没人留下来应战。他回头看着那些四散逃避的对手，只能失望地摇头，然后爬到附近的看台，准备追杀其他人。

游戏组委会趁机把镜头切换回到"幸运星"那里，只见他说道："你想下注却没能去成邮局？你终于决定支持一个贡品了？"这时在屏幕下方出现了一个电话号码，"你现在就可以拨打电话吧！你只需拨打屏幕下方电话号码，说出你的居民号、贡品的名字、下注或者送礼品的金额，你就可以参与到这次行动中来！也许你想亲自进行交易，那么邮局从早八点到晚八点都营业。快来吧，别错过这历史性的时刻。你既能支持凯匹特又能发财的机会来了。参与到饥饿游戏中来，成为赢家吧！现在，让我们把镜头切回到竞技场！"

几分钟之内，竞技场内只剩下瑞伯，他在站台上盘桓了一会儿，也消失不见了。无比痛苦的马库斯再次成为饥饿游戏的焦点。

"你是不是应该去找找塞亚纳斯？"利西翠姐附在科里奥兰纳斯的耳边说。

"我想最好还是别去打扰他了。"他低声说。

这话也许没错，但更重要的是他不想错过任何细节，或引起高尔博士的不满，更不想在公开场合与塞亚纳斯表现得很亲密。糟糕的是，大家越来越倾向于认为他们是好朋友，他是这个来自辖区的我行我素者的知己，这种看法已经开始令他不安。塞亚纳斯在动物园分发三明治是一回事，可扔椅子则另当别论，这事肯定会有后续的影响，而科里奥兰纳斯已经有一大堆麻烦事了，他可不想再把塞亚纳斯也算进来。

漫长的半小时过去了，屏幕上终于有了点动静，吸引了观众的注意力。几天前，竞技场入口被炸毁，当局便在入口的记分牌下面做了路障。那一层层水泥板、木板和铁丝网构成的路障，不仅在时时提醒人们这里曾发生了惨烈的爆炸，同时画面也十分刺眼，因此节目组不愿多拍这里。然而此时竞技场内风平浪静，节目组也情非得已，不得不把镜头转向这里。只见画面里一个骨瘦如柴、四肢细长的女孩，正小心翼翼地从路障下面爬出来。

"那是拉米娜[①]！"帕博对旁边的利维娅说。利维娅坐在科里奥兰纳斯前几排的位置。

科里奥兰纳斯对帕博的贡品没有太深的印象，只记得第一次导师—贡品见面会的时候她不停地哭泣。帕博没能劝服她去参加访谈节目，因而也就失去了为她做宣传的机会。他想不起她是哪个区的……也许是五区的？

这时一个刺耳的画外音传来，解除了他内心的疑惑。

"现在我们看到的是来自七区的十五岁的拉米娜，她的导师是我们的普林尼·哈灵顿。七区有幸为凯匹特提供原木，来修建为大家所喜爱的竞技场。""幸运星"解说道。

拉米娜仔细审视了马库斯之后，了解了他的痛苦境况。夏风吹乱了她金灿灿的头发，在耀眼的阳光下，她眯起了眼睛。她穿着一件像是用面袋子裁成的裙子，腰里扎着一根绳子，腿上和脚上满是蚊虫叮咬的大包。她的眼睛肿胀、疲惫，虽然红红的，却没有泪水。事实上，就她目前的处境而言，她显得异常平静。她不慌不忙地穿过竞技场，走到堆放武器的地方，先挑选了一把刀子，接下来又选了一把小斧头，每选一样

---

① 拉米娜（Lamina）：意为叶片。

都用拇指尖来测试一下刀刃的锋利程度。接着，她把刀子别在腰里，又拿着斧子前后甩甩，感觉一下它的重量，然后朝柱子走去。

拉米娜用手摸了摸柱子，柱子已经生锈了，上面还有以前刷漆时泼溅的油漆点子。科里奥兰纳斯知道她是来自伐木区的，以为她会去砍断柱子，但她没砍，而是把斧柄咬在嘴里，用膝盖和结实的双脚攀援着柱子，开始往上爬。她爬得轻松自在，仿佛一条攀附在枝条上的毛毛虫。然而，跟所有在体育课上花好长时间练习爬绳的人一样，他知道这有多费力气。

拉米娜爬到柱子顶端以后，把脚腾出来，斧子别回到腰里。尽管横杆最多不过六英寸宽，她却轻松地走了过去，一直走到马库斯头顶的位置。接着，她叉腿跨坐在横杆上，两个脚踝紧扣在一起，好稳住身子，然后俯身凑近马库斯血肉模糊的脸，说了些什么。虽然麦克风没捕捉到，但马库斯肯定是听到了，因为他也动动嘴说了些什么。之后，拉米娜坐直身子，估摸着目前的情况，然后鼓足勇气，一下子悠了下去，把斧子对准马库斯弯曲的脖颈砍了下去。一次，两次，三次，血喷溅出来，她成功地杀死了马库斯。接着她又坐回横杆上，双手在裙子上抹抹，把血擦干净，然后俯视着整个竞技场。

"那是我的女孩！"帕博兴奋地喊了出来。天堂蜂大厅的摄像机马上向他推进，他的脸随即出现在大屏幕上。科里奥兰纳斯也看到坐在帕博后几排的自己，忙将身子坐得更直。帕博高兴地咧开嘴笑着，露出了牙箍里早晨吃的鸡蛋屑。他振臂一呼，对着摄像机喊："今天第一次开杀！那是我的贡品，拉米娜，七区的。"接着，他对着镜头举起手腕，"我的手环开放，欢迎投注。如果您想表示支持，请发送礼品，永远都不晚噢！"

大屏幕上显示出电话号码，科里奥兰纳斯能听到帕博的手环发出轻微的叮咚声，表明拉米娜收到了礼物。饥饿游戏比他想象的更加充满变数。醒醒！你不是一个观众，你是一个导师！他对自己说。

"谢谢！"帕博对着镜头挥挥手，"噢，我想这是她应得的，不是吗？"他兴奋地晃动着手环。当镜头再次切回到拉米娜时，帕博充满期待地观看着大屏。因为这是大赛首次给贡品送礼品，所以观众也翘首以待。一分钟过去了……五分钟过去了……

科里奥兰纳斯开始怀疑是不是出现了什么技术问题，组委会没能把礼品送到。正在此时，一架小型无人机用机械臂抓着一品脱容量的水瓶，出现在竞技场入口上空。无人机摇摇晃晃地飞向拉米娜，它忽而打圈，忽而倒栽，忽而反方向行驶，最后在离拉米娜足有十英尺远的地方一头撞在横杆上，接着像一只被拍死的苍蝇一样掉在地上。水瓶碎了，水浸入土地，很快消失了。

拉米娜低头看着自己的礼品，一脸木然，好似她早料到会如此，可帕博却十分气愤，大喊起来："嘿，等等！这不公平。有人可是花了大价钱的！"其他人也都低声附和着。补救措施没有立刻出现，但十分钟后，有人把另一瓶水送了过来，拉米娜设法抓住了无人机上的水瓶，而这架无人机也和前面那架一样，一头栽下去，变成了死"苍蝇"。

拉米娜时不时啜饮着手中的水，苍蝇绕着马库斯的尸体打转，但除此之外，别的什么都没有发生。科里奥兰纳斯偶尔能听到帕博的手环发出叮咚的声响，显示又有礼物送给了拉米娜。此时的拉米娜似乎很愿意待在横杆上，说实话，这确实是个不错的策略。横杆上肯定比地面安全。她很有想法，会杀人。在不到半个小时的时间里，拉米娜重新定义了自己的身份，成为饥饿游戏潜在的赢家。无论出现在哪里，她似乎都比露茜要厉害得多。

时间在一点点流逝，除了瑞伯偶尔在看台上小心地移动之外，其他的贡品都没有追杀别人的迹象，即使拿着武器的人也是如此。如果不是马库斯的出现，不是拉米娜了结了他的生命，饥饿游戏的开头确实太过缓慢沉闷。照理说，游戏一开始就会出现血腥的屠杀场面。可这么多有竞争力的选手已经死亡，现在的竞技场内留下的大部分都是被捕猎的对象。

当"幸运星"再次出现在屏幕上的时候，竞技场缩小成小画面，移到屏幕一角。"幸运星"带来了更多辖区背景的介绍，时不时还夹杂着天气预报。全面主持饥饿游戏对他而言是个新领域，而他也竭尽全力扮演好这一角色。当坦纳爬上高处的看台，在最高一排座椅处溜达时，他很快把直播画面切换回来，但那个贡品只在阳光下坐了一会儿，然后就消失在看台下的通道里。

这时，天堂蜂大厅一阵骚动，引得大家都回过头去看，只见利比达带领他的摄像团队沿着过道走过来。他对帕博进行了现场采访，画面立刻传送到大屏幕。对利比达而言，帕博起先是一个未被开发的资源，而此时镜头前的他则把能想起的拉米娜的信息一股脑地倒了出来，科里奥兰纳斯感觉有些是他编的。即便如此，也只用了几分钟。这就是当天上午的模式，对导师进行采访，了解更多情况，竞技场内长时间的消耗战。如此这般，大家都欢迎午餐休息时间的到来。

"你说饥饿游戏很快结束，简直就是骗人。"当他们排队去取摆在大厅餐桌上的培根三明治时，利西翠妲咕哝地抱怨。

"事情会有进展的，肯定会的。"科里奥兰纳斯说。

但事情似乎并未有什么进展。在漫长而炎热的下午，只有几个贡品偶尔露了一下面，几只食腐鸟懒洋洋地在马库斯的头顶盘桓。拉米娜费了一番力气，把捆绑着马库斯的绳索砍断，让他的尸体重重地摔落到地上。为了奖励她所做的努力，帕博送给她一片面包。她把面包撕开，卷成小球，一次吃一块。然后趴在横杆上，用腰绳把自己纤瘦的身体绑在上面，打起盹来。

竞技场入口处有两块大屏幕，大批人拥入竞技场前面的广场来观看比赛。有人在这里搭起了临时租赁的摊位，把饮料和甜品出售给前来观看比赛的公民，总算是给凯匹特新闻台带来短暂的安慰。竞技场内十分平静，以至于人们大部分的注意力都被两条狗吸引过去，它们的主人把它们装扮成露茜和杰瑟普的样子。科里奥兰纳斯对这种事情是很抵触的，他不太喜欢那绒毛小狗穿着和露茜一样的彩虹裙，这时他的手环传来了几声叮咚的声音，他这才觉得这种宣传也有好处。可是那狗累了之后主人就把它带回家了，接下来，也没发生什么特别的事情。

接近五点的时候，"幸运星"把高尔博士介绍给观众。他显然一直处于不间断直播的压力之下，已十分疲惫了。他举起双手，一脸困惑地问道："有什么消息吗，游戏总指挥？"

高尔博士基本没理睬他，直接对着摄像机说："你们中有些人可能会纳闷，为什么饥饿游戏进行得如此缓慢，可让我提醒你们，仅仅走到今天这一步就经历了怎样漫长的过程。多于三分之一的贡品永远没能来到竞技场，而那些能够来到这里的贡品，大部分也并非强劲的选手。就伤亡人数而言，我们今年与去年持平。"

"是的，的确如此。我想代表大家提问，今年的贡品在哪里？通常他们是很容易找到的。""幸运星"问道。

"也许你忘记了最近的那次爆炸，以往每年竞技场内只有运动场和看台对贡品开放，但是上周的袭击炸出了许多的缝隙和裂口，使得他们很容易就进入到竞技场墙内迷宫般的通道。这是一场全新的游戏，首先要找到另一名贡品，然后把他从黑暗的角落里逼出来。"高尔博士解释说。

"哦。这么说，我们看到的兴许就是那些贡品最后的身影喽！""幸运星"看上去失望地说。

"别着急。他们饿了的时候，就会露头了，这是游戏的另一个变数。观众给他们提供食物，游戏就可以无限地延续下去。"高尔博士回答。

"无限地延续？""幸运星"问。

"我希望您准备了足够多的魔术啊！"高尔博士说完呵呵地笑起来，"你知道，我有变种兔，我很想看到你如何把它从帽子里变出来。它有一部分斗牛犬的血统。"

"幸运星"的脸有点苍白，但还是强颜欢笑，"不了，谢谢。我有自己的宠物，高尔博士。"

"我简直为他感到难过。"科里奥兰纳斯低声对利西翠姐说。

"我不觉得，他们是半斤八两。"利西翠姐不屑地答道。

五点钟的时候，海波顿学监让同学们回家，但是十四名导师留了下来，主要是因为他们的手环只能通过学校或者凯匹特新闻台的传送装置来进行工作。

大约七点钟，供"青年才俊"们享用的美味大餐已经备好了，这让科里奥兰纳斯感觉自己很重要，是大家关注的焦点。猪排土豆显然比家里做的更加美味——这也是他希望露茜活下去的另一个理由。当他用面包片把盘子里的肉汁吸净的时候，他在想露茜是否也饿了。

去拿蓝莓馅饼和奶油的时候，科里奥兰纳斯把利西翠姐拉到一边，讨论送食品的问题。他们的两个贡品在最后一次见面会上应该已经有足够的食物储存，特别是当时杰瑟普没有胃口，吃的都留了下来，可是水呢？在竞技场内有水源吗？对于导师而言，即使他们想把水送进去，怎样送才能不暴露他们贡品的藏身地？高尔博士似乎说对了，贡品们有需要的时候就会露头的。他们分析，到目前为止，最好的策略还是按兵不动。

吃完甜品之后，竞技场出现了新情况，引得导师们又回到各自的座位。艾欧指导的三区的男孩瑟科从入口附近的路障里爬出来，四下打量一番之后，对里面的人挥手示意。这时，一个留着黑色卷毛头的脏兮兮的瘦小女孩在他后面爬了出来。仍在横杆上小憩的拉米娜睁开一只眼睛，估摸着他们有多大威胁。

"不用担心，我亲爱的拉米娜，"帕博对着大屏幕说，"这俩人连梯子都爬不上去。"显然，拉米娜也这么认为，她只是挪挪身子，换了一个更舒服的姿势，继续躺着。

"幸运星"弗里克曼出现在屏幕一角，衣领上还别着餐巾，下巴上有蓝莓渣。他提醒观众这两个人是三区的孩子，三区是工业科技发达的区。瑟科声称他可以用玻璃把东西点着。"那个女孩的名字是……""幸运星"看了一眼观众视线以外的提示卡，"苔丝丽！三区的苔丝丽！她的导师是我们的……""幸运星"又需要看提示卡，可是这次时间很长，"是我们的……"

"噢，下点儿功夫啊。"坐在第一排的厄本·坎维尔抱怨道。和艾欧一样，他的父母也是科学家，也许是物理学家？厄本的脾气很坏，有一次大家都觉得他微积分测验考了很棒的成绩，可他还在发脾气。科里奥兰纳斯觉得在放弃访谈后，他不大可能再去责怪"幸运星"的懒惰了。苔丝丽看上去很纤弱，但并非没有希望。

"我们的特本·坎维尔！""幸运星"终于找到了人名。

"厄本，不是特本！说实在的，他们能不能找个专业点儿的？"厄本说。

"遗憾的是，我们在访谈中没有见到特本和苔丝丽。""幸运星"说。

"是她拒绝跟我说话！"厄本气不打一处来。

"不知怎的，对他的魅力免疫。"菲斯塔斯说完，引得后排的人大笑起来。

"我得马上给瑟科送点儿东西，下次见到他不知是什么时候了。"艾欧一边大声说着，一边鼓弄着自己的手环。科里奥兰纳斯看到厄本也在采取行动。

瑟科和苔丝丽绕着马库斯的尸体转了一圈，然后蹲下来检查摔坏的无人机。他们小心翼翼地摆弄着那机器，检查它的损坏程度，仔细看那些易被忽视的隔舱。瑟科拆下来一个长方形的物体，朝苔丝丽竖竖大拇指。科里奥兰纳斯认为那是块电池。接着，苔丝丽又把几根电线连接起来，无人机的显示灯就亮了起来。他们冲彼此会心地一笑。

"噢，天哪！令人激动的事情发生了！""幸运星"发出感叹。

"要是他们能弄到遥控器就更令人激动了。"厄本说道，方才的怒气消了一大半儿。

瑟科和苔丝丽仍然在检查无人机。这时，另外两架无人机飞了过来，在他们附近投下了面包和水。他们取礼物时，竞技场深处出现了一个人影，他们有所察觉，于是拿起无人机，快速躲藏到路障内部。原来这个人影是瑞伯，他返回身后的通道，回来时双臂抱着一个人。镜头拉近后，科里奥兰纳斯看清楚了那是迪尔。她好像缩小了，身体婴儿似的蜷缩着，无神的眼睛盯着傍晚的太阳，斜阳在她苍白的脸上留下了斑驳的阴影。随着一声咳嗽，一缕血丝从她的嘴角流了出来。

"她竟能坚持一整天，还让我挺吃惊的。"费利克斯自言自语道。

瑞伯绕过爆炸留下的废墟，来到一块有阳光的地方，把迪尔放在一块烧焦的木头上。尽管很热，但她仍在发抖。他指着太阳，说了些什么，但她并没有反应。

"他不就是发誓要杀死所有人的那个贡品？"帕博问。

"我看他并没那么强壮啊。"厄本说。

"迪尔是他那个区的同伴，而且她快要死了。肺结核吧，很可能。"利西翠姐说。

说到这里，大家都不作声了。作为一种慢性病，肺结核即使在凯匹特也时有发生，很难治，更别说痊愈。在辖区，这肯定等于被判了死刑。

瑞伯焦急得踱来踱去，要么是因为急于去捕杀其他人，要么就是因为对迪尔的痛苦束手无策。一分钟后，他拍拍迪尔，然后大步朝路障的方向跑去。

"你不应该给他送点儿什么吗？"多美亚对克丽曼莎说。

"为什么？他并没杀死她，只是把她抱过来了。我不会为此奖励他的。"克丽曼莎反驳道。

一整天都在躲避克丽曼莎的科里奥兰纳斯觉得自己的决定是正确的。克丽曼莎已经不是原来的她了，也许蛇毒已经改变了她的思维方式。

"哎，虽然我的礼物没多少，可我也该用了。那是迪尔的。"费利克斯说完，在手环上操作了一番。

两瓶水随即送往竞技场。迪尔似乎没有注意到。几分钟之后，一个男孩从通道里冲出来，他的黑发披在身后。科里奥兰纳斯记得他是那个玩杂耍的男孩。他一步也没浪费，直接冲上前抓住水瓶，转眼便消失在墙壁的大裂缝里。与此同时，"幸运星"的画外音提醒观众，这名男孩来自七区，名叫特雷奇，由维普萨尼亚·茜科指导。

"哎呀，这太残酷了，这也许是我能送给她的最后一瓶水了。"费利克斯说。

"这想法不错，这样我就省钱了，反正我的钱也不多。"特雷奇的导师维普萨尼亚高兴地说。

太阳就快要落山了，食腐鸟悠然地在竞技场上空盘旋。最后，伴随着一阵剧烈的咳嗽，迪尔的身体抽搐着，一口血从嘴里喷出来，浸湿了她肮脏的衣裙。科里奥兰纳斯感觉很不好，从她嘴里涌出的血让他感到既害怕又恶心。

"幸运星"弗里克曼宣布来自十一区的女贡品迪尔由于自然原因死亡。很不幸，这意味着他们不会常看到费利克斯了。

"利比达，我们能和身在天堂蜂大厅的他再说最后几句话吗？"

利比达把费利克斯拉出来，问他对于离开饥饿游戏有什么感受。

"嗯，这也算不上么意外，那女孩到这儿的时候就快不行了。"费利克斯说。

"我想，能让她参加访谈节目，你已经做出了很大的努力，许多导师连这一步都没能做到。"利比达不无同情地说。

科里奥兰纳斯纳闷，利比达的高度赞扬是否与费利克斯是总统的侄孙关系更大，但这并不会引起他的妒忌。这种小小的成就是他早已超越了的，即使露茜撑不过今晚，他的表现已然可圈可点。但是，她今晚一定要撑过去，然后是下一晚，再下一晚，直至胜利。他答应了要帮助她，但迄今为止，他除了把她介绍给观众，其他任何事情还没做。

演播室里的"幸运星"对费利克斯继续赞扬几句，然后准备结束转播，"当夜晚降临在竞技场时，多数的贡品都已睡下，您也该休息了。我们会继续关注事态的发展，但预计明天早晨之前，不会有太大动作。祝各位好梦！"

饥饿游戏节目组将镜头切换为广角，显示出整个竞技场，科里奥兰纳斯只能模模糊糊地辨认出拉米娜在横杆上的剪影。天黑以后，竞技场内没有照明，只有淡淡的月光，通常情况下场内的情况已经看不清楚了。海波顿学监说导师们也可以回家，或者，把牙刷和要换的衣服带来也是个不错的主意。大家都与费利克斯握手，祝贺他工作圆满完成，而且多数人都是真心实意的。一整天的工作以全新的方式加强了导师之间的联系，使他们成为一个特殊团队中的一员，他们凝聚成一个整体，但又个性鲜明。

科里奥兰纳斯在回家的路上，又重新盘点伤亡人数。又有两个贡品死亡，但之前他就没把马库斯算在内。这样，只剩下十三个，而露茜要活下去只需要打败十二个竞争对手。而且，迪尔和五区那个患哮喘病的男孩已经证明，赢得比赛的关键，更多要看谁活得更长。

科里奥兰纳斯又想起了昨天的事：他替露茜擦去泪水，向她保证要让她活下来，还有他们的亲吻。此时，她也在想他吗？她也像自己想她那样想念着他吗？他希望露茜明天能够露面，这样他就可以给她送些食物和水，也让观众感知到她的存在。下午他只得到了几件新礼品，而这很可能和她与杰瑟普结盟有关。随着饥饿游戏形势越来越严峻，露茜可爱的"鸣鸟"的人物角色已经越来越淡化了。除他之外，没人知道鼠药的事，所以这一点对她的处境也没有帮助。

经历了压力重重的一天，科里奥兰纳斯又热又累，只想冲个澡赶快上床睡觉，但他一进公寓的门，就闻到了茉莉花茶的香味。这是来客人时才沏的茶，谁会在这个时间来家里拜访？而且还是饥饿游戏开幕的第一天？老夫人的朋友不会这么晚来，邻居串门也不会，再说他们也不爱串门。一定出了什么事。

斯诺家的人很少用正厅的电视，今天电视居然打开了，屏幕上显示的是黑魆魆的竞技场，和他离开天堂蜂大厅时一样。老夫人在睡袍外面披了一件得体的长袍，一本正经地坐在餐桌旁的一张直背的椅子上，而泰格莉丝已经给客人冲泡了一杯热气腾腾、还没泡出色来的茶水。

普林斯夫人正坐在那里，头发乱蓬蓬的，裙子也歪歪扭扭的，比以往显得更土气，她正在捂着一块手帕抹眼泪。

"你们真是好人啊，这么冒失地来访，真是对不起。"她边哭边说。

"科里奥兰纳斯的朋友就是我们的朋友，您刚才说是普林斯，对吧？"老夫人说。

科里奥兰纳斯知道，奶奶很清楚"老妈"是谁。可这么晚了还要热情地款待客人，无论谁来，对她的耐心都是一个极大的挑战，更别说是普林斯家的人。

"普林斯，是的，普林斯。"那女人说。

"老夫人，您知道的，科里奥兰纳斯受伤时是这位夫人送来了好吃的炖菜。"泰格莉丝提醒她。

"对不起，太晚了。"普林斯夫人抱歉地说。

"别客气，您做的一点儿没错。"泰格莉丝安慰说，同时拍拍她的肩膀。这时她看到了科里奥兰纳斯，似乎松了口气，"噢，我弟弟来了！也许他知道些什么。"

"普林斯夫人，您真是稀客，很荣幸啊。一切都还好吧？"科里奥兰纳斯问道，好像她根本没有坏消息缠身。

"噢，科里奥兰纳斯，不，一点儿都不好。塞亚纳斯到现在还没回家。我们听说他今天早晨离开了学校，可从那时起我就没见过他。我好担心啊。他会在哪儿呢？我知道，马库斯那个样子对他刺激不小。你知道吗？你知道他会在哪儿吗？他离开的时候是不是很烦乱啊？"她说。

科里奥兰纳斯想起了塞亚纳斯当时发脾气的样子，他扔椅子，大声咒骂，但只有天堂蜂大厅的人知道这些，"他很烦乱，夫人。可我觉得您不用着急，他也许需要找个地方舒缓一下情绪。到处走走什么的。要是我，也会这么做的。"

"可现在已经很晚了。他就这么消失了，这不像他，他从来不会不跟老妈说一声就走的。"普林斯夫人十分焦急地说道。

"您能想起来他可能去哪儿吗？或者会去找什么人？"泰格莉丝问。

普林斯夫人摇摇头，"不，不，你堂弟是他唯一的朋友。"

好悲哀啊！没有朋友。科里奥兰纳斯心想，可是他嘴上却说："您知道的，如果他想找朋友，我想他第一个就会来找我的。您可以看出他是多么需要一个人待着，去……去厘清头绪。我保证他没事的，否则您早就听到什么了。"

"您去治安警那儿查询过了吗？"泰格莉丝问。

普林斯夫人点点头，"去过，一点儿消息也没有。"

"您瞧？肯定没有问题，也许他这会儿已经回家了。"科里奥兰纳斯说。

"也许您应该回家看看。"老夫人建议道，她这么做有点儿太明显了。

泰格莉丝给奶奶使了个眼色，"或者您打个电话问问。"

普林斯夫人已经镇静下来，明白了老夫人的话外之音，"是的，你奶奶说得对。家才是我应该找的地方。我也该让你们睡觉了。"

"科里奥兰纳斯去送您。"泰格莉丝很肯定地说。

她没有给科里奥兰纳斯留下任何选择的余地，他点点头说："那是当然。"

"我的车在楼下等着呢。"普林斯夫人站起身，拍拍自己的头发，"谢谢。你们太好了。谢谢。"她拿起自己体积很大的手提包，正准备转身，却被电视屏幕上的画面吸引过去，她僵在那里。

科里奥兰纳斯随着她的视线望去，只见屏幕上一个黑色的身影从路障里溜出来，朝拉米娜的方向摸过去。这人身形高大，是个男性，手里拿着什么东西。一定是瑞伯或坦纳，他心想。这个男孩走到马库斯的尸体旁边停了下来，抬头看看那个熟睡的女孩。

我猜终于有贡品对她采取行动了。

他知道，作为一个导师，他应该观看，但他真的很想早点摆脱普林斯夫人。

"我送您到车上吧？我敢说，您会看到塞亚纳斯躺在床上呢。"他说。

"不，科里奥兰纳斯，"普林斯夫人压低声音说，"我的孩子在那儿。"

· CHAPTER 15 ·

死亡陷阱

"老妈"的话一出口，科里奥兰纳斯就知道她说得没错。也许只有一个母亲才能在这样黑暗的环境下作出如此判断。经她这么一提示，他也认出那人就是塞亚纳斯。那姿态、那微驼的背、那脑门的线条。他身上的白色校服在黑暗中隐隐泛着白光，而科里奥兰纳斯几乎马上就能认出那亮黄色的导师徽章，仍挂在他胸前的抽带上。

塞亚纳斯是怎么进到竞技场的，他不得而知。在竞技场入口处，人们可以买到炸面包圈和粉色的柠檬汽水，也可以和其他人一起在大屏上观看比赛。一个凯匹特青年，而且还是个导师，在入口处是不会引起很多人注意的。他是混入人群的，还是靠他的小名气消除了人们的怀疑？他也许会说，我指导的贡品已经完了，所以我也来玩玩！摆个照相的姿势？和治安警聊天，然后趁他们一扭身就溜进去？谁会想到他要进竞技场？他干吗要进去？

在屏幕上，黑暗中的塞亚纳斯跪下来，放下手中的包裹，把马库斯背到背上。他尽力想把马库斯的腿伸直，把手臂环抱在自己胸前，但马库斯的四肢已经僵硬，无法弯曲。科里奥兰纳斯看不清接下来发生了什么，好像塞亚纳斯在鼓弄着包裹，接着，他站起身来，手伸到尸体的上方。

他在动物园的时候就是这么干的，科里奥兰纳斯心想。当时阿拉克妮死后，他瞥见塞亚纳斯往死亡的贡品身上撒下了什么东西。

"那是你儿子吗？他在干什么？"老夫人惊呆了，问道。

"他在往他的尸体上撒面包屑，这样马库斯上路的时候就有吃的了。""老妈"说道。

"上路，去哪儿的路？他已经死了！"老夫人问。

"回到他来的地方，我们在家乡，人死的时候，就这么做。""老妈"说。

科里奥兰纳斯真为她感到难过。如果需要证据证明辖区有多么落后，那这就是证据了。真是原始人的原始风俗。他们究竟为这无稽之谈浪费了多少粮食？噢，不，他已经饿死了！来吃面包吧！他有种不祥的预感，他的这份人们眼中的友谊会再次纠缠他的。仿佛得到了暗示似的，电话铃声响了。

"全城的人都没有睡觉吗？"老夫人纳闷地问。

"你好。哪位？"科里奥兰纳斯拿起了前厅的电话问道，真希望是有人打错了。

"斯诺先生，我是高尔博士。你在电视机旁吗？"

科里奥兰纳斯一听这声音，内心开始剧烈翻腾。

"实际上，我刚进家门……是的，我家人正在看。"科里奥兰纳斯尽量想拖延时间。

"你的朋友是怎么回事？"高尔博士问。

科里奥兰纳斯把头扭到一边，压低了声音，说："其实他不是……那个……"

"废话。你简直和贼一样蠢，'帮我把三明治分给大家，科里奥兰纳斯！''塞亚纳斯，我旁边有空位！'当我问卡斯卡他和哪个同学关系最近的时候，他能想起来的唯一的人是你。"她说。

老天，他对塞亚纳斯的礼貌显然被误解了。说实话，他们也就算是熟人，"高尔博士，请允许我解释……"

"我没时间听你解释。现在那个被宠坏的孩子普林斯正和竞技场里的一群恶狼在一起。如果他们看见他，会当场把他杀死。"她转身跟另外一个人说话，"不，不能停止转播，这只能引起更多人关注。直接把光线弄得越暗越好，要弄得自然，慢慢暗下去，好像乌云遮住月光的样子。"

过了一会儿，高尔博士又拿起话筒，"你是一个聪明的孩子。这会给观众传递怎样的信号？它带来的损失是难以估量的。我们必须马上采取补救措施。"

"您可以派治安警过去。"科里奥兰纳斯建议说。

"然后把他像兔子似的拴住吗？"高尔博士嘲笑道，"设想一下，治安警在黑暗中去追踪抓捕他，你觉得可行吗？不行，我们必须诱导他出来，尽量不要让事态扩大，因此我们要找到他在乎的人。他受不了他爸爸，也没有兄弟姐妹，没有别的朋友。这样就只剩下你和他妈妈。我们现在正在找她。"

科里奥兰纳斯觉得他的心往下沉，不得不承认，"她在这里。"他那套"熟人"的辩白也就到此为止了。

"嗯，该发生的已经发生了。我要你们两个人在二十分钟内立刻赶到竞技场。另外，这次给你下处分的人是我而不是海波顿，你可以跟你的奖学金说再见了。"说完，高尔博士就挂了。

科里奥兰纳斯看到电视上的图像变暗了，现在他几乎看不见塞亚纳斯的身影了。

"普林斯夫人，电话是游戏总指挥打来的。她想让您去竞技场和她会合，把塞亚纳斯救出来，我跟您一起去。"科里奥兰纳斯再往下说，老夫人的心脏病非犯了不可。

"他遇到麻烦了吗？和凯匹特闹冲突了？"普林斯夫人睁大了眼睛问。

科里奥兰纳斯感到奇怪，此时她更担心的是凯匹特，而不是竞技场内全副武装的贡品，但是，在马库斯被抓后发生的一系列悲剧，证明或许她的担心是有道理的。

"哦，没事，他们只是担心他的安危。时间应该不会太长，不过咱们也别等了。"

科里奥兰纳斯快马加鞭，几乎是推着普林斯夫人走出家门，下了电梯，穿过门厅。她的车已经无声地发动起来，司机多半是个阿瓦克斯，在听到他要求去竞技场后，只是点了点头。

"我们赶时间。"科里奥兰纳斯对司机说完，车立即加速，在空旷的大街上疾驰。如果汽车能在二十分钟内赶到，他们一定会尽力的。

普林斯夫人紧紧抱着她的包，看着窗外这座空荡荡的城市，忐忑地说："我第一次看到凯匹特的时候是在夜里，跟现在一样。"

"噢，是吗？"科里奥兰纳斯说。

他这只是出于礼貌的回答，说实话，谁在乎呢？他的美好未来已经因她任性的儿子而变得前途未卜。如果一个莽撞青年认为闯入竞技场能够解决问题，那么人们有理由对他父母的教育方式产生质疑。

"塞亚纳斯就坐在你现在的位置，他说：'一切都会好起来的，老妈。会好起来的。'他想安慰我。可我们都知道，那是一场灾难。可他是多么勇敢，多么好，一心只想着他的老妈。"普林斯夫人伤感地说。

"嗯，确实是很大的变化。"

到底普林斯家的人是哪里出了问题？总是把优势变成悲剧？你只需看一眼车的内饰：那压花的皮子、装软垫的座椅、盛着宝石般美酒的水晶酒瓶和吧台，你就知道他们属于帕纳姆最有钱的阶层。

"家人、朋友都和我们断了来往，"普林斯夫人继续说，"我们在这儿也没有新朋友。斯塔伯，就是他老爸，还认为我们这么做是对的，他觉得我们在二区没有未来，他是想保护我们，想让塞亚纳斯远离饥饿游戏。"

"唉，眼下的情况，真让人啼笑皆非啊。"科里奥兰纳斯试图扭转她的情绪，"现在，我不知道高尔博士怎么想，可我想她应该是想让您设法把塞亚纳斯弄出来。"

"我不知道我行不行，他内心一直很烦乱，我可以试试，可是他只会做他认为对的事情。"她说。

只会做对的事情。科里奥兰纳斯意识到这就是塞亚纳斯一贯的行事原则，坚决做对的事情。比如，有的事，别人觉得可以睁一只眼闭一只眼，可塞亚纳斯却公然顶撞高尔博士。他这种过于执拗的性格，也是他与其他人格格不入的原因。坦率地讲，塞亚纳斯的那些高谈阔论使他变得令人难以忍受，这也正是他容易被利用的地方。

当汽车靠近竞技场入口的时候，科里奥兰纳斯看到有关方面已经采取措施来掩盖这一危机。这里只有十几个治安警，还有几个组委会成员。卖甜品的摊位已经关闭了，白天聚集在这里的人群早些时候也都已经散了。因此，这里没有太多引起人们好奇的东西。当他走出汽车时，他发现气温比他下午回家时低了很多。

在一辆转播车里，凯匹特新闻台的监视器正显示出一个分割的画面，一半是竞技场的实时画面，一半是向观众播放的昏暗的画面。高尔博士、海波顿学监和几个治安警聚集在监视器周围。当科里奥兰纳斯陪同普林斯夫人一起走上前去时，他辨认出了屏幕上的塞亚纳斯，他正跪在马库斯的身旁，像一座雕塑般一动不动。

"至少你是守时的，我猜这位是普林斯夫人吧？"高尔博士说。

"是的，是的。"普林斯夫人说，声音有些颤抖，"如果塞亚纳斯给大家带来麻烦，我很抱歉。他是一个好孩子，真的，他只是什么事都太认真了。"

"没人能指责他是个冷漠的人，"高尔博士表示赞同。她转向科里奥兰纳斯，"你是怎么想的，我们怎么救你最好的朋友，斯诺先生？"

科里奥兰纳斯没理会她带刺的话，而是直接看屏幕问："他在干什么？"

"只是跪在那里，看上去……可能是受到打击了吧。"海波顿学监说。

"他看上去很平静，也许可以在不惊扰他的情况下，立刻派治安警进去？"科里奥兰纳斯提出建议。

"太冒险了。"高尔博士说。

"让他妈妈用喇叭或者手提扩音器跟他讲话怎么样？如果能把屏幕变暗，也一样有办法能够控制声音。"科里奥兰纳斯继续说。

"如果广播的话，我们会惊动竞技场里的每一个贡品，这样他们就知道有一个没有武器的凯匹特男孩在他们中间。"海波顿学监解释说。

"您有什么建议？"科里奥兰纳斯开始有种不好的预感。

"我们认为应该让一个他认识的人溜进去，尽量不要惊动别人，然后劝他出来，比如说，你。"高尔博士说。

"噢，不！"普林斯夫人突然出人意料地大声说道，"不能让科里奥兰纳斯去，我们最不希望的是让另一个孩子再去冒险。我去！"

科里奥兰纳斯很感谢普林斯夫人能这么说，可是他知道这样做成功的几率很小。她眼睛哭得红肿，高跟鞋摇摇晃晃，那样偷偷摸摸地进去，是不可能激发别人的信心的。

"我们需要的是一个在必要时能跑的人，斯诺先生是完成这项任务的合适人选。"高尔博士给几个治安警做了个手势，于是科里奥兰纳斯很快穿上了适合竞技场内环境的防弹衣，"这件防弹衣可以保护你身体的主要器官。这是胡椒喷雾剂和闪光灯，它可以让你的敌人暂时什么都看不见，需要时可以使用。"

科里奥兰纳斯看着那小瓶胡椒粉喷雾剂和闪光灯问："给我一支枪怎么样？或者，至少是一把刀？"

"因为你未受过训练，这些似乎更安全些。记住，你不是进去搞破坏的；你进去是为了尽快、尽量安全地把你的朋友带出来。"高尔博士下了指令。

如果换作另一个学生，甚至几周前的科里奥兰纳斯本人，一定会表示反对的。他们会坚持要家长去，或者要求有人护卫，或进行哀求。但是，在目睹了克丽曼莎被蛇咬、竞技场连环爆炸、马库斯被残酷折磨之后，他知道这样做丝毫没有意义。如果高尔博士决定让他进入凯匹特竞技场，那他就得去，即使他的奖学金不会被取消。他就像是她的其他的试验品，无论是学生还是贡品，都不比那些锁在笼子里的阿瓦克斯更重要。反驳是无用的。

"你不能去。他还只是个孩子，让我给我的丈夫打个电话吧。"普林斯夫人哀求道。

海波顿学监朝科里奥兰纳斯微微一笑，"他不会有事的。想要杀死斯诺家的人可没那么容易。"

看来这一切的主意都是海波顿出的？他已经看到毁掉科里奥兰纳斯前程的捷径了？不管怎么说，他似乎对"老妈"的乞求完全无动于衷。

是为了他的安全，还是怕他逃跑？科里奥兰纳斯在治安警的陪同下，进入到竞技场。自从上次爆炸发生被抬出竞技场之后，他对那里已经没有太多印象，也许他们是从另一个出口出去的？此时他看到的是遭到严重毁坏的入口。两扇厚重的大门中的一扇已经被完全炸飞了，只留下一个满是扭曲的钢筋门框的大洞。除了警卫，入口处还放置了几排齐腰高的水泥路障，除此之外也没有更多的安保措施。如果能成功地分散警卫的注意力，加上白天场外人们欢快而热闹的嘈杂声，塞亚纳斯想溜进去并不困难。假如治安警对付的是抗议活动，他们也许会把注意力放在袭击群众的人身上。可这里，似乎太松懈了。如果又有贡品想逃离，那该怎么办？

科里奥兰纳斯和陪同他的治安警绕过路障，进入到前厅。这里也被炸得千疮百孔，在入口处和特许摊位处还剩下几盏电灯，灯光下，可以看到覆盖着厚厚泥灰的大块打碎的天花板、地板、倒塌的柱子和掉落的房梁。走到旋转门需要绕过废墟，而这次他又看到了塞亚纳斯是怎样绕过去而不被发现的，这需要一些耐心，还需要一点儿运气。最右侧的旋转门曾经是袭击的目标，袭击过后，留下的是弯曲、熔化的尖利金属碎片和一个敞开的入口。在这里，治安警建立了真正牢固的防御工事，安置了临时栅栏，上面布满铁丝网，还有六个持枪的警卫。那些没有损坏的旋转门仍然是有效的防御工事，可防止人们再次进入。

"塞亚纳斯有代币？"科里奥兰纳斯问。

"他有代币，"一个似乎是主事的老一点的治安警很肯定地回答，"他是趁我们没注意的时候溜进去的。我们没留意在饥饿游戏进行期间想进去的人，我们只注意想出来的。"他从兜里拿出一枚代币，"这个给你。"

科里奥兰纳斯手指捏着圆形代币，但却没朝旋转门挪步，"他想怎么出来呢？"

"我认为他没这样想过。"那个治安警说。

"那我怎么出来呢？"科里奥兰纳斯问。要实施这一计划，似乎只能听天由命了。

"那边。"治安警朝栅栏指指，"我们可以把铁丝网撤下来，把栅栏向前倾斜，开出一个足够大的缝隙，这样你可以从底下钻出来。"

"你们动作很快吗？"科里奥兰纳斯将信将疑地问。

"我们能在监视屏上看到你，当你把他成功地带出来的时候，我们就开始移动栅栏。"治安警向他保证。

"假如我没能说服他跟我一起走呢？"科里奥兰纳斯问。

"我们没接到与此有关的命令。我猜要是那样的话，你就得待到任务完成吧。"治安警耸耸肩说。

科里奥兰纳斯细想这话的含义，顿觉不寒而栗。带不出塞亚纳斯就不允许他出来。他透过旋转门看着通道的尽头，在记分牌下面已经竖起了路障。他在电视上看到拉米娜、瑟科和苔丝丽神出鬼没的就是这个地方。

"那是做什么用的？"

"为了拍摄的需要，是为了挡住门厅和大街，这些地方不能出现在电视上，可你从那里进出是没问题的。"治安警解释道。

这么说，贡品也一样，科里奥兰纳斯暗忖。他用手指摩挲着光滑的代币表面。

"你走向路障的这一段，我们是会掩护你的。"治安警说。

"所以说，任何贡品袭击我，你都会打死他们？"科里奥兰纳斯进一步明确。

"反正会把他们吓跑的，别担心，我们会保护你的。"治安警说。

"太好了。"科里奥兰纳斯嘴上说着，心里却根本没底。他打起精神，把代币塞到投币口，然后推开了金属隔栅。"请欣赏表演！"旋转门提醒他，在寂静的夜晚，这声音比平时大十倍，把一个治安警都给逗乐了。

科里奥兰纳斯走到右侧墙边，然后蹑手蹑脚地快速向前移动。那红色的应急灯，也是他唯一的光源，在黑暗的过道发出了柔和的血红色的光。他紧闭双唇，用鼻子呼吸。右，左，右，左，他小心翼翼地不断移动脚步。什么都没发生，没有任何干扰。也许，正如"幸运星"所说的，所有的贡品在这夜晚都已经睡了吧？

科里奥兰纳斯走到路障那里的时候，停了下来。正如治安警所说，这是为节目播出效果做的样子货。一层层薄弱的铁丝网堆在快要散架的木框和水泥碎片上，以挡住场外的街景，而不是贡品。也许是没时间建好真正的路障，也许是觉得后面有栅栏和治安警，因此没有必要太花工夫。就这样，他绕来绕去，最后来到场地边缘。他在穿过最后一道铁丝网之前犹豫了一下，仔细观察着周围的情况。

月亮已高高升起，挂在天上，在淡淡的银色的月光下，他可以看清塞亚纳斯的背影。他仍然跪在马库斯的身旁。拉米娜没有动静。除此之外，这附近似乎没人。然而，是没人吗？爆炸留下的废墟里有很多藏身之处。其他贡品也许就藏在几码之外，而他永远不可能知道。在夜晚的冷风中，他感觉湿透的衬衫凉凉地粘在身上，他真希望自己是穿着夹克来的。他想起了露茜，她还穿着无袖的裙子。她会依偎在杰瑟普身旁取暖吗？这景象令他不快，所以他把它从脑子里清除了。他不能想她了，只能想着眼前的危险，想着塞亚纳斯，想着怎样才能把他带到旋转门的另一侧。

科里奥兰纳斯深吸一口气，走进场地。他轻手轻脚地向前移动，模仿儿时在马戏团看到的四处溜达的野猫的样子。无所畏惧、能力超强、悄无声息。他知道他一定不能惊扰到塞亚纳斯，又要靠得够近，以便能听到他说话的声音。

当科里奥兰纳斯走到塞亚纳斯身后十英尺的地方时，停了下来，压低了声音说："塞亚纳斯？是我。"

塞亚纳斯僵住不动了，然后他的肩膀开始颤抖。一开始，科里奥兰纳斯以为他在哭泣，但事实正好相反。

"你不可能不来救我，对吧？"

科里奥兰纳斯也忍不住偷偷笑了，"是的。"

"他们派你来捞我出去？真是疯了。"塞亚纳斯逐渐收住笑声，他站了起来，"你看到过死人吗？"

"很多嘞。在战争期间。"

科里奥兰纳斯认为这是塞亚纳斯要他走过去的信号，于是逐渐靠近。好了。他现在能够抓住他的胳膊了，但是下一步怎么办？他不大可能把塞亚纳斯拽出竞技场。因此，他把手揣到口袋里。

"我没怎么见过，也从没靠得这么近。我只去过葬礼。再就是在动物园的那晚，那几个女孩死了以后，身体还没有僵硬。如果我死了，我不知道我更想被烧了还是被埋了。实际上，也无所谓。"塞亚纳斯说。

"嘿，这不用你现在定。"科里奥兰纳斯警觉地朝场地内扫了一眼，那截断壁后面的阴影里是个人吗？

"噢，这事轮不上我来定，我不知道那些贡品怎么这么久还没找到我。我在这儿已经待了好一会儿啦。"塞亚纳斯说完，才抬起眼来看着科里奥兰纳斯，表情凝重而关切，"你应该离开，你知道的。"

"我想离开。"科里奥兰纳斯说话很谨慎，"我真的想离开，只是还有你老妈的问题。她正在外面等着，很着急。我答应她把你带出去。"

塞亚纳斯听完，难过极了，"可怜的老妈，可怜的老妈。她从来不想要这一切，你是知道的。钱、搬家、漂亮衣服，还有司机。她只想留在二区。可我父亲……我想他肯定不在这儿，对吧？不会的，他会明哲保身，直到这一切都解决了。然后，又开始花钱去买！"

"买什么？"夜晚的微风吹乱了科里奥兰纳斯的头发，风吹过处，空荡荡的竞技场发出阵阵回声。很长时间过去了，塞亚纳斯并没有将语气缓和下来。

"买通一切！他靠买通关系，让我们来到这里，靠买通关系让我上学，靠买通关系让我得到导师资格，可当他无法买通我的时候，就傻了。如果你愿意，他也可以买通你，或者至少因为你救了我而给你补偿。"

买通，科里奥兰纳斯暗自思忖，他想到了明年的学费。但他嘴上却只说："你是我的朋友。我是真心帮你，不需要他付给我钱。"

塞亚纳斯搂着他的肩，说："你是我坚持下去的唯一理由，科里奥兰纳斯。我不能再给你添麻烦了。"

"我之前没意识到你的感觉这么糟，当初你要求交换贡品的时候，我就该跟你换呢。"他回答。

塞亚纳斯叹口气，"这已经没关系了。其实，什么都没关系。"

"当然有关系，跟我一起出去吧。"科里奥兰纳斯坚持道。

那些人就要来了，他可以感觉得到，感觉到有人正在靠近，危险正一步步靠近。

"不。这样做没有意义了，除了死，已没有别的选择了。"塞亚纳斯说。

科里奥兰纳斯步步紧逼，说道："送死？这就是你唯一的选择？"

"这是我唯一一发出呐喊的方式。让世人看到我在反抗中死去，"塞亚纳斯决绝地说，"即使我不是真正的凯匹特人，我也不是辖区的人。我和露茜一样，只是没有她的才华。"

"你认为他们会把这个播出去吗？他们会把你的尸体悄无声息地抬走，然后说你死于流感。"科里奥兰纳斯突然打住，担心自己如果直指克丽曼莎的命运，是不是说得太多了，似乎高尔博士和海波顿学监听不到他说话。

"他们现在已经把屏幕调暗了。"

塞亚纳斯的脸霎时乌云密布，问道："他们不会播放？"

"一百万年也不会播放。你会白白死去，而且你也失去了让事情有所转变的机会。"

一声咳嗽，声音很小而且是捂着嘴发出的，但是绝对是一声咳嗽，从右侧看台的方向传来。科里奥兰纳斯不会听错。

"什么机会？"塞亚纳斯问。

"你有钱。也许现在还没到你手里，但终有一天你会富甲一方。钱有很多的用处。你已经看到了钱是如何改变你的世界的。兴许你也可以用钱来作出改变，一些有益的改变。如果你不去做，也许更多的人会遭受痛苦。"

科里奥兰纳斯说着，右手已经握紧了胡椒喷雾，然后又摸摸闪光灯。如果他被袭击，这两样东西也许能管用？

"你为什么认为我能做到？"塞亚纳斯说。

"你是唯一敢和高尔博士对抗的人。"科里奥兰纳斯说。

他不想把这份荣誉给他，可这是实情。他是班里唯一敢反抗她的人。

"谢谢。"塞亚纳斯听上去很疲倦，但是理智一些了，"谢谢你能这么说。"

科里奥兰纳斯把另一只没占用的手搭在塞亚纳斯的肩上，假装去安慰他，实际是为了在他逃跑时抓住他。

"我们已经被包围了，我要走了，跟我来。"科里奥兰纳斯看到塞亚纳斯已经转变了想法，敦促道，"快点吧。你想怎样，为贡品而战还是和贡品打斗？别让高尔博士因为打败了你而高兴。不要放弃！"

塞亚纳斯长时间地盯着马库斯的尸体，心中犹豫不决。

"你说得没错，要想坚持自己的想法，就一定要将她击败，结束这一切暴行，这是我的责任。"他终于开口说道，接着他昂起头，好像突然认识到自己的处境。他的目光转向看台方向，就是科里奥兰纳斯刚才听到有人咳嗽的地方。

"但我是不会扔下马库斯的。"

"我来抬他的脚。"

科里奥兰纳斯当机立断，弯腰去抬马库斯。他的腿已经僵硬了，很沉很沉，散发出血污的味道，但他仍用尽全力把他的腿抱起来，抬起了马库斯的下半身，塞亚纳斯则抱着马库斯的胸部，他们开始移动，连拖带拽地朝路障的方向走。十码……五码……不远了。一旦他们靠近路障，治安警就会掩护他们。

突然，科里奥兰纳斯被石头绊了一下，脚下一软，膝盖磕在一个尖锐的物体上，但他很快起身，仍抬着马库斯的尸体。就快要到了，就快了……

突然，从科里奥兰纳斯的身后传来脚步声，既轻又快。脚步声来自路障方向——就是那个贡品躲藏的地方。科里奥兰纳斯迅速扔下马库斯的尸体，猛地转身，正好看到鲍宾拿刀冲他猛刺过来。

·CHAPTER 16·

死里逃生

刀刃从科里奥兰纳斯的防弹衣上划过，在他的左上臂划出一个大口子。他向后跨出一步，鲍宾迎面向他扑来，却扑了空。他退到一堆废砖烂瓦、旧木板和灰泥组成的废墟上，同时伸出手一通乱摸，想摸到什么防身的东西。鲍宾用刀尖直对着他的脸，再次向他扑来。这时，科里奥兰纳斯的手抓到了一个窄木条，猛地挥动起来，重重地划伤了鲍宾的太阳穴，鲍宾一下子跪倒在地。接着科里奥兰纳斯站起来，把木条当作棍棒，一下又一下地挥舞着，也不知道它是否能打到对方。

"我们得离开这儿！"塞亚纳斯大喊。

科里奥兰纳斯听到了从看台传来急促的喘息声和重重的脚步声。他内心很困惑，正当他要朝马库斯的尸体走过去时，塞亚纳斯一把拽住他喊："不！别管他了！快跑！"

科里奥兰纳斯不需要再劝了，箭也似的朝路障飞奔。疼痛从他的臂肘传向肩膀，但他也顾不上了，就像茜科老师传授的那样，用力摆动着手臂向前跑。当他跑到路障时，铁丝网挂住了他的衬衫，他转身用力去拽开衬衫，这时他看到了他们——四区的两个贡品科洛尔和米曾，还有坦纳——那个来自屠宰场的小伙子手拿着武器，直冲他奔来。米曾手臂猛地一轮，扔出一把鱼叉。科里奥兰纳斯用力把衬衫一拽，袖子也划破了一个大口子，然后从铁丝网底下钻出来，塞亚纳斯紧跟其后。

只有几缕微弱的月光照在了层层路障上，科里奥兰纳斯跑进了一些木头隔板和水泥隔板隔出的空间，就像一只笼子里的野鸟，肯定也惊动了那些没有看到他的贡品。他的脸啪一下先撞上了水泥隔板上，塞亚纳斯又从后面撞到他的身上，第二次把他的额头撞向坚硬的水泥板。当他用身子向后推时，感觉他的脑震荡似乎从来都没好过，脑袋呼呼地跳着疼，整个人都头晕目眩。

几个贡品发出了呜呜的叫声，当他们在这迷宫般的竞技场追杀两个导师的时候，他们用武器击打着路障，发出啪啪的声响。该朝哪个方向跑？他的四周似乎都是贡品。塞亚纳斯抓住他的胳膊开始拽他，于是他跟在他身边跌跌撞撞地向前跑。他浑身是伤，心惊胆战。难道，这就是最终的结果？他就这么死了？想到这一切的不公，想到这种生存方式对他的嘲讽，他气愤至极，也不知哪里来了一股力量，直冲向前，最后脚下一软，匍匐在地，这时他发现自己来到了一个发出着一缕缕柔和的红光的地方。这是通道！再往前就是旋转门，治安警就集结在这里的临时栏杆后面。他爬起来，开始拼命奔逃。

这个通道并不长，但它仿佛永无尽头。他的腿好像是灌了铅，眼前直冒金星。塞亚纳斯一直跟在他身旁，他能听到身后贡品的脚步声越来越近了。一件重重的、紧追其后的东西从他的脖子上划过，是一块砖头吗？另一件物体穿透他的防弹衣，卡在上面，一直随着他的走动而上下晃动，直到后来才咣的一声掉在地上。

说好的掩护在哪儿？治安警为保护他们而射出的子弹在哪儿？什么都没有发生，根本没有，而那些栏杆也一动没动。他想大喊，让治安警去打死贡品，射杀正在追杀他们的贡品，可他连气都喘不过来，更别说喊了。

一个脚步很重的家伙离他又近了几码，可他又记起了茜科老师说过的话，不敢扭头去看，以免浪费宝贵的一分一秒。在他的前面，治安警终于把栏杆向内倾斜，露出了大约十二英寸的开口。科里奥兰纳斯赶紧钻下去，下巴让粗糙的地面给蹭掉了一层皮，他刚把手伸到栏杆底下，治安警就抓住他，猛地一拉，把他拽了出去。他来不及转过脸去，脸皮也划在脏兮兮的地面上，直到他被拽到安全地带。

警卫扔下他，赶紧去抓塞亚纳斯，刹那间坦纳的刀子扎破了塞亚纳斯的小腿肚子，接着他也被拽了出来。栏杆又恢复原位，栓子也扣上了，但那些贡品并不害怕。当治安警用警棍敲打着旋转门时，坦纳、米曾和科洛尔仍透过栏杆去刺塞亚纳斯，嘴中还不停地发出仇恨的咒骂声。在这过程中，治安警始终一枪未发，甚至连胡椒喷雾都没用。科里奥兰纳斯意识到，他们一定是接到命令，不能去碰那些贡品。

当治安警扶他站起来的时候，他忍不住心中的怒火，大喊："谢谢你们的支援！"

"我们只是按命令行事，如果高尔博士认为可以放弃你们的话，那可别怪罪我们，孩子。"那个答应掩护他的老治安警说。

有人上来扶他，却被他一把推开了，"我能走！我能走，我不会感谢你们的！"接着他的身子就朝一边倒去，差点儿又摔倒在地上。这时他们又把他扶住，一起朝门厅走去。科里奥兰纳斯一直喋喋不休地咒骂着，他们也不理他，架着他像架着一个麻袋似的往前走。走到竞技场外时，他们很不客气地把他扔在了那里。一分钟后，他们把塞亚纳斯也扔到一边。

死里逃生，他俩躺在竞技场前漂亮的瓷砖地上，惊魂未定地大口喘着气。"对不起，考尤，对不起。"塞亚纳斯说。

"考尤"是老朋友对科里奥兰纳斯的昵称，是家人和他所爱的人对他的称呼。而塞亚纳斯是想用这个机会来挑战他的耐心？如果科里奥兰纳斯有力气，他肯定会伸手去掐死他。

没有任何人注意到他们。"老妈"已经不见了。高尔博士和海波顿学监正就往卡车里放什么的问题大声争吵着。治安警三五成群地在一边站着，等候着命令。五分钟过去了，这时一辆救护车才开过来，后门打开了，两个小伙子被抬上救护车，那些当官的对他们连瞟都没瞟一眼。

医生给了科里奥兰纳斯一块药棉，要他压住他手臂上的伤口，接着去处理塞亚纳斯小腿上正往外淌血的、更急需处理的伤口。科里奥兰纳斯很不愿意回到医院，不愿意再次面对那个不值得信赖的韦恩医生。但当他从救护车的小窗口向外望时，却发现他们来到了"城堡"，这比医院更加可怕。他们被抬上轮床后，又被快速运送到实验室的深处，也就是克丽曼莎被蛇咬的地方，这让科里奥兰纳斯担心有什么物种变异在等待着他们。

实验室的事故一定十分多发，因为这里有相当于一个小型内科门诊的医生正在等候着他们。这些医生似乎没有克丽曼莎的那位主治医的医术高明，但对付这俩小伙子是足够了。一张白色布帘把两张床隔开，科里奥兰纳斯能听到塞亚纳斯正用简单的"是"或"不是"来回答医生的提问。当医生给他缝胳膊上的伤口，洗净他划伤的脸的时候，他又回答了更多问题。他的头很疼，可他不敢告诉他们他的脑震荡症状又发作了，生怕他们会永远让他待在医院。

科里奥兰纳斯所想做的，就是尽快从这帮人身边逃脱。尽管他一再反对，医生还是给他打上了点滴，给他补水，同时输入一些药物。他直挺挺地躺在床上，克制内心想要逃跑的念头。尽管他已经完成了高尔博士的命令，尽管他已经成功了，可他觉得比以往更加脆弱。此时，他躺在这里，伤痕累累，行动受限，被隐藏在她的老窝里。

胳膊上的疼痛减轻了，但科里奥兰纳斯并没有感觉到吗啡那种令人舒服的感觉。医生一定是用了其他的药物，不知怎的，此时他的头脑感觉极为清醒，可以洞悉周围的一切，从床单的纹路，到他疼痛的皮肤上胶布的拉扯感，到金属杯的水在舌头上留下的淡淡苦涩，都无比真切。

治安警皮靴的咔咔声来了又走了，他们把一瘸一拐的塞亚纳斯带走了。在实验室深处，一阵阵尖叫声说明某些动物的饲喂时间到了，他闻到了淡淡的鱼腥味。在此之后，很长一段时间，病房里可以说很安静。他在想要不要溜出去，可他内心知道，有人希望他在此等候。

他静静地等着那轻柔的拖鞋声，那必然会来到这个小隔间的拖鞋声。

当高尔博士拉开帘子的时候，夜间实验室的光晕让科里奥兰纳斯有一种她站在悬崖边的奇怪感觉，假如他哪怕是轻轻地推她一下，她就会跌入万劫不复的深渊，永远消失。要真是这样就好了，他心中暗想。但她没有坠落，相反她走上前来，摸着他的手腕，检查他的脉搏。她那冰冷、干瘪的手指令他感到害怕。

"我一开始是个医生，你知道吗？产科。"她说。

真糟糕，科里奥兰纳斯心想。让来到这个世界的婴儿第一眼看到你这样的人。

"但不太适合我，对于孩子的未来，家长总期望你做出不切实际的保证。我怎么能知道他们将来会遇到什么？就像你，今天晚上。谁能想象克拉苏·斯诺的宝贝儿子会在凯匹特的竞技场为了逃命而搏斗？至少他本人想不到。"高尔博士说。

科里奥兰纳斯不知该如何作答。他对自己的父亲几乎没什么印象，更别提了解他内心的活动了。

"感觉怎样？在竞技场？"高尔博士问。

"可怕。"科里奥兰纳斯语气很平淡。

"就是这样设计的。"高尔博士说着，又用手电在他的眼睛里闪，检查了他的瞳孔，"贡品怎么样？"

手电筒的亮光晃得他头疼。"贡品怎么样？"他重复道。

高尔博士继续检查他缝针的伤口，说道："他们的镣铐都被去掉了，你觉得他们怎么样？他们想杀你，有什么感觉？可你死了，对他们也没有什么好处。你又不是他们的竞争对手。"

这话说得没错。他们离他很近，完全能认出他，但还是拼力捕杀他和塞亚纳斯，尤其塞亚纳斯。塞亚纳斯对那些贡品那么好，给他们吃的，保护他们，即便死了，还要给他们最后的仪式感！但他们仍在追杀他，即使他们可以利用这个机会去杀死彼此。

"我想，我低估了他们对我们的仇恨。"科里奥兰纳斯说。

"当你意识到这一点的时候，你有什么反应？"她问。

科里奥兰纳斯想起了鲍宾，想起他逃命的过程，想起他退出栏杆后贡品的嗜血刺杀。

"我想让他们死，想让每个人都死。"

高尔博士点点头，"呃，那个从八区来的小矮个子已经完成使命了。你把他打成了肉酱。明早还得给那个叫弗里克曼的小丑编个故事。可这对你而言是多么好的机会，简直是巨大转折。"

"是吗？"

科里奥兰纳斯记起了他对鲍宾用力挥动木板的情形。这么说他的确做了什么？杀死了一个男孩？不，不是这样。这件事一目了然，他是纯粹的自卫。可那又能怎样呢？十分肯定，他已经杀死了鲍宾。这件事永远无法抹去。他不能声称自己是无辜的，他已经杀了人。

"难道不是吗？这一切超过了我的预期。当然，我想让你把塞亚纳斯从竞技场带出来，但我也希望你能感受到这一切。"高尔博士说。

"就算我被杀死，也在所不惜？"科里奥兰纳斯问。

"人不受到死亡的威胁，是不会接受沉痛的教训的。"高尔博士说，"在竞技场发生了什么？那是赤裸裸的人性，包括那些贡品，也包括你。人类的文明在那里转瞬即逝。你的那些温文尔雅的举止、所受的教育、家庭背景，所有你感到自豪的一切，眨眼间就会消失殆尽，你的本性也会暴露无遗，简单说，就是一个用棍子打死别人的年轻人。这是自然状态下人类的本来面目。"

这种看法直白地摆在他的面前，让他感到震惊，可他还是干笑一声，"我们真的有那么坏吗？"

"我要说是的，绝对是，但这只是个人观点。"她从实验室工作服兜里掏出一卷纱布，"你是怎么想的？"

"我想，要是您没把我困在竞技场，我是不会打死任何人的。"他反驳道。

"你可以对当时的情境和环境进行抱怨，但是选择是你自己做的，而不是别人。马上理解这一切确实很困难，但你应该努力去回答一个问题，人类究竟是什么？因为，我们是谁的问题决定了我们如何约束自己。在此之后，我希望你能对今晚发生的事好好思考，诚实地面对真正的自己。"高尔博士开始用纱布给他包扎伤口，"你胳膊上缝了几针，这个代价并不大。"

她的话令科里奥兰纳斯感到作呕，而她竟然为了给他一个教训而让他去杀人，这更令他气愤。他应该由自己、而不是由她来做决定。除了自己，没人能替他做决定。

"所以说，如果我是一个凶猛的动物，那您是什么？是把自己的学生送去打死别人的老师！"

"啊，是的。这个角色落到我的头上了。"高尔博士干净利索地包扎完，"你知道吗，海波顿学监和我仔细读了你的论文，关于你喜欢战争的哪一方面的那篇。好多废话，简直是胡言乱语。只有最后的一点写的还不错，是关于控制力的那点。你的下一个作业，就是要好好说说这点，谈谈控制力的价值所在，如果没有控制力会发生什么。不着急，慢慢写。也许这能为你申请奖学金加分。"

科里奥兰纳斯知道失去控制力会发生什么，他曾目睹了一切：阿拉克妮在动物园死亡的时候，在竞技场炸弹爆炸的时候，还有今晚。

"会发生混乱。还需要说别的什么？"

"噢，太多了，我想。就从这儿开始议论，混乱，失控，无法无天，无政府状态，就像在竞技场一样。我们应该走向何方？如果想在和平的环境中生活，我们需要达成何种共识？为了生存应该怎样与人相处？"她把打点滴的针头从他的胳膊上拔掉，"两三天之后你需要来检查缝针的伤口。在那之前，我会对今晚的事情保密。最好回家睡上几个小时。很显然，你的贡品还需要你呢。"

高尔博士离开以后，科里奥兰纳斯慢慢地把撕烂了的、满是血污的衬衣穿上，系上扣子。他在楼道里转了半天才最终找到了通往地面的电梯，漠不关心的警卫挥挥手让他出去。电车在午夜时停运，而凯匹特的大钟显示现在已经凌晨两点了，因此他只好拖着脏兮兮的鞋子，走路回家。

这时，普林斯家的豪华汽车在他身边停了下来，车窗落下，露出了里面阿瓦克斯的司机的脸。他下车为他打开了后门。科里奥兰纳斯猜他已经把塞亚纳斯接回家了，而"老妈"又派他来接自己。

车里并没有坐着普林斯家的人，想了想他上了车。这是最后一次，之后他不想再和这家人有任何瓜葛了。科里奥兰纳斯在家门口下车后，司机给了他一个很大的纸袋子。他还没来得及拒绝，车就已经开走了。

上楼以后，他偷偷瞧瞧，发现泰格莉丝身上裹着她妈妈的一件旧皮草大衣，正坐在餐桌旁等他。这件衣服是给她安全感的保护伞，就像他后来改做"武器"的妈妈玫瑰粉盒。他从衣架上取下一件校服夹克，罩在他撕破的衬衫外面后，才走了进去。

对今晚发生的可怕事件，科里奥兰纳斯想说得轻描淡写："肯定没那么糟吧，你还把大衣穿上了？"

泰格莉丝的手紧张地抓住大衣问："你快告诉我。"

"我会的，每一个细节都会。但是明天早晨再说，可以吗？"他说。

"好的。"当泰格莉丝走上前拥抱他，跟他道晚安时，触摸到他手臂上鼓鼓的绷带。他还没来得及阻止她，她已经把夹克扯下来，看到了他身上的血。她咬住嘴唇，"噢，考尤。他们让你去竞技场了，对不对？"

科里奥兰纳斯拥抱了她一下，"没那么糟，真的。我好好地在这儿。塞亚纳斯也弄出来了。"

"没那么糟？只要一想到你进到竞技场就够可怕了，任何人进到那里都很可怕！可怜的露茜。"她的泪水夺眶而出。

露茜现在怎样了？他进过竞技场，也更深切地体会到她的处境有多糟糕。一想到她躲在竞技场一个寒冷黑暗的角落里，害怕得不敢闭眼睛，他的心就无比疼痛。他第一次为杀死了鲍宾而高兴。至少他可以让她免遭那个野兽的伤害。

"会没事的，泰格莉丝。可是你必须让我休息会儿了。你也得去睡觉了。"

泰格莉丝点点头，可是他知道她能睡上一两个小时就算幸运了。他把纸袋子交给她说："这是普林斯'老妈'的一点儿谢意。是早餐，闻味儿就知道。那就晚安吧？"

他澡也没洗，一头扎到床上便昏昏沉沉地睡去了，直到早晨老夫人唱国歌的声音把他吵醒，反正也该起床了。他从头到脚都在疼痛，摇摇晃晃地走到浴室，把胳膊上的纱布摘掉，让热水冲遍他浑身擦伤的皮肤。他还有住院时留下的药膏，尽管不知道药用得对不对，但还是在脸上和下巴疼痛的地方都抹上。胳膊上缝的线勾住了他的干净衬衫，却没有再流血。他今天还要穿上夹克，以防万一。他把一管牙膏和一件干净的校服扔进书包，最后看了一眼镜子里的自己，叹了口气。

骑自行车摔的，他想。就这么说吧。这辆自行车我已经骑了好多年了。嗯，他现在对自己这副样子找好借口了。

科里奥兰纳斯收拾停当，觉得能见人之后，第一件事就是看电视，确保露茜没事。但是，镜头的位置始终没变，在晨光中能看到的唯一的贡品就是躺在横杆上的拉米娜。他避开老夫人，溜进厨房，泰格莉丝正在热昨天的剩茉莉花茶。

"要迟到了，我最好还是走吧。"他说。

"带上这个当早餐。今天坐电车吧。"她把一个小包放在他的手里，把一对代币放在他的口袋里。

他需要保持体力，所以也就按她说的做了，坐电车上学，吃了两个普林斯夫人送来的鸡蛋香肠面包，感觉恢复了不少体力。摆脱普林斯一家的最大的遗憾就是吃不到她做的美食了。

　　学校要求学生骨干在七点四十五分做汇报，因此早到的是一些积极的导师和负责清扫的阿瓦克斯。朱诺·菲普斯正在和多美亚商讨应对策略，她本来可以多睡一会儿的。当科里奥兰纳斯看到她的时候，不免有些愧疚。他对朱诺的印象始终不是太好，她的脸上总挂着家族优越感，好像他的家族没那么高贵似的。但是，昨晚发生的事对她来说也是不公平的。他不知道校方会怎样公布鲍宾的死讯，而他除了作呕，还会有怎样的感觉？

　　天堂蜂大厅只供应茶水，这招来菲斯塔斯的一通抱怨："要我们这么早来，总该给点儿吃的吧。你的脸怎么了？"

　　"骑自行车摔的。"科里奥兰纳斯说的声音很大，足以让所有人都听到。他把装着最后一个面包的纸袋子扔给菲斯塔斯，心想能用吃的来换一下话题还不错。在他的记忆中，他欠克里德家的可不止一顿饭。

　　"谢谢，看上去很不错嘛。"菲斯塔斯说着，迫不及待地打开纸袋子。

　　利西翠姐向科里奥兰纳斯推荐了一种药膏，来防止感染。于是他们继续往前，走到自己的座位，这时，其他同学也都陆陆续续地来了。

　　尽管太阳已经升起几个小时了，但屏幕上除了马库斯的尸体不见了，其他几乎没有什么变化。"我猜是他们搬走了。"帕博说。但是科里奥兰纳斯认为他应该还在路障附近，也就是昨晚他和塞亚纳斯扔掉的地方，只不过镜头里看不到罢了。

　　八点的钟声一敲响，所有人都站起来唱国歌，这时同学们似乎才进入正题。接着"幸运星"弗里克曼出现了，他欢迎大家来观看第二天的饥饿游戏。"昨晚你们在睡觉的时候，一些重要的事情发生了。我们一起来看看，好吗？"

　　镜头切回到宽阔的竞技场，接着转向路障，继而放大。正如科里奥兰纳斯所预料的，马库斯的尸体仍躺在他和塞亚纳斯扔下的地方。几英尺之外，鲍宾血肉模糊的尸体横在一堆混凝土渣子上。他看上去比他想象中的要糟得多，四肢上全是血，眼球脱出，脸肿得已无法辨认。

他真的对另一个少年做了这样可怕的事？而且还是这么年少的年轻人，因为鲍宾的遗体看上去比以往更矮小。他仿佛迷失在那个恐怖的黑网之中。汗珠子从他的额头冒出来，他想离开大厅，离开这座建筑，把所有这一切都甩在脑后。但是，当然了，他并没有这个选择。他是谁？塞亚纳斯吗？

在对两具尸体进行长时间拍摄之后，镜头转回"幸运星"，他思考着究竟是谁干的。接着，他突然话锋一转："有一件事是值得庆祝的！"这时，五彩纸屑从天花板落下来，"幸运星"使劲地吹着一只塑料的小喇叭，"因为我们刚达到了半数！是的，十二个贡品已经被淘汰，在赛场的只有十二名选手了！"这时，一串色彩缤纷的手帕从他的手中弹出来。他高举过头顶挥舞着，跳跃欢呼。"欸嘿！"当他终于停下来的时候，脸上又变回了忧伤的表情，"但这也意味着我们必须和朱诺·菲普斯小姐说再见了。利比达？"

朱诺是确定无疑的采访对象，利比达早已在过道的尽头等候。她别无选择，只好接受他的采访。她在镜头前表达了自己的失望，由于她一直不十分引人注目，科里奥兰纳斯想象着她应该以很优雅的姿态接受采访。但事实是，她表达了极大的不满和怀疑。她边在镜头前晃了一下镶嵌在皮革上的菲普斯家族徽章，边表达对游戏最新进展情况的质疑。"我觉得有些事很可疑，我是说，他去马库斯的尸体那里做什么？谁挪动了尸体？鲍宾怎么就死了？我想象不出究竟发生了什么。我感觉有人在饥饿游戏中违规了。"她对利比达说。

那位记者也是一脸茫然，"确切地说，怎样才算是违规呢？我是说，在竞技场。"

"呃，我也不清楚。但我作为普通观众，希望看到昨晚录像的回放！"朱诺气冲冲地说。

祝你好运，朱诺，科里奥兰纳斯心想。接着他意识到录像确实存在。在转播车里，高尔博士和海波顿学监曾经观看了两个版本的录影，一个真实的版本和一个光线调暗以掩盖他行踪的版本。即使是正常的录像也很难看清楚。但他还是不喜欢这东西，也许什么地方存着一盘录像，尽管很暗，也已经记录下他杀死鲍宾的镜头。如果这录像流出……唉，他不知会怎样。这让他倍感不安。

利比达不愿意在朱诺这里浪费更多时间了，她不过是一个酸溜溜的失败者，缺乏费利克斯失败后的那份优雅，于是他拍拍她的肩膀，安慰安慰她，然后引导她坐回自己的座位。

"幸运星"的头上仍顶着闪闪发光的五彩纸屑，似乎对朱诺的痛苦视而不见。他俯身靠近镜头，咧着大嘴笑着说："现在，你们猜会是什么？我给大家带来了巨大的惊喜——对剩下的十二个导师而言，更是如此！"

科里奥兰纳斯一脸疑惑，刚和同学交换了一个眼神，便看到"幸运星"把演播室的镜头一转，只见塞亚纳斯和他的父亲斯塔伯·普林斯出现在屏幕上，他们正并排坐着。斯塔伯表情严肃，那张脸仿佛就是用他家乡的大理石雕塑的。"幸运星"坐在主持人的位置上，亲切地拍拍塞亚纳斯的腿，说道："塞亚纳斯，很抱歉，昨天没能给你时间，让你对你的贡品马库斯的死亡发表意见。"

塞亚纳斯只是一脸茫然地看着"幸运星"。"幸运星"似乎也注意到他脸上的擦伤，问道："究竟发生了什么？你看上去好像自己也遇到了麻烦。"

"我从自行车上摔下来了。"塞亚纳斯粗声粗气地回答。科里奥兰纳斯有点不自在，在二十四小时之内发生了两起自行车摔伤事件，这似乎并非偶然。

"天哪！呃，我猜你有一些重要的消息和我们一起分享！""幸运星"边说，边点头鼓励他。

塞亚纳斯垂下了眼皮，虽然父亲和儿子没有交流，但二人之间似乎在进行着激烈的斗争。

"是的。"塞亚纳斯终于开口了，"我们，普林斯家族准备宣布，给予饥饿游戏中获胜贡品的导师全额奖学金，用于读大学。"

帕博发出一声兴奋的喝彩，而其他导师都开心地相互咧嘴一笑。科里奥兰纳斯知道，多数导师不那么需要钱，就算真的需要，也不像他那样迫切。重要的是，这笔奖学金会给人带来一种荣誉感和成就感。

"这真是太棒了！此时，十二位导师该有多么兴奋啊。这是您的主意吗，斯塔伯先生？我是指创立'普林斯奖学金'的事？""幸运星"说。

"实际上，这是我儿子的主意。"斯塔伯先生说着，嘴角翘起来，在科里奥兰纳斯看来，是要笑起来的前奏。

"啊，这是多么慷慨而正确的举动，特别是在塞亚纳斯已经失败退出的情况下。你可能没有赢得比赛，但你拿到了运动员精神奖。请允许我代表凯匹特对你表示万分的感谢！""幸运星"说完仍对着这对父子傻笑，下面也没有了别的内容，因此他手一挥，说道，"那么，好吧，现在让我们把镜头切回到竞技场吧！"

事情的发展变化令科里奥兰纳斯感到头晕目眩。塞亚纳斯说得没错，他父亲会急于用钱来弥补他儿子行事鲁莽的过错。但塞亚纳斯没有说对的是，这确实对灾难的控制有好处。对于塞亚纳斯摔椅子的出格行为，在天堂蜂大厅确实乏人议论，但外面肯定已流言四起。用钱来弥补，这笔奖学金算不上昂贵的代价。那么，对于塞亚纳斯进入竞技场的传言，普林斯又准备付出怎样的代价呢？他是否正准备出一笔钱，来让科里奥兰纳斯保持沉默呢？

永远，永远不要这么想，科里奥兰纳斯对自己说。对他来讲，更重要的消息是有可能赢得普林斯奖学金。这是独立于学院之外的奖金，因此海波顿学监对此没有话语权，甚至连高尔博士也没有。全额奖学金将会使他摆脱他们的控制，消除了他对未来的严重焦虑。对饥饿游戏所下的赌注已经够高的了，而现在这赌注会更高。集中精神，他对自己说，同时慢慢地深吸一口气，集中精神，想想如何帮助露茜。

在她露面之前，他该做些什么？上午就快过去了，似乎没有几个贡品愿意露面。科洛尔和米曾出现过，取走了他们的导师菲斯塔斯和珀塞弗涅送来的食物和水。这两个导师一直在一起，谋划着对付其他贡品的联合策略。科里奥兰纳斯看得出，菲斯塔斯开始对珀塞弗涅越来越着迷了。换作是你，会告诉你最好的朋友，他迷恋的对象是个食人者吗？当你需要规则的时候，规则从来都不存在。

当他们吃完午饭，回到讲台上的时候，发现导师的椅子已经减少到十二把，只供那些在饥饿游戏中仍有贡品的导师使用。

"这是游戏组委会要求的，这样的话，观众更容易追踪到谁仍在游戏之中。我们会随着贡品被杀而不断调整座位。"塞蒂莉娅对最后的十二位导师说。

"就像乐队中乐手的席位。"多美亚说话时神情很愉悦。

"只不过是随着人们的死亡而变化。"利西翠姐说。

把失败的导师从讲台上剔除出去，这一决定让利维娅一有机会就冒出尖刻的话。而科里奥兰纳斯很高兴看到她现在坐到了普通观众席上，这样他就不用总是听她那尖酸刻薄的话语了。但另一方面，他也很难和克丽曼莎保持距离了，她只要有时间，就会对他怒目而视。没办法，他只好坐到了最后一排，夹在菲斯塔斯和利西翠姐中间，并且尽可能显出很忙碌的样子。

到了下午，科里奥兰纳斯的脑袋越来越沉，以至于利西翠姐捅了他两次好把他叫醒。昨晚他历经险境，几乎送命，因此今天竞技场内风平浪静，无须他在疲惫状态下应对险情，也算一件幸运的事。贡品基本没怎么露头，而露茜已经完全隐藏起来了。

直到傍晚，饥饿游戏终于呈现出人们期待已久的行动。五区的女孩，一个身材娇小的"小东西"，在科里奥兰纳斯的眼中就是一个没洗干净的"小牲口"，去了竞技场最尽头的露天看台。"幸运星"想不起她的名字，因此只好把她和她同样让人容易忘记的导师伊菲吉妮娅①·莫丝联系在一起。

伊菲吉妮娅的父亲是农业部部长，因此也监管着全帕纳姆的食品供应。然而，与人们的预想相反的是，伊菲吉妮娅似乎有点儿营养不良，她总把自己在学校的午饭给了别人，甚至有时还会晕倒。克丽曼莎有一次告诉科里奥兰纳斯这是她对她父亲唯一的报复形式，但更多的细节她也没说。

一如既往，伊菲吉妮娅仍把能搞到的所有的食物都给了她的贡品。正当无人机穿过竞技场，飞向五区的女孩时，米曾、科洛尔和坦纳从底下的通道钻出来，开始对她进行捕杀。自第一晚之后这三人似乎已结盟了。他们在露天看台追杀这个女孩，没多久，他们三个便把女孩围了起来，科洛尔用鱼叉叉住她的喉咙，杀死了她。

"唉，就这么结束了，她的导师会对我们说什么呢，利比达？""幸运星"说，仍然没找到那个贡品的名字。

伊菲吉妮娅主动找到现场记者利比达，告诉说："她的名字叫索尔，或者，也许叫苏尔。她的口音很滑稽。别的没什么好说的了。"

利比达似乎也表示同意，"你帮助她进入到第二轮，很棒了，阿尔比娜！"

"伊菲吉妮娅。"伊菲吉妮娅边往讲台下走，边扭过头说道。

"是的！这就意味着现在只剩下十一个贡品了！"利比达说。

这就意味着在我和奖学金之间隔着十个贡品，科里奥兰纳斯一边看着阿瓦克斯把伊菲吉妮娅的椅子拿走，一边在心里思量着。他希望能把食物和水送给露茜。可如果他不知道她的位置，就把食物和水送进去，又会发生什么？在屏幕上，可以看到三人组合把索尔的食物拿走

① 伊菲吉妮娅（Iphigenia）：希腊神话中同名人物为阿伽门农之女，险被其父供神牺牲。

后，就消失在通道里，也许他们想在夜晚来临之前稍事休息。他现在该冒险吗？

他低声和利西翠妲商量着，利西翠妲觉得，如果他们一起用无人机去送，那么就值得一试。

"我们不希望他们太虚弱了，或者脱水了。我觉得杰瑟普恐怕已经好几天没吃任何东西了。让我们等等，看他们是否会设法联系我们。咱们就等到晚饭的时候吧。"

但是，直到学生准备回家的时候，露茜才进入画面。她全速从通道里冲出来，头上的辫子已经松开了，披在她的身后。

"杰瑟普在哪儿？他们怎么没在一起？"利西翠妲眉头紧皱。

科里奥兰纳斯还没来得及作出大胆的猜测，只见杰瑟普也从露茜跑出来的同一个通道里步履蹒跚地走出来。一开始，科里奥兰纳斯以为他受伤了，可能是为保护露茜受的伤。接下来他想，她为什么跑？追杀他们的其他贡品呢？镜头拉近他才看清楚，杰瑟普是病了而非受伤，他四肢僵硬，脸烧得通红，朝太阳的方向猛挥了几下手，然后跪倒在地上，可很快就又站了起来。这时镜头首次给他来了个特写。

科里奥兰纳斯在想，露茜是否已找机会给他下了毒，但这没有意义。杰瑟普是她十分珍贵的保护者，特别是昨晚四处游荡的三人同盟，对所有贡品都形成了巨大威胁。那么，是什么让他病成这样？

一系列的因素都可能导致他生病，他的病情可轻可重。直到他嘴角冒出了泡沫，这便说明了一切。

· CHAPTER 17 ·

痛失盟友

"他得了狂犬病。"利西翠妲柔声说道。

战争期间，狂犬病曾一度在凯匹特肆虐。战场需要医生，轰炸又破坏了许多医用设施和药物供给线，因此那时的医疗资源极为匮乏，科里奥兰纳斯的母亲便曾面临这一窘况丢了性命。而凯匹特的宠物几乎无药可用。对于连饭钱都挣不到的家庭来说，给猫打预防针自然不是首先要考虑的事。至于狂犬病是如何暴发的，人们的说法不一，也许是感染病毒的山狼传播的？也许是夜晚与蝙蝠遭遇？不管怎么传，但确实是狗将病毒散播开来的。它们多数都很饥饿，也算是战争中被遗弃的伤员。先是狗与狗之间传播，之后传给人。这种致命的疾病以前所未有的速度传播开来，致使十几名凯匹特公民死亡，直至一个疫苗项目推行，才把疾病控制住。

科里奥兰纳斯仍记得当时四处张贴宣传画，就人和狗身上出现的各种症状提出警示，这可怕的世界又多了一种潜在的威胁。他想起了杰瑟普曾用手帕捂着脖子。

"是老鼠咬伤？"

"不是老鼠，老鼠几乎不传播狂犬病。也许是那些肮脏的浣熊传播的。"利西翠妲说着，脸上的表情既忧伤又震惊。

"露茜说，杰瑟普曾提到过皮毛，因此我猜测……"他没再说下去。什么咬了杰瑟普并不重要，关键是他被咬了，这就等于判了死刑。他一定是两星期前感染的。

"这病发得很急，不是吗？"

"非常急。因为他被咬的是脖子，病毒传到大脑越快，死得也越快，而且他饥肠辘辘，身体一定很虚弱。"利西翠姐解释道。

如果利西翠姐这么说，这恐怕是真的了。在他的想象中，这就是维克斯家人围坐在餐桌旁，用平静的、医生的语气所讨论的内容。

"可怜的杰瑟普，即便死，也会很痛苦。"利西翠姐说。

当观众意识到杰瑟普生病时，大家都很紧张，纷纷议论起来，空气中蔓延着恐惧和厌恶。

"狂犬病！他怎么得的？"

"肯定是从辖区带来的，我敢肯定。"

"太棒了，他现在要把全城都传染了！"

所有的学生都回到座位上，不想错过任何一个细节，同时回想着童年时期对这种疾病的记忆。

科里奥兰纳斯默不作声，决心与利西翠姐患难与共。但当杰瑟普跟跟跄跄地穿过竞技场，朝露茜的方向走去时，他的心又揪了起来。他左右为难，无法厘清头绪。正常情况下，科里奥兰纳斯肯定会保护露茜，但如果她一心只想着逃命，他也就失去保护她的理由了。

镜头始终追随着露茜。她快速穿过竞技场，翻过了残垣断壁，爬到看台上的新闻记者席，这里位于竞技场中央，有几排座位，在爆炸中算是逃过一劫。她在此停留片刻，一边喘着粗气，一边估摸着杰瑟普可能从哪个方向来追她。接着，她朝附近小卖部所在的那片废墟跑去。小卖部被炸得只剩下一副空架子，戳在那里，中间部分已成为一堆瓦砾，屋顶也炸飞到三十英尺之外的地方。这里堆满瓦砾和水泥板，形成了一道屏障。她穿过去，一直爬到顶端。

组委会趁着她不动，赶紧把镜头拉近，给了她一个特写。科里奥兰纳斯看到了她的嘴唇已经干裂，于是在手环上一顿操作。看样子，自从她被丢到竞技场就一直就没有弄到水喝，而这已经是一天半以前的事了。他打开按键，按了一瓶水。随着每一次要求的送达，无人机的效率也在不断提高。即使露茜不停跑动，只要是在室外，它们也能把水送到。如果她能逃离杰瑟普的追踪，科里奥兰纳斯就能把足够的水和食物送给她，供她自己使用，她也有机会在食物中加入鼠药。但就目前的情况来看，此事仍需从长计议。

杰瑟普已经穿过了竞技场，他似乎对露茜的拒绝感到不解。他跟在露茜后面爬上了看台，但步履蹒跚。当他爬上废墟里时，动作十分不协调，重重地摔倒了两次，在膝盖和太阳穴上划出了很长的伤口。太阳穴的伤口一直向外冒血，于是他在一个台阶上坐下来。他看到那么多血很吃惊，绝望地向露茜求救。他张开嘴，可泡沫却从他的下巴流了下来。

露茜没有动，表情痛苦地看着杰瑟普。他们共同构成了一个奇怪的画面：得了狂犬病的男孩，被困住的女孩，炸毁的建筑。这预示着一个注定以悲剧结尾的故事。命运多舛的恋人不得不接受命运的安排。这是一个还没有开始即已结束的复仇故事，是一场没有俘虏的战争。

请死掉吧，科里奥兰纳斯心想。一个人得了狂犬病，会以怎样的方式死去呢？无法呼吸？心脏停止跳动？无论怎样，杰瑟普的大限已到，越早死去对所有与之有关的人都越好。

无人机携带着一瓶水飞进竞技场，露茜焦急的目光跟随着歪斜摇晃的无人机。她用舌头舔着嘴唇，好像在期待。然而，当无人机飞过杰瑟普的头顶时，他好像察觉到什么，身体开始颤抖。他用木板朝它挥去，结果无人机一下子撞到看台上。水从摔碎的瓶子里涌出来，这让他陷入一种十分狂躁的状态。他急忙后退，却被座位绊倒，便直接朝露茜爬过来，而她则朝更高的地方爬去。

科里奥兰纳斯的心提到了嗓子眼。露茜爬上废墟，和杰瑟普拉开了一段距离，这办法固然好，但也远离地面，无法快速逃跑，因而更加危险。病毒也许使得杰瑟普行动受限，但狂躁也让本就强壮的他出手更快。杰瑟普步步紧逼，紧咬着露茜不放。但刚才水洒掉的瞬间，杰瑟普有所停顿，科里奥兰纳斯心想，水，这个词在他的脑海里浮现。战争期间凯匹特到处张贴的海报上多次出现这个关键词，恐水症。由于无法吞咽，狂犬病患者见到水就会发狂。

科里奥兰纳斯开始在手环上操作，订制了许多瓶水。也许足够多的水可以把杰瑟普吓跑。如果他不得不这么做，他宁肯把所有的水都用光。

利西翠姐按住他的手，阻止了他，"不，让我来吧。不管怎么说，他是我的贡品。"她开始下达指令，一瓶一瓶地送水，希望能把杰瑟普逼到无可忍耐的边缘。她的脸上掠过一丝痛苦，但只有一滴眼泪从她的脸颊上滑落，刚流到嘴边，就让她用手擦掉了。

"利丝……"从他们打小认识，科里奥兰纳斯就没有这样叫过她，"你不必这样。"

"如果杰瑟普不能赢，我希望露茜可以，这也是他所希望的。如果杰瑟普杀死露茜，她就没机会赢了，这也是有可能的。"她说。

在屏幕上，科里奥兰纳斯看到露茜已爬到了很难攀爬的地方。她左边是竞技场高高的后墙，右侧是记者席厚厚的玻璃墙。当杰瑟普继续往上爬的时候，她几次都试图躲开，但他不断改变方向来堵住她的去路。当他走到离她二十英尺远的时候，她开始与他对话，伸出手作出安抚的动作。这个动作让他停了下来，但也只停了片刻，继而他又朝她近前爬去。

在竞技场的另一头，无人机带着利西翠姐的第一瓶水，也许是换掉了刚才打碎的那一瓶水，开始朝着这两个贡品的方向飞去。这架机器飞行得似乎更稳，方向也更正确，后面的小型无人机纵队也一样。当露茜看到无人机的时候，她不再后退了。科里奥兰纳斯看到她拍拍自己装着银粉盒的裙子口袋，他认为这是她的暗示，表明她领会了水的重要性。她指着无人机，大声喊叫，引得杰瑟普也扭头去看。

杰瑟普僵住不动了，他瞪大着眼睛，充满了恐惧。当无人机靠近他的时候，他张牙舞爪地去抓挠，却够不着。当无人机将水放下的时候，他完全失去了控制。即使是爆炸也不可能引起他如此强烈的反应，水瓶撞在座位上，发出爆裂声，让他彻底狂躁起来。一个瓶子中的水溅到他的手上，他像躲避硫酸似的急忙躲开。他走到过道里，飞速地向场地内奔逃，但是又有十几架无人机飞过来，朝他扔去水瓶。因为无人机的目的是送到贡品手中，所以他无处可逃。当他飞奔到前排的时候，被狠狠地绊倒，身体不由自主地向前扑去，越过竞技场的断壁，摔倒在场地里。

杰瑟普落在竞技场里回声最大的地方，他骨头碎裂的声音加上重重的落地声让观众大吃一惊。他脸朝上躺着，除了胸脯的起伏，整个人一动不动。剩下的水瓶雨一般朝他落下，他紧闭着嘴唇，眼睛直勾勾地看着在四溅的水中闪闪发光的耀眼的太阳。

露茜迅速跑下台阶，靠在栏杆上，大喊："杰瑟普！"此时他唯一能做的就是把目光移向她。

科里奥兰纳斯听到利西翠姐用几乎听不见的低声说道："噢，别让他孤独地死去。"

露茜观察一下周围，看看是否有危险，然后从断壁旁边绕过来，来到他身边。科里奥兰纳斯真想发牢骚，她需要赶紧离开，但利西翠姐在旁边，他不能这么做。

"她不会丢下他的，那不是她的做事风格。"科里奥兰纳斯安慰着利西翠姐，他仍记得露茜曾经怎样把燃烧的木桩从他的身体上挪开。

"我还剩了些钱，我会送些食物进去的。"利西翠姐说。

杰瑟普的目光一直追随着露茜，直到她跨过最后一码，来到运动场上，但他似乎已经不能动了。他是摔坏了吗？她小心翼翼地靠近他，在他的长臂够不到她的地方跪下来。她强颜欢笑，说："你现在睡吧，你听到了吗，杰瑟普？你睡吧，现在轮到我看守了。"他听明白了，是她的声音也或许是过去两周以来她不断重复的话语起了作用。他脸上的表情不再那么僵硬，眼皮也慢慢合上。

"这就对了。让自己放松，你要是不睡觉怎么能做梦呢？"露茜一点点地往前挪，然后把手放在他的额头上，"没事的。我会看着你的，我就在这里，就待在这里。"杰瑟普定定地看着他，直到生命的迹象慢慢从他身上消失，然后，他的胸脯不再起伏了。

露茜抚平他的刘海，直起身来跪坐在那里。她深深地叹了口气，科里奥兰纳斯可以感觉到她十分疲惫。她摇摇脑袋，似乎要让自己清醒起来，然后抓起最近的一瓶水，拧开盖子，咕咚咕咚几口就把一瓶水喝了。接着，又喝了一瓶，然后是第三瓶，最后用手背擦擦嘴。

露茜站起来，仔细审视着杰瑟普，然后打开一瓶水，倒在他的脸上，洗去了脸上的泡沫和唾液。然后，她从口袋里掏出一块白色的亚麻餐巾，这正是最后一晚，科里奥兰纳斯带给她的野餐盒里衬的那块餐巾。她俯下身去，用餐巾一角轻轻地把他眼睛合上，然后把餐巾抖开，盖在他的脸上，把他的脸掩藏在观众的视线之外。

当利西翠姐送来的食物包裹砰的一声落在她身旁时，露茜似乎才被唤回现实中。她迅速收起面包和奶酪，塞进她的口袋，然后用裙子把水瓶兜起来。此时瑞伯出现在竞技场的另一头，露茜一分钟都没耽误，带着她的礼物撒腿就跑，消失在最近的通道里。瑞伯也没追他，只是走过去，在昏暗的光线下，把剩下的最后几瓶水捡起来，他看了看杰瑟普，但也没理他。

科里奥兰纳斯认为这是一个好兆头。如果这些贡品都不断养成捡拾剩下的礼物的习惯，那么他们很快就会落入被毒杀的圈套。然而，他并没有太多时间去想这件事，因为利比达过来采访利西翠姐了。

"喔！真是没想到！你知道是狂犬病吗？"利比达说。

"当然不知道。我应该早些提醒有关部门，这样他们就能对动物园的浣熊进行检测了。"她说。

"什么？你是说他的病不是从辖区带来的？"利比达问。

利西翠姐很肯定地说："不，他是在这儿，在凯匹特被咬伤的。"

"在动物园？我们很多人都去过动物园。一只浣熊还曾经在我的设备旁边流连，用它那奇特的小爪子抓挠，而且……"利比达很担心地说。

"你不会得狂犬病的。"利西翠姐说话时语气很平静。

利比达用他的手指做了一个抓挠的动作说："它碰了我的东西。"

"关于杰瑟普，您还有什么问题吗？"她问。

"杰瑟普？不，我从来都没接近过他。噢，嗯，你是说……那你有什么要说的吗？"他问。

"是的。"她深吸了一口气，"我想让大家知道，杰瑟普是个好人。在竞技场发生爆炸的时候，他为了保护我，自己甚至不躲避炸弹，这不是有意识的行为，只是出于本能。这是真实的他，一个勇于保护他人的人。我认为他不会赢得饥饿游戏，因为他一定会因保护露茜而死。"

"哦，像一条忠实的犬一样，一条猛犬。"利比达点点头说。

"不，不是像一条犬，而是像人。"利西翠姐说。

利比达斜眼看了她一眼，想弄清楚她是不是在开玩笑。

"嘿，'幸运星'，总部有什么消息吗？"利比达问。

"幸运星"出现在镜头里，他正在使劲地咬手上的倒撕皮，说："噢，什么？嘿！目前没有什么新消息。咱们还是把视线转向竞技场吧，好吗？"

摄像头一离开，利西翠姐就收拾自己的东西。

"别走啊。和我们一起吃午饭吧。"科里奥兰纳斯说。

"哦，不了。我只想回家。谢谢你在这里陪我，考尤。你是个不错的盟友。"她说。

他拥抱了她说："你也是。我知道这不容易。"

她叹了口气，"唉，至少我解脱了。"

其他导师也凑过来，对利西翠姐的工作表示赞许。没等其他学生出来，她就离开了大厅。这真是太快了，几分钟的时间，大厅里只剩下十个导师了。既然现在出现了普林斯奖学金，他们需要仔细审视彼此，大家不仅希望拥有一个胜出者，也希望成为一个胜出者。

组委会的人肯定也是这么想的，因为"幸运星"声称要对剩下的贡品和他们的导师再次进行梳理。大屏上出现了小画面，显示着每对导师—贡品的照片，配以他的画外音。一些导师看到下载的竟然是自己最难看的身份照时，开始大声抱怨。屏幕上没有用科里奥兰纳斯满脸血痂的照片，他这才松了口气。而那些贡品，因为没有正式的照片，就把自收获节以来随便拍的照片放了上去。

第一个出现的是三区的厄本—苔丝丽和艾欧—瑟科组合，名单是按辖区选手出现的时间顺序来排列的。"来自科技区的贡品让大家都很纳闷，他们用无人机来做什么？""幸运星"说。接下来是菲斯塔斯和科洛尔，珀塞弗涅和米曾紧随其后，"在进入前十后，四区的贡品确实表现不俗！"当横杆上的拉米娜和帕博的照片出现时，帕博发出兴奋的喝彩。接下来是特雷奇在动物园玩杂耍的照片和他的导师维普萨尼亚的照片。

"幸运星"继续解说："在观众喜爱的拉米娜和普林尼之后，是来自七区的男孩特雷奇和他的导师维普萨尼亚！因此，三区、四区和七区的两对组合都是完整的！现在来看落单的贡品。"

一张沃薇蜷缩在动物园的模糊的照片出现在屏幕上，旁边是希拉里斯那张满是痤疮的脸。"来自八区的沃薇，由导师希拉里斯指导！"当坦纳和多美亚并排出现时，坦纳的样子还不错，因为他们使用了访谈时拍的照片。"来自十区的男孩已经迫不及待地要把他的屠宰技艺付诸实施了！"接下来出场的是瑞伯，他站在竞技场，看上去很强壮，一旁是看上去完美无瑕的克丽曼莎。"现在出现的是一个你不能小觑的贡品！来自十一区的瑞伯！"最后，科里奥兰纳斯看到了他自己的照片，不是特别精神，但也不赖，旁边是露茜在采访中唱歌时拍的漂亮的照片，"最受欢迎奖授予科里奥兰纳斯和来自十二区的露茜！"

最受欢迎？未免太夸张了，但还不算太吓人，科里奥兰纳斯心想。咳，甭管它了。受欢迎才能让露茜得到很多的赞助。她活着，有水喝，有饭吃，还有很多储备。希望她能够一直躲到其他贡品逐渐被淘汰。失去杰瑟普这样的保护者对她是一个打击，但她单独行动，也更易躲藏。科里奥兰纳斯已向她保证过，不会让她在竞技场独自面对一切，而是一直与她在一起。她还把粉盒当作自己的精神支撑吗？她仍像他那样想着对方吗？

科里奥兰纳斯更新了导师名单，当他划掉杰瑟普和利西翠姐时，他并不开心。

第十届饥饿游戏
导师分配名单

一区

男孩（法赛特）————利维娅·卡迪尤

女孩（维尔琳）————帕尔米拉·蒙蒂

二区

男孩（马库斯）————塞亚纳斯·普林斯

女孩（萨彬）————弗洛鲁斯·弗兰德

三区

男孩（瑟科）　　　艾欧·佳思珀

女孩（苔丝丽）　　　厄本·坎维尔

四区

男孩（米曾）　　　珀塞弗涅·普赖斯

女孩（科洛尔）　　　菲斯塔斯·克里德

五区

男孩（海）————丹尼斯·弗凌

女孩（索尔）———— 伊菲吉妮娅·莫丝

六区

男孩（奥托）———— 波罗·林

女孩（吉尼）———— 戴安娜·林

七区

男孩（特雷奇） 维普萨尼亚·茜科

女孩（拉米娜） 普林尼·哈灵顿

八区

男孩（鲍宾）———— 朱诺·菲普斯

女孩（沃薇） 希拉里斯·海文斯比

九区

男孩（帕洛）———— 盖乌斯·布林

女孩（希芙）———— 安卓克利斯·安德森

十区

男孩（坦纳） 多美亚·韦姆斯维克

女孩（布兰迪）———— 阿拉克妮·克林

十一区

男孩（瑞伯） 克丽曼莎·德芙克特

女孩（迪尔）———— 费利克斯·莱文斯蒂

十二区

男孩（杰瑟普）———— 利西翠妲·维克斯

女孩（露茜·格雷）科里奥兰纳斯·斯诺

　　人数已经大大减少，但是幸存下来的贡品更难对付。瑞伯、坦纳、四区的两个贡品米曾和科洛尔……而谁知道三区的那对个头小但很机智的贡品瑟科和苔丝丽又在计划着什么？

　　当剩下的十个导师一起享用美味的梅干炖羊肉大餐时，科里奥兰纳斯很想念利西翠姐。她是他真正的盟友，就如同杰瑟普和露茜的关系一样。

晚饭后，他坐在菲斯塔斯和希拉里斯之间，尽量克制着自己强烈的困倦。自杰瑟普死后，竞技场内也没有发生什么大事，于是九点左右，老师下指令让他们回家，但第二天早晨要尽早到校。回家的路黑魆魆的，还好他想起来泰格莉丝给他的第二枚代币，于是怀着感激上了电车。在离家一个街区的地方，他下了车。

老夫人已经睡下了，但泰格莉丝还在他的卧室等他回来，身上仍穿着她妈妈的皮草大衣。他累得瘫倒在她脚头的榻椅上，他知道自己还欠她一个解释，还没把竞技场的事情告诉她。但是，让他迟迟不能开口的原因还不仅仅是疲乏。

"我知道你想听听昨晚的事，可我不敢告诉你。我怕你知道后会有麻烦的。"他对泰格莉丝说。

"没事的，考尤。我看到你的衬衫就知道个大概了。"泰格莉丝从地板上捡起他在竞技场穿过的衬衫，"你知道吗？衣服也会说话。"她把衬衫放在膝头，用手抚平，就开始重构他那恐怖的夜晚。

泰格莉丝首先拎起袖子上沾满血污的大口子说："这里，就是刀子划伤你胳膊的地方。"接着她的手指在布料上损坏的地方划过，"这些小口，是沙土磨损布料造成的，可以看出你滑倒了，甚至被人拖过，这和你下巴上的擦痕、领口的血污有关。"泰格莉丝摸摸领口，然后接着往下说："这另一只袖子，从它撕破的样子来看，你曾被铁丝网挂住了，很可能是在有路障的地方。但是这里的血迹，溅在袖口上的……我想这不是你的血。我想，你在那儿一定经历了十分可怕的事情。"

科里奥兰纳斯看着衣服上的血，仿佛可以感受到自己对鲍宾头部的重击，喃喃地叫道："泰格莉丝……"

她揉揉太阳穴，接着说下去："而且我不断地问自己，事情怎么变成了这样。我可爱的堂弟，平时连一只蚂蚁都不会踩，怎么会在竞技场为了活命而去与人搏斗。"

"我也不知道。"这是他此时最不愿意谈起的话题，"我当时也没有别的选择。"

"我明白，我当然明白。"泰格莉丝抱住他说，"我只是特别恨，他们怎么能这样对你。"

"我没事，不会持续太久的。即使我赢不了，肯定也能得到某种奖励。真的，我觉得事情很快就会有转机了。"他说。

"没错。是的。一定是的，斯诺平安着陆。"她嘴上附和着，但脸上仍乌云密布，似乎有什么事瞒着他。

"怎么回事？"他问。

泰格莉丝摇摇头。

"快点儿，告诉我。"他继续催问。

"等饥饿游戏结束时再告诉你吧……"她没再说下去。

"现在你必须告诉我，不然我会往最坏的方面想。请你告诉我吧。"他说。

"我们会想办法的。"泰格莉丝准备起身离开。

"泰格莉丝。"他把她拽回来，"到底怎么了？"

泰格莉丝很不情愿地把手伸进兜里，拿出了印有凯匹特邮戳的信件，递给他。

"今天税单来了。"

不用再多说了。她脸上的表情已足以说明一切。他们没钱付税金，也无处可借，斯诺一家就要失去自己的家了。

· CHAPTER 18 ·

盟友背叛

虽然科里奥兰纳斯一直没太把税收的事放在心上，但现在，他和家人即将因此而被迫搬离自己的家，这就像一记重锤打在他的胸口。他怎能舍得离开生于斯、长于斯的唯一的家呢？怎能将对母亲、对童年、对战前的美好回忆都抛却呢？这个家的四面高墙不仅使他和家人安全，不受外部世界的侵袭，而且也守护着斯诺家富甲一方的传奇。后退一步，他将失去自己的住所、自己的历史和自己的身份。

他们还有六周的时间去凑足这笔钱，这相当于泰格莉丝一年的收入。姐弟俩盘算着他们还有什么可以卖的东西，但即使他们把每件家具和每件纪念品都卖掉，最多也只能付得起几个月的税金。而税款单会定期出现，每月一次，就像从不停摆的钟表一样。他们需要把变卖财产所得的少得可怜的钱，用来租一个新的地方，还要不惜一切代价避免因迟交税金而使所租的房子被收回；那样的话，他们所遭受的耻辱就太大、时间太长。因此，他们必须采取行动。

"我们怎么办？"科里奥兰纳斯问。

"等饥饿游戏结束再说吧。你要集中精力把这件事做好，这样你就可以得到普林斯奖，或者至少得到另一项奖。我来处理这件事。"泰格莉丝神情坚定地说。

她给科里奥兰纳斯倒了一杯热牛奶，放了些玉米糖浆，为他揉着疼痛的头，直至他睡去。竞技场里恐怖、暴力的一幕幕在他的梦中重演，直到第二天他在通常的时间醒来。

帕纳姆的珍宝，

雄伟瑰丽的城邦，

跨越时代，历久弥新……

一两个月以后，当他们住到租来的房子时，老夫人还会唱这首歌吗？抑或，她会羞于放开自己的歌喉？他以前还一直嘲笑老夫人的歌声，想到这里，他感到很难过。

当科里奥兰纳斯穿衣服的时候，胳膊上缝线的地方有种拉扯感，这时他才想起来应该去"城堡"检查了。他脸上的擦伤已经结了难看的黑红色的血痂，但红肿确实已经减轻了。他往脸上扑了一些妈妈粉盒里的香粉，虽然香粉并没能把血痂完全遮住，但那香味让他感觉舒服了些。

尽管他们的经济状况捉襟见肘，但泰格莉丝给他电车代币时，他并没有多说什么。既然西瓜都没有了，又何必在乎芝麻？在电车上，他三口五口就把杏仁奶油苏打饼干吞下，尽量不去与普林斯"老妈"做的早餐小面包做比较。他脑子里闪过一个念头，因为他救了塞亚纳斯，普林斯家族也许会给他提供一笔贷款，甚至为了让他保持沉默而付给他一笔钱。但是，老夫人是绝对不会允许他这么做的，斯诺家的人在普林斯家族面前卑躬屈膝，这是难以想象的。但是，泰格莉丝说得对，普林斯奖是公平竞争。接下来的几天将会决定他的未来。

在学校，十位导师喝完早茶之后，就开始为摄像做准备了。随着每一天的推进，他们的准备工作也越来越繁琐。组委会派来了一位化妆师，尽量用化妆品遮盖住科里奥兰纳斯脸上的血痂，并把他的眉毛画得更有型。没人愿意直接谈起饥饿游戏，但希拉里斯是个例外，他好像不会谈起别的。

"我真是太难了，我昨天晚上查了查清单，从进入竞技场以后，每一个幸存下来的贡品都得到了食物，或者至少有水，只有可怜的沃薇没有，她也一直没有露面。她究竟在哪儿？我是说，我怎么能知道她是否蜷缩在通道的什么地方，然后就死在那儿？也许她已经死了，而我还像傻子一样坐在这里，鼓弄我的手环呢！"希拉里斯叫苦说。

科里奥兰纳斯真想告诉他赶快闭嘴，因为其他人遇到的才是真正的麻烦，但他还是克制住自己，在后排菲斯塔斯旁边找了个座位坐下，菲斯塔斯正和珀塞弗涅聚精会神地讨论着什么。

"幸运星"弗里克曼首先来了个开场白，他简要介绍了剩余贡品的情况，继而请利比达邀请各导师进行评述。利比达首先采访了科里奥兰纳斯，请他就杰瑟普的恐惧表现谈谈自己的看法。科里奥兰纳斯称赞了利西翠姐，她在遇到狂犬病贡品时采取了机智的应对措施，并感谢她在杰瑟普生命的最后几分钟所表现出的宽怀大度。继而，他转身请坐在退赛导师席位的利西翠姐起立，请观众对她报以热烈的掌声。

观众掌声雷动，半数人还起立表示敬意。利西翠姐似乎很不好意思，科里奥兰纳斯还以为她并不在意呢。接着，他希望自己能够成功实现利西翠姐的预言，努力确保胜者来自十二区——露茜，来表达对她的衷心感谢。观众已经亲眼目睹了他的贡品是多么聪明，而且他们也不能忘记在杰瑟普生命即将结束的痛苦时刻，她是怎样守候在杰瑟普的身旁的。

需要强调的一点是，观众会在一个凯匹特女孩的身上看到的品质为什么同样出现在一个辖区女孩的身上？这是一个值得深思的问题，他们应对一个饥饿游戏的胜者给予怎样的奖励？她在多大程度反映出他们的价值观？

科里奥兰纳斯的一席话肯定是直击人心，因为他马上听到手环发出至少十几声叮叮当当的声音。他对着摄像机举举手环，对观众慷慨解囊表示由衷的感谢。

帕博似乎不能忍受别人对科里奥兰纳斯给予如此多的关注，他坐到前面，大声宣布他"最好早点给拉米娜送早饭！"然后订了很多的食物和饮料。没人能与拉米娜竞争，因为她是竞技场上唯一露面的贡品，咄咄逼人是帕博令人讨厌的另一个原因。令科里奥兰纳斯感到高兴的是，他对手的手环里没有再发出叮当的声响。

科里奥兰纳斯知道，直到所有人被采访完，才会轮到他，于是他摆出一副很感兴趣的样子，实际上却根本没听他们在说什么。如何接近老斯塔伯·普林斯来弄到钱（当然不是敲诈他），这个想法一直在他的脑子里盘桓。塞亚纳斯的腿被严重划伤了，去普林斯家看望他怎么样？或者，先去普林斯家拜访，然后再见机行事？

艾欧正在想瑟科会如何处理他捡到的无人机的问题，这时，"幸运星"打断了他的思路。

"呃，如果无人机上的二极管没有损坏，瑟科可以用它来做一个手电筒，以方便夜间行动。"他话音刚落，观众的注意力就被出现在路障附近的瑞伯吸引过去了。

屏幕上，拉米娜正在忙着接收六架无人机送来的水、面包和奶酪，然后把食物排成一溜码放在横杆上。她几乎没有注意到瑞伯已经进到场地内了，但瑞伯很明显是冲着她去的。瑞伯指指太阳，又指指她的脸。这时科里奥兰纳斯才第一次注意到，长时间户外的暴晒对拉米娜皮肤的影响，她已经严重晒伤了，鼻子上已经脱皮了。

镜头拉近后，可以看到她光脚的脚背也已经红了。瑞伯指指她的食物。拉米娜揉揉脚，似乎在考虑着该给他些什么。他们又进行了几个回合的交流，最后两人都点头达成了一致意见。瑞伯跑过竞技场，爬到悬挂帕纳姆国旗的地方，接着拿出刀子，刺破了厚厚的国旗布。

大厅的观众发出一片反对之声，这种对国旗不尊重的行为令他们感到震惊。当瑞伯继续割破国旗，把小块地毯大小的国旗一角割下来时，人们愈发骚动不安了。毫无疑问，这样的行为应该有人管，瑞伯也肯定会受到某种形式的惩罚。但把贡品投入饥饿游戏已经是最严厉的惩罚了，没有人知道还能采取何种形式来惩罚他。

利比达匆忙过去采访克丽曼莎，问她对于她的贡品的行为怎么看。

"呃，这是一个愚蠢的行为，不是吗？现在谁还会赞助他呢？"

"这没关系，反正你也没给他投放过食物。"帕博发出评论。

"在他做出值得投喂的事时，我才会给他食物。不管怎样，你今天已经为此埋单了。"克丽曼莎冷冷地说。

帕博眉头一皱，"是吗？"

克丽曼莎冲着镜头点点头，这时，屏幕上的瑞伯已经跑回到横杆处。他和拉米娜又进行了一番讨价还价。接下来，两人似乎同时喊了一、二、三，然后瑞伯把那一小块国旗扔给拉米娜，而拉米娜则扔下了一块面包。国旗扔的高度不够，她没能抓住。因此，两人又商量了一番。瑞伯经过几次尝试之后，终于把国旗扔给拉米娜，作为回报，她又给了他一大块奶酪。

这不是正式的结盟，但这种交换似乎在两人之间建立了某种联系。拉米娜把一角国旗展开，披在她头上，瑞伯则靠着一根柱子坐着，开始吃他的面包和奶酪。他们之间没有再说话，但两人也相对平静。这时，三人联盟出现在竞技场的另一头，拉米娜立刻就发现了，手指向他们。瑞伯朝她点头表示感谢，然后迅速消失在路障的后方。

科洛尔、米曾和坦纳坐在看台上，似乎在吃东西。菲斯塔斯、珀塞弗涅和多美亚都给他们送过吃的，而此时，这三个贡品正在分享着无人机投下的面包、奶酪和苹果。

在演播室，"幸运星"把他的宠物——一只叫朱布丽①的鹦鹉带到了现场，在几分钟的时间里，他一直在哄他的鹦鹉对海波顿学监说："嘿，你真帅！"这只得了兽疗癣的宠物很不高兴，站在"幸运星"的手腕上一声不吭，而学监则两手交叠，正在等着它发话。

————————————

① 朱布丽（Jubilee）：意为周年纪念；欢乐的节日。

"噢，说呀！快说！'嘿，你真帅！嘿，你真帅！'"

"我觉得它不想说话，'幸运星'，也许它根本不觉得我帅。"海波顿学监最后终于开口了。

"什么？哈哈！不，不，不，不。它只是在生人面前有点儿害羞罢了。"他把鸟递过来，"您想抓着它吗？"

学监往后欠身说："不想。"

"幸运星"又把鸟收回到自己胸前，用指尖抚摸着它的羽毛，问："那么，海波顿学监，您对这一切是怎么看的？"

"一切……什么？"海波顿学监问。

"所有发生的事，在饥饿游戏中发生的各种各样的事。"幸运星"的手在空中一挥，"所有的一切！"

"呃，我一直关注的是游戏中产生的新的合作关系。"海波顿学监说。

"幸运星"点点头，"合作关系。您请继续。"

"我从一开始就在关注，甚至，说实话，游戏开始之前就在关注。当竞技场内发生爆炸时，不仅影响了游戏的参与者，而且改变了这块场地。"学监接着说。

"改变了这块场地。""幸运星"重复着他的话。

"是的，现在我们有路障、横杆，还有通往通道的入口。这是一个全新的竞技场，贡品采取行动的方式也完全不同。"学监解释道。

"而且我们还有了无人机！""幸运星"说。

"完全正确。现在，观众也成了游戏的积极参与者。"海波顿学监把脸凑近"幸运星"，"你知道这意味着什么？"

"什么呢？""幸运星"说。

学监是一字一顿地说出下面的话，好像在对一个孩子讲话，"这意味着，我们大家都在竞技场里，'幸运星'先生。"

"幸运星"皱皱眉头，"呃，这我不太明白。"

海波顿学监用指尖敲敲太阳穴，"仔细想想。"

"嘿，你真帅。"朱布丽发出沮丧的声音。

"噢，它说话了！我就告诉您它行的，对不对？""幸运星"兴高采烈地说道。

"你是这么说过，可还是挺出人意料的。"学监承认道。

午饭前没有什么大事发生。"幸运星"播报了各辖区的天气，中间还夹杂着朱布丽啄东西的声音，但那鸟拒绝再说话，因此"幸运星"开始用高音替代它来说话："十二区的天气怎样，朱布丽？""有雪，'幸运星'。""七月份下雪，朱布丽？""科里奥兰纳斯·斯诺（雪）！"

摄像机立刻给了科里奥兰纳斯一个特写，他潇洒地竖起大拇指。科里奥兰纳斯不敢相信，这就是他的人生。

午饭很令人失望，因为菜单上只有果仁酱三明治，而他早晨吃的就是果仁酱。他还是吃了，因为食物都是免费的，需要保持体力。此时大厅里一片骚动，说明屏幕上发生了什么，他赶紧回到自己的座位上去。也许露茜出现了？

她并没有出现，但是三人组合已将早晨的慵懒驱散，确定了下一步的行动目标。三人大跨步穿过竞技场，一直走到拉米娜所在横杆的下方。一开始她并没有注意，但坦纳用剑柄去敲击栏杆，引起了她的注意。拉米娜坐起来，看了看这几个人，她一定是感觉到气氛有些异样，因此拿出了斧子和刀，在国旗上擦了擦。

三人聚在一起简单商量了一下，接着四区的两个贡品把他们的鱼叉给了坦纳，之后就散开了。科洛尔和米曾分头走向支撑横杆的金属杆，而坦纳则手拿鱼叉，站在拉米娜正下方。科洛尔和米曾嘴里咬着刀，冲彼此点点头，然后开始从两侧的杆子一起往上爬。

坐在座位上的菲斯塔斯兴奋地扭动着身子说："开始行动了。"

"他们永远不可能爬上去。"帕博紧张不安地说。

"他们受的训练就是在船上工作。爬绳是他们工作的一部分。"珀塞弗涅指出。

"是船索。"菲斯塔斯说。

"不用说，我明白。不管怎么说，我爸还是将军呢。爬绳不一样，爬杆更像爬树。"帕博说。

帕博喋喋不休，惹得大家心烦，而那些已出局的导师似乎都急着加入讨论。

"桅杆呢？"维普萨尼亚问。

"还有旗杆呢？"厄本也插了进来。

"他们爬不上去。"帕博说。

虽然四区的两名选手没有拉米娜爬得那么顺溜，但他们确实在一点一点往上爬，爬得越来越高，坦纳给他们指挥着，当米曾落后的时候，他让科洛尔爬慢点。

"你瞧，他们掐着时间呢，好同时爬上去。这样，拉米娜就不得不先和其中一个人打，这时另一个人就爬上去了。"艾欧说。

"那她可以先杀死一个人，然后爬下来。"帕博说。

"可坦纳在下面等着呢。"科里奥兰纳斯提醒他。

"嘿，这我知道！你觉得我该怎样？这种情况可不像有人得了狂犬病，只要简单地送水进去就能解决问题！"帕博说。

"就算这样你也永远不可能想到。"菲斯塔斯讥讽说。

"我当然能。闭嘴吧！你们都！"帕博没好气地说。

大家都不说话了，主要是因为科洛尔和米曾快爬到顶端了。拉米娜左右看看，决定该去先对付谁。然后，她朝科洛尔走过去。

"不，别管那女孩，去打那男孩！现在，她得和那男孩在横杆上搏斗了。"帕博跳起来大喊。

"换了我，也会这么做的，我可不想在上面和那女孩打。"多美亚说，其他几个导师也跟着附和。

"难道我说得不对吗？也许你是对的。"帕博又想了想说。

拉米娜走到横杆尽头，挥起斧头，毫不犹豫地朝科洛尔砍去，斧头从她的头皮上划过，削掉了一撮头发。科洛尔赶紧下移，后退了大约一码，不过拉米娜仍朝她挥了几次斧头，想砍到要害部位。但是，不出所料，这给了米曾向上爬的时间，此时的坦纳把鱼叉向上抛，但鱼叉只抛到了三分之二的距离，就落回地面。拉米娜又朝科洛尔挥了最后一斧，然后就迅速朝米曾走过去。米曾在横杆上的步子远不如拉米娜稳健，当拉米娜朝米曾扑过去的时候，他只犹犹豫豫地向前迈了几步。

这时，坦纳的鱼叉再次向拉米娜抛过来，这次好一点，但鱼叉撞在横杆下端，又弹回了地面。刚才米曾蹲在横杆上，想抓住鱼叉，当他看到拉米娜朝他扑过来时，赶紧站了起来，这时，拉米娜挥动斧头，擦着他膝盖的外侧划过去。这一动作让两人都失去了平衡。拉米娜赶紧跨在横杆上，稳住重心，而米曾却失手摔下，刀子也飞了出去，但在最后一刹那，他用一只手抓住了横杆。

当科洛尔终于爬到横杆上时，她发出了挑战的呼喊，就连竞技场不太灵光的音响系统都捕捉到了她的声音。坦纳趁机跑到她的下方，把鱼叉抛给她。科洛尔轻松地抓住了鱼叉，引得凯匹特的观众发出惊叹的叫喊。拉米娜迅速看了一眼米曾，他目前的状态并没有构成很大的威胁，于是她朝科洛尔走过去，振奋精神，准备一搏。论平衡，拉米娜在横杆上的平衡更好，但论攻击距离，科洛尔鱼叉的攻击距离更长。拉米娜先用斧头抵挡了数次科洛尔鱼叉的进攻，接着，科洛尔用鱼叉左右摇摆，以分散对方的注意力。说时迟，那时快，科洛尔的鱼叉猛地刺进了拉米娜的腹部。科洛尔松开鱼叉，向后退了几步，手拿匕首以备防身。可是，匕首已经不需要了，拉米娜跌下横杆，摔在地上，当即身亡。

"噢，不！"帕博大喊，他的喊声在天堂蜂大厅内回荡。他呆呆地站着，过了好一会儿才搬起椅子，离开了导师席，也不管利比达伸过来的麦克风。他把椅子重重地摔在利维娅旁边的位置，大步走出了大厅。科里奥兰纳斯感觉他在竭力忍着不哭出来。

科洛尔走到米曾的上方，令人不安地用脚打着节拍，科里奥兰纳斯在想她是否准备把他的手踢开，让他像拉米娜一样摔下去。但是她没有这么做。她坐在横杆上，双腿摆好稳住身体，然后把米曾拉了上来。尽管很难判断伤势，但斧子还是砍伤了他的膝盖。他半滑半爬地下了横杆，科洛尔跟在他后面下来，捡起了坦纳扔在地上的鱼叉。米曾靠在杆子上，检查自己膝盖的伤势。

坦纳绕着拉米娜的尸体跳了一种舞，之后很开心地朝他们走过来。米曾笑着，举起手准备与他击掌庆祝胜利。坦纳的手与米曾的手挨上的瞬间，科洛尔的鱼叉就朝他的后背叉过来。坦纳向前朝米曾倒下去，米曾借着后背栏杆的力量一下子把他推开。坦纳转过身来，一只手费力地向后挥动，似乎想把鱼叉拔下来，但是鱼叉的尖齿已经深深地扎入他的身体，他的一切努力都是徒劳的。继而他双膝跪地，脸上的表情与其说是震惊，倒不如说是受伤。最后，他脸朝下倒在地上。米曾又在他的脖子上补了一刀，结束了他的生命。米曾走回来，继续靠着柱子坐下，而科洛尔则从拉米娜的旗子布上撕下一条，包扎在他的膝盖上。

在演播室，"幸运星"张大了嘴巴，一脸震惊的表情，显得十分滑稽，"我看到了，你们看到了吗？"

多美亚一言不发，静静地收拾自己的东西，脸上的表情显得很失望。但当利比达把麦克风伸向她时，她说话的语气却很冷静客观。

"这很令人吃惊，我原以为坦纳会赢。如果他的盟友没有背叛他，他有可能真的会赢。我想这就是饥饿游戏吧，在选择信任一个人时，必须加倍小心。"

"无论是场内还是场外。"利比达边说边点头，一副洞悉一切的样子。

"任何地方。"多美亚表示同意，"你知道，坦纳是一个心地很善良的人，而四区的人正是利用了他这一点。"说完，她难过地看着菲斯塔斯和珀塞弗涅，暗示这件事也会给他们带来不利影响。利比达则频频咋舌，表示对此做法也很不赞同。

多美亚平复心情后说："我在做饥饿游戏导师过程中，学会了很多的事情，这便是其中之一。我会很珍惜我学到的东西，在此，我也祝愿所有仍参赛的导师好运。"

"多美亚，你说得太好了。你也向其他导师表明了怎样才能做一个有风度的退赛导师。'幸运星？'"利比达说。

镜头切回演播室，"幸运星"正在用一块饼干试图引诱朱布丽从吊灯上下来，"怎么？你不准备跟另一个导师谈谈？他叫什么来着？就是那位将军的儿子？"

"他拒绝做出评论。"利比达说。

"好吧，那就让我们回到比赛现场，观看精彩的表演吧！""幸运星"大声宣布。

可是在现场，表演已经暂时结束了。科洛尔已给米曾包扎完了，然后把鱼叉从死者的身上拔下来。米曾走路一瘸一拐，两人不慌不忙地朝大家都躲藏的通道走去。

塞蒂莉娅走过来，让导师们把座位重新调整为整齐的两排，每排四个人。艾欧、厄本、克丽曼莎和维普萨尼亚坐在前排。科里奥兰纳斯、菲斯塔斯、珀塞弗涅和希拉里斯坐在后排。乐手席仍保持原位。

也许朱布丽一直被"幸运星"当傀儡太生气了，它拒绝从吊灯上下来。因而"幸运星"也不得不更倚重他在天堂蜂大厅和竞技场前的几位特约通讯员，来进行现场报道。在竞技场外，群众为不同的贡品组成了啦啦队。露茜的啦啦队里既有年轻人，也有老人，既有男人，也有女人，甚至还有几个阿瓦克斯——但他们不能真的被算在内，因为他们是被派来举条幅的。

科里奥兰纳斯真希望露茜知道有多少人喜欢她。他也希望她知道他是怎样努力地为她摇旗呐喊的。他在现场十分活跃，在利比达采访不忙的时候，他总是把他拽过来，然后使劲为露茜做宣传，简直把她捧到天上去了。其结果是，她的赞助者送来的礼品数量创下了新高，而他也很有信心，这些食物够她吃一个星期的了。剩下的时间也确实无事可做，只能静观其变。

特雷奇出现在竞技场，待的时间不算短，他拿走了拉米娜的斧子，也给维普萨尼亚时间来投喂食品。苔丝丽又找到一架掉落的无人机，取走了厄本送来的食物。之后便没再发生什么事情。直到傍晚，瑞伯从路障的位置出来。他揉揉惺忪睡眼，当他看到被刺死的坦纳，尤其是看到拉米娜的尸体之后，似乎不能接受眼前的事实，在他们身旁徘徊良久，最后他扛起拉米娜的尸体，搬到横着鲍宾和马库斯尸体的地方，把三个人重新排成一排。然后，他又在横杆下来回走动，最后把坦纳的尸体也拖到了拉米娜身边。接下来的一小时，他先把迪尔扛过来，接着又把索尔扛过来，让他们都躺在他临时的"停尸间"里。

瑞伯只把杰瑟普扔在原处，他大概也害怕传染上狂犬病吧。等他把其他几个人都排列好之后，他还不停地驱赶围过来的苍蝇。在思考了一会儿之后，他走回去，从国旗上又割下了一大块，盖在所有的尸体上。他的这一举动引起大厅里的一阵愤怒之声。瑞伯把拉米娜身上那块国旗抖开，像斗篷一样披在肩上。这新斗篷似乎激励着他，他开始慢慢旋转，并扭过头去，看着身后的斗篷随风摇摆。接着，他跑起来，伸开双臂，让身后的旗子在阳光下飘扬。当一天的行动结束之后，他也累了，于是他爬上看台，等在那里。

"噢，看在上帝的分上，给他送吃的吧，克丽米！"菲斯塔斯说。

"管好你自己的事吧。"克丽曼莎冷冷地说。

"你真是铁石心肠。"菲斯塔斯对她说。

"我只是做出了更好的安排，饥饿游戏还很长呢。"她朝科里奥兰纳斯苦笑一下，"我可没有抛弃他。"

科里奥兰纳斯考虑下次去检查伤口时，邀请克丽曼莎一起去"城堡"。这样，他也有个伴儿，而她也可以去拜访她的那些蛇。

五点的钟声敲响了，观众席的学生可以解散了，而八个导师则聚在一起享用牛肉炖菜和蛋糕大餐。他不能说想念多美亚，当然更不会想念帕博，但如果他们在，就能把他和克丽曼莎、维普萨尼亚和厄本这些人隔开，起到缓冲带的作用，这一点还着实令他怀念。即使是希拉里斯，带着他那悲情的海文斯比家族的故事，对他也是一种压力。

大约八点，塞蒂莉娅让他们解散了。科里奥兰纳斯一刻也没有停留，立刻朝大门走去，希望不要太晚了，还来得及去"城堡"检查他手臂上的伤口。

"城堡"的门卫认出了他，检查过他的书包后，允许他把书包带进去，并在无人带领的情况下，让他自己下楼去实验室。他有点走迷糊了，但最后还是找到了要去的地方。之后，他等候在医务室，半小时之后才来了一个医生，对他身体各部位进行了检查，查看了缝线的伤口说，还不错。然后，医生让他等着。

一种不同寻常的气氛充斥着实验室。快速走动的脚步声、提高嗓门的说话声、不耐烦的命令声。科里奥兰纳斯竖起耳朵听着，还是无法弄清人们到底在干什么。他确实不止一次地听到了"竞技场"和"游戏"这两个字眼，心里纳闷这二者究竟有着怎样的关联。高尔博士终于出现了，她只草草查看了一下他伤口上的缝线。

"还要再等几天。告诉我，斯诺先生，你认识盖乌斯·布林吗？"高尔博士问。

"我曾认识他吗？"科里奥兰纳斯问，立刻换成了过去式，"是的，我的意思是，我们是同学。我知道他在竞技场失去了双腿。怎么他……"

"他死了。爆炸受伤后引起的并发症。"高尔博士说。

"噢，不。"科里奥兰纳斯一时难以接受。盖乌斯，死了？盖乌斯·布林？他想起了盖乌斯最近给他讲的一个笑话：绑鞋需要多少叛军。

"我还从来没去医院看过他。葬礼什么时候举行？"

"正在商议。在官方正式宣布这个消息之前，你一定不要跟任何人说，我之所以现在告诉你，是考虑到至少你们中的一个可以注意对利比达的措辞。我相信这事你能处理好。"高尔博士警告他。

"好的，那当然。饥饿游戏正在进行，现在宣布这个消息岂不是很奇怪？好像反叛者取得了胜利。"科里奥兰纳斯说。

"完全正确。但是请放心，我们定会以其人之道还治其人之身。事实上，是你的女孩让我想起了一个好主意。如果她赢了，我们再交换看法。我没忘记你还欠我一篇论文哟。"说完，她就拉上帘子，离开了。

可以走喽。科里奥兰纳斯扣上衬衫扣子，拿起书包。可是，他该写些什么呢？这个问题又在困扰他。关于混乱、控制，还是契约精神？他很肯定是以字母 C 开头的。走近电梯时，他看到两个实验室助理正把一辆小车推进电梯轿厢里。推车上放着一个大箱子，里面装满了咬克丽曼莎的那种蛇。

"她说了要拿冷藏箱了吗？"一个女助理问。

"我记得没说，我原以为它们已经喂过了。咱们最好查查。如果弄错了，她会发疯的。"另一个女助理注意到科里奥兰纳斯在旁边，"对不起，我们需要退出去。"

"没问题。"他说完，让到一边，让她们过一会儿好把车推出去。电梯门关上了，他听到电梯上行的声音。

"噢，对不起，推车一会儿还会回来。"第二个助理说。

"没问题。"他重复道。

科里奥兰纳斯开始对一个很严重的问题产生怀疑。他想起刚才一片混乱是发生在实验室，其中有人提到了饥饿游戏，而高尔博士信誓旦旦地说要"以其人之道还治其人之身"。

"您要把蛇送到哪里？"他尽量装作漫不经心地问道。

"噢，就送到另一个实验室。"那个助理说，但两人很快交换了一个眼色，"冷藏箱要放两个。"电梯门打开，两个女助理走了出去，电梯里只剩下他和箱子。

"事实上，是你的女孩让我想起了这个主意。如果她赢了，我们再交换看法。"

他的女孩，也就是露茜。高尔博士这话什么意思？露茜在参加饥饿游戏之前曾把蛇塞进利普区长女儿的后衣领里。交换看法，什么看法？怎样把蛇当作武器？他盯着这蠕动的爬行动物，设想如果它们被放进了竞技场，贡品们会怎么做？躲藏、捕杀，还是攻击？即便科里奥兰纳斯了解蛇的习性（其实他并不了解），他怀疑眼前的这些蛇是否也具有同样的习性，因为这些蛇都是高尔博士培育的基因改变后的生物。

科里奥兰纳斯想起他和露茜最后一次见面的情形，当他向露茜保证他们一定能赢时，她紧握着他的手。想到这里，他一阵心痛。但是，他没办法保护她不受这箱子里的生物的伤害，就像他无法挡住向她投来的鱼叉和利剑。但至少，对后者她还可以躲藏。虽然他不能肯定，但他猜想这些蛇会被直接投放到那些地道中去。黑暗无法削弱它的嗅觉，它们也无法辨识露茜的气味，就像它们无法辨识克丽曼莎的气味一样。露茜会尖叫着倒在地上，嘴唇发紫，接着就会面无血色，同时鲜艳的粉色、蓝色、黄色的脓水会流到她的裙子上……就是这样！这种蛇让他想起第一次见到它们的情形，它们的颜色与她的裙子很配，似乎这就是她的宿命……

不知怎的，科里奥兰纳斯发现自己手里正攥着手帕，就像"幸运星"的魔术道具一样在手里攥成了一个球。他慢慢地向箱子移动，背对着摄像头，像是被蛇吸引似的把手放在箱子盖上，并向前俯身。从这个角度，他可以清楚地看到手帕从活板门掉进去，消失在一团团彩虹般艳丽的蛇身之下。

· CHAPTER 19 ·

毒蛇出笼

科里奥兰纳斯做了什么？他究竟做了什么？当他漫无目的地从一条街转向另一条街时，心在不停地狂跳着，他想弄明白自己这样做的原因。但他想不明白，他有种可怕的感觉，他已经越界，而且已不可能回头了。

他感觉大街上到处都有眼睛。街上没有多少行人，也没几个开车出门的人，但他们投来的目光都觉得怪异。科里奥兰纳斯钻到一个公园里，躲在暗处，坐在一张被灌木丛环绕的长凳上。他强迫自己控制住呼吸，不停地数数，直到血不再往上涌，耳朵里不再呼呼地跳了，然后他开始试着厘清头绪。

好吧，他把带有露茜气味的手帕——就是装在他书包外侧口袋的那块，扔到了蛇箱里。这么一来，那些蛇就不会像咬克丽曼莎似的去咬露茜。这样它们就无法杀死她。因为他在乎她。他真的在乎她？还是说，他想让她赢以便获得普林斯奖学金？如果是为了后者，那么他就等于作弊了。就是这么回事。

等等。他并不知道那些蛇是否会被送到竞技场，他暗自思忖。事实上，那俩助理说的是别的意思。以前从未发生过类似的事。也许这只是高尔博士一时疯狂的想法。即使这些蛇真的被送到了竞技场，露茜也许根本碰不到这些蛇。竞技场那么大，蛇不一定就会四处攻击人，只有被人踩到或者什么的才会攻击人。

假定露茜真的碰巧遇到蛇，而蛇又没有咬她，别人怎么会追究到他的身上？这需要接触到高度机密的专业知识才能做到这一点，别人不可能怀疑到他。而且，一块带有露茜气味的手帕，别人怎么可能会想到他有这东西呢？这么说，他没事。他不会有事的。

关于越界。不管是否有人将这一系列的事件串联在一起，他都已经越界了。事实上，他知道自己一直在玩火。比如说，他把塞亚纳斯从食堂带出来的食物分给露茜。这样做稍微有些违规，但他这样做的动机，一则是想让她活下来，再则就是对组委会对贡品的无视很不满。当然，这里面存在着关于什么是基本的尊严的争论。

这已经不是偶然事件，已经有很多起，过去几周来一直在发生，这就像一个湿滑的陡坡，他一直在往下滑。从拿塞亚纳斯的剩饭开始，直到他来到这里，在黑暗中坐在无人的公园的长凳上瑟瑟发抖。如果他无法停止地滑落下去，在坡下等着他的又会是什么？他还能做什么？

嗯，事已至此。他现在终于停了下来。如果得不到荣誉，那他也不会再做别的了。不再有欺骗，不再暗地操作，也不再有关于是否合理合规的思考。从现在起，他要诚实地活着，即使他最后成为了乞丐，那他至少是一个正直体面的乞丐。

科里奥兰纳斯在不知不觉中已经走到离家挺远的地方。但他突然意识到普林斯的家离此只有几分钟的路，为什么不去拜访一下？

一个穿着女仆装的阿瓦克斯为他开了门，她做手势问他是否需要让她帮他拿走书包。他拒绝了，并问塞亚纳斯是否有空。她带他来到客厅，做手势请他坐下。

在等候塞亚纳斯的时候，科里奥兰纳斯环视着屋子四周，有种似曾相识的感觉。精美的家具、厚厚的地毯、织锦挂毯、某人的半身铜像。如果说，房子的外饰并不华丽的话，那么房间的内饰确实所费不赀。普林斯家现在所需要的就是科索区的一个地址，来巩固它的社会地位。

普林斯夫人忙叨叨地走进来了，嘴中连连道歉，身上满是面粉。塞亚纳斯呢，似乎早早就上床睡觉了，而她正在厨房里忙活着。她问科里奥兰纳斯是否愿意下楼待一会儿，喝点茶？还是他们在这里喝茶，就像在斯诺家一样？"不用，不用，"科里奥兰纳斯肯定地说，"厨房就很好。"好像除了普林斯家的人，还会有其他人在厨房招待客人似的。但是，他到这里不是来评判人家的，他是来接受别人感谢的，如果这谢意同时伴有烘焙的糕点，那就再好不过了。

"你要来点儿馅饼吗？我有黑莓馅饼。如果你能等一会儿，桃馅饼马上就好。"普林斯夫人指了指餐台上两个刚做好等着进烤箱的馅饼，和气地说，"不然来点儿蛋糕？我今天下午刚做的牛奶沙司。阿瓦克斯最喜欢吃这些，因为，你知道的，这很容易咽下去。你要咖啡、茶还是牛奶？""老妈"眉宇间的褶皱因为焦虑而有点加深了，深恐她招待的吃食都不够好似的。

其实科里奥兰纳斯已经吃过晚饭了，可是在"城堡"的冒险经历，加之他溜达了很久，这时他又饿了，于是毫不客气地说道："噢，牛奶吧，谢谢。能吃到黑莓馅饼真是太棒了，没人能与您的厨艺媲美。"

"老妈"倒了满满一大杯牛奶，从一大块馅饼上切下四分之一，放在盘子上。"你喜欢吃冰激凌吗？"她一边问，一边给科里奥兰纳斯端来了几大勺香草冰激凌。

"老妈"拉过一把椅子，坐在桌旁。这是一张风格极为朴素的木桌子，放在一张写着"家"字的刺绣山景画框的下方。她感叹地说："这是我妹妹送给我的，她是唯一现在还和我真正有联系的人，或者说是一直和我有联系的人。我对这屋子的其他地方也不太适应，但是我有我自己的角落。请坐，吃吧。"

"老妈"引以为傲的角落，摆放着这张桌子和三把不配套的椅子、一幅刺绣山水画、一个摆满各种奇怪的小物件的书架、一对公鸡形状的盐罐和胡椒罐、一只大理石蛋、一个柔软的拼花布娃娃。科里奥兰纳斯怀疑，所有这些财产都是她从家乡带来的，是她敬拜二区的神圣的角落。她竟以这种方式表达对一个落后山区的留恋，真是太可怜了。一个背井离乡的可怜人，根本无法融入新的环境，永远怀恋过去的时光，整日为阿瓦克斯做牛奶沙司，而他们却永远无法品尝到那滋味。科里奥兰纳斯边看着她把生馅饼推进烤箱，边咬了一口眼前的馅饼，他的味蕾立刻沉浸于愉悦之中。

"好吃吗？"她急切地问道。

"好吃极了，和您做的所有的东西一样好吃，普林斯夫人。"这绝不是夸张。"老妈"也许有点可怜，但就厨艺而言，她是一个烹饪艺术家。

她微微一笑，然后和他一起坐到了桌边，"嗯，任何时候你想过来坐坐，我们家的大门永远都是向你敞开的。科里奥兰纳斯，你为我们做了那么多，我都不知道怎样感谢你。塞亚纳斯是我的命根子。很抱歉他现在不能过来和你聊天，因为他吃了不少镇静剂，要不然他好像根本睡不着。他特别气愤，也很迷茫。哎，至于他有多么不开心，我也没必要跟你唠叨了。"

"凯匹特并不太适合他。"科里奥兰纳斯说。

"对我们普林斯家的人都不适合，真的。斯塔伯说，现在的情况对我们来说很难，可是对塞亚纳斯和他的孩子却很好。可是，我也说不清楚。"她抬头看着书架，"有家人和朋友的陪伴，这才是你真正的生活，科里奥兰纳斯，而我们离开了二区所有的家人和朋友。当然这一切你已经知道了，我能看出来。你有你奶奶和可爱的堂姐的陪伴，我真为你高兴。"

科里奥兰纳斯尽量给她鼓劲，说等塞亚纳斯毕业以后，一切都会好起来的。大学里的人更多，他们来自凯匹特各区，他肯定会交到新朋友的。

普林斯夫人点点头，但她似乎并不相信。那个阿瓦克斯走过来，用手势与她交流。"好的，他吃完馅饼就上去。"普林斯夫人对女仆说，然后转过头看着科里奥兰纳斯，"如果你不介意的话，我丈夫想见你，我想，他是想感谢你。"

科里奥兰纳斯吃完最后一口馅饼之后，向"老妈"道了晚安，然后跟随着女仆上到主楼层。厚厚的地毯消除了脚步声，因此他们没有任何响动地来到了书房门口，书房的门开着，他正好看到了斯塔伯·普林斯先生毫无准备时的自然状态。这个男人正站在一个华丽的石头壁炉旁，他身材魁梧，胳膊肘支在壁炉架上，正凝望着壁炉的炉膛。在冬季这里会点燃炉火，然而，现在的壁炉是冷冷的、空空的。科里奥兰纳斯忍不住在想，究竟他看到了什么，使得他的脸上愁云满布。他的一只手抓着昂贵的家常便服的丝绒衣领，但这衣服与他并不相配，就像普林斯夫人和塞亚纳斯身上穿的品牌服装一样。普林斯家的着装一直在暗示着他们是多么努力地想成为凯匹特人。然而，质量上乘的服装与辖区人的气质并不相符，反而没能提升他们的气质。反过来，老夫人即使身着布衣，一看便知她是凯匹特科索区的人。

在普林斯先生与他的目光相遇的瞬间，他内心有一种奇怪的感觉，如同遇到自己父亲时的感觉，一丝焦虑交杂着一丝尴尬，仿佛，在那一瞬间，他做了什么愚蠢的事情而被人发现了。然而，这个人是普林斯，不是斯诺。

科里奥兰纳斯脸上呈现出最温文有礼的微笑，"晚上好，普林斯先生。我没有打扰您吧？"

"一点儿也没有。进来。请坐！"普林斯先生指着壁炉旁的皮椅而不是他华丽的大橡木桌旁的椅子说。看来，这是私人谈话，而非事务性谈话，"你吃过了吗？当然，我夫人不像喂火鸡似的喂饱你，是不会让你走出厨房门的。你想来点儿喝的吗？威士忌怎么样？"

以前大人让他喝的饮品中，最烈的不过是波斯卡酒，即便如此，这酒马上就会让他上头，他不敢为此冒险。"我的胃恐怕不欢迎它，"他一边面带微笑地说着，一边拍拍自己的胃，然后坐在椅子上，"您请随意！"

"噢，我不喝酒。"普林斯先生坐到对面的椅子上，上下打量着科里奥兰纳斯，"你长得很像你父亲。"

"我常听人这么说，您认识他吗？"科里奥兰纳斯说。

"我们有时有生意上的来往。"他用长长的手指敲着椅子扶手，"太令人吃惊了，你长得这么像他。但是，实际上你一点儿也不像他。"

是的，我又穷又无能，科里奥兰纳斯心想，但也许普林斯先生发觉的他与父亲之间的差异，对科里奥兰纳斯达成此行的目的有好处。他父亲一向讨厌辖区的人，他一定不愿意看到像普林斯这样的人定居在凯匹特并成为军火工业的大亨。这不是他在战争中付出生命所希望看到的。

"一点儿也不像，不然你永远不会在我儿子去竞技场后也跟着进去。"普林斯先生说，"很难想象克拉苏·斯诺会为了我而拿命去冒险。我在不断地问自己，为什么你会这么做。"

说实话，也没有太多选择，科里奥兰纳斯心想。

"他是我的朋友。"他说。

"这话无论听过多少次，我都很难相信。但是从一开始，塞亚纳斯就觉得你与别人不同。也许你像你的妈妈，嗯？在战前，每次我为了生意的事来凯匹特，她对我都很友善，也不管我背景如何。她是一位真正优雅的女士，这一点我永远都不会忘记。"说完他使劲地盯着科里奥兰纳斯，"你像你的母亲吗？"

谈话并没有朝着科里奥兰纳斯所希望的方向发展。关于酬金的事情怎么不提？如果对方不提此事，他又怎么被说服去接受呢？

"我觉得像，在某些方面。"

"在哪些方面像？"普林斯先生问。

普林斯先生问的话让人觉得怪怪的。究竟在什么方面他和那个和蔼慈祥、每晚唱着催眠曲哄他入睡的人相像呢？"嗯，我们都喜欢音乐。"是吗？妈妈喜欢音乐，而他只能说不讨厌。

"音乐，哈？"普林斯先生说，仿佛科里奥兰纳斯说了一件像浮云一样微不足道的事情。

"而且我认为我们都相信好运……是需要回报的……每天回报，而不应该想当然。"他又加了一句。他也不清楚这话什么意思，不过普林斯先生似乎听进了耳朵里。

他想了想说："我同意。"

"哦，好。是的，哦，那么……塞亚纳斯。"科里奥兰纳斯提醒他。

普林斯先生的脸色显得很倦怠，"塞亚纳斯。顺便说一下，谢谢你救了他的命。"

"不用谢。我说过，他是我朋友。"

现在是时候了。提出钱的事，然后是拒绝，劝服，接受。

"很好。嗯，我想你该回家了。你的贡品还在饥饿游戏中，对吗？"普林斯先生说。

既然下了逐客令，科里奥兰纳斯也只好站起来说："噢，是的。您说得对。我只是过来看看塞亚纳斯。他会很快回去上学吗？"

"说不好，谢谢你来看他。"普林斯先生说。

"这是应该的。告诉他有人想他了，晚安。"科里奥兰纳斯说。

"晚安。"普林斯先生点点头。没提钱的事，甚至没有握手。

科里奥兰纳斯很不平衡，也很失望。不过，一大袋沉甸甸的食物，又有司机开车送他回家，算是给了他一个体面的安慰奖。但终究他此次拜访等于是浪费时间，特别是高尔博士的作业还等着他去完成，这是"对你申请奖学金的额外的加分项"。为什么一切对他来讲都像是奋力爬坡呢？

科里奥兰纳斯告诉泰格莉丝，他去看塞亚纳斯了，她也没再追问他为什么回来得那么晚。她给他倒了一杯特殊的茉莉花茶——这对他们很奢侈，就像乱花钱去使用电车代币一样，但谁在乎呢？他开始写作业，在纸上写下他以 C 开头的三个词语。混乱、控制，第三个是什么来着？啊，是的，契约。如果人人都失去人性的控制，那将会发生什么？这就是他要论述的话题。而他也曾说到了"混乱"这个词，高尔博士也说过就从这里开始。

混乱。极度无序与纷乱。正如高尔博士所说"一切就像在竞技场"，也是那个她口中所说的"绝佳的机会""改变"。科里奥兰纳斯想起了他在竞技场时的感受，没有秩序、没有规则、任何行动都不会带来任何后果。在这里，道德的指针毫无方向地疯狂摇摆。在随时被捕猎的恐惧之下，他自己很快就变成了一个捕猎者，毫不留情地置鲍宾于死地。

他已经改变了，好吧，改变，但却不是朝着他骄傲的方向改变。作为斯诺家的一员，他比多数人更具有控制力。他试图去想象，假如所有人都以这同样的规则去行事，这世界将会变成什么样。没有后果！人们在任何时候都可以任意抢夺自己所需，为了获得自己所需可以去杀戮。一切都受到生存的驱动。在战争期间，有时他们会特别害怕，不敢出门。在那种无法无天的黑暗日子里，甚至凯匹特也变成了竞技场。

是的，无法无天，这就是问题的核心。因此人们需要达成一致，去遵循法律。难道这就是高尔博士所说的"社会契约"？人们遵循共同的契约，不去抢夺、不去欺辱、不去彼此杀戮？这是必需的。而法律需要加强，这就需要控制力的介入。如果契约不加以控制和强化，混乱就会大行其道。控制的力量要大于人的力量——否则，人就会挑战控制力。而唯一有能力实施控制力的机构就是凯匹特政府。

直到夜里两点，他才厘清了头绪，把这些想法付诸文字，写出来只有不到一页。高尔博士想看到更多，但今晚他只能写这么多了。他爬上了床，在梦中，他梦到露茜被彩虹色的毒蛇追逐，于是他从梦中惊醒，浑身颤抖，这时他听到了国歌声。他对自己说：你必须要坚强，饥饿游戏不可能持续很长时间了。

普林斯夫人美味的早餐所带来的快乐让他精神饱满地进入饥饿游戏的第四天。在电车上，他吞下了一块黑莓馅饼、一个香肠小面包和一个奶酪蛋挞。因为参加饥饿游戏期间食物充足，也因为普林斯家人的豪爽款待，他的腰带越来越紧了。他需要走着回家了。

丝绒绳索将八位导师所在的讲台区域与其他区域隔开，而现在，每位导师座位的椅背上都挂着他们的名字。特意安排的席位是新的做法，也许是为了调和近几日导师之间出现的不和谐气氛。科里奥兰纳斯坐在后排，在艾欧和厄本之间，可怜的菲斯塔斯则被夹在维普萨尼亚和克丽曼莎中间。

"幸运星"和饱受折磨的朱布丽一起欢迎各位观众的到来。朱布丽被关在一个笼子里，这笼子更适合关兔子而不是鸟。竞技场里一点儿动静都没有，似乎贡品们都还在睡觉。唯一的新变化就是不知什么人，很可能是瑞伯，把杰瑟普的尸体搬到了路障附近那一排死者旁边。

科里奥兰纳斯紧张地等待着宣布盖乌斯的死讯，但并没有人来宣布。组委会的人和群众一起待在竞技场前，而且人群还在不断扩大。各个粉丝俱乐部的人穿上了印有导师和贡品头像的 T 恤衫，当科里奥兰纳斯看到印在 T 恤衫上的他的头像正冲着自己看时，他感到既高兴又尴尬。

一直到上午十点来钟，第一个贡品才露面，观众费了半天劲才在开阔的竞技场上找到她。

"是沃薇！"希拉里斯喊道，舒了一口气，"她还活着！"

科里奥兰纳斯记得这是一个骨瘦如柴的孩子，可现在她看上去更瘦了，简直就是一副骨架子，她的胳膊和腿细得像柴火棍，腮帮子也凹陷进去。她穿着脏兮兮的条纹连衣裙，蹲在一个地道口，眯起眼看着亮晃晃的竞技场，手里拿着一个空水瓶。

"等等，沃薇！吃的马上就来！"希拉里斯说着，在他的手环上一通操作。她不可能有很多的赞助者，但总还有人愿意赌一把长线。

利比达快速走过来。希拉里斯详细介绍了沃薇的优点，他声称她一直没有出现是因为她隐藏起来，深藏不露、远离竞技场是他们一直以来的策略。

"你看她！现在已经进入前八了！"当六架无人机跨越竞技场向她飞过去时，希拉里斯更加激动了，"现在有水和食物了！她所要做的，就是拿到食物和水，然后再次藏起来！"

当供给品向她投放下去时，她举起双手，但神情似乎有些恍惚。她趴在地上，抓到一瓶水，拼力拧开瓶盖，猛喝了几口水，然后跌坐在墙根，打了个小嗝。一股银色的液体从她的嘴角渗出，然后她就不动了。

短时间内，观众很不解地看着她。

"她死了。"厄本宣布。

"不！不！她没死。她只是在休息！"希拉里斯说。

沃薇一直眼也不眨地盯着耀眼的太阳，时间越长，她还活着的说法越不可信。科里奥兰纳斯仔细观察她嘴里冒出的液体，既不透明，也没有血，他怀疑是不是露茜终于使用了鼠药。在水瓶中所剩的最后一口水里下毒，然后扔到地道口，这么做是很容易的。绝望的沃薇在吞下那口水时可能根本没有多想。但是似乎没有人，甚至希拉里斯也没有发现这里面的问题。

"我说不上，我想你的朋友也许是对的。"利比达对希拉里斯说。

他们又等了足足十分钟，沃薇仍然没有任何生命迹象。希拉里斯不得不放弃，搬起了自己的椅子离开导师区。利比达对希拉里斯给予了高度赞扬，而希拉里斯虽然失望，但强调原本事情会更糟。

"鉴于自身情况，她坚持到现在已经很不容易了。我真希望她早一点儿就出来，这样我还可以给她投喂食物。不管怎么说，我可以骄傲地抬起头来，这最后八强是无人可以小觑的！"

科里奥兰纳斯在脑子里梳理了一下名单：三区的两个贡品、四区的两个贡品，还有特雷奇和瑞伯。这是横亘在露茜和胜利者桂冠之间的所有障碍。她需要打败六名贡品，还需要有相当的运气。

沃薇死得悄无声息，一段时间内，她的死并没有引起竞技场内其他贡品的注意。直到快到午饭的时候，瑞伯才从路障的方向走出来，身上仍披着那件国旗做的斗篷。他警觉地走到沃薇身边，但是，在沃薇活着的时候就未对他构成任何威胁，死了就更不会了。瑞伯蹲在她身边，捡起一个苹果，然后，当他更加仔细地观察沃薇的脸的时候，他不由得皱起眉头。

他知道真相了，他至少怀疑到她并非自然死亡。科里奥兰纳斯心中暗想。

瑞伯扔掉苹果，抱起沃薇，朝那些死亡的贡品走去，没有拿那些食物和水。

"看到了吧？你看到了我应对的是一个什么样的人了吧？我的贡品精神不正常。"克丽曼莎说，也并没有特意对着什么人讲。

"我想你说得没错，上次我那么说，真对不起。"菲斯塔斯说。

事情就是这样。沃薇的死没有引起场外任何人的怀疑，而在场内，也只有瑞伯对她的死因起疑。看来露茜不是一个粗心的人。也许她首选虚弱的沃薇为目标，是因为那孩子虚弱的身体可以为她下毒打掩护。当科里奥兰纳斯想到自己无法与她联系并和她一起商讨应对策略的时候，他感到沮丧。现在剩下的贡品已经不多了，在这种情况下，躲藏还是最佳策略吗？或许她应该主动出击？

当然，他并不知道。也许此时此刻，她正在策划给食品和水下毒。这样的话，她还需要更多毒药，而如果她不露面，他是无法向她提供的。尽管他不相信，但还是试图通过心灵感应来与她沟通。

让我帮助你，露茜。或者，至少让我看到你很好，他心中暗想。然后加上一句，我想你。

等四区的贡品找到沃薇的食物时，瑞伯已经返回通道。他们对这些食物的来源毫不关心，这让科里奥兰纳斯坚信下毒计划仍可秘密进行。他们就地坐在沃薇咽气的地方，狼吞虎咽，把那些吃的一扫而光，然后，他们不慌不忙地走回他们的通道。米曾走路一瘸一拐的，但如果需要打斗，他仍能干过剩下的大部分贡品。科里奥兰纳斯在想，最终是否需要由科洛尔和米曾来决定谁把桂冠捧回四区。

这么多年来，科里奥兰纳斯从来没有落下一顿学校的午餐，可撒在纸碗面上的利马豆让他反胃。普林斯太太的早餐仍让他感觉饱饱的，现在他连一勺饭都吃不下去。他得把自己没吃的那碗和菲斯塔斯的空碗调换，以免受到惩罚。

"哎，对我来说，利马豆有股战争的味道。"

"我最讨厌燕麦片。只要一闻那味儿，我就想藏到地道里去。"菲斯塔斯说，很快把那碗面也吃了，"谢谢。我睡过了头了，没顾上吃早饭。"

科里奥兰纳斯希望利马豆不是什么坏兆头。随后，他在内心劝诫自己，现在可不是什么玩迷信的时候。于是，他一边喝水，一边筹划下一次投放食品的时间。

希拉里斯退出之后，剩下三个导师的椅子已经集中了，科里奥兰纳斯的座位又回到中间。这就像多美亚所说的，很像乐手席位的游戏，而这些人正是他从童年时期起一起玩耍的伙伴。如果他将来也有孩子，他憧憬过结婚生子的，他们仍会在凯匹特精英社交俱乐部里吗？抑或，他们会进入低一些的社会阶层？如果他有更宽广的家庭关系网，对孩子是会有帮助的。现在他和泰格莉丝是斯诺家这一代人中仅剩的两个人。如果没有泰格莉丝，他将需要独自面对未来。

当天下午竞技场没有发生太多事。科里奥兰纳斯一直密切观察着露茜的动向，希望找到机会，给她投放食品，但她仍没有露面。竞技场外，特雷奇和科洛尔的粉丝混杂在一起，正在为各自心中最强有力的夺冠热门选手摇旗呐喊，他们成为场外活跃气氛的主要原因。两个阵营中，一些疯狂的粉丝已经动手打了起来，治安警赶紧把他们分开，送回本粉丝群。科里奥兰纳斯看到自己的粉丝更有教养，因而还挺高兴。

下午晚些时候，当"幸运星"再次出现在屏幕上时，高尔博士正坐在他对面，手里拿着装在笼子里的朱布丽。那只鸟前后摇摆着，就像一个悠荡着觉得舒服的孩子一样。"幸运星"不停地用眼瞟着那只鸟，也许担心它会被送去实验室。

"今天我们在这里有一位特殊的客人——饥饿游戏总设计师高尔博士，她一直在热心地跟朱布丽交朋友。我听说您给我们带来了坏消息，高尔博士。"

高尔博士把朱布丽放回桌子上，说："是的。竞技场发生的爆炸仍带来持续的影响，我们的另一位凯匹特私立中学的学生盖乌斯·布林不幸身亡。"

当同学们发出惊讶的喊声时，科里奥兰纳斯却不敢分神，他随时可能被叫起来去发表对盖乌斯死亡的看法，但这并不是他焦虑的原因。对盖乌斯进行赞誉轻而易举，可他在这世上却没有敌手了。

"我想，在此我可以代表各位向他的家人表示诚挚的慰问。""幸运星"说。

高尔博士神情肃穆，"我们哀痛。但行动胜于语言，而我们的敌人，那些反叛者，似乎很难听到我们的声音。作为回应，我们为他们在竞技场的孩子设计了特别的环节。"

"那我们把镜头切回到竞技场吧？""幸运星"说。

在竞技场中央，苔丝丽和瑟科正蹲在一堆瓦砾上，用棍子捅捅戳戳地在找着什么东西。很显然，他们对背靠围墙、身披自制斗篷、坐在高高的看台上的瑞伯没有兴趣。突然，特雷奇从地道里跑出来，出现在三区的两个贡品面前，两人赶紧朝路障逃去。

观众很困惑，低声议论着。高尔博士信誓旦旦所说的"特别的环节"在哪里？当一架特大号、载着彩虹蛇箱的无人机出现在竞技场上方时，他们的疑问有了答案。

科里奥兰纳斯几乎已经说服自己，组委会利用蛇袭击贡品纯粹是他一时头脑发热的想象，但现在他的此种想法不得不结束了。他的大脑完全按正确的顺序组合了拼图。他所不知道的是这些蛇放出来以后会怎样，但他曾在实验室亲眼目睹了这种蛇的厉害。高尔博士在实验室饲养的不是听话的宠物，而是在设计"武器"。

这种大号的无人机吸引了特雷奇的注意力。也许他以为有人给他送来了特殊的礼品。在无人机到达竞技场中央时，他停了下来。苔丝丽和瑟科也暂时停下了脚步，甚至瑞伯都站起来观察送来的东西。无人机在距离地面约十码远的地方放下了无盖的箱子。箱子没有摔碎，而是在地上弹起来。接着，就像花儿打开了花瓣一样，箱壁倒向地面。

蠕动的变异蛇在布满灰尘的地上向四面八方迅速分散开来，仿佛云隙洒下的色彩斑斓的阳光。

坐在前排的克丽曼莎从座位上跳起来，发出令人毛骨悚然的惊叫，吓得菲斯塔斯几乎从座位上滚落下来。当多数人对这一新变化还没反应过来的时候，她的反应似乎有点极端了。科里奥兰纳斯担心她会在慌乱中把一切说出来，于是他一个箭步冲过去，从后面抱住了她，他也不确定自己究竟是安抚她还是控制她。克丽曼莎身体僵硬，但她确实安静下来了。

"它们不在这儿，是在竞技场里。"科里奥兰纳斯凑近她的耳朵低声说，"你是安全的。"但当屏幕上的行动进一步发酵时，他仍然抱着她。

特雷奇来自林业区，也许正因这点使他对蛇比较熟悉。蛇一从箱子里放出来，他就健步如飞地朝看台跑去。他像山羊一样爬上废墟堆，脚步不停，爬上看台后，跨过椅子继续向上飞奔。

起先几秒钟的犹豫让苔丝丽和瑟科付出了惨重的代价。苔丝丽朝其中一个柱子跑去，拼力爬上了几码，爬到安全地带。瑟科却被一只生锈的旧长矛绊倒了，蛇追上了他。十几对毒牙刺破了他的身体，接着，那些蛇似乎已经满足了，继续向前爬行。瑟科的伤口里向外迸出色彩鲜艳的脓液，粉色、黄色、蓝色的脓血从他的身体上一道道地流下来。瑟科比克丽曼莎要矮小，可他的体内却有多出一倍的毒液。瑟科挣扎着呼吸了大约十秒钟，然后就死了。

苔丝丽看着他倒下的躯体，紧抱着柱子，恐惧地哭了起来。但在她的脚下，那些身形小巧的蛇拧成一团，向后挺起身子，在柱子底下晃动着。

"幸运星"的声音在竞技场上方回荡，"发生了什么？"

"这是我们在凯匹特的实验室培育的变种蛇，这只是小蛇，如果成年，它们会比成年男子跑得还快，爬上那个杆子也不在话下。对它们的设计理念就是追踪人类，并快速繁殖，伤亡率再高也会迅速得到补充。"高尔博士告知观众。

这时，特雷奇已经爬到了记分牌的窄架子上，瑞伯也在新闻记者席的屋顶找到了临时避难所。穿过碎石堆爬上看台的几条蛇聚集在下面。

这时，麦克风里传来一个女孩压低的嘶喊。

蛇咬到露茜了，手帕没有起到作用，科里奥兰纳斯绝望地想。

就在此时，米曾从离路障最近的通道里冲出来，科洛尔尖叫着紧跟在他后面，一条蛇吊在她的手臂上。科洛尔用力把蛇拽掉，刚扔掉这条蛇，几十条蛇又扑了上来，咬住了她的小腿。米曾扔掉鱼叉，飞也似的奔向苔丝丽对面的那根柱子。尽管他的膝盖有伤，但他却只用了上次一半的时间就爬到了顶端。在那里，他眼睁睁地看着科洛尔疯狂地挣扎之后，就咽气了，还好，她痛苦的时间并不长。

在地面上的目标清除之后，多数的蛇又都聚集到苔丝丽的下方。她抓着柱子的手越来越没劲了，于是她大喊着向米曾求救，但他只是摇摇头，与其说是恶意的，倒不如说是害怕。

这时，观众一片寂静，尽管科里奥兰纳斯也不知道是为什么。当大厅里静下来之后，他隐隐约约听到了一种声音，从竞技场的某个角落，传来非常微弱的歌声。

他的女孩。

露茜出现在她藏身的通道口，缓慢地向后退着走。她每次抬脚都极为小心，身体按照她音乐的节奏慢慢摇摆。

啦，啦，啦，啦，

啦，啦，啦，啦，啦，啦，

啦，啦，啦，啦，啦，啦……

就是这简单的歌词，作用却很大。六条蛇仿佛被她的乐曲催眠了，跟在她后面爬行。

此时克丽曼莎已经平静下来，科里奥兰纳斯松开她，朝菲斯塔斯的方向轻推了一下她。他屏住呼吸走近大屏幕，看着露茜继续后退，接着转弯，朝摆放着杰瑟普尸体的地方靠近。当她退回到麦克风附近时，不知是否有意的，她的声音越来越大。也许是想给大家再唱最后一首歌，进行最后一次表演吧。

所有的蛇都没有攻击她的意图。事实上，她似乎正在把它们从竞技场的各个方向吸引过来。苔丝丽攀爬的柱子下的蛇团变小了，看台上的一些蛇也爬下来，几十条蛇从通道里爬出来，加入到露茜所吸引的大批蛇群当中。它们从四面八方爬过来，将她团团围住，使得她不能再继续后退。当她轻轻坐到一块大理石上的时候，颜色鲜艳的蛇从她的光脚上爬过，围在她脚边。

她用指尖捏住裙褶，在地上轻轻铺开，似乎在发出邀请。当蛇纷纷向她涌来时，褪色的裙子不见了，出现在她面前的是一条爬行动物织就的色彩艳丽的裙子。

· CHAPTER 20 ·

功败垂成

科里奥兰纳斯紧张地握紧了拳头，他不确定这些毒蛇有什么意图。当时那些被关在箱子里的蛇，因为已经熟悉了他留在提案上的气味，因此全然无视他的存在。但他的贡品却像磁石般把这些蛇吸引到身边，难道是环境变化导致了这种不同？它们从温暖、拥挤的小空间突然被释放出来，放到空旷、露天的竞技场，难道它们已经找到她，把她的气味当作了唯一熟悉的气味？难道它们聚集到她身边，就因为已经把她的裙子当作了安全的庇护所？

露茜并不知道这一切。那天在动物园，当科里奥兰纳斯想把克丽曼莎和蛇的事情告诉她的时候，因为她的状况比他还要差得多，因此在这件事上他保持了沉默。即使他当时告诉了露茜，可就连他也没想到，会找到办法去干扰饥饿游戏中的蛇。她又是靠什么控制了这些蛇呢？肯定是因为她的歌声。她在家乡时也对蛇唱歌吗？"蛇是我特殊的朋友。"她曾对动物园里的小女孩说过。也许她在十二区的时候确实跟一些蛇成为了朋友。也许她认为，如果停止歌声，那些蛇就会马上咬死她，这也许是她最后的演出。她绝不想还没有最终表演就退出，她要在最耀眼的聚光灯下，体面地死去。

露茜开始唱出歌词的时候，她的声音既柔和甜美，又如银铃般清脆响亮。

你即将走向天堂，

今后那甜美幸福的时光，

我也将踏入那道门槛。

但在我飞升之前，

我还有未了之心愿，

就在这里，

在这古老悠长的时光，

这是一首老歌，科里奥兰纳斯心想。说起甜美幸福的时光，他想起了塞亚纳斯和他的面包屑；但说到这古老悠长的时光，又觉得很滑稽。那一定是指此时、现在、当下，当她还活着的时候吧。

我也会随风而去，

当我结束了我的歌唱，

当我叫停了乐队。

当我的手指力竭，

当我把债务清偿，

当我不再有遗憾，

就在这里，这古老悠长的时光，

不再有，任何留存。

组委会把画面换成了远镜头，科里奥兰纳斯想大声表示反对，但很快就意识到了为什么。竞技场内的每一条蛇似乎都被她的歌声催眠了，并且涌向她。甚至在苔丝丽脚下，马上要把苔丝丽咬死的那些蛇，也放弃攻击目标，朝露茜爬过来。苔丝丽惊魂未定，颤颤巍巍地从杆子上滑下来，步履蹒跚地走向路障附近由链子连在一起的栅栏处，爬到了比较高的安全地带，而露茜的歌声仍在继续。

我会随你而去
待我饮尽杯中之水，
待我让朋友厌倦，
待我筋疲力尽，
待我流尽最后的泪水，
待我征服了自身的恐惧，
就在这里，
这古老悠长的时光。
不再有，任何留存。

　　镜头又回到露茜那里，是近距离的特写。科里奥兰纳斯有种感觉，露茜经常面对的是酗酒的观众。在对她进行采访的前几天，他听过她的不少歌曲，她的歌让人联想到在一些廉价酒吧里，一群喝得醉醺醺的家伙举着杜松子锡酒杯，随着音乐左右摇摆的场景。当然，她的歌声如此美妙，足以让人酒未沾唇人自醉。他扭头朝身后望了一眼，果然，天堂蜂大厅里有几个人在跟着她的节奏摇摆呢。她的歌声愈发嘹亮起来，在竞技场上空回荡……

我会给你带来消息
待我跳穿了我的舞鞋，
待我的心脏停止跳动，
待我的船儿搁浅，
待我的分数记完，
待我平躺在地上，
就在这里，
那古老悠长的时光。
不再有，任何留存。

……接着，当歌声快结束时，她的声音越来越高亢——

当我像鸽子一样纯洁，

当我学会恋爱，

就在这里，

那古老悠长的时光。

不再有，任何留存。

一曲唱罢，余音袅袅，最后的一个音符仍在空中飘荡，所有的观众都屏住了呼吸。那些蛇等着声音逐渐消失，然后……

这是他的想象吗？五彩斑斓的变种蛇开始蠕动。露茜的反应是轻声哼唱，就像在给不安的婴儿催眠。当她四周的那些蛇放松下来的时候，观众的心也放了下来。

镜头切回到"幸运星"演播室时，他和那些蛇一样入迷，眼睛睁得大大的，嘴微微张开。看到屏幕上自己的失态模样，他才回过神来，马上把注意力转向脸色铁青的高尔博士，"呃，尊敬的总设计师，向……您……致……敬！"

天堂蜂大厅爆发出雷鸣般的掌声，而科里奥兰纳斯的目光却须臾不敢离开高尔博士。在她那令人费解的表情背后，究竟隐藏着什么？变种蛇有如此反应，她会将其归结于露茜的歌声？还是怀疑有人作弊？即使高尔博士知道手帕的事，兴许也会原谅他，因为结局太富有戏剧性了。

高尔博士微微点头，以示感谢，"谢谢。今天大家最应该关注的不应该是我，而是盖乌斯·布林。也许他的同学们可以跟我们分享一下有关他的回忆。"

在天堂蜂大厅内，利比达立刻活跃起来，从盖乌斯的同学那里收集关于他的点点滴滴。还好，高尔博士提前给了科里奥兰纳斯提醒，当每位同学讲起关于盖乌斯的有趣故事或笑话的时候，只有科里奥兰纳斯谈到了凯匹特失去了一个英雄，同时他也谈到了蛇，谈到人们在竞技场亲眼目睹的对反叛者的回击。

"我们绝不能白白失去一位如此优秀的凯匹特青年，我们一定要回击。而且是加倍回击，正如高尔博士曾经说过的那样。"

利比达试图将谈话转到露茜出色的表演上，但科里奥兰纳斯只说了句："她很出色，但高尔博士说得没错，这一时刻属于盖乌斯。让我们把关于露茜的话题留到明天吧。"

怀念盖乌斯的话题持续了半个小时，最后，在节目结束前，利比达采访了菲斯塔斯和艾欧，请他们作为中毒致死的科洛尔和瑟科的导师，发表自己的看法。科里奥兰纳斯紧紧拥抱了菲斯塔斯，看到他忠诚的朋友离开讲台时情绪十分激动。他感到艾欧的离开也是一个损失，因为在游戏中，她更趋向于采取冷静的态度而非好斗的态度。这也是科里奥兰纳斯最想对剩下的导师所说的，但也许珀塞弗涅除外。她是比割喉者还厉害的食人族。他决定和她一起吃晚饭。

学生们都回家了，只剩下几个参赛的导师吃晚饭，晚饭有牛排。科里奥兰纳斯环视着四周的竞争对手。已经进入了前五，此时的他应该十分兴奋了。但是，如果其他人赢了，海波顿学监虽然仍会给他奖学金，但却不够他上大学的，也许还把他受到处分的事拿来当理由。只有普林斯奖学金是他真正的保障。

科里奥兰纳斯的注意力又回到屏幕上，露茜仍在给她的"宠物"哼唱着歌曲，苔丝丽已经消失到路障后面去了，而米曾、特雷奇和瑞伯仍占据着自己的高位。乌云滚滚，预示着一场暴风雨即将到来，天边的落日却美得令人目眩。糟糕的天气使得黑夜很快降临了，他还没吃完布丁，露茜就已经从视野中消失了，随后从竞技场传来了隆隆的雷声。他希望闪电能把竞技场照亮，但随后到来的瓢泼大雨却使竞技场陷入一片黑暗之中。

科里奥兰纳斯决定像其他几位导师一样睡在天堂蜂大厅里。除了维普萨尼亚，没人带了床来，因此其他几个人就躺在软椅上，把脚也搭在上面，拿书包当作枕头。当雨夜中的大厅渐渐凉爽下来时，科里奥兰纳斯就在椅子上打盹，一只眼半闭着时不时瞭一眼屏幕。暴风雨使得竞技场内的一切都模糊了，最终他迷迷糊糊睡着了。接近黎明时分，他从梦中惊醒，慌忙看看四周。维普萨尼亚、厄本、珀塞弗涅睡得正香。几码之外，克丽曼莎正在昏暗的光线下眨巴着她那对乌黑的大眼睛。

科里奥兰纳斯不想成为克丽曼莎的敌人。如果斯诺家大厦将倾，他是需要朋友的。克丽曼莎被蛇咬这件事发生之前，他一直都把她当作自己最好的朋友，而她也一直跟泰格莉丝相处得很好。但是，应该怎样去赔罪呢？

克丽曼莎的一只手伸到了衬衫里，在锁骨附近抓挠，那就是她在医院给他看过的、长出鳞片的位置。

"已经消退了吗？"他低声问。

克丽曼莎很紧张，"正在消退。终于退了。他们说可能要持续一年呢。"

"疼吗？"这是他第一次想起这件事。

"不疼，就是皱皱巴巴的。那种感觉说不清楚。"她揉揉那些鳞片说。

科里奥兰纳斯的信心增强了，终于鼓起勇气，"克丽米，对不起，真的，为这所有的一切。"

"你当时也不知道高尔是怎么想的。"克丽曼莎说。

"是的，我是不知道。但不管怎么说，在医院的时候，我应该在那里陪着你。我应该破门而入，以确保你没事。"他坚持说道。

"是的！"她加重了语气说道，但转而似乎态度又变得温和起来，"但是我知道你也受到了伤害，在竞技场。"

"噢，别为我开脱了。"他举起双手，"我真没用，我俩都知道！"

克丽曼莎露出了一丝笑意，"差不多吧。我真该谢谢你今天没让我当众出丑。"

"我吗？"他眯起眼睛，好像在思考，"我记得只是靠近你，不是躲在你身后，但那绝对就只是靠近你。"

她笑了笑，但马上严肃起来，"我不应该那样责备你。对不起。我太害怕了。"

"你有理由害怕。我真希望你今天没有看到那一切。"他说。

"也许这也是很好的宣泄。我感觉好些了，我当时是不是很糟？"她说。

"不，你很勇敢。"他说。

就这样，他们的友谊虽然还没有那么牢靠，但确实又恢复了。当其他人还在睡觉的时候，他们分着吃了科里奥兰纳斯藏起来的最后一块奶酪蛋挞，东拉西扯聊了很多，甚至考虑让露茜和瑞伯在竞技场结盟。但这件事似乎已不在他们的控制范围之内，最后还是放弃了。两个贡品也许会结盟，也许不会。

"至少咱们又成盟友了。"他说。

"是啊，反正不是敌人了。"克丽曼莎承认道。

当他们为摄像需要去洗脸的时候，克丽曼莎把她的香皂借给科里奥兰纳斯，这样他就不必使用盥洗间里的损伤皮肤的劣质洗手液了，这种小小的、亲密的举动让他觉得克丽曼莎已经原谅了他。

学校没有提供早餐，但是菲斯塔斯出于同学间的友谊，很早就来到学校，给大家带来了鸡蛋三明治和苹果。珀塞弗涅边喝茶，边冲他微笑。现在，克丽曼莎已经高兴起来，科里奥兰纳斯觉得导师里不再有什么威胁了。大家都想赢，关键还是要看他们手里贡品的情况。他估量了一下露茜的对手，苔丝丽娇小、聪明；米曾孔武有力，但受了伤；特雷奇体格健壮，行动灵敏，但仍然是个未知数；瑞伯行为古怪，很难形容。

随着太阳升起，最后的一片云彩也消散了。竞技场内死蛇遍地，有的挂在碎石上，有的漂在水坑里。也许是淹死了，也许是受不了这寒冷潮湿的夜晚。一些转基因生物在实验室外确实难以生存。竞技场上看不到露茜和苔丝丽的踪影，但是那三个衣服都湿透了的男孩却没敢从高处下来。米曾在睡觉，身体绑在横杆上。当其他同学陆陆续续来到天堂蜂大厅的时候，维普萨尼亚和克丽曼莎，两个看上去还基本正常的人，开始给他们的贡品送吃的。

当无人机送来食物以后，特雷奇狼吞虎咽地吃起来，可瑞伯仍然没吃那些食物，他从高处下来，从竞技场内的水坑里舀水喝。他没理睬终于清醒过来的特雷奇和米曾，而是径直走到科洛尔和瑟科身边，把他们两人的尸体排到已死的那一排人身边。另外两个男孩警觉地看着他，但谁也没招惹他，可能是因为他的行为过于奇怪或是害怕游离的蛇吧。他们也许在盼着别人把他杀死。瑞伯手上的活一直没停。当他把他的"停尸间"整理好以后，就回到记者席。特雷奇坐在记分牌的边缘，荡悠着腿。米曾做出吃饭的动作，于是珀塞弗涅立刻做出反应，给他送去一份丰盛的早餐。

一分钟后，苔丝丽出现了。她表情严肃，身后拖着一架无人机，这无人机非常像原来的无人机，但看上去略有改动。她走到米曾下方就不走了。

"她认为那东西能飞？就算能飞，她又怎么控制呢？"维普萨尼亚很怀疑地问道。

一直眉头紧皱盯着屏幕的厄本突然往前探身，说道："她不需要控制，她没必要，如果……可是她怎么能……"他的话没说完，想先弄清楚这一切究竟是怎么回事。

只见苔丝丽按下开关，举起手臂，把无人机放飞到天上。无人机缓缓地上升，这时可以看到无人机底部有一条线连接在她手腕的一个线圈上。无人机在电线长度范围内，在苔丝丽和米曾中间的位置开始转圈。米曾往下看着，一脸困惑，珀塞弗涅派来的第一架无人机分散了他的注意力。无人机给他扔下了一块面包，然后像往常一样准备返回，但在飞行了几码之后，又突然转向，朝他飞回来。米曾大吃一惊，赶紧向后仰身，并很灵活地用手击打它，但无人机从他身旁划过，打开机械爪，做出投递的动作，然后再次重复。

"那无人机是怎么回事？"珀塞弗涅吃惊地问。

没有人知道原因，但就在这时，第二架送水的无人机飞过来，然后是第三架送奶酪的无人机。这些无人机放下礼物后却并不飞走，也重复着送礼物的动作。原本，这些无人机为了保证平稳配送，都已设定了时长，但此时几架无人机却撞向彼此，有时撞向米曾。其中一架无人机的尾部还扫到米曾的眼睛，他大叫着，挥舞着手臂击打着无人机。

"我能否联系到组委会的人？我是说，我想再派三架无人机！"珀塞弗涅说。

"他们也无能为力，"厄本幸灾乐祸地说道，"苔丝丽找到了干扰无人机的方法。她封锁了它们返回的路，这样米曾的脸就成了无人机唯一的目标。"

没错，当另外三架无人机到来时，也以同样的方式一起失灵。米曾成了它们共同的目标，一开始还很好笑，但很快变成了致命的攻击。他站起来，试图从横杆上逃走，但无人机却像涌回巢穴的蜜蜂一样围着他转。米曾早已把鱼叉掉到地上了，因此他抽出匕首，尽力抵挡无人机，但他所能做的也不过是把它们暂时挡开。

无人机原本没有设计攻击程序，但当无人机相互碰撞或碰到他的匕首时，更多的无人机撞到了他，以至于看上去像是无人机在攻击他。米曾开始试探着朝那根柱子走去——就是苔丝丽向上爬而他见死不救的那根柱子，但他的膝盖却不听使唤。他慌了神，疯狂地朝无人机挥舞着手臂，把重心落到了受伤的腿上，他的腿开始摇晃，最后腿一软失去了平衡，一头从横杆上栽下去，摔断了脖子。

"噢！"当他栽到地面时，珀塞弗涅大叫一声，"噢，她杀死了他！"

维普萨尼亚皱着眉头，盯着屏幕说："她比看上去要聪明。"

苔丝丽满意地笑了笑，收回了自己的无人机，关掉开关，把这心爱之物在怀里抱了一下。

"人不可貌相啊。特别是当她属于我的时候。"厄本呵呵地笑着，同时在手环上按下指令。

厄本得意的时间并不长。在转播无人机事件时，组委会忽略了整场的情况，事实上，刚才特雷奇趁人不注意，已经从记分牌上下来，穿过了看台，来到竞技场内。他仿佛凌空而至，猛地扑过来，一斧头劈在苔丝丽的头上，苔丝丽还没来得及迈步，就被劈倒，脑浆迸裂，倒地身亡。特雷奇双手支在膝盖上，使劲地喘着粗气，然后一屁股坐在她身边的地上，看着她的鲜血汩汩地冒出来，流进沙地里。给苔丝丽送食品的无人机到来了，他又行动起来，拿起十二袋食品，然后消失在路障后面了。

在这让人难以置信的一切发生的时候，厄本假装干呕恶心来掩饰内心的震惊，他站起身来要出去，却躲不过常驻现场的利比达的麦克风，厄本努力克制着才没有大喊出来："我的工作就这么结束了，只笑了一分钟，不是吗？"说完他就走了，害得接下来接受采访的珀塞弗涅不得不多说几句，她对不得不离场表示遗憾，对有机会做导师表示感谢。

"你已进入前五了！没有人能把这好成绩从你这里夺走。"利比达笑着说道。

"是的，没错，有时事情的发展就是这样。"珀塞弗涅仍有些怀疑地说道。

科里奥兰纳斯看看克丽曼莎，又看看维普萨尼亚，说："我猜，就剩咱们几个了。"

三个人把椅子摆成一排，科里奥兰纳斯坐在中间，其他人把失败者的椅子挪走了。

露茜、特雷奇、瑞伯是最后的三个人。也许露茜会成为最后获胜的女孩？也许今天是比赛的最后一天？也许是吧。

"幸运星"戴着插着五支点燃的烟花棒的帽子再次登场，"你好，帕纳姆！这是我为祝贺前五名选手特意制作的帽子，这些闪耀之星正在散发着属于他们自己的光辉！"他从帽子上拽下两支烟花棒，然后看都不看就朝身后扔去，"最后三名选手，在吗？"

　　一支烟花棒发出嘶嘶的响声落在地板上，另一支点燃了帷幕，引起一阵尖叫，"幸运星"赶紧跺脚。一个摄制组成员拿着灭火器跑到镜头前，来处理这个危机，这才让"幸运星"恢复了平静。当剩下的三支烟花棒熄灭后，一些赞助人和下注者的名单出现在电视屏幕下方，"哈哈！人们下注的热情很高，赌注也很大！可不要错过下注的乐趣哟！"

　　科里奥兰纳斯的手环叮叮咚咚地响个不停，维普萨尼亚和克丽曼莎的手环也一样。

　　"这会对我有很大帮助的，瑞伯对我不够信任，我送去的东西他一律不吃。"克丽曼莎低声对科里奥兰纳斯说。

　　露茜一定饿了，科里奥兰纳斯猜想她应该还在通道里休息。他想把水和食物送给她，一方面是为了让她保持体力，另一方面也是为了方便她下毒用。因为她最后的两名对手远比她强壮，他必须做些什么来增加她获胜的几率。就目前的情况来看，他唯一能做的就是让观众站到她这一边。当利比达走过来，想就他承诺过的露茜的表现发表看法时，他单刀直入、侃侃而谈。如果现在露茜还无法证明她不是辖区人，那么科里奥兰纳斯不知道还要花多大力气去证明这一点。

　　"我感觉她不仅在收获节的名单中，而且还是十二区的，这里面很可能存在着巨大的不公。人们需要自己进行判断。如果您同意我的观点，甚至觉得还有一定道理，那么各位知道该怎么做。"

　　话音刚落，新一拨的赞助就叮叮咚咚地砸向他的手环，这令他很踏实，但同时又不确定会对露茜有多大帮助。他现在得到的赞助可能够她吃几个星期的了。

　　在竞技场内活动的只有瑞伯一个人，他刚从记者席上下来，顺便又割下了一大块国旗。他很憔悴，步履不稳，吃力地把苔丝丽和米曾的尸体放到那一排尸体旁，用新割下的国旗覆盖在他们身上。之后，他又吃力地返回到竞技场后排座位，然后身体轻轻前后摇晃着，在太阳下打起盹来，让他身上的斗篷慢慢晾干。科里奥兰纳斯纳闷他是否不久就会因自然原因死亡，如果饥饿也算自然原因的话。他并不完全肯定。如果饥饿也可以当作武器的话，那么因饥饿而死算是自然死亡吗？

让他宽慰的是，露茜在中午到来之前，终于从通道的阴影里出现了。她仔细观察了竞技场，确定安全之后，才走到太阳底下。她裙边上的泥水已经成泥干了，但湿裙子仍贴在她的身上。正当科里奥兰纳斯通过手环给她订制丰盛的早餐的时候，露茜跑到瑞伯面前的水坑，跪下去，手捧起水大口喝着，同时还洗了洗脸。之后她用手拢拢头发，在脑后挽成一个松松的髻，当十二架无人机飞进竞技场时，她刚好弄完这些。

露茜似乎没有注意到那些无人机，她从兜里掏出一个瓶子，瓶口放进水坑里，灌了大约一英寸的水。然后晃晃瓶子，又把水倒进水坑里，她刚要再次把水灌进水瓶，这时无人机吸引了她的注意力。当食物和水纷纷在她身旁落下时，她扔掉了旧水瓶，用裙子把食品兜起来。

露茜正准备朝最近的通道跑去，但又看了一眼在看台上溜达的瑞伯，继而改变了方向，朝他放尸体的地方跑去。她拽起国旗布往里看，数着死去的人，数数时嘴唇动着。

"她是想弄清楚还有谁在参赛呢。"科里奥兰纳斯对着利比达递到他嘴边的麦克风说。

"也许我们应该把人数登到记分牌上。"利比达开玩笑地说。

"我敢肯定贡品会觉得这对他们是有帮助的，坦率地讲，这是个好主意。"科里奥兰纳斯说。

突然，露茜的头猛地抬了起来，裙子里的食品也撒了一地，她站起身，拔腿就跑，因为她听到了观众听不到的声音。这时，只见特雷奇从她身后的路障里蹿出来，挥动着斧头，当她从横杆下跑过时，他抓住了她的手腕。露茜使劲扭动手腕，跪倒地上，当特雷奇举起斧头时，她拼命挣扎着。

"不！"科里奥兰纳斯腾地站了起来，一下子把利比达推到一边，"露茜·格雷！"

此刻同时发生了两件事。当特雷奇的斧子落下时，她扑到他的怀里，紧贴着他的身体，于是斧子落空了。奇怪的是，他们似乎抱了很长时间，最后特雷奇恐惧地睁大了眼睛。他推开露茜，扔掉了斧子，从脖颈里拽出一个东西。他的手高高举起，指间紧握着一条粉色的蛇。然后，他双膝跪地，把蛇摔向地面，一次又一次，直到他倒在泥土里死去，没有生命迹象的蛇还被抓在他的手里。

露茜的胸膛仍在剧烈地起伏着，她猛地转身以确定瑞伯的位置，但他仍在看台上悠然地晃着身体。暂时是安全的，她把一只手放在胸口，挥动另一只手向观众致意。

当大厅里的观众热烈鼓掌时，科里奥兰纳斯深深地舒了一口气，然后转过身来对观众致以谢意。他做到了，露茜做到了。她揣着毒药，一直撑到了最后只剩两名选手。她肯定是把粉色的蛇放到了口袋里，正如她在收获节上兜里揣着绿色的蛇一样。还有更多蛇吗？抑或特雷奇杀死的已是最后一条蛇？不得而知。但是，如果还有一条蛇的话，那露茜就具有致命的威力。

利比达对维普萨尼亚表示感谢，然后引领她走出主席台——后者也感谢组委会，但说话时却难免面露不满——科里奥兰纳斯坐回座位，看着露茜把她的食品收起来。他向克丽曼莎俯身，低声说："真高兴留下来的是我们。"她冲他狡黠地一笑。

当露茜压平包装袋，高高兴兴地把所有食物都摆开时，科里奥兰纳斯想起了他们在动物园里进行的野餐。难道她正在为了他的缘故而重现这一幕吗？他的心头一热，脑海中又浮现出她的那个吻。未来还会有更多的吻吗？霎时，他沉浸在露茜赢得饥饿游戏后的喜悦之中，她会离开竞技场，和他一起住到斯诺家的顶楼里去，那是缴税之后保留下来的房子。他会用普林斯奖学金去读大学，而她则会成为普鲁瑞伯斯重新开张的夜总会里的头牌，因为凯匹特会允许她留下来。当然，他还没有想好所有的细节，最为关键的是，他要留住她。他很想留住她，让她安全地留在自己身边。他们相互欣赏，感情投入。她完完全全地、明明白白地属于他。如果她曾经说过的"唯一占据我心房的男孩就是你"这话是真的，那么和他在一起不正是她想要的吗？

停！还没有获胜呢！他心想。

这会儿，露茜已经风卷残云，吃掉了大部分食物，因此他又订了一拨吃的，这次送得很多，万一她想藏起来等瑞伯慢慢死掉，便可以像松鼠一样把食物储存起来，在随后的几天里慢慢吃。这个计划不错，风险低，如果瑞伯拒绝所有供给的食物，他的死是不可避免的。但如果他不拒绝了呢？如果他重新理智起来，决定吃下克丽曼莎送给他的有限的食物呢？那么，他和露茜之间就要进行生死对决，而露茜就会处于真正的劣势，除非她还藏了更多的蛇。

当无人机把补给送达后，露茜把这些东西整理好，然后放在兜子里。她的兜子看上去没那么大，装不下所有的食物和水，还有另一条蛇。但她十分聪明，科里奥兰纳斯甚至没有看到她从兜里拿出那条毒死特雷奇的蛇。

午饭时，菲斯塔斯给科里奥兰纳斯和克丽曼莎带来了三明治，但两个人太紧张了，根本吃不下去。其他的同学就在座位上就餐，一刻都不愿错过。科里奥兰纳斯能听到人们在热切地议论着究竟谁能赢。在他的记忆中，人们过去从不关心谁会赢。

炙热的阳光把竞技场内的水气渐渐晒干了，浅水坑的水已经干涸，只剩下几个比较深的水坑能够喝水。露茜待在瓦砾堆上，把裙子铺开让太阳晒着。在这个平静的时刻，"幸运星"再次出场，对天气进行了很详尽的预报，包括高温预警，提示大家在炎热天气要特别注意，避免出现抽筋、疲倦和中暑。竞技场外的柠檬水摊位也排起了长队，有人打伞遮阳，也有的跑到不多的小片阴凉地里躲避炙热的阳光。甚至一向很凉爽的天堂蜂大厅也热了起来，有些学生把夹克都脱掉了，用本子当扇子扇风。到了下午，学校为大家提供了水果潘趣酒，给竞赛增添了节日的气氛。

露茜始终让瑞伯待在自己视线范围之内，可他根本没动。突然，她站起来，似乎等得不耐烦了，又折返到特雷奇尸体旁边。她抓住他的一条腿，开始拽，想把他拽到瑞伯的"停尸房"。在她触碰尸体的那一瞬间，瑞伯似乎醒了。他向前探身，听不清楚喊了些什么，接着急匆匆地从看台上下来。露茜放下特雷奇，跑进附近的通道。

瑞伯重新捡起移动尸体的工作，他把特雷奇整齐地码放在一排死去的贡品身边，用剩下的国旗布将尸体覆盖。满意之后，他又回到看台。瑞伯刚走到围墙处，露茜就从第二个通道口跑出来，把一片国旗布从尸体上扯下来，并大声喊叫起来。瑞伯生气地转身追赶露茜，她一点时间也没浪费，迅速跑到路障后面。瑞伯把国旗布盖好，把边角掖在尸体下面，这样更保险些。然后倚着一根柱子开始休息。几分钟之后，他似乎睡着了，在阳光下闭着眼睛。

这时，露茜又冲出来，拽起国旗布的一角，这次她是拖着国旗布跑。等瑞伯反应过来，她已经跑出去五十码了。在他犹豫的当儿，她又跑出去好远，最后跑到竞技场中央，然后丢下国旗布，跑到看台上。这次瑞伯很生气，他跑过去，重新拿回国旗布。他在她后面追赶了几步，这下子把他累得不轻。他用手压住太阳穴，使劲喘着粗气，但好像并没有出汗。按照"幸运星"最新的报道来说，这是他中暑的征兆。

露茜想把他跑死，这很可能奏效，科里奥兰纳斯想。

瑞伯像喝醉了酒似的步履蹒跚。他拖着国旗，朝他常喝水的水坑走去，这是直到下午还没干的少数几个水坑之一。瑞伯跪在地上，开始喝水，一直喝到水坑底部只剩下了烂泥。他跪坐在那里，脸上掠过一丝滑稽的微笑，然后他的手开始揉搓他的肋部和胸口。接着，他吐出一口水，四肢着地干呕起来。过了好一会儿，他踉踉跄跄地站起来，一只手仍拽着国旗，开始慢慢地、摇摇晃晃地向前走，走回到他的"停尸间"。瑞伯刚走到近前，就无力地倒在地上，他挣扎着往前爬，爬到特雷奇身边便停下了。一只手仍努力地把国旗盖在大家的身上，但只盖了自己的一半身子，就缩回手，不动了……

科里奥兰纳斯坐着不动，这都在他的预料之中。事情就这样结束了？他真的赢了？赢了饥饿游戏？赢得了普林斯奖学金还有那女孩？他仔细观察露茜的表情，她从看台上远远地看着瑞伯，她的眼神悠远而空茫，似乎早已脱离了竞技场里的一切。

大厅的观众开始议论起来。瑞伯死了吗？难道他们不应该宣布获胜者的名字吗？科里奥兰纳斯和克丽曼莎等待结果的时候，他俩挥手让利比达拿着他的麦克风走开。半个小时过去了，露茜从看台上下来，走到瑞伯身边。她用手摸他脖子上的脉搏，检查他的心跳。等确认瑞伯死后，露茜帮他合上了眼睛，然后小心地把国旗盖在大家的身上，仿佛送孩子上床睡觉。然后，她走到一根柱子旁，坐下，等待着。

露茜的这一举动似乎使组委会相信了游戏已经结束，"幸运星"再次出现，宣布来自十二区的贡品露茜·格雷·贝尔德和她的导师科里奥兰纳斯·斯诺成为第十届饥饿游戏的获胜者。

天堂蜂大厅沸腾了，菲斯塔斯组织几个同学把科里奥兰纳斯连人带椅子一起抬起来，绕着主席台转起圈来。当大家终于把他放下来之后，利比达对他进行轰炸式的提问，他的回答是，这次经历令人兴奋，自己取得的小小成绩不足挂齿。接下来，老师要求所有的学生到餐厅，那里有蛋糕和波斯卡酒招待大家，以示庆贺。科里奥兰纳斯坐在中心位置，接受大家的祝贺，喝了比以往多得多的波斯卡酒。有什么感觉？此时此刻，他感觉自己无往不胜。

正当科里奥兰纳斯感到快要头晕目眩的时候，塞蒂莉娅救了他，她让他离开餐厅，到高级生物实验室去，"我想他们也正把你的女孩带到那里。如果让你们两人同时出镜，请不必感到意外。干得漂亮！"

科里奥兰纳斯自然地拥抱了一下塞蒂莉娅，然后急匆匆地朝实验室走去。能获得暂时的安静，他内心还是挺感激的。他觉得自己忍不住咧开大嘴笑了。他赢了，赢得了自己的荣耀，赢得了自己的未来，而且，也许同时赢得了爱情。只消一会儿，他就可以将露茜抱在怀里。

噢，斯诺平安着陆；他当然会。

当科里奥兰纳斯走到实验室门口时，他强迫自己的脸颊放松下来，理理刚才喝酒时弄皱的夹克。不管怎么说，不能让高尔博士看到他这副样子。

当他打开高级生物实验室的大门时，只看到了海波顿学监，他正坐在通常坐着的地方，"关上门。"科里奥兰纳斯服从地关上门。也许学监想私下里对他表示祝贺，或者甚至为对他的侮辱表示道歉。一颗陨落之星有时需要一颗上升之星来拯救。但当他走近学监时，却犹如遭到暴击。他面前的桌子上摆放着三件物品：被葡萄潘趣酒弄脏的学校餐巾、他妈妈的粉盒，还有一块弄脏的白手帕。

他们的会面大概没有超过五分钟。随后，按照双方同意的解决方案，科里奥兰纳斯直接去招兵处，成为了帕纳姆最新的——即使不是最耀眼的治安警。

PART

THREE

治安警

· CHAPTER 21 ·

新兵斯诺

科里奥兰纳斯把太阳穴贴在玻璃窗上，想尽量吸取窗户上的一丝凉气。六个新警刚在九区下车，因此车厢里闷热的空气稍微清爽了一些。终于可以一个人待会儿了。他已经和其他人一起在车上挤了二十四小时，没有丝毫个人隐私可言。火车走得很慢，总是毫无理由长时间地在站内停靠。火车开开停停，周围新警急促而兴奋的说话声让他连眼都没合一会儿。他只是假寐，免得别人找他讲话。也许他现在该睡一觉，好从这挥之不去的噩梦中醒来；但是，这似乎就是他即将开启的真实人生。他用新发警服的粗糙的袖口揉揉自己结痂的脸颊，而这一举动只让他的失望情绪进一步加重了。

当火车发出单调的咔嚓咔嚓的声音穿过九区时，科里奥兰纳斯闷闷不乐地心想，这地方真丑。那些水泥大楼、片片剥落的墙漆和一幅幅凄惨的景象赤裸裸地暴露在下午无情的阳光之下。十二区比这里还要多了一层煤灰，应该比这里更丑。他没怎么见过十二区，只是在收获节的直播上看到过覆盖着一层煤灰的广场。那地方看上去不大适合人类居住。

当科里奥兰纳斯主动要求分配到十二区的时候，长官吃惊地皱起眉头，"这倒没怎么听说过。"他也没再说什么就盖了章。很显然，并不是每一个人都会看饥饿游戏的，因为他似乎不知道科里奥兰纳斯是谁，也没提起露茜。这样更好。在这个时刻，寂寂无名是他求之不得的事情。他目前的羞辱恰恰归结于他的姓斯诺。当他想起与海波顿学监会面对方所说的话时，他就倍感愤怒……

"你听到了吗，科里奥兰纳斯，那是雪落下的声音。"

他对海波顿的恨是多么强烈。他高扬着那张浮肿的脸，脸的下方就是那些证据。他用笔尖指着桌子上的物证。"这个餐巾。已证实上面有你的 DNA。你用它从学校餐厅非法偷送食物进了竞技场。这是我们在爆炸发生后从犯罪现场找到的物证。那只是例行检查，却发现了你。"

"你们快把她饿死了。"科里奥兰纳斯说，声音有些嘶哑。

"这是饥饿游戏中的惯常做法。我们在意的不是你给她喂食，本来这事我们也是交给导师去负责；我们在意的是你从学校偷东西，这是绝对禁止的。我当时就想揭露你，再给你个处分，剥夺你的导师资格，但是高尔博士觉得你可以为千疮百孔的凯匹特作出贡献。所以我们不但没惩罚你，相反，还让你在医院养伤，还放了你的国歌录音。"海波顿学监说。

"为什么现在要说这个？"科里奥兰纳斯问。

"只是为了确立一种行为模式。"他用笔敲着旁边的银制玫瑰雕花粉盒，"现在，再说说这个粉盒。有多少次我看到你母亲从手袋里拿出整个粉盒，往脸上抹粉？你那漂亮但无趣的母亲，让自己相信你的爸爸可以给她自由和爱。正像人们常说的，刚出狼窝又进虎穴。"

"她不是！"科里奥兰纳斯只说出这句话。他的意思是，"不是无趣的"。

"她的这一切错误可能只因她青春年少吧，唉，真的，她似乎注定永远是个孩子。和你的女孩正好相反，就是那个露茜。一个十六岁，一个三十五岁，这是怎样的三十五岁啊！"海波顿学监感慨道。

"是露茜把粉盒给您的？"科里奥兰纳斯想到这里，心就一沉。

"噢，别怪她。治安警不得不把她摔倒在地才拿到了这个东西。毫无疑问，在胜利者离开竞技场的时候，我们是要做彻底检查的。"海波顿低下头，笑了起来，"她毒死了沃薇和瑞伯，真聪明。这不太公平，可又能怎样呢？把她送回十二区就是对她足够严厉的惩罚了。她说用鼠药下毒都是她的主意，而那个粉盒不过是个礼物罢了。"

"确实如此。"科里奥兰纳斯说，"粉盒只是个礼物，寄托着我对她的情感，我根本不知道什么下毒的事。"

"假设我相信你，当然我并不信。我是说，假设我相信你。那么，这个我又该怎么想呢？"海波顿学监用笔尖挑起手帕，"昨天早晨一个实验室助理在蛇箱里找到了这个。一开始大家都很困惑，每个人都检查自己的口袋，看看是不是把手帕丢了，还有谁会靠近那些变种蛇呢？一个年轻人承认他丢了手帕，说他过敏特别严重，所以几天前把手帕放错了地方。正当他准备辞职时，有人注意到了手帕上的姓氏首字母。不是你的，是你父亲的。非常精致的字体，绣在角上。"

CXS。用与边缘一样的白线绣的字母，和手帕边缘的图案一样，真的，非常朴素，不仔细看是看不到的，但千真万确就在那里。科里奥兰纳斯从来没有仔细检查过随身携带的手帕，只是每天出门时随便塞在兜里。如果中间名——桑索斯——不是那么清晰的话，还有一丝辩驳的机会。这几乎是科里奥兰纳斯所知的唯一以 X 开头的名字，而唯一拥有这个名字的人是他的父亲——克拉苏·桑索斯·斯诺。

没必要再要求做 DNA 检测了，海波顿学监在找到了他的和露茜的识别标志物以后，肯定已经做了。

"那您为什么没有把这一切都公开了？"

"噢，相信我，我是想这么做来着。但是学校有一个传统，在开除学生的时候给他们一条活路。要是不想当众丢人，你可以今天结束之前加入治安警。"学监解释道。

"可是……我为什么要这么做？我是说，我该怎么跟大家说？毕竟我刚……赢得读大学的普林斯奖学金？"他结结巴巴地说。

"谁知道呢？就说你很爱国？因为相比书本知识，你认为保卫祖国是更好的教育？"海波顿学监哈哈大笑起来，"因为饥饿游戏改变了你，你想去为帕纳姆作出最大贡献的地方？你是一个聪明的年轻人，科里奥兰纳斯。我肯定你会想出理由的。"

"可……可我……"在波斯卡酒和肾上腺素的作用下，他的脑袋晕晕的，"为什么？为什么您这么恨我？"他脱口而出，"我原以为您是我爸爸的朋友！"

此言一出，学监不说话了，"我原来也这样以为。曾经这样以为。但到最后我才明白，他喜欢我是因为他可以利用我，即使现在也是如此。"

"可他已经死了！已经死了好多年了！"科里奥兰纳斯大喊。

"他死得其所，但他似乎仍活在你的心里。"学监做了一个打枪的手势，"你最好快点儿。办事处二十分钟后关门，如果你跑着去，还能赶得上。"

科里奥兰纳斯开始奔跑，也不知道还有什么其他选择。他报上名以后，就径直来到"城堡"，希望高尔博士能对他网开一面。但他被挡在门外，即便是说伤口感染了也没用。不过，治安警还是给实验室打了电话，对方回复说让他直接去医院。其中一个警卫同情他，答应试着把他最后的作业交给高尔博士，但也不能保证成功。科里奥兰纳斯在作业空白处，匆匆写下几行字，恳请高尔博士替他斡旋，但也觉得这样做没用。他甚至没写"谢谢"两个字。究竟为什么，他也说不清楚，但他不想因为绝望而让高尔博士看自己的笑话。

在回家的路上，邻里们的祝贺像刀一样割在他的心头，当他走进公寓，听到银铃声和欢呼声时，那才是他最痛苦的时候。泰格莉丝和老夫人把他们庆祝新年时用的物品拿出来，并且为这个场合还烤了一只蛋糕。他苦笑了一下，接着开始放声大哭，然后他把一切都告诉了她们。他讲完后，她们两人都平静而镇定，就像一对大理石雕像。

"你什么时候离开？"泰格莉丝问。

"明天早晨。"他说。

"你什么时候能回来？"老夫人问。

"我不知道。"

科里奥兰纳斯不忍心说二十年。奶奶不可能活那么长。就算他能再次看到她，也会是在地下了。

奶奶点点头，表示明白了，然后她打起精神说："记住，科里奥兰纳斯，不管你走到哪儿，你永远是斯诺家的一员。没人能把这个夺走。"

他不知道这是否也会成为一个问题，在战后的世界能否做斯诺家的人。瞧这姓氏把他变成了什么。但他只说了句："我要努力，等有一天能配上这家族的姓氏。"

泰格莉丝站起来说："来吧，考尤。我帮你打包行李。"

科里奥兰纳斯跟在她后面来到自己的卧室。她没有哭，他知道她是想忍住泪水，直到他走了以后。

"没什么好收拾的。他们说不用带旧衣服，他们会提供所有的制服、洗漱用品，一切。我只需要带上能装到这个盒子里的个人物品就可以了。"科里奥兰纳斯说着，从他的书包里拿出一个八英寸宽、十二英寸长、约三英寸厚的盒子。两姐弟盯着这个看了许久。

"你拿什么呢？必须是最需要的。"泰格莉丝问。

科里奥兰纳斯首先挑选了几张照片，他蹒跚学步时妈妈抱着他拍的合影，父亲穿军装的照片，泰格莉丝和老夫人的照片，还有几张朋友的照片。一个黄铜的旧罗盘，这是爸爸的遗物；一块圆形的玫瑰香粉，这原来放在妈妈粉盒里的，他用橘色真丝围巾包裹起来；三条手帕、带有斯诺家印章的文具、他的凯匹特私立学校身份证件、一张儿时看马戏的票根（上面有竞技场的图案）；一块从爆炸后的瓦砾中捡到的大理石。他靠这些老物件感受着他的世界，就像普林斯"老妈"在厨房里摆满纪念品，思念着二区的难忘时光。

姐弟俩都睡不着，便一起来到屋顶，远眺着整个凯匹特城，直到太阳升起。

"你注定是要失败的，饥饿游戏是人为的、邪恶的惩罚。像你这样的好人怎么能够应付得了这样的事？"泰格莉丝愤懑地说。

"除了我之外，绝不能对别人这么说，这不安全。"科里奥兰纳斯警告她。

"我知道，这样也不对。"她说。

科里奥兰纳斯冲个澡，穿上一条很旧的制服裤子，一件快磨破的T恤衫，和一双鞋底子快掉的鞋子。他在厨房喝了一杯茶，向老夫人吻别，最后又看了一眼自己的房间，然后就出门了。在楼下大厅，泰格莉丝给了他一顶旧太阳帽和一副她爸爸戴过的太阳镜，"路上用吧。"

科里奥兰纳斯意识到这些可以很好地掩饰自己，于是很感激地戴上了，把鬈曲的头发压在帽子下面。当他们穿过荒凉的大街，走向征兵中心时，两人都没有说话。走了一会儿，科里奥兰纳斯转过身来，面对着泰格莉丝，因为难过声音有些颤抖，"我把一切麻烦事都留给你了，公寓、税、老夫人，对不起，如果你永远都不能原谅我，我也能理解。"

"没什么好原谅的，到了就尽快写信吧。"她说。

两人紧紧地拥抱在一起，太用力了，科里奥兰纳斯感觉胳膊上缝的线都开了几针。然后，他大步流星走到征兵中心。

征兵中心已经挤满了人，大约三百名凯匹特公民，正等待着开启新的生活。这时他的脑子里突然闪过一个念头，如果他体检不合格，这也许会给他带来一线希望；但转念一想，心里又有些慌乱。如果真的不合格，等待他的又会是怎样的命运？他的所作所为会被当众揭穿吗？会坐牢吗？海波顿学监倒是没说，不过他还是想到了最坏的结果。

事实上，他的体检很容易就通过了，他们给他拆了线，甚至连句话都没说。他还被剃了寸头，这和他原来标志性的鬈发区别很大，让他有种秃嚓嚓的感觉。但他的外貌改变很大，先前一些人投来好奇的目光，现在也不盯着他看了。他换上了一身崭新的制服，还发了一个粗呢包，里面是换洗的衣服，还有一个急救包、一个水瓶以及一个小纸袋，里面装着火车上吃的三明治。接着，他填了一堆表格，在其中一个表格里他填上了将他很少的薪水中的一半寄给泰格莉丝和老夫人。这让他心里略感宽慰。

剃过了头发，穿好了制服，打了疫苗，科里奥兰纳斯登上了开往火车站的汽车。车里有男有女，都来自凯匹特，多数是刚从中学毕业的，通常他们的毕业典礼比凯匹特私立中学要早。科里奥兰纳斯待在一个角落，看着凯匹特新闻，担心新闻中会提到他的窘况，但他看到的只是普通的周六新闻：天气情况，因修建道路而需改道通行，夏季蔬菜沙拉食谱。仿佛饥饿游戏从未发生过。

我已经被人们从记忆中抹去了，而且，为了抹去对我的记忆，他们需要把饥饿游戏的记忆也抹去，他想。

有谁知道他所做的丢脸的事？老师们？朋友们？没有人跟他联系。也许消息还没有传出去。但终究会的。人们会猜测，流言会到处传播。一件真事，被添油加醋之后，就会成为八卦新闻。噢，利维娅会多么幸灾乐祸。克丽曼莎在毕业时会得到普林斯奖学金。在暑假期间，人们会想起他，有几个人甚至会想念他。菲斯塔斯、利西翠姐，也许会。到了九月，他的同学们就要开始大学生活。而他，会慢慢地被人忘却。

抹去饥饿游戏的记忆还需要抹去露茜的记忆。她现在在哪儿？她真的被送回家了吗？此时，她正被关在来凯匹特时坐的那种臭气熏天的小闷罐车里，在回十二区的路上吗？海波顿学监是这么说的，但最终的决定需要高尔博士来做，而她对于他们作弊的事是不会如此宽容的。在她的命令之下，露茜也许会被送进监狱，或者变成阿瓦克斯。或者，更糟的是，被送进高尔博士恐怖的活体实验室。

想起自己在火车上，科里奥兰纳斯赶紧闭上眼睛，生怕眼泪会流出来。像孩子一样大哭是绝对不可以的，所以他拼命克制自己的情感。他安慰自己，把露茜送回十二区是凯匹特的最佳策略。也许，随着时间的推移，高尔博士会再次起用她，特别是当他已经完全置身事外的时候。让露茜回来，在饥饿游戏的开幕式上给大家唱歌。她所犯的罪，如果和他的相比，是小巫见大巫。而观众很爱她，不是吗？也许她的魅力可以再一次挽救她。

火车在很多站都停，大门里不断吐出更多的新警，他们有的到了指定地点，有的需要中转，以便到北方或南方或其他什么被分配的地方。有时，他会看着窗外经过的死气沉沉的城市，现在这些城市已经荒废，风雨飘摇。他便设想着这些城市在辉煌时期会是什么样子，回想过去当这里还叫作"北美"而不是"帕纳姆"时的样子。那时，这些城市一定很好，都跟凯匹特很像，而现在则是一片荒芜了……

午夜时分，包厢门开了，两个要去八区的女青年走了进来，她们带着半加仑波斯卡酒，也不知是怎么偷偷带上火车的。时间真是奇妙的东西，他一整夜都在帮她们消耗那酒，等他一天之后醒来时，火车已经开进了十二区站台，时间已是周二早晨，湿热难耐就要开始了。

科里奥兰纳斯脚步不稳地走上站台，头疼欲裂，口干舌燥。根据指令，他和另外三名新警站成一排，等了一个小时之后，才来了几个接站的治安警。这些人看上去比他们大不了多少，领着他们走出了火车站，走上布满沙砾的大街。炎热而潮湿的天气把空气变成了半液态半气态的物质，他也弄不清自己是在呼气还是吸气。潮气打湿了他的皮肤，使其呈现出一种陌生的亮泽，擦也没用，汗是干不了的，只能越擦越湿。他开始流鼻涕，流出的鼻涕和煤灰混在一起变成了黑色。他的袜子在硬邦邦的靴子里发出咯吱吱的声音。他们在煤渣路和开裂的沥青路面艰难行进，两旁都是丑陋的建筑，一个小时之后，他们来到了驻扎地，这就是他的新家了。

驻地周围有保护围栏，门口有武装治安警站岗，让他感觉比较安全。新警跟着领头的治安警，穿过了各色各样丑陋的灰秃秃的建筑。到了营房后，两个女新警与他们分开安置，而他和另外一个高个子、像电线杆子一样瘦的名叫朱尼厄斯的男新警被领到一个营房里。这里有四张带梯子的双人床以及八个储物柜。其中两张床铺得很整洁，而另外两张床上则堆放着床品，靠近污迹斑斑的窗户，窗外是一堆废料箱。两个小伙子按指令笨手笨脚地铺好床，因为朱尼厄斯恐高，科里奥兰纳斯就住在了上铺。上午剩下的时间，他们可以洗澡、整理行李、熟悉治安警训练手册，之后在十一点开饭后可以去食堂报到。

科里奥兰纳斯站在浴室的花洒下面，扬起头，大口吞咽着从水龙头流出的温水。他用毛巾擦了三遍身子，最后不得不接受现实，意识到在这里皮肤永远都是潮湿的。他穿上了干净的警服，打开粗呢包，把里面的东西放好，又将最珍贵的盒子放在储物柜最上层，然后他爬到床上，开始仔细阅读治安警手册，或者说假装去读，免得跟朱尼厄斯说话。他是个神经质的家伙，需要时时在心底里确信科里奥兰纳斯处于劣势，得听他的。可科里奥兰纳斯想说的是，你的生活已经完了，年轻的朱尼厄斯；接受现实吧。可这似乎需要更强的自信才能应对，而他缺乏的正是自信。突然卸去了生活中的种种责任——学习、家人、未来，使得科里奥兰纳斯感觉失去了力量，即使去完成最简单的事都让他觉得费力。

差几分钟十一点，他们的室友，一个圆脸、爱说话、名叫斯麦利的人，还有他的伙伴，一个名叫巴格的小个子，叫他们一起去食堂吃饭，食堂里有一排排的长桌，桌旁有许多裂缝的塑料椅。

"星期二吃饭就得快点！"斯麦利宣布说。尽管他加入治安警还不到一个星期，但他似乎不仅了解这里的日常作息，而且很为此而得意。科里奥兰纳斯拿了一个托盘，盛了些食物，看上去很像点缀着土豆的狗食。饥饿以及同伴的热情让他鼓起勇气，试着尝了一口，发现这东西除了有点咸，味道还可以。他还吃了两瓣罐头梨，喝了一大杯牛奶。谈不上什么味道，只是填饱肚子罢了。他意识到，当治安警是不大可能饿肚子的。事实上，这里的食物供给比家里还有保障。

斯麦利热情洋溢，使大家很快成为了朋友。一顿饭的工夫，科里奥兰纳斯和朱尼厄斯都有了绰号，分别是"绅士"和"竹竿"，一个是因为餐桌礼仪很棒，另一个是因为身材消瘦。科里奥兰纳斯很喜欢这个绰号，因为他最不想听到的就是"斯诺"这俩字。他的室友没人对此作出评论，也没人提起饥饿游戏。

原来，只有娱乐室有一台电视，新警只能到那里去看电视，而电视信号又很差，因此平时很少开。就算"竹竿"在凯匹特看见过科里奥兰纳斯，他也没把饥饿游戏导师和他身边这个打呼噜的小伙子联系起来。也许，大家根本没想到他会在那里，因此也没认出他。或许他的知名度仅限于凯匹特私立中学和少数在凯匹特没工作却有时间去看饥饿游戏的人。科里奥兰纳斯完全可以放松，承认自己有一个在战争中牺牲的父亲，在家乡有一位祖母和堂姐，上周刚从中学毕业。

令科里奥兰纳斯吃惊的是，他发现斯麦利和巴格以及许多其他治安警并非凯匹特人，而是来自各辖区。

"噢，当然了，能干治安警不错，这是份好工作。比挤奶工强。吃得饱，还有余钱寄给家里。有人瞧不起这工作，可我说，现在已经不打仗了，这只是一份工作而已。"斯麦利说。

"那你管制自己辖区的人也不在乎？"科里奥兰纳斯忍不住问。

"噢，他们不是我们辖区的。我的亲人在八区。他们一出生就没离开过那里，"斯麦利耸耸肩，"再说了，你现在就是我的亲人了，'绅士'。"

当天下午，科里奥兰纳斯被安排去厨房干活，经介绍认识了更多的来自这个新的大家庭的亲人。在"饼干"——一个在战争中失去左耳的老治安警的指导下，他光着膀子，在一个冒热气的水池边站着刷锅、刷托盘，一口气干了四个小时。他只有十五分钟时间吃饭，于是狼吞虎咽地吃了一些炖菜，然后又花了好几个小时去擦食堂大厅和过道的地。在九点熄灯前半小时，他赶回宿舍，一头倒在床上，穿着短裤呼呼大睡起来。

第二天早上五点，科里奥兰纳斯已经穿好衣服，来到操场积极训练起来。第一阶段的训练目的是要尽可能提高新警的体能。他做蹲起、快速跑和其他各种训练，直到衣服都湿透了，脚上磨起了水泡。茜科老师一贯坚持严格的训练，她的教导对他起了很大作用，别忘了他从十二岁起就练习走方队。可是，"竹竿"呢，笨手笨脚，胸肌平坦，引得训导警官又是点他的名，又是训斥他。夜晚，当科里奥兰纳斯快睡着的时候，他听到那小伙子捂着枕头偷偷哭呢。

训练、吃饭、清扫、睡觉构成了他的新生活。他一项项完成，虽然很机械，但有足够的能力完成好，不会受到训斥。如果幸运的话，晚上熄灯前他还能有半个小时宝贵的私人时间。倒不是说他想利用这段时间去做什么了不起的事，他所能做的也不过就是洗澡，然后爬到铺上睡觉。

他一想起露茜就感到备受折磨，他没有办法得到她的任何消息。如果他在营房里问问题，有人就会猜出他在饥饿游戏中所扮演的角色，这是他想不惜一切代价避开的事。警队规定的假日是在星期天，而他们的职责在周五下午五点的时候就结束了。作为一个新警，他不得不待在营房内，直到下一个周末。过了一段时间，科里奥兰纳斯计划进城，向当地人偷偷打听一下露茜的下落。斯麦利说，治安警常到当地一个名叫霍伯的旧储煤仓库去转悠，在那儿可以买到家酿的酒或者花钱找个伴儿。十二区还有一个城镇广场，也就是举办收获节仪式的地方，那里有一些小商店和商人，白天会更热闹些。

周六晚饭后，"竹竿"因表现不佳而被罚打扫厕所，其他人都去娱乐室打扑克了。科里奥兰纳斯磨磨蹭蹭地吃着碗里的面条和罐头肉。因为平时斯麦利喜欢东拉西扯，吸引了大家的注意力，这还是他第一次真正仔细地观察其他的治安警。他们的年龄差别很大，有十几岁的新警，也有和奶奶同龄的老警。有的三三两两地在聊天，但多数人呆坐在那里，一副闷闷不乐的样子，默默地吸溜着碗里的面条。他在想，眼前看到的难道就是自己的未来？

科里奥兰纳斯决定今晚就待在营房里。他把最后一分钱都留给了家人，因此他没钱赌博，甚至连零花钱都没有。更重要的是，他收到了泰格莉丝的来信，他要私下里看。他沉浸在自己的世界里，远离了同伴的视线、声音和气味。他已经习惯于独处，大家闹哄哄地在一起简直让他受不了。他爬到上铺，小心地打开信。

最亲爱的考尤：

现在是周一的晚上，你不在家，家里显得空荡荡的。老夫人似乎不太明白发生了什么，因为今天她两次问起你什么时候回来，问起我们是否该准备晚饭了。有关你的事情现在已经逐渐传开了。我去了普鲁瑞伯斯家，他说他听到了很多传闻：说你因为爱，随露茜去了十二区；说你在庆祝时喝醉了酒，又签了新的挑战书；说你违反了规定，擅自给竞技场里的露茜送礼品；说你跟海波顿学监不和。我告诉他们，你是为报效祖国，就像你父亲一样。

菲斯塔斯、珀塞弗涅和利西翠妲今晚来了，他们都非常关心你，普林斯夫人打电话来要你的地址。我想她是想给你写信。

多亏杜列特家帮忙，我们的公寓已经开始正式拍卖了。普鲁瑞伯斯说，如果我们没法马上找到住处，他在俱乐部楼上还有几间屋子空着，如果他再营业的话，我可以帮忙做服装。他还找了几个人来买我们的家具。他人很好，让我代他向你和露茜问好。你见到她了吗？这是所有一切疯狂当中最甜蜜的事情。

很抱歉，信写得很短，但是现在已经很晚了，而我还有很多事要做。我写信只是想让你知道我们都很爱你、很想念你。我知道一切都很艰难，但不要失去希望，是心中的希望帮助我们度过了最艰难的时刻，而你现在也要这么做。请给我们写信，告诉我们你在十二区的生活状况。现在的一切似乎并不理想，但谁又知道未来会是什么样子呢？

斯洛特·泰格莉丝

科里奥兰纳斯用双手捂住脸。凯匹特是在拿斯诺的名字开玩笑吗？

老夫人痴呆了吗？他们的家已经搬到夜总会顶楼的一两间破旧的房子里去了，而泰格莉丝在缝制镶嵌亮片的舞服？这就是曾经显赫辉煌的斯诺家族的命运吗？

而他自己会怎样，科里奥兰纳斯·斯诺，未来的帕纳姆总统？他的生活，已经变成了毫无意义的悲剧，命运就在他的面前翻转。他现在就可以看到二十年后的自己，肥胖而愚蠢，教养也被慢慢磨光了，他的大脑已经萎缩到了只知道吃和睡的地步。而露茜，在高尔博士的实验室慢慢遭受折磨，那时候早就死了。

虚度了二十年，然后呢？又会怎样？他的服役期结束以后呢？没办法，他需要继续服役，因为即使到那个时候，他的羞辱或许仍然难以消除，留下了可怕的烙印。即使他真能回到凯匹特，等待他的又会是什么？老夫人已经去世了。泰格莉丝已步入中年，看上去比实际年龄还要老，像奴隶一样地辛苦缝纫，她从一个温柔善良的姑娘变成了毫无生气的中年妇女，在那些她必须讨好以混口饭吃的富人眼里，她的存在就是个笑话。不，他永远都不想回去。他会像食堂那个老警一样一直待在十二区，因为这就是他的生活。没有爱人、没有孩子、没有地址，只有营房。其他治安警就是他的家人。斯麦利、巴格、"竹竿"，这些都是他的一帮兄弟。他也永远不想见家乡来的人。永远，永远不再见面。

当思乡之情和绝望之念一齐向他袭来时，他的胸口感到一阵阵疼痛。他确定自己正在犯心脏病，但他不想呼救，相反他蜷缩成一团，把脸抵在墙壁上。也许这样是最好的，因为他无处可去，无处可逃，没有获救的希望，除了做一个活死人他没有别的出路。他能有什么指望呢？炖菜？一周喝一杯杜松子酒？从洗盘子提升到刮盘子？难道现在死了不更好吗，快点死总比痛苦地熬年头要强吧？

什么地方——似乎很远——他听到了砰的一声关门的声音。接着是大厅里的脚步声，略微停顿了一下，接着朝他的方向走来。他使劲咬牙，真希望心脏马上停止跳动，因为他跟这个世界已经了结了，现在最好一别两宽。但是脚步声越来越大，最后在他的门口停下来。这个人正在看着他吗？是巡逻的人吗？这人就这么看着他这副尿样？看到他这副样子心里正得意吧？他等着对方笑话他，对他嗤之以鼻，然后让他去打扫公共厕所。

但这一切并没有发生，相反，他听到一个轻柔的声音问："这张床有人吗？"这是多么轻柔而又熟悉的声音……

科里奥兰纳斯在床上扭过身子，他睁大眼睛去确认究竟是谁发出这熟悉的声音。一个人站在门口，身穿一套新警服，因为折叠还带着折痕，奇怪的是，这身制服看着倒是挺适合他的——来人正是塞亚纳斯·普林斯。

· CHAPTER 22 ·

异乡重逢

科里奥兰纳斯这辈子从未因为见到什么人而这么高兴过。"塞亚纳斯！"他大声喊出来，从床上跳下来，脚步不稳地站到涂漆的水泥地板上，朝这个新人张开了双臂。

塞亚纳斯上前拥抱着他说："对于一个差点把你毁了的人来说，这欢迎也太热烈了！"

科里奥兰纳斯有点神经质地哈哈笑着，有那么一会儿，他仔细琢磨着他的话。是的，塞亚纳斯曾经因为偷偷溜进竞技场而将他置于危险的境地，可那是很久以前的事了，中间又发生了这么多事，不必再去责怪他了。塞亚纳斯自己的情况已经很糟了，他不可能参与到海波顿学监与父亲的家族世仇或者手帕事件中。

"不，不，正好相反。"他放开塞亚纳斯，仔细地打量着他。塞亚纳斯的黑眼圈很重，瘦了至少十五磅。但就整体而言，他的头发剪短了，好似在凯匹特背负的沉重负担也已经消除了。

"你来这里干什么？"

"嗯，这么说吧。我无视凯匹特的规则，进了竞技场，也就等于快要被开除了。我父亲去了学校董事会，说如果他们让我毕业，并且去当治安警，他可以给学校再修建一个新的体育馆。董事会同意了，不过我也提出了一个附加条件，如果不让你毕业，我就不接受这个条件。怎么说呢，茜科老师真的想要一个新的体育馆，她说，你俩在未来的二十年都捆绑在一起又有什么关系呢？"塞亚纳斯说着，把他的粗呢包放在地上，拿出他的个人用品收纳盒。

"我能毕业了吗？"科里奥兰纳斯说。

塞亚纳斯打开盒子，从里面拿出一个带校徽的小皮革文件夹，很隆重地举起来，"恭喜你。你不再是退学生了。"

科里奥兰纳斯打开文件夹，看到了用花体写着他的名字的毕业证。这毕业证一定是提前写好的，因为上面写着给予了他很高的荣誉。

"谢谢。这么想很蠢，但这对我仍很重要。"

"你知道吗，如果你想参加军官候选人考试，这证件就很重要。你必须是中学毕业才行。海波顿学监提出来你不应该得到毕业证，他说你违反了饥饿游戏的规则，帮助了露茜什么的。不管怎么说，他的提议只得了少数票。"塞亚纳斯呵呵地笑起来，"他真的很讨厌。"

"这么说，我没有被人人痛骂？"科里奥兰纳斯说。

"为什么？因为爱上别人？我想更多的人是同情你。我们老师里面有很多浪漫主义者，是他们发现了你俩的爱情，而且露茜给大家的印象很好。"塞亚纳斯说。

科里奥兰纳斯紧紧抓住他的胳膊问："她在哪儿？你知道她后来怎么样了？"

塞亚纳斯摇摇头，"他们通常把获胜者送回他们自己的区，不是吗？"

"我担心他们对她做了更糟的事情。因为我们在饥饿游戏中作弊了。我干预了蛇的嗅觉，所以那些蛇不会咬她，而她所做的只是使用了鼠药。"科里奥兰纳斯把一切都和盘托出。

"原来是这样。哦，这我倒没听说过。也没听说她受到惩罚，事实上，她很有才华，搞不好明年他们还会起用她呢。"塞亚纳斯安慰他说。

"我也想到过这一点。海波顿说她被送回家了，这或许是真的。"科里奥兰纳斯坐在"竹竿"的床上，盯着手里的毕业证，"你知道吗，当你进来的时候，我正在琢磨着自杀的好处。"

"什么？这个时候？你现在终于摆脱了海波顿学监和邪恶的高尔博士的束缚，你梦中的女孩近在咫尺，我老妈也正准备给你寄来一卡车都装不下的烘焙点心，你却要自杀？我的朋友，你的新生活刚刚开始！"塞亚纳斯大喊道。

听了这话，科里奥兰纳斯哈哈大笑起来，两个人都哈哈大笑起来。

"这么说，我们俩没毁在这里？"

"我管它叫我们的救赎。反正对我来说是这样的。噢，考尤，你知道我能逃离出来有多么高兴，"塞亚纳斯说着，表情沉郁起来，"我从来都不喜欢凯匹特，可是在饥饿游戏中马库斯发生不幸之后……我不知道你说自杀是不是说着玩的，可对于那个时候的我，却是认真考虑过的。我把一切都想好了……"

"不，不！塞亚纳斯，我们不能让他们太得意了。"科里奥兰纳斯说。

塞亚纳斯沉思着点点头，接着他用袖口擦把脸，"我父亲说没有比这儿再好的地方了，从辖区的角度来看，我还是一个凯匹特人。可我不在乎。不管怎么样都比原来强。这里怎么样？"

"我们不是走正步，就是擦地，会让人头脑麻木的。"科里奥兰纳斯说。

"好啊。我倒想麻木点儿，这些天和我爸进行了无数的争论，现在，我可不想再讨论什么严肃的事情了。"塞亚纳斯说。

"这么说的话，你会喜欢我们的室友的。"

科里奥兰纳斯心中的不快已经消失了，似乎看到了一线希望。露茜至少没有公开受到惩罚。当科里奥兰纳斯知道自己在凯匹特还有盟友的时候，他在精神上受到了鼓励，而且塞亚纳斯提到的警官的信息也引起了他的注意。也许有办法脱离这苦海？有办法获得影响力和权力？此时，一想到这是海波顿学监所惧怕的，他就足够安慰了。

"我正计划着在这儿开启美好的新生活。我会以自己的方式，让这世界变得更好而尽绵薄之力。"塞亚纳斯说。

"这可是要下一番功夫哟，我不知道十二区有什么魔力，我非要求到这儿来不可。"科里奥兰纳斯说。

"很明显，你完全是随机的。"塞亚纳斯调侃他道。

科里奥兰纳斯感觉自己像个傻子，脸刷的一下红了，"我甚至不知道怎样才能找到她。或者，发生了这么多事，她是否还对我感兴趣。"

"你在开玩笑吧？她对你可是一往情深哟！别担心，我们会找到她的。"塞亚纳斯说。

科里奥兰纳斯热情地帮塞亚纳斯打开行李，铺好床，听他谈论有关凯匹特的各种新闻，越发觉得塞亚纳斯对饥饿游戏的推测是正确的。

"这事第二天早晨就没人再提了，当我回学校去复习功课的时候，听学校的一些教师说，让学生参加饥饿游戏是个错误，所以我认为这种做法也就这么一次了。可假如明年我们又看到'幸运星'弗里克曼来主持节目，邮局再次开放，让大家去买礼物、下赌注，我也不会意外。"塞亚纳斯说。

"这是我们的传统。"科里奥兰纳斯说。

"看来是，塞蒂莉娅告诉茜科老师，高尔博士决心让饥饿游戏继续下去。我猜这是她永无休止的战争。我们已经不再打仗，却保留了饥饿游戏。"塞亚纳斯说。

"是的，去惩罚各辖区，同时提醒自己我们是怎样的禽兽。"科里奥兰纳斯边说边把塞亚纳斯叠好的袜子放在储物柜里。

"什么？"塞亚纳斯问，脸上浮现出很滑稽的笑容。

"我说不清楚，这就好像……你知道她总是在折磨那兔子，或者想办法把肉融化掉？"科里奥兰纳斯说。

"好像她这么做很享受？"塞亚纳斯说。

"完全正确。我想，在她眼中我们也是试验品。她是一个天生的杀人者，具有内在的暴力倾向。饥饿游戏提醒我们，我们是怎样凶残的怪物；同时也提醒我们，为了不陷入混乱，我们是多么需要凯匹特。"科里奥兰纳斯说。

"所以说，这世界不仅残酷，而且还有人很享受这份残酷？就像她让我们写的喜欢战争的论文，仿佛战争是一场大型表演。这些事不想也罢了。"塞亚纳斯摇摇头说。

"算了，她已经远离我们的生活，那咱们就高兴点儿吧。"科里奥兰纳斯说。

这时，一脸沮丧的"竹竿"回来了，身上有股小便池和消毒水的味道。科里奥兰纳斯把他介绍给塞亚纳斯，听完他的不幸遭遇之后，塞亚纳斯积极鼓励他，并答应帮他训练，"在学校的时候，我也花了好长时间才练会。如果我能掌握这些技巧，你也能。"

斯麦利和巴格稍后也回来了，他俩热情地跟塞亚纳斯打招呼。他们在牌桌上把钱都输光了，却仍为第二天周六举办娱乐活动而感到兴奋。

"霍伯市场一个乐队有表演。"

科里奥兰纳斯突然兴奋地问："乐队？什么乐队？"

斯麦利耸耸肩，"记不清了。好像有个女孩要唱歌。想来应该不差，一个叫露茜什么的。"

露茜什么的。科里奥兰纳斯的心都快跳出来了，咧着嘴直笑。

塞亚纳斯也冲着他笑，"真的？哇，这可是很值得期待呀。"

熄灯以后，科里奥兰纳斯盯着天花板，内心充满喜悦。露茜不仅活着，而且就在十二区，他下周末就能与她重逢。那是他的女孩，他的爱，他的露茜。他们经历了与学监和高尔博士的缠斗、经历了饥饿游戏的艰难险阻而活了下来。几周以来，他经历了恐惧、渴望，经历了内心的忐忑不安，终于可以将她拥入怀抱，并且永远不会再让她离开。这不就是他来十二区的目的吗？

让科里奥兰纳斯感到高兴的，不仅仅因为有了露茜的消息，或塞亚纳斯又出现在他身边，并帮他重新燃起对生活的希望——真讽刺，十年来，他一直看塞亚纳斯不顺眼；也不仅仅因为他得到了毕业证、可以吃到美味的点心，或者凯匹特没有毁掉他的名声；甚至不是因为有希望当上警官。令他最感欣慰的是，他可以跟一个人交流，跟一个懂得他的世界，更懂得他所追求的真正价值的人进行交流。

斯塔伯·普林斯同意让塞亚纳斯把他的毕业作为修建体育馆的谈判条件，至少把这一点当作他救了塞亚纳斯的补偿，为此他感到欣慰。老普林斯没有忘记他，这一点他很肯定，而且老普林斯可能也愿意利用他的财富和影响力在未来帮助他。当然了，"老妈"是喜欢他的。这么想来，事情还没到了那么悲惨的地步。

塞亚纳斯，再加上各辖区来的几个穷小子，警备部队招了足够多的新警，组成了一个二十人的小分队，开始了日常训练。虽然科里奥兰纳斯和塞亚纳斯在凯匹特私立中学从未进行过实弹训练，但毫无疑问，学校的训导在身体素质和训练上都给他俩带来了优势。治安警的标准佩枪是威力巨大的武器，填充一次弹药，能够发射一百颗子弹。一开始，学员集中练习枪械的清洁、拆装，直到他们闭着眼都能做好。在第一天进行射击练习时，科里奥兰纳斯还有些犹疑，因为关于战争的记忆太可怕了。但随后他发现，手握武器让他感觉更安全，更有力。经过训练，塞亚纳斯成为了游刃有余的神枪手，很快就有了"靶心"的绰号。科里奥兰纳斯看得出来，这绰号让他感觉很不自在，但他还是接受了。

塞亚纳斯到来后的第一个周一，也就是八月一日，是令人失望的一天。新警们发现他们要整整服役一个月才能领到第一笔薪酬。斯麦利尤其沮丧，因为他还等着发薪后去周末狂欢呢。科里奥兰纳斯也感觉心情沉重，如果连一点零花钱都没有，他拿什么去看望露茜呢？

在三天平淡的训练结束之后，到了星期四，好消息来了。"老妈"的包裹到了，里面装满了各式甜点。当"竹竿"、斯麦利和巴格看到打开的包裹里的樱桃馅饼、焦糖爆米花、糖霜巧克力饼干之后，他们的脸上乐开了花。塞亚纳斯和科里奥兰纳斯把美食拿来与大家分享，这一举动进一步加深了兄弟情谊。斯麦利边嚼着满嘴的馅饼边说："要我说呀，如果咱们愿意，我敢打赌到星期六能拿这些点心去交易，换些杜松子酒和别的什么。"大家都表示赞同，于是他们把这份慷慨的礼物储存起一些，等着周六晚上去卖。

科里奥兰纳斯吃完甜点，又感觉信心倍增，于是他写了一张便签，感谢"老妈"的热情款待。接着提笔给泰格莉丝写信，告诉她，他一切都好，让她放心。他会尽量以轻松愉快的心态对对待每日枯燥艰苦的训练，也努力争取成为一名警官。他已经找到一本旧的候选警官测试手册，里面有模拟题。尽管在军事知识测试方面，他需要了解一些基本的规则和规定，但大部分测试题目是为了检验学员的知识水平，包括词汇、数学和空间问题。如果考过了，他不会马上成为警官，但可以开始预备警官的训练。他感觉自己还是有机会的，因为很多新警基本都不识字。他们上过几次关于治安警的价值观和传统的课程，可以很明显地看出来大家之间的差距。他告诉泰格莉丝，很遗憾薪金不能马上发，但向她保证，从九月一日起，钱会如期而至。当他用舌头剔出牙缝里的爆米花时，才想起了要告诉泰格莉丝，塞亚纳斯也来十二区了，也许普林斯"老妈"也能帮上忙。

周五早晨，食堂大厅里的气氛突然紧张起来。原来，斯麦利从医务室一个护士那儿听到了消息，大约一个月前，也就是收获节前后，矿井发生爆炸，炸死了一名治安警和两个十二区的煤矿老板。治安警在对当事人进行调查之后，逮捕了一名男子，据说他的亲属在战争期间是叛军的头目。那名男子会在下午一点被绞死。为此矿井关闭，工人全部要参加。

作为一名新警，科里奥兰纳斯觉得这事和他没有什么关系，他还是一如既往地进行日常训练。但在训练期间，基地的教官，一个叫霍夫的讨厌的老家伙，来到他们的队列视察了一会儿。走之前，霍夫和他们的教官嘀咕了几句，后者立马叫科里奥兰纳斯和塞亚纳斯出列，"你们两个，今天下午要去观看绞刑。长官要求多派一些人去观看，训练出色的新警务必参加。下午你们穿制服去报到，听从指挥就行了。"

科里奥兰纳斯和塞亚纳斯匆匆吃完了午饭，赶快回到营房去换衣服。"这么说，杀人犯专门瞄准了治安警？"科里奥兰纳斯边问，边穿上崭新的白制服，这制服还是他第一次穿。

"我听说他本想破坏煤矿生产，却意外地杀死了那三个人。"塞亚纳斯说。

"破坏生产？目的是什么？"科里奥兰纳斯问。

"不清楚，想继续反抗行动？"塞亚纳斯说。

科里奥兰纳斯只摇摇头。为什么这些人认为仅靠愤怒就能发起反抗？他们没有军队、没有武器，也没有权势，无异于以卵击石。在学校上课时，老师曾教过他们，近期的战争是由十三区的反叛者挑起的，他们不但拥有武器，而且可以与帕纳姆附近的支持者建立通信联系，并能将武器运送到支持者手中。但是，十三区在一阵核武浓雾中消失了，斯诺家的产业也就此完蛋了。整个十三区毁于一旦，想再次掀起反叛浪潮无异于痴人说梦。

当科里奥兰纳斯和塞亚纳斯去报到时，竟有人发给了他们杆枪，科里奥兰纳斯感到太意外了，因为他才刚刚接受了基础训练。

"不用担心，少校警官说了，我们只需要立正站好就行了。"另一个新警对他说。

他们上了一辆卡车，车开出营地后就沿着十二区的环路行驶。科里奥兰纳斯很紧张，因为这是他当治安警以来第一次出勤；但也有些兴奋。几周以前，他还是一个中学生，而现在他穿上了制服，有了武器，像一个男人了。因为他的凯匹特背景，虽为最低一级的警员，却也有种与众不同的威严。一想到这里，他不由得挺直了身板。

卡车绕着十二区外环前行，建筑也从简陋变得破败。一扇扇窗户和大门在炎热的天气里突兀地张着大嘴，面无表情的妇女坐在大门口，看着那些光着上身、骨瘦如柴的孩子在土窝子里无精打采地玩耍。每隔不远就有一些水泵，说明这里经常缺水，松垂的电线也说明这里的供电没有保障。

这里的贫穷匮乏让科里奥兰纳斯感到触目惊心。他此生的大部分时间已经相当穷困潦倒了，但斯诺家的人仍在极力地保存着体面和尊严。但这里的人已经放弃了。他在内心深处认为，这些人处境这么差，也有自身的原因。他摇摇头说："我们往各辖区投了那么多钱哪去了？"资金的投入一定是真事，不然凯匹特人也不会总是抱怨。

"我们把钱投入到工业生产，而不是辖区本身，这些人要靠自己养活自己。"塞亚纳斯说。

卡车颠簸着开下煤渣路，接着驶上一条土路。土路环绕着一大片杂草丛生的硬实的土地，路的尽头是一片林地。在凯匹特，一些公园里也有小块的林地，但无论多小，都修剪得非常整齐。而眼前的这片林地，在科里奥兰纳斯看来，就是人们常说的莽莽森林，甚至荒野吧。密密匝匝的树木、藤蔓和矮灌木四处蔓延，杂乱无章，令人很不舒服。鬼知道这林子里究竟藏着什么生物？这里的嗡嗡声、喳喳声、沙沙声让他感到心烦意乱。鸟叫声也特别吵人！

在林地的边缘有一棵大树，大树的枝干伸展出来，像一只巨大的、长满节瘤的臂膀。在一根很平的枝干上挂着一节套索，其正下方是一个草草搭起来、带有两扇活板门的台子。负责的少校警官是个中年人，他不满地说："他们一直向我保证要弄个像样的绞刑架，直到最近，才有人搭了这个玩意。我们以前都是把犯人从地上吊起来，可他们要吊很久才死，谁有工夫等他们死？"

科里奥兰纳斯在去营地的路上认识的一个新女警，她小心翼翼地举起手，问："请问，我们要吊死谁？"

"哦，一个对社会不满的家伙，他想要把矿井废了。他们都是对社会不满的人，但这人是个头目，名叫阿洛什么的。尽管我不知道其他几个正往哪儿逃，但仍然在缉捕他们。他们无处可逃。好了，大家都出去吧！"少校警官说。

科里奥兰纳斯和塞亚纳斯也就来充个数。平台两侧有两队治安警，每队二十人，他俩站在后排。科里奥兰纳斯不喜欢背对着四处蔓延的植物和未知的动物，但是命令就是命令。他目不斜视地盯着前方，越过空地，再往前就是辖区，这时可以看到一些人已经陆陆续续地来了。从外表来看，这些人是直接从矿井过来的，他们的脸上都是黑黑的煤灰。一些妇女和孩子夹杂在他们当中，比他们也干净不了多少。当越来越多的人朝这边走来，人数由几十变为几百的时候，科里奥兰纳斯愈发感到不安。当人群向他们走来时，他有一种不祥的感觉。

三辆车慢慢腾腾地沿着土路朝绞架开过来。为首的是一辆老旧的车，这车在战前也算得上是豪华车了。十二区的区长利普从第一辆车上下来，身后是一个头发染成金黄色的中年妇女，还有梅菲尔——露茜在收获节那天往她衣领里塞蛇的女孩。他们挨得很近，站在平台边上。

警长霍夫和六名警官从第二辆车上下来，车顶还有一面帕纳姆国旗，在迎风招展。最后一辆车是白色的厢式警车，车门打开时，人群一阵骚动。两名治安警跳到地面，然后转身去扶犯人下车。犯人是个瘦高个，戴着沉重的镣铐，治安警把他拉向绞架的时候，他尽量挺直了身子，非常吃力地拖着镣铐，走上快要散架的台阶，一名治安警扶他站到活板门上。

少校警官大喊"立正"，科里奥兰纳斯的身体立刻站得笔直。理论上讲，他应该直视前方，但这样的话，他只能从缝隙看到执行绞刑，他觉得自己被挡在后排了。他这辈子还没见过真正的绞刑，只在电视上看过。不管怎么说，他无法挪开自己的视线。

群众一片寂静，一个治安警宣读了阿洛·昌斯所犯罪过，他被指控杀死了三人。尽管他极力提高嗓门，可他的声音在炎热潮湿的空气中依然显得很沉闷。宣读完毕之后，指挥官向平台上的治安警点点头。于是他们上前把罪犯的眼睛蒙上，但他拒绝了，之后把吊索套在阿洛·昌斯的脖子上。那人神色坦然地站在台子上，眼望着远方，等待着他生命的终结。

从平台的尽头传来的击鼓声引起了前排一个人的哭喊，科里奥兰纳斯转移视线去搜寻声音的源头。只见一个男人正试图把一个橄榄色皮肤、黑色长发的年轻妇女带走，可她却拼命地往前挤，同时尖声叫喊着："阿洛！阿洛！"治安警迅速向她靠近。

阿洛听到这声音就像触了电一般，先是吃惊，接着是恐惧。他大叫："快跑！快跑，丽欧！快跑！快……！"活板门啪的一声打开了，绳索突然拉直，阿洛的话只说到一半就终止了，引得人群一阵惊呼。阿洛下坠了十五英尺，似乎立刻毙命了。

接下来周围一片死寂，一种不祥的气氛笼罩着人群。科里奥兰纳斯等待着结果，同时感觉到汗水已经顺着脊梁骨往下淌了。人们会发起进攻吗？他应该冲他们开枪吗？他还记得怎么使枪吗？他竖起耳朵等着命令，相反，怪异的事情发生了，他听到那悠荡的尸体发出死者的声音：

"快跑！快跑！丽欧！快……！"

· CHAPTER 23 ·

相顾无言

科里奥兰纳斯感到毛骨悚然，他发现周围的治安警也骚动不安起来。

"快跑！快跑！丽欧！快……"

这声音越来越大，仿佛要将他吞噬，喊声在林子里回荡，继而又从他背后袭来。那一瞬间，他以为自己疯了。他不听从命令，猛地扭头，仿佛会看到无数个阿洛会冲破身后的密林向他扑过来。什么也没有，没人。接着，那声音又从距他几英尺的头顶的树枝上传来。

"快跑！快跑！丽欧！快……"

当他看到一个小小的、黑色的鸟时，他想起了高尔博士的实验室，在那里，他曾看到过一样的鸟，落在笼子上面，叽喳鸟。怎么，这林子里一定到处都是这东西，它们在模仿阿洛死时的呼喊，正如实验室的鸟模仿阿瓦克斯的喊叫一样。

"快跑！快跑，丽欧！快……快跑……"

当科里奥兰纳斯回过神来的时候，他看到这鸟的叫声已经扰乱了后排的新警的心绪，但他们依然站着没动。现在已经习惯了，科里奥兰纳斯想。可他不敢肯定自己是否会适应一个死者不断重复的呼喊。即使此刻，这声音也在不断变化，从阿洛的喊声变成了有旋律的音调。仿佛从模仿他的声音而变幻出一连串的音符，这声音似乎比他的喊声更瘆人。

治安警抓住了人群中那个叫丽欧的女人，准备把她带走。丽欧发出了最后的绝望的呼号，而那些鸟也开始模仿她的声音，一开始还是人的声音，随后则变幻成一组音律。人类的语言消失了，剩下的只是阿洛和丽欧带有音乐旋律的声音的交替。

"学舌鸟，这该死的变种鸟。"站在他前面的一个士兵抱怨道。

科里奥兰纳斯想起在访谈进行之前与露茜的谈话。

"嗯，你知道人们怎么说。直到学舌鸟唱歌，演出才算结束。"

"学舌鸟？说实话，我觉得这些都是你编的。"

"这不是我编的。学舌鸟是一种善意的鸟。"

"它会在演出时唱歌吗？"

"不是我的表演，亲爱的。是你的。不管怎么说，这里是凯匹特。"

露茜当时肯定是这个意思，凯匹特的表演就是指绞刑。学舌鸟是善意的鸟，不是叽喳鸟，它们有些不同。他猜想，学舌鸟是当地的一个品种。但奇怪的是，士兵管它叫"变种鸟"。他眯起眼睛，在浓密的树叶里搜寻着，想找到一只。

因为现在目标已经明确，所以他很快找到了几只叽喳鸟。也许学舌鸟跟它们长的是一样的……不，等等，在那里！在更高一点的地方有一只黑色的鸟，比叽喳鸟略大一些，当它扬起鸟喙鸣唱的时候，便张开了翅膀，露出两块明亮的白色羽毛。科里奥兰纳斯十分确定，他找到了他的第一只学舌鸟，不过他并不喜欢眼前看到的这种鸟。

鸟的叫声搅动了群众的情绪，大家先是低声议论，转而成为小声抱怨，当治安警把丽欧送上带阿洛来的那辆警车时，人群里传来一片反对之声。科里奥兰纳斯很害怕这群暴民的潜在力量。他们会把矛头对准士兵吗？虽未接到命令，但他的拇指已经不由自主地打开了枪的保险。

这时突然传来一阵枪响，吓得科里奥兰纳斯跳了起来，他赶紧看是否有人倒在血泊中，却只看到一个警官正在放下手里的枪，那警官大笑着，朝指挥官点点头。原来是他刚才朝树上开了枪，惊飞了一群鸟，在鸟群中，科里奥兰纳斯分辨出几十只翅膀羽毛白黑相间的鸟。枪声震慑了人群，治安警朝他们挥手，大喊着："回去干活吧！""示众结束了！"

当空地上的人都走光之后，他仍然保持着立正姿势，希望没有人注意到他刚才冒失的举动。

当所有人都坐上卡车，准备开回营地时，少校警官对他说："我应该早点把那鸟儿的事告诉你嘞。"

"那究竟是什么鸟？"科里奥兰纳斯问。

少校警官用鼻子哼了一声，轻蔑地说道："你要问我的话，我只能说那是个失误。"

"是变种鸟吗？"科里奥兰纳斯继续问。

"算是吧。呃，应该说是它们的后代，战争结束后，凯匹特放了所有的叽喳鸟，让它们自生自灭，因为它们都是雄鸟，照理说也应该灭绝了。但是它们相中了当地的嘲鸟，而这些嘲鸟似乎也挺乐意。现在这里到处都是杂交的学舌鸟，需要我们来应付。再过几年，所有的叽喳鸟就死光了，咱们等着瞧吧，这些新生的鸟是否还能配对儿。"少校警官说。

科里奥兰纳斯真不想在以后的二十年里听这鸟模仿死刑犯的声音。也许，他真的有一天当了长官，就会组织人去捕猎这鸟，让林子里再也看不到它们的影子。但为什么要等呢？为什么不现在就建议，把这当作一项新警的射击练习来实施？可以肯定，没人喜欢这鸟。这想法让科里奥兰纳斯感觉好了一些。他转向塞亚纳斯，把自己的计划告诉他，但此时塞亚纳斯的脸却和在凯匹特时一样阴沉。

"你怎么了？"

当卡车开出林地时，塞亚纳斯的眼睛仍盯着树林说："我真的想不明白。"

"你什么意思？"科里奥兰纳斯不解地问，塞亚纳斯只是摇摇头。

回到营地，他们归还了枪支，换上工装，塞亚纳斯说了句要给老妈写信就消失了。科里奥兰纳斯发现有一封来信，这一定是他的室友给他捎回来的。他认出了信封上普鲁瑞伯斯·贝尔那一向隽秀整洁的小字，于是爬上床，开始阅读。信里的大部分内容证实了泰格莉丝所说的事情：普鲁瑞伯斯正在为斯诺家服务，在斯诺家人摆脱困境之前，他又要卖出他们的商品，又要提供临时居所。但下面这一段文字吸引了科里奥兰纳斯的注意力：

很抱歉你最后是这样的结局。卡斯卡·海波顿的惩罚似乎太过分了，这让我很纳闷。我记得我曾提起过他和你父亲的交情，大学时期他们两人很亲密。但是我确实记得，有一次他们说话说到最后，为某事发生了争吵。很明显，当时卡斯卡大发雷霆，口中说，因为他当时喝醉了，那一切都是闹着玩的。而你父亲说卡斯卡应该感激他，其实他帮了卡斯卡的忙。之后你父亲就离开了，但卡斯卡喝得醉醺醺的，一直待到我打烊。我问他怎么回事，他只说了句"就像飞蛾扑火"。他当时醉得很厉害。我以为他们后来就和好了，但是也许并没有。不久他们就都开始工作了，我也不常见到他们。大家也就各忙各的了。

这段往事道出了海波顿学监憎恨他的最令人信服的原因。一次争吵，一次闹别扭。他知道他们并没有和好，除非他们和好后又发生了一次争吵，因为从海波顿学监对他说话的尖刻语气中可以感觉出来。海波顿学监真是一个卑鄙小人，仍在为上学时的一点小事舔伤口。即使到了现在仍是如此，可他的假想敌早已过世了。

别管它了，好吗？这事还有那么重要吗？他在心里对自己说。

吃饭的时候，斯麦利、"竹竿"和巴格都想听听绞刑的事，科里奥兰纳斯尽量满足他们。当他提出把射杀学舌鸟作为他们的射击训练项目时，大家都很有热情，他的室友都鼓励他就这事向上级请示。只有塞亚纳斯闷闷不乐地坐在一边，一声不响。他把面条推到大家面前，让别人吃。科里奥兰纳斯不禁有些担心。上次塞亚纳斯失去食欲的时候，同时也失去了健康。

随后，当他俩在食堂大厅拖地的时候，科里奥兰纳斯逼问塞亚纳斯："你有什么烦心事吗？一句话都不说。"

塞亚纳斯拿着墩布在一桶灰黑色的水里用力涮着，说："我不知道。我总是在想，今天如果那些群众情绪激动，我们是否需要开枪？"

"噢，不大可能，也许只需要朝天放几枪。"科里奥兰纳斯说，尽管他曾想过同样的问题。

"假如我在辖区做杀人的帮凶，那和在饥饿游戏中做杀人帮凶有什么区别？"塞亚纳斯问。

科里奥兰纳斯的直觉是对的，塞亚纳斯再次陷入了无法摆脱的道德的泥潭，"你觉得事情会怎样发展？我是说，你报名的时候是怎么想的？"

"我以为我会做医务人员。"塞亚纳斯承认。

"医务人员，比如说医生？"科里奥兰纳斯问。

"不是，那是要有大学学历的，我说的是一些更基础性的工作，在凯匹特或辖区都行，如果发生暴力事件的话，我能帮助受伤的人。至少我不会伤害别人，考尤，我真不知道自己能否杀人。"塞亚纳斯解释道。

科里奥兰纳斯觉得塞亚纳斯的话很刺耳，不禁一阵恼怒涌上心头。难道塞亚纳斯忘了，正是他的鲁莽行为导致科里奥兰纳斯杀死了鲍宾？正是他的自私使他的朋友不能再说出这种高姿态的话语？然而当他一想到老斯塔伯，却又忍俊不禁。一个制造杀人武器的军火大亨却有个信仰和平主义的继承者。他能够想象出这样一对父子会有怎样的对话。

这真是对一代豪门所拥有的无上权力的浪费，科里奥兰纳斯在心里嘲笑道。

"要是在战争中呢？你要知道，你是一个士兵。"他反问塞亚纳斯。

"我知道。要是在战争期间，那就另当别论了。我一定会为我的信仰而战，那我也必须相信战争是为了让这个世界变得更加美好。我还是宁愿当个军医，可眼下没有打仗，对军医也不太需要。等待受训去诊所工作的人排了长队。即便如此，也得有推荐信才能去，可队长不愿意给我写推荐信。"塞亚纳斯沮丧地说。

"为什么不行？你应该是合适的人选啊。"科里奥兰纳斯说。

"因为我的枪法太好了，没错，我的枪法是不错。很小的时候，我爸就教过我，我每周都要进行强制性射击训练。他认为这是家族生意的一部分。"塞亚纳斯告诉他。

科里奥兰纳斯试着去理解这话的意思，问："那你干吗不把自己的枪法隐藏起来？"

"我已经隐藏了。如果来真的，我的枪法比在训练中好得多。我不想冒尖，可别人也太差了。"塞亚纳斯赶快加了一句，"不包括你啊。"

"是的，包括我。"科里奥兰纳斯哈哈笑着说，"咳，我觉得你想得太多了。也不会天天都有绞刑。如果真的需要射击的时候，你故意打偏不就行了。"

塞亚纳斯听了这话火冒三丈，"如果因为我没能保护好你们，让你、'竹竿'或者斯麦利死了怎么办？"

"噢，塞亚纳斯！你不能把一切都想得那么复杂！总往最坏的方面想，这事是不会发生的。我们最终都会死在这儿，或者老死，或者拖地拖死，不管哪个原因在先吧。还有，你别再打中靶心了！要不你就编个理由，说你的眼睛坏了！要不你就把手往门上摔！"科里奥兰纳斯生气地大喊。

"换句话说，也就是别再那么自我放纵了。"塞亚纳斯说。

"可不是嘛，你总是有惊人之举。所以才不管不顾地跑到竞技场，还记得吗？"

科里奥兰纳斯此话一出，塞亚纳斯好像挨了一记耳光。不过，过了一会儿，他还是赞同地点了点头，"我差点儿把咱俩都害死了。考尤，你说得对，谢谢！我会好好思考你说的话。"

周六一大早，天空雷雨交加，大雨过后，地上留下一层厚厚的烂泥，空气湿度很大，科里奥兰纳斯觉得他都能像海绵一样拧出水来。他也开始喜欢吃"饼干"，偏好咸的食物了，每餐都把盘里的食物吃得干干净净。每天的日常训练使他变得更强壮、更灵活，也更自信了。他的体格变得和整天在矿井干体力活的当地人一样强壮。虽然他不大可能与当地人发生徒手的搏斗，也不大会用到治安警的枪械，但，如果有任何事情发生，他已经做好了准备。

在射击练习中，他留心观察着塞亚纳斯，他射击时确实偏离了靶心一点，很好！射击技能突然下降会引起教官注意的。如果换作别人说自己多么有本领，那是值得怀疑的，但他知道塞亚纳斯从不吹牛，如果塞亚纳斯说他是个神枪手，那他一定是。这也就是说，如果能说服他去猎杀学舌鸟，他真是难得的人选。训练结束后，科里奥兰纳斯把这个想法跟教官说了，教官的回答让他很高兴，"这也许是个不错的主意。一举两得嘛。"

"哦，我希望不止一举两得。"科里奥兰纳斯开玩笑说，而教官只嗯了一声，算是回答了。

整个下午，科里奥兰纳斯都在闷热的洗衣房工作，把工装投进工业洗衣机里清洗、烘干，然后再拿出来分类、折叠，工作结束后，他匆匆地吃完饭，就跑去冲凉。这是他的想象吗，还是真的长胡子了？当他用剃须刀刮胡子的时候，他感到很自豪。这是又一个标志，标志着他已经告别了少年时期。他用毛巾擦干头发，耳边的嗡嗡声不那么严重了，他感到松了口气。他细心地摆弄着头发，弄出一些鬈曲的造型。

晚上大家可以去霍伯市场，因此浴室里洋溢着兴奋的气氛。很显然，这里的新警没有一个人看过饥饿游戏。

"有个女孩要在那儿唱歌。"

"是的，从凯匹特来的。"

"不，不是凯匹特来的，她去那儿是参加饥饿游戏的。"

"噢，那她肯定是赢了。"

他们的脸因为热和搓洗显得精神焕发，科里奥兰纳斯和他的室友准备出发去霍伯市场了。离开营地时，值班的警卫提醒他们要挺胸抬头。

"我猜咱们五个可以对付几个矿工。""竹竿"一边四下打量，一边说。

"如果是徒手，那没问题，可他们要是有枪怎么办？"斯麦利说。

"在这儿不允许持枪，对吧？""竹竿"问。

"合法的没有，可战争结束后，总会有一些枪支流落民间。他们把枪藏在地板底下、树洞里或别的什么地方。只要有钱，什么都能搞到，"斯麦利边点头边说，一副无所不知的样子。

"很显然，没人这么干。"塞亚纳斯说。

步行离开营地，科里奥兰纳斯也感到紧张不安，但他把这归咎于最近经历的复杂的情感变化——激动、害怕、自信、担心见不到露茜。他有太多的话想对她说，太多的问题要问，都不知该从何说起。也许他需要的只是一个长长的、温柔的吻……

走了大约二十分钟，他们来到霍伯市场。这是十二区在经济比较繁荣时期留下的一个储煤仓库，后因煤炭减产而废弃不用了。仓库也许属于凯匹特政府，或属于凯匹特的某个有钱人，但这里没有明显的监管或维护。沿着墙边，一些临时搭建的摊位上摆放了一些零碎的商品，多数都是二手货。在这些用品当中，科里奥兰纳斯看到了烛台、死兔子、手编凉鞋、裂缝的眼镜等，不一而足。他担心在执行绞刑之后群众会对治安警产生敌意，可似乎没一个人愿意多看他们一眼，而这里的顾客多数也是从营地来的。

斯麦利曾在自己辖区的黑市推车做过小买卖，他很聪明，舍出一块曲奇饼干当样品，把它掰成十几块，让那些潜在的买主品尝。"老妈"的魔法立刻显现出来，斯麦利用赚来的钱，连同曲奇饼干一起，从酒贩子那里换来了一夸脱清纯的酒，那浓烈的酒精十分香醇，刺激得他们的眼睛都流泪了。

"这可是好东西！在这儿，他们管这叫'白酒'，就是最常见的私酒。"斯麦利肯定地说。他们每人来了一大口，引得大家一阵咳嗽，一阵拍背。剩下的，他们准备留着看节目的时候再喝。

科里奥兰纳斯还剩下六个爆米花球，他向人打听演出票的事，可人们只冲他摆摆手。

"他们演完了才收钱。你要想找个好座位，最好现在就找好了。恐怕人少不了。那姑娘回来了。"有一个人说。

找个好座位，意思就是从市场角落的一堆废品里找个旧板条箱、线轴或者塑料水桶什么的，占上一个可以看到舞台的位置，所谓舞台也不过就是在霍伯市场尽头用木板搭起来的台子。科里奥兰纳斯找到一个大约中间靠墙的位置。在昏暗的灯光下，露茜很难看到他，这就是他想要的。他需要时间，来决定以何种方式去接近她。她已经听说了他在这里吗？很可能没有，谁又会去告诉她呢？在营地，他也不过就是"绅士"，而他在饥饿游戏中的成绩也无人提及。

夜幕降临了，开关已打开，一根陈旧的电缆和一些摇摇欲坠的电线把一串各式各样的灯泡串起来。科里奥兰纳斯为了安全找好了最近的出口，以备万一着火时撤离。这里多是用木头搭起的旧架子，到处都是煤灰，不经意间点燃的一个火星就能瞬间将这里变成火海。霍伯市场里慢慢挤满了治安警和当地人，多数都是男人，但也有不少女人，总共差不多有两百人。

这时，一个大约十二岁瘦骨伶仃的男孩子跑出来，他头戴一顶插着鲜艳羽毛的帽子，在舞台上放了一只麦克风，麦克风的电线连接到舞台边的一个黑箱子旁边。男孩拖过一个板条箱，放到麦克风后面，然后就退到用破旧的幕布遮住的区域。他的出现使得人群开始活跃起来，所有的人一起鼓掌。事实证明这掌声是有感染力的，连科里奥兰纳斯都不自觉地跟着拍起巴掌。底下有人喊着，催促演出赶紧开始。正当人们焦急地等待，演出似乎永远都不会开始的时候，舞台侧面的幕布打开了，一个穿着粉红色蓬蓬裙的小姑娘出现在台上，她向大家行了一个屈膝礼。

小姑娘击着打着挂在脖子上的小鼓，舞蹈着从舞台边缘移向舞台中央，观众发出一阵喝彩。"哇啊！茉黛·爱芙莉①！"坐在离科里奥兰纳斯不远处的一个治安警喊道。这就是露茜常提起的表妹，所有的歌只要她听到就能记住。对于这么小的孩子确实很难，她看上去也不过八九岁。

茉黛·爱芙莉跳上麦克风后的箱子，对观众挥挥手，"嘿，大家好，感谢大家今晚能够光临！今天够热吧？"她用甜美、尖细的声音问候大家，人群发出一阵笑声。

"好，我们准备加把劲，让这里的气氛搞得更热烈些。我的名字叫茉黛·爱芙莉，很高兴为大家介绍考维族的其他演员！"观众热情鼓掌，她不停鞠躬表示感谢。等掌声平息下来之后，她开始介绍："曼陀林手，覃姆·安珀②！"一个又高又瘦的男青年，头戴一顶插羽毛的帽子，从幕布后走上来，手里拿着一把类似吉他但琴身更像泪滴的乐器。他径直走到茉黛的旁边，没有给观众打招呼，手指很轻松地拨弄了几下琴弦。接下来，那个摆放麦克风的男孩走上台来，手里拿着一把小提琴。"这是小提琴手克勒克·卡迈恩③。"当他边拉琴边走上舞台时，茉黛介绍道，"贝斯手芭波·艾偌④！"一个身材高挑纤细的女人，穿着齐脚踝的蓝方格长裙，拖着一把像大版小提琴的乐器上台，羞涩地向观众挥挥手，"现在上台的是，刚从凯匹特归来的唯一的露茜·格雷⑤·贝尔德！"

当露茜手拿吉他，精神抖擞地走上台来的时候，科里奥兰纳斯屏住了呼吸。她身穿闪闪发光的艳绿色百褶裙，精致的妆容让整个人显得非

---

① 爱芙莉（Ivory）：意为象牙；象牙色。

② 安珀（Amber）：意为琥珀；琥珀色。

③ 卡迈恩（Carmine）：意为深红色；暗红色。

④ 艾偌（Azure）：意为天蓝色；蔚蓝色。

⑤ 格雷（Gray）：意为灰色。

常靓丽。观众都站起身来。那一边，覃姆刚把茉黛站着的箱子拉走，这一边，她就脚步轻盈地跑上前台，站到麦克风前说："嗨，大家好，十二区，你想我了吗？"大家齐声高喊"想"，她开心地笑了起来，"我敢打赌你们没指望再见到我，可只要打赌就有输赢。我回来了，真的回来了。"

一个治安警被同伴怂恿，偷偷摸摸地走到台前，把半瓶白酒递给了她。

"哦，这是什么？是给我的吗？"她问，同时接过白酒。治安警做了个手势，意思是这是大家的。

"你们都知道我从十二岁起就不再喝酒了！"观众一片哄堂大笑，"什么？我以前喝！当然，手边备点儿白酒，留着治病也不错。谢谢你们的一片好意，非常感谢。"露茜看看酒，然后又会心地看了一眼观众，接着喝了一大口，"让我清清嗓子！"观众发出一片叫好声，接着她很纯洁地说道，"哎哟，你们这样对我，我真不知道为什么还要回来。但我回来了。这让我想起了那首老歌。"

露茜轻拨一下琴弦，看着呈半圆形围在麦克风旁的考维家族成员，"好吧，漂亮的鸟儿。一、二，一、二、三……"音乐开始了，节奏明快、声音响亮。露茜还没有凑近麦克风开始唱，科里奥兰纳斯就已经在用脚打拍子了。

> 为了我的爱人，我的心很愚蠢。
> 不能抱怨丘比特，因为他是孩子。
> 射它，踢它，惩罚它，
> 可我心依然为你跳动，噢。

> 我的心好奇怪，没有丝毫理智。
> 你像一只蜜蜂，身上带着尖刺。

蛰它，咬它，抛弃它，

可我心依然为你跳动。

请你莫要将它打碎，

你怎能刺伤我爱你的心？

你就这样把它毁了，

你是否太自命不凡？

正因为如此，

你才伤了我的心。

露茜离开麦克风，接着克勒克走上前来，用提琴演奏出华丽的旋律，使乐声更为丰富，而其他人也配合主旋律演奏。科里奥兰纳斯的目光无法从露茜的脸上移开，她的脸从来没有如此容光焕发。他想，当快乐从她的内心涌出时，这才是真正的她。她很美！是一种不仅他，而且所有人都能看得出的美。这可是个问题啊。一股醋意在他的内心翻搅。可是，他没必要如此。她是他的女孩，不是吗？他想起了在访谈时她唱的那首歌，她在歌中唱到一个曾伤过她心的男孩。他用心观察了考维家族的人，试图找到这个人，只有弹曼陀林的覃姆有可能，但他们之间似乎没有一丝火花。也许是这里的其他什么人？

观众为克勒克的演奏热烈鼓掌，露茜接着往下唱：

我心已被俘获，仍未给它自由。

人们嘲笑你怎样对待它。

俘获它，撕裂它，让它赤裸，

可我心依然为你跳动，噢。

心儿跳动，像揣着小兔。

心潮澎湃，血流涌动，

血流干，心刺痛，我已癫疯，

可我心依然为你跳动。

煎熬它，践踏它，不要归还，

撕碎它，煎烤它，碾轧它，

可我心依然为你跳动。

阵阵热烈的掌声和欢快的口哨声过后，大家安静下来，又坐下来继续听歌。

科里奥兰纳斯在凯匹特帮助露茜进行排练时就知道，考维家族演唱的曲目包罗万象，品类繁多，也可以用各种乐器演奏各种曲目。有时，一些成员会退到幕后，把舞台留给两个或一个演出者。覃姆表演得很精彩，他是个出色的曼陀林手，会用闪电般快速的指尖弹奏来激起观众的热情，然而他的面部表情却是十分淡然平静。茉黛是大家最喜爱的演员，她唱了一首带有黑色幽默的忧伤歌曲，大意是讲一个矿工的女儿被淹死了的故事。在演唱过程中，她邀请观众一起加入，想不到很多人真的和她一起唱起来。也许没有那么意外，因为多数人都已经醉了。

噢，我亲爱的，噢，我亲爱的，

噢，我亲爱的，克莱门泰，

你已逝去，永远逝去。

太可怜了，克莱门泰。

有几首曲子的词意很难理解，科里奥兰纳斯想尽力听懂这些不熟悉的歌词所蕴含的深意，却突然想起露茜说过，这些歌来自古老的过去。

五个考维人在唱到这些老歌的时候，似乎完全沉醉其中，他们摇摆着，用美妙的歌喉唱出了婉转动听的和声。科里奥兰纳斯并不喜欢他们这样，这声音令他不安。他听了三首这样的歌之后，突然意识到，这歌声让他想起了学舌鸟。

幸运的是，多数歌曲是比较新的，也是他喜欢的类型，他们最后唱的是那首在收获节上唱的歌……

> 不，先生，
> 你夺走的一切都不值得拥有，
> 尽管拿去吧，因为我已不屑。
> 我不会受伤。
> 你能夺走的一切都不值得拥有。

这歌词的讽刺意义一定会被观众理解。凯匹特试图把露茜的一切都剥夺了，但它却彻底失败了。

当大家的掌声结束之后，露茜对茉黛点点头，小姑娘立刻跑到幕布后边，不一会儿拿过来一个装饰着彩色丝带的篮子。

"衷心感谢大家，现在，你们都知道演出的规矩。我们不收票钱，因为饥饿的人最需要音乐。可我们也在挨饿。如您愿意出点力，茉黛会拿着篮子走到您的面前。我们先在此谢过各位了。"露茜真诚地说。

四位年长的考维人演奏着轻柔的音乐，茉黛则在人群中穿行，用篮子收起硬币。他们五个治安警只有几枚硬币，钱少得可怜，可茉黛还是礼貌地给他们行了屈膝礼。

"等一下，你喜欢吃甜食吗？"科里奥兰纳斯说。

他打开放着最后几颗爆米花球的棕色纸袋子让茉黛看，她看后开心地睁大了眼睛。科里奥兰纳斯把爆米花球都倒在篮子里，也相当于拿来买票了。以他对"老妈"的了解，更多盒爆米花球应该已在路上了。

茉黛做了一个芭蕾的皮鲁埃特旋转^①，以示谢意，然后急急忙忙地从观众中穿过去，走到台上拉拉露茜的裙角，让她看了看篮子里的美食。科里奥兰纳斯能看得出来露茜的嘴唇做了一个"噢"的口型，并问她这是哪儿来的。他知道时候到了，便走出阴影。当茉黛用手指向他时，他觉得自己的身体在微微颤抖。露茜会有怎样的反应呢？她会认他吗？会不理他吗？他已经成了治安警，她还能认出他来吗？

科里奥兰纳斯的眼睛一直盯着茉黛的手指，直到它指向他。她的脸上掠过了一丝困惑，继而认出了他，接着是满脸欢喜。她不敢相信似的使劲摇着头，开心地笑起来，"好的，好的，大家好。今晚……今晚也许是我一生中最美好的夜晚。谢谢大家来观看演出，我再唱一首好吗？祝大家做个好梦，以前，您可能听我唱过这首歌，可我在凯匹特的经历的一切赋予了这首歌全新的意义。我想，你们一定能猜出为什么。"

科里奥兰纳斯又坐回到座位上，她已经知道到哪儿来找他了，他要在歌声中慢慢体味重逢的快乐，只消一首歌的时间，他们就能重聚了。当她唱起在动物园唱的那首歌时，他的眼睛湿润了。

> 在那河谷，深深的河谷，
>
> 在那夜晚，听到火车隆隆，
>
> 火车啊，爱人，听到火车隆隆，

科里奥兰纳斯觉得有人拿胳膊肘捅他，扭头一看，是塞亚纳斯正在冲他笑呢。真是太好了，总归有人能明白这首歌对他的意义。有人知道他们所经历的一切。

> 建一座房屋吧，建得高又高，

---

① 皮鲁埃特旋转：芭蕾舞中的一个动作，脚尖立地旋转。

让我看着我的爱人从此经过，

看他从此经过，爱人，看他从此经过。

让我看见我的爱人从此经过。

那是我，科里奥兰纳斯真想把这话告诉四周的人。我是她的真爱。我救了她的命。

给我写信吧，把它邮寄，

火漆封缄，寄到凯匹特牢狱，

凯匹特的牢狱啊，爱人，凯匹特牢狱。

火漆封缄，寄到凯匹特牢狱。

他应该先向露茜问好吗？还是直接吻她？

红色的玫瑰，爱人，紫色的紫罗兰，

天堂的鸟儿懂得我的深情。

吻她。当然了，直接吻她。

懂得我的深情，啊，懂得我的深情，

天堂的鸟儿懂得我的深情。

"晚安，各位。希望下周再见，这段时间，你要一直唱歌哟。"露茜说完以后，在场的所有的考维族成员再次鞠躬。观众报以热烈的掌声，露茜始终微笑着看着科里奥兰纳斯。四周的人开始在把临时的坐物拿起来堆到墙根，他便绕过人群向她走去。早已经有几个治安警围住了她，她跟他们有一搭没一搭地聊着天，眼睛不停地朝他这边瞅。他停下来给她些时间好让她说完话，他只是远远地看着她，看着那个因爱的浸润而面色绯红的女孩。

几个治安警已经在向露茜道晚安，准备走了。科里奥兰纳斯理了理头发，朝露茜走过去。在他走到离她只有十五英尺远时，突然传来打碎玻璃和有人大声反抗的声音，他不由得扭头去看。一个黑头发，身穿一件无袖上衣，与他年龄相仿的年轻人，从渐渐散去的人群中穿过来。他的裤子扯了一个大口子，一直扯到膝盖的位置，脸上汗津津的，走起路来东摇西晃，看样子已经喝多了。他一侧的肩膀上扛着一个带琴键的乐器，后面跟着区长的女儿梅菲尔。梅菲尔走路的时候小心翼翼，免得身旁的顾客碰到自己，她趾高气扬，一副傲慢的样子。科里奥兰纳斯朝台上看去，露茜的表情从热切的渴望变成了怒目而视。乐队的其他几个人也靠近她去保护她，他们刚才表演时的轻松愉快的气氛一扫而光，代之而起的，是愤怒和悲伤。

是他，科里奥兰纳斯十分肯定，他的心里就像打翻了五味瓶子，有股说不出的滋味。他就是她歌里唱到的情人。

· CHAPTER 24 ·

神秘地图

莱黛把她那瘦弱的小身子挡在露茜前面，拳头紧握，一脸的仇恨，"你走开，比利·拓普①，这里没人想见到你。"

比利一边打量着这些人，一边漫不经心地摇晃着身子说："与其说想见，倒不如说是需要见，莱黛·爱芙莉。"

"不需要，快点走开，跟你的贱女人一起。"莱黛厉声说道。露茜用手臂环住她，手捂在小姑娘的胸口，这是为了安慰她，也为了让她保持克制。

"这话我可不信，不信。"比利边说，边拍拍他的乐器，因为醉酒，口齿含混不清。

"我们没你也照样能行，比利·拓普。你已经作出了选择。现在，请离开我们。"芭波说，她柔弱的声音里含着一份坚定。覃姆没说话，可也赞同地点点头。

比利脸上掠过一丝痛苦的表情，"你也这么觉得，卡卡？"

克勒克·卡迈恩把提琴搂紧了。

尽管考维人在肤色、头发、外形上差异很大，但科里奥兰纳斯注意到这两人明显长得很像。也许他们是兄弟？

"你可以跟我走。我们会混得不错的，我们俩。"比利恳求道。

---

① 拓普（Taupe）：意为灰褐色。

但克勒克仍不为所动，"算了吧。我不需要你，永远不，永远。我自己过得更好。"

说话之间，两个治安警走近比利。刚才给露茜递白酒的治安警一只手拉住他的胳膊说："走吧，演出已经结束了。"

比利猛地推开那个治安警的手，借着酒劲顺势推了他一把。瞬间，霍伯市场的和谐气氛被打破了，科里奥兰纳斯感觉到情势立刻变得紧张起来，双方剑拔弩张。刚才没理睬他或者喝酒时冲他点头的矿工也摆出挑衅的姿态，治安警们都站直了，警觉起来，科里奥兰纳斯发觉自己的身子也挺直了。当六名治安警逼近比利时，他感觉到矿工们也在向前拥。他已经做好准备参加斗殴，这时突然有人把电闸拉了，霍伯市场立刻陷入一片黑暗之中。

短时间内，一切都停滞了，继而，暴乱发生了。科里奥兰纳斯的下巴嘭地挨了一拳，他立刻进行反击，胡乱挥舞着拳头，以保证自身的安全。在竞技场被贡品追赶时那股野兽般的疯狂攫住了他。高尔博士的声音在他的耳畔回荡，"这就是自然状态下的人类。是赤裸裸的人性。"而此时，赤裸裸的人性再次暴露出来，他被卷入其中。拳打脚踢，在黑暗中，他露出了牙齿。

一阵喇叭声从霍伯市场外传来，卡车大灯刺眼的光从大门照射进来。哨声四起，有人大声喊话，驱赶人群。人们纷纷朝大门跑去。科里奥兰纳斯逆着人流往前走，希望能找到露茜，继而，他觉得找到她的最好办法是去门口。于是他被人流推搡着跌跌撞撞地往大门口走，时不时还挥上一拳，最后随着人群冲出大门，来到大门口。

这时，他看到当地人在奔逃，治安警松散地站成一队，也没有猛追那些斗殴者，治安警里有很多人根本就不在执勤时间，也没人组织人员来处理此次自发的斗殴事件。在一片黑暗中，人们甚至不清楚自己在跟谁打。这样倒也好，可科里奥兰纳斯还是觉得这事令人恐惧，和执行绞刑时的情况不同，这些矿工已经开始反抗了。

科里奥兰纳斯咬住开裂的下唇，站在那儿死死地盯着门口，但是，直到最后一个人不慌不忙地走出市场，他都没有看到露茜的身影，也没有看到考维家族其他成员，甚至没看见比利。他已经离她那么近了，却没跟她说上话，这让他心情嗒丧。霍伯市场还有别的出口吗？是的，他记得舞台附近有个门，他们一定是那儿逃出去的。梅菲尔·利普却没那么幸运。两个治安警夹住她，虽然不是逮捕，但也走不了。

"我没有犯错，你们无权抓我。"她冲着治安警大喊。

"对不起，小姐，为了保护你，我们不能让你自己回家。要不你让我们陪你回家，要不给你父亲打电话，好得到进一步的指示。"一个治安警说。

一提到她父亲，梅菲尔立刻不说话了，但态度并没有缓和，依然撇着嘴，气鼓鼓的，似乎在说，咱们走着瞧。

治安警对送梅菲尔回家的任务都没什么热情，最后这事还是落到科里奥兰纳斯和塞亚纳斯的头上，一则他们在执行绞刑时表现良好，再则他们头脑相对冷静。为稳妥起见，他们又另派了两名警官和三名警员来共同完成这项任务。

"都这个点了，天气不知会怎么变化，最好先把她送回去吧，她家离这里不远。"一个警官说道。

他们在街道上穿行，煤渣地面硌得靴子嘎嘎作响，科里奥兰纳斯眯起眼睛，望着这黑魆魆的夜色。在凯匹特，路灯照得各处都亮堂堂的，可是在这里，他必须靠着微弱的月光和偶尔从窗户里透出的光亮，才能看清前方的道路。他们没有枪，甚至没有白色制服的保护，他感觉很不安，于是尽量贴近这队人。好在警官是有枪的，可以防备偶尔窜出来的袭击者。他想起了老夫人说过的话，"你的父亲说过，这些人只喝水是因为天上没有下血。科里奥兰纳斯，如果你忘记这一点，你就危险了。"他们就在附近吗？正窥视着，并伺机袭击他们，以饮血止渴吗？他开始怀念营地的安全感了。

幸运的是，他们只穿过了几个很短的街区，街道就突然间变得开阔起来，接着他来到一个空荡荡的广场，他认出来这就是每年举办收获节仪式的地方。几个间隔不均匀的泛光灯为他照亮了脚下的石子路。

"我从这里走回家就没事了。"梅菲尔说。

"我们不急。"一个警官告诉她。

"你们干吗不让我自己走？"梅菲尔没好气地说。

"你干吗还要跟那个没出息的小子乱跑？相信我，那样不会有好结果的。"一个警官好心提醒道。

"噢，管好你自己的事吧。"梅菲尔反驳道。

他们走斜角线穿过广场，接着走上一条新铺的路，然后又拐到另一条街上。他们走到一所大房子前就停了下来，这房子在十二区应该算是豪宅了，但要放在凯匹特却算不上什么。在八月炎热的天气里，窗户大开着，科里奥兰纳斯透过窗户，看到房间里灯光明亮、装饰漂亮，嗡嗡响的电风扇拂动着窗帘。他闻到了一股晚饭的香味——是火腿吧，这让他有点儿流口水，也冲淡了嘴里的血腥味。也许这次他没见到露茜并非坏事，他开裂的嘴唇可不适合亲吻。

一个警官刚把门拉开，梅菲尔就越过他，跑到门前的小路上，溜进屋子里。

"我们要告诉她父母吗？"一个治安警问。

"干吗要这么做？你知道区长的脾气。有时候她到处乱跑，这错会算到我们头上。不用说我也知道。"另一个治安警抱怨说。

那个治安警咕哝着表示同意，于是这一小队人开始往回返。当他们穿过广场时，走在后面的科里奥兰纳斯听到了微弱的像是机器发出的呼哧呼哧的声音，于是便朝房子侧面的昏暗的灌木丛望去，他隐约看见一个人影，背靠着墙一动不动地站在阴影里。这时二楼的灯突然打开了，他借着微弱的光线，认出了那人是比利，他鼻子里流着血，正对他怒目而视。他胸前背着乐器，就是这东西发出的呼哧呼哧的声音。

科里奥兰纳斯刚要大喊去警告其他人，刚张开嘴却又憋了回去。为什么呢？害怕？冷漠？不知道露茜会有什么反应？她的乐队在对待他情敌的问题上已经表明了态度，但是，如果是科里奥兰纳斯抓住了他，可能会导致他进监狱，那他们又会怎么想？如果这样反而让比利成为一个可怜人，大家一致选择原谅他，那又该怎么办？科里奥兰纳斯看得出，考维人对彼此的忠诚是深入骨髓里的。可话说回来，也许他们愿意科里奥兰纳斯这样做？特别是露茜，也许她很想知道她的旧日恋人跑到区长女儿的家来寻求安慰的事。比利究竟做了什么才被大家从考维族群、乐队和家里驱逐出去？科里奥兰纳斯想起了露茜在访谈时唱的那首歌的最后几句歌词。

　　　　我是你在收获节输掉的赌注，太糟了。
　　　　现在当我走进坟墓，你又将如何？

　　很肯定，答案就藏在这歌词里。

　　梅菲尔来到窗边，关上了窗户。然后拉上窗帘，挡住了窗口的光线，也隐蔽了比利的脸，接着灌木丛发出沙沙的声响，这一刻很快过去了。

　　"考尤，"塞亚纳斯转回来，对他说，"走吗？"

　　"对不起，我想事呢，走神了。"科里奥兰纳斯说。

　　塞亚纳斯冲那房子点点头，"这让我想起了凯匹特。"

　　"怎么没说让你想起家呀？"科里奥兰纳斯指出来。

　　"不，对我来说，家永远都在二区，不过没关系，也许这两个地方我哪儿都回不去了。"塞亚纳斯很肯定地说。

　　他俩往回走的时候，科里奥兰纳斯在心里琢磨着，自己回到凯匹特的可能性究竟有多大。在塞亚纳斯来之前，他觉得回去的可能性是零。如果他当上警官再回去，或者甚至成为英雄了再回去，也许会大有不同。当然了，他需要付出万分努力才能成为优秀的人，正如塞亚纳斯想成为医生也要加倍努力一样。

当营地的大门在科里奥兰纳斯的身后砰的一声关上的时候，他的心才算放了下来。他洗完脸，爬到呼噜打得山响的"竹竿"的上铺，躺下后，他回想着今晚发生的一切，肿胀的嘴唇上的脉搏怦怦地跳着。这一切都像是一场梦——看到露茜，听到她唱歌，她看到他以后的那股高兴劲……直到比利出现，搅乱了他们的重逢。当然，看到考维人拒绝比利还是让他挺满意的。这再次证明了露茜是属于他的。

周日早餐时传来了坏消息，由于前一晚发生斗殴，任何士兵都不准单独离开营地。上级长官甚至考虑将霍伯市场无期限关闭。尽管斯麦利、巴格和"竹竿"前一晚因喝酒和斗殴而余醉未消、浑身是伤，听到这消息后也极为沮丧，觉得周六的出行如果被取消了，那就什么盼头都没有了。塞亚纳斯也关心这事，因为他关心科里奥兰纳斯，关闭霍伯市场，奥兰纳斯就更见不到露茜了。

"也许她会来这儿找你？"他们洗托盘的时候，塞亚纳斯建议道。

"她能来吗？"科里奥兰纳斯问，可转念一想，还是希望她即使能来也不要来。他的时间都安排得满满的，再说他们能到哪里去说话？隔着栏杆？这会让别人怎么看？他昨晚还准备在公开场合去亲吻她呢，幸好中间被打断了。现在回想起来，如果真这么做了，肯定会招来室友对他一连串的发问。而且，毫无疑问，会引起长官对他侧目。那么他们之前所有的事情，包括他被迫入伍，甚至在饥饿游戏中作弊的事情就会曝光。

另外，考虑到当地人和治安警之间的麻烦事，他们的关系最好还是不为人知的好。隔着栏杆小声讲话也容易引起人们的议论，以为他同情反叛者，甚至更糟，以为他是个间谍。不行，就算要见，也是他去见她，偷偷去见。今天是找到她的好时机，但他需要和一个朋友一起离开营地。

"我觉得这件事最好只有你我知道。如果她来了可能会惹上麻烦。

塞亚纳斯，你今天有事吗或者……"他开始说道。

"她住在一个叫'夹缝'的地方，在一片林地附近。"塞亚纳斯说。

"什么？"科里奥兰纳斯问。

"昨晚我问了一个矿工，就是随便问了一嘴。"塞亚纳斯狡黠地一笑，"别担心，他喝得醉醺醺地，不会记得的。噢，是的，我愿意跟你一起去。"

塞亚纳斯告诉室友，他们要进城去看看能否用口香糖来换些信纸，但这借口看来根本没必要，因为所有的室友一吃完早饭就拖着伤痕累累的身体回到床上躺着去了。科里奥兰纳斯真希望有点儿钱可以买些什么礼物，可他身上连一分硬币也没有。当他们经过食堂大厅往外走的时候，他看到了制冰机，于是他马上有了一个主意。在这种炎热的天气，士兵们可以免费取冰，或放在水里，或用于降温。在厨房这极为闷热的环境中，拿冰块在身上搓搓，可以让他们觉得舒服些。

科里奥兰纳斯刷盘子从不喊累，所以赢得了"饼干"的信任。"饼干"对他不错，给了他一个旧塑料袋。天太热了，他同意让科里奥兰纳斯出门时带些冰块，以防中暑。科里奥兰纳斯不知道那些考维人是否有冰箱，但从他去刑场的路上所看到的那些房子来看，冰箱估计对他们来说太奢侈了。反正冰块又不要钱，他也不想空着手去见她。

他们在大门口签名离开，门卫还提醒他们要小心。之后他们就朝着记忆中广场的方向走去。科里奥兰纳斯感到一丝不安。今天虽然矿上不上班，但十二区仍是一片寂静，他们在路上碰到的几个人也没理睬他们。只有广场上的一个小面包房还在营业，门大敞着，好让一丝微风吹进店里以驱散烤炉散发的热气。店主是一个脸像甜菜头的女人，她没兴趣给不付费的顾客指路，因此科里奥兰纳斯用他包装精美的口香糖换了一大块面包，女老板的态度才变得温和起来，她带他们到门外的广场，指了指去"夹缝"的路。

在远离市中心的地方，"夹缝"绵延数英里，正常的道路很快变成没有标识的蜿蜒纵横的小路，小路向前延伸一段距离之后就莫名地消失了。沿途有些地方盖了一排排破旧而雷同的房屋，更多的地方则是简易的小屋，只能被叫作"窝棚"。许多家的房子已经过多次加固和修补，有的已经坍塌，以至于房子原本的框架已荡然无存了。很多地方人去屋塌，显然已经被荒弃，里面杂七杂八的东西都被人搬空了。

没有地图，没有参照物，科里奥兰纳斯很快迷失了方向，那种惶恐不安又回来了。时不时地，他们会遇见几个人，或坐在门廊上，或坐在自己房子的阴凉里，看上去一点也不友好。唯一对他们友善的是那些蚊虫，不停地在科里奥兰纳斯破溃的嘴唇边嗡嗡，害得他不得不一直挥手去驱赶。炙热的阳光照在他们身上，使得那冰块融化了，并在他的裤管上留下了斑斑痕迹，科里奥兰纳斯的热情也在逐渐消解。昨晚在霍伯市场体会到的那种热情和陶醉，喝了酒以后那种兴奋和渴望，此时都像是一场头脑发热后产生的梦境。

"也许这不是个好主意。"科里奥兰纳斯有点懊悔地说。

"真的吗？我很肯定，咱们这么走是对的。看到那边的那些树了吗？"塞亚纳斯所答非所问。

科里奥兰纳斯隐约看到远处有一抹绿色。他一边吃力地走着，一边想着营地里的床铺，想起星期天本可以吃到炸腊肠和土豆。也许他天生就不是一个适合谈恋爱的人，而是更适合做一个独居者。比利不管人怎么样，有一件事是可以肯定的，他身上有股子狂野的热情。这就是露茜渴望得到的吧？热情、音乐、美酒、月光，还有一个拥有这一切的男人；而不是周日早晨突然出现在门口，满头是汗、嘴唇溃破、手里拿着一袋瘪下去的冰块的治安警。

科里奥兰纳斯让塞亚纳斯走在前面，自己则一言不发地跟在后面，走在忽高忽低的煤渣小路上。最后，他的伙伴一定会感到疲惫不堪，于是他们就会回去，像往常那样开始写信。塞亚纳斯、泰格莉丝、他的朋友、他的老师们，所有的人都大错特错了。他从来都不是一个渴望爱情、拥有抱负的人。他只希望得到他的奖学金，找上一份平静、美好的办公室工作，搞搞文件，然后有大把时间去喝下午茶。懦弱而且……海波顿学监怎么说他妈妈来着？哦，是的，没有生气。没有生气，就像他的妈妈一样。对于克拉苏·桑索斯·斯诺家族来说，他是一个多么令人失望的家族成员。

"听。"塞亚纳斯拉住他的胳膊说。

科里奥兰纳斯停住脚步，抬起头来。一个高音的歌声，带着无比的忧伤，划破清晨的空气。茉黛？他们朝着音乐传来的方向走去。在道路尽头，"夹缝"的边缘，出现了一个倾斜的小木屋，就像风雨中飘摇的大树。满是尘土的前院无人打理，因此他们不得不从一片片的野花中穿过，野花有的在开放，有的已经凋落，看来也是随便栽在那里，没有人修剪打理。当他们绕到后院的时候，发现茉黛正坐在一个草草搭建的门廊上，身穿一件比她大两号的旧裙子，正在用石头砸放在煤渣砖上的坚果，边砸边和着唱歌的节拍。

"噢，我亲爱的，"嘭——"噢，我亲爱的，"嘭——"噢，我亲爱的，克莱门泰！"嘭——

茉黛抬起头，看到了他们，于是高兴地咧嘴笑起来，"我认识你们！"她把果壳从裙子上扑拉掉，跑进屋子里去了。

科里奥兰纳斯用袖口擦擦脸上的汗，希望露茜出现时，他的嘴唇不会显得太难看。可是茉黛出来时，却把睡眼惺忪、头上随便挽了一个发髻的芭波拉了出来。和茉黛一样，她也换上了平时十二区普通人穿的便服。

"早上好，您是要找露茜的吗？"芭波礼貌地说。

"他是露茜在凯匹特认识的朋友，就是在电视上介绍她的那个，只不过他现在的头发快剃光了，就是他给的我爆米花球。"茉黛提醒道。

"啊，我们很喜欢吃，也感谢您为露茜所做的一切，我想您可以到'草地'去找她。她一早就去那里干活了，免得打扰邻居。"芭波说。

"我带您去，跟我来吧！"茉黛从门廊上跳下来，拉住科里奥兰纳斯的手，好像他们是老朋友似的，"这边走。"

科里奥兰纳斯没有弟弟妹妹或其他年龄比他小的亲戚，因此对小孩没有太多体验，但茉黛这样子黏着他，把冰冷的小手很信任地放在他的手心里，让他有种很特殊的感觉。

"这么说，你在电视上见过我喽？"

"就那一天晚上。覃姆用了很多金箔才把电视弄清楚。平时，电视上的画面都不带动的，可我们有电视就已经算好的了，好多人家里没有电视，那里面除了没意思的旧新闻，也没什么好看的。"茉黛解释道。

高尔博士一直想让人们关注饥饿游戏，如果在各辖区连一台好电视都没有，那它的影响也只能局限在收获节的广场上。

在他们朝林子走去的路上，茉黛一直喋喋不休地说着前一天晚上的演出和后来发生的斗殴。"真对不起，让你挨了一拳。"她说着，指了指科里奥兰纳斯的嘴唇，"都怨比利，他走到哪儿，麻烦就跟到哪儿。"

"他是你哥哥吗？"塞亚纳斯问。

"噢，不是，他是克雷德家族的人。他和克勒克·卡迈恩是兄弟。我们其他人都是贝尔德家的人，就我们这些女孩们。覃姆是一个孤儿。"茉黛一本正经地说。

如此说来，露茜并非唯一一个说话方式独特的人，那肯定是考维人说话的方式。

"孤儿？"科里奥兰纳斯问。

"是的。覃姆还是个婴儿的时候，是考维人发现了他。有人把他放在一个纸盒子里丢到路边，所以他就跟我们过了。老天给抛弃他的人开了个玩笑，因为他是最棒的琴手。不过，他不怎么爱说话。那是冰吗？"茉黛说。

科里奥兰纳斯摇摇那些快化完的冰块说："没剩多少了。"

"噢，露茜一定会喜欢的。我们有一个冰箱，可是冷冻室早就坏了，在夏天能见到冰真是太神奇了，就像冬天见到花一样。很珍贵呢。"茉黛高兴地说。

科里奥兰纳斯附和着："我奶奶在冬天种玫瑰，也很珍稀呢。"

"露茜说你闻起来有股玫瑰的味道，你家里是不是到处都是玫瑰呀？"茉黛好奇地问。

"我奶奶在屋顶种的。"科里奥兰纳斯告诉她。

"屋顶？在那儿种花，太可笑了，难道花不会从屋顶滑下来吗？"茉黛咯咯地笑起来说。

"那是平顶，在很高的地方，阳光很充足，从那儿能看到整个凯匹特。"他说。

"露茜不喜欢凯匹特。那儿的人想要杀死她。"茉黛说。

"没错，那里的人对她不好。"他承认道。

"她说你是那里唯一的好人，现在你来了。"茉黛说着，拉拉他的手，"你待在这儿不走了，对吗？"

"我计划是这样的。"科里奥兰纳斯说。

"我真高兴。我喜欢你，这也会让她高兴的。"她说。

说着说着，他们就来到了一片开阔地，再往前走是一片林子。与绞刑架前的那片野草丛生的空地不同，这里长满了干净、鲜嫩、高高的绿草和一簇簇鲜艳的野花。"她就在那边，和谢莫斯在一起。"茉黛指着坐在岩石上的一个长长的身影说道。露茜穿着一件和她的名字一样的灰色裙子，正背对他们坐着，低头弹着吉他。

谢莫斯？谢莫斯是谁？是考维家族的另一个成员？难道是他误解了比利，谢莫斯才是她的恋人？科里奥兰纳斯手搭凉棚向远处望去，却只能看到露茜的身影，"谢莫斯？"

"她是我们养的羊，别被她那男性的名字迷惑了，她是母的，每天能下一加仑奶呢。我们想攒够奶油，来脱脂做黄油，可好像要等很久才行呢。"茉黛说。

"哦，我喜欢黄油，对了，我差点忘了，给你面包。你已经吃过早饭了吗？"塞亚纳斯说。

"说实话，还没吃。"茉黛说着，很有兴趣地盯着面包。

塞亚纳斯递给她，"我们现在就回屋把它分着吃了，你觉得怎么样？"

茉黛把面包夹在胳膊下面，"那露茜和这个人呢？"她眼望着科里奥兰纳斯问道。

"他们一会儿就过来和我一起吃。"塞亚纳斯说。

"好吧。"她同意了，转而去拉住塞亚纳斯的手，"芭波会让我们等他们的。如果你愿意，你可以先帮我敲坚果。那是去年的坚果，可大家都没吃够呢。"

"哦，这是很久以来别人让我干的最开心的事。"塞亚纳斯转身对科里奥兰纳斯说，"我们一会儿见？"

科里奥兰纳斯有点不自信，问："我看上去还行吗？"

"很棒。相信我，你的嘴唇好着呢，士兵。"塞亚纳斯说完，就跟茉黛一起回去了。

科里奥兰纳斯理理头发，穿过草丛，朝"草地"走过去。他从来没在这么高的草丛里走过，草擦着他的指尖让他有种紧张的感觉。能和她在开满鲜花的原野里私下见面，而且还有整整一天的时间，这远远超出了他的预期。这和在肮脏的霍伯市场短暂的会面相比，简直是一个天上一个地下。这就是罗曼蒂克，没有比这再好的词了。他尽量快地从草地穿过去。

通常情况下，她总让他捉摸不透，而现在，他很高兴能有机会在她没有察觉的情况下去观察她了。

他走近以后，听到她边轻轻地弹吉他，边唱着歌。

你会，你会，

来到那棵树下吗？

在这里他们会绞死那杀了三个人的男人。

这里确实会发生奇怪的事情

如果我们夜半在那棵树下相会，

便没有比这更奇怪的事。

科里奥兰纳斯没听太清，但这歌令他想起两天前绞死的那个反叛者。她也去那里了吗？是那件事促使她唱出这首歌的吗？

你会，你会

来到那棵树下吗？

那死去的人曾叫他的爱人一起逃命？

这里确实会发生奇怪的事情

如果我们夜半在那棵树下相会，

便没有比这更奇怪的事。

啊，是的。她唱的是阿洛的死刑，不然还会有哪个死去的人叫他的爱人一起逃跑？"快跑！快跑，丽欧！快……"只有那变种的学舌鸟才会不断重复这句话。她又邀请谁去树下相会呢？会是他吗？也许下周六她准备唱这歌，好给他暗示去那棵绞刑树下约会？他是不可能去的，因为那个时间他是不允许离开营地的。她可能不知道这一点。

露茜开始哼唱着那曲调，尝试着各种和声，而他则在一旁欣赏着她脖颈那美丽的曲线、她健康的肌肤。当他再次靠近的时候，不小心踩在一根枯树枝上，噼啪啪发出很大的声响。她立刻从石块上跳起来，迅速扭过身子，眼睛因恐惧睁得大大的，同时举起吉他准备作出抵挡的姿势。

在那短暂的瞬间，科里奥兰纳斯以为露茜会逃跑，但当她看到他的时候，她不再警觉，而是放松下来。她摇着头，把吉他支在石块上，他从未见到过露茜如此尴尬。

"对不起。一只脚还在竞技场没出来呢。"

如果说饥饿游戏中短暂的冒险已经使他神经紧张、噩梦连连的话，他很容易想象露茜会受到多大的影响。上个月短短的一段时间，已经完全颠覆了他们的生活。很悲惨的是，他们作为两个特殊的人，已经经受了这世界施加给他们的最残酷的体验。

"是啊，那肯定给你留下了深刻印象。"科里奥兰纳斯感同身受地说。

他们站在那里，愣愣地看着对方，接下来朝彼此走去。当她扑到他怀里，用手臂紧紧拥抱他的时候，那袋冰从他的手里滑落。他将她拥在怀里，想起自己曾经是怎样地为她、也为自己担惊受怕，在此情此景完全遥不可及的时候，他又是怎样地幻想着这一刻的到来。但，现在他们就站在这里，平安地待在一块美丽的草地上，一个距竞技场两千英里的地方。他们沐浴在阳光下，中间没有任何障碍。

"你终于找到我了。"她说。

在哪里找到？十二区、帕纳姆，还是在这世界上？这已经不重要了，没有关系了。

"你知道我会找到你的。"

"我一直希望你能。我真想不到，感觉可能性不大呢！"

露茜向后仰身，抽出一只手，抚摸着他的嘴唇。当她抚摸他那天晚上受伤的地方时，他能感觉到她指尖弹吉他磨出的老茧，以及老茧旁柔软的皮肤。接着她有点害羞地亲吻了他，这吻如一股电流传遍了他的全身。他也不顾嘴上的伤了，也热切而又怀有一丝好奇地吻着她，感觉身体里的每一根神经都苏醒了。他就这样一直深情地吻着她，直到他的嘴唇有点出血了，如果她不躲开，他还会继续吻下去。

"来，到阴凉里来。"露茜说。

还没完全融化的冰块在他的脚底发出咔嚓咔嚓的声音，他捡起冰块说："给你的。"

"噢，谢谢。"

露茜拉着他坐到大石头跟前。她拿起装冰块的塑料袋，在上面咬了个小口，然后高高地举起来，让融化的冰水滴到她的嘴里。"啊，这一定是十一月前能见到的唯一冰凉的东西。"她用手挤着冰袋，让冰水喷洒到她的脸上，"好舒服啊，头往后仰。"科里奥兰纳斯把头往后仰，感觉到小水珠滴洒在他的嘴唇上，他刚把水舔干净，她又给了他一个长长的吻。之后，她跪在他身旁说："你说，科里奥兰纳斯·斯诺，你到我的'草地'上究竟来干什么？"

来干什么呢？"就是想和我的女孩多待会儿。"他回答道。

"我简直不敢相信。自从收获节以后，一切都显得那么不真实。而饥饿游戏就是一场噩梦。"露茜环视着"草地"说。

"对我也是，我很想听听在那之后你发生了什么。那些镜头之外的事情。"他说。

他们十指交握，紧靠在一起坐着，边享受这冰块带来的清凉，边互相倾诉着彼此的故事。露茜先从饥饿游戏刚开始的那几天说起，那时她和狂犬病越来越厉害的杰瑟普一起到处找藏身之处。

"我们从一个地方挪到另一个地方，在那些通道里东躲西藏。那地方就像是一个迷宫。而杰瑟普病得越来越厉害，每时每刻都变得更狂躁。第一天晚上，我们睡在大门口附近。那天来搬马库斯的人是你，对吧？"

"是我和塞亚纳斯。他偷偷溜进去的……唉，我都不知道该怎么说。他们派我进去，好把他弄出来。"科里奥兰纳斯解释道。

"是你杀死了鲍宾吗？"她很平静地问道。

他点点头，"那时我别无选择，另外三个人也要杀死我。"

露茜的脸色变得阴沉下来，"我知道。他们追杀你之后从旋转门回来，我听到他们在得意地吹嘘呢。我想你可能死了。一想到失去你，我就感到害怕。直到你送水进来，我才松了口气。"

"那你就知道我的每分每秒是怎样度过的了，我时时刻刻都在想着你。"科里奥兰纳斯说。

"我也一直想着你。我死死地抓着那个粉盒,手心里都能看到玫瑰花的印儿。"她弯曲手指比画给他看。

科里奥兰纳斯拿起她的手,亲了亲她的手心说:"我太想帮你了,可我感觉一点忙都帮不上。"

她抚摸着他的脸颊,"噢,不。我能感觉到你一直在照顾我。你送水,送食物,我敢说你除掉鲍宾是干了件大事。我知道,这么做你心里也不舒服,可这都是为了我。"

露茜承认她杀死了三个人。第一个是沃薇,虽然露茜没想杀她。只在快喝光的水瓶里放了药粉,假装不经意间丢掉,没想到沃薇是第一个发现的。

"我的目标是科洛尔。"她叹气说。

露茜承认往瑞伯常喝水的水坑下毒,毒死了他。在动物园的时候,杰瑟普曾往瑞伯脸上吐唾沫,因此他也已经感染了狂犬病。

"所以说,当时给瑞伯下毒也是出于怜悯。我不想让他经历杰瑟普那样的痛苦,而用毒蛇除掉特雷奇是出于自卫。我还是不明白为什么那些蛇那么喜欢我。我不太相信是我的歌起了作用。蛇的听力不好。"

于是,科里奥兰纳斯把所知的一切都告诉了露茜——实验室、克丽曼莎、高尔博士放蛇进竞技场的计划,他怎样把露茜用过的手帕偷偷丢进了蛇箱,好让蛇习惯她的气味,等等。

"但这事被他们发现了,上面有我俩的 DNA。"

"所以你就到这里来了,不是因为粉盒里的鼠药?"露茜问。

"是的,在这一点上你为我掩藏得很好。"他说。

"我也是尽我所能吧。"她想了一会儿,"嗯,这么说,我把你从火里救出来,你让我不被蛇咬。从现在起,我们要对彼此的生命负责了。"

"是吗?"他问。

"当然,你的生命是我给的,我的生命也是你给的,日月可鉴。"

她说。

"为彼此生命负责，绝不能逃避。"他说。

科里奥兰纳斯俯身向前，亲吻了露茜。他的脸红红的，内心充满了幸福和喜悦。尽管他不相信什么日月可鉴之类的话，但露茜信，这就足以保证了露茜对他的忠诚。当然，这并不是说他对露茜就不忠诚。如果他没有爱上凯匹特的任何女孩，也不是因为十二区有什么特殊的诱惑力吧。

这时，他的脖子上有种奇怪的感觉，原来是谢莫斯在品尝他的衣领。

"噢，您好。我有什么能帮您的吗，夫人？"

露茜哈哈大笑起来，"如果你愿意的话，碰巧你能帮上忙，她需要挤奶了。"

"挤奶？嗯。我不清楚应该从哪里开始。"他说。

"去拿一个水桶来。在家里。"露茜朝谢莫斯的方向喷了一点冰水，山羊就放开了他的衣领。露茜把袋子撕开，取出最后几块冰，一块塞进科里奥兰纳斯的嘴里，一块放在自己嘴里。

"在这个季节能吃到冰块真是太美了。这是夏季的奢侈品，冬季的诅咒。"

"你不能别把它当回事？"科里奥兰纳斯问。

"我们这儿可不行。一月份的时候，水管都冻住了，必须把冰块化了才能喝到水。水要够六个人和一只羊用，工作量大得惊人呢。如果下雪了还好，雪融化得快。"露茜说着，拉过谢莫斯的牵引绳，拿起了吉他。

"明白。"科里奥兰纳斯伸手去拿吉他，又不知道她是否信任他，肯不肯把吉他交给他。

露茜很自然地把吉他递给他说："这把琴没有普鲁瑞伯斯借给我们的那把好，可那把好琴放我们手里也值了。唯一的问题是我们缺少琴弦，自制的又不好用。要是我给他写信要，你觉得他会给我们寄来一些吗？

我敢肯定，他开俱乐部的时候有剩余的，我可以掏钱买。海波顿学监给我的钱，我差不多都留着呢。"

科里奥兰纳斯猛地停下脚步问："海波顿学监？海波顿学监给你钱了？"

"是的，但是私下里给的。首先，他为我经历的一切表示歉意。然后他把一沓钱塞到我口袋里。真高兴能有这笔钱，我不在的那些日子，考维人也没有演出。他们因为失去我感觉太难过了，不管怎样，如果他有心帮忙，那些琴弦我会掏钱的。"她说。

科里奥兰纳斯答应下次写信时问问普鲁瑞伯斯，但海波顿学监私下里表现的慷慨仍令他吃惊。这个邪恶的化身怎么肯去帮助他的女朋友？是出于尊敬、怜悯、负疚，还是吗啡嗑多了之后的幻觉？在回去的路上他一直在琢磨这件事，直到他们走到前门廊，露茜把谢莫斯拴在一根柱子上。

"进来吧，和家人见见面。"露茜拉住他的手，领着他朝大门走，"泰格莉丝怎么样？她给我带去了香皂和裙子，我真应该当面感谢她。现在我回家了，我本想写封信，可也许等我写出好歌再说吧。"

"她肯定会喜欢的，家里的状况不是很好。"科里奥兰纳斯说。

"他们肯定很想你。除此之外，还有别的什么事吗？"她问。

还没等科里奥兰纳斯回答，他们已经走进屋子里了。这是一间大屋子，还有一个二层阁楼，像是卧室。屋子的尽头有一个煤炉、一个洗碗池、一个碗架，还有一个古老的冰箱，说明那里是做饭的地方。右侧靠墙放着一个挂戏装的衣架，左侧靠墙放着他们的乐器。一台很旧的电视机上面顶着一个像鹿角似的超大的天线，连着一些弯曲的铝箔，放在一个板条箱上。除了桌子和椅子，这里几乎没有别的家具。

覃姆正靠在一张椅子上，手里拿着曼陀林，却没有弹。克勒克从二层阁楼上露出了脑袋，很不开心地看着芭波和茉黛，茉黛似乎也在生气。茉黛一看到他们，就飞也似的跑过来，拉着露茜来到朝向后院的窗户旁边。

"露茜,他又来找事了!"茉黛气呼呼地说。

"是你把他放进来的?"露茜问道,看样子知道茉黛说的是谁。

"没有。他说只想把他留在这里的东西拿走。我们都给他扔出去了。"芭波双臂抱在胸前,用责备的口气说道。

"那么,还有什么问题?"露茜平静地说,但科里奥兰纳斯感觉到露茜把他的手抓得更紧了。

"看那儿。"芭波说,眼睛看着后窗。

露茜朝窗前走去,科里奥兰纳斯紧跟在后面。

"塞亚纳斯本来是帮我们砸坚果的。"茉黛挤到他俩中间说。

只见比利跪在地上,身边放着一摞衣服和一些书。他边在地上画着什么,边快速地说话,时不时还做出手势,指指东,指指西。塞亚纳斯单膝跪在他对面,认真地听着,似乎理解了,不停地点头,偶尔还问些问题。科里奥兰纳斯看到比利在自己的地盘出现,很是恼火,他不明白塞亚纳斯跟他有什么关联,他想象不出他们之间有什么可讨论的。也许他们有同样的烦恼——比如说他们的家人都不理解他们,因此在一起诉苦呢?

"你是担心塞亚纳斯吗?他没事,他对谁都很和气。"科里奥兰纳斯说。他想看到比利在地上画什么,却没看清,"他在画什么?"

"好像在指路呢,"芭波说着,接过他手里的吉他,"如果我没猜错的话,你朋友是在问回去的路。"

"我来处理吧。"露茜刚要放开科里奥兰纳斯的手,却被他一把拉住,"谢谢,可我的破事你不用参与。"

"忘了你说过的话了?日月可鉴。"科里奥兰纳斯笑着说。

是时候让他跟比利摊牌了。比利必须明白,露茜再也不属于他,而是永远地、无可辩驳地属于科里奥兰纳斯了。

露茜没有回答,却不再去挣脱自己的手。当他俩静静地从后门走出去时，已经高高挂在天上的八月的艳阳让科里奥兰纳斯不得不眯起眼睛。院子里的两个人是如此全神贯注，直到他们走到跟前，比利才反应过来，赶紧用手把地上的图划掉。

如果没有芭波的提示，科里奥兰纳斯也许根本不清楚他画的是什么，但是，当他看到那图的时候，他几乎马上意识到那是营地的地图。

· CHAPTER 25 ·

心生疑窦

　　塞亚纳斯也吃了一惊，他迅速站起来，同时掸掉身上的土，他这副样子让科里奥兰纳斯不自觉地认为他有点负疚。而比利呢，则是一副懒得搭理他们的样子，慢条斯理地站起来。

　　"哟，看是谁要跟我说话了。"比利满脸堆笑地说，很不自然地看着露茜。难道这是饥饿游戏以来他们第一次说话？

　　"塞亚纳斯，你把那些坚果扔到一边不管，茉黛都生气了。"露茜说，没搭理比利。

　　"是的，我在逃避劳动。见到你很高兴。"塞亚纳斯把手伸向比利，后者马上跟他握手。

　　"啊，见到你也很高兴。要是你想多聊聊，有时候你能在霍伯市场找到我。"比利回答道。

　　"我会记着的。"塞亚纳斯说完，朝屋子走去。

　　露茜松开科里奥兰纳斯的手，和比利并肩站着说："走吧，比利。别再回来了。"

　　"我回来又怎么样，露茜？你会唆使那些治安警来揍我吗？"说完，他哈哈大笑起来。

　　"如果有必要的话。"她说。

　　比利斜眼看着科里奥兰纳斯，"你和他倒像是很温顺的一对嘛。"

　　"你不明白。你再怎么说也无法回头了。"露茜说。

比利生气了，"你知道我没想往死路上逼你。"

"我知道你还跟那女孩鬼混呢，我听说你已经是区长家的熟客了。"露茜厉声说道。

"我就纳闷了，一开始是谁把我赶到那里去的？你那么糊弄大家真让我恶心。可怜的露茜，可怜的羔羊。"他嘲讽道。

"他们并不傻，他们也想让你走。"她愤怒地说。

比利突然伸手抓住露茜的手腕，把她拉近自己，"你说，我到底应该去哪儿？"

还没等科里奥兰纳斯上前阻止，露茜一口咬住比利，他大叫一声，松开了她。这时科里奥兰纳斯为了保护她，已上前一步站到她身旁，比利恶狠狠地盯着科里奥兰纳斯说："看来你并不孤单啊，这就是你那凯匹特来的帅哥？不远万里地追过来？他会有好果子吃的，等着瞧吧。"

"你的事我都知道了。"实际上，科里奥兰纳斯并不清楚，这么说只是让自己底气足些。

比利根本不信，他大笑起来，"哈哈哈，我是粪堆里的玫瑰花蕾。"

"你干吗不听她的，赶紧走开？"科里奥兰纳斯冷冷地说。

"好吧。你会知道我的厉害的。"比利把他的东西捡起来，夹在胳膊底下，"很快就会知道我的厉害。"说完，他就大跨步地走进太阳地里去了。

露茜看着比利离去的背影，揉着被他抓疼的手腕说："如果你想跑，现在就可以。"

"我不想跑。"科里奥兰纳斯说，尽管刚才比利的话令他不安。

"他是个骗子、寄生虫。没错，我会和观众有情感互动，可那是我工作的一部分。他说的不是真的。"露茜又朝窗口看去，"就算是真的，又怎样？不这样，那就让茉黛饿肚子？我俩都不会让这事发生的，无论付出什么代价。只不过，他有一套完全不同的行事准则。他向来如此。他这样做是牺牲，可我做同样的事却成了垃圾。"

露茜的这番话，让科里奥兰纳斯想起他与泰格莉丝那段令人不安的对话。于是快速转移了话题，"比利现在正和区长的女儿约会？"

"是的。我当时让他去那儿教钢琴课赚些钱，可接下来她父亲就在收获节上念出了我的名字，我不知道梅菲尔跟她爸说了些什么。如果区长知道梅菲尔跟比利鬼混，他肯定会疯的。唉，我在凯匹特逃过了一劫，可不想回来还要面对更多的糟心事。"露茜说。

看到露茜一副痛苦的样子，科里奥兰纳斯相信了她。他碰了一下她的胳膊说："那就开始新生活吧。"

露茜的手指和他的交握在一起，"新生活。和你一起。"话虽如此，她仍然一脸愁云。

科里奥兰纳斯用胳膊肘轻推了露茜一下说："我们不是还要给羊挤奶吗？"

这时露茜的表情才轻松起来，"是的。"她拉着科里奥兰纳斯走回屋子，却发现茉黛已经把塞亚纳斯领到院子里，教他去给谢莫丝挤奶了。

"他不懂得拒绝别人，还跟那冤家说话，这下他可惹上麻烦了。"芭波说。

芭波从旧冰箱里拿出一个盛着冻奶的平底锅，放在桌子上，仔细查看羊奶的情况。克勒克从架子上拿下一个玻璃罐子，上面有个曲柄，一转还能带动罐子里的搅拌器。

"你在干什么呢？"科里奥兰纳斯问。

"我在干一件傻事。"芭波笑着说，"我想多弄点儿奶油好做黄油，只是羊奶的油脂不像牛奶那样容易提炼出来。"

"再放一天也许能行？"克勒克说。

"嗯，也许吧。"芭波把平底锅又放回冰箱。

"我们答应茉黛要试试的，她特别想吃黄油。覃姆特意为她的生日做了这个搅乳桶。再试试看吧。"露茜说。

"所以你就……"科里奥兰纳斯摇了摇曲柄。

"理论上讲，如果奶油够多了，搅动这个曲柄，就能变成黄油。嗯，反正别人就是这么告诉我们的。"露茜解释道。

"好像还挺费劲儿的。"科里奥兰纳斯想起了在收获节那天的餐会上吃到的一块块漂亮的黄油，根本没想过这些是怎么做出来的。

"是啊，可要能做出来，费劲儿也值了。自从我被人带走以后，茉黛晚上总睡不好觉。白天好好的，可一到晚上就会喊叫着从梦中惊醒，我想让她开心些。"露茜说。

芭波把塞亚纳斯和茉黛刚挤的羊奶拉到屋里，露茜则把面包分好。科里奥兰纳斯从来没喝过羊奶，塞亚纳斯边喝边咂摸嘴，喝得津津有味，口中还直念叨着这奶让他想起了二区的家乡。

"我去过二区吗？"茉黛说。

"不，没有，二区在我们的西边。考维人更多时候是待在东边的。"芭波告诉她。

"有的时候我们去北边。"覃姆说，科里奥兰纳斯这时才意识到这是他第一次听覃姆开口说话。

"去哪个辖区？"科里奥兰纳斯问。

"那里没有什么辖区，那是凯匹特不关心的地方。"芭波说。

科里奥兰纳斯真为他们感到尴尬。这样的地方根本不存在，至少现在不存在了。一切已为人知之地，都在凯匹特的统治之下。有那么一瞬间，他设想一群身穿兽皮的人住在山洞里，靠采集野果为生，这种事也可能有，但这种茹毛饮血的生活甚至比辖区的生活还要差一大截，很难说是人类的生活了。

"也许他们像我们一样聚居在一起。"克勒克说。

"我觉得我们永远都不可能知道。"芭波苦笑着说。

"还有吗？我还没吃饱呢。"茉黛抱怨说，可面包已经没有了。

"再吃些坚果吧，婚礼的时候就有吃的了。"芭波安慰说。

让科里奥兰纳斯失望的是，当天下午这些考维人还要到镇上一户人家的婚礼上去表演。他本想单独和露茜待一会儿，从她那里详细地了解比利以及他们的过往，了解为什么他要在地上画那副地图。但这一切都要等以后有机会再说了，这些考维人一刷完盘子就开始为演出做准备了。

"这么早就让你走，真抱歉，不过也没办法，我们就靠这个生活。"露茜把科里奥兰纳斯和塞亚纳斯送到大门口，"屠夫的女儿要嫁人了，我们得给人家留下好印象。那些有钱的雇主都会去那儿，你也可以等一会儿，然后咱们一起走，可要是那样的话，也许会……"

"会引起人们议论。"科里奥兰纳斯打断了露茜的话，暗自庆幸是她先把话茬引到这里，"咱俩的事最好别让其他人知道。我什么时候能够再见到你？"

"只要你想，什么时候都行，我感觉你的时间比我的卡得更紧。"她说。

"你下周六还会去霍伯市场表演吗？"他问。

"昨晚惹了那么大麻烦，如果允许，我们就去。"他们商量好，在她开始表演之前的宝贵的几分钟见面，"我们有一个简陋的棚屋，就在霍伯市场后面。你可以到那里去找我们。如果不表演，就到家里来吧。"

科里奥兰纳斯一直等到和塞亚纳斯走到营地附近偏僻的街道时，他才敢问起比利的事情，"嗨，你们俩聊什么呢？"

"其实也没什么，就是闲聊些当地人的事。"塞亚纳斯很不自然地答道。

"那还需要画营地的地图？"科里奥兰纳斯问。

塞亚纳斯一时语塞，"你一点细节也不会放过，对吧？我记得你在学校的时候就这样。我曾看到你在观察别人，可还装作若无其事的样子，你总是选择好最佳时机才会出手。"

"塞亚纳斯，我现在必须谨慎行事。关于营地的地图，你怎么会和他聊那么多？他是干什么的？一个反叛同情者？"塞亚纳斯避开了他犀利的眼神，科里奥兰纳斯继续往下说，"他干吗对凯匹特的营地那么感兴趣？"

塞亚纳斯盯着地面看了一会儿，然后说："那个叫丽欧的女孩，绞刑那天被逮捕，她被关在营地。"

"那些反叛者想去救她？"科里奥兰纳斯紧接着问。

"不，他们只想跟她联系上，确定她没事。"塞亚纳斯解释道。

"你说，你可以帮忙。"科里奥兰纳斯极力控制住自己不发脾气。

"不，我没答应他什么。如果我有机会，能靠近关丽欧的地方，也许我能帮上忙，她的家人很着急。"塞亚纳斯说。

"噢，太棒了，简直不可思议。这么说，你现在是一个给反叛者通风报信的人。"科里奥兰纳斯边说边生气地往前走，"我以为你已经把反叛者的事都忘了！"

塞亚纳斯紧随其后说："我忘不了，可以吗？我就是这样的人。你曾告诉我，只要我同意离开竞技场，就能够帮助辖区的人。"

"我想我说的是，你可以为那些贡品去斗争，可以为他们创造更人道的生存条件。"科里奥兰纳斯更正他的错误说法。

"人道的生存条件！"塞亚纳斯大喊，"他们被迫去相互搏杀！那些贡品也是辖区来的，因此我看不出有什么区别。考尤，去打探一下那女孩的情况，这不算什么大事。"

"很显然，这不是。反正对比利不是什么大事。可他干吗那么快就把地图划掉了？因为他清楚自己要求的是什么。他正在把你变成一个同谋，可你知道同谋的下场是什么吗？"科里奥兰纳斯反问道。

"我只是觉得……"塞亚纳斯刚开口要解释。

"不，塞亚纳斯，你根本没有动脑筋！"科里奥兰纳斯大喊，"而且，更糟的是，你正跟那些似乎没有任何思考能力的人称兄道弟。比利？他跟这事有什么利害关系？是为了钱？我听露茜的口吻，考维人既不倾向于反叛者也不倾向于凯匹特的人。他们看重的是自己的身份，不管这身份是什么。"

"我不知道。他说他……就想问问朋友的情况。"塞亚纳斯结结巴巴地说。

"朋友？"科里奥兰纳斯意识到他在喊，于是压低了声音，"就是那个在矿井引起爆炸的老阿洛的朋友？那次爆炸是精心策划的。他们究竟想得到什么？他们没有资源，一无所有，因此不可能再挑起战争。与此同时，他们正在砸自己的饭碗，如果十二区没有了矿井，他们靠什么生活？他们这是打错了算盘。这算什么策略？"

"这是疯狂的策略。可拜托你抬眼看看！"塞亚纳斯抓住他的胳膊，强迫他停下来，"你觉得他们这样能坚持多久？"

一想起战争、想起反叛者给他的生活带来的毁灭性打击，科里奥兰纳斯就无比愤怒。他猛地抽回自己的胳膊说："他们输了这场战争，一场他们自己挑起的战争，他们愿意冒险，而这就是冒险的代价。"

塞亚纳斯抬头四顾，似乎不知该往哪个方向迈步了，索性一屁股坐在路边的一截断壁上。科里奥兰纳斯感到十分不快，他似乎代替了老斯塔伯的位置，来和塞亚纳斯讨论究竟他应该对谁忠诚。他并没有这个义务。可话说回来，如果塞亚纳斯胡来，真不好说会有什么后果。

科里奥兰纳斯在他身旁坐下说："你看，我觉得事情会有改变的，真的，但不是这样改变。当一切都好起来的时候，这里的一切也会好起来，而不是总炸矿井，那只能死更多人。"

塞亚纳斯点点头，这时旁边有几个孩子路过，踢起了路上的罐头盒。

"你认为我这算谋反吗？"

"还算不上。"科里奥兰纳斯苦笑着说。

"可高尔博士认为我犯了谋反罪。我爸爸在去找海波顿学监和校董之前，先去找的她，人人都知道她是实权人物。我爸爸问她，我是否能像你一样有机会去当治安警。"塞亚纳斯拽下长在断壁上的野草说。

"如果你像我一样被驱逐，我想这是肯定的吧。"科里奥兰纳斯说。

"我爸爸也是这样希望的。可她却说：'不要把孩子们的行为混为一谈。一条错误的行动策略和支持反叛者是两回事。'因此，她又多了一张支票，去建造她新的变种动物实验室。这肯定是来十二区的一张最贵的车票。"塞亚纳斯说话时，恨得咬牙切齿。

科里奥兰纳斯轻吹了声口哨，"噢，一个体育馆，外加一个实验室？"

"随你怎么说吧，我对凯匹特的建设比总统的贡献都大。"塞亚纳斯半开玩笑地说，"你说得对，科里奥兰纳斯。我很蠢，以后我会小心行事，无论如何嘴上得有个把门的。"

"也许可以用炸香肠把嘴给堵住。"科里奥兰纳斯说。

"嗯，好的，走吧。"

塞亚纳斯说完，他们又沿着这条路走回了营地。

当他们回到营地的时候，他们的室友刚起床。塞亚纳斯带着"竹竿"去训练，而斯麦利和巴格则去娱乐室看看那里的人们都在干什么。科里奥兰纳斯准备利用这几个小时的时间学习警官测试题，但是他和塞亚纳斯的对话让他有了一个新想法。这想法越来越强烈，以至于最后完全占据了他的大脑。

高尔博士保护了他。呃，也许算不上保护，不过也让斯塔伯明白了科里奥兰纳斯和他儿子所犯错误的性质是不一样的。科里奥兰纳斯的错误不过是使用了"错误的策略"，这听上去根本算不上罪过。也许她还没有完全放弃他？在饥饿游戏过程当中，她费尽心机地引领和开导他，对他另眼相看。现在是否应该给她写封信，仅仅……仅仅是……呃，他也不知道自己究竟想达到什么目的。可是谁知道呢，如果不再出现意外，也许他能成为举足轻重的警官。给她写封信又有何妨。他已经被剥夺了一切有价值的东西。最坏的情况不过是她对他不予理睬罢了。

科里奥兰纳斯边想，边咬着笔头。他应该先道歉吗？为什么呢？高尔博士需要知道，他并不为赢得比赛而后悔，只不过为被抓住了把柄感到遗憾。最好完全不写道歉的话了，把营地的生活状况告诉她，可这似乎也太平淡了。他们之间的谈话已经很深入了，那是他的人生课程的一部分，对他特别有益。这下他知道怎么说了，他要做的就是继续这种教育。他们上次谈话说到哪里了？他写的一页长的作业，关于混乱、控制和……第三条是什么来着？他总是记不住事。噢，是的，契约。需要凯匹特的力量来完成的契约。因此，他开始写了——

亲爱的高尔博士：

自从我们上次谈话以来，发生了很多事情，每天我都会学到新的东西。十二区是一个绝好的舞台，在这里可以看到一幕幕混乱和控制之间的抗争好戏，作为一个治安警，我占据了前沿的位置。

他继续写来十二区后经历的各种事情。公民和凯匹特力量之间明显的对立，这种对立怎样在执行绞刑时演变为暴力行动，怎样促使霍伯市场斗殴的发生。

这不禁让我想起了在竞技场里发生的一切。从理论上去探讨人性一回事，嘴上挨了一拳再去看待人性是另一回事。只不过这次我更有准备了。我并不相信我们的本性像您说的那样是残暴的，但是人只需一点外力就会暴露自己的兽性，至少在黑暗的掩饰之下是这样的。我纳闷，如果凯匹特治安警能看清那些矿工的脸，又有多少人会挥舞拳头呢？在执行绞刑的那天中午，在明亮的阳光下，他们只敢咬牙切齿，却并不敢打斗。

呵呵，这是我嘴上的伤好了以后的一点思考。

科里奥兰纳斯又写道，他期待高尔博士会回复，只希望她一切都好。只有两页，简短但温馨。不需要引起她太多注意，没有道歉，更没有提出任何要求。他小心地把信叠好，装进信封，写上她在"城堡"的地址。

为了避免别人问他问题，特别是塞亚纳斯的问题，他直接把信扔到邮筒里。

就当什么也没发生，他想。

晚饭有炸香肠和苹果酱，还有香喷喷的油炸土豆，他们大快朵颐，吃了满满一盘子。晚饭后，塞亚纳斯帮助科里奥兰纳斯准备考试，自己对此却没有丝毫兴趣。

"一年只有三次考试机会，这周三下午有一次考试，咱俩都该考，多考也是多练。"科里奥兰纳斯说。

"不，我对这些军事上的事一窍不通。可我觉得你能过。就算你的军事知识一般，但你其他方面有优势，所以总成绩应该能通过。考吧，趁你还没忘记数学知识，赶紧考。"塞亚纳斯回答道。他说得有理，科里奥兰纳斯的一些几何知识已经有点生疏了。

"如果你当上警官，也许会培训你去做个医生。你的理科知识特别扎实。那样的话，你就能如你所愿，去帮助别人了。"科里奥兰纳斯边说，边试图搞明白他们上次谈话之后，塞亚纳斯的脑瓜里究竟在想什么。塞亚纳斯需要找到新的关注点。

"没错。"塞亚纳斯仔细想了想，"也许我可以和诊所的医生聊聊，看看他们是怎么得到这份工作的。"

科里奥兰纳斯一晚上都在做着奇怪的梦，一会儿亲吻露茜，一会儿喂食高尔博士的小蛇。第二天早上，他报名参加测试。负责的警官告诉他可以正式请假，免于训练。这倒是不错的鼓励，因为接下来一周的天气肯定酷热难当。当然，炎热只是一方面，这日复一日的单调生活也在消磨着他的意志。如果他能够成为警官，肯定也能分配到更具挑战性的工作。

科里奥兰纳斯的生活变成了两种日程的交替。第一，他需要去门岗执勤，这工作一点也不让人兴奋，尽人皆知这工作极为枯燥无聊。但是，科里奥兰纳斯思考后觉得，在门岗执勤总比在食堂刷盘子强，起码他还能偷偷看几眼书或者写点东西。

第二个日程安排令他紧张。当他们去递交射击训练报告的时候，上级通知科里奥兰纳斯，他提出的在绞架附近射击鸟的建议被采纳了。但在此之前，"城堡"要求他们先活捉百十只叽喳鸟和学舌鸟，并把它们完好地送到实验室，用于实验研究。他的小分队接到命令，当天下午去林中布设鸟笼，这就意味着他要和高尔博士实验室的科学家一起工作。

当天早上，已经有一小队科学家到达了现场。科里奥兰纳斯以前在"城堡"只见过为数不多的几个人，但这些实验室的人肯定了解他在蛇的问题上作弊，也了解后续发生的那些不光彩的事。一想到要见这些人，他就觉得精神紧张。紧接着，又一个可怕的想法令他浑身不自在：高尔博士不会亲自来监督捕鸟的事吧？他还远隔千里给她写信，真可笑。如果高尔博士来，这还是他被放逐后第一次和她面对面近距离接触。想到这里，他顿时不寒而栗。

科里奥兰纳斯坐在颠簸的卡车后座摇摇晃晃地前行，他没有武器，也许很快也没了伪装，周末心中所升起的一线希望破灭了。其他的新警把这次任务看作一次郊游，兴奋地聊这聊那，只有他沉默不语。

塞亚纳斯明白他担心什么，他小声安慰说："高尔博士不会来这里的，你知道的。让我们参加的活，肯定都是听差干的小活。"科里奥兰纳斯点点头，但也未为深信。

当卡车开到执行绞刑的树下时，他躲在小分队的后面，同时偷偷瞄着凯匹特来的四个科学家。这几个人真可笑，还穿着实验室的白大褂，好像马上会发现长生不老的秘密，而非在三十八度的高温下捕捉几只平淡无奇的小鸟。他仔细观察了他们每个人的脸，似乎都不熟悉，他悬着的心这才算放下一些。在那大山洞般的实验室里，有好几百个科学家，这几位是研究鸟类而不是爬行类动物的科学家。几位科学家都很友好地跟士兵们打招呼，给每个人分配了像笼子似的捕鸟网，还给大家解释怎么使用。治安警接受了指令，拿了各自的笼子，然后在林边靠近绞架的地方坐下。

高尔博士没有来，塞亚纳斯朝他竖竖大拇指，表示可以放心了。他刚要回应，却发现在林子深处的一块空地上有个人影。一个身穿实验室白大褂的女人背对着他们一动不动地站在那里，她的头微侧，倾听着杂乱的鸟叫声。其他的科学家很恭敬地等候着，直到她听完，开始往回走，才敢自主行动。当她拨开树枝的时候，科里奥兰纳斯完全看清了她的脸，如果不是因为这张脸上戴着一副很大的粉色眼镜，她是很容易被人忘记的。

科里奥兰纳斯立刻认出了她。那天，当克丽曼莎被彩虹毒蛇咬伤之后，他从实验室逃出来，吓得慌不择路，惊扰了她的鸟，而她就是那个对他严厉呵斥的女人。问题是，她还记得他吗？科里奥兰纳斯垂下头，尽力躲在斯麦利身后，装作对鸟笼很着迷的样子。

这个戴着粉色眼镜、被介绍人称作"我们的凯博士"的女人，很友好地跟大家打招呼，向大家说明了需要完成的任务——分别捕获五十只叽喳鸟和五十只学舌鸟，并提出具体行动方案。大家要把鸟笼分布在树林各处，里面装上食物、水和诱饵来吸引猎物。两天之内，鸟笼全部打开，让鸟自由出入。到星期三的时候，大家要回到这里，更换诱饵，设置鸟笼陷阱，捕捉猎物。

新警们都跃跃欲试，他们被分成五组，每组四人，分别跟随一名科学家去林子不同的区域。科里奥兰纳斯与刚才介绍凯博士的那人一起工作。他快速转到一个土墩子后面，尽量让树叶挡住自己。除了捕鸟的鸟笼，他们还背着背包，里面装满各种诱饵。他们又向前走了一百码，来到一棵有红色标记的大树旁，这是零号林地。在科学家的指挥下，他们以此为中心向外扩散，两人一组布置陷阱，将鸟笼放置在高高的树上。

科里奥兰纳斯和巴格分在一组。巴格来自十一区，打理果树是那里的孩子都会干的活，所以他是爬树的能手。他们开始动手放置鸟笼，科里奥兰纳斯负责放诱饵，巴格负责把鸟笼拽到树上，他们干得很卖力，汗水浸湿了衣服，工作卓有成效。活干完之后，他们重新集合，科里奥兰纳斯还是躲躲藏藏，他蹲在卡车里面，装作仔细检查自己的诱饵小虫的样子，直到他们和凯博士拉开了很远的距离。她并没有对他特别留意。

别发神经了，她已经不记得你了，他心中暗想。

星期二，科里奥兰纳斯利用吃饭和熄灯前的短暂时间复习了考试内容，其他一切如常。他渴望回到露茜的身边，她的身影总是浮现在他的眼前。他强迫自己不要去想她，要等到考试结束以后再去想入非非。

星期三，他努力把上午的活干完，一个人去吃饭，趁着这个时间，再最后背诵考试内容。之后，他走进平时上战术课的教室，去参加考试。教室里已经来了两个要考试的治安警，一个不到三十岁，声称自己已经考了五次了，另一个五十岁上下，生活再有什么改变恐怕也晚了。

擅长考试也是科里奥兰纳斯最出色的才能之一，当他打开厚厚的试卷，仍有那种熟悉的兴奋感。他喜欢挑战，做事全身心投入的本性决定了他在遇到难题时，可以快速聚精会神去思考。三个小时之后，汗水已经把他浸透了，他很疲惫，但也很开心。他交了卷子，来到食堂大厅取了些冰块，然后坐在营房的一溜阴凉处，边在身上搓着冰块，边在脑子里过了一遍考试题。一想到失去了上大学的机会，他就感到一丝的不快，但他把这想法驱散了，也许他能像他的父亲一样成为具有传奇色彩的军事将领。这就是他的宿命。

小分队的其他成员仍和来自"城堡"的科学家一起爬树、安放鸟笼，科里奥兰纳斯则溜达到收发室去取他们寝室的邮件。他收到了"老妈"寄来的两个大盒子，这肯定又能让他们在霍伯市场度过一个疯狂的夜晚。他把礼品抱回去，决定还是等其他人回来后一起打开。"老妈"还另外给他寄了一封信，谢谢他为塞亚纳斯所做的一切，并请求他继续费心照顾她的儿子。

科里奥兰纳斯放下信，为自己成为塞亚纳斯的"看护者"而不由得叹了口气。塞亚纳斯从凯匹特逃出来暂时摆脱了痛苦，但他又开始和那些反叛者搅在一起，与比利密谋，为那个被关起来的女孩而痛苦。再过多久他就会再次陷入类似竞技场的危险境地？那时，人们又会指望科里奥兰纳斯去给他收拾烂摊子。

关键是，科里奥兰纳斯不相信塞亚纳斯会有真正的改变。也许，塞亚纳斯是无力改变，但更多的是他不想。他已经拒绝成为一个普通的治安警：假装不会射击，拒绝参加预备警官考试，很明显，他无心代表凯匹特去好好表现。二区永远是他的家。辖区的人永远是他的家人。辖区的反叛者之所以反叛，永远是有正当的理由的……而塞亚纳斯有责任去帮助他们。

科里奥兰纳斯感受到了一种新的威胁。对塞亚纳斯在凯匹特的错误行为，他可以不以为意，现在环境发生了变化。在营地塞亚纳斯被看作成年人，他的错误行为导致的结果可能涉及生死。如果帮助反叛者，他可能就将自己置于行刑队的枪口之下。塞亚纳斯的脑子里到底是怎么想的？

冲动之下，科里奥兰纳斯打开了塞亚纳斯的柜子，拿出他的箱子，把东西都小心地倒在地上：有一堆纪念品、一盒口香糖、三瓶凯匹特医生开的药。其中两瓶像是安眠药，第三瓶是吗啡滴剂，很像他看到海波顿学监偶尔用过的那种。他知道，塞亚纳斯在精神崩溃的时候曾服用药物，"老妈"跟他说过，但是他干吗把药带到这里？是"老妈"为防万一给他揣到行李里了？

科里奥兰纳斯又迅速查看了其他的物品：一块布料、信纸、信封、笔、一小块粗略雕刻成心形的大理石。还有一堆照片，是普林斯的全家福，每年都有一张，塞亚纳斯从婴儿时期到现在的成长过程都记录了下来。几乎所有的照片都是全家照，只有一张除外。

这是一张老照片，照片上是一群小学生。科里奥兰纳斯认为这是他们班的照片，但里面没有一张熟悉的面孔，许多孩子穿的是破旧、不合身的衣服。他在照片里找到了塞亚纳斯，他穿着整齐的套装，站在第二排，脸上挂着微笑，但有一些忧郁，站在身后的大块头男孩应该也比他大不少。但他仔细看后，终于搞明白了，这人是马库斯。这是塞亚纳斯在二区最后一年的照片。根本没有凯匹特同学的照片，甚至连科里奥兰纳斯的都没有。从某种角度来讲，从这些照片上可以看出塞亚纳斯的心在哪里。

在这堆东西的下面，他发现了最重要的东西，一个很沉的银相框，里面镶着塞亚纳斯的毕业证。毕业证已经从皮革外皮里取出来，放在相框里，似乎是要展示的。可是为什么？即使有一面墙可以挂它，塞亚纳斯应该一百年也不会把它挂在墙上。科里奥兰纳斯摸索着相框，摸索着锃亮的金属，然后翻过背面来看。背板似乎有一点歪斜，边缘露出淡绿色纸张的一角。这不是普通的纸，他暗自思忖，于是他旋开旋钮，把背板打开了。一沓崭新的钞票从里面滑落出来。

钱。很多钱。塞亚纳斯已经当上治安警，开始了新生活，他带那么多钱干吗呢？是"老妈"坚持让他带的吗？不，不是"老妈"。她觉得钱是导致他们痛苦的根源。那么，是斯塔伯？他认为无论他的儿子遇到什么问题，钱都能帮他排忧解难？很有可能。但是，斯塔伯通常会自己出面，把钱花出去。难道这是塞亚纳斯自己的主意，他的父母根本不知道？这么想就更令人担心了。难道这是他多年来小心翼翼存起来的零花钱，以防不时之需？是他在离开之前从银行取出来，然后藏在相框里的吗？塞亚纳斯一向讨厌他爸爸靠钱来给他买通路子，解决他的麻烦，难道骨子里他也是这样的人？普林斯式解决问题的方法，从父亲传到他这里，令人不齿，但十分有效。

科里奥兰纳斯把钱收起来，叠成整齐的一沓，翻看了一下，大约有几百，不，几千块钱。这钱在十二区有什么用呢？这里也没什么可买的。就算有，治安警的薪水就够了。多数的新警把一半的薪水都寄回家，因为除了文具和霍伯市场夜晚的表演，凯匹特当局为治安警提供了几乎所有的生活必需品。他猜想霍伯市场也有黑市，可除了酒，那里对一个治安警也没有太大的吸引力了。他们并不需要死兔子、鞋带或自制的肥皂。就算需要，他们也可以很轻松地购买到。当然，还有其他东西可以花钱买，比如小道消息、找到某些人、或者让某人沉默，还有贿赂，还有权力。

科里奥兰纳斯听到小分队回来的声音了。他快速把钱藏在银相框里，小心地留出钱的一小角，然后将其他东西收拾妥当……当室友们进来的时候，他正咧嘴笑着，张开双臂放在"老妈"寄来的礼品盒上，他问："周六谁有空？"

斯麦利、"竹竿"和巴格兴致勃勃地打开盒子，露出里面的"财宝"，塞亚纳斯则坐在床上很高兴地看着他们。

科里奥兰纳斯靠在上铺边上说："太感谢你'老妈'了。不然，我们可就身无分文了。"

"是的，一分钱都没有。"塞亚纳斯附和着。

对塞亚纳斯的诚实，科里奥兰纳斯从未产生过怀疑。如果他果真不诚实，那么撒些小谎他是不会介意的。但现在，塞亚纳斯竟然当着他的面撒谎，还非常自然。这就意味着，从现在起，塞亚纳斯说的每一句话都是值得怀疑的。

· CHAPTER 26 ·

神奇小鸟

塞亚纳斯一拍脑门问："喔！考试怎么样？"

"等等看吧，他们把卷子送到凯匹特评分了。据说要等一阵子才能知道结果。"科里奥兰纳斯说。

"你肯定能通过，你有功底。"塞亚纳斯肯定地说。

这么支持他，这么会耍两面派，这么自我毁灭，就像飞蛾扑火。科里奥兰纳斯有些吃惊，他不由得想起了普鲁瑞伯斯的那封信。难道这不正是海波顿学监和科里奥兰纳斯的父亲起争执之后一直重复的那句话吗？几乎一样，只不过海波顿用的是复数，"像许多飞蛾扑火"。仿佛所有的飞蛾都在扑向地狱之火。所有的人都在进行自我毁灭。海波顿指的是谁？嗨，谁在乎呢？那个醉醺醺的、满腔怨恨的、"海波肥臀"所说的话。最好别多想了。

吃完午饭，科里奥兰纳斯要去营地里较远的机库执勤一小时。和他一起执勤的是一个老治安警，他命令科里奥兰纳斯好好执勤，然后就打起盹来。科里奥兰纳斯的思绪又回到露茜那里，他真希望能见到她，或者至少能跟她说说话。执勤似乎就是浪费时间，因为显然什么都不会发生，而他本可以用这个时间把她抱在怀里的。他觉得自己被困在了营地里，而露茜却可以自由地走动，就算晚上也可以。从某种意义上说，还不如露茜被关在凯匹特，这样他就总能知道她在做什么。据他所知，此时此刻比利正在试图重新赢得露茜的心。他干吗要假装成一点都不妒忌的样子？也许，他早先就该让人把比利抓起来……

回到营房，科里奥兰纳斯给"老妈"写了短信，盛赞她的慷慨大方，又给普鲁瑞伯斯写了便签，感谢他帮忙，并询问他是否能帮露茜弄到琴弦。因为一直准备考试，他的大脑已经疲倦了，于是他好好睡了一觉。

八月炎热的早晨醒来时，已经出了一身汗。酷热什么时候能过去？九月还是十月？吃午饭的时候，取冰块的队伍拉长到食堂的中间。在安排科里奥兰纳斯干杂活的时候，他发现自己已经从刷碗升级为剁菜了。要不是他被分配去剁洋葱，这还算是个好差事。他被辣得这辈子的眼泪都流出来了，可最让他烦恼的还是手上的那股子味道，即使到了晚上已经擦完地了，营房里的室友还不断提起那股子洋葱味儿，就算反复搓洗也去不掉。当他去见露茜的时候，还会有这股味吗？

星期五一早就烈日蒸腾，炎炎夏日让科里奥兰纳斯很不舒服，跟"城堡"的几个科学家一起工作也很不自在，可一想到下午去捕鸟，基本上只跟鸟打交道，他的心里倒也释然。虽说鸟聒噪吵闹，让人厌烦，可至少不会留下难闻的气味。"竹竿"在训练中晕倒了，中士让科里奥兰纳斯把他送到医务室，科里奥兰纳斯趁机要了一罐治疗暑热的爽身粉，扑在胸前和腋下。医护人员提醒他"注意保持干爽"，他强忍着才没白她一眼。自从来到桑拿房似的十二区，他从来没有"干爽"过，一分钟也没有。

中午，吃过了凉肉糜三明治，他们就坐上卡车，一路颠簸地往林地开去。几位科学家在树林等着他们，这么热的天气，他们仍然穿着白大褂。治安警排队的时候，科里奥兰纳斯才发现，由于周三那天巴格没有搭档，便跟凯博士分在一组干活。凯博士对巴格灵活爬树的不凡身手印象非常深刻，仍主动要求跟他一组。现在换搭档已经太晚了，科里奥兰纳斯不得不跟着他们进到林地，尽量落在后面。

这么做也没什么用。当科里奥兰纳斯看着巴格把一个装着诱饵的新笼子拉到树上，换下已经捕获了一只叽喳鸟的那个笼子时，凯博士从他身后走过来问:"嘿,士兵斯诺,你觉得辖区怎么样?"

此时的他,既像一只被捕获的鸟,也像关在动物园里的贡品。现在逃到树林子里也不是办法。他想起了露茜给他的建议,坦然面对!这几个字曾在猴笼里救过他的命。

科里奥兰纳斯转过身,对凯博士笑了笑。虽然这尴尬的笑容足以让她看出,他被逮个正着,但也足够坦然,说明他不在乎,"您知道吗,我觉得做一天治安警之后对帕纳姆的了解,比我上十三年学了解得还多。"

凯博士哈哈大笑起来,"是的。大千世界就是最好的教育。我在战争期间被分配到十二区,就住在你现在的营房,工作地点就在这片林地。"

"您当时参与了叽喳鸟的研究项目?"科里奥兰纳斯问。至少他们都是曾在公众面前失败过的人。

"我是这个项目的主管。"凯博士意味深长地说。

这是重大的失误。科里奥兰纳斯感觉更舒服了。科里奥兰纳斯只在饥饿游戏中做了令人尴尬的事,而不是在波及全国的战争中失误。如果科里奥兰纳斯给她留下好印象,也许能引起她的同情,等她回到凯匹特可以给高尔博士打报告,为他说些好话。努力给凯博士留下好印象是有好处的。他想起了所有的叽喳鸟都是雄鸟,不能有下一代,"因此这些叽喳鸟,就是您在战争中用来盯梢的鸟吗?"

"嗯。是我培育的幼鸟,那时从来没想到过还会再见到它们。当时普遍的看法是它们不可能越冬,基因改变的生物在野外往往很难生存。但是我培育的那些鸟生存力很强,大自然自有一定之规。"她说。

巴格爬到最低的树枝上,递下来装着叽喳鸟的笼子,说:"我们现在把它们留在笼子里。"这不是问题,而只是陈述。

"是的,这样会减少运输带给鸟的压力。"凯博士说。

巴格点点头,从树上滑下来,跳到地面,从科里奥兰纳斯手里接过另一个笼子。他也没说话,直接走到第二棵树下。凯博士很赞赏地看着说:"有些人天生就懂鸟。"

科里奥兰纳斯十分清楚，自己永远成不了这样的人，但在几个小时内装作是这样的人，还是没问题的。他蹲在鸟笼边，仔细检查叫个不停的叽喳鸟。

"您瞧，我从来都弄不懂这是怎么回事。"他并非没花心思去弄懂，"我知道它们会模仿人说话，可您怎么控制它们呢？"

"它们受过训练，以对口头指令作出反应。如果我们运气好的话，我可以给你演示一下。"凯博士从兜里拿出一个长方形的装置，上面有几颗彩色的按钮，都没有标记，也许是长时间使用把标记磨没了。凯博士跪在他对面笼子的旁边，以极大的爱心来琢磨着鸟，这在科里奥兰纳斯看来与她科学家的身份很不匹配。

"难道它不漂亮吗？"

"漂亮。"科里奥兰纳斯尽量以令人信服的口吻说。

"那么，你现在听到了什么，这叫声是它自己发出的。它可以模仿其他鸟的叫声，或者我们的声音，或者任何它喜欢的声音。这时它处于不带感情的中性状态。"凯博士说。

"中性的？"科里奥兰纳斯不解地问。

"中性的？中性的？"那只鸟居然立刻模仿出科里奥兰纳斯的声音。

听到是自己的声音更觉得毛骨悚然，他心想，但当着凯博士的面，他还是故作轻松地笑起来，"这是我！"

"这是我！"叽喳鸟学着舌，接着又去模仿附近的鸟。

"确实是，它没有情感，所以它很快又去模仿别的东西、别的声音。通常只模仿短的词语，或模仿一阵鸟叫，也就是任何让它感兴趣的东西。为了能监听，我们需要让它进入录音模式。祝我好运吧。"凯博士说完，在遥控器上按下一个按钮。

科里奥兰纳斯什么也没听见，"噢，不，我想这东西太旧了吧。"

然而凯博士却面带微笑，"不一定。指令的音频人是听不到的，但鸟却可以轻松地捕捉到。注意到它很安静了吧。"

叽喳鸟的确不叫了。它在鸟笼子里跳来跳去，歪歪脑袋，啄啄东西，除了不叫，其他一切如常。

"这东西起作用了？"科里奥兰纳斯问。

"会知道的。"凯博士又按了一个按钮，鸟恢复了正常的鸣叫，"中性状态。现在我们来看看他保留了什么。"她按下第三个按钮。

"噢，不，我想这东西太旧了吧。"

"不一定。指令的音频人是听不到的，但是鸟却可以轻松地捕捉到。注意到它很安静了吧。"

"这东西起作用了？"

"会知道的。"

精确复制。但是，不对。树叶的沙沙声、虫子的鸣叫声、其他鸟的叫声，这一切都没有复制出来。只是复制了人类的声音。

"嘿，它们能复制多长的声音？"科里奥兰纳斯不由得感慨。

"如果天气好的话，一个小时左右。对它们的设计就是到森林覆盖的区域去寻找人的声音。我们在录音模式下将它们放归森林，然后在营地发出回家信号，再把它们召回，之后再分析它们所模仿的声音。不仅这里，还有十一区、九区，任何我们认为能发挥其价值的区域。"凯博士告诉他。

"难道不能在树上放置麦克风吗？"科里奥兰纳斯问。

"我们在建筑物里可以放窃听装置，但是森林太大了。反叛者对自己生活的地域很了解，而我们却不同。他们常四处转移，而叽喳鸟是可移动的生物录音装置，和窃听器不同的是，它是隐蔽的。反叛者可以抓住一只，杀死它，甚至吃了它，而他们找到的也不过是一只普通的鸟。从理论上讲，它们是完美的。"凯博士解释道。

"但在现实中，反叛者搞明白了它们的用途，他们是怎么做到的？"科里奥兰纳斯问。

"不是很清楚。一些人认为他们看见鸟回到营地，但我们只在深夜的时候召回鸟，实际上他们是不可能发现的，只能在某个时候发现几只。很可能是我们没有隐藏鸟飞回的路线，也没能确保我们的情报还有其他来源而非只来自林子里的录音。这样或许就引起了怀疑，就算鸟的黑色羽毛在夜晚是很好的保护色，但在其行动几个小时后，对方也会顺藤摸瓜找到线索。接下来，我想，他们就开始用鸟做实验了，故意给我们错误的情报，看我们如何反应。"她耸耸肩，"或许他们在营地也有间谍，我怀疑这事我们永远都搞不清楚了。"

"那您为什么不用回家装置让它们现在都飞回去？而不是……"科里奥兰纳斯突然打住了，不想让人觉得自己像是在抱怨什么。

"而不是把你生拉硬拽到大太阳底下让蚊子把你吃了？"凯博士大笑起来，"整个的通信系统都被破坏了，我们的旧鸟舍现在似乎正在储备物资。另外，我宁愿自己亲手去抓。我们也不想让它们都飞走，永远也不回来了，对吗？"

"当然，"科里奥兰纳斯撒谎道，"它们会都飞走吗？"

"这些鸟现在已经本土化了，我也不清楚它们会怎样。在战争即将结束的时候，我在中性模式下把它们都放了。否则也太残酷了。一个变种鸟可能要面对太多的挑战。但它们不仅存活下来，还和嘲鸟成功交配，因此，现在我们看到的是一种全新的品种。"凯博士指着树林里的学舌鸟说，"学舌鸟，当地人这么叫它们。"

"它们能做什么？"科里奥兰纳斯问。

"不太清楚。这几天我一直在观察它们，它们不会模仿人说话，但它们有更强、更持久的模仿音乐的能力，这点比它们的母体强，能唱歌。"她说。

科里奥兰纳斯的节目单里只有一首歌，他唱起来：

帕纳姆的珍宝，

雄伟瑰丽的城邦，

学舌鸟听完，扬起头唱起来。虽没歌词，音调却完全一样，声音是半鸟半人的。邻近的其他几只鸟听到后也鸣叫起来，于是几只鸟的鸣叫声交织在一起，形成了和谐的音律，这让他想起了考维人唱的那首老歌。

"我们应该把它们都杀死。"科里奥兰纳斯未及多想，此话便脱口而出。

"都杀死？为什么呢？"凯博士吃惊地问。

"它们是非自然的，也许它们会伤害其他的品种。"他说话时尽量显得像个爱鸟的人。

"它们的适应力似乎特别强，现在已遍布帕纳姆各地，只要是叽喳鸟和嘲鸟共生的地方，都有它们的身影。我们抓一些回去，看它是否能繁殖后代，也就是学舌鸟之间进行繁殖。如果不能，反正几年之后自己也就消失了。如果能，多一种鸣鸟又能怎样？"凯博士说。

科里奥兰纳斯同意凯博士的看法。下午剩余的时间里，他虚心地问问题，轻柔地对待那些小鸟，为自己方才提出那么冷血的建议而做出补偿。他并不太介意叽喳鸟——从军事的角度来看，它们很有趣——但是学舌鸟令他厌恶。他不信任它们自发的鸣叫。大自然是狂野的。它们会灭绝的，而且很快就会灭绝。

一天结束了，他们抓到了三十多只叽喳鸟，但一只学舌鸟都没有抓到。

"也许叽喳鸟对鸟笼比较熟悉，因此它们不太警觉。不管怎么说，它们是在笼子里长大的。无论怎样，我们再等几天，如果有必要，我们就用网子捕。"凯博士沉思着说。

用枪也行，科里奥兰纳斯心想。

回到营地，科里奥兰纳斯和巴格负责把鸟笼子卸下来，帮科学家把鸟送到一个旧机库，那里是鸟的暂时安置地。

"你俩愿意在我们回凯匹特之前帮忙照看这些鸟吗？"凯博士问他们。

巴格同意了，还很难得地露出了笑脸，而科里奥兰纳斯却满怀热情地接受了这项工作。除了要给凯博士留下一个好印象，机库里有风机，也比较凉爽。他在林子里的时候身上已经起痱子了，在这里干活痱子也可以快点下去。这也算有个变化吧。

在熄灯之前，几个室友把"老妈"的礼物摆在桌子上，仔细地把东西分好，这样的话，万一"老妈"不能定期寄来礼物，他们也能在接下来的两个周末去霍伯市场换东西。斯麦利是个讨价还价的高手，因此这些"财物"就由他来保管。他们小心地留出足够的食物，好在周末去换白酒，还要在考维人表演结束后给他们一些。剩下的分成了五份。科里奥兰纳斯的那份里有六个爆米花球，他自己只吃了一个，剩下的留给考维人。

周六清晨，外边下起了冰雹，噼里啪啦地敲打着营房的屋顶。在去吃早饭的路上，几个室友用橘子那么大的冰雹互相砸着玩，但是到了上午，太阳出来了，比以往更炽烈。科里奥兰纳斯和巴格的任务是下午去照看叽喳鸟。他们在两个"城堡"科学家的指挥下给鸟清洁笼子、喂食、喂水。一些鸟抓来时是三三两两装在一个笼子里，现在都分开了，一个笼子一只鸟。之后，他们小心翼翼地，一次一只，把鸟笼拿到分散在机库各处的临时实验室里。叽喳鸟都有编号，加了标签，然后经过了基本训练后，看它们能否对远处的口令仍有反应。所有的鸟似乎都具备记录、模仿人类声音的能力。

在那几个科学家听不见的地方，巴格摇摇头说："这样对它们有好处吗？"

"我不知道。它们生来就是干这个的。"科里奥兰纳斯说。

"要是让它们待在林子里，它们会更开心的。"巴格说。

科里奥兰纳斯不知道巴格说得对不对。他所知道的是，几天后当这些鸟在"城堡"的实验室醒来时，会纳闷它们在十二区这十年噩梦般的日子是怎么过来的，也许它们在受控的环境里会更开心，因为好多的威胁都没有了。

"那些科学家肯定会好好照看它们的。"他说。

吃过晚饭，科里奥兰纳斯在等室友出发的时候，尽量掩饰自己的不耐烦，因为他的这段浪漫故事是要保密的。他准备一到霍伯市场就趁机溜走。这就牵涉到塞亚纳斯的问题。他在钱的问题上撒谎，也许是为了更好地融入这帮分文无有的室友的群体。在画地图的事出现之后，塞亚纳斯似乎真的后悔了，也可能已认识到和丽欧那帮人搅在一起是危险的。可比利或者那些反叛者会不会主动接近塞亚纳斯呢？毕竟他一开始就表现出要帮助他们的样子。他是一个多么容易上当受骗的人啊！最简单的解决办法就是甩掉其他人后，就带着塞亚纳斯一起去见那些考维人。

"你想和我一起去后台吗？"他们到了霍伯市场后，科里奥兰纳斯悄悄地问塞亚纳斯。

"有人邀请我去了吗？"塞亚纳斯问。

"当然喽，不过我们得先把其他人撇开。"科里奥兰纳斯说。

实际上只有科里奥兰纳斯自作主张这样说。不过这样也好，塞亚纳斯要能和茉黛多玩会儿，科里奥兰纳斯就能和露茜多待会儿。

事实证明，把其他人甩开并不难。从上周起，来市场的人流就更稠密，再说这批白酒的后劲儿特大。趁着斯麦利、巴格和"竹竿"在和小贩讨价还价的当儿，他俩穿过舞台附近的小门，来到一个狭窄而空旷的小巷。

露茜所说的后台原来是一个大约能放八辆车的旧车库，供车辆出入的大门已经被锁住了，但是车库角落的小门与舞台的后门相接，这门用一块煤渣抵住，是开着的。科里奥兰纳斯听到说话声和调琴弦的声音，他知道自己没走错地方。

他俩走进去，发现那些考维人已经完全占用了这个地方，里面有一些旧轮胎、破家具、乐器盒和一些设备，都随意地堆放着，好似这里就是他们的家。即使在远处还有一扇小门打开着，这里仍感觉像个蒸笼。傍晚昏暗的光线从几扇破碎的窗户里洒进来，映衬出飘浮在空气中的尘埃。

当穿着粉色连衣裙的茉黛看到他们的时候，高兴地跑了过来说："嘿，你们好！"

"晚上好。"科里奥兰纳斯弯下身子，把爆米花球递给她，"甜美的食物送给甜美的姑娘。"

茉黛接过纸包，一只脚轻盈地跳起来，然后行了一个屈膝礼，"感谢你。今晚我有一首特别的歌曲送给你。"

"我热切盼望。"科里奥兰纳斯说。真奇怪，凯匹特的社交语言在考维人中显得特别自然。

"好的，但是我不能报你的名字，因为你是一个秘密哟。"她咯咯地笑了起来。

露茜正盘腿坐在一张旧桌子上调琴弦，茉黛跑到她跟前。露茜微笑着看着这孩子兴奋的脸，但仍用命令的口吻说："一会儿再吃。"茉黛跑了一圈，向屋子里的其他人展示她的"财产"。塞亚纳斯去跟屋里的人打招呼，科里奥兰纳斯边朝大家挥挥手，边径直走到露茜身边。

"你不必这样，会把她宠坏的。"露茜故意埋怨说。

"就是想让她高兴高兴。"科里奥兰纳斯笑了笑说。

"那我呢？"露茜故意逗他。科里奥兰纳斯俯身向前，吻了她。

"好吧，这只是开始啊。"露茜说着朝旁边挪挪身子，拍拍旁边的桌子。

科里奥兰纳斯坐下来，然后四下打量这个地方问："这是什么地方？"

"这里目前是我们的休息室。在表演前、结束后还有表演的间隙，我们会来这里。"她对他说。

"可谁是这儿的主人？"科里奥兰纳斯希望他们没有占用别人的财产。

露茜看上去并不在意，"不知道。我们暂时栖息，有人轰我们，我们就走。"

鸟。说到她和考维人，他们总跟鸟有不解之缘。唱歌、栖息、帽子上的羽毛。他们就是一群漂亮的小鸟。科里奥兰纳斯把捕捉叽喳鸟的事，还有被单独挑选与科学家一起工作的事，都告诉了露茜，以为露茜会因此对他另眼相看，但她只是满腹忧伤。

"那些鸟已经尝到了自由的滋味，现在却把它们关起来，我真不喜欢它们这样。把鸟带回实验室又能发现什么？"露茜说。

"不知道。是想看看他们的生物武器还能不能用？"他提出自己的想法。

"以这种方式控制一个人的声音，更像是一种折磨。"她抬起手摸着自己的喉咙。

科里奥兰纳斯觉得露茜这么说有些夸张，仍以平静的语气说："我想人类是没有类似的情况的。"

"真的吗？你总能自由地发表自己的看法吗，科里奥兰纳斯·斯诺？"她一脸疑惑地问他。

自由表达自己的看法？他当然会。确切地说，是在合理的范围内。他不会在每一件小事上都口无遮拦的。露茜的意思是什么？是指他对凯匹特、对饥饿游戏以及对辖区的看法吧。事实是，他对凯匹特大部分的做法是支持的，而其他事情则与他无关。如果有所涉及，他也会直抒己见。难道不是吗？反抗凯匹特，像塞亚纳斯那样，甚至不顾及影响？他不知道，但他不会毫无顾忌地乱讲。

"是的。我觉得一个人应该该直抒己见。"科里奥兰纳斯说。

"我爸也是这么想的。结果他挨了枪子儿，我十个手指头都数不过来。"露茜说。

露茜在暗示什么？即使她不说，科里奥兰纳斯也能肯定那些子弹是从治安警的枪口射出的，也许那些人跟科里奥兰纳斯现在穿的衣服都一模一样。

"我爸是被一个反叛者的狙击手打死的。"科里奥兰纳斯说。

露茜叹了口气，"那你就是疯了。"

"没疯。"可他确实疯了，气疯了。他极力压制着内心的怒火，"我只是累了。我一周来一直盼着能见到你。我为你爸爸的事感到难过，我也为我爸感到难过……可我又不是帕纳姆的当权者。"

"露茜！"茉黛从屋子的那头喊，"时间到了！"

考维人开始到门口集合，手里拿着乐器。

"我最好还是走吧。"科里奥兰纳斯从桌子上滑下来，"祝你表演成功。"

"表演结束后我能见到你吗？"她问。

"我得回去执行宵禁的任务。"他拽拽制服说。

露茜也起身，把吉他肩带绕到身后说："明白了。呃，明天我们打算去湖边远足，如果你有时间的话，可以来。"

"湖边？"在这个悲惨的地方还有令人愉快的所在？

"就在林地那边。可能比较远，但水挺好的，可以游泳，你要能来最好了。带上塞亚纳斯。我们一整天都在那儿。"她说。

科里奥兰纳斯很想去，去和露茜待一整天。可他仍为刚才说过的话感到不安，这是愚蠢的想法。其实，她并没有对他有任何指责。刚才的话只不过是有点偏离了正题。都是因为那些该死的鸟，她联想到别处去了。难道他真的想让露茜往这方面想吗？他能见到露茜的机会太少了，不能因为一点情绪就毁了这难得的机会。

"好吧。我们吃完早饭就去。"他说。

"那么，好吧。"露茜说完，在他脸上吻了一下，随后就跟着其他几个考维人走了。

回到霍伯市场，科里奥兰纳斯和塞亚纳斯在拥挤而昏暗的市场内穿行，空气中混杂着很重的汗味和酒味。巴格早已为他们找到了板条箱，科里奥兰纳斯和塞亚纳斯分别坐在巴格两侧，大家就着一个酒瓶子，一人一口地轮着喝。

茉黛首先出场，介绍了乐队成员。考维人一上场，音乐就开始了。

科里奥兰纳斯靠在墙上，用白酒来弥补失去的时间。反正演出结束他也不会见到露茜了，那干吗不喝醉些？当他的目光落在露茜身上时，心里的那股怨气也就随风飘散了。她是那么的漂亮迷人、生动鲜活。他开始为自己发脾气而后悔，甚至记不清她到底说了什么把他给惹恼了。也许根本就没什么。这是漫长而压力重重的一周，又是考试，又是捉鸟，再加上塞亚纳斯的愚蠢行为。他应该好好放松一下了。

科里奥兰纳斯又喝了几大口酒，这世界也变得更友好了。音乐的曲调，有新的，也有旧的，都让他开怀。有一次，他甚至情不自禁地跟观众一起哼唱起来，等意识到后，他马上就停了下来。环顾左右，发现根本没人在乎他，即使有人注意到，他们也早就喝得云里雾里，不可能记住这一幕。

演出中间，芭波、覃姆和克勒克离开了舞台，显然是下去休息了，只剩下茉黛站在箱子上表演，露茜在一旁轻轻地弹着琴。

"我答应了一个朋友，今晚特别为他准备了一首歌，下面我开始演唱。"茉黛用清脆的声音说道，"我们每个考维人的名字都来自一首民谣，而这首民谣属于这里的这位漂亮女士！"她手指向露茜，观众发出稀稀拉拉的掌声，露茜向大家行了一个屈膝礼。"这是一个名叫华兹华斯的人写的古老的民谣。① 我们稍微修改了一下，这样意思更清楚，

---

① 华兹华斯为英国著名的浪漫主义诗人，《露茜组诗》是其创作的一组悼亡诗，共五首，描写一个叫露茜的居住在人迹罕至的鸽泉边的纯洁美丽的姑娘，被命运捉弄，不幸香消玉殒，其灵魂与森林、河流化为一体。

可还是希望您认真听噢。"她把手指放在嘴唇上，台下的观众立刻安静下来。

科里奥兰纳斯摇一摇昏沉沉的脑袋，尽量集中注意力来听歌。如果这是唱露茜的歌，那么他要认真听，明天好夸赞这首歌。

茉黛朝露茜点点头，示意她可以开始了，然后她用严肃的音调唱起了这首民谣：

> 我常听人提起露茜·格雷：
> 当我穿过田野，天将破晓之时，
> 见到了那个孤独的孩子。

> 露茜没有伙伴，没有朋友；
> 她住在荒僻的原野，
> ——她是山脚下最美丽的姑娘！

好吧，有一个小姑娘住在山里。而且也交不到朋友。

> 你会看到玩耍的小鹿，
> 看到绿草间嬉戏的小兔；
> 但却再也看不见
> 露茜那美丽的娇颜。

她死了。怎么死的？他感觉下面就会有答案。

> "今夜将有暴风雪——
> 你必须要去城里；
> 孩子，拿着灯笼，为母亲

照亮那风雪中的道路。"

"父亲，我乐意前行；
此时刚到下午——
村里的钟刚敲响两点钟，
远处的天边，月亮已渐渐升起！"

说完父亲拨动火钩，
把火焰拨旺；
他点燃了灯笼；
——而露茜
拿起灯笼上了路。

就像一只无忧的小鹿，
她踏上了一条全新的小路
她的脚踏在松软的雪地上，
腾起的雪花似迷雾。

暴风雪提前到来，
她四处寻找着进城的路；
露茜翻山又越岭，
但却找不到进城的路。

　　啊。废话真多，她在雪中迷路了。唉，家人让她在暴风雪到来之前
出去，也难怪了。接下来，她很可能要冻死了。

可怜的父母四处寻找，

通宵达旦，喉咙嘶哑；
却听不到她的声音，
也没有她的踪影，
焦急寻找也无用。

天亮之后他们站在山顶，
眺望她曾走过的路；
他们看到一座木桥，
横跨在深深的沟壑之上。
他们难过地哭泣——在哭泣中回家转，
"我们会在天堂再见"；
——这时母亲却看到雪中露茜的脚印，

噢，不错。他们找到了她的脚印。结局还不错。这歌跟露茜以前唱的愚蠢的歌一样。在那首歌里，大家都以为男主人已经冻死了，想把他火葬了，他却缓过来了，活蹦乱跳的。是一个叫山姆什么的家伙。

于是他们沿着陡峭的山崖往下寻找，
果真在破烂的山楂树篱旁，
在长长的石头墙边，
找到了小小的脚印；

继而眼前豁然开朗，
而脚印却是一模一样；
他们顺着脚印寻找，
一直到他们来时的桥旁。

他们沿着积雪的河岸前行，

那脚印一个一个清晰可见，

一直都到木桥的中间；

下面脚印却看不见！

等等？什么？她从空气中消失了？

——然而，在崇山峻岭之间，

直至今日，她仍活在人们心间；

你会看到甜美的露茜·格雷，

徜徉在荒野林间。

她穿过平坦或崎岖的山路，

从不往回看；

她唱那孤独的歌谣，

歌声在风中飘散。

噢，是一个鬼故事。呜！呀！太可笑了。好吧，当他见到那些考维人的时候，一定要尽力表现出喜欢这歌的样子。可是，说实话，谁会用一个鬼魂来为自己的孩子命名呢？如果这女孩变成了鬼魂，那她的尸体呢？也许她厌烦了粗心的父母在暴风雪中还让她出门，跑去野外生活了。但是，她为什么长不大呢？他想不明白，而且白酒也让他晕晕乎乎的。这让他想起来，在修辞课上，他曾因为不能理解一首诗而被利维娅当众羞辱的事。多么可怕的歌曲。也许之后就没人提起了……不，她们会提起这歌的。茉黛肯定想知道他是否喜欢这歌。那样的话，他就只说这歌很棒，别的就不再提了。可如果茉黛想继续说这歌怎么办？

科里奥兰纳斯准备问问塞亚纳斯，他的修辞一向学得很好，看看他有什么想法。

但是，当他越过巴格朝塞亚纳斯看去时，却发现塞亚纳斯坐的板条箱上已经没人了。

· CHAPTER 27 ·

湖畔情歌

　　科里奥兰纳斯四处张望，尽力掩饰着越来越焦急的心情。塞亚纳斯在哪儿？肾上腺素和酒精互相作用，争着要控制他的大脑。他刚才太过沉浸于音乐和酒精之中，真的不知道塞亚纳斯什么时候不见的。如果他仍然执拗于丽欧的事情那该怎么办？此时他是否就混在人群中，正跟那些反叛者密谋呢？

　　科里奥兰纳斯等着大家给茉黛和露茜的掌声平息以后，才站了起来。正当他要朝门口走去时，却看到塞亚纳斯在昏暗的光线中走了回来。

　　"你去哪儿啦？"科里奥兰纳斯问。

　　"外面。那白酒太上头了。"塞亚纳斯坐回板条箱上，又去专注地看表演了。

　　科里奥兰纳斯也坐了回去，眼睛看着舞台，但思绪却飞到别处。白酒并不上头。因为度数高，所以大家喝得很少。他又在撒谎。这意味着什么？现在他一秒都不允许塞亚纳斯脱离他的视线了吗？在接下来的时间里，他不停地用眼睛瞟着塞亚纳斯，免得又让他溜走了。当茉黛拿着用缎带装饰的小筐来收完钱以后，他仍紧盯着塞亚纳斯，但是，塞亚纳斯似乎正忙着和巴格一起，帮着喝醉了的"竹竿"回到营地。塞亚纳斯似乎没有机会和别人会面了。如果他刚才真的已经溜出去和反叛者密谋了，那么在比利的"营地地图"事件之后，他对塞亚纳斯的直言相劝算是失败了。他需要想出新的应对策略。

周日一大早，太阳就照得明晃晃的，这让科里奥兰纳斯觉得头更疼了。肚子里的白酒翻腾着，最后他一股脑呕吐出来，之后站在阴凉地缓了半天，眼睛才渐渐能看清东西。食堂里油腻的鸡蛋他根本吃不下，所以小口地咬着吐司，而塞亚纳斯却把他们两人份的早餐都吃了，这只能让科里奥兰纳斯进一步确认了头天晚上他几乎没有喝酒，当然更不可能"上头"。其他三个室友根本就没有起床吃早餐。他慢慢想出了一个好的计策，他要像鹰一样紧盯着塞亚纳斯，特别是离开营地的时候。今天嘛，反正他也需要一个伴跟他一起去湖边。

尽管科里奥兰纳斯去湖边的热情已经消减了，可塞亚纳斯却欣然同意。"当然想去，这听上去就像去度假。咱们带点儿冰去吧！"塞亚纳斯又说些客气话，跟"饼干"要了一袋冰，科里奥兰纳斯则去医务室要了一些阿司匹林。他们在卫兵室碰头，之后就出发了。

由于他们不知道去往"夹缝"的近路，所以只能先走到城镇广场，然后从那里按上周的路线走。科里奥兰纳斯想推心置腹地跟塞亚纳斯谈谈，如果反叛的罪名也无法吓退他，那又该怎么办？况且，他也不敢肯定他是否跟反叛者密谋着什么。也许他昨天就是去方便了，这样的话，去劝说他反而会让他更加警觉。他唯一确凿的证据就是塞亚纳斯藏起来的钱，也许那是斯塔伯坚持让他拿的，而他决定永远都不用。塞亚纳斯并不看重钱，治安警的薪水对他来说可能都是负担。也许塞亚纳斯认为靠自己的双手去挣钱是一种光荣。

如果说，露茜仍对他们昨天的争吵有些不快，她也并未表现出来。她在后门迎着科里奥兰纳斯，亲吻了他，并递给他一瓶凉水，让他在路上解渴，"要走两三个小时呢，就看路上的荆棘多不多了，但这是值得的。"

只有这一次，这些考维人没带乐器。芭波留在家里看门。她出门来送他们，给他们带上了一个篮子，里面放了水、一大块面包和一张旧毯子。

"她开始和这条街上的一个女孩玩了，"走到芭波听不见的地方，露茜对他透露，"也许她们宁愿这地方一整天都属于自己呢。"

覃姆走在前面，带领大家穿过"草地"，进入林地。克勒克、茉黛和塞亚纳斯排成一队跟在后面，露茜和科里奥兰纳斯留在最后。这里没有路，他们排成一列纵队，踏过倒伏的树木，推开树枝，尽量避开带刺的矮灌木。大约走了十分钟的路，已经看不到十二区的踪影，只是空气中仍弥漫着煤烟味道。走了二十分钟以后，连煤烟味也没有了，只有植物的清新气味。高大的树冠遮蔽了阳光，但林子里仍然很热，这里充满了夏虫的鸣叫、鸟儿的啁啾和松鼠吱吱的叫声，这一切并未因他们的出现而有所改变。

科里奥兰纳斯虽为完成抓鸟的任务已经在林子里待了两天，但当他们越来越远离文明世界的时候，他也愈发警觉起来。他纳闷会不会有其他什么动物——凶猛强悍、尖牙利齿的动物在林中逡巡。他手里没有任何武器。想到这里，他假装要弄一个拐杖，停下来去给一个粗壮的树枝剥皮。

"他怎么会认识这条路的？"科里奥兰纳斯边问露茜，边朝覃姆点点头。

"我们都认识，这是我们的第二个家。"露茜说。

其他人好似根本不担心，科里奥兰纳斯只好跟在大家后面吃力地走着，感觉这路好像永无尽头似的。当覃姆招呼大家停下来休息的时候，他很高兴。

"咱们走了差不多一半了。"覃姆简短地说了一句。

他们传递着冰袋，喝着冰水，吮着冰块。茉黛抱怨脚疼，于是脱掉了已经张了嘴的棕色的鞋，露出脚上的一个大水疱，说："穿这鞋走路不得劲儿。"

"这是克勒克的旧鞋，我们想让她穿着过了这个夏天。"露茜皱着眉头，边说边查看她脚上的水疱。

"这鞋太紧了，我想要歌里唱的鲱鱼盒鞋。"茉黛调皮地说。

塞亚纳斯蹲下来，把后背对着她说："不然我来背你吧？"

茉黛一下子蹿到他背上说："小心别碰到我的头！"

一旦有人开始背茉黛，大家也就开始轮流着背这个小姑娘。因为不用再费力气了，于是她就放开了歌喉：

> 在峡谷中，在洞穴里，
>
> 那里正在开金矿，
>
> 有位矿工住在这里，
>
> 带着女儿克莱门泰，
>
> 她身材苗条又匀称，
>
> 就像仙女下凡尘，
>
> 可她脚大是九号，
>
> 鲱鱼盒子没有盖，
>
> 就是克莱门泰的鞋子。

让科里奥兰纳斯感到不开心的是，一只落在高高的树枝上的学舌鸟也跟着唱起来。他没想到在这么远的地方都有这种鸟——简直成了林子里的害鸟，可是茉黛仍然兴高采烈地唱个不停。科里奥兰纳斯是最后一个背她的人，他借机感谢她昨晚唱的那首关于露茜的歌，这才把她的注意力分散开了。

"你明白这首歌的意思吗？"茉黛问。

他尽量回避这个问题，"我很喜欢，你唱得太棒了。"

"谢谢，可我说的是歌的意思。你觉得人们真的看见露茜了，还是只梦见她了？因为我觉得人们真的看见她了。只不过现在她正像鸟一样飞翔。"茉黛说。

"是吗？"当科里奥兰纳斯得知这首诡异的歌竟然还有争论点时，心里觉得好受了一些，而他还没那么愚钝，以至于无法理解其深意。

"是啊，要不然，她为什么没有留下脚印呢？我想那是因为她会飞，她飞的时候尽量躲开别人。因为她和别人不一样，所以这些人都想杀死她。"她说。

"是啊，她确实和别人不一样。她是一个鬼魂，傻瓜，鬼魂是没有脚印的，因为他们像空气一样轻。"克勒克说。

"那么，她的尸体在哪里呢？"科里奥兰纳斯问，他觉得至少茉黛的理解还有点道理。

"她从桥上掉下去，摔死了，只不过那沟壑太深了，没人能够看得见她，要不然就是桥下有条河，把她冲走了。不管怎么说，她死了，然后鬼魂在那里游荡。她没有翅膀怎么飞呀？"克勒克说道。

"她并没有从桥上摔下去！不然她站过的地方，在雪地上留下的脚印是不一样的！露茜，你说呢？"茉黛坚持自己的看法。

"这是一个谜，亲爱的。就像我一样。这就是为什么这歌属于我。"露茜回答道。

当他们到达湖边的时候，科里奥兰纳斯已经累得气喘吁吁、口干舌燥，他的皮疹在汗水的刺激下有种灼热感。当考维人脱下衣服，穿着内裤跳到水里的时候，他也紧随其后。他蹚着水进到湖里，冰凉的湖水包裹住他的身体，冲刷掉他头上的蜘蛛网，皮肤上的疹子也舒服多了。他从小就学会了游泳，因此他是把好手，但他从未在泳池以外的地方游过。

他很快游离了满是淤泥的岸边，游到水深的地方。然后继续游到湖的中间，脸朝上浮在水面上，欣赏着周围的美景。四周全都是树林，虽然看不到可通行的道路，但岸边却散落着一座座小而破旧的房子。多数房子已经年久失修，但有一座水泥建筑看上去挺坚固的，屋顶完好，大门紧闭，将无边的荒野关在门外。一家子野鸭子从几英尺外的湖面游过，他还能看到脚下有鱼儿游来游去。他担心别的东西在身边游动，于是马上游回岸边。考维人已经拉着塞亚纳斯去玩一个叫"遛猪仔"的游戏，他们用一颗大松果当作球传来传去。科里奥兰纳斯也加入到他们当中，很高兴能纯粹为了玩而玩。日复一日做一个成年人的压力让人厌倦。

短暂的休息之后，覃姆做了几个鱼竿，他把树枝修剪一下，安上鱼线和自制的鱼钩。克勒克去挖蚯蚓，而茉黛则拉着塞亚纳斯去摘黑莓。

"离那些岩石远点，那是蛇喜欢待的地方。"露茜警告说。

"她总能知道它们待在哪儿，"茉黛把塞亚纳斯叫走的时候，对他说，"她还用手抓蛇，可我好害怕。"

科里奥兰纳斯和露茜留下来拾柴生火。半裸着身体和野生动物一起游泳，在野外生火，和露茜自由自在地待在一起，这里的一切都令他有些兴奋。露茜有一盒火柴，但火柴很贵，因此她说要用一根火柴把火点着。当一堆干树叶被点着的时候，他紧挨着她坐在地上，他们先往火堆里扔小嫩枝，然后是大块的木头，感觉过去几周都没有现在活得那么幸福。

露茜靠在他的肩头说："你听我说，如果我昨晚惹你生气了，那对不起。我并没把我爸的死怨到你身上。那时候我们都还是孩子。"

"我知道，如果我反应过激了，我也说声对不起。只不过，我不能对自己不诚实，对凯匹特的做法我并不都赞成，但我是凯匹特人。总的来说，我们认为国家需要秩序，我认为这个观点是正确的。"科里奥兰纳斯说。

"考维人认为，我们生活在这世上是为了减少痛苦，而不是加剧痛苦。你认为饥饿游戏是对的吗？"露茜问。

"说实话，我甚至不确定他们为什么要这么做。可我确实觉得人们正在很快忘记战争的苦难，忘记我们对彼此所形成的伤害，忘记我们能做什么，无论辖区还是凯匹特，都是如此。我知道在别人看来凯匹特是非常强硬的，但我们也在努力维持正常秩序。否则就会出现混乱，人们就会互相杀戮，就像在竞技场一样。"他说。

这是科里奥兰纳斯第一次把自己的想法用语言表达出来，之前只跟高尔博士探讨过这类的话题。他在表达自己的想法时感觉有些艰难，就像学步的小儿，但他终要学会独立行走。

"你认为人们会这样做吗？"露茜有些吃惊地问。

"是的。除非有法律，并且有人执行法律，否则我们也许会像动物一样，不管你喜不喜欢，凯匹特是唯一能够保证大家安全的政府机构。"他进一步肯定地说。

"嗯。这么说，是他们保证了我的安全，而我为此要放弃什么？"露茜问。

科里奥兰纳斯用木棍捅捅火说："放弃？为什么呢，什么都不需要放弃。"

"考维人放弃了，他们不能去外地。没有许可，他们不能表演。只能唱某种类型的歌。为了争取自己的地位去斗争，我爸爸就是因为这个被打死的。为了让家人在一起却被打碎了脑袋，就像我的妈妈。要是我觉得这代价太大，根本无法偿还了呢？也许为了自由我值得去冒险。"她说道。

"这么说，你的家人还是反叛者喽。"这并没有让科里奥兰纳斯感到意外。

"我的家人是考维人，完完全全的考维人。不是辖区人，不是凯匹特人，不是反叛者，不是治安警，我们就是我们。而你和我们一样。你也想独立思考。你也曾抗拒。因为你在饥饿游戏中为我所做的一切，所以我清楚这一点。"露茜坚定地说。

哦，这下被她说中了。如果凯匹特认为有必要举办饥饿游戏，而他试图去阻止他们的话，难道他不也曾抵制了凯匹特权威吗？抗拒，像露茜说的那样？虽然他不像塞亚纳斯那样公然表示反抗，但不也以更隐秘、更微妙的方式表示反抗了吗？

"我是这么觉得的。如果没有凯匹特的管控，我们甚至不会进行现在的对话，因为我们早已自我毁灭了。"他说。

"没有凯匹特的管控，人们也照样生活，这已经持续很长时间了。我敢说，他们以后还会在这里生活很久。"她下了结论。

科里奥兰纳斯想起了在来十二区的路上所看到的那一座座毫无生气的城市。露茜声称考维人四处游走，那她也应该看到过这些城市。

"不会很多，帕纳姆曾是一个辉煌的国度，可你看现在。"他说。

克勒克给露茜拿来了一棵在湖里拔来的植物，尖尖的叶子，白色的小花，"嘿，你找到了凯特尼斯①啊。真棒，卡卡。"

科里奥兰纳斯纳闷这是不是一种装饰物，就像老夫人种的玫瑰。露茜马上去查看植物的根部，上面挂着一些小块茎，说："有点太早啊。"

"嗯。"克勒克表示同意。

"这是干什么的？"科里奥兰纳斯问。

"吃的。再过几周，它们就能长得像土豆那么大，我们就可以烤着吃了，有人管它们叫'沼泽土豆'，但我还是更愿意叫它'凯特尼斯'，这名字听上去很悦耳。"露茜解释说。

覃姆回来了，他抓了几条鱼，已经都洗净、剖好、切片了。他用某种草药和树叶把鱼裹起来，露茜则把它放在炭灰里烤。等茉黛和塞亚纳斯带着满满一筐黑莓回来的时候，鱼已经烤透了。走了那么长的路，再加上游泳，科里奥兰纳斯又有食欲了。他把自己那份鱼、面包和黑莓吃得干干净净。接着，塞亚纳斯给大家带来了惊喜——他特意留出来的六个老妈做的甜面包。

吃完午饭，他们把毯子铺在树下，或躺着或依树干而坐，看着湛蓝的天空中飘过的软绵绵的云朵。

---

① 凯特尼斯（Katness）：在印第安语中指一种水生植物。

"我从来没看见过这种颜色的天空。"塞亚纳斯说。

"那是蔚蓝色，就像芭波·艾偌的名字，那是她的颜色。"茉黛告诉他。

"她的颜色？"科里奥兰纳斯不解地问。

"是的。我们每个人的名字都取自一首民谣，姓氏取自一种颜色。"她直起身子解释，"芭波来自'芭芭拉·艾伦'，艾偌是蔚蓝色，就像天空的颜色。我呢，我是'茉黛·爱芙莉'，爱芙莉是象牙色，是琴键的颜色。露茜·格雷很特别，因为她的全名取自一首民谣：《露茜和格雷》。"

"没错。格雷是灰色，那也是冬天的颜色。"露茜笑着说。

科里奥兰纳斯以前没注意到这之间的联系，他只觉得这是古怪的考维人的名字。茉黛的象牙色和覃姆的琥珀色令他想起老夫人首饰盒里老旧的装饰品。至于他们的民谣，谁知道那些民谣从哪儿来的？用民谣给孩子起名还真是奇怪。

茉黛捅了他肚子一下说："你的名字听上去很像考维人的名字。"

"怎么呢？"他笑着问。

"因为斯诺那几个字，像雪一样洁白，雪白雪白的，有没有'科里奥兰纳斯'的民谣？"茉黛咯咯地笑着说。

"据我所知是没有的。你干吗不给我写一首？'科里奥兰纳斯·斯诺之歌谣'。"他说着，也去捅了捅她。

茉黛坐到他的肚子上说："露茜会写，你干吗不跟她要？"

"你别缠着他了。咱们回去之前，你最好睡一觉。"露茜说完，把茉黛拉到自己身边。

"反正有人背我，"茉黛说着，扭动身子挣开了露茜的束缚，"我还要给他们唱歌呢！"

　　噢，我亲爱的，噢，我亲爱的——

"噢，别唱了！"克勒克说。

"过来，躺下！"露茜说。

"那……如果你给我唱歌，我就躺下。唱我得喉炎时候你唱的那首歌。"茉黛把头枕在露茜的腿上，躺了下来。

"好吧，只要你能安静会儿。"露茜把茉黛的头发拂到耳后，等她安静下来，才开始舒缓地唱起来：

在草地的深处，在垂柳的下面。
有青草铺的床，有绿草做的枕，
轻轻躺下，闭上你困倦的双眼，
当你睁开眼时，太阳已经升起。

这里温暖舒适，这里安全无忧，
这里的雏菊保护你，不受任何伤害，
这里你的梦儿香甜，明天就会实现，
这里就是——我爱你的地方。

歌声让茉黛安静下来，科里奥兰纳斯的焦虑也渐渐消散。他吃饱了鲜果、鲜鱼，有绿树给他遮阴，有露茜在身边唱着轻柔的歌曲，他开始欣赏起大自然了。这里真的很美。清新的空气，葱翠的色彩，他身心是如此的放松和自由。他的生活如果是这样：每天睡到自然醒，到野外寻找食物，和露茜一起在湖边徜徉，那他又会怎样？有了爱，谁还需要财富、成功、权力？难道爱不是会征服一切吗？

那深深的草地，多么隐秘悠远，
透过茂密树叶，洒下月光皎洁，

忘却你的痛苦，放下你的烦忧，

清晨就要到来，一切都会消散。

这里温暖舒适，这里安全无忧，

这里的雏菊保护你，不受任何伤害，

这里你的梦儿香甜，明天就会实现，

这里就是——我爱你的地方。

　　科里奥兰纳斯就快要睡着了，这时一直很仰慕地听着露茜演奏的学舌鸟开始鸣唱。他的身体立刻绷紧了，蒙眬的睡意也消失了。可是当鸟唱着歌飞来飞去的时候，那些考维人仍然面带微笑。

　　"我们的歌声与它们的相比，犹如山石与钻石的区别。"覃姆说。

　　"哦……它们练习得多嘛。"克勒克说完，大家一起笑起来。

　　听了半天，科里奥兰纳斯发觉这里没有叽喳鸟的叫声。唯一的解释就是学舌鸟已经摆脱了叽喳鸟，开始与同类或当地的嘲鸟一起繁育后代，凯匹特培育的鸟已经完全消失了，这令他深感不安。这里的鸟就像兔子一样迅速繁殖，完全不受控制，不需要批准，复制着凯匹特的技术。这点他一点也不喜欢。

　　茉黛终于睡着了，蜷缩在露茜的身旁，光脚丫蜷缩在毯子里。科里奥兰纳斯和她们待在一起，而其他人又去湖里游泳了。过了一会儿，克勒克拿来了一根在湖岸边找到的鲜艳的蓝色羽毛，把它放在茉黛的毯子上，并粗声粗气地说："别告诉她在哪儿找来的。"

　　"好的。噢，你真好，卡卡，她一定会喜欢的。"克勒克跑回湖边的时候，露茜摇着头说，"我替他担心，他想念比利。"

　　"你呢？"科里奥兰纳斯用胳膊肘支起身子，看着她的脸问。

　　露茜丝毫也没有犹豫，"不想，收获节以后就不想了。"

　　收获节。他想起来她在访谈时唱的歌谣，于是问道："你曾说过，你是他收获节失去的赌注，那是什么意思？"

"比利自信地以为，他可以同时拥有我们两个人，我和梅菲尔，那是一个赌注。梅菲尔知道了我的事，我也知道了她的存在。于是她就让她爸在收获节念出了我的名字。我不知道梅菲尔是怎么跟她爸说的，她肯定不会说比利是她热恋的人，肯定是别的。在这儿，我们是外来人，所以她很容易扯谎，很容易骗过别人。"

"他们竟然能够在一起，我觉得挺吃惊的。"科里奥兰纳斯说。

"呃，虽然比利一直在说，独自一人天马行空是最快乐的，实际上他希望有个女孩子照顾他。我猜梅菲尔在某些方面符合他的要求，所以他就去追她了。没人能像比利那样施展魅力，梅菲尔肯定禁不住他的诱惑。另外，她可能也很孤独吧，没有兄弟姐妹，没有朋友。他们开着那么华丽的汽车去观看死刑，矿工们都恨他们家的人。"茉黛在睡梦中动了动，露茜抚弄着她的头发，"这里的人对我们是不信任，可对他们一家人却是鄙视。"

露茜对比利的愤恨逐渐消失了，他不喜欢她这样，问道："他是想回到你身边吗？"

露茜拿起那根羽毛，在拇指和食指之间卷曲着，然后她回答道："哦，当然了。他昨天还来我常去的那块草地，说出了他的宏伟计划，他想让我去那棵绞刑树下跟他会合，然后一起逃跑。"

"绞刑树下？"科里奥兰纳斯想起了阿洛的尸体在树上悠荡时，鸟儿在模仿着他最后喊出的话，"为什么去那里？"

"那是我们过去常去的地方。在十二区，那里算是一个能有点儿隐私的地方，比利希望我俩一起去北方，说那里的人很自由，我们找到他们之后，再回来接其他人。他现在正准备要带的东西，不清楚他哪来的钱。可这有什么用？我不会再信他了。"露茜说。

科里奥兰纳斯感觉妒火中烧，像被人掐住了脖子，透不过气来。他本以为露茜已经把比利赶走了，现在却轻描淡写地告诉他，他俩有机会在"草地"见面。只不过这次不是"有机会"。比利知道到哪里去找她，他们到底在那儿待了多久，比利究竟怎样向她"施展魅力"诱使她一起逃跑？她干吗要留下来听他说这些？

"信任很重要。"科里奥兰纳斯意味深长地说。

"我想这比爱更重要。我的意思是，虽然很多东西我不信任，但也会喜爱，比如暴风雨……白酒……蛇。有时我想，我喜爱这些就是因为无法信任它们，这让人感觉多么混乱？"露茜深深吸了一口气，"可是，我信任你。"

科里奥兰纳斯感觉她说出这话的时候很难，也许比承认爱他还要难。但即使她这么说，也无法把比利在"草地"向她求爱的画面从他的脑海中抹去。

"为什么？"他说。

"为什么？嗯，我得好好想想。"她说。

当露茜吻他的时候，他也会回吻她，却谈不上有很多的信任。事情的新进展令科里奥兰纳斯不安。也许他对露茜这么着迷根本就是错误的。而且，还有别的事情也令他忐忑。就是他们第一天见面时她在"草地"弹的那首歌。有关绞刑，他已经思考过了，但那歌里也提到了在绞刑树下见面。如果那是他们约会的老地方，那她为什么还在唱这首歌？也许她只是在利用自己，好让比利回到她身边。让他和比利两人为她互相争斗。

茉黛醒了，高兴地摆弄着露茜插在她头发里的羽毛。他们准备回去了，于是大家开始收拾毯子、杯子和篮子。科里奥兰纳斯自告奋勇，宣布先背茉黛第一段路。当他们离开湖边之后，他故意落在后面去问她问题。

"喂，这些日子你见到比利了吗？"

"哦，没有。他不再是我们的人了。"茉黛说。

听她这么说，科里奥兰纳斯倒是蛮高兴的，但这也意味着露茜和比利见面的事是瞒着其他人的，这又让他心生疑窦。茉黛凑近他耳边说："别让比利靠近塞亚纳斯，他是个好心的人，可比利专门利用好心的人。"

科里奥兰纳斯猜他肯定也喜欢钱。不然他拿什么去为逃跑准备一切？

覃姆与他们的路线稍微岔开一些，为的是在路上可以再摘些黑莓。当他们快走到城边的时候，克勒克无意中发现了一棵苹果树，上面的苹果就要成熟了。于是覃姆和塞亚纳斯背着茉黛，拿着东西继续往前走，而克勒克则爬到树上摘苹果。他把苹果扔下来，科里奥兰纳斯再把苹果堆到露茜的裙子里。等他们到达住处的时候已经接近黄昏了。科里奥兰纳斯感到很累，因此他准备回营地了，芭波坐在厨房的桌子旁一边择黑莓，一边说："覃姆已经带着茉黛去霍伯市场了，看看能否用黑莓来换鞋。我告诉他们要买暖和的鞋，不知不觉地天很快就要冷了。"

"那塞亚纳斯呢？"科里奥兰纳斯朝后院张望。

"他几分钟之后也离开去市场了，他说要和你在那里会合。"她说。

霍伯市场。科里奥兰纳斯马上和大家道别，"我得走了。如果有人看到塞亚纳斯没有和别的治安警在一起，他会被记过的。因为同样的原因，我也会被记过的。我们必须在一起。他知道的呀——我真不知道他是怎么想的。"

事实上，科里奥兰纳斯完全清楚塞亚纳斯是怎么想的。没有科里奥兰纳斯监督，他一个人去霍伯市场转悠，那机会多难得。科里奥兰纳斯把露茜拽过来，吻了她一下说："今天过得太开心了。谢谢你。下周六我还在后台棚屋见你？"还没等她回答，他就箭也似的飞奔出去。

科里奥兰纳斯加快步伐，直奔霍伯市场，刚走到那里，便通过敞开的大门朝里看去。有十几个人在市场里转悠，挑拣着货摊上的商品。茉黛坐在桶上，覃姆正给她系鞋带。在仓库的尽头，塞亚纳斯正站在一个货摊前跟一个女人说话。

当科里奥兰纳斯走过去的时候，塞亚纳斯正在给那些商品做记录。矿灯、镐、斧头、刀子。他突然意识到，塞亚纳斯一定是用凯匹特拿来的钱买的这些东西。这是武器，而且还不止摆在他眼前的这些，他还可以买枪支。当他走近他们的时候，那女人突然不说话了，似乎更证明了这是不正当的交易。塞亚纳斯也迎面走过来。

"买东西呢？"科里奥兰纳斯问。

"我想买把匕首，但她说要走了。"塞亚纳斯说。

很好。许多士兵都带着匕首，在不执勤的时候，他们甚至还会用匕首玩一种游戏，击中目标就可以赢钱。

"我也想弄一把。等咱们发了薪水。"

"当然了，得等咱们发了薪水。"塞亚纳斯附和着，就好像两人想到一块去了。

科里奥兰纳斯真想给他一拳，但还是忍住了。他大跨步地走出了市场，也没跟茉黛和覃姆打招呼。在回去的路上，科里奥兰纳斯几乎没说话，盘算着下一步该怎么办。他必须弄清楚塞亚纳斯究竟在干什么。给塞亚纳斯讲道理并没能获得他的信任。用他们之间的友情来劝说是否管用？反正试一下也不会伤到谁。在离营地还有几个街区远的时候，他把手放在塞亚纳斯的肩上，两人都停了下来。

"你知道，塞亚纳斯，我是你的朋友，不仅仅是朋友。你就像我的兄弟一样。而家人有家人之间的规矩。如果你需要帮助……我是说，如果你遇到了应付不了的事情……我会帮你的。"

塞亚纳斯听完，眼圈就红了，"谢谢你，考尤。你的话对我很重要。你也许是这世上我唯一可以信任的人。"

啊，又是信任。空气中充满了信任。

"过来。"科里奥兰纳斯拥抱着塞亚纳斯，"你答应我别做傻事，好吗？"科里奥兰纳斯感觉他点头同意了，但也知道塞亚纳斯信守诺言的可能性几乎是零。

至少营地繁忙的日程安排使得塞亚纳斯始终处于他的监督之下，甚至当他们离开营地时亦是如此。周一下午，他们又把捕鸟的笼子从树上摘了下来。尽管整个周末没有任何干扰，但没有一只笼子捕到了学舌鸟。与预想相反的是，凯博士似乎很高兴，"看来这些鸟不仅继承了模仿的功能，似乎生存技能也进化了。算了，不用放笼子了，我们还有很多叽喳鸟。明天我们试试雾网。"

周二下午，当士兵们从卡车上下来的时候，几位科学家们已经为他们选好了学舌鸟常出没的地点。大家分成几组，这次科里奥兰纳斯和巴格又分到了凯博士一组。他们的任务是竖许多木杆子，在杆子之间铺设了一张细密的雾网，用来捕捉学舌鸟。这网几乎看不见，因此立见成效，网子把鸟缠住，然后让鸟掉落在网子表面下部一排排水平的网兜里。

凯博士下达指令，一定要时刻盯着网子，一旦捕到鸟，马上把它拿走，以免网面纠缠在一起，而且尽量不要伤到鸟。她小心翼翼地亲手把最早落网的三只鸟从网子上移开，稳稳地捉在手里。随着一声令下，大家开始捉鸟。巴格操作得十分熟练，他轻轻把学舌鸟从网子上摘下来，放在一旁的笼子里。而科里奥兰纳斯一碰到鸟，它便发出叽叽喳喳痛苦的叫声。于是他更使劲地抓住鸟好制止它叫唤，却引得鸟在他的掌心啄了一口。他本能地撒了手，鸟瞬间飞入林子不见了。

这有害的动物。凯博士帮科里奥兰纳斯洗净受伤的手，给他包扎上，这让他想起在收获节那天他的手被老夫人养的玫瑰刺伤时，泰格莉丝给他包扎的情形。那是不到两个月前的事情。那时他曾抱有多大的希望啊，再看看他现在的样子，在辖区的林子里逮变种生物。下午剩下的时间，他只负责把鸟笼子往卡车上运。他的手受伤也没能让他免于看鸟的职责，回到营地，他又得去机库刷鸟笼子了。

科里奥兰纳斯对叽喳鸟的兴趣逐渐浓厚起来，它们确实是令人惊异的生物工程的产物。实验室周围有几个遥控器，那些科学家允许他给鸟分好类之后，可以玩一玩。

"跟鸟玩玩不会产生任何伤害，事实上，它们似乎很喜欢这种互动。"一个科学家说。

巴格不愿意参与进来，当科里奥兰纳斯感到厌烦的时候，他会让鸟录下几个愚蠢的词语，或唱几句国歌。他想搞明白用一个遥控器可以控制多少只鸟。结果是，如果鸟笼比较近，可以同时控制四只鸟。他总是十分小心，在最后快速录下鸟的声音时，自己不出声，免得他的声音最后传到"城堡"的实验室里去。不久，很多学舌鸟开始模仿国歌，即使他听到鸟为凯匹特唱赞歌后有种满足感，他也完全停止不唱了，因为他没办法让鸟静下来，它们会把单一的旋律无限地重复下去。

总的来说，对不断注入到他生活中的音乐，他开始感到厌倦了。用"入侵"来形容也许更确切。这些天，音乐似乎无处不在：鸟鸣、考维人的歌声、鸟和考维人的合唱。也许他终究没能继承母亲对音乐的热爱。至少，没到那种程度。音乐声贪婪地吸走了他的注意力，不停地灌到他的耳朵里，这让他很难集中精力去思考问题。

到了周三下午，他们已经捉到了五十只学舌鸟，足以让凯博士满意了。科里奥兰纳斯和巴格在剩下的时间里还要照顾那些鸟，把新捉到的鸟送到实验桌旁进行编号、加上标签。他们在晚饭前就完成了这项任务，晚饭后又回来，做好准备，以便把鸟运回凯匹特。科学家给科里奥兰纳斯和巴格演示怎样给鸟笼盖上罩布，然后再搬到飞艇上，他们完全放心地让他俩去做这件事。于是，科里奥兰纳斯自告奋勇给笼子罩布，而巴格则负责把鸟运到飞艇上。

科里奥兰纳斯先从学舌鸟的笼开始，给笼子罩上布，真高兴看到这些鸟终于被运走了。他先把一只鸟笼子搬到桌子上，罩上布，用粉笔在上面写上 M 和鸟的编号，然后再把鸟笼递走。巴格已经在运送第十五只鸟笼子了，里面关着一只叽喳乱叫的疯狂的鸟，这时塞亚纳斯从门口跑进来，兴奋地喊道："好消息！老妈又寄来包裹了！"

正要拿着鸟笼离开的巴格也眼前一亮，说："她是最好的人。"

"我会把你说的话告诉她的。"塞亚纳斯目送巴格离开，然后转身对着正在叽喳鸟笼上写上号码 1 的科里奥兰纳斯。

那鸟仍在模仿着上一只学舌鸟的叫声，在笼子里叽叽喳喳地叫个不停。塞亚纳斯脸上的笑容消失了，取而代之的是一脸的愤怒。他扫了一眼机库，确定身边没有其他人，然后压低声音对科里奥兰纳斯说："听着，我们只有几分钟的时间。我知道你不会赞成我的做法，但我需要你至少理解我。你那天对我说，我们亲如兄弟，听了你这话，哎，我觉得欠你一个解释。那就请你好好听我说吧。"

原来如此。他自己承认了。科里奥兰纳斯对塞亚纳斯理智和审慎的劝诫，他的确考虑过，但没有起作用，倒是亲情牌歪打正着起了作用。现在到了解释一切的时候。那钱、那枪、那营地的地图。现在反叛者的一切阴谋都将暴露出来。一旦科里奥兰纳斯听到这一切，他自己也就成了反叛者。一个背叛了凯匹特的反叛者。他本应感到恐慌，或应该逃跑，或者至少让塞亚纳斯闭嘴。但他什么也没做。

相反，他的手仍不由自主地在忙活着，就像那次他下意识地把手帕丢进蛇箱一样。此刻，他左手给叽喳鸟笼子套上罩布，右手伸向放在桌上的遥控器，按下了"录音"键，而他用右手完成这一系列的动作时，恰好用身体遮挡了塞亚纳斯的视线。叽喳鸟不叫了。

· CHAPTER 28 ·

告密背叛

　　科里奥兰纳斯背对着鸟笼，双手支在桌子上，等着塞亚纳斯说话。

　　"是这样的，"塞亚纳斯因为激动而提高了声音，"有一些反叛者打算永远离开十二区，去北方，到远离帕纳姆的地方开始新生活。他们说如果我能在丽欧的事上帮上忙，我也可以去。"

　　科里奥兰纳斯扬起眉毛，似乎在质疑他的说法。

　　塞亚纳斯急忙解释道："我知道，我知道，可是他们需要我。事实上，他们是想把丽欧救出去，然后带着她一起走。如果他们不这么做，凯匹特就会把她和下一批反叛者一起绞死。这计划很简单，真的。监狱的狱警每四小时轮岗。我给老妈寄来的食品下好药，给了外面看大门的警卫。这药是他们在凯匹特的时候送给我的，这药一下子就让人……"塞亚纳斯打了个响指，"我会夺过一个人的枪，里面的警卫是没枪的，这样我就可以用枪逼迫他把我带到审讯室。那里是隔音的，所以没人会听到他们的叫喊。然后，我救出丽欧。她兄弟会帮我们通过营地四周的栏杆。然后，我们就马上动身去北方。在他们发现警卫被袭击之前，我们有好几个小时的时间。因为我们不走大门，所以他们会认为我们还藏在营地，因此他们首先会锁定营地进行搜查。直到他们发现不对头的时候，我们已经走远了。没有人会受到伤害，也没人能想出比这更聪明的办法了。"

　　科里奥兰纳斯低下头，用指尖揉着眉毛，好似努力在搞明白这一切，但他不清楚，他能多长时间内不说话，而不会引起对方的怀疑。

可是，塞亚纳斯又急匆匆地说下去："我不能不告诉你就这么走了。你对我像亲兄弟一样好。我永远不会忘记你在竞技场为我所做的一切。我会想办法把在我身上发生的事都告诉我老妈的。呃，当然，还有我爸。要让他知道，即使默默无闻，普林斯家族依然在延续。"

就要这个，普林斯的名字，这就足够了。他的左手摸到遥控器，用拇指按下"中性"键。叽喳鸟又恢复了之前欢快的鸣叫。

有人吸引了科里奥兰纳斯的注意力，他说："巴格来了。"

"巴格来了。"鸟学着他的声音说道。

"嘘，你这蠢货。"他冲着鸟说，很高兴它又恢复了正常的中性的状态。这不会引起塞亚纳斯的警惕。他很快盖上罩布，标上了 J1 的字样。

"我们还得再弄一个水瓶子，有个水瓶破了。"巴格走进机库时说。

"有个水瓶破了。"鸟模仿巴格的声音说道，然后又开始模仿一只路过的乌鸦的叫声。

"我去找一个。"科里奥兰纳斯把笼子递给巴格。

巴格离开后，科里奥兰纳斯走到他们储存各种用品的箱子旁边，在里面翻找着。他们继续谈话的时候，最好离其他叽喳鸟远些。如果它们学话太多，塞亚纳斯会怀疑为什么刚才的那只鸟一直沉默。他还不知道这些鸟是怎么学话的，凯博士并没有给所有人讲解这些原理。

"塞亚纳斯，这样做太疯狂了，很多地方会出差错的。"科里奥兰纳斯开始列出一连串的问题，"要是警卫不想吃你老妈的食物呢？即使有一个吃了，那另一个人会看着他倒下？如果里面的警卫在未进入审讯室之前就呼救呢？如果你找不到丽欧审讯室的钥匙呢？而且，你说她兄弟会帮你们穿过护栏，那是什么意思？你以为他把护栏切断了，却没人注意到？"

"不是，发动机后面的护栏有一个容易打开的地方。那里已经松了，或者说不结实了。你看，我知道好多事一点儿差错都不能出，但我认为一切都会顺利的。"听这说话的口吻，塞亚纳斯似乎也在说服自己，"一切必须顺利，如果不顺利，他们现在就逮捕我了，而不是以后等我卷进更糟糕的事情之后再逮捕我，不是吗？"

科里奥兰纳斯不开心地摇摇头，"我是不是无法改变你的想法？"

塞亚纳斯态度很坚决，"不能，我已经决定了。我不能留在这里。这一点咱俩都清楚。早晚有一天我会崩溃的，在清醒状态下，我是不可能做一个治安警的，而我总会想出一些疯狂的计划，把你也拉到危险的境地。"

"可你到了那边怎么生活？"科里奥兰纳斯找到了一个装着新水瓶的箱子。

"我们准备了一些东西，而且我还是一个好枪手。"塞亚纳斯说。

虽然塞亚纳斯没提到反叛者有枪，但显然他们有。

"可要是子弹用完了呢？"科里奥兰纳斯问。

"我们会有办法的。钓鱼、捕鸟。他们说北方有人居住。"塞亚纳斯告诉他。

科里奥兰纳斯想起了比利也曾试图诱骗露茜跟他一起逃跑，到荒蛮之地假想的村落去生活。是比利听反叛者说的，还是反叛者听比利说的？

"就算没有人居住，那里也没有凯匹特管辖，而这才是我最关心的事情，不是吗？不是这个辖区或者那个辖区，不是做学生还是当治安警，我只想生活在他们不能左右我生活的地方。我知道逃跑似乎是很懦弱的想法，但我所希望的是，一旦到了那里，我就能保持清醒的头脑，并想出办法，来帮助各辖区。"塞亚纳斯继续说。

这几率太小了，如果你能过冬，那就算是奇迹，科里奥兰纳斯心想。

科里奥兰纳斯把水瓶从那堆东西里拿出来说："唉，我会很想念你的，我能说的只有这些。祝你好运。"他感觉塞亚纳斯要过来拥抱他，这时巴格从门口走进来。他赶紧把瓶子举起来，"找到一个。"

"你赶快干活吧。"塞亚纳斯挥挥手，然后就离开了。

科里奥兰纳斯继续机械地给鸟笼罩布，做标记，但大脑却在飞转。他应该怎么办？身体的一部分想冲到飞艇那里，把1号叽喳鸟的录音抹掉。按"播放"键，然后按"中性"，然后"录音"，然后快速连续按"中性"，这样叽喳鸟除了远处沥青操场训练的士兵的喊声之外，什么都不会记得了。

然后他该怎么办？劝塞亚纳斯放弃他的计划？科里奥兰纳斯不相信自己能做到，就算他能，塞亚纳斯迟早也会有另外的计划。向营地指挥官告发他？塞亚纳斯很可能会否认，除非保留叽喳鸟记忆里存储着的有关证据，否则他也没有任何证据来证实他的指控。他甚至不知道他们行动的时间，所以不能提前设下埋伏。如果真的这样做，他和塞亚纳斯的关系将走向何方？如果这件事泄露出去，他又如何与整个营地的人相处？那样他就成了一个告密者，一个不可靠的人，一个惹是生非的人？

在叽喳鸟录音的过程中科里奥兰纳斯一直小心地保持沉默，这样无论如何他自己都不会受到牵连。但高尔博士会把这事和竞技场发生的事联系起来，她会明白这录音是有意而为之的。如果他把鸟送到"城堡"，高尔博士可以作出最佳判断，来处理这件事。她很可能会直接给斯塔伯打电话，免去塞亚纳斯治安警的职责，在他还没造成破坏之前，把他送回家。是的，这对所有人都有好处。于是，科里奥兰纳斯把遥控器丢进供给品箱。如果一切顺利，几天之后，塞亚纳斯的事就不会再烦他了。

然而，平静的时间并不长。科里奥兰纳斯刚睡了几个小时就从噩梦中醒来。他梦见自己站在竞技场的看台上，看着台下跪在马库斯尸体旁的塞亚纳斯，正在往马库斯的身体上撒面包屑，却未曾意识到身后有许多色彩缤纷的蛇正从四面八方朝他爬过来。科里奥兰纳斯冲着他一遍遍地大喊，让他站起来，快跑，但塞亚纳斯似乎没有听见。当蛇爬到他身边的时候，轮到塞亚纳斯大喊了。

科里奥兰纳斯很负疚，出了一身黏糊糊的汗，他意识到关于运送叽喳鸟的事情，他没有把所有的后果都考虑周全。塞亚纳斯可能会遇到真正的麻烦。他从床铺上探身，看到对面床上的塞亚纳斯正睡得香甜，他这才放下心来。他有些神经过敏了。那些科学家很可能根本听不到那些录音，更不用说把它交给高尔博士了。他们干吗要把鸟放到"播放"模式？没有理由，真的。那些叽喳鸟已经在机库测试过了。他的这种做法本身是值得怀疑的，但却不会导致塞亚纳斯的死亡，不管是被蛇咬死或由其他什么原因致死。

这么一想，科里奥兰纳斯的内心就平静下来。但继而他又意识到，如果这样的话，他又再次回到了原点，他会因知道反叛者的计划而处于危险之中。营救丽欧的计划、逃跑，甚至发动机后面破损的围栏，这些事情都重重地压在他的心上。这是凯匹特的薄弱点。一想到反叛者可以偷偷进入营地，他就感到无比害怕和愤怒。这种行为破坏了现有的秩序，会引起骚乱，随之也会产生很多问题。如果没有凯匹特的控制，整个社会体系就会崩塌，难道这些人不知道吗？他们都会跑到北方，像野兽一样生存，难道这就是他们想要的？

科里奥兰纳斯开始希望那只叽喳鸟最终还是把消息传了回去。但是，如果碰巧是凯匹特当局听到了塞亚纳斯说的话，他们会怎样对他呢？从反叛者那里购买枪支来对付治安警会成为他受到审判的理由吗？不，等等，他没有录下有关枪支的任何信息。只录下了塞亚纳斯偷治安警的枪……但这就已经够了。

也许他帮了塞亚纳斯的忙。如果塞亚纳斯在行动之前被抓，也许只是坐牢，而不会有更严重的后果。或者，很有可能，老普林斯会出钱打通关系，免去他现在的麻烦，比如资助十二区建一所新的营地。塞亚纳斯也被踢出治安警的圈子，这样他还乐得呢。也许最终塞亚纳斯会在他父亲的军火帝国找到一份坐办公室的工作，这是他所不乐意做的。虽然痛苦，但是活着。而且，最重要的是，这是别人的麻烦。

在夜晚剩下的时间里，科里奥兰纳斯睡意全消，他又想到了露茜。

如果露茜知道了他对塞亚纳斯所做的一切，又会怎么想？她会恨他，那是肯定的。因为她热爱自由，也看重学舌鸟、叽喳鸟、考维人、每一个人的自由，她很可能会完全支持塞亚纳斯的逃跑计划，特别是在她有了被关在竞技场内的经历之后。这样的话，他就成了凯匹特的爪牙，露茜会回到比利身边，也把他所剩无多的一点幸福感带走。

早晨，科里奥兰纳斯无比疲倦、无比心烦地从床铺上爬起来。那些科学家已经在头一天晚上飞回了凯匹特，这让他们治安警小分队又回到枯燥的日常训练中去。他一天都无精打采，尽量不去想自己怎样在几周之后就可以一路顺风地接受全新的大学教育。怎样选课、怎样在校园徜徉、怎样买书。至于塞亚纳斯这件进退两难的事，他宁愿相信没有人会听到叽喳鸟的录音，他现在必须逼迫塞亚纳斯保持理智，威胁他要把这件事报告给长官和他父亲，如果塞亚纳斯一意孤行，就只能一直这样威胁他。他受够了整个这件愚蠢的事情。不幸的是，一天过去了，他没有机会发出这最后的通牒。

周五他收到了泰格莉丝的来信，信里都是坏消息，更让整个事情雪上加霜。一些买主和许多爱打听不停地到斯诺家的公寓看房。有两个人开了价，价格太低了，连让她们搬到最普通的公寓的钱都不够。那些看房的人让老夫人不堪其扰，她索性住到玫瑰花园，当看房的人出现时，她非常拒绝。一次老夫人偶尔听到来看花园的一对夫妇要把花园改为金鱼池。这玫瑰花园是斯诺家族的象征，听到要拆除，她本来状况很糟，那会儿更是又气又急。现在把她单独留在家中很让人担心。泰格莉丝已经没有办法了，求科里奥兰纳斯帮忙出出主意，可他又能给她出什么主意呢？他已经在所有方面都让她们失望了，他也想不出什么更好的出路。愤怒、无助、屈辱——这就是他所能给出的一切。

星期六，他几乎盼望着与塞亚纳斯当面对峙。他希望能大打出手。必须有人为斯诺家所遭受的屈辱付出代价，还有谁比普林斯家的人更合适呢？

斯麦利、巴格、"竹竿"虽讨厌周日昏醉不醒，仍一如既往盼望着去霍伯市场。等大家穿好衣服，准备去霍伯市场的时候，几个室友决定不再换白酒，而是换些苹果酒。苹果酒虽然没有那么大酒劲，却也能带来微醺的快感。这个问题对科里奥兰纳斯来说根本没意义，因为他对喝酒没有兴趣。他希望对付塞亚纳斯的时候头脑清醒。

正当他们要离开营地的时候，"饼干"又给他们安排了新任务，于是他们又花了半个小时从飞艇上卸下满满一飞艇的箱子。"下周末你就该高兴了，这些都是为长官的生日聚会准备的。""饼干"说完，递给他们一瓶一夸脱容量的酒，结果是廉价的威士忌。这比当地的自酿的酒好喝多了。

等他们到了霍伯市场，已经没时间去找好位置了，于是就挤在靠墙的一块地方。这时台上的茉黛已经跳着轻盈的舞步，介绍着考维家族的成员。虽然没有抢到好位置，但"老妈"寄来的食品不必拿去换东西，而是自己享用，又有"饼干"的酒助兴，大家也就没什么好抱怨的了。当然，科里奥兰纳斯没能在后台棚屋见到露茜，还是有些遗憾。他把自己的板条箱紧挨着塞亚纳斯的放着，这样塞亚纳斯想溜掉，他就能知道。不出所料，在演出开始大约一个小时之后，他感觉塞亚纳斯站起来了，于是紧盯着他朝大门走去，然后数到十，便开始跟踪他，并尽量不引起周围人的注意。直到快走到出口，似乎都没有引起什么人的注意。

露茜开始唱一首忧伤的歌曲，其他考维人在她身后演奏着悲伤的曲调。

你很晚才回家，

倒在行军床上。

你身上有铜臭的味道。

我们没有钞票，你这样说。

那么你从哪里来的钱，你怎样付费？

> 日升日落，不是为你。
>
> 你这么想，你就是错。
>
> 你对我撒谎，我也无法对你真诚——
>
> 我会出卖你，去换一首歌。

这歌让科里奥兰纳斯很不舒服，听着又像是一首为比利而作的歌曲。露茜为什么不能为自己写一首歌，而不是老想着那个一无是处的无名之辈？是比利给她开出了通往竞技场的门票，而他才是救她命的人。

当科里奥兰纳斯从人群中挤出来时，恰巧看到塞亚纳斯转了霍伯市场的拐角。当他沿着一座房子的墙根向前走时，露茜歌声余音缭绕，飘荡在夜空中。

> 你起床很晚，
>
> 一句话也不说。
>
> 你已经和她在一起，我听人这样说。
>
> 我不欠你什么，有人这样告诉我。
>
> 可寒夜降至，我又该如何？

> 月圆月缺，不是为你。
>
> 你这么想，那你就错。
>
> 你让我痛苦，让我忧伤——
>
> 我会出卖你，去换一首歌。

当科里奥兰纳斯看到塞亚纳斯从后台棚屋敞开的门走进去的时候，他在阴影里略停了一下。五个考维人都在台上，那他要去找谁呢？是他和反叛者约好在此见面，以最后敲定逃跑计划吗？他并不想撞见一帮他们的人，所以他决定在外面等候，这时他看到那个在霍伯市场卖给塞亚纳斯刀子的女人从里面出来，兜里揣着一大沓钞票。她很快离开了霍伯市场，消失在一个小巷子里。

原来如此，塞亚纳斯是过来给她送钱的，很可能是为了购买他们在北方打猎所需的枪支。他证据在手，现在似乎是质问塞亚纳斯的最佳时机。他怕塞亚纳斯正在摆弄枪支，因此为了不惊扰他，他便蹑手蹑脚地走近棚屋。同时，音乐声掩盖了他的脚步声。

> 你人在心却不在。
> 这不只与我有关，
> 也不只与你有关，这关乎我们所有的人。
> 他们年轻又柔弱，他们如此担心。
> 你是去是留，他们要知道。
>
> 星星闪烁，星星坠落，不是为你。
> 你这么想，你就是错。
> 你必欲纠缠，我也会伤害你——
> 我会出卖你，去换一首歌。

接下来响起一阵掌声，这时科里奥兰纳斯正通过敞开的门向里看去。屋子里唯一的光源是一盏小射灯，放在棚屋紧里头的一个板条箱上。在阿洛被吊死的时候，他曾看到有些矿工手里拎过这种灯。在微弱的光线下，他看到塞亚纳斯和比利正蹲在一个粗布麻袋旁边，麻袋里面露出几杆枪。他刚要上前一步却定住了，因为突然有人将枪口顶在他肋下几英寸的地方。

他倒吸一口气，正准备慢慢举起手，这时却听到身后传来快速的脚步声和露茜的笑声。露茜拍了一下他的肩膀，说："嘿！看见你溜出来了。芭波说如果你……"接着她也站住不动了，因为她看到了拿枪顶着他的人。

那人只说了句，"进去。"科里奥兰纳斯便朝射灯走去，露茜紧紧抓着他的胳膊跟在旁边。他听到门边大块煤渣在水泥地上发出刺啦啦的声音，然后门砰的一声关上了。

塞亚纳斯立刻站起来说："没关系，别慌，斯普鲁，他是和我一起的，他俩都是。"

斯普鲁来到灯光下，科里奥兰纳斯立刻认出来他就是执行绞刑那天拉住丽欧的人。他应该就是塞亚纳斯提到的丽欧的兄弟，没错就是他。

那反叛者的眼睛死盯着他们说："我想我们约好了这事只有我们知道。"

"他就像我的亲兄弟，我们逃跑的时候，他会给我们打掩护的，好给我们留出更多的时间。"塞亚纳斯忙解释说。

科里奥兰纳斯并没有作出这样的承诺，但他还是点了点头。

斯普鲁又用枪指着露茜问："那这个人呢？"

"我跟你说过她，她会和我们一起去北方，她是我的女人。"比利说。

科里奥兰纳斯感觉到露茜先是紧抓了一下他的胳膊，然后又放下了。

"如果你要愿意带上我。"露茜说。

斯普鲁的灰眼睛看看科里奥兰纳斯，又看看露茜问："你们两个没有在一起？"科里奥兰纳斯也在纳闷这个问题。露茜真的要和比利一起走吗？难道正像他怀疑的那样，露茜一直在利用他？

"他和我表妹芭波是一对。芭波让我过来告诉他，今晚在哪儿见面，就这些。"露茜说。

这么说露茜是在撒谎，为的是避开眼前的危险。是这样吗？科里奥兰纳斯仍然不敢肯定，但他也干脆将计就计说："没错。"

斯普鲁考虑了一下，然后耸耸肩，放下了枪，也放开了露茜说："兴许你还能跟丽欧做个伴。"

科里奥兰纳斯的目光落在隐藏的那些枪支上。两支霰弹猎枪，一支他们射击训练时会用的、标准的治安警配备的步枪，还有一些类似手榴弹的武器以及几把刀子，"东西可不少啊。"

"五个人还是不够，我担心的是弹药。如果你能从营地给我们多搞点，那就算帮了大忙了。"斯普鲁回答。

"也许吧，我们是无法进入军火库的，但我可以试试。"塞亚纳斯点点头说。

"当然了，要多备点儿。"

大家听到这声音都猛地回头。是一个女人的声音，从阴影最深处发出来。因为似乎从来没人用那扇门，科里奥兰纳斯已经忘记了还有一扇门了。在射灯有限的光线之外，四处一片漆黑，他都不知道那门是开着还是关着，也无法分辨是否有人闯入。她在暗处待了多久？

"谁在那儿？"斯普鲁说。

"枪支、弹药，你们不可能想出更多了，对吧？北上？"那声音讽刺道。

这令人厌恶的腔调一下子让科里奥兰纳斯想起了在霍伯市场发生斗殴的那个夜晚，"是梅菲尔，区长的女儿。"

"像大热天跟在比利屁股后头的一条狗。"露茜压低声音说。

"回家去，以后我会给你解释的。不是你听到的那样。"比利说。

"别，别走。来，过来，和我一起吧，梅菲尔。我们不会和你起冲突的，你又没法选择自己的爸爸是谁。"斯普鲁热情邀请她。

"我们不会伤害你的。"塞亚纳斯说。

梅菲尔满脸不屑地哈哈一笑，"你们当然不会。"

"这究竟是怎么回事？"斯普鲁问比利。

"没什么，她也就是说说，她不会做什么的。"比利说。

"那就是我。只会说，不会做。对吧，露茜？顺便问问，你在凯匹特玩得开心吗？"梅菲尔说。

这时，门嘎吱响了一下，科里奥兰纳斯感觉到梅菲尔在向后退，她准备逃跑了。她一旦跑掉，他的未来也就完了。不，不止这些，他的一辈子都完了。如果她去告发他们，他们就都死定了。

突然，斯普鲁举起猎枪去打她，但比利却一下子把枪口拍到地上。科里奥兰纳斯顺势拿起治安警的步枪，冲着梅菲尔发出声音的方向开了一枪。她大喊一声，接着便是她倒地的声音。

"梅菲尔！"比利喊着冲到门口她倒下的地方。接着他又跌跌撞撞地来到灯下，满手都是血，像一个疯狂的野兽一样冲着科里奥兰纳斯大喊："你都干了什么？"

露茜吓得直发抖，就像她在动物园目睹阿拉克妮的喉咙被割断时一样。

这时，科里奥兰纳斯轻轻推了露茜一下，于是她便朝门口慢慢挪去。

"回去，回到台上去，那是你不在现场的证据。快去！"

"噢，不，如果我倒霉了，她得跟我一块。"比利紧跟在露茜后面，想抓住她。

这时，斯普鲁毫不犹豫地朝比利的胸口开了一枪。子弹打在他身上，他向后仰身，扑通一声倒在地上。

在接下来的一片寂静中，科里奥兰纳斯听到从市场传来的音乐声，这是听完刚才露茜唱完之后，他第一次意识到音乐声的存在。茉黛把整个市场里人们的注意力都吸引到一连串的歌声里去了。

> 面朝阳光，永远面朝阳光，

"你最好照他说的去做。"斯普鲁告诉露茜，"趁着他们还没有想到你，趁着没人来找你，赶快走。"

> 面朝生活中的阳光。

露茜的眼睛无法从比利的身上移开。科里奥兰纳斯抓住她的肩膀，强迫她看着他，"快走，这里有我。"科里奥兰纳斯把她推到门口。

如果我们面朝生活的阳光。

是的，面朝生活中的阳光。

露茜打开门，他们两人都往外看。门外空无一人。

它会给予我们力量，照亮我们前行的道路。

整个霍伯市场沉浸在一片醉酒者的喝彩声中，这表明茉黛的歌已进入尾声。时间正好。"记住，你从来没有来过这里。"科里奥兰纳斯边在露茜耳边低语，边催促她走开。露茜沿着人行道脚步不稳地走回到市场。接着科里奥兰纳斯用脚把门踢上。

塞亚纳斯检查了比利的脉搏。

斯普鲁把武器装回到麻袋中说："不用担心。他们都死了。我不会跟别人说的，你们两个怎么想？"

"不用说，我们也一样。"科里奥兰纳斯说。塞亚纳斯的眼睛直勾勾地看着他们，仍然是一脸震惊，"他也是。我敢肯定。"

"你们可以考虑跟我们一起走，有人付钱。"斯普鲁说完，便拿起射灯，从后门消失了，棚屋里又陷入一片黑暗之中。

科里奥兰纳斯用手摸到塞亚纳斯，然后跟在斯普鲁之后，把他拉了出来，接着用脚把梅菲尔的尸体推到棚屋里，用肩膀使劲把门关严，把犯罪现场隔绝在门后。好了。他无论进出棚屋都很顺利，没有接触到里面的任何东西。除了他杀死梅菲尔的枪，上面留有他的指纹和DNA，但斯普鲁会在离开十二区的时候把枪带走，永远也不会回来了。他需要做的最后一件事就是重复他扔手帕的那一幕。他的耳畔似乎响起了海波顿学监嘲讽的声音……

"你听到了吗，科里奥兰纳斯？那是雪落下的声音。"

科里奥兰纳斯立刻深吸了一口夜晚的空气。音乐，某种乐器演奏的音乐，飘向他们。他猜想露茜已经回到了台上，但他还没有听到她的声音。他抓住塞亚纳斯的胳膊肘，拽着他绕过棚屋，来到房屋之间的小巷子，空空如也。接着他快步沿着霍伯市场一侧走过去，在转角处略微停顿了片刻说："这件事一个字都不要提啊。"他嘘了一声。

塞亚纳斯的瞳孔张得大大的，汗水浸湿了衣领，在嘴里重复着："一个字都不提。"

进到霍伯市场以后，他们坐回到原来的位置。旁边的"竹竿"靠墙根坐着，显然对一切茫然无知。另一边的斯麦利正在跟一个姑娘说话，而巴格正在喝威士忌，似乎没人注意到他们。

器乐表演结束了，露茜似乎也调整好了情绪准备唱歌了。她挑选了一首需要所有考维人参与的歌曲。聪明的女孩。因为那棚屋是考维人演出间隙休息的地方，因此他们是最有可能发现尸体的人。露茜让大家都待在台上的时间越长，就越具有更充足的不在现场的证据。同时斯普鲁也能争取到更长时间把杀人武器运送出这一区域，观众发现问题所用的时间也越久。

科里奥兰纳斯在心里盘算着这一切会造成怎样的后果，他的心一直在怦怦地跳着。他想，除了克勒克，没人会很在乎比利的死活。但是梅菲尔呢？她可是区长唯一的孩子。斯普鲁说得没错，有人会为她付出代价的。

露茜让大家敞开了点歌，在节目剩下的时间里尽量让五个人都留在台上。节目结束后，茉黛仍像往常那样到观众当中收钱。露茜谢过大家，考维人最后鞠了一躬，于是散场的观众就陆陆续续地往门口走去。

"我们必须直接回去。"科里奥兰纳斯悄悄地对塞亚纳斯说。

他俩分别把"竹竿"的一只胳膊搭在肩上，往市场外走，巴格和斯麦利跟在后面。他们向前走了大约二十码，这时突然传来了茉黛划破了夜空的尖叫声，引得所有人都回头去看。如果再往前走肯定会引起怀疑，于是科里奥兰纳斯和塞亚纳斯拉着"竹竿"一起转过身来。紧接着，治安警的哨声响起，一两个警官挥手让他们回到营地。他们也混在人群里往回走，中途没有再说一句话。一直等回到营地，听到同寝室伙伴的鼾声之后，他们才悄无声息地溜进了浴室。

"我们什么都不知道，这就是我们知道的一切。"科里奥兰纳斯压低声音说，"我们中间离开霍伯市场一小会儿，是去撒尿。其他时间，我们一直在看节目。"

"好吧，其他人呢？"塞亚纳斯说。

"斯普鲁已经走远了，露茜不会跟任何人说，甚至不会跟那些考维人说。她不希望他们有危险。明天，咱俩都装出宿醉的样子，一天都待在营地。"他说。

"好的，好的！一天都待在营地。"塞亚纳斯似乎心神不宁，说话有些语无伦次。

科里奥兰纳斯捧住他的脸叮嘱道："塞亚纳斯，这是生死攸关的事。你必须要坚持住。"

塞亚纳斯同意了，但科里奥兰纳斯知道他后来一宿都没合眼。他能听到塞亚纳斯整晚都在床上翻身。他则在自己的脑子里一遍又一遍地回放着开枪的过程，这已经是他第二次杀人了。如果说杀死鲍宾是出于自卫，那杀死梅菲尔呢？非蓄意谋杀，实际上，根本不算谋杀。只是另一种形式的自卫。可能从法律的角度不能这么看，但他却这么认为。梅菲尔也许没有刀，但她拥有绞死他的权力。还不要说她对露茜和其他人能做什么。也许是因为他没有清楚地看到她死去，甚至没有好好地看看尸体，因此这次不像他杀死鲍宾的那次有那么强烈的情感反应。或者，也许第二次杀人比第一次更容易。不管怎么说，他知道，如果一切重演，他还会打死她，这么一想，他觉得自己做的是对的。

第二天早晨，即使宿醉的室友也都去食堂吃早饭了。昨晚尸体送来的时候，斯麦利的护士朋友正在值班，因此斯麦利得到了一些小道消息。

"死的两个人都是当地人，但其中一个是区长的女儿。另一个是乐手什么的，但不是我们见到过的那几个人。他们是在霍伯市场后面的车库被人用枪打死的，就在演出过程中！只不过因为音乐声，咱们都没听见。"斯麦利说。

"他们发现是谁干的了吗？""竹竿"问。

"还没有。这些人不应该有枪啊，但就像我跟你说的，有些枪支流散在外。不过，这事是他们一个自己人干的。"斯麦利说。

"他们是怎么知道这个的？"塞亚纳斯问。

闭嘴！科里奥兰纳斯心想。他了解塞亚纳斯，仅一步之遥，他就要承认他没犯过的罪行了。

"嗯，她说，他们认为女孩是用治安警的步枪打死的，也许是在战争期间被偷走的旧枪，而那个乐手是用当地人打猎用的霰弹枪打死的。很可能是两个人打的。他们在附近找过了，没有发现武器。要我说，杀人者早跑得没影儿了。"斯麦利头头是道地说着。

科里奥兰纳斯的神经稍微放松下来，他挖了一勺蛋饼放到嘴里问："是谁发现尸体的？"

"那个唱歌的小女孩——你知道的，就是穿粉裙子的那个。"斯麦利说。

"茉黛·爱芙莉。"塞亚纳斯说。

"我想就是她吧。反正，她行为挺反常的。他们讯问了乐队的人，可是他们哪有时间干这个？他们几乎没离开舞台，不管怎么说，也没找到枪啊，可还是好审了他们一顿。我猜他们兴许认识那乐手。"斯麦利对他们说。

科里奥兰纳斯用叉子使劲扎了一下香肠节，心里感觉好多了。调查开端良好。即便如此，露茜恐怕也会遭到严厉的讯问，因为她有双重的动机，一方面比利是她的旧恋人，另一方面是梅菲尔把她送进了竞技场。而一旦涉及竞技场，他自己是否也会被牵连进去？除了那些考维人，十二区没人知道他是她的新恋人，而关于这一点露茜是不会对别人说的。

反正不管怎么说，如果她有了新的恋人，他俩干吗要在乎比利呢？但是，他俩为了报复梅菲尔，可能有杀人的动机，而比利也许是在这过程中试图保护梅菲尔的人。事实上，这推理和实际发生的情况非常接近。但是有几百个证人可以证明露茜一直在台上，只离开了一小会儿。现场没有发现枪支，这样就很难证明她有罪。他需要有耐心，让事件慢慢平息下来，之后他们就又可以在一起了。既然现在他与露茜之间建立了难以割舍的关系，从许多方面来看，科里奥兰纳斯都会感觉比以往任何时候离她更近了。

鉴于前一晚发生了杀人事件，营地指挥官决定当日关闭营地一天。虽然科里奥兰纳斯还没有任何计划，但他需要暂时远离考维人一段时间。他和塞亚纳斯像往常一样生活，尽量显得像是什么都没发生的样子。玩牌、写信、擦靴子。当他们两人给靴子磕泥的时候，科里奥兰纳斯小声说："你的逃跑计划怎么样？还在进行吗？"

"我也不知道，下周末才是长官的生日。我们本来计划那天逃跑的，考尤，如果无辜者被当作凶手抓走了，那可怎么办？"塞亚纳斯说。

那我们就脱身了，科里奥兰纳斯心想，但嘴上却说："没有枪做证据，我想这不大可能。要真是那样，咱们到时候再说吧。"

那晚，科里奥兰纳斯睡得踏实些了。周一，一级防范禁闭期结束了，有小道消息说，这次杀人事件是反叛者内讧引起的。如果他们要自相残杀，那就任其去吧。区长跑到营地，为了女儿的事对着指挥官大发脾气。可因为一直以来都是他把自己女儿惯坏了，让她像个野猫似的到处乱窜，所以，就算她跟那些反叛者混在一起，除了他自己，别人谁也怨不了。

到了周二下午，事件已基本平息了，因此科里奥兰纳斯一边为准备第二天的早餐削土豆，一边筹划着下一步的计划。第一步就是要让塞亚纳斯放弃逃跑计划。希望在棚屋发生的一切能让他明白他在玩火。明晚，他们会一起讨论细节，因此这是劝服他的最佳时机。如果塞亚纳斯不同意放弃逃跑计划，那他也别无选择，只能向上级报告了。

决心已定，他开始卖力削土豆，很早就把活干完了，轮值前的半个小时，"饼干"也放了他的假。于是他就去了收发室，在那里看到有普鲁瑞伯斯寄来的包裹，里面有好多袋各种乐器的琴弦，并附有一个温馨的便签，告诉他这些都不收钱。他把琴弦放在抽屉里，那些考维人能再次安全地见到他，一定很开心，想到这里，他也很高兴。如果事件进一步平息，也许再过一两周他们就可以见面了。

科里奥兰纳斯朝食堂走去，他开始觉得一切又跟从前一样了。周二意味着可以吃到蔬菜肉丁。他还有几分钟富余时间，于是就又去诊所拿了一盒痱子粉，这些痱子终于快下去了。正当他从诊所出来的时候，看到一辆营地的救护车开了过来。车的后门打开了，两个医护人员从车上抬下一个躺在担架上的人，那人衬衣上浸满鲜血，可能已经死了。当那人被推进诊室时，恰巧扭过了头，这时，科里奥兰纳斯看到了一双灰色的眼睛，让他忍不住倒吸一口凉气，是斯普鲁。接着门关上了，挡住了他的视线。

几个小时之后，科里奥兰纳斯才把这事告诉了塞亚纳斯，两人都不知道这件事会带来怎样的影响。斯普鲁显然已经跟治安警交过火了，但是为什么？他是否已成为谋杀事件的涉事者？警察知道他的逃跑计划吗？知道他们购买枪支的事吗？他已被捕，他又会告诉警察什么呢？

周三早餐时，从斯麦利认识的护士那里得到了可靠的消息，斯普鲁由于伤势过重，当晚就死了。这名护士并不太清楚具体情况，但多数人认为他参与了杀人事件。整个上午，科里奥兰纳斯的心都悬着，焦急地等待着可能出现的结果。到了午饭的时候，一切都明朗了。两名警官来到他们吃饭的桌旁，逮捕了塞亚纳斯，塞亚纳斯一声不吭地就走了。科里奥兰纳斯也像他的室友一样摆出一副吃惊的样子，附和着他们说，肯定哪里搞错了。

在进行射击练习时，斯麦利带头给中士求情："我们可以保证塞亚纳斯没有杀人。他整晚都跟我们待在一起。"

"我们一直都没有分开。""竹竿"也壮起胆子说。尽管那时他早就喝得晕乎乎地靠在墙上了，可还是装出知道实情的样子，其他人也一齐帮腔。

"我很欣赏你们对朋友的忠诚，可我觉得这里面还有别的事。"中士说。

科里奥兰纳斯感到脊背一阵发凉。别的事，是逃跑计划吗？斯普鲁不像是已经交代了的样子，特别是这事会牵扯到他妹妹。不，科里奥兰纳斯很肯定是他的叽喳鸟把消息带给了高尔博士，而这就是结果。先是斯普鲁被捕，接着是塞亚纳斯。

接下来的两天，事情进展并不顺利，几个室友请求去见塞亚纳斯，都未获批准，塞亚纳斯仍被羁押。这期间科里奥兰纳斯一直试图说服自己，他这样做完全是为塞亚纳斯好。他一直在等斯塔伯坐着私人飞艇来到营地，与营地长官协商释放塞亚纳斯的事情，由他提出条件，愿意出资给整个空军飞行队进行武器和设备升级，并把他犯了错的儿子带回家。

然而，斯塔伯知道塞亚纳斯此时的处境吗？这里可不是凯匹特私立中学，你一调皮捣蛋老师就把家长叫来了。科里奥兰纳斯故作轻松地问一个老兵，是否允许他们给家人打电话。他的回答是，是的，每人一年可以打两次电话，但要是刚来六个月，就只能打一次。其他的通信方式就只有邮件了。科里奥兰纳斯也不知道塞亚纳斯要关多久，他给"老妈"匆匆写了一封短信，大概地告诉她塞亚纳斯遇到麻烦了，并暗示让斯塔伯给有关方面打几个电话。周五早晨，他正要急忙把邮件发出去，却收到通知，要求除日常执勤人员之外其他人员都到大礼堂集合。在那里，营地指挥官宣布当天下午一名警员将因叛国罪而被执行绞刑。此人是塞亚纳斯·普林斯。

这太不真实了，简直就像一场噩梦。在接下来进行的军事训练中，科里奥兰纳斯觉得自己的身体就像一个提线木偶，被一根无形的线拉来拉去。训练结束后，中士叫他出列，然后当着所有人的面——斯麦利、巴格、"竹竿"和其他警员，命令他代表本中队去参加绞刑。

回到寝室，科里奥兰纳斯的手指僵硬得不听使唤，连印有凯匹特标志的银色扣子都扣不上了。他的腿也不听使唤，跟凯匹特被轰炸时的感觉一样。但他还是强撑着去军械库取了步枪。其他治安警——他一个也叫不上名字，给他在卡车上留出宽裕的位置。他确信自己会因与死刑犯有关而染上污点。

科里奥兰纳斯奉命和其他小分队成员一起，分成两排站在绞刑树的两侧，与阿洛执行死刑时一样。刑场来了很多人，大家都情绪激动，这让科里奥兰纳斯感到困惑。可以肯定，塞亚纳斯在几个星期的时间内不可能赢得这么多的支持者。当治安警的卡车到达现场，塞亚纳斯和丽欧戴着镣铐从车上被推下来时，他才明白了为什么。许多人在看到那女孩的时候开始哭喊，叫着她的名字。

阿洛原来也是一名士兵，复员后在矿井上干了很多年，性格变得愈发坚韧。他在审讯过程中一直都十分克制，直到他看到人群中的丽欧时，才最终崩溃。但是，塞亚纳斯和丽欧却恐惧脆弱，他们看上去比实际年龄要小得多，因此给人的强烈印象是两个无辜的孩子正在被强行送上绞刑架。丽欧吓得腿不停地颤抖，已经站不起来了，因此被两名面无表情的治安警拖着前行。这两名治安警第二天晚上恐怕也要靠酒精来抹去这可怕的记忆了。

当他们从他身边走过时，科里奥兰纳斯死死地盯着塞亚纳斯的眼睛，而他眼前看到的却是那个在操场上手里攥着一袋橡皮糖的八岁的男孩，只不过眼前的这个男孩要害怕恐惧得多。塞亚纳斯的嘴作出"考尤"的口型，脸因恐惧而扭曲了。但他是在发出请求还是在控诉他的背叛，他就不得而知了。

治安警让死刑犯并排站在活板门上。另一个治安警在发出阵阵尖叫的人群面前，宣布他们的罪行，科里奥兰纳斯却只听到"叛国"两个字。当治安警拉紧套索的时候，他移开了自己的目光，这时他看到了露茜痛苦的面庞。她穿着一件灰色旧裙子站在靠前的位置，头上裹着一条黑色的围巾，她眼望着塞亚纳斯，泪水从脸颊上滚落下来。

随着击鼓的声响，科里奥兰纳斯闭上了眼睛，他希望也能把声音屏蔽掉。但他不能，他听到了塞亚纳斯的哭喊，听到了活板门打开的声音，也听到叽喳鸟模仿塞亚纳斯所喊出的最后一个字，那声音在那耀眼的烈日下一遍遍地重复着：

"妈！妈！妈！妈！妈！"

· CHAPTER 29 ·

疑心暗鬼

　　科里奥兰纳斯咬牙坚持做完了善后工作，在回营地的路上他面无表情，一句话也不说。回到营地，他交还了枪支，走回寝室。他知道人们都在盯着他；他们都知道塞亚纳斯是他的朋友，或者至少是他中队的一员，他们想看到他崩溃，但他就是不让他们得到满足。

　　科里奥兰纳斯独自一人待在寝室，慢腾腾地脱掉制服，认真地把每件衣服挂好，用手把上面的褶皱抚平。离开了那些窥探他的目光，他终于可以让自己的身体放松下来，让自己的肩头疲惫地垂落下来。他今天只喝了几口苹果汁。他感觉身心疲惫到了极点，实在无法再去进行射击训练，无法面对巴格、"竹竿"和斯麦利了。他的手抖得厉害，拿不起步枪了。因此，他就待在这个闷热的房间里，穿着底裤，坐在"竹竿"的床上，等待着可能给予他的任何处罚。

　　一切只是一个时间的问题，也许斯普鲁已经招认，或者，更有可能的是塞亚纳斯已经交代了谋杀的细节，也许在此之前，他应该去自首。即使他们没有招认，治安警的步枪就在那里，上面有他的DNA。斯普鲁并没有逃跑奔向自由，也许他潜伏着，等待营救丽欧；而如果他一直留在十二区，那么那些武器也应该在。也许此时他们正在检验他的枪支，寻找证据去证明斯普鲁用此枪杀死了梅菲尔，而最终却发现杀人者是他们的士兵斯诺。正是他背叛了自己最好的朋友，把他送上绞刑架。

　　科里奥兰纳斯把脸埋在手掌里。他杀死了塞亚纳斯，就像他用木板打死了鲍宾或用枪打死了梅菲尔。他杀死了把自己当作兄弟的人。虽然这恶劣的行为所带来的负疚感即将把他淹没，可一个小小的声音不断地在他的耳畔响起，你有什么选择呢？什么选择？没有选择。塞亚纳斯一直在进行自我毁灭，而科里奥兰纳斯也一直被他牵连，塞亚纳斯这鲁莽行为的最终的结果则是把自己送到了绞刑树下。

科里奥兰纳斯试图理性地思考这一切。他们在竞技场逃离时被贡品当作捕杀的对象，如果没有他，塞亚纳斯也许早就死了。从理论上讲，科里奥兰纳斯也曾给了他几周的时间和第二次机会，让他去补救，但他却没有、不能，也不愿改变自己的想法。他坚持做他自己。也许荒野生存对他的确是最佳选择。可怜的塞亚纳斯！可怜的、敏感的、愚蠢的、已经死了的——塞亚纳斯。

科里奥兰纳斯走到塞亚纳斯的储藏柜前，拿出了他的个人物品，他坐在地板上，把所有的东西都摊放在面前。自从他上次翻看以来，唯一增加的东西是几块饼干，用小块纸巾包裹着。科里奥兰纳斯打开了纸巾，尝了一口。为什么不呢？那甜甜的味道在他的舌头上化开，一个个形象也在他的脑海中浮现——塞亚纳斯在动物园拿着一块三明治，塞亚纳斯勇敢地面对高尔博士，塞亚纳斯在回营地的途中拥抱着他，塞亚纳斯从绞刑架上坠落——

"妈！妈！妈！妈！妈！"

科里奥兰纳斯被饼干呛到了，胃里的苹果汁翻搅起来，和嘴里的饼干屑混在一起，酸酸的。他冒了一身的冷汗，这时，他哭了起来。他靠在储藏柜上，把腿蜷曲在胸前，任凭这丑陋的、剧烈的哭泣摇晃着他的身体。他为塞亚纳斯哭泣，为可怜的"老妈"哭泣，为可爱的、为家人献身的泰格莉丝哭泣，也为他老迈、已经糊涂的老夫人哭泣。她们很快也将以这种悲惨的方式失去他。对他来说，任何一天都可能会死。他因恐惧而大口地喘着气，仿佛那绳索已经令他窒息，夺走了他的生命。他不想死！特别不想在这荒野中死去，让那些变种鸟学着他最后喊出的几个字。谁知道在那可怕的瞬间一个人会说什么？而他死后，那些鸟会到处去叫，直到学舌鸟再把它转变成令人毛骨悚然的歌唱！

大约过了五分钟，科里奥兰纳斯停止了哭泣，镇静下来，他用拇指抚摸着塞亚纳斯盒子里那冰冷的大理石心。除了像一个男人那样面对死亡，他别无选择。他要像一个士兵、像一个坚强的斯诺家的人。在决定接受命运安排之后，他觉得有必要把自己的事情理顺头绪，尽可能对自己所爱的人做一些小小的补偿。

科里奥兰纳斯打开银色相框，发现塞亚纳斯在购买枪支之后还剩下了不少现金。他拿了塞亚纳斯从凯匹特带来的奶油色的漂亮的信封，把钱放进去，封上口，写上了泰格莉丝的地址。他把塞亚纳斯的纪念品整理好，把箱子放回柜子里。还有什么？他想到了露茜，她是他生活中仅有的、唯一的爱了。他希望自己能在她的心中留下些美好的回忆。

科里奥兰纳斯在自己的箱子里搜寻着，最后决定把那块橙色的围巾留给她，因为考维人喜欢靓丽的色彩，而她尤其如此。他不能确定以怎样的方式送给她，如果他能坚持到周日，也许他能溜出营地，再见她最后一面。他把叠得整整齐齐的围巾和普鲁瑞伯斯送来的琴弦放在一起，把脸上的鼻涕和眼泪都洗干净，然后穿上衣服，走到邮局，把钱寄回了家。

吃午饭的时候，他小声把执行绞刑的情况告诉了他的几个难过的室友，尽量说得柔和些，"我想他很快就死了。他没有受罪。"

"我还是不能相信这是他干的。"斯麦利说。

"竹竿"说话时声音是颤抖的，"我希望他们别以为我们都参与了。"

"巴格和我来自辖区，只有我们会被怀疑是反叛同情者，你有什么好担心的？你们是凯匹特来的。"斯麦利说。

"塞亚纳斯也是呀，对吧？""竹竿"提醒他道。

"他算不上真的凯匹特人，对吧？他嘴上总是挂着二区嘞？"巴格说。

"是的，算不上。"科里奥兰纳斯表示同意。

当晚，科里奥兰纳斯在空无一人的监狱执勤。他睡得像个死人，这也不无道理，因为几个小时之后，他就要和那些死人会合了。

科里奥兰纳斯如往常一样出了早操。吃完午饭，当霍夫长官的助理来到他面前，要求科里奥兰纳斯跟他走，并要列队行进时，他几乎是松了口气。虽然他们不像军警那样正规，但由于他们也在试图恢复部队的常态，列队行进也无可厚非。一想到到了指挥官办公室，肯定会被直接送入监狱，他便后悔没有随身带些个人物品，好在生命的最后几个小时里给自己一点寄托。他妈妈的香粉不行，他需要一些能在套上绞索前帮他平静下来的东西。

指挥官的办公室并不大，但比他在营地看到的任何其他地方都好，科里奥兰纳斯坐在霍夫长官桌子对面的皮椅上，能在少数人面前听到死刑的宣判还是挺感激的。

记住，你是一个斯诺家的人，要保持尊严，他对自己说。

指挥官准许他的助理离开，于是他转身离开，并带上了门。霍夫靠在椅子上，盯着科里奥兰纳斯看了半天问："这周对你来说很难熬吧。"

"是的，先生。"他希望长官能单刀直入，开始审讯。他已经筋疲力尽，玩不了猫鼠游戏了。

"难熬的一周，"霍夫继续重复着，"我知道你在凯匹特是一个明星学生。"

科里奥兰纳斯不清楚他是从哪儿听说的，心想会不会是从塞亚纳斯那里，不过这已经没关系了，"承蒙夸奖。"

指挥官笑着说："而且还很谦虚。"

噢，直接逮捕我吧，科里奥兰纳斯心想。不必绕来绕去，最后再把失望的结果告诉他。

"听说，你和塞亚纳斯·普林斯是好朋友。"霍夫说。

啊，终于谈到了正题，科里奥兰纳斯想。为什么不加快进程，而是用一系列的否定来拖延？

"我们不仅是朋友，我们就像兄弟一样。"

霍夫同情地看了他一眼说："那么，你做出这样的牺牲，我只好代表凯匹特向你转达最诚挚的感谢喽。"

等等。什么？科里奥兰纳斯用迷惑的眼神望着他，"先生？"

"高尔博士接到了你通过叽喳鸟送去的情报。"霍夫如实道来，"她说送去这样的情报对你来说是很艰难的选择，你对凯匹特所表现的忠诚，是你个人用巨大代价换来的。"

这么说，要缓期执行了。显然，带有他的 DNA 的枪还没有被找到。他们把他当作了经历了激烈的思想斗争的凯匹特英雄。科里奥兰纳斯摆出一副为朋友的一意孤行而难过的表情说："塞亚纳斯不坏，他只是……困惑。"

"同意。可他越过底线和敌人共谋，恐怕我们不能视而不见。"霍夫顿了一下，陷入思考，"你认为他参与了谋杀事件吗？"

"谋杀？您是说霍伯市场的谋杀？"科里奥兰纳斯科睁大了眼睛，好像他从来没想到过有这种可能。

"区长的女儿还有……"指挥官快速翻看一个文件，但随后决定随他去吧，"和另一个人。"

"噢……我认为没有。您认为他们是有关联的吗？"科里奥兰纳斯问，假装一头雾水的样子。

"我不知道。不过也没什么关系了，那个年轻人要和反叛者一起逃跑，而区长女儿也要跟他一起走。不管是谁杀了他们都省了我不少麻烦。"霍夫对他说。

"应该不是塞亚纳斯，他从来都不想伤害任何人。他一直想当一名医生。"科里奥兰纳斯说。

"是的，你们的中士也是这么说的，这么说塞亚纳斯没提到过给他们提供枪支的事？"霍夫说。

"枪支？我不知道。他怎么能弄到枪支呢？"科里奥兰纳斯开始觉得有点意思了。

"也许从黑市买？我听说他家很有钱，嗨，也没关系了。在枪被找到之前，恐怕这只能是个谜团。这几天我会派治安警去'夹缝'搜查。同时，你帮助我们抓到了塞亚纳斯，为了保证你的安全，这事高尔博士和我决定先替你保密。我们可不希望那些反叛者把你当作目标，对吧？"霍夫说。

"我也希望如此，毕竟，我自己能做出这样的决定已经够难了。"科里奥兰纳斯说。

"可以理解。等一切尘埃落定，要记住你已经为国家作出了贡献。把这一切个人感情抛到脑后吧。"接着，他似乎又想起了什么，马上补充道，"今天是我生日。"

"是的，我还为您的生日聚会搬过威士忌呢。"科里奥兰纳斯说。

"聚会一般都不错，好好玩吧。"霍夫站起来，伸出手。

于是，科里奥兰纳斯站起来与他握手，"我会的。生日快乐，先生。"

室友们看到科里奥兰纳斯回来了，都很高兴，大家七嘴八舌，询问他究竟为了什么事被指挥官叫走了。

"他知道我和塞亚纳斯一直是好朋友，他想看看我是否一切都好。"科里奥兰纳斯告诉他们。

这消息让大家的情绪都好了一些。而下午的任务也让科里奥兰纳斯感到满意。他们没有进行射击训练，而是奉命去绞刑树周围的林子去捕捉叽喳鸟。塞亚纳斯最后的呼号被这些鸟不断地模仿着，那是压垮人们神经的最后一棵稻草。

当科里奥兰纳斯把鸟从树上射下来的时候，他很得意，他成功地杀死了三只鸟。你们现在不那么机灵了吧？他心想。不幸的是，不大一会儿，大多数鸟都飞出了他的射程，但这些鸟还会回来。如果他没有被先绞死，他也会再回来的。

为了对指挥官的生日表示敬意，治安警们都洗了澡，穿上了干净的制服，然后去食堂大厅集合。"饼干"做了相当棒的晚餐，有牛排、土豆泥和肉汁，还有新鲜的而非灌装的豌豆。每个士兵都分到了一大杯啤酒，霍夫把一大块糖霜蛋糕切开。晚饭后，他们都到体育馆集合。

体育馆内张灯结彩，装饰一新。威士忌随便喝，大家也在现场对着麦克风前说出很多祝酒词。但是直到大家去搬凳子，科里奥兰纳斯才知道后面还有娱乐活动。

"当然了，我们从霍伯市场雇了乐队。指挥官对他们很感兴趣嘞。"一个警官告诉他。

露茜一定会来。这就是他的机会，也许是唯一一次最后与她见面的机会。科里奥兰纳斯跑回寝室，拿了装着普鲁瑞伯斯寄来的琴弦和围巾的盒子，急匆匆地跑回晚会现场。他看到室友已经在中间的位置给他占好了座位，但他还是站在最后面。如果机会来了，他不想因为要从中间走出来而引人注目。体育馆内大部分地方的灯光比较暗，只有放麦克风的地方很亮。大家渐渐安静下来，所有的目光都盯着更衣室门口，那门上挂着考维人在霍伯市场常用的毯子。

茉黛穿着像毛茛花① 一样的散摆的黄裙子，欢快地出场，跳上一个事先放在麦克风前的板条箱上，说："嘿，大家好！今晚是一个特别的夜晚，你们都知道为什么！今晚是一个人的生日！"

治安警们都猛劲地鼓掌。茉黛开始唱那首古老的、耳熟能详的生日歌，大家也跟着一起唱：

> 祝你生日快乐，
>
> 祝福一个特殊的人！
>
> 祝你天天快乐！

---

① 毛茛花：又称"芹菜花"，一种多年生草本花卉。

> 一年一度，
>
> 我们为你欢呼，
>
> 祝福长官霍夫！
>
> 祝你生日快乐！

歌词只有这一段，但大家唱了三遍，考维人也一一登台演唱。

当露茜穿着在竞技场穿过的彩虹裙出现在台上时，科里奥兰纳斯不禁深吸了一口气。大多数人会认为她穿这个裙子是为了参加指挥官的生日晚会，只有他心里明白，她是为他而穿的。这是一种交流方式，是为了在隔绝彼此的鸿沟上搭起一座桥梁。一股爱的暖流传遍了他的全身，露茜在暗示他，在悲伤的时刻，他并非孤身一人。此时他们仿佛又回到了竞技场，为了生存而战，只有两个人在面对着全世界。想到可以让露茜目送他死去，科里奥兰纳斯的心里既辛酸又甜蜜，可想到她能活下来，又充满感激。他现在是唯一活着、可以指认她在杀人现场的人（但也即将死去）。她也没有碰武器（因而也没有物证）。无论在他身上发生什么，一想到露茜可以为他们两人活下去，他就倍感欣慰。

考维人开始演唱他们的常规曲目，在这半个小时内，科里奥兰纳斯的目光便一直不曾离开过露茜。接着其他乐队成员离开舞台，只有露茜一个人在台上。她坐在一张高椅上，然后，他能想象到吗？露茜像在竞技场一样拍拍自己的裙子口袋。这是她发出的信号，是想念他的意思。即使被空间隔绝，他们也共享着同一时光。他的心被深深打动。接下来，他认真地听她唱出了一首不熟悉的歌：

> 每个人生来——
>
> 都如水晶般纯洁，
>
> 如雏菊般鲜艳，
>
> 没有一丝疯癫。

可要保持不变，却难于上青天——
如穿越荆棘般困难，
如火中行走般危险

这个世界，一片黑暗，
这个世界，令人恐惧。
我曾遭受了打击，
难怪我会谨慎。
这就是为什么，
我需要你——
你像飘扬的雪花般洁白纯净。

噢，不。这绝非他的胡乱猜想，歌中的"雪花"证实了这一点，这是露茜专门为他而写的一首歌。

人人都想像英雄——
成为人中龙凤，或
实干者而非梦想者，
做事艰辛困苦，
要做出一些改变——
就如把羊奶变成黄油，
就如把冰块变成清水。

孩子们在死去，
而这世界却视而不见。
我已心灰意冷，
你却从未放弃。

这就是我爱你的缘由——

你像飘扬的雪花般洁白纯净。

科里奥兰纳斯的眼中充满了泪水。他们会绞死他，但露茜是会陪伴着他的，她知道他仍是一个真正的好人，而不是欺骗或背叛了朋友的恶魔。是一个在艰难的困境中努力保持着高尚品格的人，在饥饿游戏中冒着一切危险去救她的人，现在又冒着一切危险不让她受到梅菲尔伤害的人。科里奥兰纳斯是她生命中的英雄。

冰冷又洁净，

飞旋着掠过我的皮肤，

你像温暖的披风包裹着我。

你已深深打动我的心。

他已深深打动她的心。

人们都以为很了解我，

他们给我贴标签。

他们给我讲寓言。

而你来到我身边，你知道这都是谎言。

你看到了理想的我，

是的，那是真正的我。

这世界是残酷的，

麻烦纷争不断，

你问原因是什么——

我有理由二十三

这就是为什么——

　　我信任你的理由，

　　你像飘扬的雪花般洁白纯净。

　　如果说他还曾经怀疑过，那现在可以完全确定了。二十三。二十三个人。她在竞技场内与二十三个人竞争后才活了下来。全都是因为他。

　　这就是为什么——

　　我信任你的理由，

　　你像飘扬的雪花般洁白纯净。

　　说到信任，它排在需要和爱的前面，也是她最看重的东西。而他，科里奥兰纳斯·斯诺，是她信任的人。

　　当观众的掌声已响起时，科里奥兰纳斯仍紧握着盒子，一动不动地站着。他太感动了，无法立刻走上前去。露茜消失在毯子后面，其他的考维人走上台前。茉黛又站到了板条箱上，琴弦声响起。

　　呵，生活有黑暗和麻烦的一面，

　　也有明亮阳光的一面。

　　科里奥兰纳斯听出了这个旋律。那是歌唱生活中阳光一面的歌曲，也是茉黛在谋杀事件发生时唱的那首歌。此时就是可利用的时机。他设法从边门出来，尽量不引起人们的关注。当大家都在里面听歌时，他飞快地绕着体育馆，跑到更衣室，敲响了外面的大门。门立刻打开了，好像她一直在等他，露茜一下子扑到他的怀里。

　　那一刻，他们就站在那里，紧紧拥抱着彼此，可时间却很宝贵。

　　"塞亚纳斯的事让我很难过。你还好吗？"露茜急切地问。

当然，她还不知道他在这其中扮演的角色。

"不太好。但我此时此刻还站在这里。"

露茜抬头看着他的脸问："发生了什么？他帮助丽欧逃跑的事，别人是怎么知道的？"

"我不知道。我猜，是有人背叛了他。"他说。

露茜毫不犹豫地说："是斯普鲁。"

"很可能。你怎么样？你还好吗？"科里奥兰纳斯摸摸她的脸颊说。

"我糟透了。眼睁睁看着塞亚纳斯那样死去，还有那晚之后发生的事，这一切简直糟透了。我知道你杀死梅菲尔是为了保护我，还有所有的考维人。"她把头抵在他胸前，"我永远都无法报答你。"

他抚摸着她的头发说："唉，她永远地去了。你是安全的。"

"说不好，说不好。"露茜心烦意乱地挣开他的怀抱，焦急地在房间里踱来踱去，"利普区长，他……他是不会放过我的。他认定是我杀了他女儿，是我杀了他俩。他开着那辆破车到我们家，在门前一坐就是好几个小时。那些治安警已经讯问过我们三次了。反正，他们说区长会日日夜夜地盯着他们，要求他们逮捕我。而且，就算他们不让我付出代价，利普区长也会的。"

这太可怕了。科里奥兰纳斯问："他们说要你怎么做？"

"躲开他。可我怎么躲？他就坐在离我家十英尺远的地方。"露茜哭了起来，"梅菲尔是他的一切。我觉得只有我死了，他才会作罢。现在，他已经开始威胁其他的考维人了。我……我要逃跑。"

"什么？跑到哪儿？"科里奥兰纳斯问。

"北方吧，我想。像比利和其他人说的那样。如果我留在这儿，我知道他总会找到办法杀死我。我已经开始准备东西了。逃到那里，兴许我还能活下来。"露茜又扑到他的怀里，"很高兴能有机会和你道别。"

逃跑。她真的要这么做。跑到荒野中，找机会活下来。他知道，只有到了生死关头，万般无奈，她才会做出这样的选择。几天来，他第一次想到逃过绞索的办法。

"不要道别，我和你一起走。"

"你不能。我不会让你去的。你这是在拿自己的生命去冒险。"露茜警告他说。

科里奥兰纳斯大笑起来，"我的生命？我生命的长短就要看他们何时找到那些枪支，并把我和梅菲尔的死联系在一起。他们现在已经开始搜索'夹缝'了。他们随时都会找到那些枪支。我们必须一起走。"

她皱起眉头，一脸疑惑地问："你说的是真的吗？"

"我们明天就走，赶在行刑者来之前走。"他说。

"而我们终于可以摆脱区长，摆脱十二区，摆脱凯匹特，摆脱这一切。明天，拂晓就走。"她接着说。

"明天拂晓，"他坚定地说，接着他把盒子塞到她手里，"普鲁瑞伯斯给的。围巾……那是我的。趁现在还没人发现我不在，没有起疑之前，我最好还是赶紧走吧。"

科里奥兰纳斯拉近露茜，热情地亲吻了她，"又只有我俩了。"

"只有我俩。"露茜说，脸上闪耀着幸福的光晕。

说完，科里奥兰纳斯飞也似的跑出了更衣室。

> 让我们每天
> 用希望之歌来问候彼此，
> 不管此刻是晴是雨。

科里奥兰纳斯不仅会活下去，而且是和露茜一起生活下去，就像那天他们在湖边那样。他回忆起那鲜鱼的味道，那甜美的空气，那份自由，那是他所渴望的，是自然所赋予的。不用听命于任何人的指挥，永远真正地摆脱这世间所有的压迫。

让我们永远相信明天，

让我们，让每个人，

被明天环抱。

科里奥兰纳斯跑回体育馆，赶在最后的合唱之前，及时回到了自己的座位。

面朝阳光，永远面朝阳光，

面朝生活中的阳光。

如果我们面朝生活的阳光。

是的，面朝生活中的阳光。

它会给予我们力量，照亮我们前行的道路。

科里奥兰纳斯的大脑在飞速运转。露茜又回到台上，和其他考维人一起唱一首和声的歌曲，歌词难以理解。他屏蔽了他们的歌声，一心只想着命运抛给他的转折。他和露茜将会逃往荒野。疯狂。但是，为什么不呢？这是他唯一够得到的救生索。他一定要抓住它，紧握不放。明天是周日，因此他休息。他要尽量早起。食堂六点钟一开门，他就去快速地把早饭吃完，也许这是他在文明世界所吃的最后一顿饭了。然后就上路。那时，他的室友因为喝了威士忌酒劲还没过，还在睡觉。他需要悄悄溜出营地……从栏杆里钻出去！他希望斯普鲁所说的发电机后面的栏杆破损的消息是可靠的。然后他就去找露茜，两人尽快逃跑。

但是等等。他需要去她家找她吗？当着所有考维人的面？也许还有区长？还是，她希望他们在"草地"会合？他正在想着，歌曲结束了。而她又怀抱吉他，坐到凳子上。

"我差点忘了，我答应给你们中的一个人唱这首歌呢。"露茜说。接着，她又不经意间把手放在兜子上，开始唱歌，自他那次在"草地"悄然出现她身后，她一直在创作的就是这首歌曲。

　　　你会，你会，

　　　来到那棵树下吗？

　　　在这里他们会绞死那杀了三个人的男人。

　　　这里确实会发生奇怪的事情。

　　　如果我们夜半在那棵树下相会，

　　　便没有比这更奇怪的事。

绞刑树。那是以前她和比利约会的地方。她希望在那里和他见面。

　　　你会，你会，

　　　来到那棵树下吗？

　　　那死去的人曾叫他的爱人一起逃命？

　　　这里确实会发生奇怪的事情。

　　　如果我们夜半在那棵树下相会，

　　　便没有比这更奇怪的事。

　　科里奥兰纳斯不愿意在她和老情人约会的地点与她见面，但这里显然比在她家见面要安全。周日大早晨的谁会去那里？不管怎么说，已经无须顾虑比利了。露茜换了口气，继续唱。她准是又写了几段歌词……

　　　你会，你会，

　　　来到那棵树下吗？

　　　在那里我告诉你去逃命，

　　　这样我们都会自由？

　　　这里确实会发生奇怪的事情。

如果我们夜半在那棵树下相会，

便没有比这更奇怪的事。

　　露茜是说谁呢？比利告诉露茜在那里会合，好一起奔向自由？还是露茜告诉自己，今晚他们要奔向自由？

你会，你会，

来到那棵树下吗？

戴着绳索做成的项链，并排与我站在一起。

这里确实会发生奇怪的事情。

如果我们夜半在那棵树下相会，

便没有比这更奇怪的事。

　　现在，他明白了。那首歌，歌词中的叙述者是比利，他把歌唱给露茜。他曾经目睹了阿洛的死亡，听到鸟模仿阿洛的最后一句话，曾乞求露茜跟他一起逃跑，寻求自由。而当露茜拒绝的时候，他想让露茜和他一起吊死，而不是一起生活。科里奥兰纳斯希望这是他听到的关于比利的最后一首歌。他还能说什么呢？这已经都不重要了。这也许是比利写的歌，但现在却是露茜唱给科里奥兰纳斯的。斯诺已安全着陆。

　　考维人又演唱了几首歌曲，然后露茜说道："呃，我爸爸常说，如果你想在清晨问候小鸟，就要跟小鸟一起入睡。感谢各位今晚与我们共度美好时光。我们再次给霍夫长官送去祝福好吗？"于是，体育馆里的观众向他们的长官齐声发出醉醺醺的"生日快乐"的祝福。

　　最后，考维人向观众鞠躬，然后退出舞台。科里奥兰纳斯在后面等着，好和巴格一起扶"竹竿"回寝室。不知不觉中，熄灯时间已经到了，因此他们只好黑灯瞎火地爬上床。科里奥兰纳斯的几个室友很快便沉入了梦乡，但他还是清醒的，仍在脑子里梳理着逃跑的计划。没有太多要准备的。他一个人，衣服放在背包里，几件值得纪念的东西放在口袋里，再就是大大的好运。

科里奥兰纳斯拂晓就起床了，穿上干净的制服，把几件干净的换洗内裤和袜子装进口袋。他挑选了三张家人的照片、妈妈留下的粉饼、爸爸的指南针，把它们藏在衣服里。最后，他尽可能用枕头和毯子叠成他躺在床上的样子，然后盖上被单。室友还在酣睡，他看了寝室最后一眼，纳闷他们是否会想念他。

科里奥兰纳斯和几个早起的人一起吃过了面包布丁。这是露茜最爱吃的食物，因此这似乎是个好兆头。他真想给她也带些，可是他的衣兜都快撑破了，而且食堂也没有餐巾。他喝完了一杯苹果汁，用手背擦擦嘴，把餐盘扔到洗碗盆里，然后就朝外面走去，准备按计划绕到发电机后面去。

当他走到室外的阳光下时，一对卫兵出现在他面前。他们是武装卫兵，而不是助理。其中一个卫兵说："士兵斯诺，你需要到指挥官办公室去一趟。"

科里奥兰纳斯的肾上腺素急剧上升，太阳穴上的血管怦怦地跳着。这不可能呀。他们不能在他即将获得自由的时候、在他即将和露茜一起开始新生活的时候逮捕他。他的目光看向发电机，那发电机距离食堂大约一百码的距离。即使最近一直训练，他也不可能跑出去而不被抓到。他永远不可能做到。

只需要再给我五分钟，两分钟也行。科里奥兰纳斯祈求上天。

然而，上天没有理睬科里奥兰纳斯的祈求。在两个卫兵的挟持下，他挺胸抬头，径直朝指挥官的办公室走去。他已经做好了准备，去迎接命运的安排。当他走进办公室时，霍夫长官从桌旁站起来，然后立正向他敬礼道："士兵斯诺，让我成为第一个恭贺你的人。你明天可以离开这里，去警官学校了。"

· CHAPTER 30 ·

相爱相杀

科里奥兰纳斯站在那里，都傻眼了，这时两个士兵大笑着从背后拍拍他。"我……我……"

"你是通过考试的人里最年轻的警员。通常情况下，我们应该在这里对你进行培训，但你的成绩优异，因此被举荐到二区参加一个精英培训项目。你要走了，很遗憾啊。"指挥官高兴地说。

噢，他是多希望能走啊！去二区，那里离他凯匹特的家不远。去警官学校，精英警官学校，在那里，他可以凭借突出的表现，走上更有意义的生活道路。这是一条比上大学更好的通向权力的道路。但是，还有一支带着他的 DNA 的杀人的枪支流散在外，它会和手帕上的 DNA 会一样毁掉他。太痛心了，太可悲了，留下来太危险了，想想都觉得可怕。

"我何时离开？"他问。

"明天早上有一辆飞艇要去那里，你可以坐飞艇走。我想今天放你的假。你可以利用这个时间打打行李，跟大家道个别。我们对你寄予厚望啊。"指挥官又跟他握手，这是两天来第二次跟他握手了。

科里奥兰纳斯谢过指挥官，朝外面走去，他站在门外，思考着下一步该怎么办。这没有用，他没有选择。他恨自己，更恨塞亚纳斯，他径直朝发电机房走去，甚至也不怎么在乎是否被人发现。真令人失望，第二次通向美好未来的机会就这样毫不留情地被夺走了。他必须要不停地提醒自己那绞索和绞刑架还在等着他，他死后那些叽喳鸟会模仿他死前的呼喊，让他再次成为人们关注的焦点。此时，他必须离开治安警队伍，他需要从这一团乱麻中挣脱出来。

当科里奥兰纳斯走到发电机房的时候，扭头看了眼身后，整个营地还在沉睡之中，于是他趁没人注意，迅速偷偷溜到房后。他检查了一下围栏，第一眼没发现有破损的地方。他紧握连接处，用力摇晃。不出意料，围栏脱离支柱，打开了。他钻了出去，自然而然地，他再次警觉起来。

他绕到基地后面，穿过一片林地，最后踏上通往绞刑树的路。一旦走到这条路上，他只需沿着旧车辙，顺这条路往前走就行了。他疾步快走，但也不能太快，免得引人注意。当然，在这周日炎热的清晨，也不会引起什么人注意，因为多数矿工和治安警要几个小时之后才起床呢。

走了几英里之后，科里奥兰纳斯来到了这令人压抑的地方，然后跑向绞刑树，急忙隐入树林里。没有露茜的踪影，而当他在树枝下穿行时，心想是否理解错了她的意思，应该直接去"夹缝"。接着他看到一点橘色，于是循着这点踪迹来到一片空地。他看到露茜正站在那里，从一辆小推车上把一捆东西卸下来。他送的围巾围在她头上，使她看上去很迷人。露茜跑过来，拥抱了他，而他的反应却是太热了，不适合拥抱。亲吻还好，让他烦躁的情绪平复下来。

科里奥兰纳斯用手摸着她的橘色围巾说："一个要逃跑的人戴这个似乎也太显眼了吧。"

露茜莞尔一笑，"嗯，我不想让你把我弄丢了。你还没有改变主意吧？"

"我没有别的选择。"但他很快意识到这么说太冷漠了，于是又加上一句，"现在你就是我的一切。"

"对我来说，你也是。现在你就是我的生命。刚才我坐在这儿等你的时候，突然意识到如果没有你，我永远都不会真正有勇气做这件事，倒不是做这事有多难，而是太孤独。我也许能跑出去几天，但很快就会回到那些考维人身边的。"她承认道。

"我知道。你没说之前，我从没想过逃跑的事。这太令人……畏惧了。"科里奥兰纳斯摸了摸她的包裹，"对不起，我不能带很多东西。"

"我就知道你不能。我把需要的都带来了，包括那些储藏的东西。没关系，我把剩下的钱都留给大家了。他们会没事的。"露茜仿佛在说服自己。

露茜提起一个包裹，扛在肩上。科里奥兰纳斯把一些必需品收拢起来。

"他们怎么办？我是说乐队。你走了……"

"噢，他们会想办法的。他们都有自己拿手的乐曲，而且只要几年工夫，茉黛就可以替代我成为主唱了。再说了，因为我惹的这身麻烦，在十二区恐怕也没什么人气了。昨晚指挥官不允许我再唱'绞刑树'了。他说太黑暗了。应该说太反叛了还差不多。我答应说，今后他不会再从我嘴里听到这歌了。"

"这是一首奇怪的歌曲。"科里奥兰纳斯说。

露茜哈哈大笑起来，"哦，茉黛喜欢这首歌。她说这歌听上去很有力。"

"就像我的声音，我在凯匹特唱国歌的声音。"科里奥兰纳斯想起来这件事了。

"没错，你准备好了吗？"露茜说。

他们把东西都分好了。过了好一会儿，科里奥兰纳斯才想起来少了什么。

"你的吉他。你没带吉他？"

"我把它留给茉黛了，那把琴，还有我妈妈的裙子。我要它们干吗？覃姆认为北方也有喜欢音乐的人，可我不信他说的。我想，到时候就我们两人在一起。"露茜尽量轻描淡写地说道，可看得出她的内心很挣扎。

那一刻，他意识到自己不是唯一放弃了梦想的人。

"我们会在那里开启新的梦想，"科里奥兰纳斯向露茜保证，话语中透出无比坚定的信心。他把爸爸的指南针拿出来，仔细看看，然后指向前方，"这就是去北方的路。"

"我还以为我们应该朝湖的方向走，那里很靠北了。我很想再看一眼那个湖。"她说。

这主意听上去不错，因此科里奥兰纳斯也没有反对。不久，他们就会在荒野中漂泊，永远都不回来了。为什么不满足一下她？他把露茜松开的围巾角掖好说："那就去湖边吧。"

露茜又朝城里的方向看了一眼，可科里奥兰纳斯能看到的只有那绞刑架。

"再见了，十二区，再见了，绞刑树、饥饿游戏，还有利普区长。有一天我会死去，但却不是被你们杀死的。"她说完，转身朝密林深处走去。

"没有太多值得留恋的。"科里奥兰纳斯点点头说。

"我会想念那音乐，还有那些可爱的小鸟。"露茜说着，声音有一些哽咽，"可我真希望有一天它们能跟随我浪迹天涯。"

"你知道我不会想念什么吗？人，当然有几个除外。如果你细想，就会发现人是最龌龊的。"科里奥兰纳斯说。

"其实人没那么坏。是这世界对他们太坏了。就像我们在竞技场的时候。我们不假思索地去做一些事情，从不考虑这样做是否心安理得。"露茜说。

"我说不清楚。反正我杀死了梅菲尔，而这里也不是竞技场。"他说。

"你只是为了救我，"她思考了一下，"我觉得人本性都是善良的。当一个人越过底线做了邪恶的事情，他是知道的。尽量不跨越底线，做一个好人，这是生活向人们提出的挑战。"

"有时候，人不得不做出艰难的抉择。"他整个夏天都在做着艰难的抉择。

"这我知道。我当然知道。我是胜出者，"她很伤感地说，"这很好，我可以开始新生活，不必再去杀人了。"

"我和你一样。人一辈子杀死三个人都够多了，更别说是一个夏天。"附近传来了野生动物的叫声，倒是提醒他手里没有好用的防身利器，"我去做一根拐杖。你也要一根吗？"

露茜停下脚步说："当然。有拐杖就方便多了。"

于是他们找到了几根结实的树杈，露茜扶着树杈，科里奥兰纳斯拔掉上面的小枝子。

露茜问："谁是第三个？"

"什么？"露茜用奇怪的眼神看着他。他手滑了，一块树皮扎进他的指甲缝。

"啊哟。"

露茜没理科里奥兰纳斯的伤，问道："你杀的人，你说你这个夏天杀死了三个人。"

科里奥兰纳斯用牙咬住扎进指甲的树皮，想把它拔掉，这么做也是为了拖延一点时间。究竟是谁呢？当然，是塞亚纳斯，但他是不会承认的。

"你能把这个拔出来吗？"他把手伸过来，弯曲着受伤的手指，试图转移露茜的注意力。

"让我看看。"露茜看着树皮碎片，"嗯，鲍宾、梅菲尔……谁是第三个？"

科里奥兰纳斯极力想找到一个合理的解释。他有没有遇到突发事件？训练时的死亡？他正在擦枪的时候不小心走火？他决定还是开个玩笑来解决，"我自己啊，我杀死了过去的自己，这样我才能跟着你走啊。"

露茜终于把树皮刺拔了出来说："啊，原来是这样，我希望那个过去的你不会在新的你面前阴魂不散。我们周围的鬼魂已经够多了。"

这段对话结束了，但两人都失去了说话的兴致。一直走到一半的路程，两人都没再说话，接着他停下来休息。

露茜拧开塑料盖，把水壶递给他，"他们已经想起你了吗？"

"也许要到午饭的时候才会。你呢？"科里奥兰纳斯咕咚咕咚喝了好几大口水。

"我走的时候只有覃姆醒了。我告诉他我去看看羊怎么样了。我们一直琢磨着要养一群羊，把羊奶卖了，好贴补家用。也许还要等几个小时他们才会去找我。也许到了晚上他们会想起绞刑树，然后找到推车，把这些联系起来，他们会明白的。"她说。

科里奥兰纳斯把水壶递给她问："他们会追你吗？"

"也许吧，但到那时候我们已经走远了。"露茜喝了一大口水，然后用手背擦擦嘴，"他们会追捕你吗？"

科里奥兰纳斯觉得治安警一时半会儿不会起疑。精英警官学校在等他报到，他干吗要放弃呢？如果有人注意到他不见了，他们很可能会认为他和另一个治安警一起进城了。当然，除非他们找到涉事枪支。他们也可能会猜想，他不想在受伤未愈的情况下，去学校报到。

"说不好。即使他们意识到我跑了，他们也不知道去哪儿找。"

他们继续朝湖边走去，两个人都陷入各自的沉思。这一切感觉很不真实，现在他们走在这里，仿佛像两周前那样去进行一次愉快的远足和野餐，而且要及时赶回来，免得错过食堂的大腊肠和宵禁。

然而，现实并非如此。他们走到湖边之后会继续向北，走入荒野，去过一种为生存而苦苦挣扎的生活。他们吃什么？住在哪儿？而当他们解决了吃和住的基本问题之后，又该如何打发剩下的时间？她没有了音乐，他也没有学上、没有军事训练或任何其他事情可做。组成一个家庭？在如此恶劣的生存条件下要孩子似乎也太残酷了。对一般孩子尚且如此，况且是他的孩子。当失去了对财富、名誉和权力的追求和渴望后，他们的希望何在？难道除了生存，就是生存，然后就一无所剩了？

这一个个的问题萦绕在他的脑际，去湖边的下半段路程很快就走完了。他们把东西放在湖边，露茜立刻去找树枝来做钓鱼竿。

"我们不知道前面的情况，所以最好把补给准备充足些。"她说。

露茜教他如何把很重的鱼线和鱼钩连在树枝上。去稀泥里挖蚯蚓让他觉得很恶心，心中暗想，这会不会是以后日常的活动之一。如果他们饥肠辘辘，这肯定是逃不掉的日常活动。他们把诱饵挂在鱼钩上，然后静静地坐在岸边，边听着耳畔的鸟鸣，边等着鱼儿上钩。她抓到了两条鱼，而他却一无所获。

厚厚的乌云翻卷着，笼罩了天空，给炎热的天气带来了一丝清凉，但也加重了科里奥兰纳斯心头的重负。这就是他现在的生活，在泥里挖蚯蚓，靠上天的恩赐吃饭，就像动物一样。他知道，如果他不是这样一个与众不同的人，一切就会容易些。但作为通过预备警官考试的最年轻的人，他要为自己的杰出和聪颖付出代价。如果他压根就蠢笨无才，文明的缺失是不会以此种方式掏空他的内脏的。这一切他都会从容应对的。大颗冷冷的雨滴打在他的身上，在制服上留下了大片的水印。

"这样子没法做饭，最好进屋吧，那里有一个壁炉可以用。"露茜提议说。

她说的只能是湖边的唯一一座有房顶的小屋了。也许在搭建自己的房子之前，这是最后一个能为他遮风挡雨的屋顶了。房子究竟该怎么搭建呢？预备警官考试里没这一题啊。

雨噼里啪啦地下起来，露茜快速把鱼洗净，用叶子裹起来，然后他们收好包裹，急匆匆地朝小屋跑过去。如果这不是真实的生活，也许还挺有趣的，和一个迷人的姑娘一起，从事几个小时的冒险活动，他美好的未来却在别处等着他，但这就是现实。门卡死了，露茜用身子把它撞开。他们急忙进屋，把东西扔在地上。这里只有一间屋子，墙壁、天花板和地板都是水泥的。没有用电的痕迹，只有自然光从四壁的几扇窗户和唯一的大门投射进来。他眼前一亮，看到了壁炉。虽然里面落满灰尘，但一摞整齐的木柴堆放在旁边。至少他们不用去找木柴了。

露茜走到壁炉前，把鱼放在小小的水泥壁炉台上，然后开始把木柴和树枝一层层堆放在一个旧壁炉架上说："我们把木柴放这儿，这样就总能有干木柴用了。"

科里奥兰纳斯在心里盘算着能否就住在这坚固的小屋里，这里有很多木柴，还可以在湖里钓鱼。但是不行，在离十二区这么近的地方落脚太危险了。如果考维人知道这个地方，其他人肯定也知道。即使这最后的一层保护他也不得不放弃。这么说他不得不在山洞中终老吗？他想起了斯诺家漂亮的顶层公寓，那大理石的地板和水晶吊灯。那是他的家，他合法的家。

这时，一阵风把雨水刮进屋子，冰冷的雨滴打在他的裤子上。他猛地关上门，却被眼前看到的一切惊呆了。门后藏着一个长麻布袋子，一根霰弹猎枪的枪管露在外面。

这不可能。他屏住呼吸，用靴子小心翼翼地把袋子划开，露出了里面的霰弹枪和治安警的步枪。再往里，他看到了榴弹发射器。毫无疑问，这就是塞亚纳斯在黑市买的、藏在棚屋里的那些枪。杀死比利和梅菲尔的武器也藏在这里。

露茜生着火说："我带了一个旧金属罐，想着从一个地方走到下一个地方的时候，可以带着点好的炭火。我没有那么多火柴，靠火石又很难打着火。"

"嗯嗯，好主意。"科里奥兰纳斯心不在焉地说。

这些武器是怎么跑到这里的？想来其实这里面是有道理的。可能比利曾带斯普鲁来过湖边，或者斯普鲁本来就知道这个地方。在战争期间，反叛者有必要找到一个藏身之处。而且斯普鲁也很聪明，知道杀人的证据不能藏在十二区。

"嘿，你找到什么了？"露茜走过来，俯下身，拉开盖着武器的麻布口袋，"噢，这就是他们藏在棚屋里的武器？"

"我想一定是，我们是不是该把枪带上？"他说。

露茜直起身子，看着那些枪好一会儿，说："最好不要。虽然这些枪用起来很方便，可我不信任它们。"她拿出一把长刀，把刀刃在手心里翻转着，"我想我应该去找些凯特尼斯，反正咱们有火了，湖边有一大片呢。"

"我以为它们还没长好呢。"科里奥兰纳斯说。

"两周能长不少呢。"露茜说。

"还在下雨，你会湿透的。"他表示反对。

她大笑起来，"哦，我又不是糖做的。"

事实上，他也想有时间独自思考一会儿。露茜离开后，他把麻袋底朝上，把里面的武器都倒在地板上，然后跪在这堆武器旁边，把他杀死梅菲尔用的那支治安警用的步枪抱在怀里。就是它——那杀人武器。它并不在凯匹特法医实验室里，而是在这里，在他的手里，在人迹罕至的荒野中。证据出现在这里根本不会威胁到他，他需要做的只是毁掉它，那样，他就能从刽子手的绞索上解脱出来，自由地回到营地，自由地前去二区，自由地重新加入文明世界而无需有任何恐惧。他的眼中顿时充满了宽慰的泪水，接着他高兴地大笑起来。他该怎么办？把枪扔到壁炉的火里烧掉？把枪拆开，分开扔掉，最后腐烂化为乌有？还是把它扔到湖里？一旦销毁枪支，他和杀人的事便不再有关联了，绝对没有关联了。

不，等等。还有一件事。露茜。

哦，不管怎么说，露茜是永远都不会说出去的。假如他把计划改变的事告诉露茜，告诉她他要回到治安警的队伍中，明天一早就去二区，让她独自面对命运的摆布，显然，她是不会因此而高兴的。但即便如此，她也永远不会告发他。这不是她的做事风格，而且这样做也会让她卷入到杀人事件中去。最终也会被处死。饥饿游戏已经证明，露茜拥有很强的自我防护能力。另外，露茜还爱着他。她在昨晚的歌中已经表示了。她甚至信任他。当然了，如果他把露茜一个人扔到丛林中，让她在这里艰难生存，无疑她会认为这是背信弃义。他必须要想出好办法来把这件事告诉她。可是什么办法呢？

"我深深地爱着你，但我更爱警官学校？"这样说肯定是不行的。

而他的确是爱露茜的！真心实意地爱她！但是，仅仅在开始野外新生活的几个小时时间里，他就知道了他讨厌这种生活。那炎热的天气、那恶心的蚯蚓，还有那叫个不停的鸟……

看来，露茜挖到那些凯特尼斯要用很长时间。

科里奥兰纳斯望向窗外。雨已经变小了，只有零星小雨在下着。

露茜不愿意一个人走。太孤独了。她在歌声中表达了她需要他、爱他、信任他，但她能原谅他吗？即使他抛弃了她？比利曾经激怒了她，他最终却死了。比利的声音仍在他的耳畔回荡……

"你就会糊弄那些孩子，真让我恶心，可怜的露茜·格雷。可怜的羔羊。"

……科里奥兰纳斯仿佛看到露茜使劲用牙咬比利的手。他回忆起她在竞技场杀人时是多么冷酷。先是杀死了屏弱的沃薇；如果说他曾经见过什么人杀人，这是他见过的一次十分冷酷的谋杀。接着她用巧妙的方法杀死了特雷奇——先是引诱他去攻击她，最后却从口袋里拿出了杀人的蛇。还有，她声称瑞伯得了狂犬病，她是出于仁慈才杀死他，但是谁知道呢？

不，露茜根本不是羔羊，也不是糖做的。她是一个饥饿游戏的胜利者。

科里奥兰纳斯检查了这支治安警的步枪，确保子弹已经上膛，然后把门敞开。他看不见露茜的踪影，于是便走向湖边，极力回忆着克勒克在拿给他们凯特尼斯之前是在哪里挖的。没关系了。湖边的湿地里根本没有人，而且湖岸边也不会有人来。

"露茜？"唯一的回应来自附近枝头的一只孤独的学舌鸟，这鸟想学他，却没学成，因为他的声音没什么音乐感。

"别学了，你又不是叽喳鸟。"科里奥兰纳斯对着那东西咕哝着。

毫无疑问，她刻意躲开了他。可是为什么呢？只有一个答案，因为她也想到了，想到了这所有的一切。只需毁掉枪支就能消除他与谋杀事件之间的一切关联，他也就不再想逃跑了。而她是他杀人的最后证人。但是，他们一直都同甘共苦，为什么她突然认为他会伤害她？为什么，仅在昨天，他还如"飘扬的雪花般纯洁"？

塞亚纳斯！露茜一定想明白了，塞亚纳斯是科里奥兰纳斯杀死的第三个人。她不必要知道，他曾对叽喳鸟做过什么手脚；她只需要知道，他是塞亚纳斯最信任的人；塞亚纳斯是一个反叛者，而科里奥兰纳斯是凯匹特利益的维护者，这就够了。

即便如此，露茜能推算出他会杀她吗？科里奥兰纳斯看着手里子弹上膛的枪。也许他应该把枪留在小屋里，手持武器去找她看上去很糟糕，好像他在追捕她。但他并不想真的杀死她，他只想跟她好好谈谈，让她理智一些。

把枪放下，他对自己说，但他的手却拒绝合作。她只有一把刀。一把长刀。他能做的最好选择就是把枪背到身后。

"露茜！你还好吗？你吓着我了！你在哪儿？"

露茜只需要说："我理解，我自己走，本来也是这么计划的。"但是，就在今天早晨，她承认无法下决心自己走，过不了几天她就会回到那些考维人身边。她知道，即使她这么说，他也是不会相信她的。

"露茜，求你了，我只想和你谈谈！"科里奥兰纳斯大喊道。

露茜怎么想的？一直躲藏着直到他累了折回营地？然后今晚偷偷溜回家？这样可不行。即使杀人武器销毁了，她仍然是危险的。如果她现在就回到了十二区而区长成功抓捕了她，那该怎么办？如果他们审讯她，甚至折磨她，那该怎么办？这件事就会暴露。她没杀任何人，可他杀人了。他可以说她撒谎。即使他们不信她的话，那他的名声也毁了。他们的恋爱关系就会暴露出来，连同他在饥饿游戏中使用的欺骗手段也一起抖搂出来。也许海波顿学监会作为证人被牵扯进来。他不能冒这个险。

仍然看不到露茜的踪影。她没有给他任何选择，因此他只能到林子里去抓她。此时，雨已经停了，空气很潮湿，地面很泥泞。他回到小屋，仔细观察地面，发现了她留下的不明显的脚印，于是他跟随她的脚印，一直走到灌木丛中，这里又和树林连上了，接着，他轻手轻脚地走进了滴着水的树林。

鸟叽叽喳喳地叫着，在他耳畔回荡。天空阴沉沉的，林子里的能见度很差。低矮的灌木遮掩了她的脚印，但他觉着自己走的没错。肾上腺素让他的知觉更为敏锐了，他注意到一处有折断的树枝，另一处的青苔上又有拖着脚走的痕迹。把露茜吓成这样，他感到有些负疚。她正在干什么？边忍住哭泣，边浑身战栗？一想到没有他的生活，她一定是心碎了。

一片橘色吸引了他的注意力，他脸上露出会心的微笑。露茜曾说过"我不想让你把我弄丢了"，而他确实没有把她弄丢。他推开树枝，冲到一小块被大树遮蔽的空地上。那块橘色的围巾挂在荆棘上，显然是她逃跑时掉下来的，挂在了树上。噢，好吧，这证明他走的路没错。他走过去把它摘下来，也许最终他要保留着这块围巾。这时一阵微弱的树叶的沙沙声把他吓了一跳。当他意识到是一条蛇时，那蛇却像盘卷的弹簧般向他弹射过来，一口咬在他伸出去拿围巾的小臂上。

"啊！"科里奥兰纳斯疼得大叫起来。蛇立刻松口，还没等他看清楚它的样子，就快速溜走了。他看着小臂上红肿的咬痕，心里十分慌乱。慌乱而且难以置信。露茜想杀死他！这绝非偶然。那垂下的围巾，盘卷的蛇。茉黛曾说过露茜永远知道在哪儿能找到蛇。这是一个陷阱，而他竟然径直踏入了这个陷阱！可怜的羔羊，的确是！他开始同情起比利了。

除了竞技场里的彩虹蛇，科里奥兰纳斯对蛇一无所知。他的心怦怦地跳着，强撑着站起来，心想就要死在这里了。但是，虽然伤口很疼，但他仍然站着。他不知道蛇毒多久会发作，但作为一个斯诺家的人，他必会让露茜付出代价。

他应该把胳膊绑起来止血吗？应该把毒吸出来吗？他们还没有进行过野外生存训练。他怕自己的急救措施反而会加剧蛇毒在全身的扩散，于是他把袖子放下来，遮住小臂，把枪从肩上滑下来，然后就去追踪她。如果现在不是那么难受，他一定会嘲笑他们的关系如何在这么短的时间内演化成两人之间的"饥饿游戏"了。

现在追踪露茜已经不容易了，科里奥兰纳斯意识到，早先发现的踪迹是她故意留下来，以便直接把他引到了蛇的身边的。她不会走得很远。她应该想知道这条蛇是否已经把他杀死了，否则她会想出另一个计划来对他发起攻击。也许露茜希望他能昏过去，这样她就能用长刀割断他的喉咙。他一边尽力让自己的心平复下来，一边用枪杆拨开树枝，向密林深处走去，但是，他连她的影子也没看到。

仔细想想，她会去哪里？他对自己说。

答案像一千个石块般击打着他，让他猛醒。露茜只有一把刀，她不想跟手持步枪的他对抗。她会回到湖边小屋去拿一杆枪。也许她已经绕开他，正走在返回的路上。他拍拍自己的脑袋，是的。没错！他仿佛听到他的右侧有移动的声音，正在返回小屋。他朝着发出声音的方向跑去，然后突然停下来。

很显然，露茜已经听到他的声音，知道他已经猜到了她的想法，因此她正在矮灌木丛里快速穿行，也不在乎他是否能听到她的声响了。科里奥兰纳斯估计她就在十码之外，于是他举起枪，朝她所在的方向连发数枪。枪声惊飞了一群鸟。与此同时，他听到了一声微弱的叫声。

打到你了，科里奥兰纳斯心想。

于是他穿过灌木丛，朝她那边追过去。树枝和荆棘挂住了他的衣服，划破了他的脸。他不顾一切地跑过去——自认为露茜应该在那里，可却没有她的踪影。不管它，她总会移动的，当她再次移动的时候，他就会发现她。

"露茜，"科里奥兰纳斯用正常的声音喊道，"露茜。现在还不算晚。"当然是这样，他并不欠她什么，当然也不欠她一个真相，"露茜，你不能跟我谈谈吗？"

这时，隔空传来她甜美的声音，让他吃了一惊。

你会，你会
来到那棵树下吗？
和我并排戴着绳子做成的项链。
这里确实会发生奇怪的事情。
如果我们夜半在那棵树下相会，
便没有比这更奇怪的事。

是的，我明白了，他想。你知道了塞亚纳斯的事。"绳子做成的项链"还有所有的一切。

科里奥兰纳斯朝着她所在方向走过去，这时一只学舌鸟开始模仿她的歌声，接着是第二只鸟、第三只鸟。当十几只鸟一起鸣唱时，林子里便热闹了起来。他俯身在林子里穿行，接着朝声音传来的方向开了枪。他打中她了吗？很难说，因为鸟鸣已经充斥着他的耳鼓，让他难以分辨声音究竟来自何方。

此时，科里奥兰纳斯的眼前阵阵发黑，胳膊也更疼了。"露茜！"他绝望地大喊。聪明、狡猾、致人死命的女孩。她知道鸟的叫声能掩护她。他举起枪，朝着树上一阵乱放，想把鸟都轰跑。许多鸟被惊飞了，但是鸟模仿的歌声却向更大的范围扩散，林子里充满了鸟的叫声。

"露茜！露茜！"科里奥兰纳斯气愤已极，这里放一枪，那里放一枪，最后冲着树上打了一圈的子弹，他一圈一圈地转着打，直到耗完所有的子弹。最后头晕目眩，瘫倒在地上；而林子却炸开了锅，每一种鸟、每一只鸟在不停地鸣叫，吵得他快要疯掉了，而学舌鸟仍在唱着那首变了味的"绞刑树"。大地疯狂了，基因也疯狂了，整个世界陷入一片混乱之中。

他必须离开这里。他的胳膊已经开始肿了。他必须回到营地。他强撑着站起来，迈着沉重的步伐朝湖边走去。湖边小屋里的一切仍是他离开时的样子。至少他阻止了露茜返回。他把自己的一双袜子当作手套，把杀人的那杆枪上的痕迹擦干净，把所有的武器塞回麻袋中，扛到肩上，然后朝湖边跑去。他判断这批枪足够重，不绑石头也完全可以沉入湖底，于是他跳入湖中，把麻袋拖到水深的地方。之后他把麻袋扔了下去，眼看着它呈螺旋状慢慢沉入黑暗的湖底。

一阵剧烈的刺痛向科里奥兰纳斯的胳膊袭来，他用笨拙的狗刨式游回岸边，跟跟跄跄地回到小屋里。那些给养怎么办？难道他也要把那些东西扔到水里去？没有意义。要么她死了，而考维人会发现这些东西；或者她还活着，可以逃跑时用到这些东西。他把鱼扔进火里烧掉，然后就离开了，把身后的门紧紧地关上。

天又开始下雨了，真正的瓢泼大雨。科里奥兰纳斯希望大雨能把他留下的一切痕迹都冲刷干净。枪已经都扔掉了，给养是露茜的，唯一留下来的是他的脚印，而那些脚印他眼看着就消失了。乌云似乎已经浸入了他的大脑，令他的思维不清楚。他挣扎着努力去思考。

回去。你必须回到基地。

可基地在哪里？他把他爸爸的指南针从兜里拿出来，吃惊地发现刚才沉入湖中竟然没把它泡坏。克拉苏·斯诺仍在什么地方护佑着他。

科里奥兰纳斯紧紧地抓住指南针，这是暴风雨中的生命线，指引他向南走去。他步履蹒跚地在林中艰难前行，内心充满恐惧和孤独，但他感到父亲就在他身边。克拉苏也许没有太多想过他，但他一定希望家族的传统延续下去，也许科里奥兰纳斯今天实现了对自己的救赎？如果蛇毒杀死了他，那么这一切也就无关紧要了。

他停下来呕吐，真希望他把那水壶也带来了。他模模糊糊地意识到他的 DNA 也可能留在那水壶上。但是谁会在乎呢？那水壶又不是杀人的凶器。这没关系，他是安全的。即使那些考维人发现了露茜的尸体，他们也不会报告的。他们不希望这事引起人们的注意，这可能把他们和反叛者联系起来，或者暴露了他们的藏身之处。如果是尸体？他甚至不能肯定他是否打中了她。

科里奥兰纳斯终于走了回去。确切地说，不是走到了绞刑树，而是走回到十二区，他走出了林地，走到一片矿工的窝棚附近，然后终于找到了路。大地在雷声中颤抖，闪电划破天空，他在雷声和闪电中终于走到了城市广场。他走到基地的时候没看见任何人，然后从破损的栏杆处钻了回去。他直接去了医务室，谎称是他在去体育馆的路上停下来系鞋带时，突然被蛇咬伤的。

医生点点头，"是大雨把它们浇出来的。"

"是吗？"科里奥兰纳斯本以为他编的故事别人根本不会信，或者至少是有所怀疑。

医生看上去一点都不怀疑，"你看到蛇了吗？"

"没看清楚。天在下雨，蛇爬得又很快。我会死吗？"他问。

"应该不会，这蛇甚至不是毒蛇。你看到牙印了吗？不是毒牙。但还是会疼几天的。"医生笑起来说。

"您肯定吗？我都呕吐了，而且思维也不清楚。"他说。

"哦，紧张也会导致呕吐的。"医生把伤口清洗干净，"也许会留下疤痕。"

好吧，它会提醒我要加倍小心的。科里奥兰纳斯心想。

医生给他打了几针，开了一瓶药，说："明天再来，我再检查一下。"

"明天我有新任务，要去二区。"科里奥兰纳斯回答。

"那就到那里的医务室去看吧，祝你好运，士兵。"她说。

科里奥兰纳斯回到寝室，吃惊地发现此时刚到下午。他的室友由于醉酒和下雨的原因，还没有起床。他去浴室，把兜里的东西掏出来。湖水已经把他妈妈的粉饼泡成了黏糊糊的糨糊，于是他把它扔到了垃圾桶里。照片粘在一起，当他想把它们分开的时候，也撕碎了，因此照片也去了和粉饼一样的地方。只有指南针历劫无损。

科里奥兰纳斯把衣服脱下来，把去过湖边的最后些许痕迹洗刷干净。他穿好衣服，把粗呢包拿下来，开始收拾行李，把指南针放回存放个人物品的小盒子里，藏在包的最里层。他想了想，于是把塞亚纳斯的储物柜也打开，将他的盒子也拿了出来。当他到了二区以后，会把这些东西寄到普林斯家，并附上一封表示哀悼的信笺。作为塞亚纳斯最好的朋友，这么做是很恰当的。而且，谁知道呢？也许这么一弄，"老妈"做的点心还会源源不断地寄过来呢。

第二天早晨，科里奥兰纳斯和眼泪汪汪的室友告别之后，便登上了飞往二区的飞艇。飞艇上很舒适，毛绒座椅、空姐、各种可供挑选的饮品。谈不上豪华，但是无论怎样，都与作为新警时坐的火车有着天壤之别。这舒适的环境让他感到很舒服，于是他把头靠在舷窗上，希望能小睡一会儿。昨晚一整晚，当雨水敲打着营房的屋顶时，他都想着露茜究竟在哪里。是死在雨中了吗？或者蜷缩在湖边小屋的壁炉旁？如果她能活下来，肯定会放弃回十二区的打算。他脑子里还不断回响着"绞刑树"的曲调，渐渐坠入梦乡，几个小时后，飞艇落地时，他才醒过来。

"欢迎来到凯匹特。"空姐说道。

科里奥兰纳斯睁大了眼睛说："什么？不。我坐过站了吗？我得去二区报到。"

"这架飞艇是飞往二区的，但我们接到命令，让您在这里下艇。"空姐边查看名单边说，"请您下艇，我们还有其他行程安排。"

科里奥兰纳斯在一个不熟悉的碎石沥青铺就的小机场下了飞艇。一治安警的卡车开了过来，有人命令他上车。他胆战心惊地上了车，从司机那儿也得不到任何信息，他的内心感到很恐惧。这一定是搞错了。或者，没搞错？

如果他们不知怎地把他和杀人事件联系起来了呢？他们会到湖里去搜寻武器吗？难道露茜回来了，控告了他，而他现在要审问他？当卡车开上斯科勒大街，经过夏日午后静静矗立的凯匹特私立中学时，他的心跳不由得加快了速度。那里有一个公园，他们有时会在下午放学后会在那里徜徉。还有一个面包房，那里有他爱吃的纸杯蛋糕。至少，他可以看自己的家乡最后一眼。当卡车来了个急转弯时，他的思乡之情也戛然而止，他意识到他们正开往"城堡"。

到了城堡，警卫挥挥手，直接让他上了电梯，"她正在实验室等您。"

他内心窃窃寄希望于"她"是凯博士而不是高尔博士，但当他走下电梯时，却看到他的死对头海波顿正从实验室的另一头向他挥手。他怎么会在这里？难道他要在高尔博士的某个笼子里终老吗？当科里奥兰纳斯向高尔博士走过去的时候，看到她正把一只活蹦乱跳的小老鼠扔进装满金色蛇的箱子里。

"这么说，胜利者归来了。给你，拿着这个。"高尔博士把一个装满粉嫩、蠕动的啮齿动物的金属碗递到他的手里。

科里奥兰纳斯压制着内心的恶心说："您好，高尔博士。"

"我收到了你的来信，还有你的叽喳鸟。年轻的普林斯真是太糟了。尽管，这有些不真实，对吗？不管怎样，很高兴看到你在十二区继续学习，来提升你的世界观。"高尔博士说。

科里奥兰纳斯恍然间觉得似乎一切都没有发生，自己又回到了高尔博士从前做导师的时候。

"是的，这段阅历让我开阔了眼界。我认真思考了我们以前谈论过的所有的问题：混乱、控制、契约，这三个以 C 开头的词语。"他说。

"关于饥饿游戏，你是否也进行了思考？我们见面的那天，卡斯卡问你它的目的是什么，而你给出了普通的答案：为了惩罚各辖区。你现在改变看法了吗？"她问。

科里奥兰纳斯想起了打开行李包时他和塞亚纳斯之间的对话，沉吟着说："我仔细思考过了。饥饿游戏不仅是为了惩罚各辖区，它也是一场人人身处其中的永恒战争的一部分。这是一个我们可以控制的战争，而不是现实中真实的、可能会脱离我们控制的战争。"

"唔。"高尔博士把一只小鼠从蛇张开的大嘴边移开，"嘿，你，别太贪婪了。"

"而且饥饿游戏也可以提醒我们对彼此做了什么，我们是谁，有可能再做什么。"科里奥兰纳斯继续说道。

"那么我们是谁，你想好了吗？"她问。

"我们是只有在凯匹特才能活下去的生物。"他忍不住用嘲讽的语气说，"不过，您知道的，这一切都没有意义，就是饥饿游戏。十二区甚至没人观看饥饿游戏。只有在收获节的时候才会看。我们在营地甚至都没有能看的电视。"

"嗯，这在将来会是一个问题，幸亏我把这一团糟的东西都抹去了，也算是今年的一件幸事。现在看来，让学生参与进来是个错误。特别是当他们像苍蝇一样掉落的时候。这让凯匹特显得过于虚弱无力了。"高尔博士说。

"您把它抹去了？"他问。

"每一盘录像都消失了，永远也不会再播放了。"她开心地笑起来，"当然，我是保险库的主人，但那只是为了自娱自乐。"

抹掉了一切，他很高兴。这是把露茜从这个世界抹去的另一个途径。凯匹特会忘记她，辖区的人几乎不认识她，而十二区的人从未把她当作自己人。再过几年，人们对一个曾在竞技场唱过歌的女孩的记忆也会变得模糊。然后，这一切也会被忘却。再见了，露茜，我们几乎不认识你。

"但也不是一无所获。我想明年我们还会起用弗里克曼。而你关于下赌注的建议也会保留。"高尔博士说。

"您需要以某种方式让大家强制观看饥饿游戏。在十二区，没人愿意选择这么压抑的节目。他们总把所剩不多的自由时间花费在买醉上，好忘却生活中一切其他的事情。"科里奥兰纳斯告诉高尔博士。

高尔博士莞尔一笑，说道："看来你这个暑假学了不少东西啊，斯诺先生。"

"暑假？"科里奥兰纳斯一头雾水。

"是啊，你在这里能做什么呢？在凯匹特过过闲散的日子，梳梳你的鬈发？我认为跟治安警待一个夏天应该更有教育意义。"看到他一脸困惑，高尔博士解释说，"你不会认为我在你身上投入了这么多时间，仅仅是为了把你交到辖区那些低能者的手中吧，对不对？"

"我不明白，有人告诉我——"他刚要解释。

她打断了他说："我命令你光荣退伍，立即生效。你会在我的指导下在大学学习。"

"大学？在这里，在凯匹特？"他惊喜地说道。

高尔博士把最后一只小鼠扔到箱子里说："周二开始上课。"

· EPILOGUE ·

安全着陆

　　秋季学期已经过了一半，这是十月份的一个阳光明媚的下午，斯诺正走下大学科技中心前的大理石阶梯，他低调谦和，没有理会回头看他的人。他穿上了新制服，看上去很精神，特别是把鬈发留长了以后。治安警的服役经历使他具有了特别的声望，简直令他的对手抓狂。

　　他在"城堡"待了一上午，就游戏设计的实际情况做了汇报，之后又与高尔博士一起完成了有关军事战略的一次特殊荣誉课。这么说完全没有问题——因为其他人都已把他当作这个团队中成熟的一员。他们已经在进行相关设计，以便在来年的饥饿游戏中，让各辖区以及凯匹特都能参与进来。

　　是斯诺指出了重要的一点，即，除了两个素不相识的贡品的生命，饥饿游戏跟辖区的人没有利害关系。一个贡品的胜利必须是整个辖区的胜利。他们想出了一个办法，如果某辖区的贡品获胜，那么这个辖区的每个普通人都会得到一袋食物。为了吸引更优秀的贡品自愿参赛，斯诺建议游戏胜出者可以在城市中的特殊区域——暂且叫作"胜利者村"，得到一座房子，足以引起居住在简陋的房屋中的人们的羡慕。除此之外，胜出者还可以得到一笔奖金，这将大大有助于引进一批像样的参赛者。

　　他用手摸着像黄油般润滑的皮书包，这是普林斯家人为了庆祝他再次回到学校而送给他的礼物。他仍然不知道怎么称呼他们。"老妈"已经很容易叫了，但是叫斯塔伯·普林斯"爸爸"又不大适合，因此他很多时候管他叫"先生"。这并不等于他们已经收养了他，对于十八岁的他来说，收养似乎年龄也太大了点儿。如果被认定为继承人对他来说倒更合适。他永远不会放弃斯诺这个名字，即使是为了一个军火帝国。

这一切都发生得很自然，他回到家乡。他们很痛苦，两家人合在一起，塞亚纳斯的死已经彻底毁了普林斯家族。斯塔伯说得简明扼要："我妻子需要坚持活下去的理由。在这个事情上，我也一样。你失去了父母，我们失去了儿子。我想我们能否做些什么。"

斯塔伯已经买下了斯诺家的公寓，这样他们就不用搬出去了，他和"老妈"可以住在下面原来属于杜列特的家。大家还讨论了改造楼房的事，安一个旋转楼梯，或者私人电梯，将两家连接一起，这事不急于一时。"老妈"已经每天都来照看老夫人，她勉强接受了这个新"女仆"，而"老妈"和泰格莉丝相处得非常融洽。

普林斯把所有的费用都支付了：房产税、他的学费、伙食费。他们还给了斯诺一笔丰厚的补贴。尽管斯诺截取了从十二区寄给泰格莉丝的那笔钱，装到自己的口袋里，但是大学生活还是很昂贵的，普林斯的慷慨解囊对他的帮助很大。斯塔伯从来没问过他的钱是怎么花的，对他衣橱里新添的衣服也从未挑剔。而当斯诺向他寻求建议时，他似乎很高兴。他们相处得极为融洽。有时，他甚至忘记了老普林斯是辖区来的。几乎忘了。

今晚是塞亚纳斯的十九岁生日，他们准备在一起安静地共进晚餐来纪念他。斯诺邀请了菲斯塔斯和利西翠姐一起就餐，因为他们比其他人更喜欢塞亚纳斯，因此应该言辞温良。他计划把塞亚纳斯储物柜里拿回来的盛装个人物品的小盒子给普林斯，但是，在此之前他还要做一件事情。

走在通往凯匹特私立中学的大街上，新鲜的空气让他的头脑极为清醒。他没有提前预约，因为他更喜欢突然造访。学生们一个小时前就已经走光了，他的脚步声在走廊里回荡着。海波顿学监秘书的桌子已经空了，因此他直接走到学监办公室门前去敲门。海波顿学监让他进去。他瘦了很多，手也抖得厉害，看上去比以前更糟了。他脚步不稳地走到办公桌前。

"哦，我怎么能有此荣幸？"他问。

"我想把我母亲的粉盒要回来，因为您拿着它也没用了。"斯诺回答。

海波顿学监把手伸进一个抽屉，把粉盒拍在桌子上，问："就这些吗？"

"不。"他把塞亚纳斯的储存个人物品的盒子从书包里拿出来，"今晚我要把塞亚纳斯的个人物品还给他的父母。我不知道怎么处理这个。"他把东西都倒在桌子上，拿起夹着毕业证的相框，"我认为您不想让这东西随便乱放吧，把学校毕业证奖给一个反叛者。"

"你很认真负责嘛。"海波顿学监说。

"这是我的治安警训练的结果。"斯诺打开相框，让里面的证书滑出来。然后，好似不经意间，他换上了普林斯家人的相片。然后把三个药瓶划拉到海波顿学监的垃圾桶里，"不好的记忆越少越好。"

海波顿定睛看着他说："这么说，你在辖区还生出慈悲之心喽？"

"不是在辖区，而是在饥饿游戏中。"斯诺纠正他说，"这我还得谢谢您呐。不管怎么说，您要对这一切负责的。"

"噢，我想这一半的责任应该归你父亲。"学监说。

斯诺皱起眉头，"您是什么意思？我一直以为饥饿游戏是您的主意。不是您在上大学时产生的想法吗？"

"是为了完成高尔博士的课业。因为我讨厌她，所以一直不愿意上她的课，因此她的课我一直没法通过。我们在期终项目中结成对子，因此我就和我的好朋友——克拉苏结成一对。作业要求大家想出一种对敌人极为严厉的惩罚措施，让他们永远忘不了施加于你的暴虐行径。这就像是解开一个谜团，我很擅长，它就像所有好的设计一样，其核心内容是很简单的。那就是饥饿游戏。那是在最邪恶的冲动下作出的决定，它被很聪明地包装为一种体育赛事，一种娱乐方式。我当时喝醉了，而你父亲却让我醉上加醉，他利用了我的虚荣心，让我把这计划进一步充实，并向我保证这只不过是私底下开的一个玩笑。第二天早晨，我醒来以后，对自己所做的事感到极为恐惧，准备把它撕成碎片，可是已经太晚了。你父亲未经我同意就把它交给了高尔博士。他想要的是分数，你知道吗？我永远都不会原谅他。"

"他已经死了。"斯诺说。

"可是她没死，"海波顿学监厉声说道，"设计的意图本该永远都是理论上的，除了最邪恶的魔鬼，谁会把它付诸实施呢？可战争结束后，她把我的建议提出来，把我当作饥饿游戏的设计师呈现在全帕纳姆国人面前。那晚，我第一次用吗啡。我想这东西会消失的，因为它太可怕了。然而并没有。高尔博士在过去的十年中携此计划一路高歌，让我做她的陪绑。"

"这肯定与她对人性的理解相吻合。特别是利用孩子的那部分。"斯诺说。

"为什么是这样？"海波顿学监问。

"因为人们相信孩子是纯洁无辜的。而人类中最纯洁无辜的人在饥饿游戏中都变成了杀人者，那这说明什么？说明我们的本性是残暴的。"斯诺解释道。

"自我毁灭。"海波顿学监咕哝道。

斯诺想起来，普鲁瑞伯斯曾提起过他父亲和海波顿学监争吵时说过的话，于是他引用了那句话，"就像飞蛾扑火。"学监的眼睛眯起来，思考着这句话，但斯诺只是笑着说："当然，您只是在测试我。您对她的了解比我多得多。"

"我不敢肯定。"海波顿学监用指尖抚摸着粉盒上的银色玫瑰，"那么，当你告诉她你要离开的时候，她说什么？"

"您说高尔博士？"斯诺问。

"你那会唱歌的小鸟，你离开十二区的时候，知道你要走，她很难过吗？"学监说。

"我想两个人都有些难过。"斯诺把粉盒装起来，然后开始收拾塞亚纳斯的东西，"我最好还是走吧。我们还有一套起居室新家具要送来，我答应我堂姐要去盯着他们搬。"

"那你走吧，回到你的顶层公寓吧。"海波顿学监说。

斯诺不想跟别人谈起露茜，特别不想跟海波顿谈起。斯麦利给他写了一封信，送到普林斯家的旧地址，信里提到她失踪了。大家都认为是区长杀了她，但却没有证据。至于考维人，营地又来了一位新指挥官，代替了霍夫长官的位置，他的第一项举措就是宣布霍伯市场的表演非法，理由是音乐引起混乱。

没错，音乐肯定引起混乱。斯诺心想。

露茜的命运仍是一个谜，就如同那歌中唱到的小女孩一样。她是活着？还是死了，变成了荒野中的孤魂野鬼？也许谁也不知道。无论怎样——雪（还有斯诺）是她们共同的归宿。可怜的露茜。可怜的、和鸟儿一起鸣唱的鬼魂女孩。

你会，你会
来到那棵树下吗？
在那里我告诉你去逃命，
这样我们都会自由？

露茜可以随心所欲地在十二区游荡，但她和她的学舌鸟再也无法伤害他了。

有时，他会忆起他们共同度过的甜美时光，隐隐希望他们之间有着不一样的结局。但即使他留下来，他们俩也是不可能有结果的。他们之间的差距太大了。而且他不喜欢恋爱，这让他变得愚蠢而且脆弱。如果他结婚的话，会和一个无法左右他情感的人，甚至是他恨的人结合，这样她再也不会像露茜那样支配他。永远不会引起他的嫉妒，或者让他变得脆弱。

利维娅就很完美。他设想着他们俩在几年后，分别是总统和第一夫人，正主持着饥饿游戏活动。当他成为帕纳姆的统治者之后，他当然会继续举办饥饿游戏。人们会称他为暴君，铁腕而且残酷。但他至少会给他们进化的机会，确保人们为了生存而生存下去。不然人类还会有什么其他的渴望？事实上，人们应该感谢他。

当他从普鲁瑞伯斯的夜总会经过的时候，心中窃喜。任何人随便在什么地方都可以搞到鼠药，而他上周已经在偏僻的小巷偷偷捏起一小撮，带回了家。把鼠药放进吗啡的瓶里确实很难，特别是使用手套的情况下，但他最终还是把足够的剂量从瓶口挤了进去。他确信吗啡药瓶已擦拭干净。当海波顿学监把它从垃圾桶捡起来，放入口袋的时候，肯定不会有丝毫的怀疑。当他拧开瓶口把吗啡滴入舌尖的时候，也不会有丝毫怀疑。当然，他也忍不住会希望，当海波顿学监咽下最后一口气的时候，会意识到很多曾挑战过斯诺的人也会意识到的事情，那是总有一天整个帕纳姆都会知道的事情，也是必然会发生的事情。

斯诺安全着陆。

（京权）图字：01-2021-6855

图书在版编目（CIP）数据

饥饿游戏前传：鸣鸟与蛇的歌谣 /（美）苏珊·柯林斯著；耿芳译.—北京：作家出版社，2022.3
ISBN 978-7-5212-1694-3

Ⅰ.①饥… Ⅱ.①苏… ②耿… Ⅲ.①长篇小说—美国—现代 Ⅳ.① I712.45

中国版本图书馆 CIP 数据核字（2021）第 276179 号

THE BALLAD OF SONGBIRDS AND SNAKES by SUZANNE COLLINS
Copyright: © This edition arranged with INTERCONTINENTAL LITERARY
AGENCY（ILA）through Big Apple Tuttle – Mori Agency, Inc., Labuan, Malaysia.
Simplified Chinese edition
copyright: 2022 THE WRITERS PUBLISHING HOUSE

饥饿游戏前传：鸣鸟与蛇的歌谣

作　　者：（美）苏珊·柯林斯
译　　者：耿　芳
责任编辑：韩　星　省登宇
助理编辑：周李立
装帧设计：TT Studio
出版发行：作家出版社有限公司
社　　址：北京农展馆南里 10 号　　邮　编：100125
电话传真：86-10-65067186（发行中心及邮购部）
　　　　　86-10-65004079（总编室）
E-mail:zuojia @ zuojia.net.cn
http://www.zuojiachubanshe.com
印　　刷：北京盛通印刷股份有限公司
成品尺寸：145×210
字　　数：450 千
印　　张：15
印　　数：001-20000
版　　次：2022 年 3 月第 1 版
印　　次：2022 年 3 月第 1 次印刷
ISBN 978-7-5212-1694-3
定　　价：68.00 元